FONDATION FOUDROYÉE

ISAAC ASIMOV

FONDATION FOUDROYÉE

roman
traduit de l'américain par Jean Bonnefoy

FRANCE LOISIRS
123, boulevard de Grenelle, Paris

Titre original :

FOUNDATION'S EDGE
(Doubleday and Co., Inc., New York

Éditions du Club France Loisirs, Paris,
avec l'autorisation des éditions Denoël

ISBN : 2-7242-2564-3

Dédié à Betty Prashker,
qui s'est contentée d'insister...
et à Lester del Rey,
qui m'a harcelé.

Dédié à Betty Prasker,
qui m'a encouragée d'abord,
Et à Lester del Rey
qui m'a lancée

PROLOGUE

PARATONNERRE

Le Premier Empire galactique était en pleine décadence. Cela faisait déjà plusieurs siècles qu'il pourrissait et s'effondrait et un homme, un seul, en avait pleinement pris conscience.

C'était Hari Seldon, le dernier grand homme de science du Premier Empire, le père de la psychohistoire — cette science de la mise en équations mathématiques du comportement humain.

L'homme, en tant qu'individu, demeure imprévisible mais, avait découvert Seldon, les grandes masses humaines pouvaient être traitées statistiquement. Plus vaste était la masse, plus grande la précision qu'on était en droit d'attendre. Et la taille de l'échantillon sur lequel travaillait Seldon était tout bonnement l'ensemble de la population des millions de mondes habités de la Galaxie.

Ses équations avaient révélé à Seldon que livré à lui-même l'Empire devait s'effondrer et que s'ensuivraient pour l'humanité trente mille ans de misère et de souffrances avant qu'un Second Empire s'élève des ruines. Et pourtant, que l'on parvienne à influer sur certains des paramètres existants, et la durée de l'interrègne pourrait être réduite à mille ans ; un seul petit millénaire.

Et ce fut dans ce but que Seldon mit sur pied deux colonies d'hommes de science qu'il baptisa « Fondations ». Délibérément, il les plaça « aux extrémités opposées de la Galaxie ». Axée sur les sciences physiques, la

Première Fondation fut instaurée au vu et au su de tout le monde. En revanche, l'existence de l'autre, la Seconde Fondation, univers de psychohistoriens et de « mentalistes », fut recouverte par le silence.

Dans la *Trilogie de Fondation* est contée l'histoire du premier tiers de l'interrègne. La Première Fondation (connue plus simplement sous le nom de « La Fondation », tout court, puisque l'existence d'une autre était presque totalement méconnue) ne fut d'abord qu'une petite communauté perdue dans le désert de l'extrême périphérie de la Galaxie. Périodiquement, elle se voyait confrontée à une crise dominée par les variables des rapports humains et des courants socio-économiques de l'époque. Sa marge de manœuvre se réduisait à une ligne bien définie, et, dès qu'elle se mouvait dans cette direction, de nouveaux horizons s'ouvraient alors devant elle. Tout cela avait été planifié par Hari Seldon, alors depuis longtemps disparu.

Grâce à sa supériorité scientifique, la Première Fondation conquit les planètes barbares qui l'entouraient. Elle affronta les seigneurs anarchiques issus de l'Empire moribond et les défit. Elle affronta l'Empire lui-même — ou ce qu'il en restait — en la personne de son dernier grand Empereur et de son dernier grand Général et les défit.

Il semblait donc que le « plan Seldon » allait apparemment se dérouler sans heurts et que rien ne devait empêcher l'instauration, le moment venu, du Second Empire et ce avec un minimum de dégâts entre-temps.

Mais la psychohistoire est une science statistique. Il subsiste toujours un petit risque de voir les choses mal tourner et c'est effectivement ce qui se produisit — un événement que Hari Seldon avait été incapable de prévoir. Un homme nommé le Mulet surgit de nulle part. Il disposait de pouvoirs mentaux dans une Galaxie qui en était dépourvue. Il pouvait modeler les émotions des hommes et modifier leur esprit au point que ses plus farouches ennemis devenaient ses plus fidèles serviteurs. Les armées ne pouvaient pas — ne *voulaient* pas — le combattre. La Première Fondation s'effondra et le plan Seldon semblait à jamais enfoui sous ses décombres.

Restait la mystérieuse Seconde Fondation qui avait été prise au dépourvu par la soudaine apparition du Mulet mais qui désormais mettait lentement en œuvre une parade. Le secret de son emplacement faisait sa principale défense. Le Mulet la chercha afin de parachever sa conquête de la Galaxie. Les fidèles de ce qui restait de la Première Fondation la cherchèrent pour obtenir de l'aide.

Mais aucun ne la trouva. Le Mulet fut d'abord arrêté par l'action d'une simple femme, Bayta Darell, et ce délai permit à la Seconde Fondation de s'organiser en conséquence et ainsi de stopper définitivement le Mulet. Lentement, la Seconde Fondation se prépara à relancer le plan Seldon.

Mais, en un sens, la couverture de la Seconde Fondation avait disparu : la Première Fondation connaissait l'existence de la Seconde et refusait d'envisager son avenir sous la dépendance des mentalistes. La Première Fondation avait la suprématie en matière de force physique quand la seconde était non seulement handicapée sur ce point mais par le fait qu'elle était confrontée à une double tâche : non seulement stopper la Première Fondation mais aussi regagner son anonymat.

C'est ce qu'elle parvint toutefois à accomplir sous la direction du plus grand de ses « Premiers Orateurs », Preem Palver. On laissa la Première Fondation gagner en apparence, en apparence balayer la Seconde Fondation, et acquérir un pouvoir croissant dans la Galaxie tout en continuant d'ignorer totalement que la Seconde Fondation existait toujours.

Quatre cent quatre-vingt-dix-huit années ont maintenant passé depuis que la Première Fondation a vu le jour. Elle est à présent au sommet de sa puissance mais il est un homme qui n'accepte pas les apparences...

CHAPITRE PREMIER

CONSEILLER

1.

« Je n'en crois rien, bien sûr », dit Golan Trevize sur les marches devant le palais Seldon, tout en contemplant la cité qui étincelait au soleil.

Terminus était une planète tempérée avec une forte proportion de masses océaniques. L'instauration du contrôle climatique n'avait fait que la rendre plus confortable encore — et considérablement moins attrayante, estimait souvent Trevize.

« Je n'en crois pas un mot », répéta-t-il avec un sourire. Et ses dents blanches et régulières étincelèrent dans son visage juvénile.

Son compagnon, et collègue au conseil, Munn Li Compor — il avait adopté un second prénom au mépris de toutes les traditions de Terminus — hocha la tête, mal à l'aise. « Qu'est-ce que tu ne crois pas ? Que nous avons sauvé la cité ?

— Oh ! ça je veux bien le croire. C'est vrai, non ? D'ailleurs Seldon avait dit qu'on le ferait et qu'on devait le faire et qu'il savait déjà tout ça depuis cinq cents ans... »

La voix de Compor descendit d'un ton et c'est dans un demi-murmure qu'il dit : « Écoute, moi je m'en fiche que tu me parles comme ça parce que, pour moi, ce ne sont que des mots, mais si tu vas le crier sur les toits, on risque de t'entendre et là, franchement, j'aimerais mieux ne pas être à côté de toi quand la foudre tombera. D'ici que le coup ne soit pas très précis... »

Trevize conserva son sourire imperturbable. Il répondit : « Quel mal y a-t-il à dire que la ville est sauvée ? Et qu'on y est parvenus sans une guerre ?

— Il n'y avait personne à combattre », remarqua Compor.

Il avait les cheveux blond crème, les yeux d'un bleu de ciel et il avait toujours résisté à la tentation de modifier ces teintes démodées. « Tu n'as jamais entendu parler de guerre civile, Compor ? » dit Trevize. Lui-même était grand, les cheveux bruns et légèrement frisés, et il avait l'habitude de marcher les pouces passés dans sa sempiternelle ceinture de toile.

« Une guerre civile en pleine capitale ?

— La question était suffisamment grave pour déclencher une crise Seldon. Elle a mis fin à la carrière politique de Hannis et nous a permis à l'un et l'autre de nous présenter aux dernières élections du Conseil, et tu sais que le résultat a été... » Il agita la main dans un lent mouvement de balance regagnant son équilibre.

Il s'arrêta sur les degrés, ignorant les autres membres du gouvernement, ceux des médias ainsi que tous ces gens de la bonne société qui avaient resquillé une invitation pour assister au retour de Seldon (ou tout au moins, de son image).

Tous ces gens descendaient les marches, bavardant, riant et se félicitant de l'ordre des choses, ravis qu'ils étaient de l'approbation de Seldon.

Trevize s'était à présent immobilisé, laisant la foule le dépasser. Compor qui avait deux marches d'avance s'arrêta — comme si se tendait entre eux quelque invisible filin. Il dit : « Alors, tu viens ?

— Il n'y a pas le feu. Ils ne vont pas commencer la réunion du Conseil avant que le maire Branno n'ait d'abord résumé la situation sur ce ton plat et saccadé dont elle est coutumière... et comme je ne suis pas pressé d'endurer encore un discours pesant... Regarde plutôt la ville !

— Je la vois. Je l'ai vue hier aussi.

— Oui mais, l'imagines-tu il y a cinq cents ans, lors de sa fondation ?

— Quatre cent quatre-vingt-dix-huit, corrigea machinalement Compor. C'est dans deux ans qu'ils fêteront son demi-millénaire et sans doute le maire Branno sera-t-il encore en poste à l'époque — sauf événements, espérons-le, extrêmement improbables.

— Espérons-le, répéta sèchement Trevize. Mais à quoi ressemblait-elle il y a cinq cents ans, lorsqu'elle fut fondée ? Une simple cité ! Une petite cité abritant un groupe d'hommes occupés à préparer une encyclopédie qui ne devait jamais être achevée !

— Mais si.

— Veux-tu parler de l'*Encyclopédie galactica* que nous avons aujourd'hui ? Celle que nous connaissons n'est pas celle sur laquelle ils travaillaient. Ce que nous utilisons est dans les mémoires d'un ordinateur et quotidiennement mis à jour. Tu n'as jamais été voir son original inachevé ?

— Tu veux dire au musée Hardin ?

— Le musée Salvor-Hardin des Origines. Rends-lui son titre complet, je te prie, puisque tu es si tatillon sur les dates. Alors, l'as-tu regardé ?

— Non. Il faudrait ?

— Non. Ça n'en vaut pas le coup. Enfin bref... imagine donc ces bonshommes — un groupe d'Encyclopédistes qui forment le noyau d'une ville — une petite bourgade perdue dans un monde virtuellement dépourvu de métaux, en orbite autour d'un soleil isolé, au fin fond des confins de la Galaxie. Et aujourd'hui, cinq cents ans plus tard, nous sommes devenus un monde de banlieue résidentielle. Toute la planète n'est plus qu'un parc gigantesque, on peut avoir tout le métal qu'on veut... on est au centre de tout, désormais !

— Pas tout à fait, remarqua Compor. On est toujours en orbite autour d'un soleil isolé. Et toujours au fin fond des confins de la Galaxie.

— Ah non, tu dis ça sans réfléchir. C'était tout l'objet de cette petite crise Seldon. Nous sommes plus que la simple planète Terminus : nous sommes La Fondation qui déploie ses tentacules sur toute la Galaxie et la dirige depuis sa position totalement excentrique. Si nous pouvons le faire, c'est que nous ne sommes pas isolés — sinon géographiquement, et cela, ça ne compte pas.

— D'accord. J'admets. » Compor n'était manifestement pas intéressé. Il descendit une nouvelle marche. L'invisible lien qui les unissait s'étendit encore.

Trevize tendit la main comme pour faire remonter son compagnon. « Ne vois-tu donc pas ce que ça signifie, Compor ? Voilà un énorme changement, et nous refusons de l'admettre. Dans nos cœurs, nous restons attachés à la petite Fondation, le petit univers réduit à une seule planète du bon vieux temps — le temps des héros en acier et des saints pleins de noblesse qui est à jamais enfui...

— Allons !

— Absolument : Regarde plutôt le palais Seldon. Au commencement, lors des premières crises à l'époque de Salvor Hardin, ce n'était que la Crypte temporelle, un petit auditorium où apparaissait l'image holographique de Seldon. C'est tout. Aujourd'hui, c'est devenu un mausolée colossal mais y vois-tu une rampe à champ de force ? Un glisseur ? Un ascenseur gravitique ? Non pas. Seulement ces marches que nous montons et descendons tout comme aurait dû le faire Hardin. A des moments aussi bizarres qu'imprévisibles, nous nous raccrochons peureusement au passé. »

Il étendit les bras dans un geste passionné : « Vois-tu la moindre charpente apparente qui soit métallique ? Pas une. Ce serait inconvenant, puisque du temps de Salvor Hardin, il n'y avait ici aucun minerai métallique à proprement parler et qu'on n'importait pratiquement pas de métaux. On est même allé jusqu'à poser du plastique d'antan, rose et craquelé, à la construction de cet énorme monument, pour avoir le plaisir d'entendre les visiteurs d'autres planètes s'exclamer : “ Par la Galaxie ! Quel adorable plastique ancien ! ” Je te le dis, Compor, c'est de la frime.

— C'est donc à ça, que tu ne crois pas ? Au palais Seldon ?

— Au palais et à tout ce qu'il contient », rétorqua Trevize dans un virulent murmure. « Je ne crois vraiment pas que ça rime à grand-chose de se cacher ici, au bout de l'Univers, rien que parce que nos ancêtres y étaient. Je crois qu'on devrait sortir de ce trou, revenir au centre des choses.

— Mais Seldon lui-même te donne tort. Le plan Seldon se déroule comme prévu.

— Je sais. Je sais. Et chaque enfant sur Terminus est élevé dans la croyance que Hari Seldon a formulé un plan, qu'il a tout prévu cinq siècles à l'avance, qu'il a bâti une Fondation pour lui permettre de cerner certaines crises et que, lors de ces crises, son image holographique nous apparaîtrait et nous dicterait le minimum de choses à savoir pour tenir jusqu'à la crise suivante, tout cela pour nous faire traverser mille ans d'histoire jusqu'à ce qu'on soit en mesure d'édifier en toute quiétude un Second Empire Galactique Encore Plus Grand sur les ruines de la vieille structure décrépite qui tombait déjà en ruine il y a cinq cents ans et s'est totalement désintégrée depuis deux siècles.

— Pourquoi me racontes-tu donc tout ça, Golan ?

— Parce que je te répète que c'est une comédie. L'ensemble est une comédie — ou si c'était vrai au début, c'est devenu une comédie depuis. Nous ne sommes pas nos propres maîtres. Ce n'est pas nous qui suivons le plan ! »

Compor considéra son compagnon d'un regard inquisiteur. « Tu as déjà dit des choses comme ça, Golan, mais j'ai toujours cru que tu racontais des balivernes pour m'asticoter. Mais par la Galaxie, j'ai bien l'impression que tu es sérieux !

— Bien sûr que je suis sérieux !

— Tu ne peux pas. Ou tu essaies de me jouer une blague particulièrement tarabiscotée, ou tu es devenu complètement fou.

— Ni l'un ni l'autre », dit Trevize, de nouveau calme, les pouces passés dans sa ceinture, comme s'il n'avait plus besoin des mains pour ponctuer sa passion. « J'ai déjà fantasmé là-dessus, je l'admets, mais ce n'était que pure intuition. Mais la farce de ce matin m'a rendu brusquement la chose évidente et j'ai bien l'intention, à mon tour, de la rendre évidente pour le Conseil.

— Alors là, tu es effectivement fou.

— Très bien. Viens avec moi et écoute. »

Ils descendirent ensemble les marches. Il n'y avait plus qu'eux — ils furent les derniers à quitter les degrés. Et tandis que Trevize s'avançait d'un pas léger sur le parvis, Compor, bougeant silencieusement les lèvres, lança derrière son dos ce reproche muet : « Idiot ! »

2.

Mme le maire Harlan Branno ouvrit la séance du Conseil exécutif. C'est sans signe visible d'intérêt que son regard avait parcouru la réunion ; pourtant nul ne doutait qu'elle avait remarqué tous ceux qui étaient présents comme tous ceux qui n'étaient pas encore arrivés.

Ses cheveux gris étaient soigneusement coiffés dans un style ni franchement féminin ni faussement masculin. C'était *son* style de coiffure, sans plus. Ses traits neutres n'étaient pas remarquables par leur beauté mais à vrai dire, ce n'est pas la beauté que l'on cherchait en ces lieux.

Elle était l'administrateur le plus capable de la planète. Nul ne pouvait l'accuser — et nul ne le faisait — d'avoir l'éclat d'un Salvor Hardin ou d'un Hober Mallow dont les aventures avaient animé l'histoire des deux premiers siècles de la Fondation mais nul ne l'aurait non plus assimilée aux frasques des Indbur héréditaires qui avaient dirigé la Fondation juste avant l'époque du Mulet.

Ses discours n'étaient pas faits pour émouvoir ; elle n'avait pas non plus le don des effets théâtraux mais elle savait prendre avec calme des décisions et s'y tenir aussi longtemps qu'elle était persuadée d'avoir raison. Sans charisme apparent, elle avait le coup pour persuader les votants que ces calmes décisions étaient effectivement les bonnes.

Puisque, selon la doctrine de Seldon, tout changement historique se révèle dans une large mesure difficile à dévier (si l'on excepte toujours l'imprévisible, facteur qu'oublient la plupart des seldonistes, malgré le déchirant épisode du Mulet), la Fondation aurait dû coûte que coûte maintenir sur Terminus sa capitale. « Aurait dû », notons-le : car Seldon, dans la toute dernière apparition de son simulacre vieux de cinq siècles, avait calmement estimé à 87,2 % sa probabilité de demeurer sur Terminus.

Quoi qu'il en soit, même pour un seldoniste, voilà qui signifiait donc qu'il y avait 12,8 % de chance que ce fût effectué le transfert vers un point plus proche du centre de la Fédération, avec toutes les sinistres conséquences soulignées par Seldon. Si cette éventualité estimée à un contre huit ne s'était pas produite, c'était bien certainement grâce au maire Branno.

Il était sûr qu'elle ne l'aurait pas permis. Elle avait traversé des périodes de considérable impopularité sans démordre de l'idée que Terminus était le siège traditionnel de la Fondation et le demeurerait. Ses ennemis politiques avaient beau jeu de la caricaturer en comparant sa forte mâchoire à un éperon de granite.

Et maintenant que Seldon avait soutenu son point de vue, voilà qu'elle se retrouvait — du moins pour l'heure — avec un écrasant avantage politique. Elle aurait, paraît-il, confié l'année précédente que si, lors de sa prochaine apparition, Seldon la soutenait effectivement, elle estimerait sa tâche remplie avec succès. Dès lors, elle se retirerait des affaires et prendrait du recul plutôt que de se risquer dans de nouvelles guerres politiques à l'issue douteuse.

Personne ne l'avait vraiment crue. Elle se sentait chez elle au milieu des guerres politiques à un point rarement rencontré chez ses prédécesseurs, et maintenant que l'image de Seldon était venue et repartie, il n'était apparemment plus question de départ en retraite.

Elle s'exprimait d'une voix parfaitement claire, avec un

accent de la Fondation qu'elle ne cherchait nullement à dissimuler (elle avait à une époque eu le poste d'ambassadrice sur Mandress, mais n'avait pour autant jamais adopté ce vieil accent impérial qui était à présent tellement en vogue — et qui contribuait en partie à cette attirance quasi impériale pour les Provinces intérieures).

Elle commença : « La crise Seldon est terminée et c'est une tradition — fort sage au demeurant — qu'aucune représaille d'aucune sorte, en acte ou en parole, ne soit entreprise contre ceux qui ont soutenu le mauvais parti. Combien d'honnêtes gens ont cru trouver de bonnes raisons pour désirer ce que Seldon ne voulait pas. Il serait vain de les humilier encore, au risque qu'ils ne puissent retrouver leur amour-propre qu'en dénonçant le plan Seldon. En revanche, c'est une coutume fort louable que ceux qui ont soutenu le parti perdant acceptent de bon cœur leur défaite et sans autre forme de procès. D'un côté comme de l'autre, la décision a été prise, irrévocablement. »

Elle marqua une pause, considéra l'assemblée d'un regard égal avant de poursuivre : « La moitié du temps est écoulé, messieurs les Conseillers, la moitié du millénaire entre les deux Empires. Ce fut une période difficile mais nous avons parcouru une longue route. Nous sommes à vrai dire pratiquement déjà un Empire galactique et il ne reste plus d'ennemis extérieurs notables.

« L'interrègne aurait duré trente mille ans en l'absence du plan Seldon. Au bout de ces trente mille années de désintégration, sans doute l'énergie aurait-elle fait défaut pour rebâtir un nouvel Empire. Ne seraient restés peut-être que quelques mondes isolés et sans doute agonisants.

« Ce que nous avons aujourd'hui, nous le devons à Hari Seldon, et c'est à cet esprit depuis longtemps disparu que nous devons continuer de faire confiance. Le danger qui nous guette, Conseillers, réside en nous-mêmes, et de ce point de vue, on ne peut officiellement douter de la valeur du plan. Agréons donc dès maintenant, avec calme mais fermeté, qu'il ne sera dorénavant jamais émis officiellement le moindre doute, la moindre critique, la moindre condamnation du plan. Nous devons le soutenir totalement. Il a fait ses preuves sur plus de cinq siècles. C'est le garant de la sécurité de l'humanité et on ne doit en rien l'altérer. Est-ce d'accord ? »

Il y eut un léger murmure. C'est à peine si Mme le Maire leva les yeux pour chercher une confirmation visuelle de leur accord : elle connaissait chacun des membres du Conseil et savait déjà comment réagirait chacun. Dans le sillage de la victoire, il n'y aurait aucune objection. L'an prochain peut-être. Mais pas maintenant. Et les problèmes de l'an prochain, elle s'y attellerait l'an prochain.

Hormis, comme toujours...

« De la télépathie, maire Branno ? » demanda Golan Trevize, descendant à grands pas la travée et s'exprimant d'une voix forte, comme pour compenser le silence de l'assistance. Il ignora son siège — situé dans la rangée du fond puisqu'il était nouveau au Conseil.

Branno n'avait toujours pas levé la tête. Elle dit : « Votre opinion, conseiller Trevize ?

— Est que le gouvernement ne peut bannir la liberté d'expression ; que tous les individus — et à plus forte raison, les membres du Conseil qui ont été élus dans ce but — ont le droit de discuter les décisions politiques de l'heure ; et qu'aucune décision politique ne peut être isolée du plan Seldon. »

Branno croisa les mains et leva les yeux. Son visage était inexpressif. Elle répondit : « Conseiller Trevize, vous êtes irrégulièrement entré dans ce débat, et ce faisant, vous vous en êtes exclu. Toutefois, vous ayant demandé d'exprimer votre opinion, je m'en vais à présent vous répondre.

« Il n'y a aucune limite à la liberté d'expression dans le cadre du plan Seldon. Le plan seul nous limite par sa nature même. Il peut y avoir bien des façons d'interpréter les événements avant que l'image ne présente la décision finale mais une fois cette décision prise, le Conseil n'a plus à la remettre en question. Pas plus qu'on ne doit à l'avance la remettre en question — comme si l'on s'avisait de dire :

“ Si jamais Hari Seldon devait décider ceci ou cela, il aurait tort. ”

— Et pourtant, si quelqu’un était sincèrement de cette opinion, madame le Maire ?

— Eh bien, ce quelqu’un pourrait l’exprimer, à condition que ce soit auprès d’une personne privée, et seulement en privé.

— Vous voulez donc dire que les limitations à la liberté d’expression que vous vous proposez d’instaurer ne s’appliquent entièrement, et exclusivement, qu’aux fonctionnaires du gouvernement ?

— C’est exact. Le principe n’est pas neuf dans le cadre des lois de la Fondation et fut déjà appliqué par des Maires de toutes tendances. Le point de vue d’un particulier ne signifie rien ; l’expression officielle d’une opinion a un poids, et peut se révéler dangereuse. Nous ne sommes pas allés aussi loin pour risquer un tel danger maintenant.

— Puis-je faire remarquer, madame le Maire, que le principe que vous invoquez n’a été appliqué par le Conseil qu’en des cas bien précis, strictement limités et fort peu nombreux. Jamais le Conseil ne l’a appliqué dans un cadre aussi vaste et mal défini que celui du plan Seldon.

— C’est le plan Seldon qui a le plus besoin de protection car c’est précisément là qu’une telle remise en question peut se révéler la plus lourde de conséquences.

— N’avez-vous pas envisagé, maire Branno… » Trevize s’interrompit pour se tourner à présent vers les rangs des Conseillers assis et qui semblaient, comme un seul homme, retenir leur souffle comme dans l’attente d’un duel. « Et vous, reprit-il, Membres du Conseil, n’avez-vous pas envisagé la possibilité, fort probable, qu’il n’y ait pas de plan Seldon du tout ?

— Nous avons tous pu le voir à l’œuvre encore aujourd’hui », contra le maire Branno, d’autant plus calme que Trevize devenait plus fougueux et lyrique.

« Et c’est bien précisément parce que nous l’avons vu à l’œuvre aujourd’hui, mesdames et messieurs les Conseillers, que nous pouvons constater que le plan Seldon, tel qu’on nous a demandé d’y croire, ne peut pas exister.

— Conseiller Trevize, vous outrepassez vos droits et je vous interdis de poursuivre dans cette voie.

— Vous oubliez que je bénéficie de l'immunité de ma charge...

— Cette immunité vous est dorénavant retirée, Conseiller.

— Vous ne pouvez pas me la retirer : votre décision de limiter la liberté d'expression ne peut, en soi, avoir force de loi. Il n'y a pas eu vote du Conseil sur ce point et même si cela était, je serais en droit de remettre en question sa légalité.

— Ce retrait, Conseiller, n'a rien à voir avec mes décisions visant à protéger le plan Seldon.

— Dans ce cas, sur quoi le fondez-vous ?

— Je vais vous le dire : vous êtes accusé de trahison, Conseiller. Je souhaiterais épargner à cette assemblée le désagrément d'une arrestation en pleine Chambre mais je vous signale que derrière cette porte vous attendent des gardes de la Sécurité qui sont chargés de vous mettre la main dessus dès que vous serez sorti. Je vais vous demander à présent de quitter cette salle sans faire de difficulté. Le moindre geste inconsidéré de votre part serait bien entendu interprété comme une agression, forçant la Sécurité à pénétrer dans la Chambre. J'espère que vous ne nous contraindrez pas à cette extrémité. »

Trevize fronça les sourcils. La salle du Conseil était plongée dans un silence absolu (qui pouvait s'attendre à cela, hormis lui, et Compor ?). Il se retourna vers la porte. Il ne vit rien mais il était certain que le maire Branno ne bluffait pas.

Il en bafouilla de rage : « Je rep... je représente une importante circonscription, maire Branno, nombre d'électeurs...

— Et nul doute que vous allez les décevoir.

— Sur quelle preuve étayez-vous donc cette accusation délirante ?

— Cela sera révélé en temps opportun mais soyez assuré que nous détenons tout ce qu'il faut. Vous êtes un jeune homme extrêmement indiscret et vous devriez vous rendre compte que l'on peut fort bien être votre ami sans pour autant souhaiter vous suivre dans votre trahison... »

Trevize fit volte-face, cherchant du regard les yeux bleus de Compor. Celui-ci soutint son regard, impassible.

Le maire Branno poursuivit, calmement : « Je ferai remarquer à l'assistance qu'au moment où j'ai énoncé ma dernière phrase, le conseiller Trevize s'est tourné pour regarder le conseiller Compor...

« Voulez-vous sortir, à présent, conseiller Trevize, ou bien allez-vous me contraindre à la pénible procédure d'une arrestation en pleine Chambre ? »

Golan Trevize se tourna, gravit de nouveau les marches de la salle du Conseil et, une fois à la sortie, se retrouva encadré par deux hommes en uniforme, bardés d'armes.

Et le regardant partir, impassible, Harlan Branno murmura entre ses lèvres à peine entrouvertes : « Idiot ! »

3.

Liono Kodell était Directeur de la Sécurité depuis le mandat du maire Branno. Ce n'était pas un boulot très foulant, à l'en croire. Mais fallait-il le croire ? Nul n'aurait su l'affirmer. Il n'avait pas l'air d'un menteur mais cela ne signifiait pas nécessairement grand-chose.

Il paraissait amical et bon enfant mais c'était peut-être par nécessité professionnelle. D'une taille plutôt inférieure à la moyenne et d'un poids plutôt supérieur, il arborait une moustache en broussaille (des plus inhabituelles chez un citoyen de Terminus) à présent plus blanche que grise, de pétillants yeux marron et la caractéristique barrette de couleur au revers de la poche de poitrine de sa terne tunique.

« Asseyez-vous, Trevize, lança-t-il. Et tâchons de garder à cet entretien une tournure amicale.

— Amicale ? Avec un traître ? » Trevize passa les pouces dans son ceinturon et resta debout.

« Avec un *présumé* traître. Nous n'en sommes pas encore au point où une accusation — même si elle est émise par le Maire en personne — équivaut à une condamnation. J'ose espérer que nous n'en arriverons pas là. Mon boulot est de vous disculper, si je le peux. Je préférerais de beaucoup le faire tout de suite, tant qu'aucun mal n'est fait — sinon peut-être à votre amour-propre — plutôt que d'être contraint à porter la chose sur la place publique. Je pense que vous me suivrez sur ce point. »

Mais Trevize ne se radoucit pas : « Trêve de complaisance. Votre boulot est de me harceler comme si j'étais effectivement un traître. Or je n'en suis pas un et je n'apprécie guère la nécessité de devoir le démontrer pour votre profit. Pourquoi ne serait-il pas à vous de faire la preuve de *votre* loyauté, à *mon* profit ?

— En principe, rien ne s'y oppose. L'ennui, toutefois, est que j'ai la force de mon côté et qu'à cause de cela, c'est à moi de poser les questions, pas à vous. Si le moindre soupçon de trahison ou de déloyauté se portait contre moi, soit dit en passant, j'imagine que je me retrouverais remplacé et illico interrogé à mon tour par quelqu'un qui, je l'espère sincèrement, ne me traiterait pas plus mal que je n'ai l'intention de vous traiter.

— Et comment comptez-vous me traiter ?

— Disons, je suppose, en ami et en égal, si vous voulez bien faire de même avec moi.

— Vous voulez peut-être que je vous serve un verre ? demanda Trevize, sarcastique.

— Plus tard, peut-être, mais pour l'instant, asseyez-vous. Je vous le demande entre amis. »

Trévize hésita, puis s'assit. Continuer à faire preuve de méfiance lui semblait soudain bien vain. « Et maintenant ? demanda-t-il.

— Maintenant, puis-je vous demander de répondre sincèrement et complètement à mes questions, sans chercher à les éluder ?

— Et dans le cas contraire ? Quelle est la menace sous-jacente ? Une sonde psychique ?

— J'espère que non.

— Moi de même. Vous n'oseriez pas avec un Conseiller. D'ailleurs elle ne révélerait aucune trahison et une fois que je serais acquitté, je me ferais un plaisir d'avoir votre tête et peut-être même celle de Mme le Maire, en passant. Tiens, cela vaudrait presque la peine que j'y passe...

Kodell fronça les sourcils, puis hocha doucement la tête. « Oh ! non. Oh ! non. Trop de risques de dégâts au cerveau. Le rétablissement est parfois lent, et, pour vous, le jeu n'en vaudrait certainement pas la chandelle. Certainement pas. Vous savez, quelquefois, pour peu que la sonde soit utilisée sous l'empire de l'exaspération...

— Des menaces, Kodell ?

— Le simple constat d'une réalité, Trevize. Entendez-moi bien, Conseiller : si je dois utiliser la sonde, je l'utiliserai et même si vous êtes innocent, vous n'aurez aucun recours.

— Que voulez-vous savoir ? »

Kodell bascula un interrupteur sur le bureau devant lui puis dit : « Mes questions comme vos réponses vont être enregistrées — en audio et en vidéo. Je ne vous demande aucune déclaration volontaire, ni aucune prise de position délibérée. Pas pour l'instant, du moins. Vous me comprenez, j'en suis sûr...

— Je comprends surtout que vous n'allez enregistrer que ce qui vous convient, remarqua Trevize, méprisant.

— C'est exact mais encore une fois, entendons-nous bien. Je ne déformerai en rien ce que vous allez me dire. Je l'utiliserai ou ne l'utiliserai pas, c'est tout. Mais vous saurez ce que je n'utiliserai pas, ainsi ne perdrons-nous ni mon temps ni le vôtre.

— On verra.

— Nous avons tout lieu de penser, conseiller Trevize » (et quelque chose dans son ton officiel prouvait à l'évidence qu'il était en train d'enregistrer), « que vous avez déclaré ouvertement, et en maintes occasions, que vous ne croyiez pas en l'existence du plan Seldon. »

Trevize répondit lentement : « Si je l'ai dit si ouvertement, et en maintes occasions, que vous faut-il de plus ?

— Ne perdons pas de temps en arguties, Conseiller. Vous savez ce qu'il me faut, ce sont des aveux spontanés, de votre propre bouche, caractérisés par votre empreinte vocale personnelle, et dans d'indiscutables conditions de parfaite maîtrise de soi.

— Parce que, je suppose, tout usage de l'hypnose, par des moyens chimiques ou autres, altérerait les empreintes vocales ?

— De manière très nette.

— Et vous voulez vous empresser de prouver que vous n'avez employé aucune méthode répréhensible pour interroger un Conseiller ? Je ne vous le reproche pas.

— J'en suis heureux, Conseiller. Dans ce cas, poursuivons. Vous avez donc déclaré ouvertement, et en maintes occasions, que vous ne croyiez pas en l'existence du plan Seldon. Admettez-vous ce fait ? »

Trevize répondit en choisissant soigneusement ses mots : « Je ne crois pas que ce que nous nommons “ plan Seldon ” ait la signification que nous lui attribuons couramment.

— Déclaration vague. Pourriez-vous préciser ?

— Mon opinion est que la notion courante selon laquelle, il y a cinq siècles, Hari Seldon, appliquant les lois mathématiques de la psychohistoire, aurait défini le cours des événements humains jusque dans leurs moindres détails, cours qui nous conduirait du Premier au Second Empire galactique selon la ligne de probabilité maximale, mon opinion est que cette notion est naïve. Ça ne peut pas exister.

— Entendez-vous par là que, selon vous, Hari Seldon n'aurait jamais existé ?

— Pas du tout. Bien sûr qu'il a existé.

— Qu'il n'a jamais été à l'origine de la science de la psychohistoire ?

— Non, bien évidemment non. Voyez-vous, Directeur, je m'en serais volontiers expliqué devant le Conseil si on me l'avait permis et je vais le faire pour vous. La vérité que je m'apprête à révéler vous paraîtra si évidente... »

Le directeur de la Sécurité avait calmement — et très ouvertement — arrêté l'enregistreur.

Trevize s'interrompit et fronça les sourcils : « Pourquoi avez-vous fait ça ?

— Vous me faites perdre mon temps, Conseiller. Je ne vous ai pas demandé de discours.

— Vous me demandez bien d'expliquer mon point de vue, n'est-ce pas ?

— Pas du tout. Je vous demande de répondre à mes questions — simplement, directement, et sans dévier. Répondez *uniquement* aux questions et uniquement sur ce que je vous ai demandé. Faites ce que je vous dis, et ce ne sera pas long.

— Vous voulez dire que vous allez m'extorquer des déclarations destinées à accréditer la version officielle de ce que je suis censé avoir fait ?

— Nous vous demandons seulement de faire des déclarations sincères et je vous garantis qu'elles ne seront pas altérées. Je vous en prie, laissez-moi reprendre maintenant : Nous parlions de Hari Seldon. » L'enregistreur était de nouveau en route et Kodell répéta calmement : « qu'il n'a jamais été à l'origine de la science de la psychohistoire ?

— Bien sûr, qu'il est à l'origine de ce que nous appelons la psychohistoire », dit Trevize, cachant mal son impatience, avec un geste passionné plein d'exaspération.

« ... que vous définiriez comment ? s'enquit le directeur.

— Par la Galaxie ! On la définit couramment comme la branche des mathématiques traitant des réactions globales de vastes populations humaines face à des stimuli donnés dans des circonstances données. En d'autres termes, elle est censée prédire les changements historiques et sociaux.

— Vous dites “ censée ”. Fondez-vous cette remise en question sur des bases mathématiques ?

— Non, je ne suis pas un psychohistorien. Pas plus qu'aucun membre du gouvernement de la Fondation, ni qu'aucun citoyen de Terminus ni… »

Kodell leva la main et dit d'une voix douce : « Conseiller, je vous en prie ! » Trevize se tut.

Kodell reprit : « Avez-vous quelque raison de supposer que Hari Seldon n'aurait pas fait les analyses visant à déterminer — aussi efficacement que possible — les facteurs permettant de maximiser la probabilité et de minimiser le délai de passage entre le Premier et le Second Empire, par le biais de la Fondation ?

— Je n'y étais pas », rétorqua Trevize, sardonique. « Comment le saurais-je ?

— Pouvez-vous affirmer qu'il ne l'a pas fait ?

— Non.

— Nieriez-vous, par hasard, que l'image holographique de Hari Seldon, apparue à chacune des crises historiques qui ont jalonné ces cinq derniers siècles, soit effectivement un cliché de Hari Seldon en personne, pris durant la dernière année de son existence, peu avant l'instauration de la Fondation ?

— Je suppose que je ne peux pas le nier.

— Vous " supposez ". Pouvez-vous m'affirmer qu'il s'agit d'un faux, d'une mystification montée dans le passé par quelque individu dans un but précis ? »

Trevize soupira. « Non. Je ne maintiens pas cela.

— Êtes-vous prêt à maintenir que les messages délivrés par Hari Seldon sont d'une manière ou d'une autre manipulés par un tiers ?

— Non. Je n'ai aucune raison de penser qu'une telle manipulation soit possible ou même d'un quelconque intérêt.

— Je vois. Vous avez pu assister à la toute dernière apparition de l'image de Seldon. N'avez-vous pas trouvé que son analyse — élaborée il y a cinq cents ans — correspondait très précisément à la situation présente ?

— Au contraire, dit Trevize avec un entrain soudain. Elle y correspondait très précisément. »

Kodell parut ne pas relever l'émotion de son interlocuteur. « Et pourtant, Conseiller, après l'apparition de Seldon, vous persistez à maintenir que le plan Seldon n'existe pas.

— Bien entendu : je maintiens qu'il n'existe pas, précisément à cause de la perfection avec laquelle son analyse correspond aux… »

Mais Kodell avait déjà coupé l'enregistrement. « Conseiller, dit-il avec un hochement de tête, vous m'obligez encore à effacer. Je vous demande si vous persistez dans vos idées bizarres et vous commencez à me donner des raisons. Laissez-moi vous répéter ma question. »

Il reprit : « Et pourtant, Conseiller, après l'apparition de Seldon, vous persistez à maintenir que le plan Seldon n'existe pas.

— Comment le savez-vous ? Personne n'a eu l'occasion de parler avec mon délateur et néanmoins ami Compor, après cette dernière apparition.

— Disons que nous avons fait nos déductions, Conseiller, et ajoutons que vous y avez déjà répondu par l'affirmative : " Bien entendu " avez-vous dit à l'instant. Si vous voulez bien vous donner la peine de le répéter sans ajouter d'autres mentions, nous pourrons enchaîner.

— Bien entendu, répéta Trevize, ironique.

— Bon, dit Kodell, on verra lequel de ces " bien entendu " sonne le plus naturel. Merci Conseiller », et il coupa de nouveau l'enregistreur.

« C'est tout ? demanda Trevize.

— Pour ce dont j'ai besoin, oui.

— Manifestement, ce dont vous avez besoin, c'est d'un jeu de questions et de réponses que vous puissiez présenter devant Terminus et toute la Fédération qu'elle dirige, destiné à accréditer l'idée que j'admets intégralement la légende du plan Seldon. De telle sorte que toute dénégation ultérieure de ma part ne puisse apparaître que comme du donquichottisme ou de la folie pure et simple.

— ... voire de la trahison, aux yeux d'une multitude excitée qui voit dans le plan un rouage essentiel à la sécurité de la Fondation. Il ne sera peut-être pas nécessaire de rendre public tout ceci, conseiller Trevize, si nous pouvons arriver à nous entendre mais si jamais il fallait en arriver là, croyez bien que nous veillerions à ce que la Fondation l'apprenne.

— Êtes-vous assez stupide, monsieur », dit Trevize en fronçant les sourcils, « pour vous désintéresser totalement de ce que j'ai réellement à vous révéler ?

— En tant qu'être humain, je suis vivement intéressé et je vous garantis que si l'occasion se présente, je vous écouterai — non sans quelque scepticisme — mais avec intérêt. En tant que Directeur de la Sécurité, toutefois, j'ai recueilli pour l'heure exactement tout ce qu'il me faut.

— J'espère que vous êtes conscient que cela ne vous vaudra, à vous pas plus qu'au Maire, rien de bon.

— Comme c'est curieux : je suis précisément de l'avis contraire. Cela dit, vous pouvez sortir. Sous bonne garde, bien entendu.

— Et où doit-on m'emmener ? »

Kodell se contenta de sourire. « Au revoir, Conseiller. Vous n'avez pas été parfaitement coopératif mais il eût été irréaliste d'espérer le contraire. »

Il lui tendit la main.

Trevize, qui s'était levé, l'ignora. Il défroissa sa tunique et dit : « Vous ne faites que retarder l'inévitable. D'autres doivent penser comme moi en ce moment, ou en tout cas, ils y viendront plus tard. M'emprisonner ou me tuer ne servira qu'à provoquer la surprise et, au bout du compte, à accélérer le processus. Mais à la fin, la vérité et moi, nous vaincrons. »

Kodell retira sa main et hocha lentement la tête : « Décidément, Trevize, vous êtes vraiment un idiot. »

4.

Ce ne fut pas avant minuit que deux gardes vinrent rechercher Trevize dans ce qui était — il devait bien l'admettre — une chambre fort luxueuse, au quartier général de la Sécurité. Luxueuse mais verrouillée. En d'autres termes, une cellule.

Trevize avait eu plus de quatre heures pour faire un douloureux examen de conscience, tout en arpentant la pièce de long en large.

Pourquoi avoir fait confiance à Compor ?

Et pourquoi pas ? Il avait tellement semblé convaincu. Non, pas exactement : il avait semblé tellement prêt à se laisser convaincre. Non. Pas ça non plus. Il avait semblé si stupide, si facile à dominer, si clairement dénué d'opinion personnelle que Trevize avait pris un malin plaisir à l'utiliser comme une bien confortable chambre de résonance. Compor avait aidé Trevize à améliorer et à peaufiner ses opinions. Il lui avait été utile et Trevize lui avait fait confiance pour la simple et bonne raison que c'était plus pratique ainsi.

Mais pour l'heure, il lui était bien inutile de savoir s'il aurait ou non dû voir clair en lui. Il aurait mieux fait de suivre ce simple précepte : ne se fier à personne.

Oui mais, peut-on passer toute sa vie à ne se fier à personne ?

Évidemment non.

Et puis, qui aurait songé que Branno aurait l'audace de virer en pleine séance un membre du Conseil — et sans qu'un Conseiller bouge le petit doigt pour défendre l'un de ses pairs ! Même si dans leur intime conviction, ils n'étaient pas d'accord avec Trevize, même s'ils étaient prêts à parier sur chaque goutte de leur sang que Branno avait raison, ils auraient quand même dû, par principe, s'élever devant cette violation de leurs prérogatives. Branno de bronze, la surnommait-on parfois et certes, elle agissait avec l'inflexibilité du métal.

A moins qu'elle ne fût elle aussi entre les mains de...

Non ! C'était tomber dans la paranoïa.

Et pourtant...

Son esprit tournait en rond et n'était toujours pas sorti de ces ornières répétitives lorsque entrèrent les deux gardes.

« Vous allez devoir nous suivre, Conseiller », dit le supérieur hiérarchique sur un ton de froide gravité. Son insigne indiquait le grade de lieutenant. Il avait une petite cicatrice sur la joue droite et semblait fatigué, comme s'il était à la tâche depuis bien trop longtemps, sans avoir eu l'occasion de faire grand-chose — ainsi qu'il est prévisible dans le cas d'un soldat dont le pays est en paix depuis plus d'un siècle.

Trevize ne bougea pas : « Votre nom, Lieutenant.

— Je suis le lieutenant Evander Sopellor, Conseiller.

— Vous vous rendez compte que vous enfreignez la loi,

lieutenant Sopellor ? Vous n'avez pas le droit d'arrêter un Conseiller.

— Nous avons reçu des ordres, monsieur.

— Peu importe. On ne peut pas vous avoir ordonné d'arrêter un Conseiller. Vous devez être bien conscient que vous risquez la cour martiale.

— Vous n'êtes pas arrêté, Conseiller, remarqua le lieutenant.

— Dans ce cas, je n'ai pas à vous suivre, n'est-ce pas ?

— Nous avons reçu l'ordre de vous escorter jusque chez vous.

— Je connais le chemin.

— ... et de vous protéger durant le trajet.

— De quoi ?... ou de qui ?

— D'un éventuel rassemblement.

— A minuit ?

— C'est bien pourquoi nous avons attendu jusqu'à minuit, monsieur. Et à présent, dans l'intérêt même de votre protection, nous devons vous demander de nous suivre. Puis-je ajouter (non pas à titre de menace mais simplement d'information) que nous avons l'autorisation d'user de la force, si nécessaire. »

Trevize avait certes remarqué les fouets neuroniques dont ils étaient armés. Il se leva, avec dignité, du moins l'espérait-il. « Eh bien, allons chez moi — à moins que je ne découvre au bout du compte que vous m'amenez en prison ?

— Nous n'avons pas reçu instruction de vous mentir, monsieur », dit le lieutenant, dans un sursaut d'amour-propre. Trevize comprit qu'il était en face d'un vrai professionnel qui ne mentirait qu'après en avoir explicitement reçu l'ordre — et que même alors, son expression comme son intonation le trahiraient.

Trevize se reprit : « Je vous prie de m'excuser, lieutenant. Je n'avais certes pas l'intention de mettre votre parole en doute. »

Une voiture les attendait dehors. La rue était vide et il n'y avait pas la moindre trace d'être humain — encore moins d'un rassemblement. Mais le lieutenant n'avait pas menti : il n'avait jamais dit qu'il y aurait un rassemblement ou qu'il s'en formerait un. Il avait tout au plus fait référence à « un éventuel rassemblement ». Une simple « éventualité ».

Le lieutenant avait pris soin de s'interposer entre Trevize et le véhicule. Il lui aurait été impossible de s'enfuir. Le lieutenant pénétra dans la voiture sur ses talons et s'assit à côté de lui sur la banquette arrière.

L'engin démarra.

« Une fois rentré chez moi, dit Trevize, je suppose que je pourrai librement vaquer à mes affaires — et, par exemple, sortir, éventuellement.

— Nous n'avons pas reçu instruction d'entraver votre liberté de mouvement, Conseiller, dans le cadre toutefois de notre mission de protection.

— Dans le cadre de votre mission... Et qu'entendez-vous par là ?

— J'ai l'ordre de vous prévenir qu'une fois chez vous, vous êtes avisé de ne plus en sortir. Les rues ne sont pas sûres et je suis responsable de votre sécurité.

— Vous voulez dire que je suis assigné à résidence.

— Je ne suis pas juriste, Conseiller. J'ignore ce que cela veut dire. »

Il regardait droit devant lui mais son coude effleurait Trevize : ce dernier n'aurait pu faire un geste, si minime fût-il, sans que le lieutenant ne le remarquât aussitôt.

Le véhicule s'immobilisa devant la petite maison qu'habitait Trevize, dans le faubourg de Flexner. En ce moment, il n'avait pas de compagne — Flavella s'étant lassée de l'existence erratique que lui imposait sa fonction au Conseil — aussi ne comptait-il pas être attendu.

« Est-ce que je sors tout de suite ?

— Je vais sortir en premier, Conseiller. Nous vous escorterons à l'intérieur.

— Toujours pour ma sécurité.

— Oui, monsieur. »

Il y avait deux gardes en faction derrière sa porte. On avait allumé une veilleuse mais les fenêtres ayant été obturées, elle demeurait invisible de l'extérieur.

Un bref instant, il se sentit outré par cette invasion de son domicile puis rapidement écarta le problème en haussant mentalement les épaules. Si le Conseil était incapable de le protéger dans son enceinte même, ce n'était sûrement pas son domicile qui pourrait lui servir de forteresse.

« Combien de vos hommes en tout avez-vous ici ? Un régiment ?

— Non, Conseiller », lui répondit une voix sèche mais posée. « Il n'y a qu'une seule personne ici en dehors de celles que vous voyez. Et je crois vous avoir assez attendu. »

Harlan Branno, Maire de Terminus, s'encadra dans la porte du séjour. « Il serait temps, ne trouvez-vous pas, que nous ayons enfin une conversation ? »

Trevize la regarda, éberlué : « Toute cette comédie pour... »

Mais Branno l'interrompit d'une voix basse et ferme : « Du calme, Conseiller — et vous quatre, dehors ! Dehors ! Il n'y a rien à craindre. »

Les quatre gardes saluèrent et tournèrent les talons. Trevize et Branno étaient seuls.

CHAPITRE II

MAIRE

5.

Branno avait attendu depuis une heure, ressassant ses pensées. D'un point de vue technique, elle était coupable d'effraction et de violation de domicile. Qui plus est, elle avait violé, fort inconstitutionnellement, les droits d'un Conseiller. Au terme strict des lois qui régissaient la fonction de Maire — depuis l'époque d'Indbur III et du Mulet, près de deux siècles plus tôt — elle risquait la destitution.

Mais en ce jour précis, pourtant, et pour un laps de temps de vingt-quatre heures, elle ne pouvait rien faire de mal.

Mais cela passerait. Elle ne pouvait s'empêcher de frémir.

Les deux premiers siècles avaient été l'âge d'or de la Fondation, l'époque héroïque — rétrospectivement, du moins, sinon pour les infortunés qui avaient dû vivre en ces temps peu sûrs. Salvor Hardin et Hober Mallow en avaient été les deux grands héros, quasiment déifiés au point de rivaliser avec l'incomparable Hari Seldon lui-même. Ces trois personnages formaient le trépied sur lequel reposait toute la légende (et même toute l'histoire) de la Fondation.

En ce temps-là, pourtant, la Fondation n'était encore qu'un monde bien chétif. dont l'emprise sur les Quatre

Royaumes était bien ténue, qui n'avait qu'une bien vague conscience de l'étendue de la protection que lui assurait le plan Seldon, et qui allait jusqu'à contrer ce qui subsistait du naguère puissant Empire galactique.

Et plus s'était accru le pouvoir politique et commercial de la Fondation, plus ses dirigeants et ses guerriers semblaient être devenus insignifiants. Lathan Devers : on l'avait presque oublié. Si l'on s'en souvenait, c'était plus à cause de sa fin tragique dans les camps que pour sa vaine (quoique victorieuse) lutte contre Bel Riose.

Quant à Bel Riose, le plus noble des adversaires de la Fondation, lui aussi, on l'avait presque oublié, éclipsé qu'il était par le Mulet qui seul parmi tous ses ennemis avait pu briser le plan Seldon et défaire la Fondation avant de la diriger. C'était lui, et lui seul, le Grand Ennemi — enfin, le dernier des grands.

On ne se souvenait guère que le Mulet avait été, en vérité, défait par un seul individu, une femme du nom de Bayta Darell, et qu'elle était parvenue à la victoire sans l'aide de quiconque, *sans même le soutien du plan Seldon.* Tout comme on avait presque oublié que son fils Toran et sa petite-fille, Arkady Darell, avaient à leur tour vaincu la Seconde Fondation, laissant le champ libre à la Fondation, la *Première* Fondation.

Ces vainqueurs d'aujourd'hui n'étaient désormais plus des personnages héroïques. De nos jours, on ne pouvait que se permettre des héros réduits à la taille de simples mortels. Et puis, reconnaissons que la biographie qu'avait donnée Arkady de sa grande-mère, l'avait fait descendre du rôle d'héroïne, à celui de simple figure romanesque.

Et depuis lors, il n'y avait plus eu de héros — ni même de figure romanesque, d'ailleurs. La guerre kalyanienne avait été le dernier épisode violent à impliquer la Fondation, et ce n'avait jamais été qu'un conflit mineur. Virtuellement plus de deux siècles de paix ! Cent vingt ans sans même un vaisseau éraflé.

Cela avait une bonne paix — Branno ne le déniait pas —, une paix profitable. La Fondation n'avait pas instauré un Second Empire galactique — on n'en était qu'à mi-parcours, selon le plan Seldon — mais, sous la forme d'une Fédération, elle tenait sous son emprise économique plus d'un tiers des entités politiques éparses de la Galaxie, et influençait ce qu'elle ne contrôlait pas. Rares étaient les endroits où mentionner : « Je suis de la Fondation » ne suscitait pas le respect. Parmi les millions de mondes habités, nulle fonction n'était tenu en plus haute estime que celle de Maire de Terminus.

Car le titre était resté. C'était celui du premier magistrat d'une malheureuse bourgade quasiment oubliée, perdue sur quelque planète aux confins extrêmes de la civilisation, quelque cinq siècles plus tôt, mais nul n'aurait songé à le changer, ne serait-ce qu'en le rendant un rien plus ronflant. Tel qu'il était, seul le titre presque oublié de Majesté impériale pouvait encore inspirer un respect comparable.

Hormis sur Terminus même, où les pouvoirs du Maire étaient soigneusement limités. Le souvenir des Indbur demeurait vivace. Ce que les gens ne risquaient pas d'oublier, c'était moins leur tyrannie que le fait qu'ils avaient perdu face au Mulet.

Et venait son tour à présent, Harlan Branno, Maire le plus puissant depuis la disparition du Mulet (elle en était consciente) et la cinquième femme seulement à accéder à ce poste. Et ce n'est qu'aujourd'hui qu'elle avait pu faire ouvertement usage de son pouvoir.

Elle s'était battue pour faire valoir son interprétation de ce qui était juste et de ce qui devait être — contre l'opposition farouche de tous ceux qui avaient hâte de retrouver le prestige des Secteurs centraux de la Galaxie et l'aura du pouvoir impérial — et elle avait gagné : Pas encore, leur avait-elle dit. Pas encore ! Si vous vous précipitez trop pour regagner les Secteurs centraux, vous vous retrouverez perdants, pour telle et telle raison. Et Seldon était apparu et l'avait appuyée en tenant un langage presque analogue au sien.

Cela l'avait rendue, pour un temps, aussi sage que Seldon lui-même aux yeux de la Fondation. Elle savait pertinemment toutefois que d'une heure à l'autre on pourrait l'oublier. Et voilà que ce jeune homme se permettait de la défier précisément ce jour-là !

Et il se permettait d'avoir raison !

C'était bien là le danger de la chose. Il avait raison ! Et, ayant raison, il était capable de détruire la Fondation ! Et voilà qu'ils se retrouvaient face à face, seuls.

Elle lui dit tristement : « Vous n'auriez pas pu chercher à me voir en privé ? Aviez-vous besoin de le clamer en pleine Chambre, dans votre désir stupide de me ridiculiser ? Est-ce que vous vous rendez compte de votre idiotie, mon pauvre garçon ? »

6.

Trevize se sentit rougir et lutta pour maîtriser sa colère. Branno était une femme qui allait sur ses soixante-trois ans. Il hésitait à se lancer dans une joute oratoire avec quelqu'un de presque deux fois son âge.

En outre, elle avait une grande pratique de la bataille politique et savait que si elle pouvait placer son adversaire en position de déséquilibre, elle aurait partie à demi gagnée. Mais une telle tactique n'était efficace que devant un public. Or, aucun spectateur n'était là pour assister à son humiliation : ils étaient seuls tous les deux.

Si bien que Trevize préféra ignorer ses paroles et fit de son mieux pour l'observer avec détachement : une vieille femme vêtue de ces habits unisexes qui étaient à la mode depuis deux générations — et qui ne lui allaient pas. Le Maire, le dirigeant de la Galaxie — si tant est que la Galaxie pût avoir un dirigeant — n'était qu'une vieille femme ordinaire qu'on aurait facilement pu confondre avec un homme — n'eût été sa coiffure, les cheveux gris acier tirés en arrière, et non pas flottant dans le style typiquement masculin.

Trevize lui adressa un sourire engageant. Quels que soient les efforts d'un adversaire plus âgé pour faire sonner l'épithète « mon garçon » comme une insulte, ledit « garçon » gardait l'avantage de la jeunesse et de l'allure — et surtout, il en était pleinement conscient.

Il lui dit : « C'est vrai. J'ai trente-deux ans, je ne suis donc qu'un garçon — si l'on veut. Et je suis Conseiller et par conséquent, *ex officio,* un idiot. La première condition est inévitable ; quant à la seconde, tout ce que je puis dire, c'est que j'en suis désolé.

— Savez-vous ce que vous avez fait ? Et ne restez donc pas planté là à faire de l'esprit : asseyez-vous. Mettez votre cervelle en route, si ça vous est possible, et répondez-moi intelligemment.

— Je sais très bien ce que j'ai fait. J'ai dit la vérité telle que je la vois.

— Et c'est aujourd'hui que vous l'utilisez pour me défier. Précisément le jour où mon prestige est tel que je peux me permettre de vous exclure de la Chambre et de vous arrêter sans que nul ne proteste.

— Le Conseil va se ressaisir et croyez bien qu'il protestera. Peut-être même proteste-t-il en ce moment. Et on m'écoutera d'autant mieux que vous avez décidé de me persécuter.

— Personne ne vous écoutera, parce que si je pensais que vous deviez continuer dans la même veine, je persisterais à vous poursuivre comme un traître avec toute la rigueur qu'autorise la loi.

— Alors, il faudrait me juger. Et je ferais éclater la vérité en plein tribunal.

— N'y comptez pas. Les pouvoirs d'exception d'un Maire sont considérables même s'il en fait rarement usage.

— Et sur quels motifs déclareriez-vous l'état d'exception ?

— Les motifs, je les inventerais. Accordez-moi encore assez d'ingéniosité pour ça ; et je n'aurais pas peur d'en prendre le risque politique. Ne me poussez pas à bout, jeune homme. Si nous sommes ici, c'est pour parvenir à un accord, sinon vous ne recouvrerez plus jamais la liberté. Vous resterez en prison jusqu'à la fin de vos jours. Je peux vous le garantir. »

Ils se dévisagèrent mutuellement : Branno en gris, Trevize en camaïeu de brun.

Trevize comprit : « Quel genre d'accord ?

— Ah ! ah ! On est curieux.. Voilà qui est mieux. On va pouvoir ainsi passer de la confrontation à la conversation. Quel est votre point de vue ?

— Vous le connaissez fort bien. Vous vous êtes roulée dans la boue avec le conseiller Compor, non ?

— Je veux l'entendre de votre bouche — à la lumière de la crise Seldon qui vient de s'achever.

— Très bien, si tel est votre désir, madame le Maire ! » (Il avait été à deux doigts de dire : « la vieille »). « L'image de Seldon a parlé trop juste, trop impossiblement juste, au bout de cinq cents ans. C'est la huitième fois qu'il apparaît, je crois. Et en plusieurs occasions, personne n'était là pour l'entendre. A une reprise au moins, du temps d'Indbur III, ce qu'il avait à dire était totalement désynchronisé avec la réalité — mais c'était au moment du Mulet, n'est-ce pas ? Alors, dites-moi quand il a fait preuve d'autant de clairvoyance que cette fois-ci ? »

Trevize se permit un petit sourire. « Jamais, jusqu'à présent, madame le Maire — pour ce que nous révèlent les archives du passé —, jamais Seldon n'est parvenu à décrire si parfaitement la situation, jusque dans ses plus infimes détails.

— Votre hypothèse est que l'apparition de Seldon, cette image holographique, est un faux, que ces enregistrements sont l'œuvre d'un contemporain — ce pourrait être moi — et qu'un acteur joue le rôle de Seldon ?

— Pas impossible, madame le Maire, mais ce n'est pas ce que je veux dire. La vérité est hélas bien pire. Je crois que c'est effectivement l'image de Seldon lui-même que l'on voit et que sa description du moment présent de l'histoire est bien la description qu'il prépara jadis, il y a cinq siècles. C'est d'ailleurs exactement ce que j'ai confié à votre homme, Kodell, qui m'a mené habilement dans une charade où j'étais censé soutenir les superstitions irréfléchies de certains membres de la Fondation.

— Oui. Cet enregistrement sera utilisé si nécessaire,

pour permettre à la Fondation de constater que vous n'avez jamais été dans l'opposition. »

Trevize ouvrit les bras : « Mais j'y suis ! Il n'y a pas de plan Seldon au sens où nous l'entendons et cela fait peut-être deux siècles qu'il en est ainsi. Il y a des années que je le soupçonne, et ce que nous avons pu voir il y a douze heures dans la crypte temporelle le prouve.

— Parce que Seldon était trop exact ?

— Précisément ! Ne souriez pas. C'est bien la preuve définitive.

— Je ne souris pas, je vous ferai remarquer. Poursuivez.

— Comment peut-il avoir été si exact ? Il y a deux siècles, son analyse de ce qui était alors le présent était complètement fausse. Trois cents ans s'étaient écoulés depuis l'instauration de la Fondation et il était déjà largement à côté de la plaque !

— Tout cela, Conseiller, vous l'avez expliqué vous-même il y a quelques instants : c'était à cause du Mulet ; le Mulet était un mutant doué d'intenses pouvoirs mentaux et il eût été impossible de l'intégrer dans le plan.

— Mais il était quand même là — intégré ou pas. Et il avait fait dérailler le plan Seldon. Le Mulet ne gouverna pas longtemps et il mourut sans successeur. La Fondation recouvra son indépendance et reprit sa domination mais comment le plan Seldon aurait-il retrouvé sa ligne initiale après une telle rupture touchant à sa trame même ? »

Branno prit un air sombre et serra ses vieilles mains ridées : « Vous connaissez la réponse : nous n'étions que la Première des deux Fondations. Vous avez lu comme moi les livres d'histoires.

— J'ai lu la biographie qu'a rédigée Arkady sur sa grand-mère — après tout, ça fait partie du programme scolaire — et j'ai lu ses romans également. J'ai lu la version officielle de l'histoire du Mulet et de ses conséquences. Me permettra-t-on d'en douter ?

— Comment cela ?

— Officiellement, nous — la Première Fondation — étions chargés de préserver le savoir des sciences physiques et de le faire avancer. Nous devions opérer au grand jour, notre développement historique suivant — qu'on en fût ou non conscients — le plan Seldon. Mais il y avait aussi la Seconde Fondation qui devait, elle, préserver et faire progresser les sciences humaines — dont la psychohistoire — et son existence devait demeurer un secret, même pour nous. La Seconde Fondation tenant lieu de vernier d'accord pour le plan, son rôle était d'ajuster les courants de l'histoire galactique si jamais ils s'écartaient de la voie tracée par le plan.

— Alors, vous avez trouvé vous-même la réponse, dit le Maire : Bayta Darell vainquit le Mulet, peut-être sous l'inspiration de la Seconde Fondation, même si sa petite fille soutient que ce n'était pas le cas. Ce fut pourtant la Seconde Fondation qui sans aucun doute œuvra pour ramener l'histoire galactique dans la voie du plan après la mort du Mulet et manifestement, elle y est parvenue.

« Alors, par Terminus, de quoi voulez-vous donc parler, Conseiller ?

— Madame le Maire, si nous suivons le récit d'Arkady Darell, il est clair qu'à vouloir corriger le cours de l'histoire galactique, la Seconde Fondation a bouleversé totalement le schéma initial de Seldon puisque par cette tentative même, elle détruisait son propre secret. Nous autres de la Première Fondation avons pris conscience de l'existence de notre reflet, la Seconde Fondation, et nous n'avons pu nous faire à l'idée que nous étions manipulés. Nous avons donc tout fait pour découvrir la Seconde Fondation et la détruire. »

Branno opina. « Et s'il faut en croire Arkady Darell, nous y sommes parvenus mais manifestement pas avant que la Seconde Fondation n'eût remis l'histoire galactique fermement sur ses rails après la rupture introduite par le Mulet. Et elle y est toujours.

— Et vous pouvez croire ça ? D'après la chronique, la Seconde Fondation fut localisée et le sort de ses membres réglé. Cela s'est passé en 378 de l'ère de la Fédération, il y a cent vingt ans. Cinq générations durant, nous sommes censés avoir agi seuls, sans Seconde Fondation, et malgré tout, nous sommes restés si proches de l'objectif initial du plan que l'image de Seldon et vous-même tenez un langage pratiquement identique !

— Ce qu'on pourrait interpréter comme le fait que j'ai su prédire avec perspicacité le développement des tendances historiques...

— Pardonnez-moi. Loin de moi l'idée de jeter le doute sur votre perspicacité mais il me semble quant à moi que l'explication la plus évidente reste encore que la Seconde Fondation n'a jamais été détruite. Elle continue de nous diriger. Elle continue de nous manipuler. Et voilà bien la raison pour laquelle nous sommes revenus dans la ligne du plan Seldon. »

7.

Si Mme le Maire fut choquée par cette déclaration, elle n'en trahit rien.

Il était plus d'une heure du matin et elle avait désespérément envie de mettre un terme à l'entretien, et pourtant elle ne pouvait pas précipiter les choses. Il fallait encore qu'elle joue avec ce jeune homme, et elle ne voulait pas qu'il brise tout de suite sa ligne. Elle n'avait pas envie de se défaire de lui alors qu'il pouvait encore lui être utile.

Elle répondit : « Pas possible ? D'après vous, le récit qu'a fait Arkady de la guerre kalyanienne et de la destruction de la Seconde Fondation est un faux ? C'est une invention ? Une blague ? Un mensonge ? »

Trevize haussa les épaules. « Ce n'est pas nécessaire. Là n'est pas la question. Supposez que le compte rendu d'Arkady fût totalement exact — dans les limites des informations dont elle disposait. Supposez que tout ait eu lieu exactement comme elle l'a dit ; qu'on ait effectivement découvert le repaire de la Seconde Fondation et qu'on en soit débarrassé. Comment peut-on affirmer, toutefois, qu'on ait eu tous ses membres jusqu'au dernier ? La Seconde Fondation recouvrait toute la Galaxie. Elle ne manipulait pas uniquement l'histoire de Terminus ou même de la seule Fondation. Ses responsabilités englobaient plus que notre capitale ou que l'ensemble de la Fondation. Il y a certainement des membres de la Seconde Fondation qui se trouvaient à mille parsecs, ou plus, du lieu des événements. Est-il alors concevable qu'on ait pu tous les avoir ?

« Et si tel ne fut pas le cas, pouvons-nous vraiment dire que nous avons gagné ? Le Mulet aurait-il pu dire la même chose à l'époque ? Après tout, il avait conquis Terminus et avec Terminus, tous les mondes qui étaient sous son contrôle direct — mais restait encore l'Association des marchands indépendants. Et une fois les marchands indépendants assujettis, restaient encore trois fugitifs : Ebling Mis, Bayta Darell et son mari. Il s'assura le contrôle des deux hommes et laissa libre Bayta ; Bayta, seule. Il avait agi ainsi par amour, s'il faut en croire le roman d'Arkady. Et cela fut suffisant. Selon le récit d'Arkady, une seule personne — et c'était Bayta — était encore libre d'agir à sa guise et c'est précisément à cause de ses agissements que le Mulet fut incapable de localiser la Seconde Fondation et se retrouva finalement vaincu.

« Une seule personne épargnée et tout est perdu ! Voilà bien la preuve du rôle de l'individu, malgré toutes ces légendes autour du plan Seldon pour accréditer l'idée que l'individu n'est rien et que la masse est tout.

« Et supposez que nous n'ayons pas simplement laissé une seule Fondation derrière nous mais quelques douzaines, comme c'est parfaitement envisageable... alors ? Est-ce qu'elles ne se regrouperaient pas, ne se reconstruiraient pas, ne s'attelleraient pas de nouveau à leur tâche, ne se multiplieraient pas en recrutant et en formant de nouveaux effectifs, pour de nouveau faire de nous leurs pions ? »

Branno lui dit gravement : « Le croyez-vous ?

— J'en suis persuadé.

— Mais dites-moi, Conseiller. Pourquoi s'embêteraient-ils avec tout cela ? Pourquoi quelques pitoyables survivants continueraient-ils à s'acharner désespérément sur une tâche dont tout le monde se désintéresse ? Qu'est-ce qui les pousse à maintenir coûte que coûte la Galaxie sur la voie conduisant au Second Empire ? Et à supposer que cette petite bande tienne absolument à remplir sa mission, pourquoi faudrait-il nous en soucier ? Pourquoi ne pas accepter plutôt la ligne du plan et leur être au contraire reconnaissants de veiller à ce que nous n'en dérivions pas ? »

Trevize se frotta les yeux. Malgré sa jeunesse, c'était lui qui paraissait le plus las des deux. Il dévisagea la femme : « Je ne peux pas vous croire. Vous imaginez vraiment que la Seconde Fondation agit pour notre bien ? Que ce sont des espèces d'idéalistes ? Ne vous paraît-il pas évident — avec votre connaissance de la politique, des buts concrets du pouvoir et de la manipulation — qu'ils n'agissent que pour eux-mêmes ?

« Nous sommes le fil de la lame. Nous sommes le moteur, la force. Nous travaillons avec notre sueur, notre sang et nos larmes. Eux, par contre, ils se contentent de diriger — ici on règle un ampli, là on ferme un contact —, et de le faire avec aisance et sans prendre aucun risque. Et puis, une fois que tout sera terminé et qu'au terme de mille ans de peine et de labeur, nous aurons enfin restauré un Second Empire galactique, les gens de la Seconde Fondation pourront se pointer pour jouer les élites dirigeantes. »

Branno répondit : « Alors, vous voulez éliminer la Seconde Fondation ? Vous voulez qu'arrivés à mi-parcours sur la voie du Second Empire, nous prenions le risque de terminer la tâche seuls et de nous fournir nous-mêmes nos propres élites ? C'est bien cela ?

— Certainement ! Certainement ! Et cela ne devrait-il pas être aussi votre souhait ? Vous comme moi, nous ne vivrons pas pour le voir réalisé mais vous avez des petits-enfants, j'en aurai moi aussi un jour, eux-mêmes auront des petits-enfants et ainsi de suite. Je veux qu'ils bénéficient du fruit de nos efforts et qu'ils nous considèrent comme en étant la source et nous louent pour ce que nous aurons acompli. Je n'ai pas envie que tout cela se réduise simplement à quelque complot secret ourdi par Seldon — qui n'est certainement pas un de mes héros. Je vous le dis :

Seldon représente une bien plus grande menace que le Mulet — si nous laissons son plan s'accomplir. Par la Galaxie, j'en viens à regretter que le Mulet n'ait pas réussi à complètement liquider le plan une bonne fois pour toutes. On lui aurait quand même survécu : lui, il était seul de sa race, et tout ce qu'il y a de plus mortel ; tandis que la Seconde Fondation me paraît immortelle.

— Mais vous aimeriez bien la détruire, n'est-ce pas ?

— Si vous saviez à quel point !

— Mais faute de savoir comment y parvenir, vous ne croyez pas plutôt que ce sont eux qui vont vous détruire ? »

Trevize la toisa d'un air méprisant : « L'idée m'a bien effleuré que vous-même puissiez être sous leur contrôle. L'exactitude de votre prédiction des paroles prononcées par l'image de Seldon et, consécutivement, votre attitude envers moi, pourraient fort bien être caractéristiques de la Seconde Fondation. Vous pourriez n'être qu'une coquille creuse habitée par la Seconde Fondation.

— Dans ce cas, pourquoi me parler comme vous le faites ?

— Parce que, si vous êtes sous le contrôle de la Seconde Fondation, je suis perdu de toute façon, et je peux bien alors me défouler d'une partie de ma colère — mais parce que, en vérité, je parie sur le fait que vous n'êtes *pas* sous leur contrôle, que vous êtes simplement inconsciente de vos actes. »

Branno répondit : « Pari gagné, en toute hypothèse. Je ne suis sous le contrôle de personne sinon de moi-même. Pourtant, qu'est-ce qui vous prouve que je dis la vérité ? Si j'étais effectivement sous le contrôle de la Seconde Fondation, est-ce que je l'admettrais ? En aurais-je même conscience ?

« Mais toutes ces questions sont bien vaines. Je crois ne pas être sous leur contrôle et vous n'avez pas d'autre choix que de le croire aussi. Imaginez pourtant un instant ce qui suit : si la Seconde Fondation existe, il est certain que sa première urgence sera de s'assurer que nul dans la Galaxie n'ait vent de son existence. Le plan Seldon ne fonctionne bien que si ses pions — à savoir nous-mêmes — ignorent comment il fonctionne et de quelle façon ils sont manipulés. C'est parce que le Mulet a polarisé l'attention de la Première Fondation sur la Seconde que cette dernière fut détruite à l'époque d'Arkady — ou devrais-je dire *quasiment* détruite, Conseiller ?

« De là, nous pouvons déduire deux corollaires : primo, nous pouvons raisonnablement supposer qu'en gros la Seconde Fondation s'immisce le moins possible dans nos affaires. D'ailleurs, elle serait dans l'impossibilité de nous dominer totalement : même elle (si elle existe) ne peut disposer d'une puissance illimitée. Dominer certains tout en risquant que d'autres s'en doutent pourrait avoir pour effet d'introduire des distorsions dans le déroulement du plan. Par conséquent, nous en arrivons à la conclusion que si la Seconde Fondation s'immisce dans nos affaires, ce sera à titre exceptionnel, et de manière aussi discrète et indirecte que possible — et donc que je ne suis certainement pas sous leur contrôle. Pas plus que vous.

— C'est votre premier corollaire et j'aurais tendance à l'admettre — mais je prends peut-être mes désirs pour des réalités. Et le second… ?

— Il est encore plus simple et plus inévitable : si la Seconde Fondation existe et désire garder secrète son existence, alors une chose est sûre. Quiconque persiste à croire à son existence, en parle et l'annonce et le proclame dans toute la Galaxie doit d'une manière ou de l'autre être illico retiré discrètement de la scène et disparaître définitivement… Ne serait-ce pas également votre conclusion ?

— Est-ce donc là la raison pour laquelle vous m'avez fait garder à vue, madame le Maire ? Pour me protéger des entreprises de la Seconde Fondation ?

— En un sens. Jusqu'à un certain point. L'enregistrement scrupuleux qu'a fait Liono Kodell de vos assertions sera diffusé non seulement pour éviter aux citoyens de Terminus et de la Fédération d'être inutilement troublés par vos divagations mais surtout pour empêcher la

Seconde Fondation d'être troublée. Si elle existe, je n'ai pas envie de vous voir attirer son attention.

— Pas possible, dit Trevize avec une pesante ironie. Tout ça pour mon bien ? Pour mes beaux yeux noisette, sans doute ? »

Branno tressaillit puis — sans avertissement — se mit à rire doucement. Elle répondit : « Je ne suis pas si vieille, Conseiller, que je n'aie pas remarqué vos beaux yeux noisette, et je ne dis pas qu'il y a trente ans j'y serais restée insensible. Toutefois, pour l'heure, je ne lèverais pas le petit doigt pour les sauver — pas plus d'ailleurs que le reste de votre personne — si vos yeux seuls étaient en jeu. Mais si la Seconde Fondation existe bel et bien, et si vous attirez son attention, il se pourrait alors que ses membres ne s'arrêtent pas là. Je dois aussi penser à mon existence, et à celle de quantité de gens considérablement plus intelligents et plus estimables que vous — et penser à tous les plans que nous avons élaborés.

— Oh ? Croiriez-vous donc en l'existence de la Seconde Fondation, pour avoir déjà envisagé comment réagir à son éventuelle réponse ? »

Branno écrasa le poing sur la table devant elle : « Bien sûr que j'y crois, indécrottable idiot ! Si j'ignorais l'existence de la Seconde Fondation, et si je ne la combattais pas de tout mon cœur et de toute mon énergie, est-ce que je me soucierais de ce que vous pouvez bien raconter sur son compte ? Si la Seconde Fondation n'existait pas, que m'importerait que vous proclamiez le contraire ? Pendant des mois, j'ai cherché à vous faire taire avant que vous ne divulguiez la chose mais je n'avais pas alors le poids politique nécessaire pour me permettre de traiter cavalièrement un Conseiller. L'apparition de Seldon m'en a fourni l'occasion — temporairement, du moins — et c'est le moment que vous avez justement choisi pour vous manifester. J'ai riposté immédiatement et je vous préviens que je n'hésiterai pas à vous faire liquider sans le moindre remords ni l'ombre d'une hésitation si vous ne faites pas exactement ce qu'on vous dira de faire.

« Toute cette conversation, à une heure où je ferais

mieux d'être au lit et de dormir, avait pour seul but de vous amener à me croire quand je vous dirai ceci : je veux que vous sachiez que ce problème de la Seconde Fondation (que j'ai pris bien soin de vous laisser vous-même exposer) pourrait me fournir une raison amplement suffisante pour vous faire décérébrer sans autre forme de procès. »

Trevize se leva à demi de son siège.

Branno poursuivit : « Oh ! ne faites aucun geste ! Je ne suis certes qu'une vieille femme comme vous devez sans doute vous le dire, mais avant que vous ayez posé la main sur moi vous seriez déjà mort. Vous êtes, jeune écervelé, sous la surveillance de mes hommes. »

Trevize se rassit et dit d'une voix légèrement tremblante : « C'est absurde. Si vous croyiez en l'existence de la Seconde Fondation, vous n'en parleriez pas aussi librement. Vous ne vous exposeriez pas vous-même aux dangers auxquels vous prétendez que je m'expose moi-même.

— Vous reconnaissez donc que j'ai un tantinet plus de bon sens que vous : en d'autres termes, vous qui croyez en l'existence de la Seconde Fondation, vous en parlez en toute liberté parce que vous n'êtes qu'un idiot. Je crois en son existence et j'en parle librement moi aussi — mais uniquement parce que j'ai pris mes précautions. Puisque vous me semblez avoir lu en détail la relation d'Arkady, vous vous souvenez certainement qu'elle attribue à son père l'invention d'un appareil qu'elle nomme le brouilleur mental, appareil utilisé comme écran protecteur contre les pouvoirs mentaux de la Seconde Fondation. Ce dispositif existe toujours et a même fait l'objet d'améliorations, cela dans le plus grand secret. Ainsi, cette maison est-elle pour l'instant raisonnablement protégée contre leurs investigations. Cela étant posé, permettez-moi à présent de vous exposer la teneur de votre mission.

— Comment ça ?

— Vous allez devoir découvrir si ce que vous et moi croyons est effectivement vrai. Vous allez devoir découvrir si la Seconde Fondation existe encore et si oui, la localiser.

Ce qui veut dire que vous allez devoir quitter Terminus et partir je ne sais où — même s'il se révèle en fin de compte (comme au temps d'Arkady) que la Seconde Fondation se trouve en réalité parmi nous. Cela signifie également que vous ne reviendrez pas avant d'avoir quelque chose à nous révéler ; et si vous n'avez rien à nous révéler, vous ne reviendrez pas et la population de Terminus comptera un idiot de moins. »

Trevize s'entendit balbutier : « Comment, par Terminus, puis-je les rechercher sans me trahir ? Ils vont simplement s'arranger pour me liquider et vous ne serez pas plus avancée.

— Alors, ne les cherchez surtout pas, grand nigaud ! Cherchez autre chose ! Cherchez autre chose, de tout votre cœur, de toute votre âme, et si jamais, en cours de route, vous tombez sur eux parce qu'ils n'auront pas pris la peine de vous prêter la moindre attention, alors à la bonne heure ! Vous pourrez dans ce cas nous en informer par message codé en hyperondes et, pour votre récompense, revenir au bercail.

— Je suppose que vous avez déjà en tête quelque chose à me donner à chercher ?

— Bien évidemment. Connaissez-vous Janov Pelorat ?

— Jamais entendu parler.

— Vous le rencontrez demain. C'est lui qui vous expliquera ce que vous allez chercher et qui vous accompagnera à bord de l'un de nos vaisseaux les plus perfectionnés. Vous en serez les deux seuls passagers — risquer deux personnes est déjà amplement suffisant. Et si jamais vous vous avisiez de revenir sans les renseignements que nous voulons, vous serez volatilisés dans l'espace avant d'être à moins d'un parsec de Terminus. C'est tout. L'entretien est terminé. »

Elle se leva ; regarda ses mains nues puis avec lenteur enfila ses gants. Elle se tourna vers la porte où aussitôt s'encadrèrent deux gardes, l'arme à la main. Ils s'écartèrent pour la laisser passer.

Sur le seuil, elle se retourna : « Il y a d'excellents gardes à l'extérieur. Ne vous risquez donc pas à les déranger, ou ils nous épargneront le trouble de votre existence.

— Vous perdriez par la même occasion les profits que je pourrais vous procurer », dit Trevize en s'efforçant de prendre un ton léger.

« On en prendra le risque », rétorqua Branno avec un sourire sans joie.

8.

Liono Kodell l'attendait dehors. Il lui dit : « J'ai tout entendu, Madame. Vous avez été extraordinairement patiente.

— Et je suis surtout extraordinairement fatiguée. J'ai l'impression d'avoir fait une journée de soixante-douze heures. A vous la main.

— Volontiers mais, dites-moi... Y avait-il réellement un brouilleur mental à proximité de la maison ?

— Oh Kodell ! fit Branno d'une voix lasse. Vous n'êtes pas si bête. Quel risque courait-on, franchement, d'être surveillés ? Vous croyez peut-être que la Seconde Fondation surveille tout, tout le temps et partout ? Je ne suis pas aussi romantique que le jeune Trevize ; il se peut qu'il croie ça ; moi pas. Et cela serait-il même le cas, la Seconde Fondation aurait-elle des yeux et des oreilles partout, la présence d'un brouilleur mental ne nous aurait-elle pas au contraire immédiatement trahis ? En l'occurrence, son emploi n'aurait-il pas révélé à la Seconde Fondation l'existence d'un écran contre ses pouvoirs — en lui faisant découvrir une zone mentalement opaque ? Le secret de l'existence d'un tel écran (tant que nous ne serons pas prêts à l'utiliser sur une grande échelle) n'a-t-il pas plus de valeur, non seulement que l'existence de Trevize, mais même que la vôtre et la mienne réunies ? Et pourtant... »

Ils avaient regagné la voiture et Kodell conduisait. « Et pourtant... répéta-t-il.

— Et pourtant quoi ?... Ah ! oui... Et pourtant, ce jeune homme est intelligent. Je l'ai peut-être traité d'idiot d'une manière ou de l'autre une bonne demi-douzaine de fois — histoire de lui rabattre son caquet — mais il est loin de l'être. Il est surtout jeune et il a un peu trop lu de romans d'Arkady Darell. Si bien qu'il a tendance à croire que la Galaxie est comme dans ses livres. Mais ce garçon a l'esprit particulièrement vif et perspicace et c'est bien dommage qu'il faille le perdre.

— Vous en êtes donc si certaine ?

— Tout à fait, dit tristement Branno. Enfin, c'est peut-être aussi bien ainsi. Nous n'avons que faire de jeunes romantiques qui foncent tête baissée et sont fort capables de démolir en un instant ce qu'il nous a fallu des années pour bâtir. Par ailleurs, il va quand même servir à quelque chose : En attirant indubitablement l'attention des gens de la Seconde Fondation — à supposer toujours qu'ils existent et se soucient effectivement de nous. Car, pendant qu'ils s'occuperont de lui, avec un peu de chance, ils nous ignoreront. Peut-être même y gagnerons-nous plus encore que la bonne fortune d'être ignorés : on peut toujours espérer que grâce à Trevize ils se trahiront par mégarde et nous offriront l'occasion — et nous donneront le temps de préparer une riposte.

— Trevize sert donc à attirer la foudre… »

Les lèvres de Branno frémirent. « Ah ! La métaphore que je cherchais ! Il est effectivement un paratonnerre, n'attirant sur lui la foudre que pour mieux nous en protéger.

— Et ce Pelorat, qui va se retrouver lui aussi sur le trajet de l'éclair ?

— Il se peut qu'il en pâtisse également… Mais c'est inévitable. »

Kodell hocha la tête. « Enfin, vous savez ce que disait Salvor Hardin… " Ne laissez jamais vos sentiments moraux vous empêcher d'accomplir ce qui doit l'être. "

— Pour l'heure, je n'ai aucun sentiment moral, marmonna Branno. Mon seul sentiment, c'est celui d'une grande lassitude. Et pourtant… je pourrais vous citer quantité de gens dont j'aimerais mieux me passer avant Golan Trevize. C'est un bien beau jeune homme — Et, bien entendu, il ne l'ignore pas. » Elle prononça ces derniers mots d'une voix empâtée tandis que ses yeux se fermaient et qu'elle glissait doucement vers le sommeil.

CHAPITRE III

HISTORIEN

9.

Janov Pelorat avait les cheveux blancs et ses traits, au repos, étaient plutôt inexpressifs. Ses traits étaient d'ailleurs le plus souvent au repos. Il était de taille et de corpulence moyennes et tendait à se mouvoir sans hâte et à ne s'exprimer qu'après mûre réflexion. Il paraissait beaucoup plus que ses cinquante-deux ans.

Il n'avait jamais quitté Terminus, détail des plus inhabituels, surtout pour un homme de sa profession. Lui-même n'aurait su dire s'il avait ces manières casanières à cause de — ou bien malgré — son obsession pour l'histoire.

Une obsession qui l'avait pris tout soudain à l'âge de quinze ans lorsque, à la faveur de quelque indisposition, on lui avait offert un recueil de légendes antiques. Il y avait découvert ce leitmotiv d'un monde isolé et solitaire — un monde qui n'avait même pas conscience de cette isolation car il n'avait jamais connu rien d'autre.

Son état avait aussitôt commencé de s'améliorer : en l'espace de deux jours, il avait lu trois fois le livre et quittait le lit. Le lendemain, il était derrière sa console, à chercher dans les banques de données de la bibliothèque universitaire de Terminus les traces éventuelles de légendes analogues.

C'étaient précisément de telles légendes qui l'avaient accaparé depuis. Certes, la bibliothèque universitaire de

Terminus ne l'avait guère éclairé sur ce point mais, en grandissant, il avait appris à goûter les joies des prêts interbibliothécaires. Il avait en sa possession des tirages qui lui étaient parvenus par hyperfaisceaux de régions aussi éloignées que Ifnia.

Il était ensuite devenu professeur d'histoire antique et se retrouvait aujourd'hui au seuil de son premier congé sabbatique — congé demandé dans l'idée d'effectuer un voyage spatial (son premier) jusqu'à Trantor même — trente-sept ans plus tard.

Pelorat était tout à fait conscient qu'il était fort inhabituel pour un citoyen de Terminus de n'avoir jamais été dans l'espace. Mais ce n'était nullement de sa part un désir de se singulariser. Simplement, chaque fois que s'était présentée pour lui l'occasion de partir, quelque ouvrage nouveau, quelque étude originale, quelque analyse inédite l'avaient retenu. Il reportait alors le voyage projeté, le temps d'épuiser ce sujet neuf et, si possible, d'y contribuer en ajoutant un nouvel élément, une nouvelle hypothèse, une nouvelle idée à la montagne déjà amassée. En fin de compte, son unique regret était de n'avoir jamais pu effectuer ce voyage à Trantor.

Trantor avait été la capitale du Premier Empire galactique ; la résidence des Empereurs douze siècles durant et, avant cela, la capitale de l'un des plus importants royaumes préimpériaux qui avait peu à peu capturé (ou du moins absorbé) les royaumes voisins pour aboutir à cet Empire.

Trantor avait été une cité de taille planétaire, une cité caparaçonnée de métal. Pelorat en avait lu la description dans les œuvres de Gaal Dornick qui l'avait visitée du temps d'Hari Seldon lui-même. L'ouvrage de Dornick était épuisé et l'exemplaire que détenait Pelorat aurait pu être revendu la moitié du salaire annuel de l'historien. Lequel aurait été horrifié à l'idée qu'il pût s'en dessaisir.

Ce qui sur Trantor intéressait Pelorat, c'était bien évidemment la bibliothèque galactique qui, du temps de l'Empire (c'était alors la bibliothèque impériale), avait été la plus grande de toute la Galaxie. Trantor était la capitale de l'empire le plus vaste et le plus peuplé que l'humanité ait jamais connu. Ville unique recouvrant une planète entière et peuplée de plus de quarante milliards d'habitants, sa bibliothèque avait réuni l'ensemble des œuvres (plus ou moins) créatives de l'humanité, recueilli la somme intégrale de ses connaissances. Le tout numérisé de manière si complexe qu'il fallait des experts en informatique pour en manipuler les ordinateurs.

Qui plus est, cette bibliothèque avait survécu. Pour Pelorat, c'était bien là le plus surprenant de la chose. Lors de la chute et du sac de Trantor, près de deux siècles et demi plus tôt, la planète avait subi d'épouvantables ravages et sa population souffert au-delà de toute description — et pourtant, la bibliothèque avait survécu, protégée (racontait-on) par les étudiants de l'université, équipés d'armes ingénieusement conçues. (D'aucuns pensaient toutefois que la relation de cette défense par les étudiants pouvait bien avoir été entièrement romancée.)

Quoi qu'il en soit, la bibliothèque avait traversé la période de dévastation. C'est dans une bibliothèque intacte, au milieu d'un monde en ruine, qu'avait travaillé Ebling Mis lorsqu'il avait failli localiser la Seconde Fondation (selon la légende à laquelle les citoyens de la Fondation croyaient encore bien que les historiens l'eussent toujours considérée avec quelque réserve). Les trois générations de Darell — Bayta, Toran et Arkady — étaient chacune, à un moment ou à un autre, allées à Trantor. Arkady toutefois n'avait pas visité la bibliothèque et, depuis cette époque, la bibliothèque ne s'était plus immiscée dans l'histoire galactique.

Aucun membre de la Fondation n'était retourné sur Trantor en cent vingt ans mais rien ne permettait de croire que la bibliothèque ne fût pas toujours là. Qu'elle ne se soit pas fait remarquer était la plus sûre preuve de sa pérennité : sa destruction aurait très certainement fait du bruit.

La bibliothèque de Trantor était archaïque et démodée — elle l'était déjà du temps d'Ebling Mis — mais ce n'en était que mieux pour Pelorat qui se frottait toujours les mains d'excitation à l'idée d'une bibliothèque à la fois *vieille* et *démodée.* Plus elle l'était, vieille et démodée, et plus il aurait des chances d'y trouver ce qu'il cherchait. Dans ses rêves, il se voyait entrer dans l'édifice et demander, haletant d'inquiétude : « La bibliothèque a-t-elle été modernisée ? Avez-vous jeté les vieilles bandes et les anciennes mémoires ? » Et toujours, il s'imaginait la réponse d'antiques et poussiéreux bibliothécaires : « Telle qu'elle fut, Professeur, telle vous la trouvez. »

Et voilà que son rêve allait se réaliser ! Mme le Maire en personne l'en avait assuré. Comment elle avait eu vent de ses recherches, il n'en avait guère idée. Il n'avait pas réussi à publier grand-chose : bien peu de ses travaux méritaient une communication et les quelques-uns à avoir été publiés n'avaient guère laissé de trace. Pourtant, on disait que Branno la Dame de Bronze était au courant de tout ce qui se passait sur Terminus et qu'elle avait des yeux jusqu'au bout des doigts et des orteils. Pelorat était prêt à le croire mais si elle connaissait ses recherches, pourquoi diable n'en avait-elle pas discerné l'importance en lui accordant un peu plus tôt un modeste soutien financier ?

En quelque sorte, songea-t-il en se forçant à être le plus amer possible, la Fondation garde les yeux obstinément fixés sur l'avenir : ce qui lui importait, c'était l'avènement du Second Empire et sa destinée future. Elle n'avait ni le temps ni le désir de se pencher sur son passé — et ceux qui le faisaient avaient tendance à l'irriter. C'était manifestement fort bête mais il ne pouvait pas à lui tout seul combattre la bêtise. Et puis, cela valait peut-être mieux. Il se gardait ainsi pour lui ce grand dessein et le jour finirait par venir où l'on reconnaîtrait en Janov Pelorat le grand pionnier de la quête fondamentale.

Ce qui bien sûr voulait dire (et il avait trop d'honnêteté intellectuelle pour ne pas l'admettre) que lui aussi avait les yeux tournés vers l'avenir — un avenir dans lequel il se verrait reconnu, et considéré comme un héros, l'égal de Hari Seldon ; plus grand même, en fait, car que pesait une prospective établie sur mille ans dans l'avenir, face à la révélation d'un passé enfoui et remontant au moins à vingt-cinq millénaires ?

Et voilà que son heure avait enfin sonné. Son heure était venue !

Le Maire lui avait dit que ce serait pour le lendemain de l'apparition de l'image de Seldon. C'était pour cette seule raison que Pelorat s'était d'ailleurs intéressé à la crise Seldon qui depuis des mois occupait l'esprit de tous sur Terminus, voire dans toute l'étendue de la Fédération.

Ça ne lui aurait personnellement fait ni chaud ni froid que la capitale de la Fondation restât sur Terminus ou fût transférée ailleurs. Et maintenant que la crise était résolue, il n'aurait su dire avec certitude quel parti Seldon avait finalement soutenu — voire même s'il avait abordé ledit sujet.

Il lui suffisait de savoir que Seldon était apparu et donc que son heure avait sonné.

Ce fut peu après deux heures de l'après-midi qu'un glisseur s'immobilisa dans l'allée devant sa demeure quelque peu isolée, à la sortie de Terminus.

Une porte coulissa à l'arrière du véhicule. En descendirent un garde portant l'uniforme des compagnies de sécurité de la mairie, puis un jeune homme, puis enfin deux autres gardes.

Pelorat fut impressionné malgré lui. Non seulement Mme le Maire connaissait ses travaux mais, à l'évidence, elle y attachait la plus haute importance puisque l'homme qui devait l'accompagner se voyait doté d'une garde d'honneur ; sans parler qu'on lui avait promis un vaisseau de première classe, que cet homme pourrait justement piloter. Décidément, très flatteur ! Très...

Sa gouvernante ouvrit la porte. Le jeune homme entra et les deux gardes prirent position de part et d'autre de l'entrée. Par la fenêtre, Pelorat vit que le troisième homme était demeuré à l'extérieur et qu'un second glisseur venait de s'arrêter. Encore des gardes !

Troublant !

Il se retourna pour accueillir le jeune homme et découvrit avec surprise qu'il le reconnaissait. Il l'avait vu en holovision. « Mais vous êtes ce Conseiller… C'est vous, Trevize !

— Golan Trevize. Effectivement. Et vous, le professeur Janov Pelorat ?

— Oui, oui, dit l'intéressé. Êtes-vous celui qui doit...

— Nous allons voyager ensemble, coupa Trevize, impassible. A ce qu'on m'a dit.

— Mais vous n'êtes pas historien.

— Non, certes pas. Vous l'avez dit vous-même : je suis un Conseiller, un politicien.

— Certes, certes… Mais où ai-je la tête ? C'est moi l'historien, alors pourquoi s'encombrer d'un second ? Vous, vous pouvez piloter l'astronef.

— Oui, je suis plutôt bon pilote.

— Eh bien, dans ce cas, voilà une bonne chose de réglée. Excellent ! Je crains en effet que l'esprit pratique ne soit pas mon fort, mon jeune ami, aussi, si d'aventure c'était là votre domaine, nous ferions assurément une bonne équipe…

— Je ne suis pas pour l'heure convaincu de l'excellence de mes capacités en la matière mais nous n'avons, semble-t-il, guère d'autre choix que d'essayer de former une bonne équipe.

— Espérons alors que je saurai vaincre mes incertitudes quant à l'espace… C'est que, voyez-vous, Conseiller, je n'y suis encore jamais allé. Je ne suis qu'un vulgaire rampant, si tel est bien le terme. Au fait, aimeriez-vous une tasse de thé ? Je vais demander à Kloda de nous préparer quelque chose. J'ai cru comprendre que nous avions quelques heures devant nous avant le départ, après tout. Je suis prêt, toutefois : j'ai pu obtenir tout le nécessaire pour nous deux. Mme le Maire s'est montrée particulièrement coopérative. Surprenant, d'ailleurs, cet intérêt pour le projet…

— Vous étiez donc au courant ? Depuis combien de temps ?

— Le Maire m'a contacté, voyons… » (ici, Pelorat fronça légèrement les sourcils, comme absorbé dans quelque calcul) « il y a bien deux ou trois semaines. J'en fus, je dois dire, absolument ravi. Et maintenant que je me suis fait à l'idée d'avoir besoin d'un pilote plutôt que d'un second historien, je suis également ravi que ce soit vous mon compagnon, bien cher ami.

— Deux ou trois semaines... », répéta Trevize, quelque peu ébahi. « Elle préparait donc son coup depuis tout ce temps. Et moi qui... » Il se tut.

« Pardon ?

— Rien, professeur. J'ai la mauvaise habitude de marmonner tout seul dans mon coin. C'est, je le crains, une manie à laquelle vous allez devoir vous faire, pour peu que notre expérience se prolonge...

— Assurément, assurément », dit Pelorat, tout en le poussant vers la table de la salle à manger, où sa gouvernante était en train de leur servir un thé des plus complets. « C'est un voyage qui s'annonce très ouvert. Le Maire a bien stipulé que nous pouvions prendre tout notre temps et que nous avions toute la Galaxie devant nous et d'ailleurs que nous pouvions — où que nous soyons — faire appel aux subsides de la Fondation. En ajoutant bien sûr de nous montrer raisonnables. Ce que je lui ai promis bien volontiers. » Il gloussa et se frotta les mains. « Asseyez-vous, mon bon, asseyez-vous. Ce sera peut-être notre dernier repas sur Terminus avant bien longtemps... »

Trevize s'assit et demanda : « Avez-vous de la famille, professeur ?

— J'ai un fils. Il est à l'université de Santanni, en faculté de chimie ou quelque chose dans le genre, il me semble. Pour ça, il tient de sa mère. Nous sommes séparés depuis longtemps, aussi, voyez-vous, je n'ai rien ni personne qui me retienne ici... J'espère que vous êtes dans le même cas — mais prenez donc des sandwiches, mon garçon...

— Pas de fil à la patte pour l'instant, non... Une femme de temps en temps, ça va, ça vient...

— Oui, oui. C'est bien agréable tant que tout va bien. Et encore plus une fois qu'on a compris qu'il ne fallait pas prendre ça au sérieux. Pas d'enfants, si je ne me trompe ?

— Aucun.

— Parfait ! Vous savez, je me sens tout à fait de bonne humeur. J'avoue avoir été d'abord quelque peu refroidi par votre arrivée. Mais je vous trouve à présent des plus revigorants. Ce qu'il nous faut, c'est de la jeunesse, de l'enthousiasme — et quelqu'un qui sache s'y retrouver dans la Galaxie... Car nous sommes embarqués dans une grande quête, voyez-vous. Une quête en tout point remarquable. » Le visage de Pelorat comme sa voix, habituellement si calmes, s'animèrent soudain de manière surprenante sans pour autant qu'on pût déceler de changement notable dans ses traits ou son intonation. « Mais je me demande si l'on vous a parlé de tout ceci ? »

Trevize plissa les paupières. « Une quête remarquable, dites-vous...

— Assurément, oui. Une perle de grand prix est dissimulée parmi les dizaines de millions de mondes habités qui peuplent la Galaxie et nous n'avons que l'ombre des plus vagues indices pour nous guider. La récompense n'en sera que plus grande si nous parvenons à la découvrir. Si vous et moi pouvons y arriver, mon garçon — Trevize, devrais-je dire : je m'en voudrais de paraître paternaliste — nos deux noms résonneront dans l'histoire jusqu'à la fin des temps.

— Cette récompense dont vous parlez... cette perle de grand prix...

— Je parle comme Arkady Darell — vous savez, la romancière — lorsqu'elle évoque la Seconde Fondation, n'est-ce pas ? Pas étonnant que vous ayez l'air surpris. »

Pelorat rejeta la tête en arrière comme s'il allait éclater de rire mais il se contenta de sourire : « Non. Rien d'aussi stupide et futile, soyez rassuré.

— Alors, si vous ne parlez pas de la Seconde Fondation, de quoi parlez-vous donc ? »

Pelorat retrouva soudain un ton grave, presque d'excuse : « Ah ! le Maire ne vous a donc rien dit ? — C'est curieux, vous savez. J'ai passé des décennies à reprocher au gouvernement son incapacité à saisir l'importance de mes recherches et voilà maintenant que le maire Branno se montre soudain d'une générosité remarquable.

— Oui », dit Trevize, sans chercher à cacher son ironie, « c'est une femme qui sait remarquablement bien dissimuler ses dons philanthropiques mais elle ne m'a pas dit de quoi il retournait...

— Vous n'êtes donc pas au courant de mes recherches ?

— Hélas non. J'en suis désolé.

— Non, non, inutile de vous excuser : c'est parfaitement compréhensible. On ne peut pas dire qu'elles ont eu un grand retentissement. Alors, permettez-moi de vous l'annoncer moi-même : vous et moi, nous allons partir à la recherche — et à la découverte, j'en suis certain, car j'ai mon idée là-dessus — ... de la Terre. »

10.

Trevize dormit mal cette nuit-là. Sans cesse, il se jetait contre les murs de la prison que cette femme avait bâtie autour de lui. Sans pouvoir trouver une issue.

On le contraignait à l'exil et il ne pouvait rien y faire. Elle s'était montrée d'un calme inflexible et n'avait même pas pris la peine de dissimuler l'inconstitutionnalité de la procédure employée. Il avait cru pouvoir faire valoir ses droits de Conseiller ou simplement de citoyen de la Fédération mais elle n'avait pas même fait mine de s'en préoccuper.

Et maintenant, voilà que ce Pelorat, ce savant bizarre qui donnait l'impression de ne pas être tout à fait là, venait lui raconter que cette redoutable vieille bonne femme avait arrangé tout cela depuis déjà plusieurs semaines.

Il se sentait effectivement dans la peau du « pauvre garçon » qu'elle avait évoqué.

Il allait donc devoir s'exiler en compagnie de cet historien qui lui donnait du « cher ami » long comme le bras et semblait manifestement (quoique silencieusement) déborder de joie à l'idée de se lancer dans une quête galactique à la recherche de... la Terre ?

Mais au nom de la grand-mère du Mulet, qu'est-ce que c'était donc que cette Terre ?

Il l'avait demandé. Bien entendu ! Il l'avait demandé sitôt que le terme avait été mentionné.

Il avait dit : « Excusez-moi, professeur. Je suis ignare dans votre domaine et j'espère que vous ne m'en voudrez pas si je vous demande une explication en termes simples : Qu'est-ce que la Terre ? »

Pelorat l'avait alors contemplé gravement durant vingt longues secondes avant de lui dire : « C'est une planète. La planète des origines. Celle sur laquelle sont apparus les premiers êtres humains, mon cher ami. »

Trevize resta bouche bée : « Apparus ? Et d'où ?

— De nulle part. La Terre est la planète sur laquelle l'humanité s'est développée par un processus d'évolution naturelle à partir d'espèces inférieures. »

Trevize réfléchit à la chose puis hocha la tête. « Je ne vois pas ce que vous voulez dire. »

L'ombre d'une expression ennuyée effleura les traits de Pelorat. Il se racla la gorge et poursuivit : « Il fut un temps où Terminus n'avait à sa surface pas le moindre être humain. Notre planète a été colonisée par des hommes venus d'autres mondes. Vous savez quand même ça, je suppose ?

— Oui, bien entendu », dit Trevize avec impatience. Ce soudain assaut de pédagogie l'irritait.

« Fort bien. Mais ceci est également vrai de tous les autres mondes : Anacréon, Santanni, Kalgan... Toutes ces planètes ont, à un moment ou à un autre de l'histoire, été *colonisées*. Leurs habitants sont venus d'autres mondes. Et c'est vrai même de Trantor. Ce fut peut-être une vaste métropole pendant vingt mille ans mais elle n'était pas comme ça au début.

— Ah bon ? Et comment était-elle, avant ?

— Déserte ! Pour ce qui est des êtres humains, en tout cas.

— C'est plutôt dur à avaler.

— Mais c'est pourtant vrai. Les documents anciens le prouvent.

— D'où venaient alors ceux qui ont colonisé Trantor en premier ?

— Nul ne le sait avec certitude. Il y a des centaines de planètes à prétendre avoir été déjà peuplées dans les brumes lointaines de l'antiquité et dont les habitants colportent des contes fantaisistes sur le débarquement initial de l'humanité. Les historiens tendent toutefois à ignorer ces récits pour se consacrer à ce qu'ils appellent la " Question des origines ".

— Allons bon, qu'est-ce encore ? Première fois que j'en entends parler.

— Cela ne me surprend pas. Ce problème historique n'est plus guère populaire de nos jours, je l'admets, mais il fut un temps, durant la décadence de l'Empire, où la question soulevait un certain intérêt parmi les intellectuels. Salvor Hardin y fait même brièvement allusion dans ses Mémoires. C'est la question de l'identification et de la localisation de l'unique planète à partir de laquelle tout a commencé. Si nous remontons en arrière dans le temps, on voit l'humanité confluer depuis les colonies les plus récemment établies vers des mondes de plus en plus anciens à mesure que l'on recule dans le passé jusqu'au moment où l'ensemble finit par se concentrer sur une seule planète — la planète originelle. »

Trevize vit immédiatement la faille évidente de ce raisonnement : « Ne pourrait-il pas avoir existé un grand nombre de planètes originelles ?

— Bien évidemment non. Tous les êtres humains dans toute la Galaxie sont d'une seule et unique espèce. Et une espèce unique *ne peut pas* provenir de plusieurs planètes différentes. C'est tout à fait impossible.

— Comment pouvez-vous le savoir ?

— En premier lieu... » Pelorat effleura l'index de sa main gauche avec l'index de la droite puis parut se raviser devant ce qui menaçait de s'annoncer un exposé complexe et touffu. Il écarta les mains et dit en toute franchise : « Mon bon ami, je vous en donne ma parole d'honneur. »

Trevize s'inclina cérémonieusement et dit : « Loin de moi l'idée d'en douter, professeur Pelorat. Admettons donc qu'il n'existe qu'une seule planète des origines mais ne peut-on supposer qu'elles seront toutefois des centaines à revendiquer cet honneur ?

— Ce n'est pas une supposition : c'est un fait. Aucune de ces prétentions n'est toutefois justifiée. Parmi ces centaines de mondes à revendiquer le crédit de l'antériorité, pas un seul ne présente la moindre trace d'une société hyperspatiale — et ne parlons pas de traces d'une évolution à partir d'organismes préhumains.

— Donc, vous me dites qu'il existe effectivement une planète des origines mais que, pour quelque raison, elle ne s'en réclame pas ?

— Vous avez touché juste.

— Et c'est cette planète-là que vous comptez rechercher.

— Que nous allons rechercher. Telle est bien notre mission. Mme le Maire a déjà tout arrangé. Vous allez conduire notre vaisseau à Trantor.

— Trantor ? Mais ce n'est pas la planète des origines. Vous venez de le dire à l'instant.

— Bien sûr que non : c'est la Terre.

— Alors, pourquoi ne pas me demander de nous conduire directement vers la Terre ?

— J'ai dû mal m'expliquer : Ce nom de *Terre* est légendaire. Enchâssé dans les plus anciens mythes de l'Antiquité. On ne peut être certain de sa signification. Mais c'est un synonyme bien pratique pour l'expression : la-planète-des-origines-de-l'espèce-humaine. Savoir quelle planète de l'espace correspond exactement à celle que recouvre le mot Terre : mystère !

— Le sauront-ils, sur Trantor ?

— J'espère découvrir là-bas des informations, sans aucun doute. Trantor abrite quand même la bibliothèque galactique, la plus vaste de tout le système.

— Elle a certainement dû être déjà fouillée par tous ceux dont vous me dites qu'ils s'intéressaient à la Question des origines, sous le Premier Empire. »

Pelorat opina, songeur : « Oui, mais peut-être pas suffisamment. J'ai appris bien des choses sur cette fameuse

Question des origines qu'ignoraient les Impériaux d'il y a cinq siècles. Je pourrai mieux qu'eux tirer parti des enregistrements anciens, voyez-vous. Vous savez, je songe à tout cela depuis fort longtemps et j'ai envisagé une excellente possibilité.

— Vous avez parlé de tout cela au maire Branno, j'imagine, et elle l'approuve ?

— L'approuver ? Mais mon bon ami, elle était aux anges ! Elle m'a dit que Trantor était sans aucun doute l'endroit idéal où dénicher tout ce que j'avais besoin de savoir.

— Sans aucun doute », marmonna Trevize.

Voilà — en partie — ce qui l'avait occupé cette nuit. Le maire Branno l'envoyait balader, à charge pour lui de découvrir tout ce qu'il pouvait sur la Seconde Fondation. Elle l'envoyait balader, accompagné de Pelorat pour qu'il pût camoufler son objectif réel derrière une prétendue recherche de la Terre — une recherche qui pouvait effectivement le mener absolument n'importe où dans la Galaxie : une couverture parfaite, sans nul doute, et dont il ne pouvait qu'admirer l'ingéniosité.

Mais Trantor dans tout ça ? Une fois rendu à Trantor, Pelorat allait s'engouffrer dans les tréfonds de la bibliothèque galactique pour ne plus reparaître : entre ses rayonnages interminables de livres, de films et de bandes, ses innombrables données numériques et représentations symboliques, il ne serait pas question de le faire repartir.

D'un autre côté...

Ebling Mis s'était un jour rendu à Trantor, au temps du Mulet. On racontait qu'il y avait découvert les coordonnées de la Seconde Fondation mais était mort avant de pouvoir les révéler. Puis Arkady Darell y était venu à son tour et était, elle, parvenue à la localiser : Mais ç'avait été pour découvrir que la Seconde Fondation était située à Terminus même et on avait alors nettoyé les lieux. Où que fût à présent située cette Seconde Fondation, ce ne pouvait être qu'ailleurs, alors, que pouvait-il bien apprendre de nouveau à Trantor ? S'il cherchait la Seconde

Fondation, autant aller n'importe où — en dehors de Trantor.

D'un autre côté...

Quels étaient les prochains plans de Branno, il l'ignorait, mais il ne se sentait pas d'humeur à lui complaire. Alors comme ça, Branno était aux anges à l'idée d'un voyage à Trantor ? Eh bien, puisque Branno voulait Trantor, ils n'iraient pas à Trantor. N'importe où ailleurs — mais pas à Trantor !

Et sur cette ferme résolution, épuisé, tandis que l'aube commençait de poindre, Trevize enfin s'endormit d'un sommeil agité.

11.

Mme le maire Branno avait passé une excellente journée le lendemain de l'arrestation de Trevize. On l'avait encensée bien au-delà de ses mérites et l'incident avait été complètement passé sous silence.

Malgré tout, elle savait pertinemment que le Conseil finirait sous peu par émerger de sa paralysie et qu'on soulèverait des questions. Il lui faudrait alors agir, et vite. Aussi, remettant un maximum d'affaires en cours, elle se consacra d'abord exclusivement au cas Trevize.

Au moment où ce dernier discutait de la Terre avec Pelorat, Branno rencontrait le conseiller Munn Li Compor dans ses bureaux de la mairie. Et tandis qu'il s'asseyait devant elle, parfaitement à l'aise, elle en profita pour le jauger de nouveau, installée derrière son bureau : Plus petit et plus mince que Trevize, il n'était que de deux ans son aîné. L'un comme l'autre des bleus au Conseil, l'un comme l'autre jeunes et impétueux, c'était bien là sans doute leur seul point commun car tout le reste les séparait.

Quand Trevize semblait irradier une force éclatante, Compor brillait d'une assurance presque sereine ; peut-être était-ce à cause de ses cheveux blonds et de ses yeux bleus — deux traits bien peu fréquents chez les membres de la Fondation et qui lui donnaient une délicatesse presque féminine qui (jugeait Branno) le rendait moins attirant auprès des femmes qu'un Trevize. Il était toutefois manifestement très imbu de sa personne et aimait à se mettre en valeur — portant les cheveux plutôt longs, et veillant soigneusement à leur ondulation. Il mettait en outre un soupçon d'ombre à paupières pour souligner la couleur de ses yeux (le maquillage était devenu pratique courante chez les hommes depuis une dizaine d'années).

Il n'était pas coureur, toutefois. Il vivait tranquillement avec sa femme mais n'avait pas encore déposé de demande de paternité et on ne lui connaissait pas de maîtresse. En cela aussi, il se différenciait de Trevize qui changeait de compagne aussi souvent que de ces ceintures aux couleurs criardes qui faisaient sa renommée.

Concernant les deux jeunes Conseillers, bien peu de détails demeuraient ignorés des services de Kodell — lequel justement était en train de s'asseoir tranquillement dans un coin de la pièce en exhalant selon sa bonne habitude un soupir satisfait.

Branno prit la parole : « Conseiller Compor, vous avez rendu un grand service à la Fondation mais, malheureusement pour vous, il n'est pas de ceux qu'on puisse louer en public ou récompenser de la manière habituelle. »

Compor sourit. Il avait des dents blanches et régulières et, l'espace d'un instant, Branno se demanda si tous les habitants du Secteur de Sirius avaient la même physionomie. La fable selon laquelle il serait originaire de cette région bizarre et passablement reculée remontait à sa grand-mère maternelle, elle aussi blonde aux yeux bleus, et qui avait soutenu que sa propre mère était native du Secteur de Sirius. Selon Kodell, toutefois, rien ne permettait de confirmer de telles assertions.

Les femmes étant ce qu'elles sont, avait expliqué Kodell, elle pouvait fort bien s'être targuée d'une ascendance aussi lointaine qu'exotique rien que pour ajouter à son prestige et à son attrait par ailleurs déjà remarquable.

« Les femmes sont-elles vraiment ainsi ? » avait sèchement demandé Branno et, dans un sourire, Kodell avait marmonné qu'il voulait parler des femmes ordinaires, bien sûr.

Compor dit : « Il n'est pas nécessaire d'informer l'ensemble de la Fondation du service que j'ai pu vous rendre — pourvu que vous, vous le sachiez.

— Je le sais ; et je ne risque pas de l'oublier. Et j'ajouterai que j'entends bien ne pas vous laisser croire que vous êtes quitte de vos obligations : vous vous êtes embarqué dans une mission complexe et vous n'avez d'autre choix que de la poursuivre.

« Nous voulons en savoir plus sur Trevize.

— Je vous ai dit tout ce que je savais sur lui.

— Ce pourrait être ce que vous voulez me faire croire. Voire, ce dont vous êtes sincèrement persuadé vous-même. Quoi qu'il en soit, répondez à mes questions... Connaissez-vous un homme du nom de Janov Pelorat ? »

Un bref instant, le front de Compor se rida pour se détendre presque aussitôt. Il répondit avec circonspection : « Peut-être que je le reconnaîtrais en le voyant mais le nom lui-même ne me dit rien.

— C'est un érudit. »

Les lèvres de Compor s'arrondirent en un Oh ? quelque peu méprisant quoique muet — comme pour marquer sa surprise que Mme le Maire eût de telles fréquentations.

Branno poursuivit : « Pelorat et un personnage fort intéressant qui, pour des raisons personnelles, a formé le projet de visiter Trantor. Le conseiller Trevize l'accompagnera. Maintenant, puisque vous avez été très lié à ce dernier et que peut-être vous savez déchiffrer son caractère, dites-moi... à votre avis, pensez-vous que Trevize va consentir à se rendre sur Trantor ?

— Si vous veillez à ce qu'il embarque à bord du vaisseau et que ledit vaisseau se dirige effectivement vers Trantor, je vois mal ce qu'il pourrait faire d'autre. Vous ne voulez quand même pas dire qu'il va se mutiner et détourner l'astronef ?

— Vous ne m'avez pas comprise. Pelorat et lui seront seuls à bord et c'est Trevize qui pilotera.

— Vous me demandez s'il irait de plein gré à Trantor ?

— Oui, c'est ce que je vous demande.

— Madame le Maire, comment pourrais-je bien savoir ce qu'il a l'intention de faire ?

— Conseiller Compor, vous avez été un proche de Trevize. Vous connaissez sa croyance en l'existence de la Seconde Fondation.

« N'a-t-il jamais évoqué devant vous ses théories quant à l'endroit où elle pourrait éventuellement se situer, sa localisation ?

— Jamais, Madame.

— Le croyez-vous capable de la trouver ? »

Compor ricana. « Je crois surtout que la Seconde Fondation, quelle qu'ait pu être cette organisation et l'étendue de sa force, fut totalement annihilée du temps d'Arkady Darell. Je crois à son histoire.

— Vraiment ? Dans ce cas, pourquoi avoir trahi votre ami ? S'il cherchait une chose qui n'existe pas, quel mal y avait-il à le laisser proposer ses théories loufoques ?

— Il n'y a pas que la vérité qui blesse. Ses théories étaient peut-être loufoques, mais elles auraient pu réussir à troubler les citoyens de Terminus — ne serait-ce qu'en semant le doute et la crainte quant au rôle de la Fondation dans le grand drame de l'histoire galactique, au risque d'entamer son ascendant sur la Fédération et de compromettre ainsi ses rêves de restauration d'un nouvel Empire. Manifestement, c'est ce que vous avez dû penser vous-même, sinon vous ne l'auriez pas fait arrêter dans l'enceinte du Conseil et encore moins contraint à l'exil sans autre forme de procès. Alors, si je puis me permettre, pourquoi avoir agi ainsi, Madame ?

— Dirons-nous que je fus assez prudente pour m'interroger sur l'éventualité qu'il pût effectivement avoir raison et que l'expression de son point de vue se révélât dans ce cas très directement dangereuse ? »

Compor ne dit rien.

« Je suis d'accord avec vous, poursuivit Branno, mais les responsabilités de ma charge me forcent à envisager toutefois cette éventualité. Permettez-moi donc de vous redemander si vous avez la moindre idée de l'endroit où il croit pouvoir situer la Seconde Fondation et où il serait donc susceptible de se diriger ?

— Aucune idée.

— Il ne vous a jamais donné le moindre indice ?

— Non. Bien sûr que non.

— Jamais ? Réfléchissez-y quand même. Réfléchissez bien. Vraiment jamais ?

— Jamais, répéta Compor, très ferme.

— Pas le moindre indice ? Une plaisanterie en passant ? De vagues notes griffonnées ? Une réflexion en l'air et qui prendrait tout son sens *a posteriori ?*

— Rien. Je vous le répète, Madame, ses rêves d'une Seconde Fondation sont des plus nébuleux. Vous le savez fort bien et ne faites que perdre votre temps et votre énergie à vous en soucier.

— Ne seriez-vous pas par hasard en train de faire volte-face pour protéger maintenant celui que vous m'avez livré ?

— Non pas. Si je vous l'ai dénoncé, c'était pour ce qui m'était apparu de bonnes raisons, des raisons patriotiques. Je n'ai pas lieu de regretter mon action ni de modifier en quoi que ce soit mon attitude.

— Alors, vous ne pouvez me donner la moindre idée de l'endroit où il pourrait se rendre, une fois en possession d'un vaisseau ?

— Comme je l'ai déjà dit...

— Et pourtant, Conseiller », l'interrompit Branno et là, les traits de son visage se plissèrent en un masque rêveur, « j'aimerais bien savoir où il va.

— En ce cas, je pense que vous feriez mieux de placer un hyper-relais à bord de son vaisseau.

— J'y ai songé, Conseiller. Mais l'homme est méfiant et je le crois capable de découvrir un tel appareil, si bien dissimulé soit-il. Certes, on pourrait le placer de telle manière qu'on ne puisse l'enlever sans endommager le vaisseau, ce qui le contraindrait à le laisser en place...

— Excellente idée.

— Sauf que dans ce cas, il se sentira inhibé et n'ira peut-être pas là où il serait allé en étant libre et sans entraves.

Tout ce que j'apprendrais dans ces conditions serait sans aucun intérêt.

— Auquel cas, il semblerait que vous êtes dans l'incapacité de découvrir sa destination.

— Si. Car je compte employer des moyens tout à fait primaires. Un individu qui s'attend aux pièges les plus complexes et s'en garde en conséquence peut fort bien ne jamais songer aux méthodes les plus grossières. Je pense tout simplement le faire prendre en filature.

— En filature ?

— Tout juste. Par un autre pilote à bord d'un second vaisseau. Vous voyez combien l'idée vous a surpris. Il le sera sans doute tout autant. Il est fort possible qu'il n'ait pas l'idée de scruter l'espace derrière lui, et, de toute façon, nous veillerons à ce que son vaisseau soit dépourvu de nos derniers modèles de détecteur de masse.

— Madame le Maire, malgré tout le respect que je vous dois, permettez-moi de souligner votre manque d'expérience en matière de navigation spatiale. Jamais on ne fait suivre un vaisseau par un autre : tout simplement parce que ça ne peut pas marcher. Trevize pourra s'échapper au premier saut dans l'hyperespace. Et même s'il n'a pas conscience d'être filé, ce premier saut sera la clé de sa liberté. Faute d'un hyper-relais à bord de son vaisseau, il restera impossible à localiser.

— J'admets bien volontiers mon manque d'expérience : Contrairement à Trevize ou à vous-même, je n'ai pas une formation de navigateur spatial. Néanmoins, je me suis laissé dire par mes conseillers — qui ont, eux, une telle formation — que pour qu'on observe un astronef avant qu'il n'effectue un saut, sa direction, sa vitesse et son accélération permettent de deviner l'orientation générale dudit saut. Pourvu qu'il ait un bon ordinateur et soit doté d'excellentes facultés de jugement, un poursuivant serait en mesure de reproduire le saut avec assez de précision pour être capable de retrouver la piste à l'autre bout — en particulier s'il dispose en plus d'un bon détecteur de masse.

— Cela pourra peut-être se produire une fois, rétorqua

Compor avec assurance, voire deux si le poursuivant est particulièrement chanceux mais c'est tout. On ne peut pas se fier à une telle méthode.

— Peut-être bien que si. Conseiller Compor, vous avez déjà participé à des compétitions dans l'hyperespace. Vous voyez : je sais beaucoup de choses sur vous. Vous êtes un excellent pilote, capable de prouesses étonnantes quand il s'agit de poursuivre un rival à travers l'hyperespace. »

Compor écarquilla les yeux. Il se tortillait presque sur son siège.

« J'étais au collège, à l'époque. J'ai vieilli.

— Pas tant que ça : vous n'avez pas encore trente-cinq ans. Par conséquent, c'est *vous* qui allez suivre Trevize, Conseiller. Où qu'il aille, vous allez le suivre et vous m'en rendrez compte. Vous décollerez immédiatement derrière Trevize ; ce dernier doit partir dans quelques heures. Si vous refusez la mission, Conseiller, vous vous retrouverez en prison pour trahison. Si vous prenez le vaisseau que nous allons vous fournir, et si vous échouez à le suivre, dans ce cas, ne vous fatiguez pas à revenir : vous serez immédiatement désintégré si vous essayez d'approcher. »

Compor se leva brusquement : « J'ai une vie à vivre, moi. Un travail à accomplir. J'ai une femme. Je ne peux pas abandonner tout cela.

— Il va pourtant bien le falloir. Ceux d'entre nous qui ont choisi la Fondation doivent à tout moment être prêts à la servir de manière prolongée et dans les pires conditions si cela doit se montrer nécessaire.

— Ma moitié devra m'accompagner, bien entendu...

— Vous me prenez pour une idiote ? Elle reste ici, bien entendu.

— En otage ?

— Si le terme vous plaît... Pour ma part, je préfère dire que votre mission est si risquée que mon tendre cœur préfère la savoir ici, à l'abri de tout danger... Mais il n'y a pas lieu de discuter : je vous rappelle que vous êtes en état d'arrestation au même titre que Trevize et je suis sûre que vous comprendrez pourquoi je dois agir vite — avant que se dissipe l'euphorie baignant Terminus... Je crains en effet que ma faveur ne soit bientôt sur la pente descendante. »

12.

Kodell remarqua : « Je trouve que vous avez été dure avec lui, Madame.

— Et pourquoi pas ? dit-elle avec une moue. Il a trahi un ami.

— Mais on en a bien profité.

— Certes, parce que ça s'est trouvé ainsi. Sa prochaine trahison, toutefois, pourrait bien ne pas nous être profitable.

— Pourquoi devrait-il y en avoir une autre ?

— Allons, Liono, dit Branno avec impatience, ne faites pas le malin avec moi. Quiconque a montré une seule fois des dispositions au double jeu doit désormais être perpétuellement suspecté de récidive.

— Il pourra toujours mettre à profit son don pour fricoter avec Trevize. Ensemble, ils pourraient...

— Ne croyez pas ça ! Avec toute sa bêtise et sa naïveté, Trevize est homme à foncer droit au but : Il ne comprend pas la trahison, lui, et ne se fiera plus jamais, en aucune circonstance, à Compor.

— Pardonnez-moi, Madame, mais je voudrais être sûr de bien vous suivre. Jusqu'à quel point, dans ce cas, faites-vous confiance à Compor ? Comment savez-vous qu'il suivra Trevize et rendra compte honnêtement de sa mission ? Comptez-vous jouer sur ses inquiétudes quant à la sécurité de sa femme pour faire pression sur lui ? Sur sa hâte à la retrouver ?

— L'un et l'autre sont à considérer mais je ne peux pas m'y fier exclusivement. A bord du vaisseau de Compor se trouvera un hyper-relais. Trevize se méfie de poursuivants éventuels et pourrait donc rechercher un tel dispositif. Compor en revanche, étant lui-même le poursuivant, n'imaginera sûrement pas d'être poursuivi et n'aura jamais l'idée d'en chercher un. Bien sûr, s'il le cherche et le trouve, tous nos espoirs reposent alors sur les charmes de son épouse… »

Kodell eut un rire : « Et dire que jadis j'ai dû vous donner des leçons. Mais le but de cette filature ?

— Une protection à double niveau. Si Trevize est pris, il se peut que Compor continue et nous procure l'information que Trevize ne pourra plus, lui, nous fournir.

— Une question encore : et si, par quelque hasard, Trevize découvrait effectivement la Seconde Fondation ? Que nous apprenions la chose par son intermédiaire ou celui de Compor — ou que nous ayons des raisons de le soupçonner malgré leur décès à tous deux ?

— Mais j'espère bien qu'elle existe, cette Seconde Fondation, Liono ! De toute façon, le plan Seldon ne pourra pas nous servir éternellement : le grand Hari Seldon l'avait conçu aux derniers jours de l'Empire, quand le progrès technique était virtuellement au point mort. Et puis, Seldon était le produit de son siècle et, si brillante qu'ait pu être cette science à demi mythique de la psychohistoire, elle ne pouvait renier ses racines ; la psychohistoire n'aurait jamais autorisé un développement technologique rapide. La Fondation, elle, y est parvenue, en particulier depuis un siècle. Nous disposons aujourd'hui de détecteurs de masse dont on n'aurait même pas osé rêver naguère, d'ordinateurs qui peuvent réagir directement à la pensée, et — surtout — d'écrans mentaux. La Seconde Fondation ne pourra plus nous contrôler longtemps, même si elle en est encore capable aujourd'hui. Je veux profiter de mes dernières années au pouvoir pour être celle qui orientera Terminus sur une voie nouvelle.

— Et s'il n'y avait finalement pas de Seconde Fondation ?

— Dans ce cas, nous prendrions cette nouvelle orientation sur-le-champ. »

13.

Le sommeil agité qu'avait enfin pu trouver Trevize ne fut que de courte durée : une seconde fois, on lui tapota sur l'épaule.

Trevize sursauta, ahuri, et totalement incapable de comprendre ce qu'il pouvait bien faire dans ce lit inconnu. « Hein ? Quoi ?

— Je suis désolé, conseiller Trevize, lui dit Pelorat sur un ton d'excuse. Vous êtes mon hôte et votre repos est sacré mais Mme le Maire est ici... » Vêtu d'un pyjama de flanelle, il se tenait à côté de son lit, et tremblait légèrement. Trevize reprit soudain douloureusement ses esprits. La mémoire lui revint.

Le Maire était dans le salon de Pelorat, l'air aussi placide qu'à l'accoutumée. L'accompagnait Kodell, lissant du bout des doigts sa moustache blanche.

Trevize ajusta son ceinturon au cran approprié tout en se demandant s'il y avait un moment où ces deux-là — Branno et Kodell — n'étaient pas ensemble. Il lança sur un ton moqueur : « Le conseil aurait-il retrouvé ses esprits ? Ses membres s'inquiéteraient-ils enfin de l'absence d'un des leurs ?

— Il remue un peu, si fait, mais sans doute pas encore assez à votre gré. Il est hors de doute que je détiens toujours le pouvoir de vous contraindre à partir. On va vous conduire à l'Astroport ultime...

— Pourquoi pas à celui de Terminus, Madame ? Faut-il en plus que je sois privé de l'adieu des foules éplorées ?

— Je constate que vous avez retrouvé votre penchant pour les gamineries, Conseiller, et vous m'en voyez réjouie. Voilà qui apaise ce qui sinon aurait pu faire naître une certaine crise de conscience. De l'Astroport ultime, vous aurez, le professeur Pelorat et vous, la possibilité de partir tranquilles.

— Pour ne plus revenir ?

— Peut-être pour ne plus revenir, effectivement. Bien sûr, ajouta-t-elle avec un sourire fugace, si jamais vous découvrez quelque chose d'une importance et d'un intérêt tels que même moi je sois ravie de vous voir me rapporter cette information, vous pourrez toujours revenir. Il se peut même qu'on vous reçoive avec les honneurs. »

Trevize hocha la tête, mine de rien. « C'est bien possible...

— Presque tout est possible — en tout cas, vous serez à l'aise. On vous a alloué un croiseur de poche du tout dernier modèle : le *Far Star,* ainsi baptisé en souvenir du vaisseau de Hober Mallow. Un seul pilote suffit à le manœuvrer mais il peut embarquer jusqu'à trois passagers dans des conditions de confort convenables. »

Trevize abandonna brusquement son ton d'ironie légère : « Entièrement armé...

— Désarmé mais sinon, parfaitement équipé. Où que vous alliez, vous serez des citoyens de la Fondation et vous aurez toujours un consul à qui vous adresser d'où l'inutilité des armes. Enfin, des fonds seront mis partout à votre disposition — lesquels fonds ne sont pas illimités, dois-je ajouter.

— Vous êtes bien généreuse.

— Je le sais, Conseiller. Mais comprenez-moi : vous êtes censé aider le professeur Pelorat dans sa recherche de la Terre. Quoi que vous puissiez personnellement chercher, officiellement vous cherchez la Terre. Que cela soit bien entendu pour tous ceux que vous rencontrerez. Et surtout, n'oubliez jamais que le *Far Star* n'est *pas* armé.

— Je cherche la Terre, répéta docilement Trevize. J'ai parfaitement compris.

— Dans ce cas, vous pouvez disposer.

— Pardonnez-moi mais il y a certainement encore des points à régler. J'ai certes déjà piloté des vaisseaux mais je n'ai pas la moindre expérience des croiseurs de poche du dernier modèle. Si jamais je ne sais pas le piloter ?

— Je me suis laissé dire que le pilotage du *Far Star* était intégralement informatisé. Et, avant que vous me le demandiez, vous n'avez pas besoin de connaître sur ces vaisseaux le maniement de l'ordinateur : il vous expliquera lui-même tout ce que vous aurez besoin de savoir. Il vous faut autre chose ? »

Trevize se considéra d'un air morose : « Oui. Des vêtements propres.

— Vous en trouverez à bord. Y compris ces espèces d'écharpes ou de ceinturons, je ne sais, que vous affectionnez tant. Le professeur disposera également de tout ce qu'il lui faut. Tout ce qu'on a jugé nécessaire se trouve déjà à bord bien que je m'empresse d'ajouter que cela n'inclut pas de compagnie féminine.

— Tant pis, dit Trevize. C'eût été agréable mais enfin, je n'avais pas de candidates en vue pour l'instant, ça tombe bien. Néanmoins, je suppose que la Galaxie est bien achalandée et qu'une fois parti d'ici, je pourrai faire ce qui me plaît.

— En ce qui concerne vos compagnes? A votre guise... » Elle se leva pesamment. « Je ne vous accompagne pas à l'astroport mais il y a des gens pour s'en charger et je vous conseille de ne pas prendre d'initiatives déplacées : je crois qu'ils vous tueront si jamais vous cherchez à vous échapper. Le fait que je ne sois pas avec eux leur ôtera toute inhibition. »

Trevize répéta : « Je ne prendrai aucune initiative déplacée, madame le Maire, mais il y a encore une chose...

— Oui ? »

Trevize réfléchit rapidement et finalement dit, avec un sourire qu'il n'espérait pas trop forcé : « Il se peut que le moment vienne, madame le Maire, où vous me demandiez de les prendre, ces initiatives. Ce jour-là, j'agirai selon mon choix mais sachez que je le ferai en me souvenant de ces dernières quarante-huit heures. »

Branno soupira : « Épargnez-moi le mélodrame. On avisera le moment venu. Pour l'heure, je ne vous ai rien demandé. »

CHAPITRE IV

ESPACE

14.

Le vaisseau semblait encore plus impressionnant que ne l'avait escompté Trevize — en se fondant sur les souvenirs de l'époque où l'on avait fait tout un battage sur cette nouvelle classe de croiseurs.

Ce n'était pas tant par sa taille qu'il était impressionnant — car l'appareil était assez petit : conçu pour la vitesse et la maniabilité, avec une propulsion intégralement gravitique et surtout une informatisation très poussée, son encombrement ne faisait rien à l'affaire — bien au contraire, il l'aurait desservi.

C'était un appareil à un seul pilote, capable de se substituer avantageusement aux anciens modèles requérant un équipage de douze personnes ou plus... Avec un second, voire un troisième homme à bord pour assurer des roulements, un tel engin était capable de tenir tête à toute une flottille de vaisseaux extérieurs à la Fondation, considérablement supérieurs en taille. De plus, sa vitesse bien supérieure lui permettait d'échapper à tout autre appareil existant.

Engin d'allure effilée, aux lignes épurées, sans une courbe superflue à l'extérieur comme à l'intérieur, chaque mètre cube de son volume était rentabilisé au maximum, procurant une paradoxale impression d'espace intérieur.

De tout ce que le Maire avait pu raconter à Trevize

quant à l'importance de sa mission, rien n'aurait pu l'impressionner comme l'appareil avec lequel on lui demandait de l'accomplir.

Branno de Bronze, songea-t-il avec ennui, l'avait embobiné dans cette mission dangereuse et de la plus haute importance. Peut-être ne l'aurait-il pas acceptée avec une telle décision si elle n'avait pas tout fait pour lui donner envie de montrer ce dont il était capable.

Quant à Pelorat, il était positivement transporté d'émerveillement : « Le croiriez-vous », dit-il en effleurant du bout d'un doigt la coque avant de pénétrer dans l'appareil, « mais je n'avais jamais vu de près un astronef !

— Je le crois bien volontiers, si vous le dites, professeur. Mais comment diable avez-vous fait votre compte ?

— Je me le demande bien, pour tout vous dire, mon cher garç... — pardon, mon cher Trevize. Je suppose que j'étais entièrement absorbé par mes recherches. Quand on a la chance de disposer chez soi d'un excellent ordinateur capable de dialoguer avec n'importe quel autre appareil dans toute l'étendue de la Galaxie, on n'éprouve guère le besoin de bouger. Vous savez... J'avais plus ou moins dans l'idée que les astronefs étaient plus grands...

— Celui-ci est un petit modèle mais il est quand même beaucoup plus vaste intérieurement que n'importe quel autre appareil d'encombrement équivalent.

— Comment est-ce possible ? Vous vous moquez de mon ignorance.

— Non, non. Je suis sérieux. C'est l'un des premiers modèles à être entièrement *gravitisés.*

— Qu'est-ce que cela signifie ?

« Mais s'il vous plaît, ne me l'expliquez pas si cela implique le recours à des notions de physique trop ardues... Je vous croirai sur parole tout comme vous l'avez fait hier au sujet de l'unicité tant de l'espèce humaine que de la planète des origines...

— Essayons quand même, professeur Pelorat. Depuis des millénaires qu'existe la navigation spatiale, nous avons toujours utilisé des moteurs chimiques, ioniques ou hyperatomiques — tous plus encombrants les uns que les autres.

La vieille Marine impériale avait des vaisseaux longs de cinq cents mètres dont l'habitabilité ne dépassait pas celle d'un petit appartement. Par chance, depuis des siècles la Fondation s'est spécialisée dans la miniaturisation à cause de — ou grâce à — son manque de ressources naturelles. Ce vaisseau est le couronnement de ces recherches. Il utilise l'antigravité et le dispositif qui rend la chose possible ne prend virtuellement pas de place : en fait, il est intégré à la coque même. Sans cela, on aurait besoin de propulseurs hyperat... »

Un garde de la Sécurité s'approcha : « Il va falloir embarquer, messieurs ! »

Le ciel pâlissait même si le soleil ne devait se lever que dans une demi-heure.

Trevize chercha des yeux ses affaires.

« Mes bagages sont-ils chargés ?

— Oui, Conseiller. Vous trouverez à bord tout ce qu'il vous faut.

— Avec une garde-robe, je suppose, ni de mon goût ni de ma taille. »

Le garde eut un soudain sourire, timide et presque enfantin : « Je crains que si. Le Maire nous fait faire des heures supplémentaires depuis deux jours et on s'est efforcé de recopier avec précision ce que vous aviez. Sans regarder à la dépense. Écoutez... » Il regarda autour de lui, comme pour s'assurer que personne n'avait surpris cette soudaine fraternisation. « ... Vous êtes deux veinards : le meilleur vaisseau du monde, complètement équipé — hormis l'armement. Pour vous, tout baigne dans l'huile, non ?

— L'huile rance, je veux bien, rétorqua Trevize. Eh bien, professeur, êtes-vous prêt ?

— Avec ceci, ce sera tout », dit Pelorat en brandissant une sorte de gaufre de vingt centimètres de côté, encartée dans un étui de plastique argenté. Trevize se rendit compte soudain que Pelorat n'avait pas lâché l'objet depuis qu'ils étaient partis de chez lui, le faisant passer d'une main à l'autre, sans jamais le poser, même lorsqu'ils s'étaient arrêtés pour un casse-croûte sur le pouce.

« Qu'est-ce que c'est, professeur ?

— Ma bibliothèque ! Classée par matière et par source, le tout inclus dans une seule malheureuse plaque ! Si cet astronef est une merveille, alors qu'est-ce que vous dites de ça ? Une bibliothèque entière ! Tout ce que j'ai pu rassembler ! Fantastique ! Fantastique !

— Eh bien, effectivement, tout baigne dans l'huile. »

15.

Trevize s'émerveilla devant les aménagements intérieurs. L'espace était exploité avec ingéniosité. Il y avait une cale, avec les réserves de nourriture, des vêtements, des films et des jeux. Une salle d'exercice, un salon et deux chambres quasiment identiques : « Celle-ci, dit Trevize, ce doit être la vôtre, professeur. En tout cas, elle dispose d'un lecteur-décodeur.

— Mais bien sûr, dit Pelorat, totalement satisfait. Quel idiot j'ai fait, à vouloir éviter les voyages dans l'espace. Mais je crois, mon cher Trevize, que je pourrais vivre ici dans le bonheur le plus total.

— C'est plus vaste que je ne me l'imaginais, constata Trevize non sans plaisir.

— Et les moteurs sont vraiment dans la coque, dites-vous ?

— Les dispositifs de commande, tout du moins. Nous n'avons pas besoin de stocker de carburant ni d'en utiliser sur place : nous tirons directement parti des ressources que procure l'énergie fondamentale présente dans tout l'Univers — si bien que le carburant et le moteur sont en fait partout — tout autour de nous. » Il embrassa l'espace d'un geste vague.

« Allons bon. Maintenant que j'y songe... si jamais quelque chose se met à clocher ? »

Trevize haussa les épaules. « J'ai subi un entraînement à la navigation spatiale mais pas sur ce genre de vaisseau. Si quelque chose se met à clocher du côté du générateur gravitique, j'ai bien peur qu'il n'y ait pas grand-chose à y faire.

— Mais vous savez quand même gouverner cet engin ? Le piloter ?

— C'est bien ce que je me demande...

— Est-ce que vous supposez que ce vaisseau est automatique ? Pourrions-nous n'être que de vulgaires passagers ? Censés rester simplement plantés là ?

— Ce genre de chose est possible dans le cas de navettes interplanétaires ou de stations spatiales au sein d'un même système stellaire mais je n'ai jamais entendu parler de voyage hyperspatial automatisé. Du moins pas sur de telles distances. Non, pas sur de telles distances. »

Il regarda de nouveau autour de lui, cette fois avec un soupçon d'inquiétude. Cette vieille sorcière de Branno avait-elle goupillé tout cela totalement en dehors de lui ? Et la Fondation avait-elle automatisé le voyage interstellaire pour qu'il se retrouve déposé à Trantor entièrement contre son gré et sans qu'il ait plus son mot à dire que le mobilier de bord ?

Il lança avec un entrain qu'il était loin de ressentir : « Professeur, vous vous asseyez là. Le Maire a dit que ce vaisseau était entièrement automatisé. Si votre cabine dispose d'un lecteur-décodeur, la mienne devrait avoir un ordinateur. Mettez-vous donc à l'aise et laissez-moi jeter un coup d'œil aux environs. »

Pelorat prit instantanément un air alarmé : « Trevize, mon cher compagnon... vous n'allez pas débarquer, n'est-ce pas ?

— Loin de moi cette idée, professeur ! Et je voudrais le faire que vous pouvez être sûr qu'on m'en empêcherait. Il n'est pas dans les intentions du Maire de me laisser filer. Non, je comptais simplement essayer de découvrir de quelle manière est gouverné le *Far Star*. Il sourit. Je ne vous lâcherai pas, professeur ! »

Il souriait encore en pénétrant dans ce qu'il sentait être sa propre chambre mais son visage redevint sérieux une fois qu'il eut refermé la porte derrière lui. Sûrement qu'il devait exister un moyen ou un autre de communiquer avec une planète dans les parages du vaisseau. Il était impensable qu'un astronef pût être délibérément isolé de l'extérieur et par conséquent, il devait bien y avoir quelque part — dans une niche, peut-être — un transmetteur. Avec, il pourrait joindre le bureau du Maire afin de se renseigner sur la manœuvre du vaisseau.

Il inspecta soigneusement les cloisons, la tête de lit, et le mobilier aux formes strictes et lisses. S'il ne trouvait rien ici, il visiterait le reste du vaisseau.

Il était sur le point de s'en aller lorsque son œil surprit un éclat de lumière à la surface lisse, marron clair, du bureau. Un cercle lumineux, portant cette mention bien lisible :

ORDINATEUR : MODE D'EMPLOI

Ah !

Malgré tout, son cœur se mit à battre plus fort. Il y avait ordinateur et ordinateur, et certains programmes étaient particulièrement longs à bien maîtriser. Trevize n'avait jamais commis l'erreur de sous-estimer sa propre intelligence mais, d'un autre côté, il n'avait rien d'un Grand Maître. Certains étaient doués pour se servir d'un ordinateur et d'autres pas — et Trevize savait pertinemment dans quelle catégorie se ranger.

Au cours de son passage par la Marine de la Fondation, il avait atteint le grade de lieutenant et avait parfois tenu le poste d'officier de quart et donc eu l'occasion d'utiliser l'ordinateur de bord. Il n'en avait toutefois jamais eu seul la responsabilité et on ne lui avait jamais demandé d'en savoir plus que les manœuvres de routine exigées d'un officier de quart. Il se rappelait non sans quelque angoisse le volume que pouvait prendre le listage total d'un problème et revoyait fort bien le comportement du sergent Krasnet, le technicien derrière la console de l'ordinateur de bord : il en jouait comme s'il s'était agi de l'instrument de musique le plus complexe de toute la Galaxie, le tout avec un air de nonchalance affectée, comme si la simplicité de la chose l'ennuyait — pourtant, même lui devait parfois avoir recours au manuel (non sans pester de confusion).

Hésitant, Trevize posa un doigt sur le cercle lumineux et

aussitôt le lumière gagna tout le dessus du bureau, révélant les contours de deux mains : la droite et la gauche. En douceur, le plateau s'inclina rapidement jusqu'à un angle de quarante-cinq degrés. Trevize prit le siège devant le bureau. Les mots étaient inutiles : ce qu'on attendait de lui était évident.

Il plaça les mains contre les contours dessinés sur le plateau, contours positionnés de telle sorte qu'il pût le faire sans effort. La surface du plateau lui parut douce, presque duveteuse là où il l'effleurait — et ses mains s'y enfoncèrent.

Il les contempla avec surprise car elles ne s'étaient pas enfoncées le moins du monde : elles étaient toujours à la surface, lui révélaient ses yeux. Pourtant, au toucher, c'était comme si la surface du bureau avait cédé et comme si quelque chose de doux et chaud lui tenait les mains.

Était-ce tout ?

Et maintenant ?

Il regarda autour de lui puis ferma les yeux en réponse à une suggestion. Il n'avait rien entendu. Rien de rien. Mais dans son cerveau, comme une idée fugace qui lui serait venue, résonnait cette phrase : « Fermez les yeux, je vous en prie, détendez-vous. Nous allons établir la connexion. »

Par les mains ?

Trevize avait toujours plus ou moins imaginé que le jour où l'on communiquerait par la pensée avec un ordinateur, ce serait par l'entremise d'un casque placé sur la tête et bardé d'électrodes sur les yeux et le crâne.

Les mains ?

Les mains ? Mais pourquoi pas ? Trevize se sentit dériver — presque engourdi mais toutefois sans perte de ses facultés mentales. Les mains ? Pourquoi pas ?

Les yeux n'étaient rien de plus que des organes des sens et le cerveau rien de plus qu'un grand standard dans une boîte osseuse, bien isolé de la surface active du corps. C'étaient les mains, la surface active du corps, les mains qui touchaient et manipulaient l'Univers.

L'homme pensait avec ses mains. C'étaient ses mains

qui répondaient à sa curiosité, qui tâtaient et pinçaient et tournaient et levaient et soupesaient. Il y avait bien des animaux dotés d'un cerveau de taille respectable mais dépourvus de mains et c'était là ce qui faisait toute la différence.

Et tandis que l'ordinateur et lui se « prenaient par la main », leurs pensées fusionnèrent et peu importa soudain que ses yeux fussent ouverts ou fermés. Les ouvrir n'améliorait pas plus sa vision que les refermer ne l'obscurcissait.

Dans l'un ou l'autre cas, il voyait la pièce avec une identique netteté — et pas simplement dans la direction vers laquelle il regardait mais aussi tout autour et du dessus et de dessous.

Il voyait chacune des cabines du vaisseau et l'extérieur aussi bien. Le soleil s'était levé et son éclat était atténué par la brume du matin mais il pouvait le contempler directement sans être ébloui car l'ordinateur filtrait automatiquement les ondes lumineuses.

Il sentait la douce brise et connaissait sa température, et décelait tous les bruits du monde alentour. Détectait le champ magnétique de la planète et jusqu'aux minuscules champs électriques sur la paroi du vaisseau.

Il prit conscience des commandes de l'astronef, sans même les connaître dans leur détail. Il savait seulement que s'il désirait faire décoller l'engin, le faire tourner, le faire accélérer, ou utiliser l'une ou l'autre de ses possibilités, le processus était le même que pour effectuer l'équivalent avec son corps : la volonté suffisait.

L'emprise de la volonté n'était toutefois pas sans mélange : l'ordinateur lui-même pouvait à tout moment reprendre les commandes. A l'instant d'ailleurs, une phrase venait de se former dans son esprit et il sut exactement quand et comment le vaisseau allait décoller. Il n'y avait rien à redire sur ce point précis. Après, savait-il tout aussi sûrement, il serait à même de décider de lui-même à nouveau.

Projetant vers l'extérieur le réseau de ses sens désormais électroniquement développés, il découvrit qu'il pouvait discerner l'état de la haute atmosphère ; distinguer les formations nuageuses ; détecter les autres vaisseaux, aussi bien ceux qui jaillissaient vers les cieux que ceux qui amorçaient leur descente. De tout cela, il fallait tenir compte et l'ordinateur en tenait effectivement compte. Sinon, s'aperçut Trevize, il lui aurait suffi de le désirer et l'ordinateur l'aurait fait.

Autant pour le volume de la programmation : il n'y avait rien à programmer. Trevize songea au sergent technicien Krasnet et sourit. Il avait souvent entendu parler de l'immense révolution qu'allait engendrer la gravitique mais la fusion de l'ordinateur et de l'esprit humain était encore un secret d'État. Nul doute que cela produirait une révolution bien plus grande.

Il avait conscience du temps qui passe. Il savait exactement quelle était l'heure en temps local de Terminus ainsi qu'en temps standard galactique.

Comment se libérait-on ?

Et à l'instant même où l'idée lui traversait l'esprit, ses mains furent libérées et le dessus du bureau reprit sa position d'origine — et Trevize se retrouva muni de ses seuls sens privés d'assistance.

Il se sentait aveugle et désemparé comme si, un moment, il s'était trouvé sous l'aide et la protection de quelque être supérieur qui l'aurait à présent abandonné. Aurait-il ignoré la possibilité de renouer à tout moment le contact que cette sensation l'aurait fait fondre en larmes.

En l'espèce, il n'eut toutefois qu'à retrouver son sens de l'orientation, se rajuster à ses propres limites ; puis il se releva, chancelant, et sortit de la pièce.

Pelorat leva les yeux. Il avait manifestement su calibrer son lecteur : « L'appareil fonctionne à la perfection. Il est doté d'un excellent programme de recherche. Mais, avez-vous découvert les commandes, mon garçon ?

— Oui, professeur. Tout va pour le mieux.

— En ce cas, ne faudrait-il pas nous inquiéter du décollage ? Je veux dire, pour notre sécurité ? Ne sommes-nous pas censés nous harnacher ou que sais-je encore ? J'ai bien cherché des instructions en ce sens mais sans succès et cela me turlupine. En désespoir de cause, j'ai dû me rabattre sur ma bibliothèque. En un sens, quand je suis absorbé par mon travail... »

Trevize avait levé les mains vers le professeur comme pour endiguer et stopper le flot de ses paroles. A présent, il se voyait obligé de parler plus fort que lui pour couvrir sa voix : « Rien de tout cela n'est nécessaire, professeur : antigravité est synonyme d'absence d'inertie. Il n'y a aucune sensation d'accélération quand la vélocité change puisque tout ce qui est à bord subit le changement simultanément.

— Vous voulez dire que nous ne saurons pas quand nous aurons quitté la planète pour nous retrouver en plein espace ?

— C'est exactement ça — d'autant qu'au moment où je vous parle nous avons déjà quitté la planète. Nous allons traverser les hautes couches de l'atmosphère d'ici quelques petites minutes et dans moins d'une demi-heure nous serons dans le vide de l'espace. »

16.

Pelorat dévisagea Trevize et parut se ratatiner. Le long rectangle de son visage devint si livide que, sans trahir la moindre émotion, il exprimait un malaise manifeste.

Puis son regard se mit à divaguer, de droite... de gauche.

Trevize se rappela ce qu'il avait éprouvé lors de son premier voyage au-delà de l'atmosphère.

Il dit, sur le ton le plus neutre possible : « Janov » (et c'était la première fois qu'il s'adressait familièrement au professeur mais, en l'espèce, c'était l'homme d'expérience qui s'adressait au béotien et il était nécessaire qu'il parût l'aîné des deux), « nous sommes en parfaite sécurité ici. Nous nous trouvons à l'intérieur de l'enceinte métallique d'un vaisseau de guerre de la Marine de la Fondation. Nous ne sommes peut-être pas armés mais il n'est pas un endroit dans la Galaxie où le simple nom de la Fondation ne nous protégera. Même si d'aventure quelque astronef devenait assez fou pour nous attaquer, nous pourrions être hors d'atteinte en un instant. Et je vous assure que j'ai découvert comment manipuler cet engin à la perfection.

— C'est juste l'idée, Go... Golan, de ce néant...

— Eh bien, il y a du néant tout autour de Terminus, aussi. Seule une fine pellicule d'atmosphère extrêmement ténue nous sépare du néant qui la surmonte. Tout ce que nous faisons, c'est franchir cette pellicule sans importance.

— Sans importance peut-être mais c'est quand même ça qu'on respire.

— On respire tout aussi bien ici. Et l'atmosphère de ce vaisseau est incontestablement plus propre et plus pure — et restera indéfiniment plus propre et plus pure que l'atmosphère naturelle de Terminus.

— Et les météorites ?

— Quoi, les météorites ?

— L'atmosphère nous protège des météorites. Des radiations aussi, tant qu'on y est.

— L'humanité, observa Trevize, voyage dans l'espace depuis, je crois, vingt millénaires...

— Vingt-deux. Si nous nous référons à la chronologie hallbrockienne, il est tout à fait patent que — si l'on tient du moins compte de...

— Ça suffit ! Avez-vous déjà entendu parler de collisions avec des météorites ou de morts par irradiation — récemment, j'entends ? — et dans le cas de vaisseaux appartenant à la Fondation ?

— Je n'ai pas vraiment suivi l'actualité en ce domaine mais je suis un historien, mon garçon et...

— Historiquement, oui, on peut relever de tels accidents mais la technique progresse. Aucune météorite assez volumineuse pour nous endommager ne pourrait nous approcher sans que la parade ne soit immédiatement opérée. On peut certes concevoir que quatre météorites — provenant simultanément des quatre directions définies par les sommets d'un tétraèdre — puissent nous percuter, mais calculez la probabilité d'un tel événement et vous verrez que vous aurez le temps de mourir de vieillesse plusieurs milliards de milliards de fois avant d'avoir une chance sur deux d'observer un aussi passionnant phénomène.

— Vous voulez dire, si vous étiez derrière la console ?

— Non, dit Trevize, bourru. Si je pilotais l'ordinateur en me fiant à mes propres sens et à mes réflexes, nous serions percutés avant même que je sache de quoi il retourne. C'est l'ordinateur même qui est ici à l'œuvre et réagit des millions de fois plus vite que vous ou moi ne pourrions le faire. » Il tendit brusquement la main. « Janov, laissez-moi vous présenter ce dont l'ordinateur est capable et vous montrer à quoi ressemble l'espace. »

Pelorat le contempla, légèrement ébahi. Puis il eut un petit rire : « Je ne suis pas sûr d'avoir envie de le savoir, Golan.

— Bien sûr que non, Janov, parce que vous ignorez encore ce que vous manquez. Prenez le risque ! Allons, venez ! Dans ma cabine ! »

Trevize tendit l'autre main et mi-conduisant, mi-tirant, l'emmena jusqu'à l'ordinateur. Tout en s'asseyant devant le bureau, il lui demanda : « Avez-vous déjà vu la Galaxie, Janov ? L'avez-vous déjà regardée ?

— Vous voulez dire dans le ciel ?

— Oui, sans doute. Où voulez-vous que ce soit ?

— Je l'ai vue. Tout le monde l'a vue. Il n'y a qu'à lever les yeux pour la voir.

— L'avez-vous déjà contemplée par une nuit sombre et limpide, lorsque le Losange est sous l'horizon ? »

Ce nom de « Losange » se rapportait à ces quelques étoiles assez lumineuses et suffisamment proches pour briller d'un éclat modéré dans le ciel nocturne de Terminus. C'était un petit groupe qui ne s'étendait pas sur plus de vingt degrés et demeurait la plus grande partie de la nuit au-dessous de l'horizon. En dehors de cette constellation, on ne pouvait distinguer qu'un vague semis de pâles étoiles tout juste visibles à l'œil nu. Et sinon, la vague traînée laiteuse de la Galaxie — une vue à laquelle on pouvait s'attendre quand on vivait sur un monde comme

Terminus, situé à l'extrême limite du bras le plus extérieur de la spirale galactique.

« Je suppose que oui, répondit Pelorat. Mais pourquoi la contempler ? C'est un spectacle bien banal.

— Bien sûr qu'il est banal. C'est bien pourquoi plus personne ne la voit. Pourquoi la regarder quand on peut toujours l'avoir sous les yeux ? Mais à présent, vous allez la voir vraiment, et pas comme de la surface de Terminus, où la brume et les nuages interfèrent perpétuellement. Vous allez la voir comme jamais vous ne pourriez le faire depuis Terminus — quels que soient vos efforts, et quelle que soit la limpidité ou l'obscurité de la nuit. Ah ! comme j'aimerais moi aussi n'être jamais allé dans l'espace pour pouvoir, tout comme vous, la découvrir pour la première fois dans sa beauté toute nue. »

Il poussa une chaise vers Pelorat. « Asseyez-vous là, Janov. Cela peut prendre un certain temps. Il faut que je continue de m'accoutumer à cet ordinateur. De ce que j'ai déjà pu en ressentir, je sais que la vision est holographique, si bien que nul écran ne nous sera nécessaire. L'appareil établit un contact direct avec mon cerveau mais je pense pouvoir lui faire générer une image objective que vous puissiez observer vous aussi... Éteignez la lumière, voulez-vous ? Non, suis-je bête, je vais le faire faire à l'ordinateur. Restez où vous êtes. »

Trevize établit le contact avec l'ordinateur — contact des paumes, étroit et chaleureux.

La lumière décrut puis s'éteignit tout à fait et dans l'obscurité Trevize sentit Pelorat s'agiter. « Ne soyez pas nerveux, Janov. Il se peut que j'aie quelque difficulté à tenter de commander l'ordinateur mais je vais commencer en douceur et il faudra être patient avec moi. Est-ce que vous le voyez ? Le croissant ? »

Le croissant était suspendu dans l'obscurité devant eux. Pâle et tremblotant d'abord, mais devenant plus vif et plus net.

Pelorat demanda d'une voix timide et respectueuse : « Est-ce là Terminus ? En sommes-nous si loin ?

— Oui. Le vaisseau progresse rapidement. » Le vaisseau traversait le cône d'ombre de Terminus qui leur apparaissait comme un épais croissant de lumière vive. Trevize éprouva l'envie soudaine de faire décrire au vaisseau un grand arc qui les aurait ramenés vers la face éclairée de la planète pour qu'ils la contemplent dans toute sa beauté mais il se retint.

Pelorat y trouverait peut-être l'attrait de la nouveauté mais ce serait une beauté domestiquée : il y avait bien trop de photographies, bien trop de mappemondes, bien trop de globes. N'importe quel écolier savait à quoi ressemblait Terminus : une planète océanique — plus que la moyenne — riche en eau et pauvre en minerais, tournée vers l'agriculture et manquant d'industrie lourde mais la première de la Galaxie pour les techniques de pointe et la miniaturisation.

S'il avait pu faire travailler l'ordinateur en micro-ondes afin d'établir un modèle visible, ils auraient pu discerner chacune des dix mille îles habitées de Terminus, en même temps que la seule d'entre elles assez vaste pour être considérée comme un continent, celle où se trouvaient Terminus-Ville et…

Bascule !

Ce n'avait été qu'une pensée, un simple exercice de la volonté, mais la vue changea aussitôt. Le croissant de lumière s'éloigna vers le bord de leur champ de vision tout en basculant sur le côté. Les ténèbres de l'espace emplirent ses yeux.

Pelorat s'éclaircit la voix : « J'aimerais mieux que vous rameniez Terminus, mon garçon. J'ai comme l'impression d'être devenu aveugle. » Il avait un ton légèrement crispé.

« Vous n'êtes pas aveugle : regardez ! »

Dans son champ de vision apparut une pellicule brumeuse, pâle et translucide. Elle s'étendit, devint plus lumineuse, jusqu'à gagner toute la cabine qui parut scintiller.

Réduction !

Nouvel effort de volonté, et la Galaxie s'éloigna comme si elle était vue par le mauvais bout d'une lunette de plus en plus puissante ; se contracta pour ne plus devenir qu'une simple structure marquée de zones plus ou moins lumineuses.

Plus clair !

La luminosité de la structure s'accrut sans changement de dimension et — comme le système stellaire de Terminus était situé légèrement au-dessus du plan galactique — la Galaxie n'apparaissait pas exactement vue par la tranche : elle affectait la forme d'une double spirale très aplatie, barrée de raies sombres, obscurcissant la face lumineuse du côté de Terminus. Très loin, rétréci encore par la distance, le noyau galactique brillant d'une lueur laiteuse paraissait bien insignifiant.

Pelorat dit, en un murmure respectueux : « Vous avez raison. Je ne l'ai jamais vue ainsi. Je n'avais jamais imaginé qu'elle eût autant de détails.

— Comment auriez-vous pu ? Vous ne pouvez distinguer la moitié extérieure lorsque l'atmosphère de Terminus s'interpose entre elle et vous. Le noyau est à peine visible depuis la surface de la planète.

— Quel dommage de la voir avec si peu de recul.

— Pas besoin de recul : l'ordinateur peut très bien la visualiser sous n'importe quelle orientation. Je n'ai qu'à en exprimer le vœu — et même pas à haute voix. »

Changement de coordonnées !

Cet exercice mental n'avait rien d'un ordre précis. Pourtant, à mesure que l'image de l'ordinateur commençait à subir un lent changement, son esprit guidait la machine et la faisait obéir à sa volonté. Lentement, la Galaxie tourna pour apparaître vue perpendiculairement au plan galactique. Elle s'étendait peu à peu, tel un gigantesque tourbillon lumineux, avec ses sillons obscurs, ses nœuds étincelants et, au centre, une masse éclatante indistincte.

« Mais comment, demanda Pelorat, l'ordinateur peut-il donc la visualiser depuis un point de l'espace situé à plus de cinquante mille parsecs de l'endroit où nous sommes ? » Puis il ajouta, en étouffant un soupir : « Pardonnez-moi, je vous en prie. Je n'y connais vraiment rien...

— Je n'en sais guère plus que vous en la matière, confia Trevize. Même le plus simple des ordinateurs, toutefois, est capable d'opérer un changement de coordonnées pour visualiser la Galaxie sous n'importe quel angle, en partant de ce qu'il va considérer comme la position de référence, à savoir celle visible depuis l'endroit de l'espace où il se trouve. Bien entendu, l'ordinateur ne peut exploiter au début que les informations qu'il peut appréhender si bien que, dans le cas d'une vue panoramique, nous aurons des lacunes et des zones de flou. Dans le cas présent, toutefois...

— Oui ?

— Nous nous trouvons avec une vue excellente... Je me demande si ses mémoires n'ont pas été chargées avec une carte complète de la Galaxie, ce qui lui permet de la visualiser sous n'importe quel angle sans le moindre problème.

— Comment ça, une carte complète ?

— Les coordonnées spatiales de chaque étoile de la Galaxie doivent être stockées dans ses mémoires.

— De *chaque* étoile ? » Pelorat semblait interloqué.

« Eh bien, peut-être pas de chacune des trois cents milliards d'étoiles du système. Son programme devrait très certainement inclure les étoiles des systèmes habités et sans doute toutes celles de la classe K et au-dessus. Ce qui en fait bien déjà soixante-quinze milliards au bas mot.

— *Toutes* les étoiles des systèmes habités ?

— Je ne voudrais pas dire de bêtises... peut-être pas toutes. Après tout, il y avait bien vingt-cinq millions de systèmes habités du temps de Hari Seldon — ce qui peut paraître énorme mais ne représente jamais qu'une étoile sur douze mille. Là-dessus, au cours des cinq siècles suivants, l'effondrement général de l'Empire n'a pas empêché la poursuite de la colonisation. J'aurais même tendance à penser qu'il l'a encouragée. Il existe encore quantité de planètes habitables où s'installer et l'on doit bien arriver au chiffre de trente millions maintenant. Il est fort possible que les plus récentes ne soient pas répertoriées par la Fondation.

— Mais les plus anciennes ? Sans doute doivent-elles s'y trouver sans exception.

— Je l'imagine. Je ne puis le garantir, bien sûr, mais je serais surpris qu'il manque une seule des colonies établies de longue date… Laissez-moi vous montrer quelque chose — si mes aptitudes au maniement de l'ordinateur me le permettent. »

Les mains de Trevize se crispèrent sous l'effort et parurent s'enfoncer encore, comme pour resserrer leur étreinte avec la machine. Il aurait pu s'éviter cette peine et se contenter de penser tranquillement : Terminus !

C'est ce qu'il fit et, en réponse, apparut un diamant rouge étincelant à l'extrême lisière du tourbillon.

« Voici notre soleil, dit Trevize, tout excité ; l'étoile autour de laquelle gravite Terminus.

— Ah ! » fit Pelorat avec un soupir chevrotant.

Un point lumineux jaune vif apparut au milieu d'un amas serré d'étoiles en plein cœur de la Galaxie, quoique franchement excentrique par rapport au noyau central — plus proche du côté où se trouvait Terminus.

« Et ça, poursuivit Trevize, c'est le soleil de Trantor. »

Nouveau soupir de Pelorat : « Vous êtes certain ? On dit toujours que Trantor est située au centre de la Galaxie.

— C'est vrai, dans un sens : elle est située aussi près du centre que peut l'être une planète tout en demeurant habitable. D'ailleurs, elle en est plus proche que n'importe quel autre système habité important. Le centre de la Galaxie proprement dit consiste en un trou noir d'une masse de près d'un million d'étoiles, autant dire que l'endroit n'est pas de tout repos. Pour autant que l'on sache, il n'y a pas de vie au centre même et peut-être qu'il ne peut tout simplement pas y en avoir. Trantor est située dans l'anneau le plus intérieur de l'un des bras de la spirale et, croyez-moi, si vous pouviez contempler son ciel nocturne, vous vous croiriez en plein cœur de la Galaxie. Elle se trouve au beau milieu d'un amas stellaire particulièrement riche.

— Êtes-vous déjà allé sur Trantor, Golan ? » demanda Pelorat, manifestement avec envie.

« En fait, non, mais j'ai vu des représentations holographiques de son ciel. »

Trevize contempla la Galaxie d'un air sombre. Lors de la grande période de recherche de la Seconde Fondation, à l'époque du Mulet, comme les gens avaient pu jouer avec les cartes galactiques — et combien de volumes avaient été écrits et filmés sur le sujet !

Et tout cela, parce que Hari Seldon avait d'abord dit que la Seconde Fondation serait établie « à l'autre extrémité de la Galaxie », en un lieu qu'il avait baptisé *Star's End :* là où finissent toutes les étoiles.

A l'autre extrémité de la Galaxie ! A l'instant même où Trevize formulait cette pensée, un mince trait bleu apparut, partant de Terminus, traversant le trou noir du centre galactique pour joindre l'autre côté de la spirale. Trevize en manqua sursauter. Il n'avait pas directement commandé ce tracé mais l'avait toutefois fort clairement imaginé et il n'en fallait pas plus pour l'ordinateur.

Mais bien entendu, le chemin en ligne droite jusqu'au bord opposé de la Galaxie n'était pas forcément l'indication de cette « autre extrémité » dont avait parlé Seldon. C'était Arkady Darell qui (si l'on pouvait se fier à son autobiographie) avait employé la phrase : « un cercle n'a pas d'extrémité » pour souligner ce que chacun de nos jours acceptait comme évident...

Et bien que Trevize eût essayé soudain d'oblitérer cette pensée, l'ordinateur le prit de vitesse : le trait bleu s'évanouit pour être remplacé par un cercle englobant la Galaxie et tangent au point rouge marquant le soleil de Terminus.

Un cerle n'a pas d'extrémité et il suffisait de placer son origine à Terminus pour qu'en cherchant son autre extrémité on se retrouve tout bonnement à son point de départ : et c'était effectivement à Terminus qu'on avait découvert la Seconde Fondation, occupant la même planète que la Première.

Mais si, en réalité, on ne l'avait pas vraiment trouvée — si cette prétendue découverte n'avait été qu'une illusion —

alors ? En dehors de la ligne droite et du cercle, quelle autre représentation adopter ?

Pelorat remarqua : « Vous jouez à l'illusionniste ? Pourquoi diantre ce cercle bleu ?

— C'était juste pour faire des essais... Vous aimeriez qu'on essaie de localiser la Terre ? »

Un ange passa puis Pelorat dit : « Vous plaisantez ?

— Du tout. Je vais essayer. »

Il essaya. Rien ne se passa.

« Désolé.

— Elle n'est pas là ? Il n'y a pas de Terre ?

— Je suppose que j'ai dû mal formuler mon ordre, quoique ça ne me semble guère crédible. Je crois plutôt que la Terre n'est tout simplement pas répertoriée dans les données de l'ordinateur.

— Elle y est peut-être inscrite sous un autre nom ? »

Trevize sauta sur cette possibilité : « Lequel, Janov ? »

Pelorat ne dit rien et, dans l'obscurité, Trevize ne put retenir un sourire. Il se pouvait bien que les choses commencent à se mettre en place. Il n'y avait qu'à laisser courir un peu. Laissez mûrir la situation. Il changea délibérément de sujet et dit : « Je me demande si on peut manipuler le temps.

— Le temps ? Comment ça ?

— La Galaxie tourne sur elle-même. Il faut presque un demi-milliard d'années à Terminus pour accomplir une révolution complète. Les étoiles situées plus près du centre accomplissent leur périple beaucoup plus vite, bien entendu. Le mouvement de chaquc étoile — fonction de sa distance du trou noir central — pourrait être enregistré en mémoire, auquel cas l'ordinateur aurait la possibilité, en accélérant des millions de fois chaque mouvement, de rendre visible l'effet de rotation. Je vais essayer voir. »

Il fit comme il avait dit, sans pouvoir s'empêcher de bander tous ses muscles sous l'intense effort de concentration — comme s'il avait dû s'emparer lui-même de la Galaxie pour la faire accélérer, la tordre, la mouvoir contre une terrible force d'inertie.

La Galaxie bougeait. Lentement, puissamment, elle se

mit à s'enrouler sur elle-même, tendant à resserrer les bras de sa spirale.

Le temps s'écoulait sous leurs yeux à une vitesse incroyable — un temps fabriqué, artificiel — et, à mesure qu'il passait, les étoiles semblaient devenir évanescentes : çà et là, certaines parmi les plus grandes rougissaient, devenaient plus brillantes — en se transformant en géantes rouges. Et puis, une étoile de l'amas central explosa soudain sans bruit, dans une lueur aveuglante qui, l'espace d'une fraction de seconde, fit pâlir l'ensemble de la Galaxie, avant de disparaître. Puis une autre à son tour, dans l'un des bras, et puis une autre encore, pas très loin.

« Des supernovae », expliqua Trevize, frémissant un brin.

Était-il possible que l'ordinateur pût prédire l'explosion d'une étoile et l'instant de cette explosion ? Ou bien n'utilisait-il qu'un modèle simplifié destiné à présenter l'avenir stellaire dans ses grandes lignes, et non pas avec précision ?

Pelorat murmura d'une voix rauque : « On dirait un être vivant en train de ramper à travers l'espace.

— C'est vrai, dit Trevize, mais moi, je commence à fatiguer. En attendant que j'y arrive sans avoir besoin de me crisper, je ne vais pas pouvoir prolonger ce petit jeu très longtemps. »

Il se laissa aller. La Galaxie ralentit, puis s'immobilisa, puis bascula, pour se retrouver de profil telle qu'ils avaient pu la voir au départ.

Trevize ferma les yeux et respira profondément. Il avait conscience de l'éloignement de Terminus derrière eux, de la disparition des dernières traces d'atmosphère raréfiée, de la présence de tous les vaisseaux occupant les parages de Terminus.

Il ne lui vint pas à l'idée toutefois de vérifier si l'un de ces vaisseaux avait quelque chose de particulier. N'y avait-il pas un autre vaisseau gravitique dont la trajectoire suivait la leur avec plus de précision que ne l'autorisait le hasard ?

CHAPITRE V

ORATEUR

17.

TRANTOR !

Huit mille ans durant, ç'avait été la capitale de la plus vaste et la plus puissante des entités politiques, embrassant une union de systèmes planétaires sans cesse grandissante. Douze mille ans plus tard, c'était devenu la capitale d'une entité politique englobant l'ensemble de la Galaxie. C'était le centre, le cœur, l'*épitomé* de l'Empire galactique.

Il était impossible de penser à l'Empire sans penser à Trantor.

L'Empire était déjà en pleine décadence lorsque Trantor avait atteint l'apogée de sa splendeur. En fait, personne alors ne remarqua que l'Empire avait perdu sa position dominante, effacé qu'il était par l'éclat métallique de Trantor.

Éclat qui avait atteint son point culminant lorsque la cité avait recouvert toute la planète. On avait alors — autoritairement — plafonné la population au chiffre de quarante-cinq milliards d'âmes, les seuls espaces verts subsistant en surface étant les jardins du Palais impérial et le complexe université/bibliothèque.

La surface entière de Trantor était recouverte de métal. Ses déserts comme ses zones fertiles avaient été engloutis pour être convertis en taupinières humaines, en jungles de bureaux, en complexes informatiques, en vastes entrepôts de vivres et de pièces détachées ; ses chaînes de montagnes rasées, ses gouffres comblés. Les corridors sans fin de la cité creusaient le plateau continental et les océans avaient été convertis en gigantesques réservoirs souterrains pour l'aquiculture qui était devenue la seule (et bien insuffisante) ressource locale en nourriture et en sels minéraux.

Ses échanges avec les mondes extérieurs — grâce auxquels Trantor obtenait les matières premières qui lui faisaient défaut — étaient tributaires de ses mille astroports, de ses dix mille vaisseaux de guerre, ses cent mille vaisseaux de commerce, son million de cargos spatiaux.

Aucune cité de cette échelle ne pratiquait aussi strictement le recyclage. Aucune planète de la Galaxie n'avait fait un aussi large emploi de l'énergie solaire ni n'était allée aussi loin dans l'élimination des excédents de chaleur. Des radiateurs scintillants se déployaient jusque dans les couches raréfiées de la haute atmosphère sur la face nocturne, pour se rétracter à mesure que progressait le jour. Ainsi Trantor arborait-elle en permanence une asymétrie artificielle qui était presque le symbole de la planète.

A son apogée, Trantor avait dirigé l'Empire !

Elle le dirigeait tant bien que mal mais rien n'aurait pu le diriger convenablement. L'Empire était bien trop vaste pour être gouverné depuis une planète unique — même sous la férule du plus dynamique des empereurs. Comment Trantor aurait-elle pu le gouverner mieux quand, en pleine décadence, la couronne impériale se voyait marchandée par des politiciens retors ou des imbéciles incompétents, tandis que la bureaucratie était devenue l'école de la corruption ?

Mais même aux plus sombres moments, toute cette pesante machinerie gardait une certaine valeur en soi. L'Empire galactique n'aurait pu fonctionner sans Trantor.

Il s'effritait régulièrement mais aussi longtemps que Trantor restait Trantor, subsistait un noyau d'Empire, maintenant toutes les apparences de la gloire, de la pérennité, de la tradition, du pouvoir — et de l'exaltation...

Ce ne fut que lorsque l'impensable arriva — la chute de Trantor et sa mise à sac ; la mort pour des millions de ses citoyens et la famine pour des milliards d'autres ; la destruction de son épaisse carapace métallique, déchirée, perforée, fondue, sous les coups de la flotte « barbare » —, ce fut à ce moment seulement que l'Empire voulut bien admettre sa chute. Les survivants d'une planète jadis imposante achevèrent de détruire ce qui avait pu subsister et, en l'espace d'une génération, Trantor qui avait été la plus grande planète qu'eût jamais connue la race humaine n'était plus devenue qu'un inconcevable amas de ruines.

Tout cela remontait à deux siècles et demi. Mais dans le reste de la Galaxie, on n'avait toujours pas oublié la Trantor d'antan. Elle continuerait de vivre éternellement, site de choix des romans historiques, symbole éternel ou souvenir du passé, et nom qui revenait sans cesse dans des expressions telles que : « Tous les astronefs atterrissent à Trantor », « Plus long que de chercher quelqu'un à Trantor », ou « Entre ça et Trantor, il y a un monde. »

Dans tout le reste de la Galaxie...

Mais ce n'était pas vrai sur Trantor même ! Ici, on avait oublié la Trantor de jadis. La surface métallique avait disparu presque partout. Trantor était à présent un monde agraire peuplé de rares colonies vivant en autarcie, un endroit où les vaisseaux de commerce faisaient rarement escale — et où d'ailleurs ils n'étaient pas spécialement les bienvenus. Ce nom même de « Trantor », bien que toujours officiellement en usage, avait disparu du langage courant : les Trantoriens contemporains appelaient leur planète « Hame », une déformation dialectale du terme « Home » utilisé en galactique classique.

C'est à tout cela que songeait Quindor Shandess, et à bien d'autres choses, en s'asseyant tranquillement, dans cet état béni de semi-léthargie où il pouvait laisser librement dériver son esprit au gré de ses pensées errantes.

Cela faisait dix-huit ans qu'il était Premier Orateur de la Seconde Fondation et il pouvait bien tenir dix ou douze ans de plus si son esprit restait raisonnablement alerte et s'il pouvait continuer à déjouer les intrigues politiques.

Il était l'analogue, l'exact reflet du Maire de Terminus qui dirigeait la Première Fondation, pourtant, comme ils pouvaient différer dans tous les domaines ! Le Maire de Terminus était connu de toute la Galaxie et la Première Fondation était par conséquent la « Fondation » tout court pour toutes les planètes. Le Premier Orateur de la Seconde Fondation n'était quant à lui connu que de ses associés.

Et pourtant, c'était la Seconde Fondation, sous son égide et celle de ses prédécesseurs, qui détenait le véritable pouvoir. La Première Fondation avait certes la suprématie dans le domaine de la force physique, de la technologie, des armes de guerre. La Seconde Fondation avait, elle, la suprématie dans le domaine de la force mentale, des pouvoirs de l'esprit et de la capacité à les diriger. Dans l'éventualité d'un conflit entre les deux, qu'importait la quantité d'armes et de vaisseaux dont disposait la Première Fondation si la Seconde était à même de contrôler l'esprit de ceux qui dirigeaient ces armes et ces vaisseaux ?

Mais combien de temps pourrait-il se délecter encore de l'existence de ce pouvoir secret ?

Il était le vingt-cinquième Premier Orateur et la durée de son mandat avait déjà quelque peu dépassé la moyenne. Ne devrait-il pas plutôt être moins enclin à s'accrocher, à écarter les plus jeunes aspirants ? L'orateur Gendibal, par exemple, le dernier admis mais pas le moins ardent à la Table. Il devait le voir ce soir et Shandess attendait beaucoup de cette rencontre. Devrait-il également s'attendre à lui laisser peut-être sa place un jour ?

La réponse à cette question était que Shandess n'avait pas vraiment l'intention de quitter son poste. Il s'y plaisait trop. Il restait donc là, un vieillard, mais parfaitement capable encore d'exercer les devoirs de sa tâche. Ses cheveux étaient gris mais ils avaient toujours été clairs et comme il les portait taillés court, leur teinte n'avait guère d'importance. Ses yeux étaient d'un bleu délavé et ses habits avaient la coupe terne des vêtements que portaient les fermiers trantoriens.

Le Premier Orateur pouvait, s'il le voulait, se faire passer au milieu des Hamiens pour un des leurs mais son pouvoir caché n'en subsistait pas moins : il pouvait à tout moment décider de fixer son œil ou son esprit afin de les forcer à se plier à sa volonté sans qu'ils en gardent le moindre souvenir par la suite.

Mais cela se produisait rarement. Pour ainsi dire jamais. La règle d'or de la Seconde Fondation était : « Ne jamais rien faire qu'on n'y soit obligé et s'il faut tout de même agir, alors hésiter. »

Le Premier Orateur soupira doucement. Vivre dans la vieille université, à l'ombre de la grandeur passée des ruines proches du Palais impérial, finissait par vous laisser songeur quant à la validité de cette règle d'or.

A l'époque du Grand Pillage, la règle d'or avait été durement mise à l'épreuve : il n'y avait pas moyen de sauver Trantor sans sacrifier le plan Seldon destiné à instaurer un Second Empire. Il aurait certes été humain d'épargner ses quarante-cinq milliards d'habitants mais le faire eût été maintenir le noyau du Premier Empire et donc retarder le calendrier ; cela n'aurait en fin de compte abouti qu'à une plus grande destruction quelques siècles plus tard et peut-être empêché définitivement toute instauration d'un Second Empire...

Les Tout Premiers Orateurs avaient planché des décennies durant sur la prévision clairement énoncée de cette destruction finale mais sans y trouver aucun remède — il n'y avait pas moyen à la fois de sauver Trantor et de préparer l'avènement du Second Empire. Entre deux maux, il avait fallu choisir le moindre et c'est ainsi que Trantor avait été détruite !

Les Fondateurs de ce temps-là étaient parvenus — d'un cheveu — à sauver le complexe université/bibliothèque, ce qui avait encore été une source perpétuelle de culpabilité par la suite. Bien que personne n'ait jamais pu démontrer que sauver le complexe avait conduit à l'ascension météorique du Mulet, on s'accordait intuitivement à lier les choses.

Comme on avait alors frôlé la catastrophe totale !

Pourtant, après les années sombres du Pillage et du Mulet, était venu l'âge d'or de la Seconde Fondation.

Mais avant cela, et pendant plus de deux siècles et demi après la mort de Seldon, les Fondateurs s'étaient enfouis telles des taupes dans la bibliothèque, dans le souci, avant tout, de se garder des Impériaux. Ils servirent donc comme bibliothécaires dans une société en décomposition qui se souciait de moins en moins de cette bibliothèque galactique qui méritait de moins en moins son nom et qui était tombée en désuétude — ce qui servait au mieux les intérêts de la Seconde Fondation.

Une vie sans noblesse : les Fondateurs se contentaient de maintenir l'existence du plan tandis que là-bas, à l'autre bout de la Galaxie, la Première Fondation se débattait pour défendre son existence contre des ennemis sans cesse plus puissants sans recevoir le moindre secours de la Seconde Fondation ni d'ailleurs avoir réellement conscience de son existence.

C'était en fait le Grand Pillage qui avait libéré la Seconde Fondation — encore une raison (le jeune Gendibal, qui ne manquait pas de courage, avait affirmé récemment que c'était en vérité la raison principale) pour l'avoir laissé se produire.

Après le Grand Pillage donc, l'Empire avait disparu et au cours de cette dernière période, aucun des rescapés de Trantor n'avait pénétré dans le territoire de la Seconde Fondation sans y avoir été invité. Les Fondateurs veillaient jalousement à ce que le complexe université/bibliothèque qui avait survécu au pillage survive également à la Grande Renaissance. On avait également conservé les ruines du Palais. Le métal avait pratiquement disparu de tout le reste de la planète. Les grands corridors interminables avaient été recouverts, comblés, condamnés ; ils étaient effondrés, détruits, ignorés ; enterrés sous la terre et la roche — partout, excepté là où le métal apparaissait encore à l'entrée des lieux antiques conservés.

On pouvait y voir un grand mémorial de la grandeur passée, le sépulcre d'un Empire mais, pour les Trantoriens d'aujourd'hui — les Hamiens —, c'étaient des lieux hantés, habités de fantômes et qu'il valait mieux ne pas déranger. Seuls les Fondateurs mettaient jamais le pied dans les corridors antiques ou venaient caresser l'éclat du titane.

Et même ainsi, tout avait failli être vain, à cause du Mulet.

Le Mulet était effectivement venu à Trantor. Que serait-il arrivé s'il avait découvert la vraie nature du monde sur lequel il se trouvait ? Son armement matériel était considérablement plus vaste que celui à la disposition de la Seconde Fondation, ses armes mentales presque équivalentes. Et la Seconde Fondation aurait toujours été handicapée par l'obligation de ne rien faire que le strict nécessaire et la certitude que presque tout espoir de victoire immédiate risquait de se traduire par une plus grande défaite future.

C'était sans compter avec Bayta Darell et son action éclair — et là aussi, sans le secours de la Seconde Fondation !

Et ensuite, l'âge d'or, où enfin les Premiers Orateurs avaient plus ou moins trouvé le moyen de se rendre utiles, stoppant le Mulet dans sa course conquérante, contrôlant enfin son esprit ; et stoppant en définitive la Première Fondation dès qu'elle avait commencé de manifester son inquiétude au sujet de la nature et de l'identité de la Seconde, dès qu'elle avait commencé de se montrer un peu trop curieuse. C'était Preem Palver, dix-neuvième Premier Orateur et le plus grand de tous, qui était parvenu à mettre fin à tout danger — non sans de terribles sacrifices — et à sauver le plan Seldon.

Dorénavant, et pour cent vingt ans, la Seconde Fondation se retrouvait à nouveau comme jadis, dissimulée dans une zone perdue de Trantor. Les Fondateurs ne se cachaient plus désormais des Impériaux mais ils évitaient toujours les membres de la Première Fondation —

laquelle était entre-temps devenue presque aussi vaste que l'Empire galactique et le surpassait encore en maîtrise technique.

Le Premier Orateur ferma les yeux dans l'agréable tiédeur, se laissant glisser dans l'état onirique et relaxant d'une expérience hallucinatoire qui n'était ni tout à fait du rêve ni tout à fait de la pensée consciente.

Mais assez de morosité. Tout irait pour le mieux. Trantor était encore la capitale de la Galaxie et la Seconde Fondation s'y trouvait, une Seconde Fondation devenue plus puissante que l'Empereur et capable de contrôler la situation mieux que jamais aucun Empereur ne l'avait pu.

La Première Fondation se verrait contenue, et guidée, et forcée à se mouvoir dans la bonne direction. Si formidables que soient ses vaisseaux et ses armes, elle ne pourrait rien faire tant que ses personnalités clés pouvaient, à tout moment, être contrôlées mentalement.

Et le Second Empire arriverait mais il ne serait pas identique au Premier. Ce serait un Empire fédéral dont chaque élément jouirait d'une autonomie considérable, ce qui lui éviterait toutes les apparences de force et toutes les faiblesses bien réelles d'un gouvernement unitaire et centralisé. Le nouvel Empire serait plus lâche, plus souple, plus flexible, plus à même de supporter les tensions et serait toujours guidé — toujours — en secret par les hommes et les femmes de la Seconde Fondation. Trantor en serait toujours la capitale, mais une capitale plus puissante, avec ses quarante mille psychohistoriens, que jamais elle ne l'avait été du temps de ses quarante-cinq milliards...

Le Premier Orateur s'éveilla soudain de sa transe. Le soleil était bas sur l'horizon. Avait-il marmonné ? Avait-il parlé à haute voix ? Si la Seconde Fondation devait en savoir beaucoup et en dire peu, les Orateurs qui la dirigeaient devaient en savoir encore plus et en dire moins encore ; quant au premier d'entre eux, il devait être celui qui en savait le plus et en disait le moins.

Il eut un sourire désabusé. Il était toujours si tentant de devenir un patriote trantorien — de ne voir dans tout le projet d'instauration du Second Empire, que prétexte à assurer l'hégémonie trantorienne. Seldon avait mis en garde contre ce risque : car même cela, il avait su le prévoir cinq siècles à l'avance.

Le Premier Orateur n'avait pas dormi trop longtemps toutefois : il n'était pas encore l'heure de l'audience de Gendibal.

Shandess se réjouissait de cette rencontre en privé. Gendibal était assez jeune pour voir le plan d'un regard neuf et assez fin pour y déceler ce que d'autres ne sauraient voir. Et il n'était pas impossible que ce jeune homme lui apprenne quelque chose.

Nul ne pourrait jamais dire avec certitude jusqu'à quel point Preem Palver, le grand Preem Palver lui-même, avait tiré profit de ce jour où le jeune Kol Benjoam, alors qu'il n'avait pas encore trente ans, vint s'entretenir avec lui des moyens éventuels de s'occuper de la Première Fondation. Dans les années qui suivirent, Benjoam (qui devait plus tard être reconnu comme le plus grand théoricien depuis Seldon) ne dit jamais mot de cette audience mais devint au bout du compte le vingt et unième Premier Orateur. Et d'aucuns mettaient à son crédit plutôt qu'à celui de Palver les grandes réalisations du gouvernement de ce dernier.

Shandess s'amusa à imaginer ce que Gendibal allait lui dire. Il était de tradition que les jeunes élus, confrontés seuls à seuls au Premier Orateur pour la première fois, résument toute leur thèse dès la première phrase. Et sans doute n'allaient-ils pas réclamer cette précieuse première audience pour quelque prétexte trivial — prétexte susceptible de ruiner ensuite toute leur carrière future, en convainquant le Premier Orateur de leur légèreté.

Quatre heures plus tard, Gendibal était devant lui. Le jeune homme ne trahissait aucun signe de nervosité. Il attendit calmement que Shandess entame la conversation.

« Orateur, dit ce dernier, vous avez réclamé une audience particulière pour une affaire d'importance. Pourriez-vous, je vous prie, me résumer cette affaire ? »

Et Gendibal, s'exprimant avec calme, presque comme

s'il devait donner le menu de son dîner, lui dit : « Premier Orateur, le plan Seldon n'a aucun sens ! »

18.

Stor Gendibal n'avait pas besoin du témoignage d'autrui pour être conscient de sa valeur. Il n'avait pas souvenance d'une époque où il ne se fût pas senti un être hors du commun. Ce n'était encore qu'un gamin de dix ans, lorsqu'il avait été recruté pour la Seconde Fondation par un agent qui avait su déceler en lui ses potentialités mentales.

Il avait accompli des études remarquables et s'était plongé dans la psychohistoire comme un astronef gravitationnel. La psychohistoire l'avait attiré et s'il s'était plié à cette attraction, lisant les textes de Seldon sur les principes essentiels quand d'autres à son âge essayaient tout juste de maîtriser les équations différentielles. Quand il eut quinze ans, il entra à l'université galactique de Trantor (ainsi l'avait-on officiellement rebaptisée), après un entretien au cours duquel, à une question sur ses projets d'avenir, il avait répondu d'un ton sans réplique : « Être Premier Orateur avant mes quarante ans. »

Il n'avait pas cherché à viser ce poste sans se donner de limitation : l'obtenir lui paraissait en effet de toute manière une certitude. C'était d'y parvenir jeune qui lui semblait le but à atteindre. Même Preem Palver avait eu quarante-deux ans à son accession au poste suprême.

Son interrogateur avait cillé lorsque Gendibal lui avait dit ça mais le jeune homme montrait déjà des dispositions pour le psycholangage et put interpréter cette mimique : il sut, presque aussi certainement que si son interlocuteur le lui avait déclaré, que son dossier porterait désormais une petite note comme quoi il ne serait pas un élément docile.

Eh bien, sans doute !

Gendibal n'avait aucune intention de se montrer docile.

Il avait trente ans à présent. Trente et un, dans l'affaire de deux mois, et il était déjà membre du Conseil des

Orateurs. Il lui restait neuf ans, au mieux, pour devenir Premier Orateur et il savait qu'il y arriverait. Cette entrevue avec le Premier Orateur était cruciale pour ses plans et, en s'efforçant de présenter exactement l'impression voulue, il ne s'était épargné aucun effort pour peaufiner sa maîtrise du psycholangage.

Lorsque deux orateurs de la Seconde Fondation communiquent entre eux, leur langage n'a rien de comparable avec ceux pratiqués dans le reste de la Galaxie. Langage de gestes autant que langage parlé, c'est plus une affaire de sensibilité aux variations d'état mental que tout autre chose.

Un étranger n'entendra rien, ou peu, quand dans un court laps de temps, quantité d'idées auront été échangées au cours d'une conversation impossible à transcrire littéralement, sinon à un autre Orateur.

Le langage des Orateurs avait ses qualités — vitesse et délicatesse infinie de l'expression — mais aussi le désavantage d'empêcher de fait toute dissimulation des sentiments profonds. Or Gendibal connaissait son sentiment à l'égard du Premier Orateur. Il considérait l'homme comme intellectuellement sur le retour. Le Premier Orateur — dans l'esprit de Gendibal — ne s'attendait aucunement à une crise, n'était absolument pas préparé à en affronter une, et manquerait de la vigueur nécessaire pour la régler si jamais elle venait à se présenter. Avec toute sa gentillesse et sa bonne volonté, Shandess était de l'étoffe dont on tisse les désastres.

Tout cela, Gendibal devait non seulement ne pas le trahir par ses mots, ses gestes ou ses expressions mais même par ses pensées. Il ne savait comment y parvenir avec assez d'efficacité pour empêcher le Premier Orateur d'en percevoir ne serait-ce que des bribes.

Inversement, Gendibal ne pouvait éviter de percevoir en partie les sentiments du Premier Orateur à son égard. Derrière la bienveillance et la bonhomie — aussi apparentes que raisonnablement sincères —, Gendibal pouvait discerner une touche de condescendance et d'amusement : il raffermit sa propre emprise mentale pour éviter de révéler, autant que faire se pouvait, l'expression d'un quelconque ressentiment.

Le Premier Orateur sourit et se carra sur son siège. Sans aller jusqu'à poser les pieds sur le bureau, il savait établir le dosage parfait d'assurance et d'amitié sans façon — juste de quoi laisser Gendibal dans l'expectative quant à l'effet de sa déclaration.

Gendibal n'ayant pas été invité à s'asseoir, le champ d'actions et d'attitudes à sa disposition et destinées à minimiser cette incertitude demeurait limité. Il était impossible que le Premier Orateur ne le sût pas.

Shandess dit : « Alors, le plan Seldon n'a pas de sens ? Mais voilà une déclaration remarquable ! Avez-vous consulté le Premier Radiant récemment, orateur Gendibal ?

— Je l'étudie fort souvent, Premier Orateur. C'est pour moi un plaisir tout autant qu'un devoir.

— Est-ce que, par hasard, vous n'en étudieriez que les passages, ici et là, qui vous confortent dans vos présupposés ? Est-ce que vous l'observez de manière rapprochée — un système d'équation ici, un microcourant d'ajustement là ? Fort instructif, certes, mais j'ai toujours considéré comme un excellent exercice de prendre de temps à autre du recul. Étudier le Premier Radiant arpent par arpent n'est pas dénué d'intérêt mais l'observer en bloc, tel un continent, est source d'inspiration. Pour tout vous dire, Orateur, je ne l'ai plus fait moi-même depuis un long moment. Aussi, puis-je vous proposer de vous joindre à moi ? »

Gendibal n'osa pas hésiter trop longtemps. Il fallait y passer, alors autant le faire agréablement et sans difficulté. « Ce serait un honneur et un plaisir, Premier Orateur. »

Le Premier Orateur abaissa un levier sur le côté de son bureau. Il y avait une manette similaire dans le bureau de chaque Orateur et celle disposée dans le bureau de Gendibal était en tout point identique à celle-ci. La Seconde Fondation se voulait une société égalitariste dans toutes ses manifestations de surface — celles sans importance. En fait, la seule prérogative *officielle* du Premier

Orateur était celle explicite dans son titre : il était toujours le premier à parler.

La pièce s'obscurcit avec cette pression sur le levier mais, presque aussitôt, l'obscurité laissa place à une pénombre nacrée. Les deux murs les plus longs devinrent vaguement luminescents puis de plus en plus blancs et brillants jusqu'à ce qu'on y distingue enfin imprimées des équations, dans une écriture toutefois si petite qu'on avait du mal à la lire.

« Si vous n'y voyez pas d'objections », dit toutefois le Premier Orateur d'un ton qui se voulait manifestement sans réplique, « nous allons réduire le grossissement de façon à embrasser la plus grande vue d'un bloc. »

Les lignes de petits caractères devinrent fines comme des cheveux, minces méandres noirs sur le fond nacré.

Le Premier Orateur effleura les touches de la petite console incrustée dans le bras de son fauteuil. « Nous allons le faire revenir au commencement — à l'époque où vivait Hari Seldon — et nous repartirons en avant au ralenti, en diaphragmant pour n'avoir sous les yeux qu'une décennie à la fois. Cela procure une merveilleuse sensation de défilement de l'histoire, sans qu'on soit distrait par les détails. Je me demande si vous avez jamais essayé de procéder de la sorte.

— Pas exactement de cette manière, Premier Orateur.

— Vous devriez. C'est une sensation merveilleuse. Tenez, observez la pauvreté du réseau au début : il n'y avait guère de place pour des alternatives dans les toutes premières décennies. Le nombre des aiguillages s'accroît toutefois de manière exponentielle avec le temps. N'eût été le fait qu'une fois prise, une branche particulière entraîne aussitôt l'extinction de tout un vaste réseau d'autres branches potentielles, l'ensemble aurait tôt fait de devenir impossible à appréhender. Bien entendu, dès lors qu'on traite de l'avenir, il convient de choisir avec soin les extinctions sur lesquelles on croit pouvoir tabler.

— Je sais, Premier Orateur. » Il y avait dans la réponse de Gendibal un soupçon de sécheresse impossible à dissimuler.

Le Premier Orateur ne releva pas. « Notez les lignes sinueuses des symboles en rouge. Elles ont une structure. Selon toute apparence, elles devraient apparaître au hasard, tout comme chaque Orateur gagne sa fonction en ajoutant sa pierre, ses perfectionnements au plan originel de Seldon. Il semblerait logique, après tout, qu'il n'y ait aucun moyen de prédire à quel moment un tel perfectionnement va intervenir ou à quel moment tel Orateur bien précis trouvera son intérêt, ou bien montrera la capacité à l'opérer. Et pourtant, j'ai depuis longtemps l'intuition que ce mélange du Noir Seldon et du Rouge Orateur suit une loi bien précise, fonction avant tout, et presque exclusivement, du temps. »

Gendibal regarda les années passer sur l'écran et les fils noirs et rouges tisser leur réseau quasiment hypnotique. En soi, ce tracé ne signifiait rien, bien sûr ; ce qui comptait, c'étaient les symboles dont il était composé.

Çà et là, un ruisseau bleu vif faisait son apparition, se gonflait, se scindait, devenait prééminent puis se rétractait pour finir par se fondre dans la masse noir et rouge.

Le Premier Orateur annonça : « Déviation bleue » et aussitôt, un sentiment de dégoût partagé les remplit l'un et l'autre. « On la retrouve en permanence. D'ailleurs, nous ne devrions pas tarder à entrer dans le Siècle des Déviations. »

Effectivement : on put discerner avec précision à quel moment le phénomène bouleversant qu'avait été le Mulet avait momentanément occupé toute la Galaxie, lorsque le Premier Radiant devint soudain foisonnant d'arborescences bleues — elles apparaissaient trop vite pour être dénombrées — au point que toute la pièce finit par virer au bleu, tant les lignes s'épaississaient et, devenues de plus en plus brillantes, maculaient les murs de leur glauque pollution (il n'y avait pas d'autre mot).

Le phénomène passa par un maximum puis décrut, s'amenuisa, subsista un long siècle encore avant de se tarir tout à fait. Lorsqu'il eut enfin disparu, laissant le plan redevenir noir et rouge, il fut évident que Preem Palver était passé par là...

En avant, toujours plus avant...

« Voilà l'époque actuelle », annonça tranquillement le Premier Orateur.

En avant, toujours plus avant.

Et voici qu'apparut un rétrécissement, un véritable nœud serré de noir avec seulement quelques filaments rouges.

« Et voilà l'instauration du Second Empire », dit le Premier Orateur.

Il éteignit le Premier Radiant et la pièce retrouva son éclairage normal.

« Une expérience riche d'émotions, remarqua Gendibal.

— Oui, sourit le Premier Orateur, et je vois que vous prenez bien soin de ne pas l'identifier, aussi longtemps que vous pourrez éviter de le faire. Mais peu importe, laissez-moi énoncer les points que je désire préciser.

« Vous aurez remarqué, tout d'abord, l'absence quasi totale de Déviation bleue après l'époque de Preem Palver — en d'autres termes, sur les douze dernières décennies. Vous remarquerez ensuite qu'il n'y a pas de probabilité notable de Déviations supérieures à la classe 5 sur les cinq siècles à venir. Vous noterez également que nous avons déjà commencé d'appliquer les raffinements de la psychohistoire au-delà de la phase d'instauration du Second Empire. Comme vous le savez sans aucun doute, Hari Seldon — même s'il était un génie transcendant — n'était pas, ne pouvait pas être omniscient. Nous avons fait des progrès par rapport à lui. Nous en savons plus sur la psychohistoire qu'il n'avait eu de son temps la possibilité d'en savoir.

« Seldon achevait ses calculs avec le Second Empire et nous les avons poursuivis au-delà. En fait, sans vouloir être outrecuidant, je dirai que ce nouvel hyper-plan qui va très au-delà de l'établissement du Second Empire est très largement de mon fait et m'a d'ailleurs permis d'obtenir mon poste actuel.

« Si je vous dis tout ceci, c'est pour que vous m'épargniez des explications inutiles. Et avec cela, comment faites-vous pour conclure encore que le plan Seldon ne veut rien dire ? Il est sans défaut. Le simple fait qu'il ait survécu au Siècle des Déviations — avec tout le respect que je dois au génie de Palver — est bien la meilleure preuve de son infaillibilité. Où donc est sa faiblesse, jeune homme, que vous puissiez l'accuser ainsi de ne rien valoir ? »

Gendibal se leva, très raide. « Vous avez raison, Premier Orateur. Le plan Seldon est effectivement sans défaut.

— Vous retirez donc votre remarque, dans ce cas ?

— Non, Premier Orateur. Son absence de défaut est son défaut principal. C'est cette perfection qui lui est fatale. »

19.

Le Premier Orateur considéra Gendibal d'un regard serein. Lui qui avait appris à maîtriser ses expressions, il s'amusait d'observer l'inexpérience de Gendibal en ce domaine : à chaque échange, le jeune homme faisait son possible pour dissimuler ses sentiments mais, chaque fois, il les exposait totalement.

Shandess l'étudia impartialement. C'était un jeune homme mince, d'une stature assez médiocre, avec des lèvres étroites et des mains osseuses, toujours en mouvement. Il avait un regard sombre et dépourvu d'humour, un regard aux yeux de braise. Ce serait difficile, le Premier Orateur en était bien conscient, de lui faire abandonner ses convictions. Il remarqua :

« Vous parlerez par paradoxes, Orateur.

— Cela ressemble à un paradoxe, Premier Orateur, à cause de tout ce que nous admettons comme allant de soi dans le plan Seldon sans jamais penser à le discuter.

— Et que remettez-vous donc en question ?

— Le fondement même du plan. Nous savons tous que le plan ne marchera plus si sa nature — voire simplement son existence — est connue de trop d'individus parmi ceux dont il est censé prédire le comportement.

— Je crois que cela, Hari Seldon l'avait compris. Je dirais même qu'il en avait fait l'un des deux axiomes fondamentaux de la psychohistoire.

— Il n'avait pas prévu le Mulet, Premier Orateur, et par conséquent n'aurait pu prévoir à quel point la Seconde Fondation allait devenir une obsession pour les membres de la Première, une fois que le Mulet se serait plu à leur souligner son importance.

— Hari Seldon... » et, un instant, le Premier Orateur frissonna puis se tut.

L'apparence physique de Hari Seldon était connue de tous les membres de la Seconde Fondation. On trouvait partout des reproductions de lui, en deux et trois dimensions, en photo ou en hologramme, en bas-relief ou en pied, assis ou debout. Toutes le représentaient dans les dernières années de son existence. Toutes montraient un vieillard benoît, le visage couvert des rides de sagesse que procurent les ans, symbole de la quintessence d'un génie longuement mûri.

Mais le Premier Orateur se souvenait à présent d'une photo censée représenter Seldon jeune homme. Une photo oubliée car l'idée même d'un Seldon jeune était presque contradictoire dans les termes. Pourtant, Shandess l'avait vue, et il lui était soudain apparu que Stor Gendibal ressemblait étonnamment au jeune Seldon.

Ridicule ! C'était le genre de superstition qui affligeait tout le monde à un moment ou à un autre, si rationnel fût-on. Il était simplement trompé par une ressemblance fugace. S'il avait eu la photo de Seldon devant lui, il aurait tout de suite constaté que cette similitude n'était qu'une illusion. Pourtant, pourquoi cette idée stupide lui était-elle venue précisément à cet instant ?

Il se ressaisit. Ça n'avait été qu'une absence momentanée, un fugitif déraillement de la pensée, trop bref pour être remarqué par un autre qu'un Orateur. Gendibal pouvait bien l'interpréter à sa guise.

« Hari Seldon », répéta-t-il avec fermeté pour la

seconde fois, « savait bien qu'il existait un nombre infini de possibilités qu'il ne pouvait prévoir et c'était pour cette raison qu'il avait instauré la Seconde Fondation. Nous n'avons pas été plus capables que lui de prévoir le Mulet mais nous avons quand même su le reconnaître une fois qu'il fut sur nous et nous avons su l'arrêter. Nous n'avons pas su prévoir l'obsession concomitante de la Première Fondation à notre égard mais nous avons su la voir lorsqu'elle s'est présentée et nous avons su l'arrêter. Quelle faille pouvez-vous bien trouver là-dedans ?

— Pour une part, l'obsession de la Première Fondation à notre égard est loin d'avoir cessé de se manifester. »

Il y avait distinctement un recul dans la déférence avec laquelle Gendibal s'était exprimé. Il a dû noter l'hésitation dans ma voix, estima Shandess, et l'interpréter comme une marque d'incertitude. Il convenait de riposter.

Le Premier Orateur attaqua vivement : « Laissez-moi deviner... il y aurait donc des gens à la Première Fondation qui — en comparant l'histoire difficile et mouvementée des presque quatre premiers siècles avec le calme des cent vingt dernières années — en seraient venus fatalement à conclure que la chose n'était possible que si la Seconde Fondation surveillait effectivement le bon déroulement du Plan — et à cet égard, on ne peut pas dire qu'ils aient tort. Ces gens vont donc décider que la Seconde Fondation peut ne pas avoir été détruite, après tout — et bien entendu, ils auront là aussi raison. En fait, nous avons reçu des rapports indiquant qu'il y aurait à Terminus, la capitale de la Première Fondation, un jeune homme — membre du gouvernement — qui serait effectivement tout à fait convaincu de tout ceci. Son nom m'échappe...

— Golan Trevize, dit doucement Gendibal. C'est même moi qui ai le premier relevé la chose dans les rapports et qui ai orienté l'affaire sur vos services.

— Oh ? » dit le Premier Orateur avec une politesse exagérée. « Et comment en êtes-vous venu à avoir l'attention attirée sur lui ?

— L'un de nos agents sur Terminus avait envoyé un compte rendu assommant avec la liste complète des nouveaux élus au Conseil — le rapport de routine habituel qui est en général oublié sitôt reçu par tous les Orateurs auxquels il s'adresse. Celui-ci toutefois attira mon œil par la nature de sa description de l'un des nouveaux Conseillers, un certain Golan Trevize : d'après ce portrait, l'homme paraissait inhabituellement combatif et plein d'assurance.

— Vous avez reconnu en lui une parenté d'esprit, n'est-ce pas ?

— Pas du tout », dit Gendibal, guindé. « Il semblait être un individu très excité, et plutôt enclin à faire des choses stupides, description qui ne me correspond en rien. En tous les cas, j'ai alors ordonné une enquête en profondeur. Il ne me fallut pas longtemps pour juger que l'homme aurait représenté pour nous un élément de valeur, si on l'avait recruté plus jeune.

— Peut-être, mais vous savez bien que nous ne recrutons pas sur Terminus.

— Je le sais bien. En tout cas, même sans notre entraînement, il jouit d'une intuition peu commune. Bien entendu, totalement indisciplinée. Je n'ai par conséquent pas été particulièrement surpris qu'il en soit venu à conclure que la Seconde Fondation existait toujours. J'ai cru toutefois la chose assez importante pour adresser à votre bureau un rapport sur l'affaire.

— Et je déduis de vos manières que vous allez m'annoncer de nouveaux développements ?

— Une fois convaincu de notre existence et grâce à ses facultés d'intuition hors pair dont il a fait usage de manière typiquement indisciplinée, il s'est retrouvé au bout du compte banni de Terminus. »

Le Premier Orateur haussa les sourcils : « Vous vous taisez soudain... Vous voulez que j'interprète la signification de ce dernier point. Sans avoir recours à mon ordinateur et en appliquant mentalement et de manière grossière les équations de Seldon, je peux deviner qu'un Maire un peu rusé et capable de suspecter l'existence de la Seconde Fondation préférerait ne pas voir un individu aussi peu discipliné le clamer dans toute la Galaxie, au risque d'avertir du danger cette Seconde Fondation. Je suppose donc que Branno de Bronze a jugé que Terminus était plus sûre avec Trevize loin de la planète.

— Elle aurait pu le faire emprisonner ou le faire tranquillement assassiner.

— Les équations ne sont pas fiables lorsqu'on les applique aux individus, vous le savez bien. Elles ne traitent que des grandes masses humaines. Le comportement individuel est par conséquent imprévisible et il est toujours permis de supposer que le Maire est un individu assez humain pour estimer que la prison — et *a fortiori* un assassinat — est une solution peu charitable. »

Gendibal ne dit rien pendant un moment. C'était un silence éloquent et il le prolongea assez longtemps pour que le Premier Orateur perde son assurance mais pas assez toutefois pour induire chez lui une réaction de défense. Il avait calculé sa pause à la seconde près, puis il dit enfin : « Ce n'est pas mon interprétation. Je crois que Trevize, en ce moment même, représente le fer de lance de la plus grande menace jamais portée contre la Seconde Fondation dans toute son histoire — un danger plus grand encore que le Mulet ! »

20.

Gendibal était satisfait. Sa déclaration avait porté : Le Premier Orateur ne s'y était pas attendu et s'était donc trouvé pris au dépourvu. Dès cet instant, la balle était dans le camp de Gendibal. S'il avait gardé le moindre doute là-dessus, il disparut à la remarque suivante de Shandess : « Tout cela a-t-il un rapport avec votre assertion que le plan Seldon est dénué de sens ? »

Gendibal décida de jouer l'assurance totale et poursuivit, avec un didactisme qui interdisait au Premier Orateur de se ressaisir : « Premier Orateur, c'est devenu un article de foi que Preem Palver est l'homme qui a su remettre le plan sur la voie après les errances du Siècle des Déviations. Mais étudiez le Premier Radiant et vous verrez que les Déviations n'ont disparu que vingt ans au moins après sa mort et que plus aucune n'a reparu depuis. Tout le crédit pourrait en revenir aux Premiers Orateurs qui succédèrent à Palver mais la chose est improbable.

— Improbable ? D'accord, aucun d'entre nous n'a été un Palver mais — pourquoi improbable ?

— Me permettez-vous d'en faire la démonstration, Premier Orateur ? Avec l'aide des mathématiques de la psychohistoire, je peux clairement démontrer que les chances d'une disparition totale des Déviations sont bien trop microscopiques pour avoir été prises en compte par la Seconde Fondation dans le choix de ses actions. Mais inutile de me laisser vous l'expliquer si vous n'avez pas le temps ou le désir de me consacrer la demi-heure nécessaire à ma démonstration. Je peux, à la place, demander la convocation plénière de la Table des Orateurs et l'effectuer à ce moment-là. Mais cela se traduirait par une perte de temps et une controverse bien inutile.

— Oui, et pour moi le risque éventuel de perdre la face. Faites-moi donc votre démonstration tout de suite. Mais avant, un mot d'avertissement, tout de même. » Le Premier Orateur faisait un effort héroïque pour se ressaisir. « Si jamais ce que vous allez me présenter est sans valeur, sachez que je ne l'oublierai pas...

— Si cela se révèle sans valeur », dit Gendibal avec un orgueil naturel qui fit taire son interlocuteur, « vous aurez sur-le-champ ma démission ».

Cela lui prit en fait considérablement plus d'une demi-heure car le Premier Orateur tint à discuter ses équations avec une ardeur presque sauvage.

Gendibal refit une partie de son retard en employant avec habileté son micro-radiant. L'appareil, qui pouvait cadrer holographiquement n'importe quelle portion du vaste plan sans le support d'un mur ni l'aide d'une console, n'était en usage que depuis une dizaine d'années, et le Premier Orateur n'en avait jamais appris le maniement. Gendibal le savait. Et le Premier Orateur savait qu'il le savait.

Gendibal coinça l'appareil avec le pouce et pianota sur

les commandes avec ses quatre doigts, manipulant délibérément l'objet comme s'il s'était agi d'un instrument de musique (à vrai dire, il avait même rédigé un bref article sur les analogies entre les deux).

Les équations que Gendibal présentait (et trouvait avec une aisance emplie d'assurance) défilaient en sinuant d'avant en arrière au rythme de ses commentaires. Il pouvait obtenir des définitions, si nécessaire ; bâtir des axiomes ; et générer des graphes, sur deux comme sur trois axes (sans parler des projections de relations pluridimensionnelles).

Le commentaire de Gendibal était clair et incisif et le Premier Orateur abandonna bientôt la partie. Il s'avoua vaincu et dit : « Je n'ai pas souvenance d'avoir jamais vu une analyse de cette nature. De qui est-elle l'œuvre ?

— Elle est de moi, Premier Orateur. J'ai déjà publié les théorèmes de base qu'elle met en jeu.

— Très habile, orateur Gendibal. Une chose de cet ordre peut vous mettre sur les rangs pour le poste de Premier Orateur si jamais je décidais de démissionner — ou de prendre ma retraite.

— Je n'y songeais aucunement mais, comme vous ne me croirez certainement pas, je retire cette dernière remarque. J'y ai effectivement songé et je compte bien devenir Premier Orateur puisque quiconque accède au poste doit nécessairement suivre une procédure que je suis le seul à voir avec clarté.

— Oui, dit le Premier Orateur, toute modestie mal placée peut se révéler fort dangereuse. Mais quelle procédure ? Peut-être l'actuel Premier Orateur est-il également susceptible de la suivre. Je suis peut-être trop gêné pour avoir accompli la même démarche créative que vous mais pas encore au point d'être incapable de suivre vos directives. »

C'était une reddition prononcée non sans élégance et Gendibal, à sa surprise, sentit naître en lui une bouffée d'estime pour ce vieil homme tout en se rendant compte que telle avait bien été précisément l'intention de son interlocuteur.

« Merci, Premier Orateur, car j'aurai sérieusement besoin de votre aide. Je ne puis espérer influencer la Table sans votre direction éclairée » (politesse pour politesse). « Je suppose, donc, que ma démonstration vous a fait voir qu'il était impensable que notre politique ait seule suffi à rectifier les erreurs du Siècle des Déviations — tout comme il est impossible qu'elle ait fait disparaître toutes les Déviations depuis lors.

— Cela me semble clair. Si vos équations sont correctes, alors, pour que le plan se soit réalisé comme il s'est réalisé, et qu'il fonctionne aussi parfaitement qu'il me semble fonctionner, il faudrait que nous soyons capables de prédire les réactions de petits groupes de personnes — voire d'individus isolés — avec un certain degré de certitude.

— Absolument. Et puisque les équations de la psychohistoire ne le permettent pas, les Déviations n'auraient pas dû disparaître et, qui plus est, elles auraient dû se manifester à nouveau. Vous voyez à présent ce que je voulais dire en affirmant tout à l'heure que le principal défaut du plan Seldon était précisément son absence de défaut.

— Donc, soit le plan Seldon possède effectivement des Déviations, soit il y a quelque chose qui cloche dans vos équations. Puisque je dois bien admettre que le plan Seldon n'a pas présenté la moindre Déviation depuis un siècle et plus, il s'ensuit qu'il y a donc bien quelque chose qui cloche dans vos équations — sauf que je n'ai pu y déceler la moindre erreur de calcul ou de raisonnement.

— Vous avez tort d'exclure une troisième éventualité : il est tout a fait possible que le plan Seldon ne soit affecté d'aucune Déviation sans pour autant que mes équations soient fausses en prédisant que la chose est impossible.

— Je n'arrive pas à voir quelle est cette troisième éventualité.

— Eh bien, supposez que le plan Seldon soit contrôlé grâce à une méthode psychohistorique si avancée qu'elle puisse prédire les réactions de petits groupes humains — voire d'individus isolés, méthode que nous autres, à la

Seconde Fondation, ne maîtrisons pas. Alors, et alors seulement, mes équations prédiraient avec justesse que le plan Seldon ne doit subir aucune Déviation ! »

L'espace d'un instant (un instant, selon les critères de la Seconde Fondation), le Premier Orateur s'abstint de répondre puis il dit enfin : « Il n'existe pas, à ma connaissance — et à la vôtre, je le sais par votre attitude — de telles méthodes psychohistoriques de pointe. Si vous et moi n'en connaissons aucune, les chances qu'un autre Orateur — *à fortiori* qu'un groupe d'Orateurs quelconque — ait pu mettre au point une telle micro-psychohistoire, appellons-la ainsi, à l'insu du reste de la Table, me semblent totalement infinitésimales. Vous n'êtes pas d'accord avec moi ?

— Je suis d'accord avec vous.

— Donc, soit votre analyse est fausse, soit la micro-psychohistoire est aux mains de quelque groupe extérieur à la Seconde Fondation.

— Tout juste, Premier Orateur. C'est le dernier terme de l'alternative qui doit être correct.

— Pouvez-vous me démontrer la véracité d'une telle assertion ?

— Je ne peux pas, de manière concrète ; mais si vous considérez... tenez, a-t-il déjà existé un individu capable d'affecter le plan Seldon par son influence personnelle sur les individus ?

— Je suppose que vous faites allusion au Mulet ?

— Précisément.

— Le Mulet ne put avoir qu'une influence destructrice. Le problème ici est que le plan Seldon fonctionne trop bien, considérablement plus près de la perfection que ne l'autoriseraient vos équations. Il nous faut donc imaginer un anti-Mulet, quelqu'un capable de doubler le plan comme l'a fait le Mulet jadis mais qui agirait pour des motifs diamétralement opposés : se substituant au plan non plus pour le détruire mais pour le perfectionner.

— Exactement, Premier Orateur. J'aurais voulu avoir songé moi-même à cette formulation. Qu'était le Mulet ? Un mutant, certes. Mais d'où venait-il ? Comment est-il apparu ? Nul ne le sait au juste. Ne pourrait-il pas en exister d'autres ?

— Apparemment, non. La seule chose connue avec certitude au sujet du personnage est qu'il était stérile. D'où son nom. Ou bien pensez-vous que ce soit un mythe ?

— Je ne songeais pas à d'éventuels descendants du Mulet. Ne pourrait-il pas se faire que le Mulet ait été un élément aberrant issu d'un groupe appréciable — ou devenu aujourd'hui appréciable — d'individus dotés de pouvoirs analogues au sien et qui, pour quelque raison qui leur est propre, ne chercheraient pas à bouleverser le plan Seldon mais à le soutenir ?

— Pourquoi, par la Galaxie, faudrait-il qu'ils le soutiennent ?

— Et pourquoi le soutenons-nous, nous-mêmes ? Nous projetons d'instaurer un Second Empire dans lequel nous — ou plutôt, nos descendants spirituels — aurons le pouvoir. Si quelque autre groupe soutient le plan avec encore plus d'efficacité que nous, il ne peut envisager de nous abandonner le processus de prise de décision. Ce sont eux qui finiront par prendre la direction des choses — oui, mais à quelle fin ? Est-ce que nous ne devrions pas essayer de découvrir vers quel genre de Second Empire ils cherchent à nous acheminer ?

— Et que proposez-vous pour le découvrir ?

— Eh bien, pourquoi le Maire de Terminus a-t-il exilé Golan Trevize ? Ce faisant, elle laisse un individu potentiellement dangereux se déplacer librement dans toute la Galaxie. Qu'elle l'ait fait par purs motifs humanitaires, voilà ce que je ne peux pas croire. Historiquement, les dirigeants de la Première Fondation ont toujours agi avec réalisme, ce qui signifie, en général, sans la moindre considération de « moralité ». L'un de leurs héros, Salvor Hardin, prônait même contre la moralité, en fait. Non, je crois que le Maire a agi, poussé par des agents des anti-Mulets, pour reprendre votre expression. Je crois que Trevize a été recruté par ces gens-là et qu'il est le fer de lance du danger qui nous menace. Un danger mortel. »

Alors, le Premier Orateur dit : « Par Seldon, vous pourriez bien avoir raison. Mais comment allons-nous en convaincre la Table ?

— Premier Orateur, vous sous-estimez votre réputation. »

CHAPITRE VI

TERRE

21.

Trevize était en rogne. Embêté. Il était assis en compagnie de Pelorat dans le petit coin repas du vaisseau où ils venaient juste d'achever leur collation de midi.

Pelorat parlait : « Nous ne sommes dans l'espace que depuis deux jours et je m'y trouve comme un poisson dans l'eau même si me manquent un peu l'air pur, la nature, et tout ça. Bizarre, non ? Surtout que je n'avais jamais remarqué ce genre de choses lorsqu'elles m'entouraient. En attendant, entre ma “ gaufre ” et ce remarquable ordinateur que vous avez à bord, j'ai toute ma bibliothèque avec moi — ou en tout cas, le plus gros de ma documentation. Et je n'ai plus la moindre peur d'être dans l'espace, à présent. Surprenant ! »

Trevize se contenta de répondre par un borborygme. Il avait le regard perdu dans le vague.

Pelorat reprit doucement : « Je ne voudrais pas être indiscret, Golan, mais je n'ai pas vraiment l'impression que vous m'écoutez. Non pas que je sois un interlocuteur particulièrement passionnant — j'ai toujours été un peu rasoir, vous savez. Pourtant, vous m'avez l'air préoccupé par autre chose… Aurions-nous un pépin ? Il ne faut pas avoir peur de me le dire, vous savez. D'accord, je ne pourrai pas y faire grand-chose, je suppose, mais je ne paniquerai pas, mon jeune ami.

— Un pépin ? » Trevize parut retrouver ses sens, fronça légèrement les sourcils.

« Je parle du vaisseau. Comme c'est un nouveau modèle, je me suis dit que quelque chose pouvait clocher à bord. » Pelorat se permit un petit sourire incertain.

Trevize hocha vigoureusement la tête. « Quelle bêtise de ma part de vous avoir laissé dans une telle incertitude, Janov. Il n'y a absolument rien qui cloche à bord. Le vaisseau fonctionne à la perfection. Simplement, je suis à la recherche d'un hyper-relais.

— Ah ! je vois...

« Sauf que je ne vois pas : c'est quoi, un hyper-relais ?

— Eh bien, laissez-moi vous l'expliquer, Janov. Je suis en communication avec Terminus. Du moins, je peux à tout moment entrer en contact avec Terminus et *vice versa :* ils connaissent notre position, d'après l'observation de la trajectoire du vaisseau. Et même sans ça, ils pourraient toujours nous localiser dans l'espace immédiat en cherchant à y détecter une masse, signe de la présence d'un vaisseau ou, à la rigueur, d'une météorite. Ils pourraient ensuite chercher à détecter une émission d'énergie — ce qui non seulement permet de distinguer un vaisseau d'une météorite mais autorise en plus son identification précise puisqu'il n'y a pas deux astronefs à utiliser l'énergie de la même manière. En quelque sorte, la structure de notre émission d'énergie demeure caractéristique, quels que soient les équipements ou les instruments que l'on fasse ou non fonctionner. Le vaisseau peut évidemment être inconnu mais si sa structure énergétique est enregistrée à Terminus — comme c'est le cas pour notre appareil — on pourra l'identifier, sitôt détecté.

— Il me semble, remarqua Pelorat, que le progrès de la civilisation tend essentiellement à limiter la vie privée des gens.

— Vous avez peut-être raison. Tôt ou tard, pourtant, il nous faudra bien pénétrer dans l'hyperespace, sinon nous serons condamnés à rester à un ou deux parsecs de Terminus jusqu'à la fin de nos jours, incapables d'amorcer la moindre traversée interstellaire. En passant par l'hyperespace, en revanche, on se glisse dans une discontinuité de l'espace normal. On passe d'ici à là — et quand je dis cela, je parle d'un saut qui peut atteindre des centaines de parsecs — en un éclair de temps subjectif. On se retrouve d'un seul coup extrêmement loin et dans une direction fort difficilement prévisible, ce qui, en pratique, nous rend alors indétectables.

— Je vois. Oui.

— Sauf, bien entendu, si l'on a planqué à bord un hyper-relais. Celui-ci en effet émet en permanence un signal — caractéristique du vaisseau — ce qui permettrait à tout moment aux autorités de Terminus de savoir où nous sommes. Voilà qui répond à votre question, voyez-vous. Nous n'aurions plus un endroit où nous cacher dans toute la Galaxie ; aucun enchaînement de sauts dans l'hyperespace ne pourrait nous garantir d'échapper à leurs instruments.

— Mais Golan, dit doucement Pelorat, ne cherchons-nous pas à avoir la protection de la Fondation ?

— Certes, Janov, mais seulement quand on le demandera. Vous avez remarqué vous-même que le progrès de la civilisation signifiait un accroissement des atteintes à la liberté. Eh bien, je n'ai pas envie d'un tel progrès. Je veux être libre de me déplacer incognito à ma guise — tant que je n'aurai pas envie, ou besoin, de protection. Voilà pourquoi je me sentirais mieux, considérablement mieux, si j'étais sûr de ne pas avoir d'hyper-relais à bord.

— Et en avez-vous trouvé un, Golan ?

— Non. Sinon, j'aurais bien trouvé le moyen de le rendre inopérant.

— Sauriez-vous en reconnaître un, de vue ?

— C'est bien là l'une des difficultés. Je pourrais fort bien ne pas le reconnaître. Je sais à quoi ressemble en gros un hyper-relais et je sais comment tester un objet qui me paraît louche... seulement ce vaisseau est du dernier modèle et conçu pour des missions bien particulières. On peut très bien avoir implanté un hyper-relais au milieu de ses composants de telle manière qu'il soit indétectable.

— D'un autre côté, peut-être n'y a-t-il pas d'hyper-relais, ce qui expliquerait pourquoi vous n'en avez pas trouvé.

— Je n'y mettrais pas ma main au feu et je n'aime pas l'idée d'accomplir un saut sans être certain. »

Pelorat parut s'illuminer : « Et voilà pourquoi nous dérivons de la sorte dans l'espace ! Je me demandais bien pourquoi nous n'avions pas encore fait de saut. Je suis un peu au courant, vous savez. J'étais même un rien nerveux, à me demander si vous n'alliez pas m'obliger à me harnacher, à prendre des comprimés ou je ne sais trop quoi… »

Trevize parvint à sourire : « Ne vous inquiétez pas. On n'est plus à l'époque héroïque. Sur un vaisseau comme celui-ci, il n'y a qu'à laisser faire l'ordinateur. Vous lui donnez vos instructions et il se charge du reste. Vous ne vous rendez même compte de rien, sinon que le ciel a soudain changé. Si vous avez déjà assisté à un diaporama, vous voyez quel effet ça produit lorsqu'on passe brusquement d'une vue à l'autre. Eh bien, le saut, c'est tout comme.

— Sapristi. On ne sent vraiment rien ? Comme c'est bizarre. Je trouve même ça un tantinet décevant.

— Moi en tout cas, je n'ai jamais rien senti et les vaisseaux sur lesquels j'ai navigué étaient loin d'être aussi perfectionnés que ce petit bijou… Mais ce n'est pas à cause de l'hyper-relais que nous n'avons pas sauté. Il faut d'abord attendre d'être un peu plus éloignés de Terminus — et du soleil, aussi. Plus on est éloigné d'un objet massif, et plus il est facile de contrôler le saut pour émerger à nouveau dans l'espace normal précisément aux coordonnées voulues. En cas d'urgence, on peut toujours risquer un saut à deux cents kilomètres seulement de la surface d'une planète et se fier à la chance pour s'en sortir intact. Vu qu'il y a tout de même plus d'espace libre dans la Galaxie que de volume occupé, on peut raisonnablement tabler sur une issue heureuse. Mais il faut toujours envisager que des facteurs aléatoires peuvent vous faire émerger de nouveau à quelques milliards de kilomètres d'une grosse étoile, voire dans le noyau galactique — et là, vous vous retrouvez rôti avant d'avoir eu le temps de dire ouf. Plus on est loin d'une masse, plus ces facteurs diminuent et moins donc on a des risques de voir se produire quelque événement fâcheux.

— Dans ce cas, je ne saurais trop vous recommander la prudence. Après tout, on n'est pas pressés.

— Exactement. D'autant que j'aimerais franchement mieux avoir déniché cet hyper-relais avant de bouger — ou du moins trouver le moyen de m'assurer qu'il n'y en a pas. »

Trevize parut retomber dans ses réflexions et Pelorat, haussant légèrement le ton pour surmonter la barrière des préoccupations de son interlocuteur, demanda : « Quel délai nous reste-t-il ?

— Hein ?

— Je veux dire, quand effectueriez-vous le saut, si vous n'aviez pas à vous préoccuper de cet hyper-relais, mon bon ami ?

— Compte tenu de notre vitesse actuelle et de notre trajectoire, je dirais vers le quatrième jour de vol. Je vais calculer le moment précis sur l'ordinateur.

— Eh bien, dans ce cas, cela nous laisse encore deux jours pour chercher. Puis-je me permettre une suggestion ?

— Dites toujours.

— J'ai toujours constaté dans mon propre domaine — certes fort différent du vôtre mais il est peut-être permis de généraliser — que de se polariser sur un problème précis était le plus sûr moyen de se décourager. Pourquoi ne pas plutôt vous détendre et parler d'autre chose — peut-être alors que votre inconscient, une fois débarrassé du poids de la concentration, résoudra le problème pour vous. »

Trevize parut un instant ennuyé, puis il se mit à rire. « Eh bien, après tout, pourquoi pas ? Dites-moi, professeur, d'où vous vient cet intérêt pour la Terre ? Qu'est-ce qui a bien pu vous amener à cette idée bizarre d'une planète unique d'où tout aurait commencé ?

— Ah ! » (L'afflux des souvenirs lui fit hocher la tête.) « Cela remonte à un bout de temps. Plus de trente ans. A mon entrée au lycée, je voulais être biologiste. J'étais alors passionné par le problème de la diversification des espèces sur les différentes planètes. Cette diversification, comme vous le savez — ou comme vous ne le savez peut-être pas et je vais me faire un plaisir de vous l'apprendre —, est extrêmement réduite. Dans toute l'étendue de la Galaxie, toutes les formes de vie — celles du moins que nous avons déjà rencontrées — procèdent de la même chimie des acides aminés, fondée sur l'eau et le carbone.

— J'ai fait l'école militaire, où l'on insiste plutôt sur la nucléonique et la gravitique mais je ne suis pas tout à fait ignare dans les autres domaines ; j'ai quand même quelques notions sur les bases chimiques de la vie. Et on nous a appris qu'elle n'était possible qu'à partir de l'eau, du carbone et des acides aminés.

— Voilà, me semble-t-il, une conclusion injustifiée. Il paraît plus sûr de dire qu'aucune autre forme de vie n'a encore été découverte — ou à tout le moins reconnue — et s'en tenir là. Plus surprenant encore, les espèces indigènes — à savoir, les espèces typiques d'une planète et qu'on ne retrouve pas ailleurs — sont fort rares. La plupart des espèces existantes, y compris *Homo sapiens,* en particulier, sont répandues sur la plupart des mondes habités de la Galaxie et sont en définitive fort proches les unes des autres, tant par la biochimie que par la physiologie ou la structure morphologique. En revanche, les espèces indigènes sont, par leurs caractéristiques, à la fois très éloignées des formes les plus répandues, et très différentes entre elles.

— Bon. Et alors ?

— Alors, la conclusion est qu'une planète bien précise dans la Galaxie — une planète et une seule — doit différer de toutes les autres. Peut-être dix millions de mondes dans la Galaxie — nul ne sait au juste combien — ont donné le jour à la vie. Une vie primitive, une vie frêle et clairsemée, peu différenciée, subsistant avec peine et se propageant avec difficulté. Une planète, une seule et unique planète a vu se développer la vie sous la forme de millions d'espèces — facilement des millions — dont certaines très spécialisées, hautement développées, et particulièrement prédisposées à se multiplier et se répandre ; des millions d'espèces, y compris *la nôtre.* Nous fûmes assez intelligents pour bâtir une civilisation, inventer la navigation hyperspatiale et coloniser la Galaxie — et en essaimant à travers celle-ci, nous avons amené avec nous quantité d'autres formes de vie, des formes apparentées aussi bien entre elles qu'avec notre propre espèce.

— Si l'on veut bien y réfléchir, remarqua Trevize, modérément intéressé, je suppose que tout ça paraît logique : je veux dire, si l'on se place dans une galaxie humaine. Si l'on suppose que tout a commencé sur une planète précise, alors cette planète devait forcément être différente. Mais après tout, pourquoi pas ? Les chances pour que la vie se développe de cette manière explosive doivent être certainement très minces — peut-être une sur cent millions — et donc la probabilité est que le phénomène soit apparu sur un monde abritant la vie sur cent millions : finalement, il pouvait bien n'y en avoir qu'un.

— Oui, mais qu'est-ce qui a rendu ce monde si différent des autres ? » lança Pelorat, tout excité. « Quelles furent les conditions initiales qui l'ont rendu unique ?

— Peut-être le hasard, tout simplement. Après tout, l'homme et les formes de vie qu'il a apportées avec lui existent aujourd'hui sur des dizaines de millions de planètes qui toutes sont capables d'abriter la vie et donc auraient pu toutes aussi bien convenir.

— Mais non ! Dès lors que l'espèce humaine avait évolué, qu'elle avait développé une civilisation technique et s'était endurcie dans la dure lutte pour la vie, elle pouvait en effet s'adapter à n'importe quel écosystème planétaire, pourvu qu'il soit suffisamment hospitalier — c'est le cas de Terminus, par exemple. Mais pouvez-vous imaginer qu'une vie intelligente ait pu se développer directement sur Terminus ? Alors que, lorsque l'homme vint la coloniser à l'époque des Encyclopédistes, sa forme de vie végétale la plus évoluée était une espèce de lichen tapissant les rochers ; quant au règne animal, il se réduisait à des sortes de petits récifs coralliens dans l'océan, et en surface, à des organismes vaguement insectoïdes. On a quasiment fait disparaître toutes ces espèces pour garnir à la place terre et mer de poissons, de lapins, de chèvres, de choux, de blé, d'arbres et ainsi de suite... Nous n'avons rien laissé subsister de la vie indigène, hormis quelques spécimens dans les zoos et les aquariums.

— Hmmm », dit Trevize.

Pelorat le dévisagea une bonne minute avant de remarquer, avec un soupir : « Vous vous en fichez bien, pas vrai ? C'est vraiment remarquable ! Je n'ai jamais trouvé une seule personne que cela intéresse, en définitive. C'est de ma faute, je suppose. Je n'arrive pas à rendre la chose passionnante pour les autres même si ça me passionne, moi.

— Mais si, mais si, c'est passionnant, intervint Trevize. Bon. Mais après ?

— Ça ne vous frappe donc pas qu'il pourrait être passionnant, d'un point de vue scientifique, d'étudier un monde où s'est développé le seul et unique écosystème vraiment florissant de toute la Galaxie ?

— Peut-être, à condition d'être biologiste... Ce que je ne suis pas, voyez-vous... Faut m'excuser.

— Mais bien entendu, mon ami. Le problème est que je n'ai pas trouvé non plus de biologiste pour s'y intéresser. Je vous ai dit que j'avais commencé une licence de biologie. J'en ai parlé à mon professeur et même lui n'a pas été intéressé. Il m'a conseillé de me tourner plutôt vers quelque chose de plus pratique. Ça m'a tellement dégoûté que j'ai fait de l'histoire à la place (c'était déjà de toute façon mon dada depuis l'adolescence) pour pouvoir aborder la “ Question des origines ” sous cet angle.

— Mais, remarqua Trevize, ça vous aura du moins donné une vocation... alors tout compte fait, ce manque de clairvoyance de votre prof devrait plutôt vous réjouir.

— Moui. Je suppose qu'on peut voir la chose sous cet angle. Et cette vocation est passionnante et je ne m'en suis jamais lassé. Mais j'aimerais tant qu'elle vous passionne tout autant. J'ai horreur d'avoir cette perpétuelle impression d'être en train de soliloquer. »

A ces mots, Trevize partit d'un grand éclat de rire. Ce qui amena comme l'ombre d'un désarroi sur les traits autrement sereins de son compagnon : « Pourquoi vous moquez-vous de moi ?

— Pas de vous, Janov... Je me moquais de ma propre sottise. Non, je vous devrais plutôt des remerciements. Vous aviez parfaitement raison, vous savez.

— De relever l'importance de l'origine de l'homme ?

— Non, non... Enfin si, ça aussi. Non, je voulais dire que vous avez eu raison de me conseiller de cesser de penser consciemment à mon problème et de me distraire l'esprit avec tout autre chose. Ça a effectivement marché. Pendant que vous me parliez de l'histoire de l'évolution, je me suis finalement aperçu que j'avais un moyen de détecter ce fameux hyper-relais, s'il existe...

— Oh ! c'est ça !

— Oui, c'est ça ! C'est ma monomanie à moi, pour le moment. J'étais en train de chercher cet hyper-relais exactement comme si je me croyais à bord de mon brave vieux vaisseau-école, en l'examinant sous toutes les coutures, attendant qu'un élément disparate me saute aux yeux. J'avais complètement oublié que cet astronef est le produit de millénaires d'évolution technique. Vous ne voyez pas ?

— Non, Golan.

— Nous avons un ordinateur à bord. Comment ai-je bien pu l'oublier ? »

Et d'un signe de la main, il invita Pelorat à le suivre dans sa propre cabine. « Je n'ai qu'à essayer tout simplement d'établir un contact », expliqua-t-il, tandis qu'il plaçait les mains sur la plaque sensible du terminal.

Il leur suffisait de joindre Terminus, à quelques milliers de kilomètres derrière eux.

Cherche ! Parle ! C'était comme si des terminaisons nerveuses avaient jailli et s'étendaient, s'étiraient à une vitesse ahurissante — la vitesse de la lumière, évidemment — pour établir la jonction.

Trevize se sentit lui-même effleurer — enfin, pas exactement effleurer, plutôt sentir — enfin, pas exactement sentir, plutôt… mais peu importe, car il n'y avait pas de mot pour ça.

Il avait littéralement Terminus au bout des doigts et, bien que la distance entre lui et la planète s'accrût de quelque vingt kilomètres par seconde, le contact se maintint, comme si astre et vaisseau n'étaient séparés que de quelques encablures.

Il ne dit rien. Affermit sa prise. Tout ce qu'il essayait, c'était le *principe* de la communication ; sans communiquer activement.

Là-bas, à huit parsecs de distance, autant dire la porte à côté, se trouvait Anacréon, la plus proche planète d'une taille appréciable. Pour y expédier un message en employant le même moyen que pour Terminus — à la célébrité de la lumière — puis pour en attendre la réponse, il lui aurait fallu cinquante-deux ans.

Cherche Anacréon ! Pense Anacréon ! Penses-y le plus fort possible. Tu connais sa position par rapport à Terminus et au noyau galactique ; tu en as étudié la planétographie et l'histoire ; tu as résolu des problèmes stratégiques où il était nécessaire de la reconquérir (dans l'hypothèse — impensable à l'époque — où elle serait tenue par un ennemi).

Par l'espace ! Tu es bien allé *sur* Anacréon.

Alors, visualise-la ! Visualise-la ! Grâce à l'hyper-relais, tu croiras y être.

Rien ! Ses terminaisons nerveuses frémirent, n'effleurant que le vide.

Trevize rompit le contact. « Il n'y a pas d'hyper-relais à bord du *Far Star,* Janov. Je suis affirmatif ; et si je n'avais pas suivi votre suggestion, je me demande combien de temps il m'aurait fallu pour en arriver là. »

Sans qu'on y voie bouger un seul muscle, le visage de Pelorat était devenu positivement radieux : « Je suis si content d'avoir pu vous être utile. Cela signifie-t-il qu'on va faire le saut ?

— Non. On attend quand même encore deux jours, pour plus de sûreté. Rappelez-vous ce que je vous ai dit : Il faut être loin de toute masse… En temps normal, et compte tenu que c'est un vaisseau neuf et que je n'ai pas encore bien en main, il me faudrait sans doute deux jours de plus pour calculer la procédure exacte — l'hyperpoussée convenable, en particulier pour le premier saut. J'ai le sentiment toutefois que l'ordinateur va se charger de tout.

— Sapristi. Voilà qui nous laisse le temps de nous ennuyer, ce me semble.

— S'ennuyer ? » Le sourire de Trevize s'épanouit. « Manquerait plus que ça ! Vous et moi, Janov, on va parler de la Terre.

— C'est vrai ? Vous ne dites pas ça pour faire plaisir à un vieux bonhomme ? C'est gentil de votre part. Franchement.

— Balivernes ! J'essaie surtout de me faire plaisir. Janov, vous m'avez converti. Avec tout ce que vous m'avez raconté, j'ai enfin compris que la Terre était le plus important, le plus passionnant, le plus fascinant objet de tout l'Univers. »

22.

Cela avait certainement dû frapper Trevize lorsque Pelorat lui avait présenté ses vues personnelles sur la Terre. Mais comme il avait alors l'esprit préoccupé par son hyper-relais, il n'avait pas réagi tout de suite. Et une fois le problème réglé, voilà qu'il avait réagi.

La déclaration de Hari Seldon peut-être la plus répétée était sa fameuse remarque sur la Seconde Fondation, située, selon lui, « à l'extrémité opposée de la Galaxie », par rapport à Terminus. Et Seldon avait même baptisé l'endroit : c'était Star's End, l'Ultime Étoile...

Tout cela était consigné dans le récit qu'avait fait Dornick du procès devant la Cour impériale. « L'autre extrémité de la Galaxie », tels étaient les termes exacts qu'avait employés Seldon devant Dornick et depuis ce jour on n'avait cessé d'en discuter le sens.

Qu'est-ce qui pouvait bien relier une « extrémité » de la

Galaxie avec l'autre ? Une droite, un cercle, une spirale, ou quoi ?

Et voilà, mais c'était lumineux, Trevize se rendait soudain clairement compte que nulle ligne, nulle courbe ne devait — ne pouvait — être tracée sur la carte de la Galaxie. C'était bien plus subtil que ça.

Il était parfaitement clair que l'une des extrémités de la Galaxie était Terminus. Située à la lisière de la Galaxie, oui, la lisière de notre Fondation — oui, Terminus était littéralement au fin fond de la Galaxie. Seulement, c'était aussi la planète la plus récemment découverte, à l'époque où parlait Seldon, un monde en cours de colonisation, qui n'avait à ce moment-là pas encore d'existence à proprement parler.

Où pouvait-on dans cette hypothèse situer l'autre bout de la Galaxie ? L'autre frontière de la Fondation ? Sinon sur la plus *ancienne* planète de la Galaxie ? Et compte tenu de l'hypothèse exposée par Pelorat (sans qu'il se rende bien compte, d'ailleurs, de ce qu'il exposait), il ne pouvait s'agir que de la Terre. La Seconde Fondation pouvait fort bien se trouver sur la Terre !

Oui, mais Seldon avait également dit que cette autre extrémité de la Galaxie était près de l'Ultime Étoile... Qui pouvait affirmer qu'il ne parlait pas par métaphore ? Il suffisait de remonter l'histoire de l'humanité comme l'avait fait Pelorat pour que le réseau reliant chaque système planétaire, chaque étoile éclairant une planète habitée, à un autre système, une autre étoile d'où étaient venus les premiers émigrants, et ainsi de suite, pour que ce réseau converge en fin de compte vers l'unique planète d'où était originaire l'humanité. L'ultime étoile, c'était bien celle qui éclairait la Terre.

Trevize sourit et dit, presque avec ferveur : « Parlez-moi encore de la Terre, Janov. »

Pelorat hocha la tête. « Je vous ai dit tout ce que l'on en sait, vraiment. On en découvrira plus sur Trantor.

— Non, Janov. On ne trouvera rien du tout là-bas. Pourquoi ? Parce que nous n'allons pas à Trantor. J'ai le contrôle de ce vaisseau et je vous garantis qu'on ne va pas y aller. »

Pelorat en eut le souffle coupé. Il était bouche bée. Il se reprit lentement et dit, abattu : « Oh ! mon *pauvre* ami.

— Allons, Janov. Ne faites pas cette tête-là ! On va plutôt chercher la Terre !

— Mais il n'y a que sur Trentor que...

— Non, sûrement pas. Trantor est simplement un endroit où l'on étudie des documents poussiéreux et de vieux films cassants jusqu'à en devenir cassant et poussiéreux soi-même.

— Et moi qui rêvais depuis des années...

— ... de découvrir la Terre.

— Mais c'est seulement... »

Trevize se leva, se pencha, prit Pelorat par le revers de la tunique et dit : « Ne me dites plus jamais ça, professeur. Ne le dites plus. Quand vous m'avez annoncé pour la première fois qu'on s'embarquait à la recherche de la Terre, avant même qu'on soit monté sur ce vaisseau, vous m'avez raconté qu'on était sûrs de la trouver parce que, et je cite vos propres paroles, vous “ aviez envisagé une excellente possibilité ”. Maintenant, je ne veux même plus vous entendre prononcer une seule fois le nom de Trantor. J'aimerais juste que vous me parliez un peu de cette excellente possibilité...

— Mais elle a besoin d'une confirmation. Pour l'instant, ce n'est qu'une idée en l'air, un espoir, une vague possibilité.

— A la bonne heure ! Parlons-en !

— Vous ne comprenez pas. Vous ne comprenez vraiment pas. C'est un domaine que personne à part moi n'a jamais exploré. Il n'y a rien d'historique là-dedans, rien de solide, de concret. Les gens parlent de la Terre comme si c'était un mythe. Il y a des millions de récits contradictoires.

— Eh bien, alors, en quoi donc ont-elles bien pu consister, vos recherches ?

— J'ai été forcé de recueillir le moindre récit, le moindre conte, le moindre fragment d'une supposée histoire, la moindre légende, le moindre mythe fumeux... Jusqu'aux *romans*. Bref, tout ce qui pouvait évoquer le nom de la Terre ou d'une quelconque planète des origines. Depuis plus de trente ans, je rassemble tout ce que je peux tirer de toutes les planètes de la Galaxie. Maintenant, si je pouvais simplement découvrir quelque chose de plus tangible que tout cela dans la bibliothèque galactique de... mais vous ne voulez pas entendre ce nom...

— C'est exact. Ne le dites pas. Racontez-moi plutôt un de ces récits qui ont attiré votre attention et dites-moi quelles raisons vous avez de l'estimer plus valable qu'un autre. »

Pelorat hocha la tête : « Là, Golan, pardonnez-moi l'expression, mais vous parlez comme un militaire ou un politicien. Ce n'est pas ainsi qu'on procède en histoire. »

Trevize prit une profonde inspiration en essayant de garder son calme. « Eh bien, dites-moi donc comment on procède Janov. On a deux jours devant nous. Faites mon éducation.

— Vous ne pouvez pas vous appuyer sur un seul mythe ni même sur un seul groupe de mythes. J'ai dû les recueillir tous, les analyser, les organiser, élaborer des symboles pour représenter les divers aspects de leur contenu — les relations de climats impossibles, les détails astronomiques sur des systèmes planétaires différents des données connues aujourd'hui, les lieux de naissance des héros mythiques lorsqu'il est bien précisé qu'ils ne sont pas autochtones, et littéralement des centaines d'autres points. Je ne vais pas vous en assener toute la liste. Même deux jours n'y suffiraient pas. J'y ai passé trente ans, je vous dis.

« J'ai ensuite composé un programme d'ordinateur destiné à sérier les points communs à tous ces mythes, puis à rechercher une transformation qui en éliminerait les plus flagrantes impossibilités. Cela m'a permis peu à peu de bâtir un modèle de ce qu'avait dû être la Terre. Après tout, si tous les hommes sont originaires d'une unique planète, cette planète unique doit représenter le seul élément que doivent avoir en commun tous ces mythes fondateurs, tous ces héros culturels... Bon, vous voulez que j'entre dans les détails mathématiques ?

— Non, pas pour l'instant, merci. Mais comment êtes-vous sûr de ne pas vous être fourvoyé avec vos mathématiques ? On sait avec certitude que Terminus fut fondée il y a seulement cinq siècles et que les premiers hommes arrivèrent en colonie de Trantor mais qu'ils provenaient de dizaines — sinon de centaines — d'autres planètes. Pourtant, celui qui ignorerait ces faits pourrait fort bien supposer que Hari Seldon et Salvor Hardin, n'étant pas natifs de Terminus, sont venus de la Terre et que Trantor n'était en fait qu'une autre façon de nommer la Terre. Si l'on voulait se mettre à la recherche de la Trantor du temps de Seldon — une planète entièrement recouverte de métal — c'est sûr qu'on ne la trouverait pas et qu'on pourrait bien la considérer comme un mythe impossible. »

Pelorat semblait ravi : « Je retire ma remarque de tout à l'heure sur les militaires et les politiciens, mon bon. Vous avez un remarquable sens de l'intuition. Bien sûr, j'ai dû établir une méthodologie de vérification. J'ai inventé une centaine de faux, basés sur des déformations de l'histoire réelle et imitant les mythes que j'avais rassemblés. Puis j'ai essayé d'incorporer mes inventions dans le modèle. L'une d'elles était même fondée sur l'histoire réelle des origines de Terminus. L'ordinateur les rejeta toutes. Toutes. Certes, ça pourrait tout au plus signifier que j'étais dépourvu des talents littéraires adéquats mais disons que j'ai fait de mon mieux.

— Je n'en doute pas, Janov. Et que vous a révélé votre modèle, au sujet de la Terre ?

— Quantité de choses, à des degrés divers de vraisemblance. Un genre de profil. Par exemple, à peu près quatre vingt-dix pour cent des planètes habitées de la Galaxie ont des périodes de rotation échelonnées de vingt-deux à vingt-six heures légales galactiques. Eh bien... »

Trevize le coupa : « J'espère que vous n'y avez pas trop prêté d'importance, Janov. Il n'y a guère de mystère là-dedans. Pour qu'une planète soit habitable, il ne faut pas qu'elle tourne trop vite, pour éviter que le schéma de circulation des vents ne provoque des ouragans insoutenables, ni trop lentement non plus, pour éviter des écarts de température trop extrêmes. C'est une propriété en fait autosélective : les hommes préfèrent vivre sur des planètes aux caractéristiques qui leur conviennent et, par la suite, quand toutes les planètes habitables se retrouvent partager les mêmes caractéristiques physiques, il se trouve quelqu'un pour remarquer : “ quelle étrange coïncidence ”, alors qu'il n'y a rien d'étrange là-dedans et que c'est tout sauf une coïncidence.

— A vrai dire, nota tranquillement Pelorat, c'est un phénomène bien connu dans le domaine des sciences sociales. En physique aussi, je crois — mais je ne suis pas physicien et je ne voudrais pas m'aventurer. En tout cas, c'est ce qu'on appelle, je crois, le principe anthropique : l'observateur influe sur les événements qu'il observe, du simple fait de son observation, voire de sa présence pour les observer. Mais la question demeure : où se trouve la planète qui a servi de modèle ? Quelle planète a une période de rotation d'exactement un jour légal galactique de vingt-quatre heures légales galactiques ? »

Trevize fit la lippe ; il paraissait songeur. « Vous pensez qu'il pourrait s'agir de la Terre ? Sans doute la norme légale aurait-elle pu être basée sur les caractéristiques locales de n'importe quelle planète, vous ne croyez pas ?

— Peu vraisemblable. Ce n'est pas dans le style de l'espèce humaine. Trantor a bien été capitale galactique durant douze mille ans — douze mille ans durant, la planète la plus peuplée de l'univers — sans pour autant imposer sa période de rotation de 1,08 jour L.G. à toute la Galaxie. Et la période de rotation de Terminus est, elle, de 0,91 J.L.G. sans que nous l'imposions non plus aux planètes sous notre influence. Chaque planète utilise son système de calcul propre dans le cadre de son système de datation local, et lorsque les rapports interplanétaires l'exigent, opère (avec l'aide d'ordinateurs) la conversion du jour planétaire local au jour légal galactique et *vice versa.* Le jour légal galactique doit obligatoirement provenir de la Terre.

— Pourquoi est-ce obligé ?

— Tout d'abord, parce que la Terre était jadis le seul monde habité ; donc, tout naturellement, son jour et son année durent servir de référence et, par pesanteur sociale, durent le demeurer sans doute à mesure que d'autres planètes étaient colonisées. Ensuite, parce que le modèle que j'ai obtenu est effectivement celui d'une Terre tournant sur son axe en très exactement vingt-quatre heures légales galactiques et accomplissant une révolution autour de son soleil en très exactement une année standard galactique, voilà pourquoi.

— Ça ne pourrait pas être une coïncidence ? »

Pelorat éclata de rire : « C'est vous, maintenant, qui me parlez de coïncidence ! Seriez-vous prêt à parier qu'un tel événement puisse survenir uniquement par coïncidence ?

— Eh bien, ma foi…, marmonna Trevize.

— En fait, il y a encore un autre détail : il existe une unité de temps archaïque qui s'appelle le mois…

— J'en ai entendu parler…

— Apparemment, cette unité correspond à la période de révolution du satellite de la Terre. Seulement…

— Oui ?

— Eh bien, l'un des facteurs assez surprenants de mon modèle est que ce satellite est un astre énorme, plus du quart du diamètre de la Terre elle-même.

— Jamais entendu parler d'un truc pareil, Janov. Il n'y a pas une planète habitée de la Galaxie qui soit escortée d'un tel satellite.

— Mais c'est *excellent* », rétorqua Pelorat, plein d'entrain. « Si la Terre est un astre unique par la diversité de ses espèces et l'évolution de l'intelligence, alors il lui faut bien quelque particularité physique.

— Mais quel rapport pourrait-il bien y avoir entre la présence d'un satellite géant et la diversité des espèces, l'intelligence et tout ça ?

— Eh bien, là, vous touchez effectivement du doigt une difficulté. Je ne le sais pas vraiment. Mais ça vaudrait le coup d'y regarder, vous ne trouvez pas ? »

Trevize se leva et croisa les bras : « Mais dans ce cas, où

est le problème ? Vous n'avez qu'à consulter les tables statistiques sur les planètes habitées et en trouver une dont la période de rotation et l'orbite soient exactement et respectivement d'un jour et d'une année légaux galactiques. Et pour peu qu'elle soit dotée d'un satellite géant, vous aurez ce que vous cherchez. Je suppose, puisque vous avez " envisagé une excellente possibilité ", que c'est bien ce que vous avez fait et que vous avez effectivement déniché votre planète. »

Pelorat parut décontenancé : « Eh bien, enfin, ce n'est pas exactement ce qui s'est produit. J'ai certes parcouru les tables statistiques — du moins je l'ai fait faire par le service d'astronomie — et... enfin, pour dire les choses carrément, une telle planète n'existe pas. »

Trevize se rassit pesamment. « Mais alors, ça veut dire que toute votre argumentation tombe à l'eau.

— Pas tout à fait, à mon avis.

— Comment ça, pas tout à fait ? Vous me sortez un modèle truffé de descriptions détaillées, et vous ne trouvez rien qui lui corresponde. Votre modèle ne sert donc à rien, dans ce cas. Il faut tout reprendre à zéro.

— Non, ça veut tout simplement dire que les données statistiques sur les planètes habitées sont incomplètes. Après tout, il y en a des dizaines de millions et certaines ne sont que des mondes fort obscurs. Tenez, on manque par exemple de données sérieuses sur près de la moitié d'entre eux. Et pour six cent quarante mille planètes habitées, nous ne disposons quasiment pas d'autre information que leur nom et parfois leur position. Selon certains galactographes, il pourrait y avoir jusqu'à dix mille mondes non recensés. Sans doute ont-ils intérêt qu'il en soit ainsi. Durant l'ère impériale, cela aura pu les aider à échapper à l'impôt...

— Et durant les siècles ultérieurs, aussi bien, remarqua cyniquement Trevize. Et les aider à accueillir des bases de pirates, ce qui peut se révéler à l'occasion une activité plus lucrative que le commerce.

— Là-dessus, je ne saurais me prononcer, observa Pelorat, dubitatif.

— N'empêche, il me semble que la Terre devrait figurer sur la liste des planètes habitées, quel que soit son désir personnel sur la question. Ne serait-ce que pour être, par définition, la plus ancienne de toutes, elle ne pouvait pas rester ignorée dans les premiers siècles de la civilisation galactique. Et une fois inscrite sur la liste, elle aurait dû y rester. Voilà bien un cas où l'on peut compter sur les pesanteurs sociales. »

Pelorat hésita, l'air inquiet : « A vrai dire, il y a… il y a bien une planète du nom de Terre sur la liste des planètes habitées. »

Trevize le considéra, ahuri : « J'avais cru comprendre il y a un instant que la Terre n'y figurait pas.

— En tant que " Terre ", effectivement, non. Il y a toutefois une planète nommée Gaïa.

— Quel rapport ? *Gayah ?*

— Ça s'écrit G-A-Ï-A. Ce qui veut dire Terre.

— Pourquoi cela voudrait-il dire Terre plutôt qu'autre chose ? Pour moi, ça n'a aucun sens. »

Sur le visage d'habitude impassible de Pelorat se dessina presque une grimace. « Je ne suis pas sûr que vous allez me croire… Mais si je me fie à mon analyse des mythes, on pratiquait sur Terre plusieurs langues différentes, mutuellement inintelligibles.

— Hein ?

— Oui. Après tout, nous avons bien mille façons différentes de parler à travers la Galaxie…

— Dans toute la Galaxie, on rencontre sans doute des variations dialectales mais elles ne sont pas mutuellement inintelligibles. Et même s'il est parfois difficile de saisir tel ou tel dialecte, nous parlons tous le même galactique classique…

— Assurément, mais nous avons de constants échanges intersidéraux. Mais imaginez une planète demeurée isolée durant une longue période ?

— Seulement vous parlez de la Terre. Une planète unique. Où est l'isolation là-dedans ?

— La Terre est la planète des Origines, ne l'oubliez pas, et à l'époque l'humanité devait être incroyablement primitive. Sans voyage interstellaire, sans ordinateurs, sans aucune technologie, tout juste issue de ses ancêtres non humains.

— Sottises que tout cela. »

Pelorat hocha la tête, gêné de cette réaction. « Sans doute est-il inutile d'en discuter, mon pauvre ami. Je n'ai jamais pu convaincre personne de cela. Par ma faute, j'en suis sûr. »

Trevize se sentit aussitôt désolé : « Janov, je vous présente mes excuses. J'ai parlé sans réfléchir. Il y a des idées, après tout, auxquelles je ne suis pas accoutumé. Vous, vous travaillez sur vos théories depuis plus de trente ans quand je viens tout juste de les découvrir. Laissez-moi un répit... Écoutez, je veux bien imaginer qu'il y ait eu sur Terre deux peuplades primitives parlant deux langages différents et mutuellement inintelligibles...

— Mettons une demi-douzaine, peut-être, hasarda Pelorat. La Terre a pu être divisée en plusieurs grandes masses continentales, ce qui aurait empêché au début toute communication de l'une à l'autre. Les populations de chaque masse continentale auraient pu alors développer chacune un langage particulier. »

Trevize enchaîna, avec une prudente gravité : « ... Et dans chacune de ces grandes masses continentales, une fois que chaque population aurait fini par avoir connaissance de l'existence des autres, on aurait débattu d'une “ Question des origines ” pour savoir sur quel continent les premiers hommes étaient descendus des animaux...

— La chose est fort possible, Golan. C'est une attitude fort imaginable de leur part.

— Et dans l'une de ces langues, Gaïa aurait signifié Terre. Et le mot Terre lui-même dérive d'une autre de ces langues.

— Oui, oui.

— Et tandis que le galactique classique descend de cette langue bien précise où Terre signifie Terre, les habitants de la Terre, pour quelque raison qui leur est propre, emploient à la place le mot Gaïa, provenant d'une autre de leurs langues.

— Tout juste ! Vous comprenez vraiment vite, Golan.

— Mais il me semble qu'il n'y a pas besoin d'en faire un tel mystère. Si Gaïa est bel et bien la Terre, malgré la différence terminologique, alors Gaïa, pour reprendre votre argumentation, devrait avoir une période de rotation d'exactement un jour légal galactique, de révolution d'une année légale galactique exactement et posséder un satellite géant qui orbite autour d'elle en un mois tout juste.

— Oui, il devrait effectivement en être ainsi.

— Bon, et alors : répond-elle ou ne répond-elle pas à ces exigences ?

— Eh bien, à vrai dire, je n'en sais trop rien : les tableaux ne donnent pas ces informations...

— Non ? Dans ce cas, Janov, faudra-t-il donc se rendre sur Gaïa pour en chronométrer les périodes et reluquer le satellite ?

— J'aimerais bien, Golan. » Pelorat hésita. « Le hic, c'est qu'on ne donne pas non plus sa position exacte.

— Quoi ? Vous voulez dire que tout ce que vous avez, c'est un nom et rien d'autre et vous osez appeler ça une “ excellente possibilité ” ?

— Mais c'est bien pour ça que je voulais me rendre à la bibliothèque galactique !

— Bon, attendez. Vous dites que vos tables ne donnent pas sa position exacte. Fournissent-elles une information quelconque ?

— Elles la classent dans le secteur de Seychelle — en ajoutant un point d'interrogation...

— Bon, eh bien... Janov, ne faites pas cette tête-là. On va y aller, dans le secteur de Seychelle ; et on finira bien par trouver Gaïa ! »

CHAPITRE VII

PAYSAN

23.

Stor Gendibal trottinait sur la route dans la campagne entourant l'université. Ce n'était pas dans les habitudes des Fondateurs de s'aventurer dans le monde rural de Trantor. Ça ne leur était pas interdit, sans doute, mais quand ils le faisaient, ils ne se hasardaient pas loin, ni bien longtemps.

Gendibal était une exception et il s'était plusieurs fois déjà demandé pourquoi. Ce qui pour lui, signifiait explorer son propre esprit — une activité vivement encouragée tout particulièrement chez les Orateurs : car leur esprit leur tenait lieu à la fois d'arme et de cible et ils avaient intérêt à travailler leur attaque aussi bien que leur défense.

Gendibal avait décidé, à sa satisfaction personnelle, que l'unique raison qui le rendait différent des autres était qu'il fût originaire d'une planète à la fois plus froide et plus massive que la majorité des autres mondes habités. Lorsque, encore enfant, on l'avait amené à Trantor (pris dans les filets que jetaient tranquillement sur la Galaxie les agents de la Seconde Fondation en quête de talents), il s'était par conséquent retrouvé dans un champ gravitationnel plus faible et sous un climat délicieusement tempéré. Et naturellement, il goûtait bien plus que d'autres les joies du grand air.

Dès ses premières années à Trantor, il avait pris peu à

peu conscience de sa petite taille et de sa stature chétive et il avait craint, à s'installer ainsi dans le confort d'un monde douillet, de finir par se ramollir. Aussi avait-il alors entrepris des exercices de musculation qui, s'ils ne l'avaient pas rendu moins frêle en apparence, avaient contribué à raffermir son corps et lui donner du souffle. Dans son programme d'exercices, il y avait ces courses dans la campagne qui avaient don de faire ronchonner certains à la Table des Orateurs. Mais Gendibal ignorait ces murmures.

Il agissait à sa guise, malgré le handicap d'être immigré de première génération quand tous les autres membres de la Table étaient ici depuis deux ou trois générations, avec des parents et des grands-parents eux aussi membres de la Seconde Fondation. En outre, ils étaient tous plus âgés que lui. Alors, qu'attendre d'eux sinon des ronchonnements ?

Par une longue tradition, tous les esprits autour de la Table des Orateurs se devaient d'être ouverts (censément ensemble, bien que rares fussent les Orateurs à ne pas préserver quelque part un petit coin d'intimité — certes, bien en vain, au bout du compte) et Gendibal savait donc très bien que ce qu'ils éprouvaient c'était surtout de l'envie ; tout comme il savait pertinemment que sa propre attitude était ambitieuse et défensive par compensation. Et eux aussi le savaient.

Par ailleurs (et l'esprit de Gendibal revint aux raisons de ces escapades dans l'arrière-pays), il avait passé son enfancc sur un monde intact — un monde vaste et généreux, aux paysages grandioses et variés — et dans une vallée fertile de ce monde, encerclée par ce qui restait pour lui les plus belles montagnes de toute la Galaxie. Elles lui paraissaient incroyablement spectaculaires, ces montagnes, dans les rigueurs de l'hiver de sa planète. Il se rappela son monde natal et les bonheurs d'une enfance désormais lointaine. Souvent il en rêvait. Comment pouvait-il supporter ce confinement sur quelques dizaines de kilomètres carrés de vestiges antiques ?

Tout en courant, il posait sur les alentours un regard

méprisant. Trantor était une planète agréable et douce mais elle n'avait rien d'un monde âpre et magnifique. Et bien que vouée à l'agriculture, elle n'était pas même fertile.

Elle ne l'avait jamais été. Cela, plus encore peut-être que d'autres facteurs, l'avait amenée à devenir le centre administratif, d'abord d'une union planétaire assez lâche puis finalement d'un Empire galactique. On n'avait d'ailleurs pas vraiment insisté pour qu'elle ait une autre activité : elle n'était à vrai dire guère bonne à grand-chose.

Après le Grand Pillage, si Trantor était parvenue à subsister, c'était en grande partie grâce à ses énormes stocks de métaux : elle était devenue une mine gigantesque, fournissant à vil prix pour une demi-douzaine de planètes des alliages d'acier, de l'aluminium, du titane, du cuivre, du magnésium... et rétrocédant de la sorte tout ce qu'elle avait pu recevoir pendant des millénaires ; épuisant ses réserves à un rythme cent fois supérieur à celui de leur accumulation initiale.

Il subsistait encore d'énormes réserves métalliques mais elles étaient enfouies et peu accessibles. Les paysans hamiens (jamais ils ne se qualifiaient entre eux de Trantoriens, laissant ce terme, jugé par eux maléfique, à l'usage exclusif des membres de la Seconde Fondation), s'étaient montrés de plus en plus réticents à faire commerce des métaux. Superstition, sans nul doute.

Quelle sottise de leur part ! Car le métal resté enfoui était bien susceptible d'empoisonner le sol et par conséquent d'en diminuer encore la fertilité. Pourtant, par ailleurs, la population était clairsemée et la terre suffisait à la nourrir. Et il subsistait toujours à petite échelle un commerce des métaux.

Gendibal parcourut des yeux l'horizon plat. Trantor avait une activité géologique, comme presque toutes les planètes habitées, mais il fallait remonter à cent millions d'années au bas mot pour retrouver les dernières traces notables d'une phase d'orogénèse. Ses quelques reliefs s'étaient érodés en de molles collines. Et à vrai dire, on en avait rasé la plupart lors de la grande période de caparaçonnage de la planète.

Loin vers le sud, bien au-delà de l'horizon, se trouvait le rivage de la baie Capitale et au-delà, l'océan Oriental, recréés l'un et l'autre au moment de la rupture des citernes souterraines.

Au nord, c'étaient les tours de l'université galactique qui cachaient le bâtiment comparativement trapu — quoique vaste — de la bibliothèque (elle était en majeure partie souterraine) et les vestiges du Palais impérial, encore plus au nord.

Immédiatement de part et d'autre, on apercevait les terres cultivées, avec çà et là une bâtisse. Gendibal dépassa des groupes d'animaux : vaches, chèvres et volaille — le vaste assortiment de bêtes domestiques qu'on trouvait dans n'importe quelle ferme trantorienne. Pas un ne lui prêta la moindre attention.

Gendibal se prit à songer que partout dans la Galaxie, sur n'importe lequel des innombrables mondes habités, il pourrait voir ces animaux et qu'il n'y avait pas deux planètes où ils soient parfaitement semblables. Il se rappela les chèvres de chez lui, et en particulier sa petite biquette qu'il trayait jadis. Elle était bien plus grosse et elle avait bien plus de caractère que ces placides spécimens qu'on avait acclimatés sur Trantor depuis l'époque du Grand Pillage. Sur toutes les planètes colonisées de la Galaxie, on trouvait un nombre presque incalculable de variétés d'une même espèce domestique et chaque spécialiste ne jurait que par sa variété préférée, que ce soit pour la viande, le lait, les œufs, la laine ou toute autre denrée que ces animaux pussent produire.

Comme d'habitude, pas un Hamien n'était visible. Gendibal avait le net sentiment que les paysans évitaient de se trouver en compagnie de ceux qu'ils baptisaient les « cherchieurs » (par une déformation dialectale — peut-être délibérée — du mot : « chercheur »). Superstition, encore.

Gendibal leva un instant les yeux pour contempler le soleil de Trantor. L'astre était déjà haut dans le ciel mais sa chaleur n'avait rien d'insupportable. Sous cette latitude, la chaleur restait douce et le froid ne se montrait jamais vif (au point que Gendibal en venait à regretter les froids mordants de sa planète natale ; du moins l'imaginait-il car il n'y était jamais retourné. Peut-être, reconnut-il, pour s'éviter une désillusion).

Il sentit avec plaisir ses muscles durcis et raffermis par l'effort et estima qu'il avait assez couru. Il continua à l'allure de la marche, en respirant profondément.

Il se sentait prêt à affronter la prochaine réunion de la Table, prêt à fournir un ultime effort pour provoquer un changement de politique, créer une mentalité nouvelle qui admettrait enfin l'existence de la menace croissante venue de la Première Fondation ou d'ailleurs, et qui mettrait enfin un terme à cette confiance aveugle dans un fonctionnement « parfait » du plan. Mais quand se rendrait-il compte que la perfection même était le plus sûr signe de danger ?

Un autre que lui l'aurait-il suggéré, l'idée, il le savait, serait passée sans soulever de vague. Les choses étant ce qu'elles étaient, il y aurait certainement des remous mais ça passerait néanmoins puisque le vieux Shandess le soutenait et continuerait sans doute à le soutenir. Shandess n'avait pas spécialement envie d'entrer dans l'histoire comme le Premier Orateur à partir duquel la Seconde Fondation avait commencé de dépérir.

Un Hamien !

Gendibal sursauta. Il avait détecté dans le lointain la présence d'un esprit bien avant d'apercevoir l'homme. C'était l'esprit d'un Hamien — un paysan — rude et mal dégrossi. Prudent, Gendibal se retira, après l'avoir effleuré si légèrement qu'il était resté indétectable. A cet égard, la politique de la Seconde Fondation était sans équivoque : sans le savoir, ces paysans lui servaient de camouflage. Et il fallait interférer avec eux le moins possible.

Quiconque venait à Trantor pour affaires ou tourisme n'y découvrait que des paysans et peut-être quelques chercheurs de seconde zone, vivant complètement dans le passé. Qu'on ôte les paysans — ou simplement qu'on pervertisse leur innocence — et aussitôt les chercheurs se feraient plus aisément remarquer, au risque d'entraîner des conséquences catastrophiques (c'était l'une des démonstrations de base que les néophytes étaient censés faire tout seuls dès leur entrée à l'Université : sitôt qu'on influait un tant soit peu sur l'esprit des paysans, les monumentales Déviations que présentait alors le Premier Radiant étaient absolument stupéfiantes).

Gendibal vit l'homme. C'était un paysan, sans aucun doute ; hamien jusqu'à la moelle. Presque une caricature du fermier trantorien typique : grand et large, le teint basané, vêtu grossièrement, les bras nus, le cheveu brun, l'œil sombre, l'air dégingandé.

Gendibal ne ralentit pas son allure. Ils avaient assez de place pour se croiser sans un mot ni un regard, et ce serait tant mieux. Il décida de rester à bonne distance de l'esprit du paysan.

Gendibal s'écarta légèrement mais le fermier ne l'entendait pas ainsi : il s'arrêta, bien campé sur ses jambes et, les bras largement ouverts pour lui bloquer le passage, lança : « Heulà ! Mais ça s'rait-y pas un cherchieur ? »

Gendibal ne put malgré lui s'empêcher de sentir cet assaut d'agressivité dans l'esprit de l'homme en face de lui. Il s'immobilisa. Impossible de passer sans lier conversation, ce qui en soit était déjà une corvée. Quand on était accoutumé au jeu subtil de mimiques et de sons, au rapide échange de pensées et de sentiments dont la combinaison permettait aux Seconds Fondateurs de communiquer entre eux, il devenait lassant de s'en remettre à la seule combinatoire du langage oral. C'était comme de vouloir déplacer un rocher du bras et de l'épaule quand on avait un pied-de-biche à portée de la main.

Gendibal dit, d'une voix calme et scrupuleusement dénuée d'émotion : « Effectivement, je suis un chercheur...

— Ah ! “ J' suis un *cherchieur* ” ! Ça s'rait-y qu'on parlerait l'étranger, à c't' heure ? Mais c'est qu'il en s'rait ben un ! » L'homme fit une révérence moqueuse. « Avec son air de p'tit roquet battu ben pâlichon !

— Qu'est-ce que vous me voulez, Hamien ? » demanda Gendibal, aucunement démonté.

« J'a m' nomme Rufirant. Karoll de mon prénom. » L'accent s'était fait encore plus pesamment hamien. L'homme roulait fortement ses « r ».

Gendibal répéta : « Qu'est-ce que vous me voulez, Karoll Rufirant ?

— Et comment qu' c'est vot' nom à vous, l' cherchieur ?

— Que vous importe ? Vous pouvez continuer à m'appeler " chercheur ".

— Ça n'importe que quand j' pose un' question, j'aimerais ben qu'on y réponde, p'tit roquet d' cherchieur.

— Eh bien, dans ce cas, je me nomme Stor Gendibal et je m'en vais à présent vaquer à mes affaires...

— Et c'est quoi, les affaires du cherchieur ? »

Gendibal sentit la chair de poule lui gagner la nuque : d'autres esprits étaient présents. Il n'avait pas besoin de se retourner pour savoir que d'autres Hamiens étaient derrière lui. Et plus loin, d'autres encore. Le paysan dégageait une odeur puissante.

« Mes affaires, Karoll Rufirant, ne vous regardent certainement pas.

— Ah ! c'est tout c' qu'on m' dit ? » Il éleva la voix. « Oh, les gars ! L' cherchieur y dit qu' ses affaires nous r'gardent pas ! »

Il y eut un rire derrière lui puis une voix lança : « L'a ben raison, vu qu' leurs affaires, ça rin qu'à fouiner dans leurs bouquins, leurs dinateurs, et qu' tout ça, c'est point des affaires d'honnête homme.

— Quelles que soient mes affaires, dit fermement Gendibal, j'y retourne de ce pas.

— Et comment qu'y compte y r'tourner, not' petit cherchieur ? fit Rufirant.

— En vous passant devant.

— Y veut essayer ? L'a point peur d' se faire arrêter !

— Par vous et vos acolytes ? Ou par vous seul ? » Puis

Gendibal enchaîna soudain avec un fort accent hamien : « L'aurait-y donc peur, tout seul ? »

Ce n'était pas à proprement parler très judicieux de l'asticoter ainsi mais ça empêcherait déjà une attaque en masse et la chose était vitale s'il voulait éviter de s'immiscer plus avant.

Son coup marcha : Rufirant prit un air encore plus sournois avant de lancer : « S'y veut qu'on cause de peur, l' bouquineux, a' s'rait plutôt d' son côté. Eh ! les gars ! Dégagez donc ! Écartez-vous et laissez-le passer, qu'y voye si qu' j'ai peur tout seul ! »

Ruffirant leva ses grands bras en faisant des moulinets.

Gendibal n'était guère effrayé par sa science pugilistique. Mais il fallait toujours compter avec le risque d'un mauvais coup bien placé...

Il approcha donc prudemment, s'immisçant, par un contact aussi bref que délicat, dans l'esprit de Rufirant. Il n'avait fait que l'effleurer sans qu'il s'en doute, mais ça lui avait suffi pour ralentir d'un rien ses réflexes, un rien crucial. Puis il ressortit de son esprit pour effleurer mentalement les autres qui s'assemblaient à présent de plus en plus nombreux. Son esprit d'Orateur voletait de l'un à l'autre en virtuose, sans jamais s'attarder assez longtemps pour laisser une marque mais suffisamment toutefois pour déceler éventuellement des indices utiles.

Il s'approcha du paysan, tel un félin, restant sur ses gardes, surveillant les autres et soulagé de constater que personne ne faisait mine d'intervenir.

Rufirant frappa soudain mais Gendibal visualisa le coup avant qu'aucun muscle ne se soit contracté et il l'esquiva : le poing fusa en sifflant, le manquant de justesse. Pourtant, Gendibal demeurait toujours immobile, inébranlable. Soupir collectif chez les autres.

Gendibal ne fit aucun effort pour parer ou pour rendre les coups. A les parer, il aurait risqué de se paralyser le bras et les rendre n'aurait servi de rien car le fermier aurait pu y résister sans peine.

Il n'avait d'autre choix que de manœuvrer l'homme comme s'il s'était agi d'un taureau, que l'on force à charger. Voilà qui le démoraliserait plus sûrement qu'une opposition directe.

Rugissant comme un bovidé, Rufirant chargea. Gendibal était prêt et se coula de côté, juste de quoi laisser le fermier manquer sa prise. Encore une charge. Encore raté.

Gendibal sentit sa respiration devenir sifflante. La dépense physique était certes minime mais l'effort mental exigé pour contrôler sans contrôler vraiment était prodigieusement difficile. Il ne pourrait pas le soutenir bien longtemps.

Gendibal lança d'une voix la plus calme possible (tout en travaillant en douceur chez son adversaire le mécanisme de la résistance à la peur, et en essayant, par petites touches, de réveiller en lui cette immanquable terreur superstitieuse des lettrés) : « Je m'en vais à présent retourner à mes occupations. »

La rage déforma les traits de Rufirant mais durant un bref instant, il ne bougea pas. Gendibal percevait ses réflexions : le petit lettré s'était évaporé comme par magie. Il sentait croître à présent sa terreur et pour peu que...

Mais la rage du Hamien grimpa d'un cran, engloutissant sa terreur.

Il hurla : « Eh ! les gars ! Not' cherchieur fait l' danseur ! C'est qu'il a l' pied agile et qu'y s' moqu'rait des règles honnêtes du combat coup contre coup. Attrapez-le. Et t'nez-le bien. Qu'on échange des coups comme y faut, à présent. Y peut commencer, j' lui fait une fleur et j' le... c'est moi qui finirai. »

Gendibal repéra les trous dans le cercle de ses assaillants. Sa seule chance était de maintenir assez longtemps une faille pour s'y engouffrer, puis de foncer en comptant sur son souffle et sa capacité à engourdir la volonté des paysans.

Il esquiva les assaillants, l'esprit crispé sous l'effort.

Mais ça ne pouvait pas marcher. Ils étaient trop nombreux et l'obligation de se plier à la déontologie trantorienne était par trop contraignante.

Il sentit des mains lui agripper les bras. Il était pris.

Il allait bien être obligé d'interférer avec quelques-uns au moins de ces esprits. Acte intolérable qui signifierait la fin de sa carrière. Mais sa vie, sa vie même, était en jeu.

Comment en était-il arrivé là ?

24.

Il manquait une personne autour de la Table.

Il n'était pas de tradition d'attendre lorsqu'un Orateur était en retard. Et, songea Shandess, la Table n'était pas non plus d'humeur à attendre, de toute façon. Stor Gendibal était le plus jeune du Conseil et il n'avait sans aucun doute pas suffisamment conscience du fait. Il se comportait comme si la jeunesse était en soi une vertu et l'âge une affaire de négligence de la part de ceux qui auraient mieux gagné à faire attention.

Gendibal n'était pas populaire auprès de ses collègues. Et pour tout dire, Shandess lui-même ne le portait pas spécialement dans son cœur. Mais la question n'était pas là.

Delora Delarmi l'interrompit au milieu de sa rêverie. Elle le contemplait de ses grands yeux bleus, dissimulant sous son visage rond — l'air, comme toujours, innocent et amical — un esprit acéré et une concentration féroce.

Elle dit avec un sourire : « Premier Orateur, allons-nous attendre ? » (La réunion n'avait pas encore officiellement débuté si bien qu'elle pouvait, à strictement parler, entamer la conversation quand tout autre qu'elle aurait attendu que Shandess, de droit, parle le premier.)

Shandess lui jeta un regard désarmant, malgré cette légère entorse à l'étiquette : « En temps normal, nous n'aurions pas attendu, oratrice Delarmi, mais puisque la Table se réunit tout exprès pour entendre l'orateur Gendibal, il semble judicieux de tourner la règle.

— Et où est-il donc, Premier Orateur ?

— Cela, oratrice Delarmi, je l'ignore. »

Delarmi consulta les visages rassemblés autour de la

table. Auraient dû se trouver présents le Premier Orateur et onze autres collègues. Rien que douze Orateurs au total. En cinq siècles, la Seconde Fondation avait vu s'accroître ses pouvoirs et ses responsabilités mais toutes les tentatives pour agrandir la Table au-delà de douze s'étaient soldées par des échecs.

Douze ils avaient été après la mort de Seldon, quand le deuxième des Premiers Orateurs (Seldon s'était lui-même toujours considéré comme le premier de la liste) avait instauré la Table et douze ils étaient encore.

Pourquoi douze ? C'était un nombre qui se divisait sans peine en groupes de taille identique. Il était assez réduit pour permettre une consultation en bloc, et assez large pour autoriser le fonctionnement de sous-groupes. Plus, le conseil aurait été trop peu maniable ; moins, trop inflexible.

Telles étaient les explications. En fait, nul ne savait vraiment pourquoi ce nombre avait été choisi. Ni pourquoi il devrait rester immuable. Mais enfin, même la Seconde Fondation pouvait se trouver esclave de la tradition.

Il ne fallut à Delarmi qu'un éclair pour jouer avec la question, tandis qu'elle scrutait les visages et les esprits les uns après les autres, pour s'arrêter enfin, sardonique, au siège vide, le siège du cadet.

Elle n'était pas mécontente que Gendibal ne recueille aucune sympathie. A ses yeux, le jeune homme avait autant de charme qu'un mille-pattes et devait être traité en conséquence. Jusqu'à présent, seuls son talent et ses capacités indiscutables avaient empêché qu'on ne propose ouvertement son expulsion (deux Orateurs seulement avaient été destitués — mais non condamnés — dans tout le demi-millénaire d'histoire de la Seconde Fondation).

Ce mépris affiché toutefois pour la Table, en manquant une de ses réunions, était pire que bien des infractions, et Delarmi sentit non sans déplaisir que le climat virait très nettement dans le sens favorable au procès.

« Premier Orateur, dit-elle, si vous ignorez où se trouve l'orateur Gendibal, je serai ravie de vous l'apprendre.

— Oui, Oratrice ?

— Qui, parmi nous, ignore encore que ce jeune homme (parlant de lui, elle se garda d'utiliser tout titre honorifique, ce que personne ne put manquer de noter) est à longueur de journée occupé du côté de chez les Hamiens ? Ce qui peut bien l'occuper là-bas, je ne veux pas le savoir, mais en tous les cas, il est parmi eux et c'est une occupation manifestement assez importante pour prendre le dessus sur cette réunion de la Table.

— Je crois bien, intervint un autre Orateur, qu'il fait tout simplement de la marche ou de la course, en guise d'exercice physique. »

Delarmi sourit à nouveau. Elle adorait sourire. Ça ne lui coûtait rien. « L'université, la bibliothèque, le Palais et toute la région avoisinante sont à nous. C'est peu, certes, comparé à l'ensemble de la planète, mais on y a assez de place, ce me semble, pour y faire de l'exercice. — Premier Orateur, ne pourrions-nous pas commencer ? »

Le Premier Orateur soupira intérieurement. Il avait tout pouvoir pour faire attendre la Table — voire pour ajourner la réunion en attendant le moment où Gendibal serait présent. Aucun Premier Orateur toutefois ne pouvait durablement travailler sans heurts s'il n'avait au moins le soutien passif des autres Orateurs et il n'était jamais conseillé de les froisser. Même Preem Palver avait, à l'occasion, dû les manier par la flatterie pour les plier à ses vues.

D'un autre côté, cette absence de Gendibal était bien ennuyeuse, même pour le Premier Orateur. Il faudrait bien qu'un jour le jeune Orateur comprenne qu'il ne faisait pas la loi à lui tout seul.

Et, parlant à présent en Premier Orateur, Shandess prit effectivement le premier la parole pour annoncer : « Nous allons commencer. L'orateur Gendibal a présenté quelques conclusions surprenantes déduites des données du Premier Radiant. Il croit à l'existence d'une organisation travaillant plus efficacement que la nôtre au maintien du plan Seldon, organisation qui agirait ainsi pour des raisons qui lui sont propres. Nous devrions, en conséquence, essayer d'en savoir plus à son sujet, par simple souci d'autodéfense. Vous avez tous été informés de cela et la présente réunion est simplement destinée à vous permettre d'interroger l'orateur Gendibal, afin que nous puissions tirer quelques conclusions quant à notre politique à venir. »

Il n'eût été en fait pas nécessaire d'en dire autant. Shandess gardait l'esprit totalement ouvert, comme ils le savaient tous. S'il parlait, c'était par pure courtoisie.

Delarmi consulta du coin de l'œil les dix autres. Tous semblaient bien contents de lui laisser le rôle de porte-parole des anti-Gendibal. Elle dit : « Pourtant, Gendibal (là encore, elle omit son titre) ignore ou reste incapable de nous dire quelle est, ou qui est, cette autre organisation. »

Elle avait manifestement énoncé la chose comme une affirmation, ce qui frisait la grossièreté. C'était comme de dire : je sais analyser votre esprit ; inutile de vous fatiguer à l'expliquer.

Le Premier Orateur nota cette incorrection et décida simplement de passer outre. « Le fait que l'orateur Gendibal (il évita soigneusement d'omettre son titre mais sans vouloir s'attarder à le souligner) ignore ou ne sache dire quelle est cette organisation ne signifie pas pour autant qu'elle n'existe pas. Durant la majeure partie de leur histoire, les gens de la Première Fondation n'ont virtuellement rien su de nous et, en fait, continuent quasiment à n'en rien savoir encore aujourd'hui. Mettriez-vous en doute notre existence ? »

Delarmi riposta : « Il ne s'ensuit pas, sous prétexte que nous, nous existons incognito, que pour qu'une chose existe, il lui suffise simplement d'être inconnue. » Et elle partit d'un rire léger.

« Assurément. C'est bien pourquoi l'on doit examiner avec soin l'assertion de l'orateur Gendibal. Elle se fonde sur une démonstration mathématique rigoureuse que j'ai pris moi-même la peine de vérifier et que je vous engage tous vivement à examiner. Elle n'est... » (il chercha la tournure appropriée à son état d'esprit) « pas peu convaincante.

— Et ce Premier Fondateur, Golan Trevize, qui hante

votre esprit mais que vous ne mentionnez pas ? » (Encore une attitude grossière et cette fois le Premier Orateur rougit légèrement.) « Qu'en est-il de lui ?

— L'idée de l'orateur Gendibal est que cet homme, Trevize, serait l'instrument — peut-être inconscient — de cette organisation et que nous ne devrions pas le négliger. »

Delarmi se rencogna sur son siège et dit, écartant de ses yeux une mèche grise : « Si cette organisation, quelle qu'elle soit, existe effectivement, si ses pouvoirs mentaux la rendent dangereusement puissante et si elle se cache si bien, est-il crédible qu'elle décide d'agir aussi ouvertement en manœuvrant quelqu'un d'aussi peu discret qu'un Conseiller de la Première Fondation en exil ?

— On pourrait estimer que non, dit le Premier Orateur. Et pourtant, j'ai noté un détail particulièrement inquiétant. Et que je ne comprends pas. » Presque involontairement, il enfouit l'idée dans son esprit, honteux que les autres puissent la découvrir.

Chacun des Orateurs remarqua cet acte mental et, comme il était de rigueur, respecta cette honte. Delarmi aussi, mais en marquant toutefois son impatience. Elle dit, employant la tournure requise : « Peut-on vous demander de nous faire part de vos pensées puisque nous comprenons et partageons toute honte que vous seriez susceptible d'éprouver ?

— Comme vous, je ne vois pas ce qui devrait laisser supposer que le conseiller Trevize fût l'outil de l'autre organisation ni quel but il pourrait bien servir s'il en fait bien partie. Pourtant, l'orateur Gendibal semble sûr de son fait et nul ne peut ignorer la valeur de l'intuition de quiconque a obtenu le rang d'Orateur. J'ai par conséquent tenté d'appliquer le plan à Trevize.

— A un seul individu ? » s'exclama à mi-voix l'un des Orateurs, tout en prenant sur-le-champ un air contrit pour avoir accompagné sa question d'une pensée qui était clairement l'équivalent de : « Quel idiot ! »

« A un seul individu, oui, répéta le Premier Orateur. Et vous avez raison : Quel idiot je fais ! Je sais très bien que le plan ne peut valablement s'appliquer aux individus, pas même à des groupes d'individus. Malgré tout, j'étais curieux. J'ai extrapolé les Intersections interpersonnelles bien au-delà des limites raisonnables mais je l'ai fait de seize manières différentes et en choisissant une région de préférence à un point. J'ai ensuite exploité tous les détails que nous détenons sur Trevize — un Conseiller de la Première Fondation ne passe pas entièrement inaperçu — et sur le Maire de la Fondation. J'ai finalement réuni le tout, plus ou moins au petit bonheur la chance, j'en conviens. »

Il se tut.

« Eh bien ? fit Delarmi. Je crois comprendre que... les résultats vous ont-ils surpris ?

— Il n'y a pas eu le moindre résultat, comme vous pouviez vous y attendre. On ne peut aboutir à rien avec un seul individu et pourtant... et pourtant...

— Et pourtant ?

— J'ai passé quarante années à analyser des résulats et j'ai pris l'habitude d'avoir de nettes présomptions dès avant le début de l'analyse — et ces présomptions m'ont rarement trompé. Dans le cas présent, même s'il n'y a pas eu de résultat, j'ai eu la nette impression que Gendibal avait raison et que Trevize ne devrait pas être laissé à lui-même.

— Pourquoi pas, Premier Orateur ? » demanda Delarmi, manifestement décontenancée par la vigueur des sentiments du Premier Orateur.

« J'ai honte, dit ce dernier, de m'être laissé tenter à employer le plan pour un usage auquel il n'est pas destiné. Et j'ai honte à présent de m'être laissé influencer par une simple intuition — et pourtant, j'y suis bien obligé, tant cette intuition est forte. Si l'orateur Gendibal a raison, si un danger venu d'une direction inconnue nous guette, alors j'ai le sentiment que le jour où surviendra chez nous une crise, c'est Trevize qui détiendra — et qui jouera — la carte décisive.

— Sur quoi fondez-vous ce sentiment ? » demanda Delarmi, choquée.

Le Premier Orateur consulta la Table, l'air désolé : « Sur rien. Les équations de la psychohistoire ne donnent rien mais en observant le jeu des interrelations, il m'a semblé qu'effectivement Trevize était la clé de toute chose. Il convient de prêter la plus grande attention à ce jeune homme. »

25.

Gendibal savait qu'il ne reviendrait jamais à temps pour assister à la réunion du Conseil — il se pouvait même qu'il ne revienne pas du tout.

On le maintenait avec fermeté et il essaya désespérément de voir comment il pourrait bien les forcer à le relâcher.

Rufirant se tenait maintenant devant lui ; il exultait. « Alors, on est prêt, cherchieur ? Œil pour œil, dent pour dent, à la hamienne ? Allez ! Vas-y ! C'est toi l' plus p'tit ; cogne le premier. »

Mais Gendibal répondit : « Quelqu'un va-t-il te tenir, alors, tout comme on me tient ?

— Lâchez-le.... Na, na, na. Les bras seulement ! Lâchez-lui les bras mais t'nez-lui bien les jambes ! P'us question de danser ! »

Gendibal se sentit cloué au sol. Ses bras étaient libres.

« Allez, cogne, cherchieur ! Frappe-moi ! »

Et là, l'esprit en alerte de Gendibal discerna soudain une réaction — de l'indignation, un sentiment d'injustice et de pitié. Il n'avait pas le choix ; il allait devoir courir le risque de se concentrer puis d'improviser à partir de...

Pas besoin ! Il n'avait pas touché ce nouvel esprit et malgré tout il réagissait selon ses vœux. Exactement.

Il prit soudain conscience de la présence d'une petite silhouette — râblée, de longs cheveux bruns emmêlés, les bras lancés en avant — qui débouchait comme une folle dans son champ de vision pour repousser avec violence le fermier hamien.

La silhouette était celle d'une femme. Gendibal nota

sombrement à quel point il pouvait être tendu et préoccupé pour ne pas avoir remarqué cette présence avant que ses yeux ne la lui révèlent.

« Karoll Rufirant ! glapit la femme. 'Acré grand lâche ! Coup pour coup, à la hamienne, hein ? T'es deux fois d' sa taille. T' s'rais ben pus en peine d' t'en prendre à moi ! Tu s'rais donc fier d'esbigner c'te pauv' mioche ? C'est-y point d' la honte, que j' m'a dis. Vont ben tous le montrer du doigt en racontant partout : 'tin, v'la l' Rufirant, l' fameux écrase-môme ! A' s'ra ridiculisé, que j' me suis dit comme ça, même qu'aucun Hamien voudra pus boire avec toi — et qu'aucune Hamienne voudra pu rin avoir à faire avec toi. »

Rufirant essaya d'endiguer ce torrent, parant les coups qu'elle lui assenait tout en cherchant — bien en vain — à placer un lénifiant : « Voyons, Sura. Voyons, Sura... »

Gendibal sentit que les mains ne le retenaient plus, que Rufirant avait cessé de le regarder, et que plus personne ne songeait à s'occuper de lui.

Sura la première : toute sa fureur était entièrement polarisée sur Rufirant. Ayant repris ses esprits, Gendibal cherchait à présent le moyen d'entretenir cette fureur, de renforcer la gêne honteuse qui avait envahi l'esprit de l'homme, et de réaliser le tout avec assez de délicatesse et de talent pour ne laisser aucune trace. Mais là encore, ce fut inutile.

La femme s'écria : « En arrière, vous tous ! Et r'gardez-moi donc ça ! Comme si ça suffisait pas qu' ce gros tas de Karoll soit un vrai géant face à c'te maigrichon, faut encore qu' cinq ou six aut' gueux viennent lui donner la main pour jouer les héros et les glorieux écrase-mômes. " Moi j' tenais l' bras du mioche, et l' gros Rufirant lui a écrabouillé l' nez pendant qu'y pouvait pas s' rebiffer " dira l'un ; " Attention ! moi, j' lui t'nais quand même le pied ! faudrait voir à pas m'oublier ! " dira l'autre ; et c'te lourdaud de Rufirant ajoutera : " J' pouvais pas l'avoir sur mon terrain, alors, forcément, mes gars l'ont coincé et avec l'aide de tous les six, j'ai pu m' faire mousser. ".

— Mais Sura, dit Rufirant, gémissant presque, j' lui avais ben dit qu'y pouvait cogner l' premier.

— Même que t'avais peur des coups puissants de ces p'tits bras, pas vrai, tête de pioche ? Allons donc ! Laisse-le donc partir, et vous autres, dépêchez-vous de disparaître au fond de vot' trou, si qu'on veut bien encore de vous. Et vous feriez bien d'espérer qu'on oubliera vot' glorieux exploit du jour. Pasque j' vous garantis qu'on l'oubliera pas, et que j' me dépêcherai d' le raconter partout si jamais vous me fichez encore une fois en rogne comme aujourd'hui ! »

Ils se hâtèrent de détaler, en troupeau, la tête basse, sans demander leur reste.

Gendibal les regarda s'enfuir puis tourna de nouveau les yeux vers la femme. Elle était vêtue d'une chemise et de pantalons, les pieds chaussés de souliers grossiers. Son visage était mouillé de sueur et elle respirait avec bruit. Elle avait le nez plutôt fort, les seins lourds (autant qu'il pût en juger sous l'étoffe lâche) et ses bras étaient musculeux — mais après tout, les femmes hamiennes travaillaient aux champs aux côtés de leurs hommes.

Elle le regarda sans ciller, les mains sur les hanches : « Eh ben, l' cherchieur, qu'est-ce qu'on attend ? R'tournez donc dans vot' maison des cherchieurs. Z'auriez donc peur ? Faut-y vous faire un brin de conduite ? »

Gendibal percevait l'odeur de transpiration qui émanait de ses vêtements manifestement pas lavés de fraîche date, mais en de telles circonstances il eût été discourtois de manifester quelque répulsion.

« Je vous remercie bien, mademoiselle Sura...

— J' m'apelle Novi, dit-elle, bourrue. Sura Novi. Et pouvez dire Novi tout court. Pas b'soin d'en rajouter.

— Je vous remercie, Novi. Vous m'avez été d'un grand secours. Et vous me feriez bien plaisir d' me faire un brin de conduite, non point qu' j'aurais peur mais pour le plaisir de la compagnie. » Et il s'inclina gracieusement, comme il l'aurait fait devant une jeune femme à l'université.

Novi rougit, parut hésiter, puis essaya de copier son

geste. « Tout l' plaisir... c'est pour moi », dit-elle enfin, comme si elle cherchait les mots susceptibles à la fois d'exprimer son contentement tout en lui donnant un air cultivé.

Ils marchèrent ensemble. Gendibal savait parfaitement que chacun de ses pas tranquilles accroissait encore plus impardonnablement son retard à la réunion de la Table mais à présent qu'il avait eu le temps de repenser à la signification de ce qui venait de se produire, il prenait un plaisir glacé à laisser s'accumuler son retard.

Les bâtiments de l'université se dressaient devant eux lorsque Sura s'arrêta et dit en hésitant : « Maître Cherchieur ? »

Apparemment, songea Gendibal, à l'approche de ce qu'elle avait appelé la « Maison des Cherchieurs », elle devenait plus polie. Il refréna l'envie soudaine de lui répondre : « Alors, on cause pus à son pauv' mioche ? » — mais la chose l'aurait gênée bien inutilement.

« Oui, Novi ?

— C'est-y beau et luxueux, chez les Cherchieurs ?

— C'est joli.

— J'ai rêvé une fois d'y être. Et... et d'être une Cherchieuse...

— Un jour, dit poliment Gendibal, je vous montrerai comment. »

Le regard qu'elle lui adressa prouvait à l'envi qu'elle ne prenait pas cela pour une simple politesse. Elle dit : « Je sais écrire. J'ai appris par le maître d'école. Si je fais une lettre pour vous — elle essayait de prendre un ton dégagé — qu'est-ce que je dois marquer dessus pour qu'elle vous arrive ?

— Mettez simplement : Maison des Orateurs, Appartement 27, et elle me parviendra. Mais il faut que j'y aille, Novi. »

Il s'inclina encore, et, là encore, elle essaya d'imiter son geste. Ils s'éloignèrent chacun de leur côté et Gendibal cessa bientôt de penser à elle. Il songeait à présent surtout à la réunion de la Table, et en particulier à l'oratrice Delora Delarmi. Ses pensées n'avaient rien d'aimable.

CHAPITRE VIII

PAYSANNE

26.

Les Orateurs étaient assis autour de la Table, figés derrière leur écran mental. C'était comme si tous — d'un commun accord — avaient dissimulé leur esprit pour s'éviter de faire irréparablement insulte au Premier Orateur après sa déclaration au sujet de Trevize. Du coin de l'œil, ils observèrent Delarmi et c'était déjà trop. D'eux tous, c'était elle la plus connue par son irrespect — même Gendibal respectait au moins en apparence les conventions.

Delarmi était consciente des regards posés sur elle et savait qu'elle n'avait pas d'autre choix que d'affronter cette impossible situation. En fait, elle n'avait pas envie de se défiler non plus. Dans toute l'histoire de la Seconde Fondation, aucun Premier Orateur n'avait jamais été destitué pour erreur d'analyse (et derrière ce terme, qu'elle avait inventé comme couverture, se cachait, non reconnu, celui d'*incompétence*). Une telle procédure de destitution devenait désormais possible. Elle ne reculerait pas.

« Premier Orateur ! » dit-elle doucement, ses lèvres fines et sans couleur presque encore moins discernables qu'à l'accoutumée dans le blanc de son visage. « Vous dites vous-même que vous n'avez rien pour fonder votre opinion ; que les équations de la psychohistoire ne donnent rien. Nous demandez-vous d'asseoir une décision cruciale sur des impressions mystiques ? »

Le Premier Orateur leva les yeux, le front plissé. Il était conscient du barrage mental dressé autour de la Table. Il en connaissait la signification. Il dit d'une voix froide : « Je ne cache pas mon manque de preuve. Je ne veux rien vous présenter fallacieusement. Ce que je vous offre, c'est une intuition très nette d'un Premier Orateur, qui a des dizaines d'années d'expérience, et qui a passé presque toute sa vie à analyser de près le plan Seldon. » Il balaya du regard la Table, avec une raideur orgueilleuse chez lui fort inhabituelle, et, l'un après l'autre, les écrans fondirent, s'abaissèrent. Delarmi (lorsqu'il se tourna enfin vers elle) fut la dernière.

Elle dit, avec une franchise désarmante qui envahissait son esprit comme si elle n'avait jamais eu d'autre idée en tête : « J'accepte votre déclaration, bien sûr, Premier Orateur. Néanmoins, je pense que vous aimeriez peut-être la reconsidérer. En y repensant à présent, et maintenant que vous avez pu exprimer votre honte d'avoir dû recourir à l'intuition, souhaiteriez-vous que vos remarques soient retirées du procès-verbal ? — si dans votre idée, elles devaient... »

C'est alors que la voix de Gendibal la coupa : « Quelles sont ces remarques qu'il conviendrait de retirer du procès-verbal ? »

Dix paires d'yeux se retournèrent à l'unisson. S'ils n'avaient pas eu leur écran mental levé durant les instants cruciaux qui venaient de s'écouler, sans doute auraient-ils remarqué son approche longtemps avant son arrivée à la porte.

« Alors tout le monde avait levé son écran mental ? Et personne ne remarque mon entrée ? » dit Gendibal, sardonique. « Réunion bien banale que celle-ci ! N'y avait-il donc personne pour attendre mon arrivée ? Ou bien étiez-vous tellement certains que je n'arriverais pas ? »

Un tel éclat était une violation flagrante de toutes les convenances. Arriver en retard était déjà chose grave pour Gendibal. Entrer sans prévenir, pis encore. Mais s'exprimer avant d'y avoir été invité par le Premier Orateur, c'était le comble.

Le Premier Orateur se tourna vers lui. Tout le reste était en suspens : la question de discipline passait en premier.

« Orateur Gendibal, dit-il, vous êtes en retard. Vous arrivez sans vous annoncer. Vous parlez. Voyez-vous une raison valable pour ne pas être suspendu pendant trente jours ?

— Bien entendu : la procédure de suspension ne devrait pas être envisagée avant qu'on n'ait d'abord examiné qui a pu faire en sorte que je sois fatalement en retard — et pour quelle raison. » Les termes employés par Gendibal étaient froids et mesurés mais son esprit masquait avec colère ses pensées et il n'avait cure qu'on s'en aperçoive.

Delarmi s'en aperçut sans doute. Elle dit d'une voix ferme : « Cet homme est fou !

— Fou ? C'est cette femme qui est folle de parler ainsi. Ou bien consciente de sa culpabilité. Premier Orateur, je me tourne vers vous pour invoquer mon immunité personnelle.

— Invoquer votre immunité sous quel chef, Orateur ?

— Premier Orateur, j'accuse quelqu'un ici présent de tentative de meurtre. »

La salle explosa littéralement : chaque Orateur s'était levé, dans un concert simultané de protestations, de cris, d'attitudes, d'effluves mentaux.

Le Premier Orateur éleva les bras. Il s'écria : « Laissez l'Orateur libre de s'exprimer dans le cadre de son immunité personnelle ! » Il se trouva contraint d'intensifier mentalement son autorité — pratique guère appropriée en ces lieux, mais il n'avait guère le choix.

La rumeur se calma.

Gendibal attendit, impassible, que le silence, tant acoustique que mental, fût redevenu total. Alors il dit : « En chemin, sur une route de campagne hamienne, alors que je courais à une vitesse qui m'aurait sans peine permis d'arriver ici à l'heure, je me suis retrouvé assailli et immobilisé par un parti de paysans et n'ai échappé que de

justesse à une sérieuse raclée, et peut-être à la mort. Il reste que j'ai été retardé et que j'arrive tout juste. Puis-je souligner, pour commencer, que depuis le Grand Pillage, je ne connais pas de précédent d'un seul paysan hamien manquant de respect pour un membre de la Seconde Fondation — et encore moins levant la main sur lui.

— Moi non plus », observa le Premier Orateur.

Delarmi s'écria : « Les membres de la Seconde Fondation n'ont pas non plus l'habitude de se promener seuls en territoire hamien ! C'est de la provocation !

— Il est exact, dit Gendibal, que j'ai l'habitude de me promener seul en territoire hamien. Je l'ai parcouru des centaines de fois dans tous les sens. Et pourtant jamais personne ne m'avait accosté. D'autres ne se promènent peut-être pas aussi librement que moi mais personne ne s'exile pour autant hors du monde, ni ne se cloître entre les murs de l'université, et personne n'a jamais été accosté. Je rappellerai simplement les occasions où Delarmi... » (et là, comme s'il s'était rappelé le titre trop tard, il le convertit délibérément en une mortelle injure), « je voulais dire, je rappellerai que lorsque l'*oratrice* Delarmi a aussi pénétré en territoire hamien, que ce soit à un moment ou à un autre, elle, on ne l'a jamais accostée.

— Peut-être », dit Delarmi, les yeux étincelants, « parce que je ne leur parlais pas la première et que je savais maintenir mes distances. Et parce que j'avais un comportement qui appelait le respect ; eh bien, ce respect on me l'accordait.

— Étrange, fit Gendibal, moi qui allais dire que c'était plus à cause de votre aspect considérablement plus imposant que le mien. Après tout, peu de gens osent vous aborder, même ici. Mais dites-moi... pourquoi, si l'incident devait fatalement se produire, fallait-il que les Hamiens se décident aujourd'hui, précisément le jour où je devais assister à une importante réunion de la Table ?

— Si votre conduite n'avait pas été en cause, ce pouvait aussi bien être l'effet du hasard, remarqua Delarmi. Je ne sache pas que même avec toutes ses équations Seldon ait supprimé de la Galaxie l'influence du hasard — et certainement pas dans le cas d'événements impliquant des individus. Ou bien seriez-vous inspiré, vous aussi, par vos intuitions ? » (Ce qui provoqua un léger soupir chez un ou deux Orateurs, devant cette pique indirectement adressée au Premier d'entre eux.)

« Ma conduite n'y était pour rien. Pas plus que le hasard. L'intervention était délibérée.

— Comment pouvons-nous le savoir ? » demanda doucement le Premier Orateur. Il ne put s'empêcher de se radoucir à l'égard de Gendibal, après cette dernière remarque de Delarmi.

« Mon esprit vous est ouvert, Premier Orateur. Je vous offre — ainsi qu'à toute la Table — mes souvenirs personnels des événements. »

Le transfert ne prit que quelques instants. Le Premier Orateur s'exclama : « Scandaleux ! Vous avez eu un comportement tout à fait remarquable, Orateur, eu égard à ces circonstances de tension exceptionnelle. Je suis bien d'accord que le comportement de ces Hamiens est anormal et mérite enquête. En attendant, si vous voulez bien vous joindre à la réunion...

— Un instant ! coupa Delarmi. Quelle certitude avons-nous de la véracité de sa relation ? »

Entendant cette insulte, Gendibal sentit ses narines se dilater mais il parvint à garder contenance. « Mon esprit est ouvert.

— J'ai connu des esprits ouverts qui étaient loin de l'être.

— Je n'en doute aucunement, Oratrice, puisque vous devez, tout comme nous, garder en permanence l'esprit disponible aux investigations. Le mien, toutefois, lorsqu'il est ouvert, l'est effectivement. »

Le Premier Orateur intervint : « Cessons de...

— Je me permets d'invoquer mon immunité personnelle, Premier Orateur, avec toutes mes excuses pour cette interruption, lança Delarmi.

— Et vous l'invoquez sous quel chef, Oratrice ?

— L'orateur Gendibal a accusé l'un de nous de tentative de meurtre, sans doute grâce à la complicité de ce paysan hamien. Aussi longtemps que cette accusation n'aura pas été retirée, je dois me considérer comme présumée coupable, à l'instar de chacune des personnes présentes dans cette salle — vous y compris, Premier Orateur. »

Ce dernier dit : « Voulez-vous retirer votre accusation, orateur Gendibal ? »

Gendibal prit place à son siège, posa les mains sur les accoudoirs — les agrippant comme s'il voulait se les approprier — et dit : « Je suis prêt à le faire, dès que quelqu'un m'aura expliqué pourquoi un paysan hamien, avec le renfort de quelques compères, voudrait délibérément décider de m'empêcher d'arriver à l'heure à cette réunion.

— Il y a peut-être mille raisons pour ça, dit le Premier Orateur. Je vous répète qu'une enquête sera faite. Voulez-vous, pour l'instant, orateur Gendibal, et dans l'intérêt du déroulement de la présente séance, retirer votre accusation ?

— Je ne peux pas, Premier Orateur. J'ai passé de longues minutes à essayer, avec un maximum de délicatesse, d'explorer l'esprit de mon assaillant, en vue d'altérer son comportement, en faisant le moins de dégâts possible, sans pouvoir y parvenir. Bizarrement, son esprit n'offrait pas la moindre prise. Ses émotions étaient figées, comme par l'intervention d'un esprit extérieur. »

Delarmi intervint alors ; elle avait un petit sourire : « Et vous pensez que l'un d'entre nous pourrait être cet esprit extérieur ? Cela ne pourrait-il pas plutôt être le fait de votre mystérieuse organisation qui nous concurrence et qui est tellement plus puissante que nous ?

— Ça se pourrait, reconnut Gendibal.

— Dans ce cas, n'étant nous-mêmes pas membres de cette organisation dont vous connaissez tout au plus l'existence, nous ne sommes pas coupables et vous devriez retirer votre accusation. Ou faut-il comprendre que vous accusiez l'un des présents de collusion avec cette étrange organisation ?

— Peut-être », dit Gendibal, sur ses gardes, parfaitement conscient que Delarmi lui tendait une corde avec un nœud coulant au bout.

« Il se pourrait bien », poursuivit Delarmi, atteignant le nœud et s'apprêtant à le serrer, « que ce rêve d'une organisation mystérieuse, inconnue, secrète et cachée ne soit qu'un cauchemar provoqué par la paranoïa. Ce qui collerait parfaitement avec vos fantasmes paranoïaques de fermiers hamiens manipulés et d'Orateurs contrôlés en secret. Je suis toutefois prête à vous suivre encore quelques instants dans les dédales tortueux de votre pensée. Qui parmi nous, Orateur, pourrait être selon vous sous ce contrôle ? Moi, peut-être ?

— Je ne pense pas, Oratrice, répondit Gendibal. Si vous cherchiez à vous débarrasser de moi d'une manière si indirecte, vous ne feriez pas un tel étalage de votre antipathie à mon égard.

— Un double double jeu, peut-être ? » Delarmi ronronnait littéralement. « Conclusion fréquente dans le cadre d'un délire paranoïaque.

— C'est bien possible. Vous avez plus d'expérience que moi en ce domaine. »

L'orateur Leslim Gianni l'interrompit avec emportement : « Écoutez, orateur Gendibal, si vous disculpez l'oratrice Delarmi, cela ne fait que concentrer plus étroitement les accusations sur nous. Quelles raisons pourrait bien avoir eu l'un de nous de vous retarder pour cette séance — sans parler de souhaiter votre mort ? »

Gendibal répondit rapidement, comme s'il s'était attendu à la question : « Quand je suis entré, la discussion en cours portait sur la suppression de certaines observations du procès-verbal, observations présentées par le Premier Orateur. Étant le seul à ne pas avoir pu profiter desdites observations, j'aimerais à présent en connaître la teneur, et je crois que je pourrai vous donner alors les raisons que l'on a eu de me retarder. »

Le Premier Orateur expliqua : « J'avais déclaré — et l'oratrice Delarmi, ainsi que d'autres collègues, y avaient très nettement fait objection — que mon opinion, basée sur l'intuition et une application, j'en conviens, fort

inadéquate des équations psychohistoriques, était que tout l'avenir du plan pouvait bien reposer sur l'exilé de la Première Fondation, Golan Trevize.

— Les autres Orateurs en penseront ce qu'ils veulent, dit Gendibal. Pour ma part, je suis entièrement d'accord avec cette hypothèse. Trevize est la clé. Je trouve son éviction de la Première Fondation trop curieuse pour être innocente.

— Voulez-vous dire, intervint Delarmi, que Trevize est entre les mains de cette mystérieuse organisation — lui ou les gens qui l'ont exilé ? Se pourrait-il que tout le monde, que toutes choses soient sous leur contrôle, excepté vous et le Premier Orateur — ainsi que moi, comme vous l'avez déclaré à l'instant ?

— Ces divagations ne méritent même pas qu'on s'y attarde. Voyons plutôt s'il est des Orateurs, parmi vous, qui aimeraient exprimer, en cette affaire, leur accord avec le Premier Orateur et moi-même. Vous avez lu, je présume, la démonstration mathématique qu'avec l'agrément du Premier Orateur je vous ai fait transmettre. »

Silence complet.

« Je répète ma question : quelqu'un est-il d'accord ? »

Silence complet.

Gendibal se tourna vers Shandess : « Premier Orateur, vous savez désormais la raison pour laquelle on m'a retardé.

— Soyez plus explicite.

— Vous avez exprimé la nécessité qu'on s'occupe de Trevize, ce membre de la Première Fondation. Cela représente une initiative politique importante et si les Orateurs avaient lu ma démonstration, ils auraient, en gros, su ce qu'elle impliquait. Si, néanmoins, ils avaient été unanimes à vous désapprouver — je dis bien : unanimes — alors, selon l'usage, vous ne pouviez plus poursuivre sur cette voie. Mais qu'un seul Orateur vous soutienne, et vous aviez la possibilité d'engager cette nouvelle politique. Or, j'étais ce seul Orateur susceptible de vous soutenir — comme il apparaîtrait évident à quiconque prendrait la peine de lire ma démonstration —

et il devenait donc nécessaire que je sois, à tout prix, écarté de la Table. Le truc a bien failli marcher mais il se trouve que je suis là et que je soutiens le Premier Orateur. Je l'approuve et il peut donc, en accord avec la tradition, passer outre au désaveu des dix autres Orateurs. »

Delarmi écrasa le poing sur la table : « Ce qui implique que quelqu'un savait à l'avance quelle serait la proposition du Premier Orateur, savait à l'avance que l'orateur Gendibal la soutiendrait et que tous les autres seraient contre, bref, que ce quelqu'un savait ce qu'il n'aurait pas dû savoir. Cela implique en outre que cette proposition ne serait pas du goût de l'organisation née de la paranoïa de l'orateur Gendibal et qu'elle ferait donc tout pour l'entraver et que, par conséquent, un ou plusieurs d'entre nous sont effectivement sous le contrôle de cette organisation.

— Les implications sont effectivement celles-là, opina Gendibal. Votre analyse est magistrale.

— Qui accusez-vous ? lança Delarmi.

— Personne. Je laisse cette affaire au soin du Premier Orateur. Il est manifeste que quelqu'un dans notre organisation œuvre contre nous. Je suggère donc que tous ceux qui travaillent pour la Seconde Fondation soient soumis à une analyse mentale complète. Tout le monde, y compris les Orateurs. Y compris moi-même — et le Premier Orateur. »

La réunion dégénéra sur-le-champ en une confusion et une excitation comme jamais on n'en avait connu.

Et lorsque le Premier Orateur fut enfin parvenu à prononcer l'ajournement de la séance, Gendibal — sans un mot pour personne — regagna discrètement sa chambre. Il savait bien qu'il n'avait pas un seul ami parmi les autres Orateurs et que même l'éventuel soutien du Premier Orateur ne lui serait accordé que du bout des lèvres.

Il n'aurait su dire s'il craignait plus pour lui-même ou pour la Seconde Fondation. Il avait dans la bouche le goût amer de l'échec.

27.

Gendibal dormit mal. Qu'il veille ou qu'il rêve, ses pensées et ses rêves étaient toujours engagés dans sa querelle avec Delora Delarmi. Dans un passage de l'un de ses rêves, même, elle se confondait avec Rufirant, le paysan hamien, si bien que Gendibal se retrouva face à une monstrueuse Delarmi qui avançait sur lui, brandissant ses poings énormes, avec un doux sourire qui révélait des dents acérées.

Il finit par s'éveiller, plus tard que d'habitude, sans avoir la sensation d'être reposé, tandis que vibrait en sourdine le ronfleur sur sa table de nuit. Il se retourna pour presser le contact.

« Oui ? Qu'est-ce que c'est ?

— Orateur ! » La voix était celle du concierge, pas précisément respectueuse. « Vous avez de la visite.

— De la visite ? » Gendibal appela son carnet de rendez-vous et l'écran ne lui révéla aucune rencontre avant midi. Il pressa le bouton de l'heure : l'affichage indiqua 8:32. Il demanda, de mauvaise humeur : « Par l'espace-temps, qui ça peut bien être ?

— L'a pas voulu dire son nom, Orateur. » Puis, sur un ton manifestement désapprobateur : « Toujours ces Hamiens, Orateur. Bien entendu, sur votre invitation. » Cette dernière phrase dite sur un ton encore plus désapprobateur.

« Qu'il m'attende donc à la réception. Je vais descendre. Mais pas tout de suite. »

Gendibal ne se pressa pas. Tout au long de ses ablutions matinales, il demeura perdu dans ses pensées. Qu'on se soit servi du Hamien pour entraver ses mouvements, c'était envisageable après tout — mais il aurait bien aimé savoir qui était ce « on ». Et à quoi rimait à présent cette intrusion d'un de ces Hamiens au sein même de ses quartiers ? Quelque nouveau piège diabolique ?

Comment, au nom de Seldon, un paysan hamien pouvait-il bien s'introduire à l'université ? Quelle prétexte pouvait-il bien invoquer ? Quelle raison réelle pouvait-il bien avoir ?

Un bref instant, Gendibal se demanda s'il ne devrait pas prendre une arme. Mais il décida presque aussitôt de n'en rien faire, car il était dédaigneusement certain de pouvoir dominer mentalement n'importe quel paysan dans l'enceinte de l'université sans aucun risque pour lui — et sans risquer non plus d'altérer un esprit hamien de manière par trop inacceptable.

Gendibal jugea qu'il avait été trop marqué par l'incident de la veille avec Karoll Rufirant. — Au fait, était-ce bien toujours le même paysan ? Libéré peut-être à présent de toute influence — quelle que fût celle-ci — il pouvait fort bien être venu voir Gendibal pour s'excuser de ses actes, plein de la crainte d'un éventuel châtiment. — Mais comment Rufirant aurait-il su où se rendre ? Et à qui s'adresser ?

Gendibal descendit le couloir d'un pas résolu et pénétra dans la salle d'attente. Il s'immobilisa, étonné, puis se tourna vers le gardien qui faisait mine d'être occupé dans son cagibi vitré.

« Gardien ! Vous ne m'aviez pas dit que mon visiteur était une femme.

— Orateur, répondit placidement le gardien, j'ai parlé des Hamiens en général. Vous ne m'avez pas demandé plus.

— Le minimum d'information, hein, Gardien ? Il faudra que je m'en souvienne comme un de vos traits particuliers. » (Et il faudrait également qu'il vérifie si l'homme avait été nommé par Delarmi. Et il faudrait qu'il se souvienne, dorénavant, de repérer tous les fonctionnaires de son entourage, ces « gratte-papier » qu'il était trop enclin à ignorer du haut de son poste tout neuf d'Orateur.) « L'une des salles de conférences est-elle libre ?

— La 4 est la seule disponible, Orateur. Elle est libre pendant trois heures. » Il reluqua de biais successivement la femme puis Gendibal, mine de rien.

« Nous prendrons la salle 4, Gardien, et je vous prierai

de garder pour vous vos pensées. » Gendibal frappa sans ménagement et l'écran du gardien se rabattit avec bien trop de lenteur. Gendibal savait qu'il était indigne de son rang de manipuler un esprit inférieur, mais un individu incapable de dissimuler des idées déplacées à l'égard d'un supérieur méritait une petite leçon. Le gardien se paierait une bonne migraine durant quelques heures. C'était bien mérité.

28.

Son nom ne lui revint pas immédiatement à l'esprit et Gendibal n'était pas d'humeur à approfondir. De toute façon, elle pouvait difficilement espérer qu'il se souvienne...

Il dit, l'air maussade : « Vous êtes...

— C'est ben moi, Novi, Maître Cherchieur », répondit-elle dans un souffle. « Sura d' mon prénom, mais qu'on m'appelle Novi tout court.

— Oui, Novi. On a fait connaissance hier ; je me rappelle à présent. Je n'ai pas oublié que vous êtes venue à ma rescousse. » Il ne pouvait se résoudre à prendre l'accent hamien dans l'enceinte de l'université. « Mais comment avez-vous fait pour entrer ici ?

— Maître, vous aviez dit que j' pouvions écrire une lettre. Même qu'elle devrait dire : Maison des Orateurs, Appartement 27. Alors j' la apportée avec moi et j' leur a montrée — une lettre à moi, Maître », ajouta-t-elle avec une sorte de fierté timide. « Pour qui qu' c'est ? qu'y m' demandent. J' vous avais entendu dire vot' nom à c'te fléau de Rufirant. Alors, j'y dis : c'est pour Stor Gendibal, Maître Cherchieur.

— Et ils vous ont laissée passer, Novi ? Sans vous demander à voir la lettre ?

— Même que j'a eu très peur. J'ons pensé que peut-être ils allaient me faire colère. Alors, j'a dit : " Cherchieur Gendibal a promis de me montrer la Maison des Cherchieurs " et v'là qu'y sourient. L'un de ceux à la porte dit à l'autre : " Sûr qu'y va pas lui montrer qu' ça ! " Alors y m' disent où y faut qu' j'aille et surtout d' pas aller ailleurs que sinon on m' ficherait dehors illico. »

Gendibal rougit légèrement. Par Seldon, s'il éprouvait vraiment le besoin de courir la bagatelle avec une Hamienne, il serait plus discret et puis, il aurait quand même fait un autre choix. Il considéra la Trantorienne en hochant mentalement la tête.

Elle avait l'air assez jeune, plus sans doute que ne le laissait paraître un corps marqué par les durs travaux des champs. Elle devait avoir vingt-cinq ans tout au plus, âge auquel la plupart des Hamiennes étaient déjà mariées. Elle portait ses cheveux bruns rassemblés en nattes, symbole du célibat — et même de la virginité — ce qui ne le surprit pas. Sa prestation de la veille avait amplement démontré ses talents de mégère et il aurait été étonné qu'on puisse trouver un Hamien prêt à tomber sous la coupe de cette langue de vipère et de ce poing facile. Et puis son aspect n'était pas non plus un cadeau. Malgré de louables efforts pour se rendre présentable, elle avait un visage ingrat, anguleux, des mains rouges et noueuses. Et pour ce qu'il en voyait, le reste de sa silhouette semblait plus bâti pour l'endurance que pour la grâce.

Sous cet examen, elle se mit à trembler de la lèvre inférieure. Gendibal n'avait aucun mal à percevoir sa peur et son embarras et il ressentit pour elle de la pitié. Elle lui avait effectivement rendu service la veille et c'était cela seul qui comptait.

Il dit, essayant de prendre un air apaisant, dégagé : « Alors, vous êtes venue voir la... euh... Maison des Chercheurs ? »

Elle ouvrit tout grand ses yeux (qui n'étaient point laids) et dit : « Maître. Faut pas vous fâcher contre moi mais j' suis venue pour être cherchieuse moi-même.

— Vous voulez devenir *chercheuse ?* » Gendibal était abasourdi. « Mais, ma pauvre fille... »

Il s'interrompit. Comment par Trantor, pouvait-on expliquer à une paysanne sans aucune éducation quels étaient le niveau intellectuel, la formation, la puissance mentale requis pour devenir ce que les Trantoriens appelaient un « cherchieur » ?

Mais Sura Novi poursuivait bravement : « J'ons appris à écrire et à lire, aussi bien. J'ons lu des livres entiers jusqu'à la fin — et même depuis le début, aussi. Et j'ai *envie* d'être cherchieuse. J'ai point envie d'être une femme de fermier. J' suis point faite pour la ferme. J' vas point marier un paysan ni faire des enfants d' paysan. » Et relevant la tête, elle ajouta avec fierté : « C'est pas qu'on m'a pas d'mandé. Plus d'une fois. Mais j' dis toujours : Nan. Poliment, mais c'est Nan. »

Gendibal vit bien qu'elle mentait. On ne lui avait jamais demandé mais il n'en laissa rien paraître. Il demanda plutôt : « Que comptez-vous faire si vous ne vous mariez pas ? »

Novi frappa la table du plat de la main. « J' vas être cherchieuse. Point fermière.

— Et si je n'arrive pas à faire de vous une chercheuse ?

— Alors, j' sera rien et j'aura pus qu'à mourir. J' veux rin faire d'aut' qu'être cherchieuse. »

Un moment, il eut envie de lui sonder l'esprit pour vérifier l'étendue de sa motivation. Mais il ne serait pas correct d'agir ainsi. Un Orateur ne s'amusait pas à fourrager dans le crâne d'un innocent. Il y avait un code de la science et des techniques du contrôle mental — la mentalique — comme dans les autres professions. Enfin, il devrait y en avoir un. (Il regretta soudain son attaque précédente contre le gardien.)

Il reprit : « Mais pourquoi ne pas être fermière, Novi ? »

Au prix d'une petite manipulation, il pourrait la rendre contente de son sort, puis manipuler l'un de ces rustres pour lui donner envie de l'épouser — et *vice versa.* Ça ne serait pas bien méchant. Ce serait même un acte charitable. Mais c'était illégal et par conséquent impensable.

Elle répondit : « Pas question ! Un fermier, c'est qu'un tas d' boue. Il travaille en plein dans la glaise et y devient une motte de glaise. Si j' suis fermière, j' deviendrai motte de glaise à mon tour. J'aurons pus l' temps pour écrire et pour lire et j'oublierai. Ma tête (elle se posa la main sur la tempe) va s' gâter et pourrir. Non ! Un cherchieur, c'est aut' chose. C'est pensif ! » (Ce qu'elle voulait dire, c'était « intelligent », nota Gendibal, non pas « réfléchi ».)

« Un cherchieur, ça vit avec des livres et des... des... j'ai oublié comment qu'y z'appellent ça. » Elle esquissa un vague mouvement de manipulation qui n'aurait rien évoqué pour Gendibal s'il n'avait eu ses radiations mentales pour le guider.

« Des microfilms, précisa-t-il. Comment faites-vous pour connaître les microfilms ?

— J'ai lu ça dans les livres. J'ai lu plein d' choses », dit-elle avec fierté.

Cette fois, Gendibal ne pouvait plus refréner son envie d'en savoir plus. Cette Hamienne n'était pas banale ; il n'avait jamais entendu parler d'un cas de ce genre. On ne recrutait jamais de Hamien mais si Novi avait été plus jeune — mettons qu'elle ait eu dix ans...

Quel gâchis ! Il ne voulait pas perturber son esprit. Il ne le perturberait pas le moins du monde mais à quoi bon être Orateur si l'on ne pouvait observer un esprit lorsqu'il sortait de l'ordinaire, pour en apprendre quelque chose ?

Il se décida : « Novi. Tu vas rester assise comme ça quelques instants. Sans bouger. Ne dis rien. Ne pense même pas à des paroles. Pense simplement que tu es en train de t'endormir. C'est bien compris ? »

Sa terreur la reprit aussitôt. « Pourquoi qu' je dois faire ça, Maître ?

— Pour que je puisse réfléchir au moyen de faire de toi une chercheuse. »

Après tout, malgré tout ce qu'elle avait pu lire, il était impossible qu'elle dût savoir exactement ce que signifiait être « chercheur ». Il était par conséquent nécessaire qu'il découvre ce qu'elle pouvait bien *imaginer* derrière ce mot.

Avec un luxe de prudence et une infinie délicatesse, il sonda son esprit ; l'effleurant sans vraiment le toucher — comme une main qui se pose sur une surface de métal poli sans y laisser d'empreintes. Pour elle, un chercheur c'était quelqu'un qui lisait des livres. Elle n'avait pas la moindre idée du pourquoi de la chose. Pour elle, être un chercheur... l'image qu'elle s'en faisait, c'était d'accomplir les tâches quotidiennes qu'elle connaissait : ramasser, porter, cuisiner, nettoyer, obéir — mais de le faire dans l'enceinte de l'université où les livres étaient disponibles et où elle aurait donc le temps de les lire et (mais c'était très vague) de « devenir éduquée ». Bref, ce qu'elle désirait en somme, c'était être servante — *sa* servante.

Gendibal fronça les sourcils. Une bonne hamienne — qui plus est, une bonne quelconque, sans grâce, sans éducation et quasiment illettrée. Impensable !

Il avait simplement à la distraire de cette idée. Il devait bien y avoir moyen de rajuster ses désirs pour qu'elle se satisfasse de devenir fermière ; un moyen ne laissant pas de trace, un moyen auquel même Delarmi ne trouverait rien à redire.

Ou bien avait-elle été envoyée par Delarmi ? Tout cela procédait-il d'un plan tortueux visant à l'amener à toucher à l'esprit d'un Hamien, histoire ensuite de pouvoir le coincer et le destituer ?

Ridicule. Il frisait vraiment la paranoïa. Quelque part au milieu des vrilles de cet esprit simple, un mince ruisseau mental avait besoin d'être dérivé. Cela n'exigerait qu'une pichenette.

Il était contre la lettre de la loi mais ça n'était pas méchant et personne ne s'en rendrait compte.

Il marqua une pause.

Recule. Encore. Encore.

Par l'espace ! Et il avait failli ne pas le remarquer !

Était-il le jouet d'une illusion ?

Non ! Maintenant que son attention avait été attirée dessus, c'était clairement évident : une vrille, minuscule, qui était déplacée. D'une manière anormale. Oh ! un déplacement minime, dépourvu de ramifications.

Gendibal émergea de son esprit. Il dit doucement : « Novi. »

Elle fixa les yeux sur lui : « Oui, Maître ?

— Tu peux travailler avec moi. Je vais faire de toi une chercheuse... »

Ravie, les yeux flamboyants, elle dit : « Maître... »

Il le décela à l'instant : elle était sur le point de se jeter à ses pieds. Il lui mit les mains sur les épaules et la maintint fermement. « Pas un geste, Novi. Reste où tu es. Ne bouge pas ! »

Il aurait aussi bien pu parler à un animal à moitié dressé. Une fois sûr que son ordre avait été assimilé, il la relâcha. Il avait conscience de la fermeté des muscles qui roulaient sous ses épaules.

Il lui dit : « Si tu veux devenir une chercheuse, il va falloir te conduire comme telle. Ça signifie que tu devras toujours être calme, parler avec réserve, faire toujours ce que je te dirai de faire. Et il faut que je t'apprenne à parler comme moi. Tu vas devoir aussi rencontrer d'autres chercheurs. Tu n'auras pas peur ?

— J'aurions... j'aurai pas peur, Maître. Si vous êtes avec moi.

— Je resterai avec toi. Mais d'abord... il faut maintenant que je te trouve une chambre, que je m'arrange pour te faire attribuer un cabinet de toilette, une place au réfectoire et puis des vêtements, aussi. Il va falloir que tu portes des habits plus appropriés à la fonction de chercheur, Novi.

— C'est tout c' que..., commença-t-elle, piteusement.

— On va t'en trouver d'autres. »

Il allait à l'évidence devoir trouver une femme pour préparer à Novi une nouvelle garde-robe. Il allait également avoir besoin de quelqu'un pour lui enseigner les rudiments de l'hygiène personnelle. Après tout, même si les vêtements qu'elle avait sur elle étaient ses plus beaux et même si elle s'était manifestement pomponnée avant de venir, il émanait encore d'elle une nette odeur vaguement désagréable.

Et il lui faudrait également s'assurer qu'il n'y ait pas de malentendu sur leur relation. C'était un secret de polichinelle que les hommes (les femmes aussi) de la Seconde Fondation allaient épisodiquement chercher leur plaisir auprès des Hamiens. S'ils se gardaient de toute interférence avec leur esprit en cours de route, personne ne songeait à s'en formaliser. Personnellement, Gendibal ne s'était jamais permis ce genre de chose et il se plaisait à croire que c'était parce qu'il n'éprouvait pas le besoin d'avoir des expériences sexuelles plus exotiques ou plus épicées que celles possibles d'ordinaire à l'université. Les femmes de la Seconde Fondation étaient peut-être fades en comparaison des Hamiennes mais au moins elles étaient propres et elles sentaient bon.

Pourtant, même si l'on se méprenait sur la nature de leurs rapports, même si l'on ricanait d'un Orateur qui non seulement avait un faible pour les Hamiennes mais en ramenait en plus une dans sa chambre, il faudrait qu'il supporte tout cela. Le fait demeurait que cette paysanne, Sura Novi, était bien la clé de la victoire dans le duel qui s'annonçait inévitablement entre l'oratrice Delarmi, le reste de la Table et lui.

29.

Gendibal ne revit pas Novi jusqu'après le dîner, où elle lui revint, raccompagnée par la femme à laquelle il avait interminablement dû expliquer la situation — du moins, le caractère non sexuel de la situation. Elle avait enfin compris — ou du moins n'avait pas osé laissé paraître son incapacité à comprendre, ce qui valait peut-être aussi bien.

Novi était à présent devant lui, timide et fière, triomphante et gênée — tout cela à la fois, en un mélange fort incongru.

Il lui dit : « Mais tu es très jolie, Novi. »

Les vêtements qu'on lui avait procurés lui allaient étonnamment bien et elle était loin de paraître ridicule. Lui avait-on pincé la taille ? Rehaussé les seins ? Ou bien ses vêtements de paysanne l'avaient-ils tout simplement empêché de mettre en valeur sa silhouette ?

Elle avait les fesses rebondies mais pas d'une manière désagréable. Son visage bien entendu demeurait quelconque mais, une fois que se serait atténué le hâle de la vie au grand air, et qu'elle aurait appris à soigner son teint, il ne serait pas franchement laid.

Par le Vieil Empire, mais c'est que cette femme prenait Novi pour sa maîtresse ! Elle s'était efforcée de l'embellir pour lui.

Et puis il songea : Après tout, pourquoi pas ?

Novi devrait affronter la Table des Orateurs et plus elle paraîtrait séduisante, plus il aurait de facilités pour faire valoir ses vues.

Il en était là de ses pensées lorsque le message du Premier Orateur l'atteignit. C'était le genre d'adéquation qui était fréquente dans une société mentaliste. On appelait ça — plus ou moins officieusement — l' « effet de coïncidence ». Si vous pensez vaguement à quelqu'un au moment même où celui-ci pense vaguement à vous, il se produit une stimulation mutuelle en cascade qui, en l'affaire de quelques secondes, va rendre les deux pensées parfaitement claires et nettes et leur procurer toutes les apparences de la simultanéité.

La chose peut se révéler surprenante même à ceux qui la comprennent intellectuellement, surtout lorsque ces pensées initiales étaient si vagues — d'un côté comme de l'autre, voire des deux — qu'elles n'avaient pas été consciemment perçues.

« Je ne peux pas rester avec toi ce soir, Novi, expliqua Gendibal. J'ai un travail de recherche à faire. Je vais te raccompagner à ta chambre. Tu y trouveras des livres, comme ça tu pourras toujours t'exercer à la lecture. Je te montrerai comment utiliser le signal d'appel si jamais tu as besoin de quelque chose — et on se revoit demain. »

30.

Gendibal dit poliment : « Premier Orateur ? »

Shandess se contenta d'opiner. Il semblait amer, et il paraissait amplement porter son âge. L'air d'un homme habituellement sobre qui aurait eu besoin d'un bon verre d'alcool.

Il dit enfin : « Je vous ai “ appelé ”...

— Sans messager. J’ai déduit de cet “ appel ” direct que ce devait être important.

— Effectivement. Votre gibier — l’homme de la Première Fondation... ce Trevize...

— Eh bien ?

— Eh bien, il ne vient pas du tout à Trantor ! »

Gendibal n’afficha aucune surprise. « Et pourquoi faudrait-il qu’il vienne ? D’après nos informations, il était parti avec un professeur d’histoire antique qui était à la recherche de la Terre.

— Oui, la Planète Originelle des légendes. Et c’est bien pourquoi il devrait être en train de se diriger vers Trantor. Après tout, le professeur sait-il où se trouve la Terre ? Le savez-vous ? Le sais-je, moi ? Peut-on même être certains qu’elle existe — ou qu’elle a jamais existé ? Incontestablement, ils auraient dû venir consulter notre bibliothèque pour trouver les informations nécessaires — si on doit en trouver quelque part. Il y a encore une heure, j’aurais dit que la situation n’avait pas atteint le niveau critique — j’aurais pensé que le Premier Fondateur viendrait ici et qu’ainsi, à travers lui, nous saurions ce que nous avions besoin de savoir.

— Ce qui est très certainement la raison pour laquelle on ne lui a pas permis de venir.

— Mais dans ce cas, où peut-il donc aller ?

— Nous ne l’avons pas encore trouvé, à ce que je vois.

— Vous avez l’air de prendre la chose avec calme, remarqua le Premier Orateur, l’air maussade.

— Je me demande si ça ne vaut pas mieux ainsi. Vous voulez qu’il vienne à Trantor pour l’avoir sous la main et l’utiliser comme source d’information. Ne se révélera-t-il pas, toutefois, un informateur bien plus efficace — impliquant éventuellement des gens bien plus importants que lui — s’il reste libre de ses mouvements et de ses actes — pourvu qu’on ne le perde pas de vue ?

— Ça n’est pas suffisant ! protesta le Premier Orateur. Maintenant que vous m’avez convaincu de l’existence de ce nouvel ennemi, je ne peux plus rester en place. Pis encore, je me suis persuadé qu'il nous fallait mettre la main sur Trevize ou sinon nous risquions de tout perdre. Je ne peux pas me défaire de l'idée que c'est lui — et lui seul — qui est la clé de tout.

— Quoi qu'il advienne, dit avec conviction Gendibal, nous ne perdrons pas, Premier Orateur : ceci aurait été seulement possible si ces anti-Mulets — pour reprendre votre terme — avaient continué de nous manœuvrer incognito. Mais nous savons désormais qu'ils sont là. Nous ne travaillons plus à l'aveuglette. Dès la prochaine réunion de la Table, si nous pouvons collaborer tous, nous allons commencer de contre-attaquer.

— Ce n'est pas à cause de Trevize que je vous ai envoyé cet appel. Si le sujet est venu aussitôt, c'est uniquement parce que je le considère comme un échec personnel. J'avais mal analysé cet aspect de la situation : j'ai eu le tort de placer mon orgueil personnel au-dessus de la politique générale et je m'en excuse. Non, c'est pour autre chose.

— De plus grave, Premier Orateur ?

— De plus grave, orateur Gendibal. » Le Premier Orateur poussa un soupir et pianota du bout des doigts sur le bureau tandis que Gendibal, toujours debout, attendait patiemment devant lui.

Enfin, avec douceur, comme si cela pouvait atténuer la rudesse du choc, le Premier Orateur expliqua : « Au cours d'une réunion d'urgence du Conseil, convoquée par l'oratrice Delarmi…

— Sans votre accord, Premier Orateur ?

— Pour ce qu'elle comptait faire, elle n'avait besoin que de l'accord de trois Orateurs, le mien non compris. Lors de cette réunion d'urgence, donc, on a prononcé votre destitution, orateur Gendibal. Vous avez été convaincu d'incapacité à l'exercice de la fonction d'Orateur et vous devrez passer en jugement. C'est la première fois en plus de trois siècles qu'une telle procédure est appliquée contre un Orateur… »

Luttant pour ne pas trahir sa colère, Gendibal dit : « Je suis sûr que vous-même, vous n'avez pas voté ma destitution.

— Effectivement, mais je fus le seul. Le reste de la table s'est prononcé de manière unanime et votre destitution est passée par dix voix contre une. Le minimum requis, comme vous le savez, est de huit voix — y compris celle du Premier Orateur — ou de dix, sans la sienne.

— Mais je n'étais pas présent.

— Vous n'auriez pas eu le droit de voter.

— J'aurais pu présenter ma défense.

— Pas à ce stade. Les précédents sont rares mais sans équivoque : vous pourrez vous défendre lors du procès qui doit invervenir le plus tôt possible, naturellement. »

Gendibal inclina la tête, pensif. Puis il dit : « Tout ceci ne me préoccupe pas trop, Premier Orateur. Je crois que votre pressentiment initial était juste : la question de Trevize prend le pas sur tout le reste. Puis-je vous suggérer de retarder le procès en invoquant ce motif ? »

Le Premier Orateur leva la main : « Je ne vous reprocherai pas de ne pas bien saisir la situation, Orateur. La procédure de destitution est si rare que j'ai dû moi-même me reporter aux textes en vigueur à ce sujet. Rien ne peut prendre le pas dessus. Nous sommes contraints d'aller directement au procès, en remettant tout le reste. »

Gendibal posa les poings sur le bureau et se pencha vers le Premier Orateur : « Vous n'êtes pas sérieux ?

— C'est la loi.

— La loi ne peut quand même s'interposer devant un danger imminent et manifeste.

— Aux yeux du Conseil, orateur Gendibal, c'est vous, le danger imminent et manifeste.

— Non, écoutez-moi ! La loi invoquée se fonde sur le principe que rien ne peut être plus important que l'éventualité de la corruption ou d'un abus de pouvoir de la part d'un Orateur.

« Mais je ne suis coupable ni de l'un ni de l'autre, Premier Orateur, et vous le saviez. Il s'agit uniquement d'une vengeance personnelle de la part de l'oratrice Delarmi. S'il y a abus de pouvoir, il est de son côté. Mon seul crime est de n'avoir jamais cherché à me rendre populaire — je veux bien l'admettre — et d'avoir prêté trop peu d'attention aux imbéciles assez âgés pour être séniles mais assez jeunes encore pour détenir le pouvoir.

— Comme moi, Orateur ? »

Gendibal soupira : « Vous voyez, je remets ça. Je ne fais pas allusion à vous, Premier Orateur.

— Bon, très bien, faisons donc un procès. Mettons-le à demain. Mieux même, à ce soir. Qu'on en soit débarrassé et qu'on passe tout de suite à la question de Trevize. On ne peut pas se permettre de perdre du temps.

— Orateur Gendibal. Je ne crois pas que vous compreniez la situation. Nous avons déjà eu des destitutions — pas beaucoup : deux en tout et pour tout. Et aucune n'a débouché sur une condamnation. Vous, en revanche, vous allez être condamné. Vous ne ferez plus partie de la Table et vous n'aurez plus votre mot à dire en matière de politique. Vous n'aurez en fait même plus le droit de vote lors de l'Assemblée annuelle.

— Et vous n'allez rien faire pour empêcher ça ?

— Je ne peux pas. Je serais aussitôt mis en minorité. Et contraint alors de démissionner. Ce que — je crois — tous les Orateurs aimeraient bien voir.

— Et Delarmi deviendra le Premier Orateur ?

— C'est très probable.

— Mais il faut absolument empêcher ça !

— Exactement ! C'est bien pour ça que je vais être obligé de voter votre condamnation. »

Gendibal prit une profonde inspiration.

« Je demande quand même un procès immédiat.

— Vous devez avoir le temps de préparer votre défense.

— Quelle défense ? Ils n'écouteront aucune défense. Un procès immédiat !

— Il faut bien que la Table ait le temps de préparer son dossier...

— Ils n'en ont pas et s'en passeront très bien. Leur intime conviction est déjà faite et ils n'ont pas besoin d'autre chose. En fait, ils me condamneraient plutôt demain qu'après-demain et ce soir plutôt que demain. Allez les prévenir. »

Le Premier Orateur se leva. Les deux hommes se firent face, de part et d'autre du bureau. Le Premier Orateur dit : « Pourquoi êtes-vous si pressé ?

— L'affaire Trevize ne peut pas attendre.

— Une fois vous, condamné, et moi, affaibli face à un Conseil uni dans son opposition, qu'aurons-nous gagné ? »

Gendibal répondit, avec un profond soupir : « N'ayez crainte ! Contre toute apparence, je ne vais pas être condamné. »

CHAPITRE IX

HYPERESPACE

31.

Trevize dit : « Êtes-vous prêt, Janov ? »

Pelorat leva les yeux du livre qu'il visionnait et répondit : « Vous voulez dire pour le saut, mon brave compagnon ?

— Pour le saut hyperspatial, oui. »

Pelorat déglutit : « Bon, vous êtes sûr que ça ne sera aucunement inconfortable ? Je sais que c'est idiot d'avoir peur mais m'imaginer réduit à l'état d'immatériels tachyons que personne n'a jamais été capable de voir ou de détecter...

— Allons, Janov, c'est un truc au point maintenant. Parole d'honneur ! Le saut est pratiqué depuis vingt-deux mille ans, c'est vous-même qui l'avez dit, et on n'a jamais eu à déplorer le moindre accident en hyperespace. Il pourrait certes arriver qu'on émerge dans un coin pas très confortable mais après tout l'accident se produirait dans l'espace normal — et pas quand nous sommes composés de tachyons.

— Bien maigre consolation, me semble-t-il.

— Mais il n'y aura pas non plus d'erreur à la sortie. Pour être franc avec vous, j'ai même failli procéder à l'opération sans vous prévenir, si bien que vous ne vous en seriez jamais aperçu. Et puis réflexion faite, je me suis dit qu'il vaudrait mieux pour vous la vivre en toute connaissance de cause : constater que ça ne soulevait pas le moindre problème et pouvoir ainsi l'oublier totalement par la suite.

— Eh bien... » Pelorat restait dubitatif. « Je suppose que vous avez raison mais honnêtement, je ne suis pas pressé.

— Je vous assure que...

— Non, non, vieux compagnon, j'accepte vos assurances sans l'ombre d'un doute. C'est simplement que... Avez-vous déjà lu *Santerestil Matt ?*

— Bien sûr. Je ne suis pas analphabète.

— Sans doute, sans doute. Je n'aurais pas dû vous demander ça. Est-ce que vous vous en souvenez ?

— Je ne suis pas non plus amnésique.

— J'ai apparemment le don de mettre les pieds dans le plat. Ce que je veux simplement dire, c'est que je ne cesse pas de repenser au passage où Santerestil et son ami Ben, après avoir fui la planète 17, se retrouvent perdus dans l'espace. Je revois encore ces scènes absolument fascinantes au milieu des étoiles, dérivant paresseusement au milieu du silence profond, immuables... je n'y ai jamais cru, vous savez. J'ai adoré ça, ça me touchait, mais je n'y ai jamais vraiment cru. Mais à présent... alors que je viens tout juste de me faire à l'idée d'être dans l'espace, j'en fais maintenant l'expérience et... — c'est idiot, je sais — mais je n'ai plus envie de lâcher. C'est comme si j'étais Santerestil...

— Et moi, Ben », ajouta Trevize, avec un soupçon d'impatience.

« En un sens... Les quelques pâles étoiles autour de nous sont immuables, excepté notre soleil, bien sûr, qui doit en ce moment s'évanouir dans le lointain mais que nous ne voyons pas. La Galaxie garde sa majesté embrumée, immuable... L'espace est silencieux et rien ne peut me distraire...

— Sauf moi.

— Sauf vous. Mais enfin, Golan, mon bon, vous parler de la Terre et tâcher de vous enseigner des rudiments de préhistoire a également ses plaisirs. Et je n'ai pas plus envie que cela cesse...

— Oh ! mais, ça ne risque pas ! Pas tout de suite, en tout cas. Vous ne croyez pas qu'on va réaliser notre saut et se retrouver illico à la surface d'une planète, quand même ? On sera toujours dans l'espace et le saut n'aura pas pris le moindre temps mesurable. Il peut fort bien s'écouler une semaine avant que nous ne touchions terre, alors vous pouvez vous détendre...

— Par toucher terre, vous ne voulez sûrement pas dire Gaïa... Il se pourrait fort bien qu'on en émerge très loin.

— Je le sais, Janov, mais nous serons tout de même dans le bon secteur, si toutefois vos renseignements sont bons. Dans le cas contraire... eh bien... »

Pelorat hocha la tête, lugubre. « A quoi bon être dans le secteur convenable, si nous ignorons toujours les coordonnées de Gaïa ?

— Janov, imaginez que vous soyez sur Terminus et que vous vouliez vous rendre à Argyropol mais sans savoir où se trouve cette ville, sinon quelque part dans l'isthme. Eh bien, une fois rendu là-bas, qu'est-ce que vous feriez ? »

Pelorat resta prudemment coi, comme s'il sentait qu'on attendait de lui quelque réponse terriblement compliquée. Finalement, en désespoir de cause, il dit : « Je suppose que je demanderais à quelqu'un.

— Tout juste ! Que peut-on bien faire d'autre ? Bon, maintenant, vous êtes prêt ?

— Comment ça, *tout de suite ?* » Pelorat se releva paniqué, son visage agréablement impassible prenant ce qui pouvait presque passer pour un air soucieux. « Que suis-je censé faire ? Rester assis ? Debout ? Ou quoi ?

— Par l'espace-temps, Pelorat, vous ne faites rien du tout. Suivez-moi simplement dans ma cabine, que je puisse utiliser l'ordinateur et puis asseyez-vous, restez debout ou faites la roue, enfin, ce qui vous paraîtra le plus confortable. Je vous suggère, quant à moi, de vous installer devant l'écran et de regarder. Ce sera certainement intéressant. Venez ! »

Ils empruntèrent donc la longue coursive menant à la

cabine de Trevize et ce dernier s'installa devant la console. « Vous voulez le faire à ma place, Janov ? » demanda-t-il soudain. « Je vous fournirai les chiffres et tout ce que vous aurez à faire sera de les penser. L'ordinateur se chargera du reste.

— Non, merci, dit Pelorat. Je ne sais pas, mais l'ordinateur ne fonctionne pas aussi bien avec moi. Je sais bien que vous allez dire que c'est une simple question d'entraînement mais je n'y crois pas. Il y a quelque chose dans votre esprit, Janov...

— Ne soyez pas stupide.

— Non, non. Cet ordinateur a l'air tout bonnement taillé pour vous. On dirait vraiment que vous formez un seul et même organisme, une fois raccordés ensemble. Quand c'est moi, il reste toujours deux éléments distincts : Janov Pelorat et un ordinateur. Ce n'est pas pareil, c'est tout.

— Ridicule », dit Trevize mais l'idée ne lui déplaisait pas et c'est avec des doigts caressants qu'il effleura les plaques de contact de l'appareil.

« Alors, j'aime autant regarder, dit Pelorat. Enfin, j'aimerais autant qu'on se passe de l'opération mais puisqu'il le faut bien, autant que je regarde. » Et il fixa d'un œil inquiet l'écran où se dessinait la forme laiteuse de la Galaxie derrière une poussière pâle d'étoiles à l'avant-plan. « Prévenez-moi quand ça va se produire. » Lentement, il s'adossa contre le mur, prêt à tout.

Trevize sourit. Il posa les mains sur les plaques et sentit s'établir la connexion mentale. C'était de jour en jour plus facile, le contact se faisait toujours plus étroit et pourtant, il pouvait toujours se moquer de Pelorat mais il *ressentait* vraiment le contact. Il lui semblait qu'il n'avait qu'à vaguement penser aux coordonnées, comme si l'ordinateur savait ce qu'il désirait sans avoir à passer par le processus complexe de l' « énonciation ». Il extrayait de lui-même l'information de son cerveau.

Trevize lui « dit » tout de même les chiffres puis demanda un délai de deux minutes avant l'exécution.

« Parfait, Janov. Nous avons deux minutes devant

nous : 120 secondes... 115... 110... Regardez bien l'écran. »

Pelorat obéit, retenant son souffle, avec tout juste une légère crispation à la commissure des lèvres.

Trevize dit doucement : « 15... 10... 5... 4... 3... 2... 1... 0. »

Sans aucun mouvement perceptible, sans la moindre sensation, la vue sur l'écran changea : le champ d'étoiles devint nettement plus dense et la Galaxie disparut.

Pelorat sursauta : « C'était ça ?

— C'était ça, *quoi ?* C'est vous qui avez *sursauté.* Mais c'est de votre faute. Vous n'avez rien senti. Reconnaissez-le.

— Je le reconnais.

— Eh bien, c'était ça. Autrefois, quand les voyages hyperspatiaux étaient encore relativement nouveaux — d'après les livres, en tout cas — on éprouvait paraît-il une sensation bizarre et certaines personnes avaient le vertige ou la nausée. C'était peut-être psychosomatique, ou peut-être pas. En tous les cas, avec l'accumulation de l'expérience et la venue de meilleurs équipements, le phénomène décrut. Avec un ordinateur tel que celui qui équipe notre vaisseau, les effets demeurent bien en dessous du seuil de la perception. Du moins, pour moi.

— Pour moi également, je dois l'admettre. Mais où sommes-nous, Golan ?

— Juste un petit pas en avant. Dans la région de Kalgan. On a encore du chemin à faire et avant d'affectuer un nouveau saut, il va falloir que je vérifie la précision de celui-ci.

— Il y a une chose qui me chiffonne... Où est passée la Galaxie ?

— Elle est tout autour de nous, Janov. Nous sommes loin à l'intérieur, à présent. En réglant convenablement l'écran, on peut voir se dessiner ses portions les plus lointaines sous la forme d'un ruban lumineux traversant le ciel...

— La Voie lactée ! » s'écria Pelorat, aux anges. « Presque tous les mondes la décrivent dans leur ciel mais c'est un spectacle qu'on ne peut pas voir sur Terminus. Montrez-la-moi, mon brave compagnon ! »

La vue sur l'écran bascula, donnant l'impression que les étoiles refluaient, laissant enfin apparaître une épaisse bande lumineuse et nacrée, qui envahit presque tout le champ visuel. L'écran la parcourut tout du long, tandis qu'elle s'effilait puis grossissait de nouveau.

« Elle nous apparaît plus épaisse dans la direction du centre de la Galaxie, expliqua Trevize. Pas aussi épaisse et lumineuse qu'elle devrait l'être, toutefois, à cause des nuages de poussière situés dans les bras de la spirale. A quelque chose près, c'est la vue que l'on a de la plupart des planètes habitées.

— Et depuis la Terre, également.

— Il n'y a pas de différence. Ce ne serait pas une caractéristique spécifique.

— Bien sûr que non. Mais dites-moi... vous n'avez pas étudié l'histoire des sciences, n'est-ce pas ?

— Pas vraiment, quoique j'en sache quelques bribes, évidemment. Enfin, si vous avez des questions à me poser là-dessus, ne vous attendez pas aux réponses d'un expert.

— C'est simplement que le saut m'a fait repenser à un détail qui m'a toujours intrigué. Il est possible de bâtir une description de l'Univers où le voyage hyperspatial est impossible et dans laquelle la célérité de la lumière dans le vide représente une limite absolue.

— Assurément.

— Une fois posées de telles conditions, la géométrie de l'Univers apparaît telle qu'il est impossible d'accomplir le trajet que nous venons de faire en moins de temps que n'en mettrait un rayon de lumière pour le parcourir. Et si nous l'accomplissions à la célérité de la lumière, notre temps subjectif ne correspondrait alors plus à celui de l'Univers en général. Mettons qu'on se trouve ici à, disons, quarante parsecs de Terminus ; alors, si nous avions gagné ce point à la vitesse de la lumière, nous n'aurions certes ressenti aucune distorsion du temps mais sur Terminus et dans toute la Galaxie, près de cent trente ans se seraient écoulés. Or, nous avons parcouru cette distance non pas à la vitesse de la lumière mais en fait mille fois plus rapidement et on ne constate nulle part le moindre décalage temporel. Du moins, j'espère que non.

— Ne comptez pas sur moi pour vous démontrer mathématiquement la théorie hyperspatiale d'Olanjen. Tout ce que je puis dire c'est que si vous aviez voyagé à la célérité de la lumière dans l'espace normal, le temps aurait effectivement avancé au rythme de 3,26 années par parsec, comme vous l'avez fort justement décrit. Le prétendu univers relativiste tel que l'humanité l'entend, aussi loin apparemment que l'on puisse remonter dans la préhistoire — mais là, c'est votre domaine, je pense —, cet univers demeure et ses lois n'ont jamais été démenties. Lors de nos sauts hyperspatiaux, toutefois, nous nous plaçons hors des conditions dans lesquelles opère la relativité et les règles sont différentes. Du point de vue hyperspatial, la Galaxie est un objet minuscule — idéalement, un point sans dimension — et il n'y a pas le moindre effet relativiste.

« En fait, dans la formulation mathématique de la cosmologie, il existe deux symboles pour représenter la Galaxie : G^r pour la Galaxie relativiste, où la célérité de la lumière est un maximum, et G^h pour la Galaxie hyperspatiale, où la notion de vitesse n'a pas vraiment de signification. Hyperspatialement, toute mesure de vitesse est égale à zéro et nous ne nous déplaçons pas ; rapportée à l'espace, cette célérité est toutefois infinie. Je ne vois guère comment vous expliquer mieux les choses.

« Oh ! sinon que l'un des plus beaux pièges de la physique théorique consiste à placer un symbole ou une variable pertinente dans le cadre de G^r à l'intérieur d'une équation portant sur G^h — ou *vice versa* — et de laisser l'étudiant se dépatouiller avec. Il y a de bonnes chances que le malheureux tombe dans le piège et le plus souvent, il y reste, suant et soufflant, avec apparemment rien qui ne colle, jusqu'à ce qu'un aîné charitable vienne le tirer d'embarras. J'ai bien failli m'y faire prendre, une fois. »

Pelorat considéra gravement tout ce qu'on venait de lui

exposer puis dit enfin, l'air vaguement perplexe : « Mais laquelle est la véritable Galaxie ?

— Les deux. Selon ce que vous faites. Imaginez que vous êtes sur Terminus : vous pouvez utiliser soit une voiture pour accomplir un trajet par voie de terre, soit emprunter un bateau pour couvrir une distance par mer. Les conditions sont différentes dans chaque cas, alors, où se trouve la véritable Terminus ? A terre ou sur mer ? »

Pelorat opina. « Les analogies sont toujours risquées mais je préfère accepter celle-ci plutôt que de risquer ma santé mentale à continuer de songer à l'hyperespace. Je crois qu'il vaut mieux que je me concentre sur ce qu'on fait pour l'instant.

— Vous n'avez qu'à considérer ce qu'on vient de faire comme notre première étape sur le chemin de la Terre. »

Et, ajouta-t-il pour lui-même, vers quoi d'autre, je me demande...

32.

« Eh bien, dit Trevize, j'ai perdu ma journée.

— Oh ? » Pelorat leva les yeux de son soigneux classement en cours. « Comment ça ? »

Trevize ouvrit les bras : « Je n'ai pas voulu faire confiance à l'ordinateur. Je n'ai pas osé, si bien que j'ai vérifié notre position actuelle par comparaison avec celle de notre visée avant le saut. Eh bien la différence n'était pas mesurable : Je n'ai pas détecté la moindre erreur.

— Eh bien, c'est parfait, non ?

— C'est plus que parfait : c'est incroyable. Je n'ai jamais vu ça. J'ai déjà subi pas mal de sauts, j'en ai commandé, de toutes les manières et avec tous les appareillages possibles. A l'école militaire, j'en ai calculé avec un ordinateur de poche avant d'envoyer un hyperrelais pour vérifier mon résultat. Naturellement, il n'était pas question que j'envoie un vrai vaisseau puisque — en dehors du coût de l'opération — j'aurais très bien pu l'expédier au beau milieu d'une étoile.

« Je ne me suis bien sûr jamais trompé à ce point mais il restait toujours une erreur non négligeable. Et il subsiste en permanence une erreur, même avec des experts. C'est obligatoire, compte tenu du nombre de paramètres impliqués. On peut voir la chose ainsi : la géométrie de l'espace est trop compliquée pour qu'on puisse l'appréhender et l'hyperespace multiplie encore toutes ces complications avec sa complexité propre que nous ne pouvons même pas prétendre saisir. C'est bien pourquoi nous devons procéder par étapes, au lieu de réaliser un seul grand saut d'ici à Seychelle : sinon, les erreurs s'accumuleraient avec la distance.

— Mais vous venez de dire que cet ordinateur-ci ne faisait pas d'erreur...

— C'est lui qui le dit. Je lui ai demandé de corréler notre position présente avec celle précalculée avant le saut — bref, de comparer “ ce qui est ” avec “ ce qui avait été demandé ”. Il a répondu que les deux étaient identiques, dans les limites de sa capacité de mesure et je n'ai pas pu m'empêcher de penser : au fait, s'il mentait ? »

Jusqu'à cet instant, Pelorat avait gardé son crayon-traceur en main. Mais là, il le reposa, l'air visiblement ébranlé : « Vous plaisantez ? Un ordinateur est incapable de mentir. Ou alors vous voulez dire que vous l'avez cru en panne.

— Non, ce n'est pas ce que j'ai pensé. Par l'espace j'ai vraiment imaginé qu'il mentait ! Cet ordinateur est si avancé que je ne peux m'empêcher de le considérer comme humain — supra-humain, peut-être. Assez humain en tout cas, pour avoir sa fierté — ou peut-être pour mentir. Je lui ai donné des directives — nous définir une trajectoire hyperspatiale jusqu'à Seychelle, la planète capitale de l'Union seychelloise. Eh bien, il l'a fait en nous concoctant un itinéraire en vingt-neuf étapes, ce qui est de la dernière arrogance.

— De l'arrogance, pourquoi ?

— L'erreur sur le premier saut rend d'autant plus incertain le second et les deux erreurs additionnées rendent alors le troisième parfaitement aléatoire... et ainsi de suite. Comment faites-vous pour calculer vingt-neuf étapes simultanément ? Le vingt-neuvième saut pourrait déboucher n'importe où dans la Galaxie, absolument n'importe où. C'est pourquoi je lui ai demandé de ne calculer les paramètres que du premier. Ce qui nous permettrait d'opérer une vérification avant de poursuivre.

— Prudente démarche, approuva chaleureusement Pelorat. J'approuve !

— Oui mais, une fois accomplie la première étape, ne peut-on imaginer que l'ordinateur se sente vexé de mon manque de confiance ? Et se voie en fin de compte forcé, pour sauver la face, de me raconter qu'il n'y a pas la moindre erreur de trajectoire quand je lui poserai la question ? Ne pourrait-il pas se trouver dans l'impossibilité d'admettre son erreur, de reconnaître la moindre imperfection ? Si tel était le cas, alors mieux vaudrait encore qu'on se passe de l'ordinateur. »

Le doux visage allongé de Pelorat s'attrista : « Que peut-on faire dans ce cas, Golan ?

— On peut faire ce que j'ai fait : perdre une journée. J'ai vérifié la position de plusieurs étoiles parmi celles qui nous entourent en utilisant les méthodes les plus primitives : observation télescopique, photographie, mesures à la main. J'ai comparé chaque position relevée avec la position théorique en n'admettant aucune erreur. Tout ce travail m'a pris une journée entière et je me suis crevé pour rien...

— Allons bon. Mais qu'est-ce que ça a donné ?

— J'ai trouvé deux erreurs grossières et en recommençant, découvert qu'elles étaient dans mes calculs. C'était moi qui avais fait les erreurs. J'ai corrigé mes calculs puis je les ai passés tels quels dans l'ordinateur — histoire de voir si on retombait sur les mêmes résultats par un calcul indépendant. Hormis le fait que l'ordinateur me les a donnés avec quelques décimales supplémentaires, il est apparu que mes chiffres étaient corrects et ces chiffres prouvaient que l'ordinateur n'avait pas fait d'erreur. Cette bécane n'est peut-être qu'une arrogante tête de Mulet, mais elle a de bonnes raisons de l'être ! »

Pelorat exhala un long soupir : « Eh bien, mais c'est parfait !

— Ça oui ! Et c'est bien pourquoi je vais le laisser procéder aux vingt-huit autres étapes.

— D'un seul coup ? Mais...

— Non, pas d'un seul coup. Ne vous inquiétez pas. Je ne suis pas devenu brusquement téméraire. Il va les accomplir l'une après l'autre — mais après chaque saut, il vérifiera sa position et seulement si les coordonnées entrent dans le cadre des tolérances, il pourra procéder à l'étape suivante. Chaque fois qu'il décèlera une erreur trop grande — et croyez-moi, je n'ai pas été généreux en établissant la barre — il faudra qu'il s'arrête pour recalculer les étapes restantes.

— Quand allez-vous faire ça ?

— Quand ? Mais tout de suite... Écoutez, vous êtes en train de reclasser votre bibliothèque...

— Oh ! mais c'est l'occasion ou jamais de le faire, Golan. Ça faisait des années que je comptais m'y mettre mais il y avait apparemment toujours quelque chose pour m'en empêcher.

— Je n'y vois pas d'inconvénient. Poursuivez donc votre classement sans vous presser. Concentrez-vous dessus. Je me charge de tout le reste. »

Pelorat hocha la tête : « Ne dites pas de sottise. Je serai incapable de me relaxer tant que tout ceci ne sera pas terminé. Je suis paralysé de trouille.

— J'aurais mieux fait de ne pas vous en parler, alors... mais il fallait bien que j'en cause à *quelqu'un* et vous êtes le seul ici...

« Écoutez, je vais être franc avec vous : il reste toujours un risque que la position idéale où nous allons déboucher dans l'espace interstellaire soit précisément celle occupée au même moment par une météorite en pleine vitesse ou un mini-trou noir ; résultat, le vaisseau est détruit et nous sommes morts. Un tel événement pourrait — en théorie — se produire.

« Les risques sont toutefois minimes. Après tout, vous pourriez très bien être chez vous, Janov — dans votre bureau, à travailler sur vos films, ou dans votre chambre en train de dormir — et une météorite pourrait fort bien foncer droit sur vous à travers l'atmosphère de Terminus et vous frapper en pleine tête, et vous seriez mort. Mais il y a peu de chances pour ça.

« En fait, la probabilité de rencontre avec quelque objet fatal mais trop petit pour être détecté par l'ordinateur, au cours d'un saut hyperspatial, cette probabilité est considérablement plus faible que celle d'être frappé chez soi par une météorite. Je n'ai pas connaissance d'un seul vaisseau perdu de la sorte dans toute l'histoire de la navigation hyperspatiale. Et tout autre genre de risque — tel que de finir au milieu d'une étoile — et encore plus réduit.

— Alors, pourquoi me racontez-vous tout ça, Golan ? »

Trevize marqua une pause puis inclina pensivement la tête et dit enfin : « Je ne sais pas... Enfin si, je sais : C'est, je suppose, que, si faible que soit la probabilité d'une catastrophe, pour peu que suffisamment de personnes prennent ce risque, la catastrophe doit bien finir par se produire. J'ai beau être certain que rien de fâcheux ne se produira, il y a toujours en moi une petite voix irritante pour me seriner : " Peut-être que ça va arriver ce coup-ci. " Et voilà, ça me culpabilise — je suppose que c'est ça. Janov, si jamais un malheur se produit, pardonnez-moi !

— Mais Golan, mon cher, cher compagnon, s'il se produit un malheur, vous et moi, nous serons morts instantanément. Je ne serai guère en mesure de pardonner ni vous de recevoir un quelconque pardon.

— J'entends bien, alors pardonnez-moi *maintenant,* voulez-vous ? »

Pelorat sourit. « Je ne sais pas pourquoi mais voilà qui me requinque plutôt. Il y a là-dessous comme un certain humour pas déplaisant. Bien entendu, Golan, que je vous pardonne. On trouve quantité de mythes concernant un au-delà dans la littérature planétaire et si un tel lieu devait exister — ce qui, je suppose, n'est guère plus probable que d'atterrir sur un mini-trou noir, et peut-être moins — et qu'il advienne que l'on s'y retrouve ensemble, eh bien, je vous jure que je témoignerai que vous avez fait honnêtement tout votre possible et que vous n'avez pas à porter le poids de mon trépas.

— Oh ! merci ! Si vous saviez comme ça me soulage ! Je suis tout prêt à risquer ma chance, mais ça m'aurait quand même gêné de vous voir risquer la vôtre pour moi. »

Pelorat étreignit la main de Trevize : « Vous savez, Golan, je vous connais depuis moins d'une semaine et je suppose que je devrais me garder des jugements hâtifs en cette matière mais je crois que vous êtes un excellent compagnon... Et maintenant, allons-y et qu'on en finisse !

— Absolument ! Tout ce que j'ai à faire, c'est d'effleurer ce petit contact. L'ordinateur a reçu ses instructions et il attend simplement que je lui dise : partez !

« Est-ce que vous n'avez pas envie de...

— Jamais de la vie ! A vous de faire ! C'est votre ordinateur.

— Très bien. Et c'est ma responsabilité. J'essaie encore de me défiler, vous voyez. Gardez les yeux fixés sur l'écran ! »

Et d'une main remarquablement ferme, Trevize, arborant un sourire parfaitement sincère, établit le contact.

Il y eut un léger temps mort et puis le paysage stellaire changea, et changea encore, et encore. Les étoiles sur l'écran devenaient manifestement plus nombreuses et plus brillantes.

Pelorat comptait dans sa barbe. A 15, il y eut une halte, comme si quelque pièce venait de se coincer dans le dispositif.

Pelorat dit dans un murmure (craignant sans doute que le moindre bruit ne pût définitivement bloquer le mécanisme) : « Qu'est-ce qui ne va pas ? Que s'est-il passé ? »

Trevize haussa les épaules. « Je suppose qu'il est en train de refaire ses calculs. Un objet quelconque dans l'espace doit ajouter une déformation perceptible à la structure générale du champ gravitationnel — un objet qui n'avait pas été pris en compte — une étoile naine non cataloguée ou quelque planétoïde errant...

— Il y a un danger ?

— Puisque nous sommes toujours en vie, c'est presque

certainement sans aucun danger. Même à cent millions de kilomètres de nous, une planète pourrait encore engendrer des modifications gravitationnelles suffisantes pour nécessiter de nouveaux calculs. Une étoile noire pourrait se trouver à dix milliards de kilomètres et... »

L'écran changea de nouveau et Trevize se tut. Il changea encore, et encore... Finalement, Pelorat annonça « 28 » et l'image ne bougea plus.

Trevize consulta l'ordinateur : « On y est, dit-il.

— J'avais compté le premier saut pour 1 et j'ai commencé cette séquence en comptant 2. Ça fait vingt-huit sauts en tout. Vous aviez dit vingt-neuf.

— La rectificatiòn de trajectoire au quinzième saut nous en a sans doute épargné un. Je peux toujours vérifier avec l'ordinateur si vous y tenez mais ce n'est pas vraiment utile. Nous sommes dans les parages de Seychelle, l'ordinateur le dit et je n'ai pas de raison d'en douter. Il suffirait que j'oriente convenablement la vue pour qu'on découvre un beau soleil brillant mais autant ne pas fatiguer pour rien les capacités de protection de l'écran. Seychelle est la quatrième planète du système et elle se trouve à environ 3,2 millions de kilomètres de notre position actuelle, ce qui est pratiquement le maximum qu'on puisse espérer à la sortie d'un saut. On pourra y être en trois jours — deux, en se pressant. »

Trevize prit une profonde inspiration et essaya de laisser s'évacuer sa tension nerveuse.

« Est-ce que vous vous rendez compte de ce que ça signifie, Janov ? Tous les vaisseaux où j'ai navigué, tous ceux que je peux connaître, auraient accompli cette séquence avec au minimum une journée d'arrêt entre deux sauts, le temps d'opérer de laborieux calculs de vérification et de contrôle, même avec l'aide d'un ordinateur. Le voyage aurait pris près d'un mois. Deux ou trois semaines peut-être, en étant décidé à prendre des risques. Et nous, nous l'avons accompli en une demi-heure ! Quand tous les vaisseaux seront équipés d'ordinateurs tels que celui-ci...

— Je me demande pourquoi le Maire nous a procuré un

astronef aussi perfectionné. Il doit être incroyablement coûteux...

— C'est un prototype, nota sèchement Trevize. Peut-être bien que cette brave femme comptait justement sur nous pour l'essayer et relever ses éventuels défauts...

— Vous êtes sérieux ?

— Ne vous affolez pas. Après tout, il n'y a pas lieu de s'inquiéter. Nous n'avons découvert aucune défectuosité. Quoique, je ne le mettrais pas à son crédit pour autant. Ce ne sont pas les sentiments humains qui l'étouffent. D'un autre côté, elle n'a pas cru bon de nous confier des armes, ce qui réduit notablement les dépenses... »

Pelorat observa, songeur : « C'est à l'ordinateur que je pense. Il paraît tellement bien ajusté sur vous... et il ne s'ajuste pas ainsi avec n'importe qui. Tenez, c'est à peine s'il daigne fonctionner avec moi.

— Eh bien, tant mieux pour nous s'il marche aussi bien avec l'un de nous deux.

— Oui mais, est-ce purement un hasard ?

— Quoi d'autre, Janov?

— Le Maire vous connaît certainement fort bien.

— Je pense bien, cette vieille peau de vache...

— Ne pourrait-elle pas avoir fait préparer un ordinateur spécialement pour vous ?

— Pour quoi faire ?

— Je me demande simplement si nous n'allons pas là où l'ordinateur a envie de nous conduire. »

Trevize le dévisagea : « Vous voulez dire que lorsque jc suis raccordé à l'ordinateur, c'est lui qui commande en réalité, et pas moi ?

— Je me pose simplement la question.

— C'est ridicule. De la parano. Enfin, allons, Janov ! »

Trevize se retourna vers la machine pour centrer sur l'écran la planète Seychelle et programmer leur parcours orbital dans l'espace normal.

Ridicule !

Mais pourquoi donc Pelorat lui avait-il fourré cette idée en tête ?

CHAPITRE X

CONSEIL

33.

Deux jours avaient passé et Gendibal se sentait moins le cœur lourd qu'enragé. Il n'y avait aucune raison de ne pas avoir immédiatement procédé à l'audience. D'autant que s'il n'avait pas été prêt, s'il lui avait fallu du temps, il était bien certain qu'ils lui auraient collé son procès tout de suite.

Mais puisque la Seconde Fondation n'avait rien autre à faire qu'affronter sa plus grave crise depuis l'époque du Mulet, ils préféraient perdre leur temps — et pour le seul plaisir de l'irriter.

Et certes ils l'irritaient mais, par Seldon, ça ne rendrait que plus violente sa riposte. Il y était bien décidé.

Il regarda autour de lui. L'antichambre était vide. Et c'était comme ça depuis deux jours maintenant. Il était devenu un homme marqué, un Orateur dont tout le monde savait qu'il allait, au terme d'une procédure sans aucun précédent dans les cinq siècles d'histoire de la Seconde Fondation, bientôt perdre son rang. Il serait destitué de sa charge, ravalé au simple rang de membre de la Seconde Fondation, purement et simplement.

C'était toutefois quelque chose — et quelque chose de fort honorable — que d'être membre de la Seconde Fondation, en particulier, pour peu qu'on y détienne un titre respectable, ce qui pourrait être son cas même après sa suspension. C'était une tout autre affaire que d'avoir été Orateur et de se voir rétrogradé.

Ils ne vont quand même pas faire ça, se dit sauvagement Gendibal, même s'il devait bien constater que depuis deux jours on l'évitait. Sura Novi était la seule à le traiter comme auparavant mais elle était trop naïve pour comprendre la situation. Pour elle, Gendibal était toujours : « Maître ».

Il était d'ailleurs irrité d'y puiser un certain réconfort : il s'était senti honteux lorsqu'il avait commencé à s'apercevoir que son humeur s'améliorait sitôt qu'il la voyait le contempler avec adoration. Allait-il donc à présent prendre plaisir à des satisfactions aussi mesquines ?

Un huissier sortit de la salle du Conseil pour lui annoncer que la Table était prête à le recevoir et Gendibal le suivit d'un pas raide. L'huissier était un homme que Gendibal connaissait bien ; il était de ceux qui savaient — à un iota près — quel degré précis de civilité accorder à chaque Orateur. Au vu de son comportement, la cote de Gendibal était pour l'heure au plus bas : même l'huissier ne le considérait déjà pas mieux qu'un bagnard.

Ils étaient tous solennellement réunis autour de la Table, et tous portaient la robe noire des juges. Le premier orateur Shandess semblait légèrement mal à l'aise mais il refusa de laisser paraître sur ses traits la moindre trace d'amitié. Delarmi — l'une des trois femmes oratrices — ne daigna même pas le regarder.

Le Premier Orateur commença : « Orateur Stor Gendibal, vous avez été relevé de vos fonctions à la suite de votre comportement indigne d'un Orateur. Vous avez, devant nous tous ici présents, accusé la Table — de manière vague et sans preuve — de trahison et de tentative de meurtre. Vous avez laissé entendre que tous les membres de la Seconde Fondation — y compris les Orateurs et le premier d'entre eux — devraient subir un contrôle mental scrupuleux aux fins de déceler ceux qui sont devenus indignes de confiance. Un tel comportement est de nature à briser les liens de notre communauté, liens sans lesquels la Seconde Fondation est incapable de contrôler une Galaxie complexe et potentiellement hostile, et tout aussi incapable d'édifier en toute sécurité un Second Empire viable.

« Puisque nous avons tous été les témoins de cette offense au Conseil, je propose par conséquent de passer sans plus tarder à l'étape suivante. Orateur Gendibal, qu'avez-vous à dire pour votre défense ? »

A présent, Delarmi — toujours sans le regarder — se permit d'esquisser un sourire félin.

« Si la vérité peut être considérée comme une défense, alors je vais la dire. Il existe effectivement des motifs de croire à une faille dans notre sécurité, faille se traduisant sans doute par le contrôle mental d'un ou plusieurs membres de la Seconde Fondation — sans exclusive de ceux ici présents —, faille à l'origine d'une crise mortelle pour la Seconde Fondation. S'il est vrai que vous avez hâté mon procès pour éviter de perdre du temps, c'est peut-être effectivement que vous aurez vaguement admis le sérieux de la menace mais, dans ce cas, pourquoi avoir attendu deux longs jours après ma demande d'une audience immédiate ? Je suppose que c'est l'imminence et la gravité de la crise qui m'ont poussé à dire ce que j'avais à dire. Si je ne l'avais pas fait, c'est là que je me serais comporté de manière indigne d'un Orateur.

— Il ne fait qu'aggraver son cas, Premier Orateur », remarqua doucement Delarmi.

Le siège de Gendibal était décalé de la Table par rapport aux autres, signe déjà manifeste de sa rétrogradation. Il le recula encore plus, comme s'il n'en avait cure, et se leva :

« Allez-vous donc me condamner sommairement, sans jugement, au mépris de toute loi — ou bien puis-je présenter ma défense en détail ? »

Ce fut le Premier Orateur qui répondit : « Loin de nous l'intention d'agir illégalement, Orateur. Et faute d'une jurisprudence pour nous guider, nous inclinerons dans votre sens, reconnaissant que si nos capacités trop humaines devaient nous conduire à dévier de la justice idéale, mieux vaudrait encore laisser le coupable en liberté que condamner un innocent. En conséquence, et bien que le cas devant nous présenté soit si grave que l'on puisse difficilement envisager de laisser le coupable aller libre, nous vous permettrons de présenter votre défense à votre guise, et en prenant tout le temps qu'il vous faudra jusqu'à ce qu'il soit décidé, à l'unanimité des voix, *y compris la mienne* (et il éleva le ton sur ces derniers mots), que nous en avons assez entendu. »

Gendibal reprit : « Permettez-moi donc de vous annoncer, pour commencer, que Golan Trevize — l'homme de la Première Fondation expulsé de Terminus et que le Premier Orateur et moi croyons être le fer de lance de la crise imminente — que cet homme a dévié avec son vaisseau dans une direction inattendue.

— Point d'information, intervint doucement Delarmi. Comment l'orateur » (et son intonation soulignait l'absence de majuscule) « a-t-il eu connaissance de ceci ?

— J'en ai été informé par le Premier Orateur, dit Gendibal, mais j'en ai eu personnellement la confirmation. Vu toutefois les circonstances, et considérant mes soupçons quant au niveau de sécurité de cette Table, on me permettra de garder le secret sur mes sources de renseignement.

— Je réserve ma décision sur ce point, dit le Premier Orateur. Nous poursuivrons donc sans cet élément d'information ; si toutefois la Table estime que l'information doit être obtenue, l'orateur Gendibal se verra tenu de la fournir. »

Delarmi intervint : « Si l'orateur ne délivre pas maintenant cette information, on est alors légitimement en droit de supposer qu'il dispose d'un agent à son service — un agent employé à titre privé et donc non responsable devant la Table du Conseil. Nous ne pouvons être certains qu'un tel agent se conforme aux règles applicables au personnel de la Seconde Fondation. »

Le Premier Orateur remarqua avec un certain déplaisir : « Je suis capable de voir toutes les implications, oratrice Delarmi. Inutile de me les énumérer en détail.

— C'était uniquement pour le procès-verbal, Premier

Orateur, puisque ceci aggrave le cas du prévenu et que les faits n'ont pas été portés à l'acte d'accusation, acte dont, ferai-je remarquer par parenthèse, on n'a pas fait intégralement lecture et sur lequel je demande que le présent élément soit ajouté.

— Le greffier est chargé d'ajouter l'élément, ordonna le Premier Orateur, dont l'énoncé exact sera libellé en temps opportun... Orateur Gendibal » (lui, au moins, mettait la majuscule) « votre défense, en définitive, a régressé d'un pas. Poursuivez. »

Gendibal poursuivit : « Non seulement ce Trevize est parti dans une direction inattendue mais il l'a fait en plus à une vitesse sans précédent. Mes derniers renseignements — dont le Premier Orateur n'a pas encore connaissance — indiqueraient qu'il a parcouru près de dix mille parsecs en bien moins d'une heure.

— En un seul saut ? s'exclama l'un des Orateurs, incrédule.

— En un peu plus de deux douzaines de sauts successifs, réalisés pratiquement sans le moindre intervalle, chose encore plus difficile à imaginer qu'un saut unique. Même si on a pu le localiser à présent, il va nous falloir du temps pour le suivre et si jamais il nous détecte et veut réellement nous semer, nous serons dans l'incapacité totale de le rattraper... Et vous passez votre temps à des chicaneries juridiques, et en traînant deux jours, encore, histoire de mieux savourer la chose. »

Le Premier Orateur parvint à dissimuler son désarroi : « Dites-nous, je vous prie, orateur Gendibal, quelle peut être selon vous la signification de tout ceci ?

— C'est une indication, Premier Orateur, des progrès techniques réalisés par la Première Fondation, qui se révèle être aujourd'hui considérablement plus puissante qu'au temps de Preem Palver. Nous serions totalement incapables de leur résister s'ils nous découvraient et se trouvaient libres de leurs mouvements. »

L'oratrice Delarmi se dressa : « Premier Orateur, on nous fait perdre notre temps avec des balivernes. Nous ne sommes plus des enfants que l'on effraie avec des contes de Mamie Supernova. Qu'importe que l'appareil technologique de la Première Fondation soit impressionnant, quand, en cas de crise, leur esprit sera sous notre contrôle.

— Qu'avez-vous à répondre à cela, orateur Gendibal ? demanda le Premier Orateur.

— D'abord, que nous aborderons cette question du contrôle de l'esprit en son temps. Pour le moment, je désire essentiellement insister sur la supériorité — et une supériorité croissante — de la puissance technologique de la Première Fondation.

— Veuillez passer au point suivant, orateur Gendibal, indiqua le Premier Orateur. Je dois dire que ce premier point ne m'a pas paru avoir un extrême rapport avec le contenu de l'acte d'accusation. »

Il y eut un mouvement général d'assentiment autour de la Table.

« Je poursuis. Trevize a un compagnon de voyage... » (il marqua une légère pause, prenant soin de prononcer correctement) « un certain... Janov Pelorat, un chercheur assez insignifiant qui a consacré toute sa vie à recenser tous les mythes et légendes concernant la Terre.

— Vous savez tout cela sur lui ? Encore votre informateur caché, je suppose ? » lança Delarmi qui s'était installée dans son rôle de procureur avec une aisance manifeste.

« Oui, je sais tout cela sur lui, dit Gendibal, imperturbable. Il y a quelques mois, le Maire de Terminus, une femme énergique et capable, s'est intéressée à ce chercheur pour des raisons pas très claires et donc j'en suis venu tout naturellement à m'y intéresser moi aussi. Je n'ai pas non plus cherché à garder ça pour moi. Toutes les informations que j'ai pu recueillir ont été mises à la disposition du Premier Orateur.

— J'en porte le témoignage », dit Shandess à voix basse.

Un Orateur âgé intervint : « Quelle est cette Terre ? S'agit-il du monde des origines que l'on rencontre sans cesse dans les légendes ? Cette planète autour de laquelle on a fait tout un foin du temps de l'ancien Empire ? »

Gendibal opina. « Dans les contes de Mamie Supernova, comme dirait l'oratrice Delarmi... Je soupçonne

Pelorat d'avoir rêvé de venir à Trantor consulter les archives galactiques, afin d'y trouver des informations au sujet de la Terre, informations qu'il ne pouvait obtenir *via* les services de la bibliothèque interstellaire disponible sur Terminus.

« Lorsqu'il a quitté Terminus avec Trevize, il doit avoir eu l'impression que ce rêve allait s'accomplir. Et sans aucun doute escomptions-nous de notre côté mettre la main sur eux et profiter ainsi de l'occasion pour les examiner — à notre bénéfice personnel. Mais il apparaît, comme vous le savez tous à présent, qu'ils ont décidé de ne pas venir : ils ont dévié vers une destination encore mal définie et ce, pour une raison encore inconnue. »

Le visage rond de Delarmi se fit positivement angélique : « Et pourquoi serait-ce si gênant ? Nous ne nous portons certainement pas plus mal de leur absence. En fait, puisqu'ils nous lâchent aussi facilement, nous pouvons en déduire que la Première Fondation ignore toujours la véritable nature de Trantor et nous ne pouvons qu'applaudir encore l'habileté de Preem Palver.

— Si on ne veut pas réfléchir plus loin, contra Gendibal, on pourrait effectivement déboucher sur cette rassurante conclusion. Se pourrait-il, toutefois, que leur revirement ne résulte pas d'une incapacité à déceler l'importance de Trantor ? Se pourrait-il que ce revirement traduise au contraire la crainte que Trantor, en les examinant, ne décèle l'importance de la Terre ? »

Il y eut soudain une grande agitation autour de la Table.

« N'importe qui, remarqua froidement Delarmi, peut toujours s'amuser à inventer des propositions ronflantes et les coucher en phrases bien tournées. Valent-elles pour autant quelque chose une fois que vous les avez inventées ? Pourquoi quelqu'un devrait-il s'intéresser à notre opinion, l'opinion de la Seconde Fondation au sujet de la Terre ? Que ce soit la véritable planète des origines ou que ce soit un mythe ou, pour bien faire, qu'il n'existe même pas de planète des origines, voilà certainement un problème qui ne devrait intéresser que les historiens, les archéologues et les collectionneurs de récits folkloriques comme votre Pelorat. Pourquoi nous ?

— Effectivement, pourquoi ? répéta Gendibal. Comment expliquez-vous, alors, qu'on ne trouve pas une seule référence à la Terre dans toute la bibliothèque ? »

Pour la première fois, quelque chose d'autre que de l'hostilité se fit sentir autour de la Table du Conseil.

« Pas une ? » demanda Delarmi.

Gendibal répondit avec le plus grand calme : « Dès que j'eus vent de la venue possible de Trevize et Pelorat sur Trantor, en quête d'informations au sujet de la Terre, j'ai tout naturellement demandé à l'ordinateur de notre bibliothèque un listage de tous les documents contenant une telle information. J'ai pu découvrir alors, avec une curiosité modérée, qu'elle n'en contenait aucun. Elle n'en contenait pas une petite quantité. Pas un très petit nombre. Aucun !

« Là-dessus, vous me forcez à attendre deux jours avant que ne se tienne cette audience, et simultanément, ma curiosité se trouve piquée lorsque j'apprends qu'en définitive nos deux Premiers Fondateurs ne viennent pas nous rendre visite. Il fallait bien que je trouve à me distraire. Pendant que le reste d'entre vous s'amusait, comme on dit, à trinquer pendant que la maison brûle, je me suis mis à parcourir les quelques livres d'histoire que j'avais chez moi. Et je suis tombé sur des passages mentionnant explicitement certaines recherches effectuées vers la fin de l'Empire à propos de la Question des origines. On y faisait référence à des documents bien précis — écrits ou filmés — au besoin en en extrayant des citations. Je suis donc retourné à la bibliothèque pour y rechercher moi-même ces fameux documents... Je vous assure que je n'ai absolument rien trouvé.

— Quand bien même ce serait le cas, observa Delarmi, ça ne constitue pas forcément une surprise. Après tout, si la Terre est effectivement un mythe...

— Alors je l'aurais trouvée dans la section mythologie. Si c'était un conte de Mamie Supernova je l'aurais trouvée dans les œuvres complètes de Mamie Supernova. Si c'était la divagation d'un esprit dégénéré, je l'aurais trouvée sous la rubrique psychopathologie. Le fait est que quelque chose existe effectivement à propos de la Terre, sinon vous n'en auriez pas tous entendu parler — au point même de reconnaître immédiatement dans ce nom celui de la présumée planète des origines de l'espèce humaine. Pourquoi, dans ce cas, n'en trouve-t-on *nulle part* la moindre référence dans la bibliothèque ? »

Profitant du bref silence de Delarmi, un autre Orateur s'interposa dans la discussion. Il s'agissait de Leonis Cheng, un homme d'assez petite taille, doué d'un savoir encyclopédique sur les détails du plan Seldon mais affligé d'une certaine myopie quant à son attitude à l'égard de la Galaxie réelle proprement dite. Quand il parlait, il avait tendance à cligner rapidement des yeux.

« Il est bien connu, dit-il, que dans ses derniers jours l'Empire tenta de créer une mystique impériale en mettant en sourdine toutes les recherches portant sur les époques pré-impériales. »

Gendibal opina. « Mettre la sourdine est le terme exact, orateur Cheng. Ce n'est pas le synonyme de destruction de preuves. Comme vous devriez le savoir mieux que quiconque, une autre caractéristique de la décadence impériale fut un intérêt soudain pour des temps révolus — et présumés meilleurs. Je n'avais quant à moi fait référence qu'à l'intérêt pour la Question des origines à l'époque de Hari Seldon. »

Cheng l'interrompit avec un formidable raclement de gorge. « Je sais tout cela fort bien, jeune homme, et j'en sais considérablement plus sur ces problèmes sociaux de la décadence impériale que vous ne semblez l'imaginer. Le processus d' " impérialisation " balaya tous ces jeux de dilettante à propos de la Terre. Sous Cleon II, lors du dernier sursaut de l'Empire, deux siècles *après* Seldon, donc, l'impérialisation atteignit son apogée et toutes ces spéculations sur la question de la Terre prirent fin. On édicta même sous le règne de Cleon une directive à ce sujet, qualifiant l'intérêt pour de tels sujets de (et là, je pense citer correctement) : " spéculations oiseuses et stériles, tendant à saper l'amour du peuple envers le trône impérial ". »

Gendibal sourit : « Donc, ce serait sous le règne de Cleon II, orateur Cheng, que vous placeriez la destruction de toute référence à la Terre ?

— Je ne tire aucune conclusion. Je n'ai pas dit autre chose que ce que j'ai dit.

— C'est habile de votre part de ne tirer aucune conclusion. Du temps de Cleon, l'Empire a peut-être connu une renaissance mais il n'empêche que la bibliothèque était entre nos mains, du moins entre celles de nos prédécesseurs. Il aurait été impossible de retirer de la bibliothèque le moindre matériel sans que les Orateurs de la Seconde Fondation en aient connaissance. En fait, c'est à eux que serait échue pareille tâche même si l'Empire moribond avait dû l'ignorer. »

Gendibal se tut mais Cheng ne répondit rien, regardant par-dessus sa tête.

Gendibal poursuivit : « Il s'ensuit que la bibliothèque n'a donc pas pu être vidée de ses documents traitant de la Terre à l'époque de Seldon puisque la Question des origines était alors une préoccupation d'actualité ; elle n'a pas pu l'être par la suite puisque la Seconde Fondation en avait désormais la charge. Et pourtant, elle est bien vide maintenant. Comment cela est-il possible ? »

Delarmi intervint avec impatience : « Vous pouvez cesser de broder sur ce dilemme. On a tout compris. Qu'est-ce que vous suggérez comme solution ? Que c'est vous qui avez dérobé les documents vous-même ?

— Comme toujours, Delarmi, vous avez touché le cœur du problème. » Et Gendibal inclina la tête vers elle, avec un respect sardonique (à quoi elle se permit de répliquer en retroussant légèrement la lèvre) : « Une solution possible est que ce nettoyage fût l'œuvre d'un Orateur de la Seconde Fondation, quelqu'un capable d'utiliser les conservateurs de la bibliothèque sans laisser de souvenir derrière lui — et capable d'utiliser les ordinateurs sans laisser non plus de trace enregistrée. »

Le Premier Orateur Shandess devint cramoisi : « Ridicule, orateur Gendibal. Je ne peux pas imaginer qu'un Orateur puisse agir de la sorte. Quel motif aurait-il ?

Même si, pour quelque raison, les documents ayant trait à la Terre avaient dû être retirés, pourquoi le dissimuler au reste de la Table ? Pourquoi risquer de gâcher totalement sa carrière en falsifiant la bibliothèque quand les risques d'être découverts sont en vérité si grands ? D'ailleurs, je ne pense pas qu'un Orateur, même le plus habile qui soit, fût capable d'accomplir cette tâche sans laisser de trace.

— Alors, Premier Orateur, c'est que vous ne partagez pas l'idée de l'oratrice Delarmi que je puisse en être l'auteur.

— Je ne la partage certainement pas : il m'arrive peut-être de douter de votre jugement mais je n'en suis pas encore à vous estimer totalement fou.

— Alors, c'est qu'une telle éventualité n'a jamais pu se produire, Premier Orateur. Les documents concernant la Terre doivent toujours se trouver dans la bibliothèque puisqu'il semble à présent que nous ayons éliminé toutes les manières possibles de les avoir dérobées — et malgré tout, ils demeurent introuvables.

— Bon, bon, dit Delarmi en affectant la lassitude, finissons-en. Encore une fois, qu'est-ce que vous suggérez comme solution ? Je suis bien sûre que vous pensez en tenir une.

— Si vous en êtes si sûre, Oratrice, autant que j'en fasse profiter tout le monde. Mon hypothèse est que la bibliothèque a été nettoyée par un membre de la Seconde Fondation, manipulé par une subtile force extérieure à celle-ci. Le nettoyage est passé inaperçu parce que cette même force a justement veillé ce qu'on ne s'aperçoive de rien. »

Delarmi éclata de rire : « Jusqu'à ce que vous le découvriez ! Vous... L'incontrôlé et l'incontrôlable. Si cette mystérieuse force existait bel et bien, comment auriez-vous fait pour découvrir l'absence de documents dans la bibliothèque ? Pourquoi n'avez-vous pas été vous aussi soumis à son contrôle ?

— La situation n'a rien de risible, Oratrice, rétorqua Gendibal, l'air grave. Il se peut qu'ils aient senti — tout comme nous — que toute intervention devrait se réduire au strict minimum. Alors que ma vie était en danger, il y a quelques jours, mon principal souci a été d'essayer de ne pas interférer avec un esprit hamien avant de songer à assurer ma protection personnelle. Il pourrait en être de même avec ces gens — sitôt qu'ils ont senti qu'il était plus sûr pour eux de cesser toute immixtion. C'est bien là qu'est le danger, le danger mortel. Le fait que j'aie pu découvrir ce qui est arrivé peut signifier qu'ils se moquent bien désormais d'être découverts. Le fait de s'en moquer peut signifier qu'ils estiment avoir déjà gagné la partie. Et nous, ici, nous continuons nos petits jeux !

— Mais quel est leur objectif dans tout ça ! Quel objectif peuvent-ils bien poursuivre ? » demanda Delarmi. Elle traînait les pieds à présent, se mordait les lèvres, sentant son emprise décroître à mesure que le Conseil devenait plus intéressé, plus inquiet...

« Réfléchissez, dit Gendibal... La Première Fondation, avec tout l'arsenal de son énorme puissance matérielle, se met à la recherche de la Terre. Elle fait semblant d'envoyer en expédition deux exilés, dans l'espoir que nous ne chercherons pas plus loin, mais les aurait-elle équipés, ces exilés, de vaisseaux d'une puissance incroyable — des vaisseaux capables de franchir dix mille parsecs en moins d'une heure — si c'étaient vraiment de simples exilés ?

— De notre côté, à la Seconde Fondation, nous ne recherchons absolument pas la Terre et, manifestement, on a pris des mesures, *à notre insu*, pour nous priver de toute information à ce sujet. La Première Fondation est à présent sur le point de la découvrir et nous, nous en sommes si loin que... »

Gendibal s'interrompit et Delarmi s'écria : « ... que quoi ? Finissez donc votre conte puéril. Est-ce que vous savez quelque chose, oui ou non ?

— Je ne peux pas *tout* savoir, Oratrice. Je n'ai pas pénétré tous les secrets de la toile qui nous encercle mais je sais en tout cas que cette toile est là. J'ignore quelle signification pourrait revêtir la découverte de la Terre mais je suis certain que la Seconde Fondation court un énorme danger et avec elle, le plan Seldon et l'avenir de toute l'humanité. »

Delarmi bondit debout. Elle ne souriait plus et parla d'une voix tendue mais parfaitement maîtrisée : « Sornettes que tout ça ! Premier Orateur, mettez-y un terme ! Ce qui est ici en discussion, c'est la conduite de l'accusé. Ce qu'il nous raconte en ce moment est non seulement puéril mais sans rapport avec le débat. Qu'il ne compte pas faire oublier sa conduite en bâtissant tout un tissu de théories qui n'ont de sens que pour lui seul. Je demande que l'on procède à un vote immédiat sur le fond — un vote de condamnation unanime.

— Attendez, dit brusquement Gendibal. On m'a dit que j'aurais la possibilité de me défendre et il me reste encore un point — un seul. Laissez-moi l'exposer et vous pourrez ensuite procéder au vote sans plus d'objection de ma part. »

Le Premier Orateur se frotta les paupières avec lassitude. « Vous pouvez continuer, orateur Gendibal. Je me permettrai d'insister auprès du Conseil en soulignant que la condamnation d'un Orateur suspendu est un acte, au sens propre, sans précédent aucun, et qui se révèle si lourd de conséquences que nous ne pouvons nous permettre de donner l'impression que la défense n'a pu s'exprimer librement. Rappelez-vous également que, même si le verdict vous satisfait, il peut ne pas satisfaire ceux qui nous succéderont et je me refuse à croire qu'un Second Fondateur — quel que soit son rang, et sans parler des Orateurs de la Table — soit incapable d'apprécier pleinement l'importance que revêt la perspective historique. Agissons donc de manière à pouvoir être certains de l'approbation des Orateurs qui nous suivront dans les siècles à venir. »

Delarmi observa avec amertume : « Nous courons le risque, Premier Orateur, de voir la postérité se rire de nous pour avoir refusé l'évidence. Vous poursuivez l'audition de la défense sous votre seule responsabilité. »

Gendibal prit une profonde inspiration : « Dans ce cas, et en accord avec *votre* décision, Premier Orateur, je désirerais appeler un témoin, une jeune femme que j'ai rencontrée il y a trois jours et sans laquelle j'aurais fort bien pu ne jamais rejoindre la Table du Conseil au lieu d'être simplement en retard à la séance.

— La femme que vous évoquez est-elle connue de la Table ? demanda le Premier Orateur.

— Non, Premier Orateur, c'est une autochtone. »

Delarmi écarquilla les yeux : « Une *Hamienne ?*

— Eh oui ! Effectivement.

— Qu'est-ce que nous avons à faire de ces gens-là ? dit Delarmi. Rien de ce qu'ils peuvent raconter n'a la moindre importance. Ils n'existent pas ! »

Les lèvres de Gendibal se retroussèrent légèrement en un rictus qu'on aurait difficilement pu confondre avec un sourire. Il dit avec rudesse : « Physiquement, tous les Hamiens existent. Ce sont des êtres humains et ils ont leur rôle à jouer dans le plan Seldon. Par la protection indirecte qu'ils assurent à la Seconde Fondation, leur importance est cruciale. Je tiens à me dissocier formellement de l'inhumanité de l'oratrice Delarmi et je souhaite voir sa remarque consignée dans le procès-verbal aux fins d'être éventuellement considérée par la suite comme preuve de son incapacité à assumer la charge d'Orateur... Le reste du Conseil approuve-t-il la remarque de l'Oratrice et récuse-t-il mon témoin ?

— Appelez votre témoin, Orateur », dit Shandess.

Les lèvres de Gendibal se détendirent et ses traits redevinrent inexpressifs comme chez tout Orateur sous tension. Il gardait l'esprit en alerte mais derrière cette barrière protectrice, il sentait que le passage dangereux était passé et qu'il avait gagné.

34.

Sura Novi paraissait épuisée. Elle avait les yeux agrandis et sa lèvre inférieure tremblait légèrement. Ses mains se crispaient et s'ouvraient spasmodiquement, sa poitrine se soulevait, légèrement oppressée. Elle portait les cheveux tirés en arrière et tressés en natte ; son visage bronzé était par instants pris de tics et ses mains ne cessaient de tripoter nerveusement les plis de sa longue robe. Elle scruta la Table, l'air hagard, passant d'un Orateur à l'autre, les yeux emplis de terreur respectueuse.

Ils lui rendirent son regard avec des degrés divers de gêne et de mépris. Delarmi maintint les yeux largement au-dessus du sommet de sa tête, ignorant sa présence.

Précautionneusement, Gendibal effleura les franges de son esprit, l'apaisant et le décrispant. Il serait parvenu au même résultat en lui tapotant la main ou en lui caressant la joue mais ici, vu les circonstances, c'était bien entendu impossible.

Il crut bon d'expliquer : « Premier Orateur, je suis en train d'engourdir les perceptions conscientes de cette femme pour éviter que son témoignage ne soit biaisé par la peur. Voulez-vous remarquer, je vous prie — le reste du Conseil peut également, s'il le veut, se joindre à moi pour le constater — que je ne vais en aucune manière altérer son esprit. »

Novi avait reculé en sursaut, terrorisée par le son de sa voix, et Gendibal n'en fut pas surpris. Il se rendit compte qu'elle n'avait jamais entendu dialoguer entre eux des Seconds Fondateurs de haut rang. Jamais encore elle n'avait fait l'expérience de cet étrange et subtil échange précipité de sons, d'intonations, d'expressions et de pensées entremêlés. Sa terreur, toutefois, s'évanouit aussi vite qu'elle était venue, à mesure qu'il apaisait son esprit.

Son visage prit un air placide.

« Vous avez un siège derrière vous, Novi, dit Gendibal. Asseyez-vous, je vous prie. »

Novi fit une petite révérence maladroite et s'assit, très raide.

Elle s'exprimait tout à fait clairement mais Gendibal lui faisait répéter lorsque son accent hamien devenait par trop prononcé. Et parce qu'il avait lui-même adopté un ton formaliste par égard pour la Table, il devait également lui répéter parfois ses propres questions.

Le récit de l'altercation entre Gendibal et Rufirant fut exactement décrit sans aucune difficulté.

Gendibal demanda : « Avez-vous vu tout cela vous-même, Novi ?

— Nan, Maître, sinon j' l'aurais stoppé vit' fait. Rufirant l'est p' têt' un brav' gars mais l'a point beaucoup d' tête.

— Mais vous avez pourtant décrit toute la scène. Comment est-ce possible si vous n'avez pas tout vu ?

— Rufirant m'a tout raconté après coup, quand j' lui a demandé. L'avait ben honte.

— Honte ? Avez-vous souvenance d'un comportement analogue de sa part, auparavant ?

— Rufirant ? Non pas, Maître. L'est doux comme tout, malgré sa taille. Pas le moins du monde bagarreur et par le fait, l'est plutôt peuré par les cherchieurs. Même qu'y dit des fois qu'ils ont des pouvoirs et qu'y doivent être possédés.

— Pourquoi n'était-il pas dans ces dispositions lorsqu'il m'a rencontré ?

— C'est ben là l' bizarre. Même que j' me l'explique pas. » Elle hocha la tête. « L'était point lui-même. J' lui a dit : “ 'Spèce de tête creuse ! C'est-y ta place d'attaquer un cherchieur ? ” Et y m'a dit : “ J' sais pas comment qu' c'est arrivé. Comme si qu' j'étais par côté, à r'garder faire un autre. ” »

L'orateur Cheng intervint : « Premier Orateur, quel est l'intérêt d'écouter cette femme rapporter cc que lui a raconté un tiers. N'y aurait-il pas moyen de retrouver trace de cet homme ?

— C'est tout à fait possible, dit Gendibal. Et si, à l'issue du témoignage de cette femme, la Table désire entendre de nouvelles preuves, je suis tout prêt à appeler à la barre Karoll Rufirant, mon récent antagoniste. Sinon, le Conseil pourra passer directement au verdict, une fois que j'en aurai fini avec le présent témoin.

— Très bien, dit le Premier Orateur. Vous pouvez poursuivre l'interrogatoire du témoin. »

Gendibal se tourna vers Novi : « Et vous, Novi ? Était-ce dans vos manières de vous immiscer ainsi dans une bagarre ? »

Novi resta quelques instants sans répondre. Une petite ride apparut fugacement entre ses épais sourcils. Elle finit par dire : « Je sais pas. J' veux point d' mal aux cherchieurs. J' ma sentie comme *conduite* et sans y penser, j' m'a interposée. » Une pause, puis : « J' l'a referait encore s'il le faudrait. »

Gendibal dit alors : « Novi, vous allez dormir à présent. Vous ne penserez à rien. Vous allez vous reposer, et vous ne rêverez même pas. »

Novi marmonna quelques instants puis ses yeux se fermèrent et sa tête retomba sur le dossier de son siège.

Gendibal attendit un moment puis dit : « Premier Orateur, je vous demanderai respectueusement de bien vouloir me suivre à l'intérieur de l'esprit de cette femme. Vous constaterez qu'il est remarquablement simple et symétrique, détail heureux car ce que vous allez y découvrir n'aurait peut-être pas été visible autrement.

« Tenez !... Tenez ! Est-ce que vous voyez ?... Si le reste du Conseil veut bien se donner la peine... ce sera plus facile si vous entrez un par un... »

Il y eut un bourdonnement croissant autour de la Table.

Gendibal demanda : « Avez-vous encore le moindre doute, à présent ?

— Moi, j'en ai un ! lança Delarmi, car... » Elle s'interrompit, à deux doigts de prononcer ce qui — même pour elle — était imprononçable.

Gendibal le dit pour elle : « Vous pensez que jai délibérément altéré cet esprit dans le but de présenter une fausse preuve ? Vous me croyez donc capable de réaliser un ajustement aussi délicat — une fibre mentale manifestement déformée alors que rien dans son entourage n'a le moins du monde été dérangé... Mais si je pouvais faire une telle chose, quel besoin aurais-je de me soucier de vous ? Pourquoi me serais-je soumis à l'indignité d'un procès ? Pourquoi me fatiguerais-je à vous convaincre ? Si j'étais capable d'accomplir ce qui est visible dans l'esprit de cette femme, vous seriez tous totalement désarmés devant moi, sauf à vous être particulièrement bien préparés... Non, la réalité brute est qu'aucun d'entre vous ne pourrait manipuler l'esprit de cette femme comme il a été manipulé. Ni moi non plus. Et pourtant, ça a été fait. »

Il se tut pour considérer tour à tour chacun des Orateurs, avant d'arrêter son regard sur Delarmi. C'est avec lenteur qu'il reprit : « A présent, s'il vous faut encore des preuves, je vais faire appeler Karoll Rufirant, le paysan hamien : j'ai eu l'occasion de l'examiner et de constater que son esprit a subi une altération identique.

— Cela ne sera pas nécessaire », dit le Premier Orateur. Il avait un air totalement atterré. « Ce que nous avons vu est proprement hallucinant.

— En ce cas, dit Gendibal, puis-je réveiller cette Hamienne et la renvoyer? J'ai pris toutes dispositions pour que dès sa sortie soit pris en charge son rétablissement. »

Une fois que Gendibal eut guidé d'une main douce Novi jusqu'à la sortie, il reprit : « Permettez-moi de résumer brièvement : Des esprits peuvent être — et ont manifestement été — altérés d'une manière qui dépasse nos possibilités. C'est sans doute de cette façon que les conservateurs auraient eux-mêmes pu être incités à retirer des archives tous les documents portant sur la Terre — sans qu'ils en aient conscience. Nous avons vu comment on s'est arrangé pour retarder mon arrivée à la réunion du Conseil : j'ai été menacé ; on m'a sauvé ; le résultat s'est trouvé que j'ai été suspendu. La conclusion de cet enchaînement apparemment naturel d'événements est que je suis désormais en posture de perdre une position influente — et le cours de l'action que je soutiens et qui menace ces gens, quels qu'ils soient, risque d'être interrompu. »

Delarmi se pencha en avant. Elle était manifestement ébranlée. « Si cette organisation secrète est si habile, comment avez-vous fait pour découvrir tout cela ? »

Gendibal se sentait assez à l'aise pour sourire à présent : « Je n'ai aucun mérite. Et je ne me targue en aucune façon de surpasser en savoir les autres Orateurs — et surtout pas le Premier d'entre eux. Cependant, les anti-Mulets — pour reprendre l'heureuse expression du Premier Orateur — ne sont pas non plus omniscients ni totalement à l'abri des circonstances. Peut-être ont-ils choisi pour en faire leur instrument cette Hamienne en particulier, justement parce qu'elle n'exigeait qu'un minimum de réajustement. Elle éprouvait déjà, par nature, de la sympathie pour ceux qu'elle appelle des " chercheurs " et les admirait intensément.

« Mais par la suite, une fois tout cela terminé, le contact momentané qu'elle avait eu avec moi suffit à renfoncer son fantasme de devenir elle-même un " chercheur ". C'est avec cette idée en tête qu'elle vint me voir le lendemain. Rendu curieux par une aussi bizarre ambition de la part d'une Hamienne, j'étudiai son esprit — ce qu'en d'autres circonstances, je me serais certainement abstenu de faire — et, plus par accident qu'autrement, je suis tombé sur cette altération dont je relevai tout de suite la signification. S'ils avaient choisi une autre femme — par nature moins favorablement disposée à l'égard des chercheurs — les anti-Mulets auraient peut-être opéré plus en profondeur mais les conséquences qu'on connaît auraient fort bien pu ne pas suivre et je serais demeuré dans l'ignorance de tout ceci. Les anti-Mulets ont fait une erreur de calcul — ou n'ont pas su laisser assez de marge à l'imprévu. Qu'ils puissent accomplir de tels faux pas est réconfortant.

— Le Premier Orateur et vous, observa Delarmi, baptisez cette... organisation... les anti-Mulets, je présume, parce qu'ils semblent apparemment œuvrer pour maintenir la Galaxie dans la voie du plan Seldon, au lieu de le bouleverser comme avait pu le faire le Mulet. Si les anti-Mulets agissent ainsi, pourquoi sont-ils dangereux ?

— Pourquoi travailleraient-ils, sinon dans un dessein précis ? Nous ignorons quel est ce dessein. Un cynique pourrait dire qu'ils ont l'intention d'entrer en scène à un moment donné dans l'avenir pour faire dévier le courant dans une autre direction, plus conforme à leurs vœux qu'aux nôtres. C'est mon sentiment personnel même si le cynisme n'est pas mon fort. L'oratrice Delarmi est-elle prête à soutenir, avec cet amour et cette confiance qui sont, nous le savons tous, l'un des traits saillants de son caractère, que nous sommes en présence d'altruistes cosmiques, qui font le travail pour nous, sans aucun espoir de récompense ? »

Cette remarque déclencha un léger murmure de rires autour de la Table et Gendibal comprit qu'il avait gagné. Et Delarmi comprit qu'elle avait perdu car une bouffée de rage filtra au travers de son rigide écran mental, comme l'éclat fugace d'un rai de soleil à travers un épais feuillage.

Gendibal reprit : « Lors de mon premier incident avec le paysans hamien, j'ai tout de suite conclu qu'un autre Orateur était derrière tout ça. En relevant l'altération opérée dans l'esprit de la femme, je compris que j'avais eu raison quant à l'intrigue mais tort quant à son auteur. Je présente mes excuses au Conseil pour cette erreur d'interprétation et invoque les circonstances atténuantes. »

Le Premier Orateur prit la parole : « Je pense que ceci peut être considéré comme une excuse… »

Mais Delarmi l'interrompit. Elle avait recouvré tout son calme — le visage était amical, la voix tout sucre, tout miel : « Avec le plus grand respect, Premier Orateur, si je puis vous interrompre… laissons tomber cette affaire de destitution. En cet instant, je me sens incapable de voter la condamnation et j'imagine que personne ne le ferait. J'irais même jusqu'à suggérer que cette procédure de suspension soit effacée du dossier de l'Orateur. L'orateur Gendibal a su se disculper avec talent. Je l'en félicite — ainsi que pour avoir découvert une crise que le reste d'entre nous aurait fort bien pu laisser couver indéfiniment, avec des résultats incalculables. Et je lui présente *personnellement* mes plus sincères excuses pour ma récente hostilité. »

Elle gratifia Gendibal d'un sourire positivement radieux et celle-ci ne put, à contrecœur, qu'admirer la manière dont elle avait instantanément su faire volte-face pour limiter les dégâts. Il sentit également que tout cela ne faisait que préluder à une prochaine attaque, portée d'une autre direction.

Et il était bien certain que ce qui s'annonçait n'aurait rien d'agréable.

35.

Lorsqu'elle se forçait à être charmante, l'oratrice Delora Delarmi s'y entendait pour dominer la Table du Conseil. Sa voix se faisait douce, son sourire indulgent, ses yeux étincelaient, tout en elle était miel. Nul ne se serait avisé de l'interrompre et chacun attendait que tombe la foudre.

Elle reprit : « Grâce à l'orateur Gendibal, je pense que nous savons tous à présent ce qu'il nous reste à faire. Les anti-Mulets nous sont invisibles ; nous ignorons tout d'eux, hormis leurs interventions fugitives dans l'esprit de certaines personnes, ici même, en plein cœur de la Seconde Fondation. Nous ignorons ce que trame le pouvoir central de la Première Fondation. Il se peut que nous ayons en face de nous une alliance des anti-Mulets et de la Première Fondation. Nous ne le savons pas.

« Nous savons en revanche que ce Golan Trevize et son compagnon, dont le nom m'échappe pour l'instant, se dirigent nous ne savons où — et que le Premier Orateur et Gendibal partagent l'impression que ce Trevize détient la clé permettant de sortir de cette grave crise. Alors, que doit-on faire ? A l'évidence, découvrir le plus de choses possible sur Trevize ; où il va, ce qu'il pense, quels peuvent être ses desseins ; ou à vrai dire, découvrir s'il a effectivement une destination, des idées, un but ; s'assurer qu'il n'est pas, en fait, le simple instrument d'une force qui le dépasse. »

Gendibal remarqua : « Il est sous surveillance. »

Les lèvres de Delarmi s'ourlèrent en un sourire plein d'indulgence : « Par qui ? Par l'un de nos agents à l'extérieur ? Compte-t-on sur ces agents pour affronter ceux dont on a pu constater ici l'étendue des pouvoirs ? Sûrement pas. Au temps du Mulet, et plus tard également, la Seconde Fondation n'a jamais hésité à envoyer — et sacrifier — des volontaires choisis parmi ses meilleurs éléments, c'était la moindre des choses. Lorsqu'il devint nécessaire de rétablir le plan Seldon, Preem Palver en personne ratissa la Galaxie, sous les traits d'un marchand trantorien, afin de ramener cette jeune fille, Arkady. Nous n'allons quand même pas rester assis ici à attendre, alors que la crise est peut-être plus grave encore que dans ces deux cas. On ne peut pas s'appuyer sur des fonctionnaires mineurs — des guetteurs ou des coursiers. »

Gendibal intervint : « Vous n'allez quand même pas suggérer maintenant que le Premier Orateur quitte Trantor ?

— Certainement pas. Nous avons cruellement besoin de lui. D'un autre côté, il y a vous, orateur Gendibal. C'est vous qui avez correctement perçu et apprécié la gravité de la crise. C'est vous qui avez détecté les subtiles interférences opérées de l'extérieur dans les archives et dans des esprits hamiens. C'est vous qui avez maintenu votre point de vue face à l'opposition unanime de la Table — et finalement gagné. Nul ici n'a su faire preuve d'un tel discernement et nul, à part vous, ne saurait mieux que vous à l'avenir faire encore montre d'une telle clairvoyance. C'est vous et vous seul qui devez, à mon avis, aller affronter l'ennemi. Puis-je demander à la Table ce qu'elle en pense ? »

Il n'y eut pas besoin d'un vote dans les formes pour le savoir : chaque Orateur percevait l'esprit de ses collègues et il apparut clairement à tous, et en particulier à un Gendibal soudain consterné, qu'à l'instant même de sa victoire et de la défaite de Delarmi, cette diable de femme s'arrangeait pour le mettre irrévocablement sur la touche, l'exilant sur une mission qui allait le retenir un temps indéfini, tandis qu'elle aurait les mains libres pour diriger la Table du Conseil et donc, la Seconde Fondation, et donc, la Galaxie — les diriger, peut-être vers leur perte.

Et si jamais Gendibal en exil parvenait d'une manière ou de l'autre à glaner l'information susceptible d'éviter à la Seconde Fondation la crise qui la menaçait, ce serait à Delarmi qu'en reviendrait tout le crédit, et son succès à lui ne ferait que confirmer son pouvoir à elle. Plus Gendibal serait rapide, plus il serait efficace, et plus il renforcerait le pouvoir de cette formidable femme.

C'était une manœuvre superbe, un rétablissement incroyable.

Et tel était à présent son ascendant sur la Table qu'elle avait même virtuellement assumé le rôle du Premier Orateur. Mais si une telle idée effleura l'esprit de Gendibal, elle fut littéralement balayée par la bouffée de rage qu'il sentit émaner du Premier Orateur.

Il se tourna. Le Premier Orateur ne faisait aucun effort pour dissimuler sa colère — et il fut bientôt clair qu'une nouvelle crise intérieure allait succéder sous peu à celle qui venait d'être résolue.

36.

Quindor Shandess, vingt-cinquième Premier Orateur, ne se faisait guère d'illusions sur son compte. Il savait qu'il ne faisait pas partie de ces quelques Premiers Orateurs qui avaient illuminé par leur dynamisme les cinq siècles d'histoire de la Seconde Fondation — mais après tout, il n'avait pas besoin de l'être : il dirigeait la Table dans une période tranquille de prospérité galactique et les temps n'étaient pas au dynamisme. Il lui avait plutôt semblé que l'heure était à la discrétion et il avait été l'homme idéal pour ce rôle. Son prédécesseur l'avait choisi pour cette raison.

« Vous n'êtes pas un aventurier, vous êtes un intellectuel », avait dit le vingt-quatrième Premier Orateur. « Vous saurez préserver le plan quand un aventurier risquerait de le conduire à sa ruine. Préserver ! Tel doit être le maître mot de votre Table. »

Il avait bien essayé mais cela s'était traduit dans les faits par une passivité qu'on avait à l'occasion pu interpréter comme de la faiblesse. Il y avait eu des rumeurs persistantes sur son désir de démissionner et l'on intriguait ouvertement pour assurer la succession dans l'une ou l'autre direction.

Pour Shandess, il ne faisait aucun doute que Delarmi avait joué un rôle prépondérant dans ces querelles. C'était elle qui avait la plus forte personnalité de toute la Table et même un Gendibal, avec toute la fougue et la flamme de sa jeunesse, reculait devant elle, comme il était en train de le faire en ce moment.

Seulement, par Seldon, il était peut-être passif, voire faible, mais il lui restait une prérogative dont jamais aucun Premier Orateur ne s'était défait, et dont il n'entendait certainement pas se défaire.

Il se leva pour parler et le silence bientôt se fit autour de la Table. Lorsque le Premier Orateur se levait pour parler, il ne pouvait y avoir la moindre interruption. Même Delarmi et Gendibal n'auraient pas osé lui couper la parole.

Il dit : « Orateurs, je suis d'accord pour reconnaître que nous sommes en face d'une crise dangereuse et qu'il convient de prendre des mesures radicales. C'est moi qui devrais sortir affronter l'ennemi. L'oratrice Delarmi — avec l'amabilité qui la caractérise — veut me dispenser de cette tâche, prétextant que ma présence ici est indispensable. La vérité, toutefois, est que ma présence n'est pas plus indispensable ici qu'ailleurs. Je deviens vieux ; je deviens las. Cela fait longtemps qu'on attend ma démission prochaine et peut-être aurais-je déjà dû la remettre. Une fois que cette crise aura été surmontée avec succès, c'est ce que je ferai effectivement.

« Mais bien entendu, c'est le privilège du Premier Orateur de désigner son successeur. C'est ce que je vais faire à l'instant même.

« Depuis longtemps, une individualité domine les travaux de cette Table ; une individualité qui, par sa forte personnalité, a souvent su assumer la direction que je ne pouvais assumer. Vous avez tous compris que je voulais parler de l'oratrice Delarmi. »

Il marqua une pause puis reprit : « Vous seul, orateur Gendibal, semblez marquer votre désapprobation. Puis-je vous demander pourquoi ? » Il se rassit, afin que Gendibal eût le droit de répondre.

« Je ne désapprouve rien, Premier Orateur », dit Gendibal à voix basse. « C'est votre prérogative de choisir votre successeur.

— Et c'est ce que je vais faire. Quand vous reviendrez — ayant avec succès lancé le processus destiné à mettre un terme à cette crise — il sera temps pour moi de démissionner. Mon successeur pourra dès lors directement se consacrer à mener la politique nécessaire à la poursuite et à l'achèvement de ce processus... Avez-vous quelque chose à dire, orateur Gendibal ?

— Lorsque vous ferez de l'oratrice Delarmi votre successeur, Premier Orateur, dit tranquillement Gendibal, j'espère que vous veillerez à lui conseiller de... »

Le Premier Orateur le coupa sèchement : « J'ai certes parlé de l'oratrice Delarmi mais je ne l'ai pas désignée comme mon successeur. Et maintenant, qu'avez-vous à dire ?

— Excusez-moi, Premier Orateur, j'aurais dû dire, *en supposant* que vous désigniez l'oratrice Delarmi pour vous succéder après mon retour de mission, pourriez-vous veiller à ce que...

— Je ne compte certainement pas en faire mon successeur, ni maintenant ni plus tard. Et à présent : qu'avez-vous à dire ? »

Le Premier Orateur ne put s'empêcher de faire cette déclaration sans ressentir une bouffée de plaisir à l'idée de l'estocade qu'il portait à Delarmi. Il n'aurait pas pu le faire de plus humiliante façon.

« Eh bien, orateur Gendibal, répéta-t-il, qu'avez-vous à dire ?

— Que je suis déconcerté. »

Le Premier Orateur se leva de nouveau et dit : « L'orateur Delarmi a su dominer et diriger mais cela ne suffit pas pour assumer la charge de Premier Orateur. L'orateur Gendibal a su voir ce que nous n'avons pas vu. Il a su faire face à l'hostilité du Conseil, a su le forcer à réviser son jugement et l'amener à partager ses vues. J'ai mes soupçons quant aux motivations qui ont poussé l'oratrice Delarmi à placer la responsabilité de la recherche de Golan Trevize sur les épaules de l'orateur Gendibal mais c'est une corvée nécessaire. Je sais pertinemment qu'il réussira — je me fie à mon intuition — et, à son retour, l'orateur Gendibal deviendra le vingt-sixième Premier Orateur. »

Il se rassit brusquement et chaque Orateur se mit à exprimer son opinion dans un délire de bruits, de voix, de pensées et de mimiques. Le Premier Orateur ne prêta pas la moindre attention à cette cacophonie, restant indifférent, le regard fixé droit devant lui. Maintenant que c'était fait, il se rendait compte, non sans quelque surprise, du vaste soulagement qu'on éprouvait à se découvrir du manteau de la responsabilité. Il aurait dû le faire bien plus tôt — seulement, il ne pouvait pas.

Il lui avait fallu attendre jusqu'à cet instant pour découvrir son évident successeur.

Et puis, son esprit accrocha fortuitement celui de Delarmi et il la regarda.

Par Seldon ! Elle était calme et souriante. Elle ne laissait rien paraître de son désespoir ou de sa déception. Elle n'avait pas abandonné. Il en vint à se demander s'il n'avait pas en fait joué son jeu. Que lui restait-il d'autre à faire ?

37.

Delora Delarmi aurait volontiers laissé paraître son désespoir et sa déception si elle y avait vu le moindre intérêt.

Elle aurait certes éprouvé bien plus de satisfaction à éliminer cet idiot sénile qui contrôlait la Table ou ce juvénile idiot trop bien servi par la Fortune — mais ce n'était pas la satisfaction qu'elle désirait. Elle désirait bien plus.

Elle désirait être Premier Orateur.

Et tant que lui resterait une carte à jouer, elle la jouerait.

Elle fit un sourire aimable et parvint à lever la main comme pour s'apprêter à parler puis garda la pose, juste assez longtemps pour s'assurer que lorsqu'elle parlerait, ce serait non seulement dans le calme mais dans un calme radieux.

Elle parla : « Premier Orateur, tout comme l'a dit à l'instant l'orateur Gendibal, je ne désapprouve pas. C'est votre prérogative de désigner votre successeur. Si je m'exprime à présent, c'est dans l'espoir de contribuer, je l'espère, au succès de ce qui est, à présent, devenu la mission de Gendibal. Puis-je expliquer ma pensée, Premier Orateur ?

— Faites », dit sèchement celui-ci. Elle lui semblait beaucoup trop douce, trop malléable.

Delarmi hocha la tête, l'air grave. Elle ne souriait plus. « Nous avons des vaisseaux, expliqua-t-elle. Ce ne sont peut-être pas des merveilles technologiques comme ceux de la Première Fondation, mais ils pourront bien transporter l'orateur Gendibal. Il en connaît le pilotage, je crois, tout comme nous tous ici. Nous avons des représentants sur toutes les planètes de quelque importance dans la Galaxie et il sera bien reçu partout. Mieux, il peut même se défendre contre les anti-Mulets maintenant qu'il est parfaitement conscient du danger. Même quand nous n'en avions pas encore pris conscience, je soupçonne d'ailleurs ceux-ci d'avoir de toute manière préféré travailler par l'intermédiaire des classes inférieures — voire des paysans hamiens. Nous allons, bien entendu, procéder à un contrôle scrupuleux de tous les membres de la Seconde Fondation — Orateurs compris — mais je suis certaine que leur esprit est inviolé. Les anti-Mulets n'auront pas osé interférer avec nous.

« Néanmoins, il n'y a pas de raison de faire courir à l'orateur Gendibal plus de risques que nécessaire. Il n'est pas dans ses intentions de jouer les trompe-la-mort et mieux vaudrait de toute manière qu'il camoufle quelque peu sa mission — qu'à son tour, il les prenne par surprise. Il aurait donc intérêt à partir déguisé en marchand hamien. Preem Palver, nous le savons tous, a bien parcouru la Galaxie déguisé en marchand. »

Le Premier Orateur objecta : « Preem Palver avait une raison précise d'agir ainsi ; pas l'orateur Gendibal. S'il lui apparaît qu'un déguisement quelconque semble nécessaire, je suis bien certain qu'il aura assez d'ingéniosité pour savoir en adopter un.

— Si vous me permettez, Premier Orateur, j'aimerais suggérer une couverture subtile : Preem Palver, vous vous en souvenez, emmena avec lui son épouse, sa compagne depuis de longues années. Rien ne pouvait mieux conforter le côté rustique de son personnage que le fait de voyager avec sa femme. Cela écarta tout soupçon.

— Je ne suis pas marié, remarqua Gendibal. J'ai bien eu des compagnes mais jamais aucune ne sera volontaire pour jouer le rôle de mon épouse.

— Tout le monde le sait, orateur Gendibal, dit Delarmi, mais les gens considéreront la chose comme allant de soi, pourvu simplement qu'une femme vous accompagne. On vous trouvera bien une volontaire. Mais si vous préférez néanmoins pouvoir être en mesure de présenter des documents l'attestant, je ne crois pas que ce soit un problème. Mais je pense qu'une femme devrait vous accompagner. »

Un instant, Gendibal demeura sans voix. Elle ne voulait quand même pas dire que...

Pouvait-il s'agir d'une ruse pour avoir en fin de compte sa part de succès ? Jouait-elle sur l'éventualité d'un partage — ou d'une rotation — de la charge de Premier Orateur ? Il répondit, lugubre : « Je suis flatté que l'oratrice Delarmi dût estimer qu'elle... »

Et Delarmi éclata de rire ouvertement en considérant Gendibal avec un sourire presque affectueux. Il était tombé dans le piège et s'était couvert de ridicule. La Table ne l'oublierait pas.

« Orateur Gendibal, lui dit-elle, je n'aurai pas l'impertinence de chercher à partager votre mission. Elle vous échoit, à vous et à vous seul, tout comme le poste de Premier Orateur vous reviendra, à vous et à vous seul. Je n'aurais pas imaginé que vous puissiez vouloir de ma compagnie. Franchement, Orateur, à mon âge, je ne me considère plus comme une séductrice... »

Il y eut des sourires autour de la Table — jusqu'au Premier Orateur qui essaya d'en dissimuler un.

Gendibal accusa le coup. Il chercha à limiter les dégâts en essayant d'adopter à son tour un ton léger. Essai manqué.

Il rétorqua, en montrant les dents le moins possible : « Alors, qu'est-ce que vous suggérez ? Je n'imaginais pas le moins du monde, je vous assure, que vous puissiez souhaiter m'accompagner. Votre place est à la Table et en aucun cas au milieu du tohu-bohu des affaires galactiques, je le sais.

— Je suis bien d'accord, orateur Gendibal, je suis bien d'accord. Ma suggestion toutefois avait trait à votre rôle de paysan hamien. Pour lui donner une indiscutable authenticité, quelle meilleure compagne demander sinon une paysanne hamienne ?

— Une paysanne hamienne ? » Pour la deuxième fois en peu de temps, Gendibal était pris par surprise — au grand plaisir de la Table.

« *La* paysanne hamienne, poursuivit Delarmi. Celle qui vous a sauvé d'une rossée ; celle qui vous contemple avec vénération. Celle dont vous avez sondé l'esprit et qui tout à fait inconsciemment, vous a sauvé une seconde fois d'un sort considérablement plus grave qu'une rossée. Je vous suggère de l'emmener avec vous. » La première impulsion de Gendibal fut de refuser mais il savait qu'elle n'attendait que ça. C'eût été fournir à la Table un nouveau prétexte à rire. Il était à présent manifeste que dans sa hâte à vouloir éliminer Delarmi, le Premier Orateur avait commis une erreur en désignant pour successeur Gendibal — ou à tout le moins, Delarmi avait tôt fait de convertir sa décision en erreur.

Gendibal était le plus jeune des Orateurs. Il avait irrité la Table puis avait évité de justesse une condamnation de sa part. D'une manière plus concrète, il avait humilié ses collègues. Plus aucun Orateur ne pourrait voir en lui l'héritier présomptif sans en concevoir du ressentiment.

C'eût été déjà un obstacle difficile à vaincre mais à présent, ils allaient en plus se rappeler avec quelle facilité Delarmi l'avait ridiculisé — et quel plaisir ils y avaient pris. Et mettant cela à profit, elle n'allait que trop facilement les convaincre qu'il lui manquait les années et l'expérience pour tenir le rôle de Premier Orateur. Leur pression commune forcerait le Premier Orateur à modifier sa décision pendant que lui, Gendibal, serait parti accomplir sa mission. Oui, si le Premier Orateur tenait bon, Gendibal se retrouverait totalement impuissant en face d'une opposition unie.

Il vit tout cela en un instant et fut capable de répondre presque sans hésitation : « Oratrice Delarmi, j'admire votre intuition. J'avais cru vous surprendre tous. Il était effectivement dans mon intention d'emmener la paysanne hamienne bien que pas exactement pour la raison, par ailleurs excellente, que vous avez suggérée. C'était pour son esprit que je souhaitais la voir m'accompagner. Vous avez tous examiné son esprit. Vous l'avez vu tel qu'il était : d'une intelligence surprenante mais, par-dessus tout, clair, simple, sans la moindre ruse. Aucune intervention extérieure ne pourrait y passer inaperçue, comme vous l'aurez tous conclu, j'en suis sûr.

« Je me demande si vous avez songé, oratrice Delarmi, qu'elle pourrait ainsi jouer le rôle d'un excellent dispositif d'alerte avancée : je pourrais détecter les premiers symptômes d'une activité mentaliste grâce à son esprit et sans doute plus rapidement qu'avec le mien. »

Une espèce de silence étonné accueillit cette déclaration et Gendibal poursuivit d'un ton léger : « Ah ! je constate que pas un de vous n'avait vu ça. Enfin, bon, c'est sans importance. Eh bien, je vais me retirer à présent. Il n'y a pas de temps à perdre.

— Attendez ! » dit Delarmi qui voyait pour la troisième fois l'initiative lui échapper. « Qu'avez-vous l'intention de faire ? »

Gendibal eut un petit haussement d'épaules : « A quoi

bon entrer dans les détails ? Moins le Conseil en saura et moins les anti-Mulets seront enclins à chercher à le déranger. »

Cela prononcé comme si la sécurité de la Table était son souci majeur. Il s'en imprégna l'esprit et le laissa délibérément paraître.

Ça les flatterait toujours. Plus encore, la satisfaction qu'ils en retireraient les empêcherait peut-être de se demander pourquoi, en fait, Gendibal savait très exactement ce qu'il avait l'intention de faire.

38.

Le Premier Orateur s'entretint seul à seul avec Gendibal ce soir-là.

« Vous aviez raison, lui dit-il. Je n'ai pas pu m'empêcher d'effleurer la surface de votre esprit : j'ai vu que vous considériez ma déclaration comme une erreur et c'en était effectivement une. J'avais une telle envie d'effacer cet éternel sourire, de riposter à cette façon délibérée d'usurper à tout bout de champ mon rôle. »

Gendibal répondit avec douceur : « Peut-être aurait-il mieux valu m'en parler en privé et attendre mon retour avant d'aller plus loin...

— Seulement, cela ne m'aurait pas fourni l'occasion de l'attaquer — bien pauvre prétexte, je l'admets, pour un Premier Orateur.

— Ce n'est pas ça qui l'arrêtera, Premier Orateur. Elle va continuer d'intriguer pour avoir votre poste et peut-être non sans de bonnes raisons. Je suis sûr que certains vont arguer que j'aurais dû refuser ma nomination. Il ne leur serait pas trop difficile de soutenir que c'est l'oratrice Delarmi qui a les meilleures capacités à la Table et que c'est donc elle la plus qualifiée pour occuper ce poste...

— Les meilleures capacités à la Table, effectivement ; certainement pas en dehors, grommela Shandess. Elle ne reconnaît aucun ennemi véritable... sinon les autres Orateurs. D'abord, elle n'aurait jamais dû accéder à ce poste... Tenez, vais-je vous interdire d'emmener la paysanne hamienne ? Et c'est Delarmi qui vous y a amené, je le sais bien.

— Non, non, la raison que j'ai avancée pour la prendre avec moi est tout à fait réelle. Elle peut effectivement jouer le rôle de système d'alerte avancé et je suis reconnaissant à l'oratrice Delarmi de m'avoir poussé à en prendre conscience. Cette femme se révélera fort utile, j'en suis convaincu.

— A la bonne heure. Au fait, je ne mentais pas, moi non plus : je suis sincèrement convaincu que vous ferez absolument tout ce qu'il faut pour mettre un terme à cette crise — si vous voulez vous fier à mon intuition...

— Je crois que je peux — d'autant que je suis d'accord avec vous. Je vous promets que, quoi qu'il advienne, je saurai largement rendre la monnaie de la pièce. Je compte bien revenir pour être Premier Orateur, quoi que puissent faire les anti-Mulets — et l'oratrice Delarmi. »

Tout en parlant, Gendibal examina d'un œil critique sa propre satisfaction. Pourquoi montrait-il ce plaisir, cette ardeur à se lancer dans cette aventure en solitaire dans l'espace ? L'ambition, bien sûr. Preem Palver avait fait exactement la même chose — et il allait leur montrer que Stor Gendibal en était capable, lui aussi. Nul ne pourrait lui dénier la fonction de Premier Orateur, après cela. Et malgré tout, n'y avait-il pas autre chose que de l'ambition, derrière tout ça ? L'attrait du combat ? Un désir plus général d'action, bien compréhensible pour qui avait été confiné toute sa vie d'adulte dans quelque recoin caché d'une planète perdue ? — Il ne savait pas au juste. Mais ce qu'il savait, c'est qu'il avait une furieuse envie de partir.

CHAPITRE XI

SEYCHELLE

39.

Janov Pelorat contempla pour la première fois de sa vie la transition d'une étoile, de simple point à un disque brillant après ce que Trevize avait qualifié de « microsaut ». La quatrième planète — celle qui était habitable et constituait leur prochaine destination, Seychelle — vit ensuite sa taille croître plus lentement, sur l'étendue de plusieurs jours.

L'ordinateur avait produit une carte de l'astre, présentement affichée sur l'écran du terminal portable que Pelorat avait sur les genoux.

Trevize — avec cet aplomb de celui qui s'est déjà posé sur quelques douzaines de mondes — crut bon d'avertir son compagnon : « Ne commencez pas à vouloir tout regarder tout de suite, Janov. Il va d'abord falloir qu'on passe par la station d'entrée, et ça risque d'être assommant. »

Pelorat leva la tête : « Ce n'est sûrement qu'une simple formalité.

— Certes, mais elle peut quand même être assommante.

— Mais nous sommes en paix.

— Bien sûr. Ce qui signifie qu'on sera admis. Mais avant, il y a quand même un problème d'équilibre écologique. Chaque planète a le sien et entend qu'il ne soit pas bouleversé. Aussi mettent-ils un point d'honneur à fouiller chaque astronef pour dépister organismes indésirables ou risques d'infection. C'est somme toute une sage précaution.

— Nous ne transportons rien de tout ça, à ce qu'il me semble.

— Certes, et c'est bien finalement ce qu'ils vont découvrir. Mais rappelez-vous aussi que Seychelle n'est pas membre de la Fédération de la Fondation et qu'on peut donc s'attendre à un certain zèle de leur part, histoire de faire sentir leur indépendance. »

Une vedette se présenta pour les inspecter et un agent des douanes seychelloises monta à leur bord. Trevize, qui n'avait pas oublié son séjour sous les drapeaux, se montra laconique.

« Le *Far Star,* parti de Terminus. Les papiers du vaisseau. Désarmé. Astronef privé. Mon passeport. Il y a un passager. Son passeport. Nous sommes des touristes. »

Le douanier portait un uniforme criard où la couleur dominante était le rouge cramoisi. Il avait les joues et la lèvre supérieure rasées de près mais il portait une barbichette taillée de telle manière que deux touffes de poils saillaient de part et d'autre du menton. Il dit : « Vaisseau de la Fondation ? »

Il avait prononcé : « Vâsseau de la Fôndâtion » mais Trevize se garda bien de le corriger ou même de sourire. Le galactique avait autant de dialectes qu'il y avait de planètes et chacun parlait le sien ; aussi longtemps qu'on se comprenait mutuellement, ça n'avait pas d'importance.

« Oui, monsieur, répondit Trevize. Vaisseau de la Fondation. Appartenant à un particulier.

— Fort bien... Votre chââg'ment, s'il vôs plaêt.

— Mon quoi ?

— Votre chââg'ment... Que trânspartez-vous, enfin ?

— Ah ! Ma cargaison ! Voici la liste par articles. Affaires personnelles uniquement. Nous ne sommes pas ici pour commercer. Comme je vous l'ai dit, nous sommes de simples touristes. »

L'officier des douanes regarda autour de lui avec

curiosité : « Plutôt pârfectionné, ce vâsseau, pour des touristes...

— Pas selon les critères de la Fondation », dit Trevize en affichant sa bonne humeur. « Et je suis assez à l'aise pour me payer celui-ci...

— Est-ce que vous suggêrez que je pourrais me fâere enricher ? » Le douanier lui jeta un regard furtif avant de détourner les yeux.

Trevize hésita quelques instants — le temps d'interpréter la signification de ce terme puis de décider ensuite de la conduite à adopter. Il répondit : « Non, je n'ai aucunement l'intention de vous corrompre. Je n'ai pas la moindre raison de vous verser de pot-de-vin — et vous ne m'avez pas du tout l'air d'être le genre de personne à en accepter, si jamais j'en avais eu l'intention. Vous pouvez inspecter le vaisseau, si vous le désirez.

— Pâs besoin », dit le douanier en déposant son enregistreur de poche. « Vôs avez déjà subi l'exâmen de contrebande sanitaire avec succès. Votre vâsseau s'est vu assigner une longueur d'onde radio qui lui servira de faisceau d'approche. »

Sur quoi, il sortit. L'ensemble de l'opération n'avait pas pris plus d'un quart d'heure.

Pelorat dit à voix basse : « Aurait-il pu nous créer des ennuis ? S'attendait-il vraiment à un pot-de-vin ? »

Trevize haussa les épaules. « Donner la pièce aux douaniers est une institution aussi vieille que la Galaxie et j'y aurais volontiers cédé s'il avait fait une seconde tentative en ce sens. En tout état de cause... je présume qu'il a préféré ne pas prendre de risque avec un vaisseau de la Fondation, et un vaisseau bizarre, qui plus est. Notre vieille peau de vache de Maire, bénie soit-elle, disait que le nom de la Fondation nous protégerait où qu'on aille et elle n'avait pas tort... On aurait très bien pu y passer un bail.

— Pourquoi ça ? Il avait l'air d'avoir obtenu tout ce qu'il voulait savoir.

— Oui, mais il a eu la politesse de nous faire simplement subir un contrôle radio à distance. S'il l'avait voulu, il aurait pu s'amuser à nous inspecter tout le vaisseau avec un appareil à main et là, ça aurait pris des heures. Il aurait pu aussi nous expédier dans un hôpital de campagne et nous garder des jours en quarantaine.

— Hein ? Ah ! mon *pauvre* ami !

— Ne vous affolez pas comme ça. Il n'en a rien fait. J'ai bien cru qu'il allait le faire mais non. Ce qui signifie qu'on est libre d'atterrir. J'aurais aimé me poser par dégravité — ce qui nous prenait un petit quart d'heure — mais j'ignore où peuvent se situer les terrains autorisés et je n'ai pas envie de causer de problèmes. Ce qui signifie qu'on va devoir suivre leur faisceau radio — ce qui va nous prendre des heures — pour rentrer dans l'atmosphère avec une descente en spirale. »

Pelorat avait l'air radieux :

« Mais voilà qui est excellent, Golan ! Irons-nous assez lentement pour avoir le plaisir d'observer le terrain ? » Il brandit son écran portable sur lequel s'étalait en ce moment la carte, affichée avec un grossissement modéré.

« Si l'on veut. Il faudra d'abord qu'on ait traversé le plafond nuageux et on volera quand même encore à quelques kilomètres par seconde. Ça n'aura rien d'un voyage en ballon mais vous aurez toujours un aperçu de la planétographie.

— Superbe ! Superbe !

— Je me demande quand même, dit Trevize, songeur, si notre séjour pour Seychelle sera assez long pour justifier de régler l'horloge de bord sur le temps local.

— Tout va dépendre de ce que l'on compte faire, je suppose. A votre idée, Golan ?

— Notre boulot, c'est de trouver Gaïa et j'ignore totalement combien de temps ça va prendre.

— Eh bien, on peut toujours ajuster simplement nos bracelets et laisser telle quelle la pendule de bord.

— A tout prendre... » dit Trevize. Il regarda la planète qui s'étalait en dessous d'eux. « Inutile d'attendre plus longtemps. Je vais caler l'ordinateur sur le faisceau qu'ils nous ont attribué et il pourra se servir du générateur gravitique pour mimer un vol conventionnel. Bon !...

Descendons, Janov, et voyons voir ce qu'on pourra trouver. »

Songeur, il contempla la planète tandis que le vaisseau commençait son approche, suivant scrupuleusement sa trajectoire sur une courbe d'équipotentiel gravitique soigneusement calculée.

Trevize ne s'était jamais rendu dans l'Union seychelloise mais il savait que depuis un siècle elle manifestait avec constance une extrême froideur à l'égard de la Fondation. D'où sa surprise — et même son désarroi — devant la rapidité de leur passage à la douane.

Ça ne lui paraissait pas raisonnable.

40.

L'officier des douanes se nommait Jogoroth Sobhaddartha et il avait passé pratiquement la moitié de son existence en service à la station.

Cette vie ne le gênait aucunement car elle lui donnait l'occasion — un mois sur trois — de visionner ses bouquins, d'écouter sa musique et d'être loin de son épouse et de son dadais de fils.

Certes, ces deux dernières années, le principal des Douanes était un Rêveur et c'était passablement irritant. Il n'est rien de plus insupportable qu'un individu qui justifie tous ses actes par des directives reçues en rêve.

Sobhaddartha avait personnellement décidé qu'il n'en croyait pas un mot, même s'il avait l'élémentaire prudence de ne pas le dire tout haut, vu que le doute antipsychique était plutôt mal vu de la majorité de la population seychelloise. Passer pour un matérialiste, c'était pour lui risquer sa retraite prochaine.

Il caressa les deux pointes de son bouc — une de chaque main —, se racla la gorge sans discrétion puis, l'air faussement détaché, demanda : « Était-ce le vaisseau, Principal ? »

Le Principal, qui portait le nom tout aussi seychellois de Namarath Godhisavatta, était visiblement occupé par quelque affaire nécessitant l'examen de données informatiques et ne leva pas les yeux : « Quel vaisseau ?

— Le *Far Star,* le vaisseau de la Fondation. Celui que je viens de laisser passer. Celui qu'on a holographié sous toutes les coutures. Était-ce celui dont vous avez rêvé ? »

Godhisavatta leva enfin les yeux. C'était un homme de petite taille, avec des yeux presque noirs, encadrés de fines rides, certainement pas provoquées par une quelconque propension à rire. « Pourquoi demandez-vous ça ? »

Sobhaddartha se raidit et se permit de rapprocher les sourcils, qu'il avait sombres et luxuriants. « Ils ont déclaré qu'ils étaient des touristes, mais je n'ai jamais vu jusqu'ici de vaisseau comme le leur et mon avis, c'est que ce sont des agents de la Fondation. »

Godhisavatta s'appuya contre le dossier de son siège. « Écoutez, mon vieux, j'ai bcau essayer, je n'ai pas souvenance d'avoir sollicité votre avis.

— Mais, Principal, je considère qu'il est de mon devoir de patriote de vous signaler que... »

Godhisavatta se croisa les bras sur la poitrine et fusilla des yeux son subordonné, lequel (bien que considérablement plus impressionnant en taille comme en stature) se tassa sur lui-même et prit un air plus ou moins contrit sous le regard de son supérieur.

« Mon ami, dit Godhisavatta, si jamais vous avez un minimum de jugeote, vous ferez votre boulot en vous abstenant de tout commentaire — ou sinon, je veillerai personnellement à ce que vous vous retrouviez sans pension le jour de votre retraite, ce qui risque d'arriver plus tôt que prévu si je vous entends encore dire un mot sur un sujet qui ne vous regarde pas.

— Oui, monsieur », dit Sobhaddartha à voix basse, avant d'ajouter avec une obséquiosité méfiante : « Est-il dans mes attributions, monsieur, de vous signaler qu'un second vaisseau a été repéré à portée de nos radars ?

— Considérez la chose comme signalée », trancha Godhisavatta avant de retourner à son travail.

« Avec (poursuivit Sobhaddartha encore plus humblement) des caractéristiques fort analogues à celles du vaisseau que je viens de laisser passer. »

Godhisavatta plaqua les mains sur son bureau et se redressa brusquement : « Quoi ? Un *second* vaisseau ? »

Sobhaddartha sourit intérieurement. Cet individu sanguinaire né d'une union illégitime (entendez, le Principal) n'avait manifestement pas rêvé de *deux* vaisseaux. Il confirma : « Apparemment, monsieur ! Eh bien, je m'en vais reprendre mon poste et attendre les ordres... et j'espère, monsieur...

— Oui ? »

Il ne put pas résister — et tant pis pour la retraite : « Et j'espère, monsieur, que nous avons laissé passer le bon. »

41.

Le *Far Star* survolait rapidement la surface de Seychelle et Pelorat la contemplait, fasciné. La couverture nuageuse était plus mince et moins dense que sur Terminus et, précisément comme le montrait la carte, les terres émergées étaient à la fois plus compactes et plus étendues — avec même de bien plus vastes zones désertiques, à en juger par la teinte rouille de la majeure partie des continents.

On n'y découvrait pas le moindre signe de vie. On aurait dit un monde uniquement composé de déserts stériles, de plaines grises, de rides sans fin qui devaient représenter des chaînes de montagnes et, bien sûr, d'océan.

« Ça m'a l'air sans vie, marmonna Pelorat.

— Vous ne vous attendiez pas à distinguer des signes de vie depuis cette hauteur, dit Trevize. A mesure que nous allons descendre, vous allez voir les terres devenir vertes par taches. Même avant, en fait, vous allez découvrir le paysage scintillant de la face nocturne. L'être humain a tendance à éclairer ses planètes dès que tombe l'obscurité ; je ne sache pas un monde qui fasse exception à cette règle. En d'autres termes, le premier signe de vie que vous allez découvrir sera non seulement humain mais technologique.

— L'homme est une créature diurne, après tout, dit pensivement Pelorat. Il me semble que parmi les premières tâches d'une technologie naissante doit figurer la conversion de la nuit en jour. En fait, si une planète jusque-là dépourvue de technologie commençait d'en acquérir une, vous pourriez suivre les progrès de son développement avec l'accroissement de l'éclairage sur sa face nocturne. A votre avis, combien de temps faudrait-il pour passer de l'obscurité totale à un éclairage uniforme ? »

Trevize éclata de rire. « Vous avez de drôles d'idées mais je suppose que c'est à cause de votre formation de mythologiste. Je ne pense pas qu'un monde parvienne jamais à cet éclairage uniforme. Les lumières nocturnes suivraient la carte de densité du peuplement si bien que les continents révéleraient tout un réseau de nœuds et de filaments lumineux. Même Trantor à son apogée, alors qu'elle ne formait qu'une seule structure gigantesque, ne laissait s'en échapper la lumière qu'en des points épars. »

Le sol vira au vert comme l'avait prévu Trevize et, à leur dernière révolution autour du globe, il indiqua des taches qui devaient être des villes. « Ce n'est pas un monde très urbanisé. Je n'ai jamais encore eu l'occasion de visiter l'Union seychelloise mais à en croire les renseignements que me fournit l'ordinateur, les gens d'ici ont tendance à se raccrocher au passé. Aux yeux de toute la Galaxie, l'idée de technologie est associée à la Fondation et partout où cette dernière est impopulaire, on note une tendance passéiste — excepté bien entendu dans le domaine des armes de guerre. Je puis vous assurer qu'à cet égard Seychelle est tout à fait moderne.

— Sapristi, cher Golan, tout cela ne va pas devenir déplaisant, au moins ? Nous sommes des Fondateurs, après tout, et nous nous trouvons en territoire ennemi...

— Ce n'est pas un territoire ennemi, Janov. Les gens seront d'une parfaite courtoisie, n'ayez crainte. Simplement, la Fondation n'est pas populaire ici, c'est tout. Par conséquent, comme ils sont très fiers de leur indépendance et comme ils n'aiment pas trop se souvenir qu'ils sont bien plus faibles que la Fondation et ne gardent cette indépendance que parce qu'on le veut bien, ils se permettent le luxe de nous détester.

— Alors, je crains quand même que tout cela soit effectivement déplaisant, dit Pelorat, découragé.

— Mais pas du tout. Allons, Janov ! Je parle de l'attitude officielle du gouvernement seychellois. Les habitants de cette planète sont des gens comme les autres et si nous savons nous montrer agréables sans nous conduire comme si nous étions les seigneurs de la Galaxie, ils sauront se montrer agréables eux aussi. Nous ne sommes pas venus à Seychelle pour y établir la suprématie de la Fondation. Nous sommes de vulgaires touristes, ne l'oubliez pas, posant aux Seychellois le genre de questions que posent n'importe quels touristes.

« Et puis, on a bien le droit aussi de se prendre un peu de bon temps, non ? Si la situation le permet... Il n'y a pas de mal à rester ici quelques jours, histoire de voir ce que le coin a à nous offrir. Il se peut qu'ils aient une culture intéressante, des paysages intéressants, une cuisine intéressante... et si tout le reste échoue, des femmes intéressantes. Nous avons de l'argent à depenser. »

Pelorat fronça les sourcils : « *Oh,* mon ami !

— Allons, allons, insista Trevize. Vous n'êtes quand même pas si vieux que ça. Ça ne vous dirait vraiment rien ?

— Je ne dis pas qu'il ne fut pas un temps où j'aurais convenablement joué ce rôle mais ce n'est certainement pas le moment pour ça. Nous avons une mission. Nous voulons atteindre Gaïa. Je n'ai rien contre l'idée de passer du bon temps — franchement rien — mais si nous commençons à nouer des relations personnelles, se détacher risque ensuite de se révéler délicat. » Il hocha la tête et dit, avec douceur : « Je croyais que vous aviez peur que je ne prenne un peu trop de bon temps à la bibliothèque galactique de Trantor, au point d'être incapable de m'en détacher... Eh bien, sans doute la bibliothèque est-elle pour moi l'équivalent pour vous d'une — ou cinq, ou six — séduisante demoiselle aux yeux bruns...

— Je ne suis pas un coureur, Janov... mais je n'ai pas

non plus l'intention d'être un ascète. Très bien. Je vous promets que vous pourrez continuer avec votre histoire de Gaïa mais si jamais une agréable occasion se présente, rien dans la Galaxie ne m'empêchera d'y réagir normalement.

— Si vous pouviez simplement faire passer Gaïa en premier...

— C'est promis. Rappelez-vous tout de même : ne dites à personne que nous sommes de la Fondation. Ils s'en rendront bien compte à cause de notre argent et de notre accent de Terminus mais si nous n'en parlons pas, ils pourront toujours faire comme si nous étions des étrangers sans attaches et se montrer amicaux. Si en revanche nous insistons sur nos origines, oh ! ils se montreront toujours polis, mais on ne nous parlera pas, on ne nous montrera rien, on ne nous conduira nulle part ; bref, on se retrouvera absolument seuls.

— Décidément, je ne comprendrai jamais rien aux gens, soupira Pelorat.

— Ce n'est pourtant pas sorcier : vous n'avez qu'à vous examiner de près vous-même et vous comprendrez le reste des gens. Nous ne sommes en rien différents des autres. Sinon, comment Seldon aurait-il élaboré son plan — et ne me parlez pas de la subtilité de ses mathématiques — s'il n'avait pas d'abord compris les gens ? Et comment y serait-il parvenu si les gens n'étaient pas si faciles à comprendre ? Vous me montrez quelqu'un d'incapable de comprendre les gens et moi je vais vous montrer quelqu'un qui s'est bâti une fausse image de lui-même — cela dit sans vouloir vous vexer...

— Je ne me sens pas vexé. J'admets bien volontiers que je manque d'expérience en ce domaine, ayant vécu une existence plutôt égoïste et recluse. Comme il est bien possible que je ne me sois jamais convenablement examiné, je m'en remets à vous pour être mon guide et mon conseiller en matière de relations humaines.

— Bien. Alors suivez donc mon conseil et contentez-vous d'admirer le paysage. Nous n'allons pas tarder à atterrir et je vous promets que vous ne sentirez rien. L'ordinateur et moi, on se charge de tout.

— Golan, ne faites pas la tête... Si jamais une jeune femme devait...

— N'en parlons plus. Laissez-moi m'occuper de l'atterrissage. »

Pelorat se retourna pour contempler le monde qui les attendait au bout de leur trajectoire en spirale. Ce serait le premier monde étranger sur lequel il poserait le pied. Cette idée l'emplit plus ou moins d'appréhension — malgré le fait que tous les millions de planètes habitées qui peuplaient la Galaxie avaient toutes été colonisées par des gens qui n'étaient pas nés sur leur sol.

Toutes, sauf une — songea-t-il avec un frisson d'inquiétude/ravissement.

42.

Le spatioport n'était pas très vaste, selon les critères de la Fondation, mais il était bien aménagé. Trevize regarda les opérations d'arrimage du *Far Star* dans un berceau. On leur donna un récépissé au codage complexe.

Pelorat demanda à voix basse : « Et on le laisse simplement ici ? »

Trevize opina et posa la main sur l'épaule de son compagnon, rassurant : « Ne vous inquiétez pas », répondit-il également à voix basse.

Ils embarquèrent dans le véhicule terrestre qu'ils avaient loué et Trevize brancha le plan de la ville dont on pouvait apercevoir les tours à l'horizon.

« Seychelle-ville, annonça-t-il, capitale de la planète. Ville, planète, étoile : les trois s'appellent Seychelle.

— Je suis inquiet pour le vaisseau, persista Pelorat.

— Pas de quoi s'inquiéter. On sera de retour ce soir, vu qu'on y couchera si jamais nous devons rester ici plus de quelques heures. Vous devez également comprendre qu'il existe un code de déontologie des astroports qui — autant que je sache — n'a jamais été violé, même en temps de guerre. Tout astronef venu avec des intentions pacifiques est réputé intouchable. Si tel n'était pas le cas, plus personne ne serait en sécurité et le commerce serait impossible. Toute planète qui violerait ce code serait immédiatement boycottée par tous les pilotes spatiaux de la Galaxie. Je vous assure qu'aucune ne s'amuserait à prendre un tel risque. Par ailleurs...

— Par ailleurs ?

— Eh bien, par ailleurs, j'ai réglé l'ordinateur pour que tout individu qui n'aurait pas l'aspect ou la voix de l'un d'entre nous soit tué sitôt qu'il essaie de monter à bord. J'ai pris la liberté d'informer de ce détail le commandant du port. Je lui ai fort poliment expliqué que j'aurais bien aimé déconnecter ce dispositif très particulier, eu égard à la réputation d'absolue sécurité et de totale intégrité que détient l'astroport de Seychelle (réputation connue de toute la Galaxie, ai-je cru bon d'ajouter) mais que cet astronef étant d'un modèle nouveau, je ne savais absolument pas comment le couper.

— Il n'en a bien évidemment rien cru.

— Bien sûr que non ! Mais il a dû faire comme si ou sinon, il n'aurait pas eu d'autre choix que de se sentir insulté. Et comme il n'aurait rien pu y faire, l'insulte n'aurait pu que déboucher sur l'humiliation. Et ça, comme il n'en était pas question, la solution la plus simple était encore pour lui de croire ce que je lui ai raconté.

— Et c'est encore un exemple du comportement des gens ?

— Oui. Vous vous y ferez.

— Comment savez-vous que ce véhicule n'est pas truffé de micros ?

— J'ai pensé qu'il pouvait effectivement l'être. C'est pourquoi quand on m'en a proposé un, j'en ai choisi un autre au hasard. S'ils sont équipés de micros... eh bien, qu'avons-nous donc raconté de si terrible. »

Pelorat prit un air constipé. « Je ne sais comment dire... Ça peut paraître assez malpoli de le remarquer mais... je ne trouve pas que ça sente très bon... Il y a... comme une odeur...

— Dans la voiture ?

— Eh bien... déjà, dans l'astroport. Je suppose que

c'est l'odeur habituelle des astroports mais on a dû l'emporter avec nous... Est-ce qu'on pourrait ouvrir les vitres ? »

Trevize éclata de rire. « Je suppose que j'arriverai bien à découvrir quel est le bon bouton mais je ne crois pas que ça arrangera grand-chose. C'est toute la planète qui pue. C'est à ce point ?

— Ce n'est pas très fort mais c'est perceptible — et assez répugnant. Toute la planète sent-elle ainsi ?

— J'oublie tout le temps que vous n'avez jamais visité une autre planète. Chaque monde habité a son odeur spécifique. Due principalement à l'ensemble de la végétation bien que, je suppose, le règne animal — voire les hommes — y contribue également. Et autant que je sache, personne n'apprécie jamais l'odeur d'une planète en y débarquant pour la première fois. Mais vous vous y ferez, Janov. Je vous promets que d'ici quelques heures vous n'y prêterez même plus attention.

— Vous ne voulez quand même pas insinuer que toutes les planètes sentent comme ça ?

— Non. Je vous l'ai dit : chacune a son odeur. Si nous faisions vraiment attention ou si nous avions le nez plus fin — à l'instar des chiens d'Anacreon — nous serions sans doute capables de reconnaître au flair le monde où nous nous trouvons. Quand je suis entré dans la Marine, j'étais au début incapable d'avaler quoi que ce soit le premier jour sur une nouvelle planète ; et puis un vieux bourlingueur de l'espace me refila le truc de renifler pendant l'atterrissage un mouchoir imprégné de l'odeur locale. Une fois débarqué à ciel ouvert, vous ne sentez plus rien. Et au bout d'un moment, on devient blindé, il suffit juste d'apprendre à ne pas y prêter attention.

« Le pire, c'est encore le retour, en fait.

— Pourquoi ça ?

— Croyez-vous que Terminus ne sente pas ?

— Êtes-vous en train de me dire que c'est le cas ?

— Bien sûr qu'elle sent ! Une fois acclimaté à l'odeur d'une autre planète — mettons Seychelle — vous seriez surpris de constater la puanteur de Terminus. Jadis, chaque fois qu'on rouvrait les sas à l'arrivée sur Terminus après une mission de quelque durée tout l'équipage avait coutume de lancer un joyeux : " Bonjour la décharge ! " »

Pelorat paraissait outré.

Les tours de la cité étaient nettement plus proches mais Pelorat gardait les yeux fixés sur leurs parages immédiats. D'autres engins terrestres les croisaient et les doublaient, un véhicule aérien passait parfois au-dessus d'eux mais c'était surtout les arbres qu'il étudiait.

« La végétation paraît bizarre, remarqua-t-il. Vous pensez qu'une partie pourrait être indigène ?

— J'en doute », dit Trevize, l'air absent. Il étudiait la carte et se débattait avec la programmation de l'ordinateur de bord. « Il ne subsiste jamais grand-chose de la vie indigène sur les planètes habitées par l'homme. Les colons ont toujours importé leur propre stock de plantes et d'animaux — soit au moment de leur installation, soit peu après.

— La végétation me paraît quand même étrange.

— Ne vous attendez pas à retrouver les mêmes variétés d'un monde à l'autre, Janov. Je me suis laissé dire un jour que les rédacteurs de l'*Encyclopaedia galactica* avaient sorti une flore en quatre-vingt-sept gros disques-mémoires et encore, elle était incomplète — et de toute façon périmée au moment de son achèvement. »

La voiture poursuivait sa course et bientôt les faubourgs de la cité apparurent et les engloutirent dans leur bouche béante. Pelorat frémit légèrement : « Je ne peux pas dire que j'apprécie leur urbanisme.

— A chacun le sien », dit Trevize avec l'indifférence de l'astronaute chevronné.

« Au fait, où allons-nous ?

— Eh bien, dit Trevize avec une certaine exaspération, j'essaie d'amener le programmateur à diriger cet engin vers l'office du tourisme. J'espère que l'ordinateur connaît les sens uniques et leur code de la route parce que moi...

— Qu'est-ce que nous allons faire là-bas, Golan ?

— Pour commencer, nous sommes des touristes, c'est donc l'endroit où se rendre tout naturellement et puis nous voulons rester aussi anonymes et naturels que possible. Et secundo, où iriez-vous, vous, pour obtenir des informations sur Gaïa ?

— Dans une université ou une société d'anthropologie ou encore un muséum... sûrement pas dans un office de tourisme.

— Eh bien, vous avez tort. A l'office de tourisme, on jouera les intellectuels avides d'avoir la liste complète des universités de la ville, des musées, et ainsi de suite. Nous déciderons ensuite de l'endroit à visiter en premier lieu et c'est là que nous trouverons peut-être les gens compétents en matière d'histoire antique, de galactographie, d'anthropologie ou tout ce que vous voudrez. Mais tout part d'abord de l'office du tourisme. »

Pelorat resta silencieux tandis que leur véhicule zigzaguait curieusement pour s'insérer dans le flot de la circulation. Ils s'engouffrèrent dans une voie souterraine en dépassant des panneaux qui devaient sans doute indiquer des directions ou correspondre à des signaux routiers mais que leur lettrage bizarre rendait quasiment illisibles.

Par chance, leur véhicule se comportait comme s'il connaissait la route et lorsqu'il s'immobilisa pour se glisser dans une place de stationnement, ils purent — non sans difficulté — déchiffrer sur un panonceau :

MILIEUX ÉTRANGERS À SEYCHELLE

surmontant l'inscription :

OFFICE DU TOURISME DE SEYCHELLE

rédigée, celle-ci, en capitales galactiques parfaitement lisibles.

Ils pénétrèrent dans l'édifice qui n'était pas aussi vaste que leur avait laissé croire sa façade. L'activité n'y était certainement pas débordante.

Il y avait toute une série de cabines ouvertes au public dont l'une occupée par un homme fort absorbé dans la lecture des dépêches d'actualité crachées par un petit éjecteur. Dans une autre se trouvaient deux femmes apparemment plongées dans quelques jeu compliqué avec des cartes et des jetons. Derrière un guichet trop grand pour sa taille, entouré de tableaux électroniques clignotants manifestement bien trop compliqués pour lui, il y avait un fonctionnaire seychellois, l'air de s'ennuyer, vêtu d'une espèce d'habit d'arlequin :

Pelorat le contempla ébahi, avant de chuchoter : « Voici certainement une planète où l'on aime s'accoutrer avec discrétion.

— Oui, j'ai remarqué. Mais les modes changent d'une planète à l'autre, voire d'une région à l'autre sur une même planète. Et elles changent avec le temps. Il y a cinquante ans, peut-être que tout le monde ici portait du noir, pour ce que nous en savons. Prenez donc les choses comme elles sont, Janov.

— Je suppose que je vais bien être obligé ; mais je préfère quand même nos modes à nous. Au moins, elles ne sont pas une agression pour le nerf optique.

— Parce que la plupart d'entre nous sont vêtus en gris ton sur ton ? Cela déplaît à certains. J'ai entendu appeler ça “ s'habiller de crasse ”. Et puis, il faut compter également que l'absence de couleur propre à la Fondation doit les conforter dans ce goût pour le bariolé, rien que pour accentuer leur indépendance. De toute façon, c'est une simple question d'habitude... Allons, Janov. »

Tous deux s'avancèrent vers le guichet et, à cet instant, l'homme dans la cabine délaissa ses dépêches de presse pour se lever et venir à leur rencontre, un sourire aux lèvres. Lui, il était vêtu de gris.

Trevize ne regarda pas tout de suite dans sa direction mais lorsqu'il l'aperçut, il se figea.

Il prit une profonde inspiration puis souffla : « Par la Galaxie !... Mon ami le traître ! »

CHAPITRE XII

AGENT

43.

Munn Li Compor, Conseiller de Terminus, tendit la main à Trevize, l'air pas très sûr de lui.

Trevize regarda froidement cette main sans la prendre. Il dit, apparemment à personne en particulier : « Je ne suis pas en état de créer une situation où je pourrais me retrouver arrêté pour trouble de l'ordre public mais je m'y verrai toutefois contraint si certain individu approche encore d'un pas. »

Compor stoppa net, hésita et finalement dit à voix basse après un regard incertain à Pelorat : « Pourrais-je avoir une chance de parler ? m'expliquer ? Est-ce que tu vas m'écouter ? »

Le regard de Pelorat passa de l'un à l'autre, une certaine perplexité marquant ses traits allongés. « Qu'est-ce à dire, Golan ? Serions-nous venus sur ce monde lointain pour tomber pile sur une de vos connaissances ? »

Gardant les yeux toujours fixés sur Compor, Trevize tourna légèrement le corps, pour bien faire entendre qu'il s'adressait à Pelorat : « Ce... Cet être humain — à en juger par son apparence — fut naguère un de mes amis sur Terminus. Comme j'en ai coutume avec mes amis, je lui accordais ma confiance. Je lui ai donc fait part de mes vues, qui n'étaient peut-être pas de celles qu'il convient de clamer sur les toits et il s'est empressé d'aller tout raconter aux autorités, apparemment dans le moindre détail ; sans même prendre la peine de m'en avertir. Résultat, je suis tombé tout droit dans un piège et je me retrouve aujourd'hui en exil. Et voilà maintenant que ce... cet être humain... voudrait qu'on reconnaisse en lui un ami. »

Il se tourna complètement vers Compor et se passa les doigts dans les cheveux, avec pour seul résultat de dépeigner encore plus ses boucles. « Dites donc, vous, là. J'aurais une question à vous poser. Qu'est-ce que vous fichez ici ? Alors qu'il y a tant de planètes dans la Galaxie, pourquoi vous trouvez précisément sur celle-ci ? Et justement en ce moment ? »

La main de Compor qui était restée tendue durant toute la tirade de Trevize retomba à présent à son côté et le sourire quitta son visage. Cet air si sûr de lui qui d'habitude faisait tellement partie de son personnage avait totalement disparu et, en son absence, Compor paraissait moins que ses trente-quatre ans et semblait quelque peu largué. « Je vais m'expliquer mais uniquement en reprenant tout au début ! »

Trevize jeta un bref coup d'œil alentour. « Ici ? Vous tenez vraiment à parler de ça ici ? Dans un lieu public ? Vous avez vraiment envie de vous faire assommer *ici*, une fois que j'aurai assez entendu vos mensonges ? »

Compor avait à présent levé les deux mains, les paumes se faisant face. « C'est bien l'endroit le plus sûr, crois-moi. » Et puis, se reprenant, à l'idée de ce que l'autre allait lui dire, il s'empressa d'ajouter : « Ou ne me crois pas, ça n'a pas d'importance. Je dis la vérité. J'ai débarqué sur la planète plusieurs heures avant vous et j'ai eu le temps de faire mon enquête. Nous sommes tombés sur un jour bien particulier, ici, à Seychelle. Pour une raison ou pour une autre, cette journée est consacrée à la méditation. Presque tout le monde est resté chez soi — ou devrait y être. Vous avez remarqué comme cet endroit pouvait être désert. Il ne faut pas s'imaginer que c'est comme ça tous les jours... »

Pelorat opina et dit : « Tiens, je me demandais justement pourquoi l'endroit était à ce point désert. » Et se penchant vers l'oreille de Trevize, il chuchota : « Pourquoi ne pas le laisser parler, Golan ? Il a l'air misérable, le pauvre bougre, et il est fort possible qu'il cherche effectivement à se racheter. Il me semble injuste de ne pas lui laisser au moins une chance de le faire.

— Le docteur Pelorat paraît très désireux de vous entendre, dit Trevize. Je veux bien lui faire plaisir, quant à vous, vous m'obligeriez en étant toutefois le plus bref possible. Le jour me paraît plutôt bien choisi pour que je perde patience : si tout le monde médite, j'aurai peut-être la chance de ne pas attirer les forces de l'ordre. Il se pourrait que ce ne soit pas le cas demain. Alors, pourquoi gâcherais-je une occasion ?

— Écoute, dit Compor, la voix tendue, si tu veux me flanquer une beigne, vas-y. Je ne me défendrai pas, tu vois ? Allez, vas-y, tape-moi dessus... mais je t'en prie, *écoute !*

— Bon, alors allez-y. Parlez. Je veux bien vous écouter quelques instants.

— En premier lieu, Golan...

— Appelez-moi Trevize, je vous prie. Nous ne sommes pas à ce niveau de familiarité...

— En premier lieu, *Trevize,* tu as trop bien réussi à me convaincre de tes vues.

— Vous l'avez bien caché, mon cher. J'aurais juré que je vous amusais.

— J'essayais de m'en amuser pour me dissimuler le fait qu'en réalité tu m'avais extrêmement troublé... Écoutez, si on allait plutôt s'asseoir contre ce mur ? Même si l'endroit est désert, quelqu'un pourrait survenir et je ne crois pas nécessaire qu'on se fasse inutilement remarquer. »

A pas lents, les trois hommes traversèrent la vaste salle dans presque toute sa longueur. Compor arborait de nouveau un sourire hésitant mais il se garda bien d'approcher à portée de bras de Trevize. Ils prirent chacun un fauteuil. Le siège céda sous leur poids en se modelant étroitement à leur anatomie. Pelorat eut un air surpris et fit mine de se relever.

« Du calme, Professeur, dit Compor. J'y ai déjà eu droit. Ils sont en avance sur nous par certains côtés, comme vous le voyez. C'est une planète où l'on s'attache à ses petits conforts. »

Il se tourna vers Trevize, posa un bras sur le dossier de son fauteuil et se mit à parler de manière plus détendue : « J'avoue que tu m'as troublé. Tu m'as donné l'impression que la Seconde Fondation existait effectivement et c'était fort inquiétant. Imagine un peu les conséquences si c'était bien le cas. N'était-il pas alors probable qu'ils risquaient de s'occuper de toi un jour ou l'autre ? Que, devenu menaçant, tu te fasses éliminer ? Et si moi je donnais l'impression de te croire, ils pouvaient aussi bien décider de m'éliminer dans la foulée. Tu vois mon problème ?

— Je vois un pleutre.

— Mais quel intérêt à jouer les héros ? » dit Compor avec fougue — et ses yeux bleus étaient agrandis par l'indignation. « Qu'est-ce que toi ou moi pourrions faire contre une organisation capable de modeler les âmes aussi bien que les émotions ? Le seul moyen de lutter avec efficacité, ce serait déjà de dissimuler ce que l'on sait.

— C'est ça ! Alors vous l'avez dissimulé pour être tranquille. Mais vous ne l'avez pas dissimulé au maire Branno, que je sache ? Un sacré risque !

— Oui ! Mais j'ai pensé que ça valait le coup. Rester à en parler entre nous risquait simplement de nous amener à subir un de ces jours leur contrôle mental — voire un lavage de cerveau. D'un autre côté, si je m'en ouvrais au Maire — elle a bien connu mon père, tu sais... Père et moi, on était des immigrants de Smyrno et Branno avait eu une grand-mère qui...

— Oui, oui, coupa Trevize avec impatience, et en continuant de remonter les générations, vous avez des ancêtres dans le Secteur de Sirius. Vous avez déjà raconté ça à tout le monde. Poursuivez, Compor !

— Bon, enfin bref, j'avais l'oreille du Maire. Si je pouvais la convaincre du danger en reprenant tes arguments, la Fédération serait en mesure d'agir efficacement. Nous ne sommes pas aussi vulnérables qu'à l'époque du

Mulet et — au pis — ces encombrantes révélations seraient simplement un peu plus largement répandues — ce qui diminuerait d'autant le risque que nous pouvions courir *nommément.*

— Mettre en danger la Fondation pour mieux se mettre à l'abri, dit Trevize, sardonique. Ça, c'est du patriotisme.

— Je dis : dans le pire des cas. J'avais tablé sur le meilleur. » Son front était devenu légèrement moite. L'indéfectible mépris affiché par Trevize semblait le mettre à rude épreuve.

« Et l'on s'est bien gardé de ne rien me dire de ce plan habile, n'est-ce pas ?

— Non, et j'en suis désolé, tu sais. Le Maire m'avait ordonné de n'en rien faire. Elle disait qu'elle voulait savoir tout ce que tu savais mais que tu étais du genre à te bloquer si jamais tu venais à apprendre que tes remarques avaient été répétées...

— Comme elle avait raison !

— Je ne savais pas... je ne pouvais pas deviner... je n'avais aucun moyen *d'imaginer* qu'elle avait prévu de t'arrêter et de t'expulser de la planète...

— Elle n'attendait qu'une circonstance politiquement favorable, lorsque mon statut de Conseiller ne pourrait pas me protéger. Tu n'as pas vu ça ? » éclata Trevize, en le tutoyant de nouveau.

« Comment l'aurais-je pu ? Toi-même tu ne l'as pas prévu.

— Si j'avais su qu'elle était au courant de mes idées, j'aurais pu le prévoir. »

Compor répliqua avec une trace d'insolence : « C'est facile à dire... avec le recul.

— Et toi, qu'est-ce que tu veux de moi, à présent ? Maintenant que tu as pris pas mal de recul, toi aussi...

— Je veux rattraper tout ça. Rattraper tout le mal qu'involontairement — *involontairement* — je t'ai fait.

— Bonté divine ! dit sèchement Trevize. Comme c'est aimable de ta part. Mais tu n'as toujours pas répondu à ma première question. Comment as-tu fait ton compte pour te retrouver précisément ici ? Comment se fait-il que tu sois justement sur la planète où je me trouve ?

— Ce n'est pas bien sorcier : je t'ai suivi !

— A travers l'hyperespace ? Avec mon vaisseau qui faisait des sauts en série ? »

Compor hocha la tête. « Rien de mystérieux là-dedans : j'ai le même genre de vaisseau que toi, équipé du même genre d'ordinateur. Tu sais que j'ai toujours eu le chic pour deviner quelle direction dans l'hyperespace un astronef allait prendre. D'accord, ce n'est en général pas terrible et je me plante bien deux fois sur trois mais là, avec l'ordinateur, j'améliore nettement mon score. Et tu as pas mal hésité au début, ce qui m'a donné une chance d'estimer déjà ta vitesse et ta direction avant même que tu n'entres dans l'hyperespace. Je n'ai eu qu'à introduire ces données — en même temps que mes propres extrapolations intuitives — dans l'ordinateur et il s'est chargé du reste.

— Et tu es effectivement arrivé en ville avant moi ?

— Oui. Tu n'as pas utilisé la gravitique comme j'ai pu le faire. J'avais deviné que tu te rendrais dans la capitale, alors je suis descendu tout droit tandis que toi... » Et, du bout du doigt, Compor décrivit une spirale de plus en plus serrée, comme un astronef bloqué sur un faisceau directionnel.

« Tu as couru le risque de te faire coincer par les autorités seychelloises ?

— Ben... » Le visage de Compor s'éclaira d'un sourire au charme indéniable et Trevize se sentit presque y succomber. Compor expliqua : « Je ne suis pas tout le temps ni systématiquement un pleutre. »

Trevize se durcit de nouveau pour demander : « Comment as-tu bien fait ton compte pour avoir un vaisseau comme le mien ?

— Exactement de la même manière que toi. C'est la vieille — Mme Branno — qui m'en a attribué un.

— Mais pourquoi ?

— Je vais être entièrement franc avec toi : ma mission

était de vous suivre. Elle voulait savoir où vous alliez et ce que vous comptiez faire.

— Et tu lui en as rendu fidèlement compte, je suppose... Ou bien as-tu également trahi le maire Branno ?

— Je lui ai rendu compte. Je n'avais pas le choix, à vrai dire. Elle avait placé à bord un hyper-relais que je n'étais pas censé découvrir mais que j'ai découvert quand même...

— Eh bien ?

— Malheureusement, il est branché de telle sorte que je ne peux pas l'ôter sans immobiliser le vaisseau. Du moins, je ne peux pas, moi, le déconnecter. En conséquence, elle sait où je suis — et sait donc où vous êtes.

— Suppose que tu n'aies pas été en mesure de nous suivre. Alors, elle n'aurait pas pu savoir où je me trouvais. Avais-tu pensé à ça ?

— Bien sûr que j'y ai pensé. J'ai même songé à lui transmettre simplement que j'avais perdu ta trace. Mais elle ne m'aurait jamais cru, pas vrai ? Et je n'aurais pas été en mesure de regagner Terminus avant une éternité. Et moi, je ne suis pas comme toi, Trevize. Je ne suis pas un être insouciant et sans aucune attache. J'ai laissé une femme sur Terminus — une femme qui est enceinte — et j'ai envie de la revoir. Toi, tu peux te permettre de ne penser qu'à toi. Moi, pas... Et puis, de toute façon, je suis venu pour t'avertir. Par Seldon ! C'est ce que j'essaie de faire depuis le début et tu ne veux pas m'écouter ! Tu n'arrêtes pas de parler d'autre chose.

— Tes inquiétudes soudaines à mon égard ne m'impressionnent nullement. De quelle menace peux-tu bien m'avertir ? La seule menace que je voie, c'est encore toi, me semble-t-il : tu m'as trahi, et maintenant tu me files pour mieux me trahir de nouveau. Personne ne me veut le moindre mal.

— Laisse un peu tomber le mélo, vieux ! dit franchement Compor. Trevize, tu es un paratonnerre ! On se sert de toi pour attirer la riposte de la Seconde Fondation — s'il existe une chose telle que la Seconde Fondation. Je n'ai pas un don d'intuition uniquement pour les filatures hyperspatiales et je suis certain que c'est ce qu'a prévu Branno : Si tu essaies de trouver la Seconde Fondation, ils vont s'en apercevoir et forcément réagir. Ce faisant, il y a de grandes chances qu'ils se démasquent. Et Branno n'aura plus qu'à les cueillir.

— Quel dommage que ta fameuse intuition soit tombée en rade quand Branno s'apprêtait à me faire arrêter... »

Compor rougit. Il marmonna : « Tu sais bien que ça ne marche pas toujours.

— Et ton intuition te dit à présent qu'elle se préparerait à attaquer la Seconde Fondation ? Elle n'oserait pas.

— Je crois que si. Mais là n'est pas le problème. Le problème est que, pour l'heure, elle t'a lancé comme un appât.

— Et alors ?

— Alors, par tous les trous noirs de l'espace, cesse donc de chercher cette Seconde Fondation ! Branno se fiche bien que tu te fasses tuer mais pas moi. Je ne m'en fiche pas du tout, je me sens responsable.

— Je suis touché, dit Trevize, glacial. Mais il se trouve que je suis justement sur un autre coup, en ce moment.

— Comment ça ?

— Pelorat et moi, nous sommes sur les traces de la Terre, la planète que certains considèrent comme le berceau de l'humanité. N'est-ce pas, Janov ? »

L'intéressé opina du bonnet. « Oui, c'est une recherche purement scientifique, à laquelle je m'intéresse depuis fort longtemps. »

Compor resta quelques instants ahuri. Puis il s'étonna : « Chercher *la Terre ?* Mais pour quoi faire ?

— Pour l'étudier, dit Pelorat. En tant que l'unique planète où l'on ait assisté à l'émergence de l'espèce humaine — sans nul doute à partir de formes de vies inférieures ; alors que partout ailleurs, l'homme s'est contenté de débarquer, tout prêt... Une étude qui devrait se révéler fascinante par sa singularité...

— Et, ajouta Trevize, pour étudier un monde où je pourrais toujours — simple hypothèse — en apprendre un peu plus sur la Seconde Fondation... Simple hypothèse...

— Mais il n'y a pas de Terre, rétorqua Compor. Vous ne le saviez pas ?

— Pas de Terre ? » Pelorat prit un air complètement ahuri, comme toujours lorsqu'il avait décidé de se montrer têtu. « Êtes-vous en train de me dire qu'il n'existe pas de planète d'où soit originaire l'espèce humaine ?

— Mais non. Bien sûr que la Terre a existé. Là n'est pas la question ! Mais il n'y a plus de Terre *aujourd'hui*. Plus de Terre habitée. C'est fini ! »

Guère ému, Pelorat remarqua : « Il y a des récits...

— Attendez, Janov, l'interrompit Trevize. Dis-moi, Compor, comment sais-tu cela ?

— Que veux-tu dire, comment ? Cela fait partie de mon héritage. Mes ancêtres proviennent du Secteur de Sirius, si je peux te le rappeler sans te lasser. Et là-bas, on sait tout cela sur la Terre. Elle est située dans ce secteur. Ce qui signifie qu'elle ne fait pas partie de la Fédération de la Fondation — c'est pourquoi apparemment, personne ne semble s'y intéresser sur Terminus. Mais c'est bien là qu'elle se trouve, tout de même.

— C'est effectivement une suggestion qu'on a faite, oui, dit Pelorat. Il y a eu un considérable enthousiasme pour cette hypothèse de Sirius, comme on l'a appelée, à l'époque de l'Empire.

— Ce n'est pas une hypothèse ! » rétorqua Compor, véhément. « C'est un fait !

— Que diriez-vous si je vous racontais que je connais bon nombre d'endroits épars dans la Galaxie qui sont appelés Terre — ou l'ont été — par les gens vivant dans la région stellaire avoisinante ?

— Oui mais là, c'est la vraie. D'abord, le Secteur de Sirius est la zone la plus anciennement peuplée de toute la Galaxie. Tout le monde sait ça.

— C'est ce que les Siriens revendiquent, certainement », dit Pelorat, imperturbable.

Compor avait l'air frustré : « Mais je vous dis que...

— Dis-moi plutôt ce qui est arrivé à la Terre, intervint Trevize. Tu dis qu'elle n'est plus habitée. Pourquoi ?

— La radioactivité. Toute la surface de la planète est

devenue radioactive à la suite de réactions nucléaires devenues incontrôlées — ou d'explosions atomiques, je ne sais pas au juste. Et à présent, la vie n'y est plus possible. »

Tous trois se dévisagèrent en silence un moment puis Compor crut utile de répéter : « Je vous l'ai dit, il n'y a pas de Terre. Ça ne sert à rien de la chercher. »

44.

Pour une fois, le visage de Janov Pelorat ne resta pas inexpressif. Non pas qu'il fût habité par la passion — ou par quelque autre expression plus fugace. Non : ses yeux s'étaient simplement étrécis, et une sorte d'ardeur féroce avait envahi tous ses traits.

Il demanda — et sa voix avait cette fois perdu son petit côté hésitant : « Comment avez-vous dit que vous aviez eu connaissance de tout cela ?

— Je vous l'ai dit : c'est mon héritage.

— Ne soyez pas stupide, jeune homme. Vous êtes un Conseiller. Ce qui signifie que vous avez forcément dû naître sur une des planètes de la Fédération... Smyrno, si j'ai bonne mémoire...

— C'est exact.

— Eh bien alors, de quel héritage voulez-vous parler ? Êtes-vous en train de me dire que vous possédez des gènes siriens qui vous donnent une connaissance innée des mythes siriens concernant la Terre ? »

Compor sembla pris de court : « Non... bien sûr que non.

— Eh bien, de quoi parlez-vous ? »

Compor marqua une pause, cherchant apparemment à rassembler ses idées. Puis il expliqua calmement : « Ma famille possède de vieux bouquins d'histoire sirienne. Un héritage extérieur — et non pas interne. Ce n'est pas une chose dont on parle volontiers à des étrangers — surtout quand on tient à sa carrière politique. Contrairement à ce que semble penser Trevize, croyez-moi, je ne mentionne le fait qu'à mes meilleurs amis. »

Il y avait une trace d'amertume dans sa voix. « Théoriquement, les citoyens de la Fédération sont tous semblables, mais ceux des mondes de la Fédération se ressemblent plus que ceux des planètes plus récentes — quant à ceux qui sont issus des planètes extérieures à la Fédération, ce sont encore eux les plus dissemblables. Mais peu importe... En dehors de mes lectures, j'ai déjà eu l'occasion de visiter des mondes anciens... Trevize... eh, reviens... »

Trevize s'était glissé vers une extrémité de la salle pour aller regarder dehors par une des fenêtres triangulaires. Celles-ci permettaient d'avoir une vue sur le ciel tout en réduisant la perspective sur la ville — favorisant, à la fois, la lumière et l'intimité. Trevize dut s'étirer pour regarder en bas.

Il retraversa la pièce vide : « Intéressant comme dessin, ces fenêtres. On m'a appelé, Conseiller ?

— Oui. Tu te souviens de mon voyage de fin d'études ?

— Après le diplôme ? Oui, je m'en souviens très bien. On était copains à l'époque. Copains pour toujours. La confiance éternelle. Tous les deux, seuls contre le monde. Oui. Tu es parti accomplir ton périple. Moi, je me suis engagé dans la Marine, plein de patriotisme. D'une manière ou de l'autre, je crois que je ne voulais pas t'accompagner — une espèce d'instinct m'en avait dissuadé. Je regrette de ne pas l'avoir conservé, cet instinct. »

Compor ne releva pas la pique. Il reprit : « J'ai visité Comporellon. La tradition familiale disait que mes ancêtres en étaient originaires — du moins du côté de mon père. Nous faisions partie de la famille régnante, dans l'ancien temps, avant que l'Empire ne nous absorbe. D'ailleurs, mon nom provient de celui de la planète — c'est du moins ce que relate la tradition familiale. Nous avions aussi un vieux nom, très poétique, pour l'étoile autour de laquelle orbitait Comporellon : Epsilon Eridani.

— Qu'est-ce que ça veut dire ? » demanda Pelorat.

Compor hocha la tête. « J'ignore si ce nom a une quelconque signification. Ce n'est qu'une tradition. Ils conservent énormément de traditions. C'est un monde ancien. Ils possèdent là-bas d'interminables archives détaillées sur l'histoire de la Terre mais personne n'en parle beaucoup : ils sont restés très superstitieux. Chaque fois qu'ils mentionnent son nom, ils lèvent les deux mains, le majeur et l'index croisés, pour conjurer le mauvais sort.

— Avez-vous parlé de cela à quelqu'un à votre retour ?

— Bien sûr que non. Qui cela pouvait-il intéresser ? Et je n'allais sûrement pas bassiner les gens avec ça ! Non merci ! Il fallait d'abord que je m'occupe de ma carrière et s'il est une chose que je préfère ne pas ébruiter, ce sont bien mes origines étrangères.

— Et le satellite de la Terre ? » coupa Pelorat, incisif. « Décrivez-nous le satellite de la Terre ! »

Compor eut l'air éberlué. « Là, j'en serais bien incapable.

— Est-ce qu'elle en a un, au moins ?

— Je n'ai pas souvenance de l'avoir lu ou entendu mais je suis sûr qu'en consultant les archives comporelloniennes, vous trouveriez votre bonheur…

— Mais vous ne pouvez rien dire ?

— Sur le satellite ? Non. Ça ne me dit rien.

— Hem ! Et comment la Terre est-elle devenue radioactive ? »

Compor hocha la tête sans dire mot. Pelorat insista :

« Réfléchissez un peu ! Vous avez bien dû entendre quelque chose à ce sujet.

— C'était il y a sept ans, Professeur. Je n'étais pas censé savoir que vous m'interrogeriez là-dessus aujourd'hui. Il courait une sorte de légende… qu'ils considéraient comme historique…

— Quelle était cette légende ?

— La Terre était radioactive — frappée d'ostracisme, dédaignée par l'Empire, se dépeuplant lentement — et elle se préparait d'une manière quelconque à détruire l'Empire.

— Une planète moribonde, détruire tout un Empire ? » s'interposa Trevize.

Compor répliqua sur la défensive : « J'ai dit que c'était

une légende. J'ignore les détails. Je sais que dans l'histoire on citait Bel Avardan.

— Qui était-ce ? demanda Trevize.

— Un personnage historique. J'ai cherché : c'est un brave archéologue des tout premiers temps de l'Empire qui soutenait que la Terre était située dans le Secteur de Sirius.

— J'ai déjà entendu ce nom, dit Pelorat.

— C'est devenu un héros populaire sur Comporellon. Écoutez, si vous voulez en savoir plus, vous n'avez qu'à y aller. Ça ne sert à rien de rester traîner ici.

— Comment dites-vous que la Terre comptait faire pour détruire l'Empire ? demanda Pelorat.

— Je ne sais pas. » Une certaine lassitude gagnait la voix de Compor.

« Les radiations auraient-elles un rapport quelconque avec ça ?

— Je l'ignore. Il était aussi question d'une espèce d'amplificateur mental mis au point sur la Terre... un synapsifieur ou quelque chose comme ça...

— Cet appareil pouvait-il créer des super-esprits ? » Pelorat était manifestement incrédule.

« Je ne pense pas. Ce que je me rappelle surtout, c'est que ça ne marchait pas : les gens devenaient intelligents mais ils mouraient jeunes.

— Il s'agit sans doute d'un mythe moral, intervint Trevize : si l'on demande trop, on finit par perdre même ce que l'on a. »

Pelorat se retourna vers Trevize, chagriné : « Qu'est-ce que vous connaissez aux mythes moraux, vous ? »

Trevize haussa les sourcils : « Votre domaine n'est peut-être pas le mien, Janov, mais ça ne signifie pas que je sois totalement ignare.

— Que vous rappelez-vous encore au sujet de ce que vous appelez un synapsifieur, conseiller Compor ? demanda Pelorat.

— Rien. Et je n'ai pas l'intention de me soumettre plus longtemps à ce contre-interrogatoire. Écoutez : je vous ai suivis sur ordre du Maire. Je n'ai aucunement reçu l'ordre d'entrer en contact avec vous. Si je l'ai fait, c'est uniquement pour vous prévenir que vous étiez suivis et pour vous dire qu'on vous avait envoyés pour servir les projets du Maire, quels qu'ils puissent être. Je n'aurais pas dû discuter plus avant avec vous mais vous m'avez surpris en amenant brusquement sur le tapis cette question de la Terre. Alors, laissez-moi vous le répéter : Tout ce qui a bien pu exister dans le passé — Bel Avardan, le synapsifieur, tout ce que vous voudrez... — ça n'a plus aucun rapport avec ce qui peut exister aujourd'hui. Je vous le redis, encore une fois : la Terre est un monde mort. Je vous conseille fortement de vous rendre sur Comporellon où vous pourrez trouver tout ce que vous voulez savoir. Mais décampez d'ici.

— Et bien sûr, tu vas gentiment aller raconter à Mme le Maire que nous partons pour Comporellon — et tu vas même nous suivre pour faire bonne mesure. Ou peut-être qu'elle est déjà au courant ? J'imagine qu'elle t'a soigneusement fait apprendre et répéter mot à mot tout ce que tu viens de nous raconter parce que, pour accomplir ses plans, elle a besoin de nous voir sur Comporellon, pas vrai ? »

Le visage de Compor pâlit. Il se leva et, dans son effort pour se maîtriser, il en bégayait presque : « J'ai essayé d'expliquer. J'ai essayé de me rendre utile. Je n'aurais pas dû. Tu peux bien aller te flanquer dans un trou noir, Trevize ! »

Et sur ces mots, il tourna les talons et partit à grands pas, sans se retourner.

Pelorat paraissait légèrement interloqué : « Vous avez quelque peu manqué de tact, Golan, mon ami. J'aurais pu en tirer plus, de ce jeune homme.

— Non, sûrement pas. Vous n'auriez pas pu lui soutirer autre chose que ce qu'il était disposé à vous dire. Janov, vous ne savez pas qui il est. Jusqu'à aujourd'hui, je ne le savais pas, moi non plus. »

45.

Pelorat hésitait à déranger Trevize. Trevize toujours assis immobile sur son siège, perdu dans ses pensées.

Il se décida finalement : « Est-ce qu'on va passer la nuit ici, Golan ? »

Trevize sursauta. « Non, vous avez tout à fait raison. On sera mieux avec un peu plus de compagnie. Venez ! »

Pelorat se leva. Il remarqua : « On ne risque pas d'avoir de la compagnie. Rappelez-vous : Compor nous a expliqué que c'était une espèce de journée de méditation.

— Il a dit ça ? Y avait-il de la circulation sur la route que nous avons prise pour venir ?

— Oui, un peu.

— Pas mal, même, je dirais. Et ensuite, quand nous sommes entrés en ville, était-elle déserte ?

— Pas particulièrement. Toutefois, vous devez bien admettre qu'ici l'endroit était vide.

— Certes, j'ai remarqué cette particularité... Mais venez, Janov. J'ai faim. On doit bien pouvoir trouver un endroit pour manger — et on peut se permettre de bien choisir. Du moins, on peut essayer de dénicher un coin original où tâter de quelques intéressantes spécialités seychelloises ou — si jamais on perd patience — où l'on sert au moins de la bonne cuisine galactique... Allons, venez donc... une fois que nous serons en sûreté, au milieu des gens, je vous dirai mon idée sur ce qui a dû arriver ici. »

46.

Trevize se radossa, avec une agréable sensation de plénitude. Le restaurant n'avait rien de luxueux selon les critères de Terminus mais il était certainement original. D'abord, il était chauffé par une cheminée dans laquelle on cuisait la nourriture. La viande était accompagnée d'un assortiment de sauces relevées et servie détaillée en bouchées que l'on prenait avec les doigts, non sans avoir auparavant saisi — pour se protéger de la chaleur et de la graisse — des feuilles vertes et douces qui étaient humides et fraîches et avaient un vague goût de menthe.

Une feuille, une bouchée de viande, et l'on mangeait les deux d'un coup. Le maître d'hôtel leur avait soigneusement expliqué comment procéder. Apparemment habitué aux hôtes étrangers à la planète, il avait eu un sourire paternel en voyant Trevize et Pelorat pêcher maladroitement les morceaux de viande fumants et s'était montré à l'évidence ravi du soulagement manifesté par les étrangers à la découverte que les feuilles permettaient de garder les doigts au frais — en même temps qu'elles refroidissaient la viande lorsqu'on la mâchait.

« Délicieux ! » dit Trevize avant d'en redemander. Pelorat en reprit également.

Ils terminèrent leur repas avec un dessert à la consistance spongieuse, vaguement sucré, et une tasse de café dont le goût caramélisé provoqua chez eux un hochement de tête dubitatif. Ils y ajoutèrent du sucre et cette fois, ce fut au tour du maître d'hôtel de hocher la tête.

« Eh bien, dit enfin Pelorat, que s'est-il passé à l'office du tourisme ?

— Vous voulez dire avec Compor ?

— Vous voyez de quoi d'autre on pourrait discuter ? »

Trevize regarda autour de lui. Ils étaient dans une profonde alcôve et jouissaient d'une relative intimité mais surtout, le restaurant était comble et le brouhaha des conversations formait une parfaite couverture.

Il répondit à voix basse : « Vous ne trouvez pas étrange qu'il nous ait suivis jusqu'à Seychelle ?

— Il a invoqué son don pour l'intuition...

— Oui, au collège, il était déjà le champion toutes catégories de l'hyperpistage. Je n'aurais jamais eu l'idée de mettre la chose en question jusqu'à aujourd'hui. Je vois parfaitement comment on peut être capable d'estimer la direction vers laquelle une personne s'apprête à sauter, rien qu'en observant ses préparatifs — pourvu qu'on ait un certain don pour ça, certains réflexes... mais je ne vois vraiment pas comment un pisteur pourrait arriver à estimer une *séquence* de sauts : on ne se prépare jamais que pour le premier de la série ; tous les autres sont pris en charge par l'ordinateur. Le pisteur peut estimer le premier mais par quel tour de magie peut-il bien deviner ce qui se cache dans les entrailles de l'ordinateur ?

— Mais il y est bien parvenu, Golan.

— Certes. Et la seule manière possible que je puisse imaginer, c'est qu'il l'ait fait en sachant à l'avance notre destination. En la *connaissant,* pas en l'estimant. »

Pelorat considéra la chose : « Tout à fait impossible, mon garçon. Comment pouvait-il la connaître ? Nous n'avons décidé de notre destination que bien après avoir embarqué sur le *Far Star.*

— Je le sais... Et cette histoire de journée de méditation ?

— Compor ne nous a pas menti : le maître d'hôtel nous a bien dit que c'était un jour de méditation lorsqu'on lui a posé la question, à l'entrée.

— Oui, mais il a dit aussi que le restaurant n'était pas fermé. En fait, ce qu'il a dit exactement, c'est : “ Seychelle-ville n'est pas la cambrousse. Tout ne s'arrête pas. ” En d'autres termes, les gens méditent, mais pas dans la métropole — où tout le monde est à la plage et où la piété pratiquée dans les bourgades n'a plus sa place. D'où la circulation et l'activité — peut-être pas aussi développée que d'ordinaire — mais de l'activité tout de même.

— Mais Golan, personne n'a mis les pieds dans l'office du tourisme de tout le temps que nous y avons passé. Ça m'a frappé. Absolument personne n'est entré.

— Je l'ai noté, moi aussi. A un moment, je suis même allé voir dehors par la fenêtre et j'ai pu constater que dans les rues avoisinantes se trouvait un certain nombre de piétons et de véhicules et pourtant, pas une seule personne n'est entrée. La journée de la méditation fournissait la couverture idéale : jamais nous ne nous serions posé de question sur cette intimité fort bienvenue si je n'avais pas tout bêtement décidé de ne pas me fier à ce fils de deux étrangers.

— Alors, quelle est la signification de tout ceci ?

— Je crois que c'est simple, Janov. Nous avons ici un individu qui sait où nous allons à l'instant même où on le décide, même si lui et nous sommes dans deux astronefs différents ; voici également un individu capable de maintenir vide un édifice public alors qu'il y a du monde dans les rues alentour, tout cela pour que nous puissions discuter dans une intimité fort bien venue.

— Vous voulez me faire croire qu'il peut accomplir des miracles ?

— Certainement. S'il se trouve que Compor est un agent de la Seconde Fondation et qu'il sait contrôler les esprits ; s'il peut lire dans le vôtre ou le mien, même à distance depuis un autre astronef ; s'il est capable d'influencer tout un poste de douane pour le franchir sans coup férir ; s'il peut atterrir par dégravité sans pour autant qu'une patrouille douanière ne se vexe d'une telle méfiance à l'égard des faisceaux de guidage ; s'il peut influer sur l'esprit des gens pour les empêcher de pénétrer dans un édifice où il ne désire pas les voir entrer…

« Par toutes les étoiles, poursuivit Trevize, l'air visiblement chagriné, je peux même remonter le processus jusqu'à l'époque de notre diplôme : c'est vrai que je ne l'ai pas accompagné lors de son voyage. Je me rappelle que je n'avais pas eu envie de le suivre. N'était-ce pas sous l'effet de son influence ? Il lui fallait être seul. Où allait-il en réalité ? »

Pelorat repoussa les assiettes devant lui, comme s'il voulait se dégager un espace pour avoir de la place pour réfléchir. Ce fut apparemment le signe qu'attendait le robot-serveur — une desserte automotrice qui vint s'arrêter le long de leur table, attendant qu'ils déposent assiettes et couverts.

Quand ils furent de nouveau seuls, Pelorat dit : « Mais c'est fou ! Tout ce qui nous est arrivé aurait fort bien pu se produire naturellement. Une fois que vous vous êtes mis dans la tête que quelqu'un contrôle les événements, vous pouvez absolument tout interpréter dans ce sens et finir par ne plus trouver nulle part la moindre certitude raisonnable. Allons, vieux compagnon, tout ceci me paraît bien contourné et, surtout, affaire d'interprétation. Ne cédez pas à la paranoïa.

— Je ne voudrais pas non plus céder à la facilité.

— Eh bien, examinons tout cela logiquement. Supposons qu'il soit effectivement un agent de la Seconde Fondation. Pourquoi courrait-il le risque d'éveiller nos soupçons en maintenant désert l'office du tourisme ? Qu'a-t-il révélé de si important que la proximité toute relative de quelques personnes — par ailleurs absorbées par leurs propres préoccupations — pût faire une quelconque différence ?

— Il y a une réponse facile à cela, Janov : c'est qu'il ait eu besoin d'examiner de près notre esprit et pour ce faire, il ne lui fallait aucune interférence. Pas de parasites. Aucun risque de confusion.

— Là encore, pure interprétation de votre part. Qu'y avait-il de si important dans sa conversation avec nous ? On pourrait fort bien supposer — comme lui-même l'a d'ailleurs souligné — qu'il a uniquement cherché à nous rencontrer pour s'expliquer de ses actes, s'en excuser et nous prévenir des ennuis qui risquaient de nous attendre. Pourquoi vouloir chercher plus loin ? »

Le petit tiroir de paiement encastré dans l'épaisseur de la table s'éclaira avec discrétion tandis que le montant de leur addition s'y affichait en chiffres clignotants. Trevize sortit de sous sa ceinture la carte de crédit marquée à l'empreinte de la Fondation qui était valable n'importe où dans la Galaxie — du moins partout où était susceptible de se rendre un citoyen de la Fondation. Il l'inséra dans la fente idoine. Il fallut quelques instants pour que s'opère la transaction et Trevize (avec sa prudence innée) en vérifia le solde avant de la remettre dans sa poche.

Il jeta un coup d'œil alentour, mine de rien, pour s'assurer qu'aucun intérêt déplacé ne se lisait sur le visage des quelques clients encore présents dans la salle et, rassuré, il répondit à Pelorat : « Pourquoi chercher plus loin ? Pourquoi ? Parce qu'il n'a pas parlé que de ça. Il a parlé aussi de la Terre. Il nous a dit que c'était une planète morte puis nous a instamment poussés à nous rendre sur Comporellon. Est-ce que nous allons le faire ?

— C'est une chose que j'avais envisagée, Golan, admit Pelorat.

— De partir d'ici, comme ça ?

— On pourrait toujours revenir, une fois vérifié le Secteur de Sirius.

— L'idée ne vous a pas effleuré que l'unique propos de cette rencontre pouvait bien être de nous éloigner de Seychelle en nous envoyant ailleurs ? N'importe où, ailleurs qu'ici ?

— Mais pourquoi ?

— Je l'ignore. Écoutez : ils escomptaient nous voir aller à Trantor. C'était ce que vous aviez initialement décidé de faire et il est possible qu'ils aient compté là-dessus. Mais j'ai mis la pagaille dans leurs plans en insistant pour qu'on aille à Seychelle qui était le dernier endroit où ils voulaient nous voir débarquer, tant et si bien qu'ils font tout à présent pour nous faire déguerpir d'ici. »

Pelorat avait l'air pour le moins mécontent : « Mais Golan, ce ne sont là que des phrases. Pourquoi diantre ne voudraient-ils pas de nous, à Seychelle ?

— Je n'en sais rien, Janov. Mais pour moi, ça me suffit de savoir qu'ils ne nous veulent pas : je reste. Et je n'ai pas l'intention de bouger d'ici.

— Mais... mais... Écoutez, Golan, si la Seconde Fondation voulait nous voir partir, ne lui suffirait-il pas d'influer sur notre esprit pour nous en suggérer l'envie ? Pourquoi se fatiguer à vouloir nous raisonner ?

— Vous faites bien de soulever la question : n'est-ce pas justement ce qu'ils ont fait dans votre cas, Professeur ? » et les yeux de Trevize s'étrécirent, devenus soudain soupçonneux. « N'avez-vous pas envie de partir ? »

Pelorat le regarda, pour le moins surpris : « Ça me paraît simplement une idée assez logique.

— Normal ! Si vous avez subi leur suggestion...

— Mais je n'ai rien subi du tout...

— Bien sûr, c'est exactement ce que vous diriez si vous aviez été soumis à leur conditionnement...

— Si vous cherchez à me coincer comme ça, effectivement, il n'y aura aucun moyen de vous démontrer le contraire. Alors, finalement, qu'est-ce que vous comptez faire ?

— Je vais rester à Seychelle. Et vous aussi. Vous êtes incapable, sans moi, de gouverner le vaisseau et si Compor vous a conditionné, eh bien il s'est trompé de bonhomme.

— Très bien, Golan. Nous resterons à Seychelle jusqu'à ce que nous ayons, indépendamment, des raisons d'en partir.

« Après tout, le pire qui puisse nous arriver — pis encore que de rester ou de partir — ce serait qu'on finisse par se bouffer le nez. Allons, vieux camarade, si j'avais été conditionné, est-ce que je serais capable de changer d'avis pour vous suivre de mon plein gré, comme je compte bien le faire à présent ? »

Trevize réfléchit un moment puis, comme mû soudain par un ressort intérieur, il sourit et lui tendit la main : « Tope là, Janov. Et à présent, retournons au vaisseau. Demain, on prendra un nouveau départ. Si d'ici là on trouve une idée... »

47.

Munn Li Compor ne se rappelait plus quand on l'avait recruté. Il faut dire qu'il n'était qu'un enfant, à l'époque. Et puis, les agents de la Seconde Fondation prenaient le plus grand soin d'effacer autant que possible leurs traces. Compor était un « Observateur » et pour tout membre de la Seconde Fondation, immédiatement identifiable comme tel.

Cela signifiait que Compor avait des notions de mentalique et pouvait dans une certaine mesure dialoguer dans leur langue avec les Seconds Fondateurs mais qu'il était dans les rangs subalternes de la hiérarchie : il pouvait percevoir, par bribes, les esprits, mais n'était aucunement capable de les ajuster... L'éducation qu'il avait reçue n'allait pas jusque-là. C'était un Observateur, pas un Actant.

Ce qui faisait de lui un Fondateur de second rang, au mieux, mais ça ne le gênait pas — enfin, pas trop. Il était conscient de son importance dans le schéma général.

Durant les tout premiers siècles de son existence, la Seconde Fondation avait sous-estimé l'ampleur de la tâche qui l'attendait. Elle s'était imaginé qu'avec sa poignée de membres, elle pourrait diriger la Galaxie entière et que le plan Seldon ne requerrait, pour être maintenu dans la bonne ligne, que les plus légères interventions, çà et là, et très épisodiquement.

Le Mulet les avait débarrassés de ces illusions. Surgi de nulle part, il avait pris la Seconde Fondation (et bien entendu, la Première, mais cela c'était sans importance) totalement par surprise et il avait laissé ses membres complètement désemparés. Il leur avait fallu cinq bonnes années pour organiser une contre-attaque — et encore, seulement au prix de nombreuses vies humaines.

Avec Palver, le rétablissement avait été total — bien qu'encore une fois, bien cher payé ; mais l'homme avait finalement su prendre les mesures adéquates : les opérations de la Seconde Fondation, avait-il décidé, devraient être considérablement accrues, sans pour autant qu'on multiplie les risques de détection ; d'où son instauration du corps des Observateurs.

Compor ignorait combien il y avait d'Observateurs en poste dans la Galaxie et même combien d'entre eux se trouvaient sur Terminus. Il n'avait pas à le savoir : dans l'idéal, il ne devait pas exister de connexion détectable entre deux Observateurs quels qu'ils soient, de sorte que la perte de l'un ne puisse en aucun cas entraîner la perte d'un autre. Les seules connexions s'effectuaient vers le haut, avec les échelons supérieurs situés à Trantor.

C'était l'ambition de Compor d'aller un jour à Trantor. Même s'il jugeait l'éventualité des plus improbables, il savait qu'occasionnellement un Observateur pouvait être conduit à Trantor pour y recevoir une promotion mais le cas était rare. Les qualités qui faisaient un bon Observateur n'étaient pas de celles qui vous orientaient vers une carrière à la Table.

Gendibal, par exemple, qui était de quatre ans le cadet de Compor : on avait dû le recruter petit garçon, tout comme Compor, mais lui, on l'avait expédié directement à Trantor et aujourd'hui, c'était un Orateur. Compor ne se faisait aucune illusion sur les raisons de la chose : il avait eu de nombreux contacts avec Gendibal récemment, et avait pu faire l'expérience de la puissance d'esprit de ce jeune homme. Il n'aurait certainement pas pu lui tenir tête plus d'une seconde.

Compor n'avait que rarement conscience de son statut subalterne. Il n'avait presque jamais l'occasion de s'interroger dessus. Après tout (et ce devait être le cas des autres Observateurs, s'imaginait-il), il n'était subalterne que selon les critères de Trantor. Sur leurs propres planètes non trantoriennes, dans leurs propres sociétés non mentalistes, il était aisé pour les Observateurs d'acquérir une position élevée.

Compor, par exemple, n'avait jamais eu de difficulté pour entrer dans les meilleures écoles ou pour se trouver toujours en bonne compagnie. Il avait été en mesure d'utiliser assez facilement ses pouvoirs mentaux pour accroître ses capacités d'intuition naturelles (capacités naturelles grâce auxquelles, il en était sûr, on l'avait de prime abord recruté), et, de cette façon, il avait pu se révéler une vedette de la traque hyperspatiale. Il était devenu un héros au collège et cela lui avait mis le pied sur le premier échelon de la carrière politique. Une fois la présente crise réglée, nul ne pouvait dire jusqu'où il pourrait encore progresser.

Si la crise se résolvait avec succès, comme il était certain, ne se souviendrait-on pas que c'était Compor qui le premier avait remarqué Trevize — non pas en tant qu'être humain, ce que tout le monde aurait pu faire — mais en tant qu'esprit ?

Il avait fait sa connaissance au collège et n'avait vu en

lui, tout d'abord, qu'un camarade jovial et plein d'esprit. Un matin, toutefois, alors qu'il se dégageait laborieusement des brumes du réveil, dans le flot de lucidité qui accompagne cette phase du demi-sommeil, il avait ressenti combien il était dommage que Trevize n'eût jamais été recruté.

Il n'aurait pu l'être, bien sûr, puisqu'il était natif de Terminus et non, comme Compor, originaire d'une autre planète. Et même cela mis à part, il était, de toute façon, trop tard. Seuls les tout jeunes sujets étaient assez malléables pour recevoir une formation à la mentalique ; l'introduction douloureuse de cet art — c'était plus qu'une science — dans le cerveau d'un adulte, déjà rouillé dans son moule, n'avait été pratiquée qu'avec les deux premières générations après Seldon.

A leur rencontre suivante, Compor avait pénétré l'esprit de Trevize en profondeur pour enfin y découvrir ce qui avait initialement dû le troubler : l'esprit de Trevize avait des caractéristiques qui ne collaient pas avec les règles qu'on lui avait enseignées à lui, Compor. A chaque fois, il lui échappait. A mesure qu'il le suivait à l'œuvre, il découvrait en lui des failles — non pas vraiment des failles, de véritables tranches de non-existence : par endroits, les tournures d'esprit de Trevize plongeaient trop profondément pour pouvoir être suivies.

Compor n'avait aucun moyen de déterminer ce que cela signifiait mais il observa le comportement de Trevize à la lumière de ce qu'il avait déjà découvert et il commença de soupçonner en lui une surprenante capacité à déboucher sur des conclusions correctes à partir de données pourtant insuffisantes en apparence.

Y avait-il un rapport avec les failles qu'il avait détectées ? Sans doute la question relevait-elle d'une mentalique qui dépassait largement son niveau — peut-être même le niveau de la Table. Il avait la désagréable sensation que l'intéressé lui-même ignorait dans leur totalité l'étendue de ses pouvoirs de décision et qu'il pouvait bien être capable de...

De quoi ? Les connaissances de Compor étaient insuffisantes. Il pouvait presque discerner la signification du don que possédait Trevize — presque, mais pas tout à fait. Ne lui restait que la conclusion intuitive — pour ne pas dire une simple supposition : Trevize pouvait se révéler, potentiellement, un personnage de la plus extrême importance.

Il allait devoir jouer son va-tout sur cette hypothèse — au risque de paraître moins que qualifié pour occuper sa charge. Oui mais, après tout, s'il ne se trompait pas...

Il se demandait, en y repensant, comment il était parvenu à trouver le courage de poursuivre ses efforts : il lui était impossible de franchir les barrières administratives qui entouraient la Table. Il avait presque fini par se faire à l'idée d'y laisser sa réputation. Et puis, en désespoir de cause, il s'était frayé un chemin jusqu'au cadet de la Table, et finalement Stor Gendibal avait répondu à son appel.

Gendibal l'avait écouté patiemment, et depuis ce moment-là, s'était instaurée entre eux une relation particulière : c'était à l'instigation de Gendibal que Compor était resté en rapport étroit avec Trevize et sous sa direction qu'il avait soigneusement monté le scénario qui devait aboutir à l'exil de Trevize. Et c'était à travers Gendibal que Compor pouvait encore (et il commençait à l'espérer) accomplir son rêve de promotion sur Trantor.

Tous les préparatifs, toutefois, avaient tendu à envoyer Trevize à Trantor. Son refus avait pris Compor complètement par surprise et (le pensait-il) n'avait pas non plus été prévu par Gendibal.

En tout cas, ce dernier était en train de se précipiter sur les lieux et pour Compor, c'était le signe que la crise entrait dans une phase aiguë.

Il envoya un hypersignal.

48.

Gendibal fut tiré du sommeil par le contact sur son esprit. Un contact efficace, et pas le moins du monde gênant : puisqu'il affectait directement le centre gouvernant l'éveil, il s'éveilla tout simplement.

Il s'assit dans son lit et les draps en tombant découvrirent son torse aux muscles souples et bien proportionnés. Il avait reconnu le contact : les différences de toucher étaient aussi manifestes pour un mentaliste que les différences de voix pour ceux qui communiquent essentiellement de manière orale.

Gendibal envoya le signal habituel demandant si un léger répit était possible et l'indication non urgent lui revint aussitôt.

C'est donc sans hâte inutile qu'il vaqua à ses occupations matinales. Il était encore dans la douche de son astronef — tandis que les eaux usées se déversaient dans les dispositifs de recyclage — lorsqu'il renoua le contact.

« Compor ?

— Oui, Orateur.

— Avez-vous parlé avec Trevize et l'autre personne ?

— Pelorat. Janov Pelorat. Oui, Orateur.

— Bien. Accordez-moi encore cinq minutes et je nous arrange un contact visuel. »

Il dépassa Sura Novi en se dirigeant vers le poste de commande. Elle lui jeta un regard interrogateur et fit mine de parler mais il lui posa un doigt sur les lèvres et elle se tut aussitôt. Gendibal éprouvait encore un certain malaise devant l'intensité de l'adoration respectueuse qui émanait de cet esprit mais la chose commençait plus ou moins à faire partie maintenant de son environnement.

Il avait relié leurs deux esprits par un mince filament si bien qu'il était impossible de l'affecter, lui, sans affecter simultanément l'esprit de la jeune femme. Esprit dont la simplicité (et c'était un fantastique plaisir esthétique que d'en contempler la symétrie sans artifice, ne pouvait-il s'empêcher de penser) rendait impossible la présence d'un champ mental étranger dans les parages sans qu'il fût aussitôt détecté. Il ressentit une vague de reconnaissance pour l'accès de courtoisie qu'il avait eu à l'égard de la jeune femme alors qu'ils étaient aux portes de l'université et qui avait conduit celle-ci à venir le voir au moment précis où elle pouvait le plus lui être utile.

« Compor ?

— Oui, Orateur.

— Détendez-vous, je vous prie. Il faut que j'étudie votre esprit. N'y voyez aucune attaque personnelle.

— Comme vous voudrez, Orateur. Puis-je vous demander la raison ?

— Pour m'assurer que vous êtes intouché.

— Je sais que vous avez des adversaires politiques à la Table, Orateur, mais sûrement aucun ne...

— Pas de spéculations, Compor. Détendez-vous... Non, vous êtes bien intact. A présent, si vous voulez bien coopérer avec moi, nous allons établir le contact visuel. »

Ce qui suivit était — à proprement parler — une illusion puisque seul un individu secondé par les pouvoirs mentaliques d'un Second Fondateur parfaitement entraîné aurait été capable de déceler quoi que ce soit — à l'aide simplement de ses sens ou d'un appareillage de détection physique.

C'était la construction d'un visage, son apparition élaborée à partir des contours d'un esprit ; et même le meilleur des mentalistes pouvait ne réussir qu'à produire une silhouette brumeuse et quelque peu incertaine. Le visage de Compor planait au milieu du vide, comme aperçu au travers d'un fin mais ondulant voile de gaze et Gendibal savait que son visage apparaissait de manière identique devant Compor.

Grâce aux faisceaux d'hyperondes, la communication aurait fort bien pu s'établir en permettant d'avoir des visages si nets que deux interlocuteurs distants de mille parsecs pouvaient se croire face à face. Le vaisseau de Gendibal était équipé d'un tel émetteur.

La vision mentalique avait toutefois ses avantages : le principal était qu'elle ne pouvait être interceptée par aucun dispositif connu de la Première Fondation. Pas plus d'ailleurs qu'un membre de la Seconde ne pouvait espionner la vision mentalique d'un autre : on parvenait certes à suivre l'échange mental mais pas ces délicats changements d'expression faciale qui donnaient à la communication toute sa finesse.

Quant aux anti-Mulets... eh bien, la pureté de l'esprit de Novi suffisait à démontrer qu'aucun d'eux ne se trouvait dans les parages.

« Relatez-moi précisément, demanda-t-il à Compor, la teneur de votre conversation avec Trevize et Pelorat. Précisément, jusqu'au niveau mental.

— Bien entendu, Orateur », répondit Compor.

Cela ne prit guère de temps : la combinaison des sons, des expressions et de la mentalique permettait de condenser considérablement les choses malgré le fait qu'au niveau mental, il y avait énormément plus de choses à dire que s'il s'était agi simplement de singer le discours parlé.

Gendibal observait avec la plus extrême attention : il n'y avait pratiquement pas de redondance dans la vision mentalique. Avec la vision réelle — ou même l'hypervision transmise à travers les parsecs —, on recevait considérablement plus d'éléments d'information qu'il n'était absolument nécessaire pour assurer la bonne compréhension du message et l'on pouvait donc se permettre d'en manquer une grande partie sans pour autant perdre d'éléments signifiants.

A travers le voile de la vision mentalique, en revanche, si l'on gagnait une sécurité absolue, c'était en perdant le luxe de se permettre de manquer le moindre fragment transmis : chaque élément était signifiant.

Sur Trantor, se transmettaient toujours, de maître à élève, des histoircs terrifiantes destinées à faire saisir au novice l'importance de la concentration. La plus souvent répétée était certainement la moins digne de foi. Elle évoquait le premier rapport envoyé sur la progression du Mulet, avant qu'il n'ait conquis Kalgan, et l'obscur officier qui avait réceptionné ce rapport et avait simplement cru qu'il concernait une espèce de cheval, parce qu'il n'avait pas su voir — ou interpréter — la minuscule mimique qui signifiait : « surnom d'un individu ». L'officier avait en conséquence jugé que l'affaire ne valait pas d'être transmise à Trantor. Lorsque le message suivant était parvenu, il était déjà trop tard pour prendre des dispositions immédiates et la Seconde Fondation allait devoir affronter encore cinq années terribles.

L'événement ne s'était sans doute pas réellement produit mais c'était après tout sans importance. C'était une histoire dramatique et elle servait à motiver chaque étudiant pour lui donner l'habitude de la plus intense concentration. Gendibal se souvenait de l'époque où lui-même était étudiant : un jour, il avait commis une erreur de réception dans un message, erreur qui lui avait personnellement paru aussi insignifiante qu'excusable. Son professeur — le vieux Kendart, un vrai tyran jusqu'au tréfonds de la moelle — s'était contenté de ricaner en disant : « Une espèce de cheval, hein, mon petit Gendibal ? » Et il n'avait plus su où se mettre, tellement il avait honte.

Compor avait terminé.

Gendibal lui demanda : « Votre estimation, s'il vous plaît, de la réaction de Trevize. Vous le connaissez mieux que moi, vous le connaissez mieux que n'importe qui.

— C'était assez clair : les indices mentaliques étaient sans équivoque. Il pense que mes paroles et mes actes traduisent un désir extrême de le voir se rendre à Trantor, ou dans le Secteur de Sirius, ou n'importe où sauf l'endroit où il compte effectivement se rendre. Cela signifie, à mon avis, qu'il entend fermement rester là où il est. En bref, le fait même que j'attache une grande importance à son changement de lieu l'oblige à y accorder à son tour la même importance et, puisqu'il a l'impression que son interprétation des faits est diamétralement opposée à la mienne, il va délibérément agir à l'encontre de ce qu'il interprète comme mon souhait.

— Vous êtes sûr de ça ?

— *Tout à fait* sûr. »

Gendibal réfléchit à la chose puis décida que Compor avait raison. Il lui dit : « Je suis satisfait. Vous avez agi remarquablement. Votre histoire de destruction de la Terre par la radioactivité était habilement choisie pour stimuler la réaction idoine sans besoin d'une manipulation directe de l'esprit. Fort louable ! »

Compor sembla débattre avec lui-même un bref instant. « Orateur, dit-il enfin, je ne peux pas accepter vos louanges. Je n'ai pas inventé cette histoire. Elle est véridique. Il existe réellement une planète nommée Terre dans le Secteur de Sirius et elle est effectivement considérée comme le berceau de l'humanité. Elle était radioactive — dès le début, ou elle l'est devenue — et cela n'a fait qu'empirer depuis que c'est une planète morte. Tout comme est véridique l'invention de cet amplificateur mental qui n'a finalement pas abouti. Tout cela est considéré comme historique sur la planète natale de mes ancêtres.

— Vraiment ? Intéressant ! » dit Gendibal, visiblement pas du tout convaincu. « Et encore mieux. Savoir quand une vérité pourra convenir est proprement admirable puisque aucune non-vérité ne pourrait être présentée avec la même sincérité. Pelorat a dit un jour : “ Plus proche on est de la vérité, meilleur est le mensonge, et la vérité elle-même, quand on peut en faire usage, est encore le meilleur des mensonges. ”

— Il y a encore une chose, reprit Compor : en suivant vos instructions de maintenir Trevize dans le Secteur de Seychelle jusqu'à votre arrivée — et ce, à n'importe quel prix — j'ai dû aller si loin dans mes efforts qu'il me soupçonne à présent d'être sous l'influence de la Seconde Fondation. »

Gendibal hocha la tête. « Cela, je suppose, reste inévitable, compte tenu des circonstances. De toute façon, sa monomanie sur le sujet suffirait à lui faire voir la Seconde Fondation même là où elle n'est pas. Il faudra simplement que l'on en tienne compte.

— Orateur, s'il est absolument nécessaire que Trevize reste là où il est jusqu'à ce que vous puissiez l'atteindre, ça simplifierait tout de même les choses si je venais vous chercher, vous prenais à bord de mon vaisseau pour vous ramener ensuite. Cela prendrait moins d'une journée...

— Non, Observateur, coupa sèchement Gendibal.

Vous n'en ferez rien. Les gens sur Terminus savent où vous êtes. Vous avez bien à bord un hyper-relais que vous êtes incapable de débrancher, n'est-ce pas ?

— Oui, Orateur.

— Et si Terminus sait que vous avez débarqué sur Seychelle, leur ambassadeur sur place est donc au courant — et cet ambassadeur sait également que Trevize a débarqué. Votre hyper-relais apprendra à Terminus que vous avez effectué un aller-retour vers un point situé à des centaines de parsecs de là ; et l'ambassadeur les informera parallèlement que Trevize n'a pourtant pas bougé du secteur. Partant de là, jusqu'à quel point Terminus ne va-t-il pas se douter de quelque chose ? Le Maire de Terminus est, de notoriété publique, une femme rusée et la dernière chose que nous voulons faire, c'est d'éveiller ses soupçons avec une énigme insoluble. On n'a pas du tout envie de la voir rappliquer à la tête de toute sa flotte. De toute façon, le risque en est déjà bien assez grand.

— Sauf votre respect, Orateur... quelle raison avons-nous de craindre une flotte si nous pouvons en contrôler le commandant ?

— Si peu de raison qu'on ait de le craindre, on en aura encore moins si la flotte n'est pas là. Vous restez où vous êtes, Observateur. Dès que je vous ai rejoint, je monte à bord de votre vaisseau et ensuite...

— Ensuite, Orateur ?

— Eh bien, ensuite, je prends les choses en main. »

49.

Gendibal resta encore assis après avoir laissé se dissoudre la vision mentalique ; il demeura ainsi de longues minutes. A réfléchir.

Durant le long trajet jusqu'a Seychelle — inévitablement long avec ce vaisseau qui ne pouvait aucunement rivaliser avec la technique de pointe des réalisations de la Première Fondation — il avait pris le temps de revoir l'intégrité des rapports envoyés par Compor. L'ensemble s'étalait sur près d'une décennie.

Vu dans leur totalité et à la lumière des événements récents, ils révélaient indubitablement que Trevize aurait pu constituer une merveilleuse recrue pour la Seconde Fondation, si la politique de ne jamais toucher aux natifs de Terminus n'avait pas été instaurée depuis l'époque de Palver.

Il était impossible de dire combien depuis des siècles la Fondation avait ainsi pu perdre de recrues de la plus haute qualité. Il n'y avait aucun moyen d'évaluer les capacités de chaque individu parmi les quatrillions d'êtres humains qui peuplaient la Galaxie. Aucun sans doute ne devait être toutefois plus prometteur que Trevize et très certainement aucun ne pouvait se trouver situé à un endroit plus sensible.

Gendibal eut un léger hochement de tête. Jamais on n'aurait dû ignorer Trevize — natif de Terminus ou pas. Grâces soient rendues à l'observateur Compor pour s'en être aperçu, même avec toutes les distorsions apportées par les ans à la personnalité du sujet.

Bien sûr, Trevize ne leur était plus d'aucune utilité, à présent. Il était trop âgé pour être modelé ; mais il avait toujours cette intuition innée, cette capacité à discerner une solution sur la base d'informations pourtant totalement inadéquates, et puis un quelque chose... un quelque chose...

Le vieux Shandess qui, bien que n'étant plus de la première jeunesse, était Premier Orateur, et dans l'ensemble n'avait pas été le plus mauvais d'entre eux, Shandess avait discerné là quelque chose — sans avoir eu besoin de faire tous les recoupements et les raisonnements auxquels s'était livré Gendibal durant le cours de son voyage. Trevize, avait estimé Shandess, était la clé de la crise.

Pourquoi Trevize était-il venu sur Seychelle ? Que préparait-il ? Que faisait-il ?

Et il n'était pas question de le toucher ! De cela, Gendibal était sûr. Jusqu'à ce que l'on sache exactement le rôle qu'il jouait, ce serait une totale erreur de chercher de quelque manière à modifier son comportement. Avec les anti-Mulets dans les parages, quels qu'ils soient — quoi qu'ils puissent être — toute initiative malencontreuse à l'égard de Trevize (Trevize, par-dessus tout) pouvait leur exploser au visage comme un micro-soleil totalement imprévu.

Il sentit un esprit planer autour du sien et l'écarta machinalement comme il l'aurait fait sur Trantor d'un insecte particulièrement pénible — mais avec l'esprit, et non pas d'un mouvement de main. Il perçut l'immédiate réaction de douleur chez l'autre et leva les yeux :

Sura Novi avait porté la main à son front. Elle fronçait les sourcils. « Pardon, Maître, mais j'ai senti comme une brusque bouffée d'angoisse dans ma tête... »

Gendibal en fut immédiatement contrit : « Je suis désolé, Novi. Je ne pensais pas... — ou plutôt, j'étais trop absorbé dans mes pensées. » Instantanément, et avec la plus grande douceur, il aplanit les délicats filaments mentaux froissés.

Novi eut soudain un sourire radieux : « C'est passé d'un seul coup ! Le doux son de votre voix, Maître, a le meilleur effet sur moi.

— A la bonne heure ! Mais quelque chose ne va pas ? Pourquoi es-tu ici ? » Il s'abstint de pénétrer plus avant dans son esprit pour y découvrir lui-même la réponse. Il éprouvait une répugnance croissante à envahir son intimité.

Novi hésita. Elle se pencha légèrement vers lui. « Ça m'avait inquiétée : vous voir comme ça regarder dans le vide en faisant des bruits et en grimaçant. J' suis restée plantée là, avec la peur qu' vous soyez comme qui dirait dérangé... malade... sans ben savoir quoi faire.

— Ce n'était rien, Novi. Il ne fallait pas avoir peur. » Il lui tapota la main. « Il n'y a rien à craindre. Tu comprends ? »

La peur — ou toute autre émotion violente — tordait et déformait en quelque sorte la symétrique architecture de son esprit. Il préférait le voir calme, paisible et heureux mais il hésita devant l'idée de le rectifier par une influence extérieure. Elle avait mis le précédent ajustement sur le compte de l'effet de sa voix et il préférait, lui semblait-il, qu'on en restât là.

« Novi, lui demanda-t-il, pourquoi je ne t'appellerais pas Sura ? »

Elle leva soudain vers lui un regard pathétique : « Oh, Maître ! Ne faites pas ça !

— Mais Rufirant ne s'en est pas privé, le jour de notre rencontre. Maintenant qu'on se connaît suffisamment...

— Je sais bien qu'il le faisait, Maître. C'est comme ça qu'un homme parle à une fille qu'a point d'homme, point de promis, qu'est... incomplète, quoi. Y lui dit son petit nom. Pour moi, ça m' ferait plus d'honneur si vous m'appeliez Novi et j'en serai fière. J'ai p't'être point d'homme pour l'heure, mais j'ai toujours un Maître et j' suis contente de ça. J'espère que vous verrez pas d' la gêne à m'appeler Novi.

— Certainement pas, Novi. »

Et à ces mots, l'esprit de la jeune femme redevint si merveilleusement lisse que Gendibal en fut tout content. Trop content même. Aurait-il dû être content à ce point ?

Légèrement penaud, il lui souvint que le Mulet était censé avoir été affecté de manière analogue par cette femme de la Première Fondation, Bayta Darell, à son corps défendant.

Ici bien sûr, ce n'était pas la même chose : la Hamienne était sa protection contre tout esprit étranger et il tenait à la voir remplir cette tâche le plus efficacement possible.

Non, ce n'était pas vrai. Sa fonction d'Orateur risquait d'être compromise s'il cessait de chercher à comprendre son propre esprit ou, pis, s'il manœuvrait délibérément pour se cacher la vérité. La vérité était qu'il se plaisait à la voir calme et paisible et heureuse naturellement — sans qu'il eût à intervenir — et cela lui faisait plaisir tout simplement parce qu'*elle* lui faisait plaisir ; et (songea-t-il en manière de défi), il n'y avait pas de mal à ça.

« Assieds-toi, Novi. »

Elle obéit, posant la pointe des fesses sur un siège et

s'installant aussi loin que l'autorisait l'exiguïté de la cabine. Tout son esprit était inondé de respect.

Il expliqua : « Lorsque tu m'as vu faire des bruits tout à l'heure, Novi, j'étais en conversation, à la manière des chercheurs, avec un interlocuteur lointain. »

Novi répondit avec tristesse, les yeux baissés : « Je vois bien, Maître, qu'il y a tout plein de choses dans la manière des cherchieurs que j'arrive point à comprendre et que j'imagine même point. C'est pour sûr un art difficile qui va ben trop haut pour moi. J'en ai d' la honte, d'être venue vous voir et vous demander d' me faire cherchieuse. Comment ça se fait-il, Maître, que je vous ai pas fait vous moquer ?

— Il n'y a pas de honte à aspirer à quelque chose même si c'est au-delà de notre portée. Tu es trop âgée maintenant pour devenir un chercheur à ma manière, Novi, mais tu ne seras jamais trop vieille pour en apprendre plus que tu ne sais déjà et pour être capable d'accomplir plus de choses que tu n'en sais faire actuellement. Tiens, je vais t'enseigner certaines choses concernant ce vaisseau. D'ici qu'on ait atteint notre destination, tu en sauras déjà un bon bout. »

Il se sentait ravi. Et pourquoi pas ? Il tournait délibérément le dos au stéréotype hamien. De toute façon, de quel droit un groupe hétérogène comme celui de la Seconde Fondation instaurait-il un tel stéréotype ? Après tout, leurs enfants n'étaient que très occasionnellement capables de faire eux-mêmes des Seconds Fondateurs de haut rang. Les enfants d'Orateurs n'avaient presque jamais les aptitudes pour devenir Orateurs à leur tour. Il y avait bien eu trois générations de Linguistes, trois siècles plus tôt, et encore, on n'était pas certain que l'Orateur du milieu de la série pût être inclus dans le lot. Et même si c'était vrai, pour qui se prenaient les gens de l'université pour se hisser sur un si haut piédestal ?

Il vit luire les yeux de Novi et il en fut heureux.

Elle lui dit : « Je vas faire un effort pour bien apprendre ce que vous allez m'enseigner, Maître.

— J'en suis certain », répondit-il — et puis il hésita. Il

lui revint que, lors de sa conversation avec Compor, à aucun moment il n'avait fait entendre qu'il n'était pas seul à bord. Rien ne laissait paraître qu'il était accompagné.

Accompagné par une femme, encore, à la rigueur : Compor n'aurait sans doute pas été surpris... Mais par une femme hamienne ?

Durant quelques instants, et nonobstant tous ses efforts, Gendibal se sentit sous l'emprise du stéréotype — et il se surprit à se féliciter que Compor ne soit jamais allé sur Trantor et fût donc bien incapable de reconnaître en Novi une Hamienne.

Il se ressaisit. Qu'importait que Compor l'apprenne ou non — lui, ou un autre. Gendibal était un Orateur de la Seconde Fondation et il pouvait agir comme il lui plaisait dans les limites du plan Seldon — et nul ne pouvait y trouver à redire.

« Maître, dit Novi, une fois rendus à destination, est-ce qu'on va se quitter ? »

Il la regarda et dit, peut-être avec plus de force qu'il ne l'escomptait : « Il n'est pas question qu'on soit séparés, Novi. »

Et à ces mots, la femme hamienne sourit timidement et, par toute la Galaxie, elle lui donna l'impression d'être... pareille à n'importe quelle autre femme.

CHAPITRE XIII

UNIVERSITÉ

50.

Pelorat fronça le nez lorsque Trevize et lui réintégrèrent le *Far Star*.

Trevize haussa les épaules. « Le corps humain est un puissant dispensateur d'odeurs. Le recyclage ne peut jamais agir instantanément et les parfums artificiels ne font que masquer les odeurs — ils ne les suppriment pas.

— Et je suppose qu'il n'y a pas deux vaisseaux qui sentent pareil, une fois qu'ils ont été occupés un certain temps par des gens différents.

— C'est absolument exact. Mais avez-vous encore perçu l'odeur de Seychelle au bout d'une heure ?

— Non, reconnut Pelorat.

— Eh bien, vous ne percevrez pas plus celle-ci au bout d'un moment. En fait, si vous vivez suffisamment longtemps à bord du vaisseau, vous en viendrez à accueillir avec plaisir l'odeur devenue familière qui vous attendra à votre retour. Et, en passant, si jamais après ça vous devenez un vrai bourlingueur galactique, Janov, vous devrez apprendre qu'il est impoli de faire le moindre commentaire sur l'odeur régnant à bord d'un vaisseau ou, d'ailleurs, sur une planète, auprès de ceux qui habitent ledit vaisseau ou ladite planète. Entre nous, bien entendu, il n'y a pas de mal.

— A vrai dire, Golan, le plus drôle, c'est qu'effectivement je me considère comme chez moi à bord du *Far Star*. Au moins, il est fabriqué par la Fondation. » Pelorat sourit. « Vous savez, je ne me suis jamais considéré comme un patriote. Je me plais à penser que je ne reconnais que l'humanité tout entière pour nation mais je dois admettre que me trouver loin de la Fondation m'emplit le cœur d'amour pour elle. »

Trevize était en train de défaire son lit. « Vous n'êtes pas si loin que ça de la Fondation, vous savez. L'Union seychelloise est presque entièrement entourée par le territoire de la Fédération. Nous avons un ambassadeur ici et notre présence est considérable, depuis les consuls jusqu'au bas de l'échelle. Les Seychellois aiment à s'opposer à nous en paroles mais, en général, ils se gardent bien de rien faire qui puisse nous froisser — Janov, allez donc vous pieuter. On n'a abouti à rien aujourd'hui et il faudra faire mieux demain. »

Toutefois, il n'était pas difficile de s'entendre d'une cabine à l'autre et, une fois que le vaisseau fut plongé dans le noir, Pelorat, qui n'avait pas cessé de se retourner, finit par dire, pas très fort : « Golan ?

— Oui.

— Vous ne dormez pas ?

— Pas tant que vous parlerez.

— On a tout de même abouti à quelque chose, aujourd'hui. Votre ami Compor...

— *Ex*-ami, grommela Trevize.

— Si vous voulez... il a parlé de la Terre et nous a révélé un point que je n'avais jamais rencontré jusque-là dans mes recherches : la radioactivité ! »

Trevize se redressa sur un coude. « Écoutez, Golan, si la Terre est vraiment morte, ça ne signifie pas qu'on va rentrer chez nous. J'ai *toujours* l'intention de trouver Gaïa. »

Pelorat eut un petit soupir — comme s'il voulait écarter des plumes d'un souffle. « Mais, bien sûr, cher compagnon. Moi aussi. Mais je ne pense pas non plus que la Terre soit morte. Compor nous a peut-être raconté ce qu'il croit être la vérité mais il n'y a pratiquement pas un secteur de la Galaxie qui n'ait pas un récit ou un conte plaçant l'origine de l'humanité sur quelque planète du coin. Et presque invariablement, cette planète est appelée la Terre — ou d'un nom équivalent.

« En anthropologie, on qualifie cette attitude de globocentrisme. Les gens ont tendance à se considérer tout naturellement supérieurs à leurs voisins ; à estimer que leur culture est plus ancienne que celle des autres et qu'elle est supérieure ; à penser que ce qui est bon chez les autres, on le leur a emprunté et que ce qui est mauvais a été soit déformé ou perverti soit simplement inventé ailleurs. Et la tendance est de confondre l'avantage en ancienneté et la supériorité qualitative. Lorsqu'ils ne peuvent raisonnablement soutenir que leur propre planète est la Terre ou son équivalent — et le berceau de l'espèce humaine — les gens font presque toujours de leur mieux pour placer la Terre dans leur propre secteur même s'ils ne peuvent la situer avec précision.

— Et vous me dites que Compor n'a fait que suivre l'habitude courante en affirmant que la Terre existait bel et bien dans le Secteur de Sirius. Il reste que le Secteur de Sirius a effectivement une longue histoire donc chacune de ses planètes devrait être bien connue et il ne doit pas être bien difficile de vérifier la chose même sans aller sur place. »

Pelorat gloussa. « Même si vous arriviez à montrer qu'aucune planète du Secteur de Sirius ne peut valablement prétendre être la Terre, ça n'avancerait pas à grand-chose. Vous sous-estimez jusqu'à quel point le mysticisme peut enterrer le rationnel, Golan. Il y a au moins une demi-douzaine de secteurs dans la Galaxie où des respectables chercheurs répètent, avec la plus grande solennité et sans l'ombre du moindre sourire, les légendes locales racontant que la Terre — ou peu importe le nom qu'ils lui donnent — est en fait située dans l'hyperespace et demeure inaccessible, sinon par accident.

— Et indiquent-elles, ces légendes, si quelqu'un l'a effectivement atteinte accidentellement ?

— Il y a toujours des légendes et il existe toujours un

refus patriotique du doute même si ces légendes ne sont pas le moins du monde crédibles et n'ont d'ailleurs jamais été crues par personne en dehors de leur monde d'origine.

— Alors, Janov, n'y croyons pas nous-mêmes. Et entrons plutôt dans notre petit hyperespace personnel sous les draps.

— Mais Golan, c'est cette histoire de radioactivité de la Terre qui m'intéresse. Moi, elle m'a l'air d'avoir un accent de vérité — enfin, un genre de vérité.

— Que voulez-vous dire, un *genre* de vérité ?

— Eh bien, un monde radioactif devrait être un monde où des radiations dures sont présentes en concentration plus grande que la normale. Le taux des mutations y serait plus élevé et l'évolution s'y montrerait à la fois plus rapide et plus diversifiée. Or, si vous vous souvenez, je vous ai dit que parmi les points sur lesquels s'accordent presque tous les récits, il y a cette incroyable diversité de la vie sur Terre : des millions d'espèces de toute sorte. C'est cette diversité — ce développement *explosif* qui a peut-être donné l'intelligence à la Terre ainsi que l'impulsion pour essaimer dans toute la Galaxie. Si la Terre était pour quelque raison radioactive — j'entends, plus radioactive que d'autres planètes — cela pourrait rendre compte de toutes les autres caractéristiques qui font — ou faisaient — de la Terre un astre unique. »

Trevize resta quelques instants silencieux. « En premier lieu, répondit-il enfin, nous n'avons aucune raison de croire que Compor a dit la vérité. Il peut fort bien nous avoir délibérément menti pour nous pousser à déguerpir d'ici et nous envoyer courir vers Sirius. Je crois d'ailleurs que c'est exactement ce qu'il a fait. Et puis, même si c'était vrai, ce qu'il nous a dit, c'est que la radioactivité était telle qu'elle avait rendu toute vie impossible. »

Pelorat réitéra son petit soupir. « Il n'y avait pas une radioactivité telle qu'elle ait empêché la vie de se développer et une fois celle-ci établie, se maintenir est déjà plus facile. Admettons, donc, que la vie se soit établie et maintenue sur la Terre. Par conséquent, c'est que le niveau initial de la radioactivité ne pouvait pas être incompatible avec la vie et ce niveau n'aura pu que décroître avec le temps. Il n'y a rien qui puisse l'amener à *s'accroître.*

— Des explosions nucléaires ? suggéra Trevize.

— Quel rapport avec l'accroissement de la radioactivité ?

— Je veux dire… supposez que des explosions nucléaires se soient produites sur Terre…

— A la surface de la Terre ? Impossible. Il n'y a pas d'exemple dans toute l'histoire de la Galaxie d'une société assez stupide pour employer les explosions nucléaires comme une arme de guerre. Jamais nous n'aurions survécu. Durant les insurrections trigelliennes, alors que les deux camps en étaient réduits à la famine et au désespoir, eh bien, quand Jendippurus Khoratt suggéra d'engendrer une réaction de fusion dans…

— … Il fut pendu par les matelots de sa propre flotte. Je connais mon histoire galactique. Non, je songeais à un accident.

— On n'a pas d'exemple en général d'accidents nucléaires capables d'accroître de manière significative le taux de radioactivité sur une planète. » Il soupira. « Je suppose que lorsqu'on en sera là, il faudra bien qu'on aille faire notre petite enquête dans le Secteur de Sirius…

— On ira bien là-bas un de ces jours, peut-être. Mais pour l'instant…

— Oui, oui. J'arrête de causer. »

Il se tut effectivement et Trevize resta près d'une heure allongé dans l'obscurité à se demander s'il n'avait pas déjà trop attiré l'attention et s'il ne serait pas plus raisonnable pour eux de partir pour le Secteur de Sirius, quitte à repartir vers Gaïa une fois détournée l'attention — l'attention générale.

Il n'avait pas encore débouché sur une conclusion bien nette que le sommeil le prenait. Ses rêves furent agités.

51.

Ils ne retournèrent pas en ville avant le milieu de la matinée. L'office du tourisme était passablement bondé, cette fois-ci, mais ils parvinrent toutefois à obtenir les coordonnées d'une bibliothèque de référence où, là, on leur fournit les instructions permettant d'utiliser les systèmes locaux d'accès aux banques de données.

Ils épluchèrent soigneusement musées et facultés, en commençant par les plus proches et en y glanant toutes les informations disponibles sur les anthropologues, archéologues et autres spécialistes de l'Antiquité.

« Ah ! fit Pelorat.

— Ah ? répéta Trevize. Quoi : ah ?

— Ce nom... Quintesetz... ça me dit quelque chose.

— C'est une connaissance ?

— Non, bien sûr que non. Mais j'ai lu des articles signés par lui. En retournant à bord, où j'ai tous mes catalogues...

— On ne retourne pas à bord, Janov. Si son nom vous est familier, c'est déjà un point de départ ; s'il ne peut pas nous aider, il sera sans doute à même de nous orienter... » Il se leva. « On va tâcher de trouver le moyen de se rendre à l'université de Seychelle. Et puisqu'il n'y aura personne à l'heure du déjeuner, on va manger d'abord. »

Ce n'est pas avant la fin de l'après-midi qu'ils arrivèrent sur les lieux et, après s'être frayé un chemin dans le dédale du campus, se retrouvèrent enfin dans une antichambre, attendant une jeune femme qui était partie se renseigner et qui peut-être — ou peut-être pas — les mènerait à Quintesetz.

« Je me demande, dit Pelorat, mal à l'aise, combien de temps encore on va nous faire attendre. On ne doit plus être très loin de l'heure de la fermeture. »

Et comme si ç'avait été un signal, la jeune femme qui avait disparu depuis une demi-heure refit son apparition, s'avançant rapidement vers eux, dans le claquement sonore de ses étincelants souliers rouge et violet dont le bruit variait de hauteur au rythme de ses pas.

Pelorat fit la grimace. Il présuma que chaque planète devait avoir sa façon particulière d'agresser les sens, tout comme chacune avait son odeur. Il se demanda si, à présent qu'ils s'étaient accoutumés à l'odeur de Seychelle, ils n'allaient pas devoir également apprendre à ne plus remarquer la cacophonie de la démarche de ses jeunes femmes à la mode.

La femme se dirigea vers Pelorat et s'immobilisa devant lui. « Puis-je avoir votre nom entier, Professeur ?

— C'est Janov Pelorat, mademoiselle...

— Votre planète natale ? »

Trevize commença d'élever la main comme pour lui intimer le silence mais Pelorat — soit qu'il n'ait pas vu, soit qu'il n'ait pas voulu voir — répondit : « Terminus. »

La jeune femme eut un large sourire ; elle paraissait ravie. « Quand j'ai annoncé au professeur Quintesetz qu'un professeur Pelorat le demandait, il a dit qu'il vous verrait uniquement si vous étiez bien Janov Pelorat de Terminus. »

Pelorat cligna rapidement des yeux. « Vous... vous voulez dire, il a entendu parler de moi ?

— Cela me paraît certain. »

On entendit presque craquer le sourire de Pelorat lorsqu'il se tourna vers Trevize. « Il a entendu parler de moi. Honnêtement, je ne pensais pas... je veux dire, j'ai rédigé fort peu d'articles et je ne pensais pas que quelqu'un... » Il hocha la tête. « Ils n'étaient pas vraiment importants.

— Eh bien, alors, dit Trevize en souriant à son tour, cessez donc de vous complaire dans les délices de la fausse modestie, et allons-y. » Il se tourna vers la jeune femme : « Je présume, mademoiselle, que nous allons pouvoir emprunter un moyen de transport quelconque...

— On peut y aller à pied. Nous n'aurons même pas à quitter les bâtiments et je serai ravie de vous conduire... Êtes-vous tous les deux de Terminus ? » Et sur cette question, elle se mit en route.

Les deux hommes lui emboîtèrent le pas et Trevize lui répondit, légèrement ennuyé : « Oui, effectivement. Cela fait-il une différence ?

— Oh ! non, bien sûr que non. Il y a des gens sur Seychelle qui n'aiment pas les Fondateurs mais ici, vous savez, à l'université, on est d'esprit plus cosmopolite. Vivre et laisser vivre, c'est ce que je dis toujours. Je veux dire, les Fondateurs sont des gens comme les autres... Enfin, vous voyez ce que je veux dire ?

— Oui, je vois très bien ce que vous voulez dire. Des tas de gens chez nous trouvent que les Seychellois sont des gens comme les autres.

— C'est exactement comme ça que les choses devraient être. Je n'ai jamais vu Terminus. Ce doit être une bien grande cité.

— A vrai dire, non, fit Trevize d'une voix neutre ; je dirais même qu'elle est plus petite que Seychelle-ville.

— Vous me faites marcher ! C'est bien la capitale de la Fédération de la Fondation, n'est-ce pas ? Je veux dire... il n'y a pas d'autre Terminus, non ?

— Non, il n'y en a qu'un seul, autant que je sache, et c'est bien de là que nous venons. La capitale de la Fédération de la Fondation.

— Eh bien, alors, ce doit être une ville gigantesque... Et vous venez de si loin pour voir le professeur. Nous sommes très fiers de lui, vous savez. On le considère comme la plus grande autorité dans toute la Galaxie.

— Vraiment ? fit Trevize. Et dans quel domaine ? »

Encore une fois, elle ouvrit de grands yeux : « Oh ! vous, vous êtes vraiment rigolo. Il en sait plus sur l'histoire antique que... que je n'en sais moi-même sur ma propre famille. » Et elle reprit les devants, de sa démarche musicale.

On ne peut pas se laisser à tout bout de champ traiter de plaisantin ou de rigolo sans finir par développer un penchant dans cette direction et c'est avec un sourire que Trevize demanda : « Le Professeur doit tout savoir sur la Terre, je suppose ?

— La Terre ? » Elle s'arrêta devant la porte d'un bureau et le considéra, interdite.

« Vous savez bien. La planète d'où est partie l'humanité.

— Oh ! Vous voulez dire la planète-qui-vint-en premier. Je suppose. Je suppose qu'il *devrait* tout savoir sur elle. Après tout, elle est située dans le Secteur de Seychelle. Tout le monde sait au moins ça ! — Tenez, voilà son bureau. Je vais vous annoncer...

— Non, attendez, intervint Trevize. Encore une minute. Parlez-moi de la Terre, plutôt.

— A vrai dire, je n'ai jamais entendu personne l'appeler sous ce nom-là. Je suppose que c'est un terme de la Fondation. Ici, on l'appelle Gaïa. »

Trevize lança un bref coup d'œil à Pelorat. « Oh ? Et où est-elle située ?

— Nulle part. Elle est dans l'hyperespace et totalement inaccessible à quiconque. Quand j'étais petite, ma grand-mère nous disait que Gaïa se trouvait autrefois dans l'espace normal mais que, dégoûtée par...

— ... les crimes et la stupidité du genre humain, marmonna Pelorat, elle décida, honteuse, de quitter un beau jour l'espace normal et refusa désormais d'avoir plus rien à faire avec ces êtres humains qu'elle avait expédiés dans toute la Galaxie.

— Alors, vous voyez que vous connaissez l'histoire... Vous savez quoi ? Une de mes amies prétend que c'est de la superstition. Eh bien, je vais lui dire... Si c'est assez bon pour des professeurs de la Fondation... »

Sur le verre fumé de la porte, une plaque brillante portait l'inscription : SOTAYN QUINTESETZ ABT, dans cette calligraphie seychelloise si difficilement lisible avec, en dessous, dans le même lettrage impossible : DÉPARTEMENT DES ANTIQUITÉS.

La jeune femme posa le doigt sur un disque de métal poli. Il n'y eut aucun bruit mais le panneau de verre fumé vira au blanc laiteux tandis qu'une voix douce, et comme détachée, se faisait entendre : « Identifiez-vous s'il vous plaît. »

« Janov Pelorat, de Terminus, dit Pelorat. Et Golan Trevize, de la même planète. »

La porte s'ouvrit immédiatement.

52.

L'homme qui se leva, contourna le bureau et s'avança pour les accueillir était de grande taille et d'âge déjà mûr. Il avait le teint café au lait et ses cheveux, crépus, étaient gris acier. Il tendit la main et c'est d'une voix grave et douce qu'il se présenta : « Je suis S. Q. Je suis enchanté de vous rencontrer, mes chers professeurs.

— Je n'ai aucun titre universitaire, rectifia Trevize. J'accompagne simplement le professeur Pelorat. Appelez-moi Trevize tout court. Je suis ravi de faire votre connaissance, professeur Abt. »

Quintesetz leva la main, visiblement gêné : « Non, non. Abt n'est qu'un vague titre idiot et sans aucune signification à l'extérieur de Seychelle. Ignorez-le, je vous en prie, et appelez-moi S. Q. Nous avons coutume d'employer simplement nos initiales dans les rapports de la vie courante. Je suis si content de faire votre connaissance à tous deux quand je ne m'attendais qu'à une seule personne. »

Il parut hésiter un instant puis tendit la main droite après l'avoir ouvertement essuyée sur ses pantalons.

Trevize la prit, tout en se demandant quelle était la façon de saluer en usage sur Seychelle.

Quintesetz enchaîna : « Mais asseyez-vous, je vous en prie. J'ai peur que ces chaises ne soient inanimées mais pour ma part, je me refuse à me faire peloter par mes sièges. Je sais bien que c'est la grande vogue pour les chaises de vous peloter aujourd'hui mais tant qu'à me faire peloter, j'ai d'autres préférences, hein !

— Qui ne serait pas d'accord ! » admit Trevize, jovial. « Dites-moi, S. Q., c'est plutôt un nom de la Périphérie, me semble-t-il ? Mais excusez-moi si ma remarque vous semble impertinente.

— Pas du tout. Effectivement, une des branches de ma famille est originaire d'Askone. Il y a cinq générations, mes trisaïeux ont quitté Askone lorsque la domination de la Fondation se fit trop pressante.

— Et nous qui sommes de la Fondation, dit Pelorat. Nous sommes confus... »

Quintesetz leva la main avec cordialité : « Je n'ai pas la rancune si tenace qu'elle s'étende sur cinq générations. Non pas que la chose ne se soit pas vue, hélas... Mais, voulez-vous boire ou manger quelque chose ?... Un fond musical, peut-être ?...

— Si ça ne vous dérange pas, dit Pelorat, j'aimerais autant qu'on en vienne tout de suite au vif du sujet, si bien sûr les usages seychellois l'autorisent.

— Les usages seychellois ne sont en rien un obstacle, je vous l'assure... vous n'avez pas idée de ma surprise, docteur Pelorat : il n'y a pas deux semaines que je suis tombé dans la *Revue d'archéologie* sur votre article traitant de l'origine des mythes... j'ai été très impressionné par cette synthèse absolument remarquable — et pour moi bien trop brève. »

Pelorat rougit de plaisir. « Comme je suis content que vous l'ayez lu. J'ai dû le condenser, bien entendu, puisque la *Revue* n'aurait jamais passé l'intégrale d'une étude. Je compte bien rédiger une monographie sur le sujet...

— J'espère bien que vous le ferez. En tout cas, sitôt que j'eus lu votre article, j'ai eu le désir de vous voir. L'idée m'a même effleuré de me rendre à Terminus dans ce but mais c'eût été matériellement difficile...

— Pourquoi cela ? » demanda Trevize.

Quintesetz parut embarrassé : « Je suis désolé, mais il faut bien dire que Seychelle n'est pas pressée de rejoindre la Fédération et découragerait plutôt toute tentative de rapport avec la Fondation. Nous avons une longue tradition de neutralisme, voyez-vous. Même le Mulet ne nous a jamais ennuyés — sinon pour nous extorquer un engagement solennel de neutralisme. Pour cette raison, toute demande de passeport pour se rendre dans le territoire de la Fondation en général — et sur Terminus en particulier — est vue d'un mauvais œil même s'il est probable qu'un chercheur tel que moi, dans le cadre de son travail universitaire, finisse par obtenir un visa... Mais rien de tout cela n'a été nécessaire : c'est vous qui êtes venu me voir ! Je peux à peine le croire. Je me pose la question : pourquoi ? Avez-vous entendu parler de moi comme j'ai pu entendre parler de vous ?

— Je connais vos travaux, S. Q., et j'ai dans mes archives des résumés de vos articles. Voilà pourquoi je suis venu vous voir. Je travaille à la fois sur le problème de la Terre, cette planète qui passe pour être le berceau de l'humanité, et sur la période des débuts de l'exploration et de la colonisation de la Galaxie. Et en particulier, si je suis venu à Seychelle, c'est aux fins d'enquêter sur sa fondation...

— Au vu de votre article, dit Quintesetz, je présume que ce sont les mythes et les légendes qui vous intéressent au premier chef.

— Plus encore l'histoire — les faits réels — s'ils sont accessibles. A défaut, je me rabats sur les mythes et légendes. »

Quintesetz se leva, se mit à arpenter son bureau d'un pas rapide, s'arrêta pour dévisager Pelorat, puis reprit sa marche.

Trevize dit avec impatience : « Eh bien, monsieur...

— Bizarre, fit Quintesetz. Vraiment bizarre ! Et c'est justement hier...

— Eh bien, quoi, hier ? demanda Pelorat.

— Je vous l'ai dit, docteur Pelorat... au fait, puis-je vous appeler J. P. ? Je trouve que cet usage du nom entier manque de naturel.

— Faites, je vous en prie.

— Je vous ai dit, J. P., que j'avais admiré votre papier et que j'avais envie de vous voir. Ma raison était que vous déteniez manifestement une collection considérable de légendes sur les origines des planètes — sans pourtant avoir les nôtres. En d'autres termes, je voulais vous voir, précisément pour vous dire ce pour quoi vous êtes venu ici me consulter !

— Mais quel rapport avec hier, S. Q. ? demanda Trevize.

— Nous avons des légendes. Une légende. Fondamentale pour notre société, puisqu'elle est devenue notre mystère central...

— Un mystère ? s'étonna Trevize.

— Je ne parle pas d'une énigme ni de quoi que ce soit de ce genre. Ça, ce serait sans doute la signification usuelle du terme en galactique classique. Ici, le mot a un sens particulier, il signifie " quelque chose de secret " ; quelque chose dont seuls certains adeptes connaissent la signification complète ; une chose dont on ne doit pas parler aux étrangers. Et c'était justement hier le jour...

— Le jour de quoi, S. Q. ? » fit Trevize en forçant légèrement son air d'impatience.

« C'était justement hier que tombait le Jour de la Fuite.

— Ah ! dit Trevize : un jour de calme et de méditation, où chacun est censé se retirer chez soi.

— Quelque chose comme ça, en théorie, sinon que dans les grandes villes, les régions les plus évoluées, on observe assez peu la tradition... Mais je vois que vous êtes au courant. »

Pelorat, que le ton de Trevize avait mis mal à l'aise, s'empressa d'intervenir : « Nous en avons entendu parler, étant justement arrivés hier...

— Comme de juste, fit Trevize, sarcastique. Écoutez, S. Q., je vous l'ai dit, je ne suis pas un universitaire mais j'ai une question à vous poser : vous nous parlez là d'un mystère central, censé, dites-vous, ne pas être révélé aux étrangers. Dans ce cas, pourquoi nous en parler ? Nous sommes des étrangers.

— Effectivement. Mais personnellement, je n'observe pas cette pratique et j'avoue que l'ardeur de ma superstition est assez limitée dans ce domaine. L'article de J. P., toutefois, m'a conforté dans une impression que j'avais depuis fort longtemps. Un mythe ou une légende ne surgit pas, comme ça, du néant. C'est pour tout la même chose : d'une manière ou de l'autre, il faut qu'il y ait un fond de vérité derrière — si déformée soit-elle, et j'aimerais bien connaître la vérité sous-jacente à notre légende du Jour de la Fuite.

— Est-il prudent d'en parler ? » demanda Trevize.

Quintesetz haussa les épaules. « Pas totalement, je suppose. Les éléments les plus traditionalistes de notre population seraient horrifiés. Néanmoins, ils ne contrôlent pas le gouvernement — cela fait un siècle qu'ils n'ont plus le pouvoir. Les laïcs sont puissants et le seraient encore plus si les traditionalistes n'avaient pas tiré avantage de nos penchants — excusez-moi — antifondationistes. Et puis, comme de toute façon je discute du sujet dans le cadre de mes recherches universitaires, la Ligue des académiciens me soutiendra toujours avec vigueur, si besoin est.

— En ce cas, dit Pelorat, voulez-vous nous parler de votre mystère central, S. Q. ?

— Oui, mais permettez-moi de m'assurer d'abord que nous ne serons pas dérangés — ou en l'occurrence, surpris. Même s'il faut regarder le taureau dans les yeux, ce n'est pas la peine de lui taper sur le mufle, comme on dit. »

Du doigt, il dessina un motif sur le panneau d'un appareil posé sur son bureau et dit : « Nous sommes tranquilles, désormais.

— Vous êtes sûr que votre bureau n'est pas piégé ?

— Comment ça, piégé ?

— Espionné ! Placé sous écoute ! — Exposé à un dispositif permettant à distance de vous observer ou de vous entendre ou les deux... »

Quintesetz eut l'air choqué : « Pas ici sur Seychelle ! »

Trevize haussa les épaules. « Si vous le dites...

— Je vous en prie, poursuivez, S. Q. », dit Pelorat.

Quintesetz fit une moue, se carra dans son fauteuil (qui céda légèrement sous son poids) et joignit le bout des doigts. Il avait l'air de se demander par quel bout commencer.

« Savez-vous ce qu'est un robot ?

— Un robot, fit Pelorat. Non. »

Quintesetz se tourna vers Trevize, qui hocha lentement la tête.

« Vous savez ce qu'est la cybernétique, tout de même ?

— Bien sûr, fit Trevize avec impatience.

— Eh bien, un outil cybernétique mobile...

— ... est un outil cybernétique mobile », acheva Trevize, toujours aussi peu patient. « Il en existe une variété infinie et je ne connais pas de terme générique autre que outil cybernétique mobile.

— ... qui ressemble exactement à un être humain est un robot. » S. Q. avait terminé d'énoncer sa définition sans se démonter. « Le trait distinctif d'un robot est qu'il est anthropomorphe.

— Pourquoi anthropomorphe ? » demanda Pelorat, franchement surpris.

« Je ne sais pas au juste. C'est une forme remarquablement inefficace pour un outil, je vous l'accorde. Mais je ne fais que répéter la légende. Robot est un mot ancien, rattaché à aucun langage connu, bien que nos linguistes affirment qu'il porte la connotation de travail. »

Trevize était sceptique : « Je ne vois aucun mot apparenté même vaguement à robot et qui ait le moindre rapport avec la notion de travail.

— En galactique, sûrement pas, mais c'est ce qu'ils disent. »

Pelorat intervint : « C'est peut-être une étymologie à rebours : ces objets étant destinés à travailler, le terme a fini par signifier travail.

« De toute manière, pourquoi parlez-vous de cela ?

— Parce que la tradition est fermement ancrée, ici sur Seychelle, que lorsque la Terre était encore une planète unique au beau milieu d'une Galaxie alors inhabitée, on y inventa et construisit des robots. Il y eut alors deux sortes d'êtres humains : naturels et artificiels, de chair ou de métal, biologiques et mécaniques, complexes et simples... »

Quintesetz se tut puis remarqua, avec un sourire dépité : « Je suis désolé. Il est impossible de parler des robots sans citer le *Livre de la Fuite.* Les gens de la Terre ont construit des robots — et il est inutile d'en dire plus. C'est assez clair.

— Et pourquoi les construisirent-ils, ces robots ? » demanda Trevize.

Quintesetz haussa les épaules. « Qui peut le dire ? Ça remonte à si longtemps... Peut-être les Terriens étaient-ils peu nombreux et avaient-ils besoin d'aide — en particulier pour cette vaste tâche qu'étaient l'exploration et le peuplement de la Galaxie.

— C'est une suggestion raisonnable, dit Trevize. Une fois la Galaxie colonisée, les robots n'auraient plus été nécessaires. Sans doute n'existe-t-il plus d'outils cybernétiques mobiles humanoïdes de nos jours.

— En tout cas, dit Quintesetz, l'histoire est celle-ci — en schématisant considérablement et en laissant de côté bon nombre d'ornements poétiques que pour ma part je me refuse à admettre — même si la majorité les accepte ou fait comme si. Dans les parages de la Terre, donc, se sont développées des colonies sur les planètes en orbite autour des étoiles proches et ces colonies possédaient beaucoup plus de robots que la Terre elle-même ; ceux-ci étaient en effet plus utiles sur des mondes vierges et neufs. La Terre, en fait, fit machine arrière, ne voulut plus de robots, et finit par se rebeller contre eux.

— Qu'est-il arrivé ? demanda Pelorat.

— Les Mondes extérieurs furent les plus forts. Aidés par leurs robots, les enfants défirent et soumirent la Terre — la Mère. Pardonnez-moi mais je ne peux m'empêcher de citer le texte. Mais restaient ceux qui avaient pu fuir la Terre — ils étaient dotés de meilleurs vaisseaux et mieux équipés pour les voyages hyperspatiaux. Ils s'enfuirent donc vers des étoiles et des mondes lointains, bien plus loin que les planètes proches, déjà colonisées. De nouvelles colonies furent établies — sans robots, celles-ci — où les hommes purent vivre librement. Tels furent les Temps de la Fuite, comme on les a appelés, et le jour où le premier Terrien atteignit le Secteur de Seychelle — très exactement cette planète, en fait — est devenu le *Jour de la Fuite,* que l'on célèbre chaque année depuis des milliers et des milliers d'années.

— Mon cher collègue, ce que vous êtes en train de nous

dire, c'est donc que Seychelle a été directement fondée par les Terriens. »

Quintesetz réfléchit et hésita quelques instants avant de répondre : « Telle est du moins la croyance officielle.

— Manifestement, intervint Trevize, vous ne l'acceptez pas.

— Il me semble... » commença Quintesetz puis, n'y tenant plus : « Oh ! Grandes Étoiles et Petites Planètes ! Non, je n'y crois pas ! C'est franchement trop invraisemblable ; mais c'est le dogme officiel et le gouvernement a beau être devenu laïc, on exige au moins un agrément de principe. Mais revenons à notre question... Dans votre article, J. P., rien n'indique que vous soyez au courant de cette histoire — avec les robots, et les deux vagues de colonisation, une première, limitée, avec les robots, puis une autre, plus vaste, sans eux.

— Je ne la connaissais certainement pas, dit Pelorat. Je l'entends pour la première fois aujourd'hui et, mon cher S. Q., je vous suis infiniment reconnaissant de l'avoir portée à ma connaissance. Je suis étonné que pas la moindre allusion à tout ceci n'apparaisse dans les textes que...

— Ça prouve à quel point notre système social est efficace. C'est le secret de Seychelle — notre grand mystère.

— Peut-être, dit sèchement Trevize. Pourtant, la seconde vague de colonisation — celle sans les robots — a bien dû s'étendre dans toutes les directions. Alors, pourquoi n'est-ce que sur Seychelle que l'on trouve ce grand mystère ?

— Il se peut qu'il existe ailleurs et reste tout aussi secret. Nos traditionalistes eux-mêmes croient que seule Seychelle a été colonisée par la Terre et que tout le reste de la Galaxie fut colonisé par la suite à partir de Seychelle. Ce qui est, bien entendu, probablement une absurdité.

— Ces énigmes secondaires pourront toujours être résolues par la suite, dit Pelorat. Maintenant que j'ai un point de départ, je peux désormais rechercher des informations similaires sur les autres planètes. Ce qui compte, c'est que j'aie découvert la question à poser, et, bien entendu, une bonne question est la clé qui permet de déboucher sur une infinité de réponses. Quelle chance, que j'aie pu...

— Oui, Janov, le coupa Trevize, mais ce bon S. Q. ne nous a sûrement pas raconté toute l'histoire... Qu'est-il advenu des premières colonies et de leurs robots ? Votre tradition le dit-elle ?

— Pas en détail mais pour l'essentiel. Hommes et humanoïdes ne peuvent pas vivre ensemble, apparemment. Les mondes des robots n'ont pas survécu. Ils n'étaient pas viables.

— Et la Terre ?

— Les hommes la quittèrent pour s'installer ici et, sans doute, bien que les traditionalistes ne soient pas d'accord, également sur quantité d'autres planètes.

— Tous les hommes, certainement, n'ont pas dû quitter la Terre. Elle n'a pas été totalement désertée.

— Je suppose que non. Je ne sais pas. »

Trevize demanda abruptement : « Était-elle devenue radioactive ?

— Radioactive ? » Quintesetz parut étonné.

« C'est ce que je vous demande.

— Pas à ma connaissance. Je n'en ai jamais entendu parler. »

Trevize se mit à réfléchir, une phalange appliquée contre les dents. « S. Q., dit-il enfin, il se fait tard et nous avons peut-être suffisamment abusé de votre temps. » (Pelorat s'avança, comme s'il allait protester, mais la main de Trevize était posée sur son genou et elle resserra sa prise. Perplexe, Pelorat obtempéra.)

« Si j'ai pu vous être utile, j'en suis ravi, répondit Quintesetz.

— Vous l'avez été et s'il y a quelque chose que nous puissions faire en échange, dites-le... »

Quintesetz sourit avec douceur : « Si ce bon J. P. veut bien avoir la gentillesse de s'abstenir de citer mon nom dans le texte qu'il pourra rédiger sur notre mystère, je me considérerai comme largement payé de ma peine. »

Pelorat s'empressa de lui répondre : « Vous pourriez recevoir tout le crédit qui vous revient — et peut-être être mieux apprécié — si vous aviez l'autorisation de visiter Terminus, voire d'y rester quelque temps, à titre de chercheur associé à notre université. On pourrait peut-être arranger ça. Seychelle n'aime peut-être pas la Fédération mais ils ne peuvent pas refuser une requête directe demandant qu'on vous autorise à venir sur Terminus pour assister, disons, à un colloque sur l'histoire antique. »

Le Seychellois se leva à demi : « Êtes-vous en train de me dire que vous pouvez tirer des ficelles pour arranger *ça ?*

— Eh bien, fit Trevize, je n'y avais pas songé, mais J. P. a parfaitement raison. Oui, ça pourrait se faire — si nous essayons. Et bien entendu, plus nous vous serons reconnaissants et plus nous ferons d'efforts en ce sens. »

Quintesetz s'immobilisa, fronça les sourcils : « Que voulez-vous dire, monsieur ?

— Tout ce que vous avez à faire, c'est de nous parler de Gaïa, S. Q. », dit Trevize.

Le visage de Quintesetz perdit toute couleur.

53.

Quintesetz baissa les yeux sur son bureau. Il passa machinalement la main dans ses cheveux courts et crépus. Puis il regarda Trevize et serra les lèvres. Comme s'il était bien décidé à ne pas parler.

Trevize haussa les sourcils, attendit, et finalement Quintesetz dit d'une voix plutôt étranglée : « Il se fait vraiment tard — l'heure est globusculaire... »

Jusqu'à présent, il s'était exprimé en bon galactique mais maintenant ses mots avaient une prononciation étrange, comme si les tournures seychelloises remontaient derrière son éducation classique.

« Globusculaire, S. Q. ?

— Enfin, la nuit est presque tombée... »

Trevize opina. « Où ai-je la tête ? Et puis j'ai faim.

Voulez-vous dîner avec nous, S. Q. ? Nous vous invitons. On pourrait peut-être ainsi poursuivre notre discussion... sur Gaïa. »

Quintesetz se leva pesamment. Il était plus grand que les deux hommes de Terminus mais il était âgé et plutôt rondelet, si bien que sa haute taille ne lui conférait aucune apparence de robustesse. Il avait l'air plus las qu'à leur arrivée.

Il cligna des yeux et dit : « J'oublie tous mes devoirs d'hôte. Vous êtes des étrangers et ce n'est pas à vous de m'inviter. Venez chez moi. J'habite sur le campus. Ce n'est pas loin et si vous désirez poursuivre la conversation, je pourrai le faire de manière plus détendue qu'ici. Mon seul regret (il parut légèrement gêné) est de ne pouvoir vous offrir qu'une chère limitée : mon épouse et moi sommes végétariens et si vous êtes carnivores, je ne puis vous exprimer que mes excuses et mes regrets...

— J. P. et moi pouvons fort bien renoncer à nos instincts carnivores le temps d'un repas, dit Trevize. Votre conversation fera plus que compenser... du moins, je l'espère.

— Je peux vous promettre un repas intéressant — quelle que soit la conversation, dit Quintesetz, si du moins votre goût tolère les épices seychelloises. Ma femme et moi, nous avons pas mal pioché ce domaine.

— Quels que soient les mets exotiques que vous choisirez de nous servir, je m'en réjouis à l'avance, S. Q. », dit Trevize, flegmatique, bien que de son côté, Pelorat parût quelque peu nerveux à cette perspective.

Quintesetz les précéda. Tous trois quittèrent le bureau pour descendre un corridor apparemment interminable ; le Seychellois saluait ici et là un étudiant, un collègue, mais sans jamais faire mine de présenter ses deux compagnons. Trevize se rendit compte, gêné, que les autres reluquaient avec curiosité son ceinturon — il se trouvait justement qu'il en avait mis un gris : apparemment, porter des teintes discrètes n'était pas *de rigueur*[1] sur le campus.

1. En français dans le texte (*N.d.T.*).

Ils franchirent enfin une porte et débouchèrent à l'extérieur. Il faisait effectivement sombre et un peu frais. On voyait se découper de grands arbres dans le lointain et de chaque côté de l'allée émanait une odeur d'herbe vaguement fétide.

Pelorat s'immobilisa, tournant le dos aux lumières de l'édifice qu'ils venaient de quitter et aux globes qui éclairaient les allées du campus. Il leva les yeux.

« Magnifique ! dit-il. Il est un vers fameux de l'un de nos meilleurs poètes qui parle de :

Seychelle, sous le semis sublime de ses cieux scintillants. »

Trevize contempla le ciel, appréciateur, puis remarqua à voix basse : « Nous sommes de Terminus, S. Q. et en plus, mon ami n'a jamais eu l'occasion de voir d'autre ciel. Sur Terminus, nous ne pouvons distinguer que la vague brume des confins de la Galaxie et quelques pâles étoiles à peine visibles. Vous apprécieriez encore plus votre propre ciel si vous aviez vécu sous le nôtre.

— Je vous assure que nous savons l'apprécier à sa juste valeur, répondit gravement Quintesetz, je vous assure. Ce n'est pas tant que nous soyons situés dans une zone peu dense de la Galaxie mais surtout que la distribution des étoiles y est d'une régularité remarquable. Je ne pense pas que vous trouverez, nulle part dans la Galaxie, d'étoiles de première magnitude aussi également réparties — sans non plus qu'il y en ait trop. J'ai vu les ciels de planètes situées à l'intérieur des limites d'un amas globulaire et là, on trouve trop d'étoiles brillantes : cela gâche l'obscurité du ciel nocturne et nuit considérablement à sa splendeur.

— Je suis tout à fait d'accord, dit Trevize.

— Tenez, je me demande, dit Quintesetz, si vous distinguez ce pentagone à peu près régulier d'étoiles presque du même éclat. Les Cinq Sœurs, comme nous les appelons. Dans cette direction, juste dans l'alignement des arbres. Vous le voyez ?

— Je le vois, dis Trevize. Très joli.

— Oui, dit Quintesetz. Cette constellation est censée symboliser le succès amoureux — et pas une lettre d'amour ne se termine sans cinq points disposés en pentagone, pour formuler le désir de faire l'amour. Chacune des cinq étoiles représente une étape dans le processus de la séduction et il existe des poèmes fameux qui rivalisent à qui mieux mieux pour rendre chacune de ces étapes de la manière la plus explicitement érotique. Dans ma jeunesse, je me suis moi-même essayé à versifier sur le sujet et je n'aurais jamais cru qu'un temps viendrait où je deviendrais aussi indifférent au charme des Cinq Sœurs, bien que je suppose que ce soit le lot commun... Est-ce que vous apercevez la petite étoile à peu près au centre des Cinq Sœurs ?

— Oui.

— Eh bien, dit Quintesetz, elle est censée représenter l'amour trompé. Une légende dit que cette étoile était jadis aussi brillante que les autres mais que la peine a terni son éclat. » Et il repartit d'un pas vif.

54.

Trevize fut bien forcé d'admettre que le dîner était délicieux. Avec une infinie variété d'assaisonnements et des sauces aussi subtiles que parfumées.

« Tous ces légumes — qui, par parenthèse, sont un vrai régal — font partie de l'ordinaire de la cuisine galactique, n'est-ce pas, S. Q ?

— Oui, bien sûr.

— Je suppose toutefois qu'il existe également des formes de vie indigène.

— Bien sûr. Seychelle était déjà dotée d'une atmosphère d'oxygène à l'arrivée des premiers colons, aussi abritait-elle des formes de vie. Et nous avons su préserver une bonne partie de la vie autochtone, soyez rassuré. Nous avons des parcs naturels particulièrement vastes au sein desquels survivent aussi bien la faune que la flore de l'ancienne Seychelle.

— Alors, nota tristement Pelorat, vous êtes en avance sur nous, S. Q. Lorsque les hommes arrivèrent sur Terminus, la vie terrestre n'était guère développée et durant bien longtemps, j'en ai peur, aucun effort concerté n'a été entrepris pour préserver cette vie océanique pourtant productrice de l'oxygène qui avait rendu Terminus habitable. Terminus a désormais une écologie de type purement galactique.

— Seychelle, remarqua Quintesetz avec un sourire d'orgueil modeste, a une tradition longue et régulière de respect de la vie. »

C'est le moment que choisit Trevize pour dire : « En quittant votre bureau, tout à l'heure, S. Q., j'ai cru que votre intention était de nous offrir le dîner puis de nous parler de Gaïa. »

L'épouse de Quintesetz — une femme potelée, au teint très foncé, fort avenante mais qui n'avait presque rien dit de tout le repas — les regarda, étonnée, se leva, et quitta la pièce sans un mot.

« Ma femme, expliqua Quintesetz, gêné, est une traditionaliste convaincue, j'en ai peur, et toute évocation de... la planète la met toujours un peu mal à l'aise. Je vous prie de l'excuser. Mais pourquoi posez-vous cette question ?

— Parce qu'elle est importante pour le travail de J. P., j'en ai peur.

— Mais pourquoi me la poser, à moi ? Nous discutions de la Terre, des robots, de la fondation de Seychelle. Quel rapport tout cela peut-il avoir avec... ce que vous demandez ?

— Peut-être aucun, et pourtant il demeure tellement de bizarreries dans tout cela. Pourquoi votre épouse est-elle gênée à la simple évocation de Gaïa ? Pourquoi êtes-vous gêné, *vous ?* Certains pourtant en parlent sans problème. Rien qu'aujourd'hui, on nous a appris que Gaïa n'était autre que la Terre, et qu'elle avait disparu dans l'hyperespace à cause de tout le mal fait par l'humanité. »

Les traits de Quintesetz prirent un air douloureux :

« Qui a bien pu vous raconter ces fariboles ?

— Quelqu'un que j'ai rencontré à l'université.

— Ce n'est que pure superstition.

— Donc, cela ne fait pas partie du dogme fondamental de vos légendes concernant la Fuite ?

— Non, bien sûr que non. Ce n'est qu'une fable née parmi les couches populaires inéduquées.

— En êtes-vous sûr ? » demanda Trevize avec froideur.

Quintesetz s'adossa contre le dossier de sa chaise, contemplant fixement les reliefs du repas dans son assiette. « Passons au salon, dit-il enfin. Ma femme ne voudra jamais qu'on débarrasse et qu'on range cette pièce tant que nous y serons à discuter de... ceci.

— Êtes-vous sûr que ce n'est qu'une fable ? » répéta Trevize, une fois qu'ils furent installés dans une autre pièce, devant une fenêtre convexe dont la courbure permettait d'avoir une vue superbe du remarquable ciel nocturne de Seychelle. Les lumières du salon étaient tamisées pour ne pas entrer en compétition avec ce spectacle et le teint sombre de Quintesetz se fondait dans la pénombre.

« Vous n'en êtes pas certain, vous ? répondit Quintesetz. Vous croyez qu'une planète quelconque puisse se dissoudre comme ça dans l'hyperespace ? Vous devez bien comprendre que l'individu moyen n'a que la plus vague notion de ce qu'est réellement l'hyperespace.

— A la vérité, dit Trevize, je n'en ai moi-même que la plus vague notion, et je l'ai traversé des centaines de fois.

— Tenons-nous-en aux faits, alors : je vous assure que la Terre — où qu'elle puisse se trouver — n'est en tous les cas pas située dans les limites de l'Union seychelloise et que le monde que vous mentionnez n'est pas la Terre.

— Mais même si vous ignorez où se trouve la Terre, S. Q., vous devriez quand même savoir où se trouve le monde que j'ai mentionné. Et il se trouve très certainement à l'intérieur des limites de l'Union seychelloise. De cela au moins, nous sommes sûrs, n'est-ce pas, Pelorat ? »

Pelorat qui avait écouté, imperturbable, sursauta à cette brusque interpellation et dit : « Puisqu'on parle de ça, Golan, moi je peux vous dire où elle se trouve. »

Trevize se retourna pour le regarder : « Et depuis quand, Janov ?

— Depuis le début de la soirée, mon cher Golan. Vous nous avez montré les Cinq Sœurs, S. Q., sur le trajet pour venir chez vous. Et vous avez désigné une petite étoile au centre du pentagone. Je suis formel : il s'agit de Gaïa. »

Quintesetz hésita — cachés par la pénombre, ses traits demeuraient inscrutables ; finalement, il dit : « Eh bien, c'est ce que nous disent nos astronomes — en privé : c'est une planète en orbite autour de cette étoile. »

Trevize considéra Pelorat, méditatif, mais les traits du professeur demeuraient indéchiffrables. Il se tourna alors vers Quintesetz : « Eh bien, parlez-nous de cette étoile. Avez-vous ses coordonnées ?

— Moi ? Non. » Une dénégation presque violente. « Je n'ai aucune coordonnée stellaire, ici. Vous pouvez toujours les obtenir de notre département d'astronomie, quoique, j'imagine, non sans difficulté. Aucun voyage vers cette étoile n'est autorisé.

— Pourquoi ? Elle est pourtant bien à l'intérieur de votre territoire ?

— Cosmographiquement, oui. Politiquement, non. »

Trevize attendit qu'il en dise plus. Devant son silence, il se leva : « Professeur Quintesetz, dit-il sur un ton cérémonieux, je ne suis ni un policier, ni un militaire, ni un diplomate, ni un brigand : je ne suis pas ici pour vous extorquer de force des renseignements. A la place, je vais devoir — contre ma volonté, croyez-le — en référer à mon ambassadeur. Vous devez bien comprendre que ce n'est pas pour mon intérêt personnel que je vous demande cette information. Toute cette affaire relève du domaine de la Fondation et je n'ai aucune envie d'en faire un incident interstellaire. Et je ne pense pas que l'Union seychelloise y ait non plus intérêt. »

Quintesetz était incertain. « Quelle est donc cette affaire qui relève du domaine de la Fondation ?

— Ce n'est pas un sujet dont je suis habilité à discuter avec vous. Si vous ne pouvez pas discuter de Gaïa avec moi, eh bien, nous transmettrons le tout au niveau gouvernemental et, vu les circonstances, ce pourrait être passablement ennuyeux pour Seychelle. Seychelle a gardé ses distances vis-à-vis de la Fondation et je n'y vois aucune objection. Je n'ai aucune raison de vouloir nuire à

Seychelle pas plus que je n'ai le désir de contacter notre ambassadeur. En fait, je nuirais même à ma propre carrière en agissant de la sorte car j'ai reçu l'ordre strict d'obtenir ces renseignements *sans* en faire une affaire d'État. Alors, dites-moi, je vous prie, si vous avez une raison sérieuse pour ne pas vouloir discuter de Gaïa. Va-t-on vous arrêter, ou vous poursuivre si vous parlez ? Allez-vous me dire ouvertement que je n'ai pas d'autre choix que d'en référer au niveau diplomatique ?

— Non, non », dit Quintesetz, l'air totalement confus. « Je n'entends rien à ces affaires d'État. Non, simplement, on ne parle jamais de ce monde.

— Superstition ?

— Eh bien, oui, superstition ! Cieux de Seychelle ! En quoi suis-je supérieur à l'idiot qui a pu vous raconter que Gaïa était perdue dans l'hyperespace — ou à ma femme qui ne restera même pas dans une pièce où le nom de Gaïa a été prononcé et qui est bien capable d'avoir quitté la maison de peur qu'elle ne soit frappée par...

— Par la foudre ?

— Par quelque force venue de haut... Et moi, même moi, j'hésite à prononcer ce nom. Gaïa ! Gaïa ! Ces syllabes ne blessent pas ! Je suis intact ! Et pourtant, j'hésite. Mais je vous en prie, croyez-moi quand je vous dis qu'honnêtement je ne connais pas les coordonnées de l'étoile de Gaïa. Je peux essayer de vous aider à les obtenir, si ça peut vous servir, mais laissez-moi vous dire qu'on n'en discute jamais ici dans l'Union. On veut garder l'esprit et les mains loin de ça. Je peux vous révéler le peu que l'on sait — les données réelles et non des suppositions — et je doute que vous puissiez apprendre grand-chose de plus même sur les autres planètes de l'Union.

« Nous savons que Gaïa est un monde ancien et d'aucuns estiment même que c'est le plus ancien de ce secteur de la Galaxie mais nous n'avons aucune certitude. Le patriotisme nous clame que Seychelle est la planète la plus ancienne ; la peur nous souffle que c'est Gaïa. La seule façon de réconcilier les deux est de supposer que

Gaïa *est* la Terre, puisqu'il est connu que Seychelle a été fondée par des Terriens.

« La plupart des historiens estiment — entre eux, tout du moins — que Gaïa fut fondée à part. Ils pensent qu'elle n'est la colonie d'aucun monde de l'Union, pas plus que l'Union n'a été colonisée par Gaïa. Il n'y a aucun consensus quant à la chronologie, pour savoir laquelle des deux fut la première colonisée.

— Jusque-là, remarqua Trevize, ce que vous savez se réduit à rien du tout, puisque toutes les hypothèses possibles sont admises par l'un ou l'autre parti. »

Quintesetz opina, à contrecœur. « Il semblerait. Ce n'est, comparativement, que tard dans notre histoire que nous avons pris conscience de l'existence de Gaïa. Notre préoccupation première avait été de construire l'Union, puis de résister à l'Empire galactique, puis d'essayer de trouver notre spécificité dans le rôle de province impériale et enfin, de limiter le pouvoir des Vicerois.

« Ce n'est pas avant que le processus de décadence impériale fût bien engagé que l'un des derniers Vicerois, alors assez distant du pouvoir central, finit par se rendre compte que Gaïa existait et qu'elle semblait préserver son indépendance vis-à-vis, tant de la province seychelloise que de l'empire lui-même ; qu'elle se maintenait simplement dans un isolement fort discret et qu'on ne savait virtuellement rien de cette planète — pas plus qu'on n'en sait aujourd'hui. Le Viceroi décida de la conquérir. Nous n'avons pas de détail sur ce qui s'est passé ; toujours est-il que l'expédition fut défaite et que peu de vaisseaux en revinrent. Certes, à l'époque, les astronefs n'étaient pas très bons ni très bien gouvernés.

« A Seychelle, on se réjouit de la défaite du Viceroi, qu'on considérait comme le bras de l'oppression impériale, et la débâcle mena presque directement au rétablissement de notre indépendance. L'Union seychelloise rompit ses liens avec l'Empire et nous commémorons encore cet événement avec le Jour de l'Union. On en laissa presque par gratitude Gaïa tranquille près d'un siècle durant mais vint un temps où nous fûmes assez forts pour songer nous-mêmes à notre petite expansion impérialiste. Pourquoi ne pas conquérir Gaïa ? Pourquoi ne pas instaurer tout du moins une union douanière ? Nous dépêchâmes une expédition et ce fut une nouvelle débâcle.

« Par la suite, nous nous limitâmes à d'épisodiques tentatives pour nouer des liens commerciaux, tentatives qui se soldèrent invariablement par des échecs. Gaïa demeura dans son strict isolement et jamais — à la connaissance de quiconque — ne fit la moindre tentative pour commercer ou communiquer avec aucun autre monde. Elle n'a certainement pas effectué non plus le moindre geste hostile à l'encontre de quiconque, où que ce soit. Et puis... »

Quintesetz remonta l'éclairage en effleurant un bouton sur l'accoudoir de son siège. Sous la lumière, son visage avait pris une expression sardonique. Il poursuivit : « Puisque vous êtes citoyens de la Fondation, vous vous souvenez sans doute du Mulet. »

Trevize rougit. En cinq siècles d'existence, la Fondation ne s'était trouvée conquise qu'une seule fois. Conquête seulement temporaire et qui n'avait pas sérieusement obéré sa progression vers le Second Empire mais, sans aucun doute, quiconque détestait la Fondation et désirait épingler son autosatisfaction ne pouvait manquer d'évoquer le Mulet, son seul conquérant. Et, songea Trevize, il était probable que Quintesetz avait remonté l'éclairage à seule fin de mieux *voir* épinglée l'autosatisfaction de deux représentants de la Fondation.

Il répondit : « Oui, nous autres Fondateurs, nous nous souvenons du Mulet.

— Le Mulet, dit Quintesetz, domina un certain temps un Empire qui était aussi vaste que la Fédération que contrôle aujourd'hui la Fondation. Cependant, nous, il ne nous a pas dominés. Il nous a laissés en paix. Il eut toutefois l'occasion de passer par Seychelle. Nous avons signé un engagement de neutralisme et un pacte d'amitié. Il n'en demanda pas plus. Nous fûmes les seuls dont il n'exigea rien d'autre à l'époque, avant que la maladie ne mît un terme à son expansionnisme en le forçant à attendre la mort. Ce n'était pas un homme déraisonnable, vous savez : il n'usa jamais de la force de manière excessive ; il n'était pas sanguinaire et sut gouverner avec humanité.

— C'est simplement que ce fut un conquérant, nota Trevize, sarcastique.

— Tout comme la Fondation. »

Pris de court, Trevize reprit, irrité : « Vous avez autre chose à nous révéler sur Gaïa ?

— Juste une déclaration faite par le Mulet. D'après le compte rendu de la rencontre historique entre lui et le Président de l'Union, Kallo, le Mullet aurait, dit-on, apposé fièrement son paraphe sur le document en disant : “ Par ce pacte, vous assurez votre neutralité, y compris vis-à-vis de Gaïa, ce qui est une chance pour vous. Même moi, je ne me risquerai pas à approcher Gaïa. ” »

Trevize hocha la tête : « Pourquoi l'aurait-il fait ? Seychelle cherchait avant tout à faire reconnaître son neutralisme, quant à Gaïa, personne n'avait souvenance d'une quelconque ingérence extérieure de sa part. Le Mulet préparait à l'époque la conquête de la Galaxie tout entière, alors pourquoi se serait-il attardé à des vétilles ? Il eût été toujours temps de se retourner vers Seychelle *et* Gaïa, une fois la conquête achevée...

— Peut-être, peut-être, fit Quintesetz, mais à en croire un témoin de l'époque, témoin que nous n'avons aucune raison de mettre en doute, le Mulet reposa son stylo en disant : “ même moi, je ne me risquerai pas à approcher Gaïa ” ; puis il ajouta, dans un murmure qui était censé rester inaudible : “ A nouveau. ”

— Censé rester inaudible, dites-vous. Alors, comment se fait-il qu'on l'ait entendu ?

— Parce que son stylo avait roulé sous la table lorsqu'il l'eut posé et qu'un Seychellois s'était automatiquement avancé pour le ramasser. Son oreille était proche de la bouche du Mulet lorsque les mots : “ à nouveau ” furent prononcés. C'est ainsi que l'homme les entendit. Il n'en dit rien jusqu'après la mort du Mulet.

— Comment pouvez-vous prouver qu'il ne s'agit pas d'une invention ?

— La vie de cet homme n'incline pas à penser qu'il soit capable d'une telle invention. Son témoignage n'est pas discuté.

— Et si c'en était une ?

— Le Mulet n'est jamais venu dans l'Union — ni même dans ses parages — hormis en cette occasion ; du moins après son apparition sur la scène galactique. S'il s'est jamais rendu sur Gaïa, ce ne peut être qu'avant son émergence politique.

— Eh bien ?

— Eh bien, où est né le Mulet ?

— Je ne crois pas que personne le sache, dit Trevize.

— Dans l'Union seychelloise, on a la ferme impression qu'il naquit sur Gaïa.

— A cause de cette simple remarque ?

— En partie, seulement. Le Mulet était invincible à cause de ses étranges pouvoirs mentaux. Gaïa est également invincible.

— Gaïa n'a pas été vaincue jusqu'à maintenant. Ça ne prouve pas obligatoirement qu'elle est invincible.

— Même le Mulet n'a pas voulu s'en approcher. Revoyez donc les archives de l'époque de son pouvoir ; cherchez une autre région qui fût traitée avec les mêmes égards que l'Union seychelloise. Et est-ce que vous savez que de tous ceux qui sont allés à Gaïa dans un but d'échanges pacifiques nul n'est jamais revenu ? Pourquoi, à votre avis, en savons-nous si peu sur cette planète ?

— Votre attitude ressemble beaucoup à de la superstition.

— Appelez ça comme vous voudrez. Depuis l'époque du Mulet, nous avons effacé Gaïa de nos préoccupations. Nous ne voulons pas attirer son attention. Nous nous sentons simplement plus tranquilles en faisant comme si elle n'était pas là. Il se peut que le gouvernement lui-même soit à l'origine de cette légende de la disparition de Gaïa dans l'hyperespace et qu'il l'ait encouragée, avec l'espoir que les gens finiront par oublier qu'il existe effectivement une étoile portant ce nom.

— Vous pensez donc que Gaïa est une planète de Mulets ?

— Ça se pourrait. Je vous conseille — pour *votre* propre bien — de ne pas aller là-bas. Si vous le faites, jamais vous ne reviendrez. Si la Fondation s'occupe de Gaïa, c'est qu'elle se montre moins intelligente que jadis le Mulet. Ça, vous pourrez toujours le dire à votre ambassadeur.

— Donnez-moi ses coordonnées, dit Trevize, et je quitte votre planète sur-le-champ. Je vais aller à Gaïa, et j'en reviendrai.

— Je vais vous obtenir les coordonnées. Le département d'astronomie travaille la nuit, bien entendu, et je vais même tâcher de vous les obtenir tout de suite. Mais permettez-moi de vous suggérer une fois encore de ne pas tenter d'atteindre Gaïa.

— J'ai bien l'intention de tout faire pour ça. »

Et Quintesetz répondit, accablé : « Alors, c'est que vous avez l'intention de vous suicider. »

CHAPITRE XIV

EN AVANT !

55.

Janov Pelorat considéra le paysage perdu dans la pénombre grise du petit matin avec un mélange étrange d'incertitude et de regret.

« Nous ne sommes pas restés assez longtemps, Golan. C'est une planète qui me semble agréable et intéressante. J'aimerais pouvoir l'étudier un peu plus. »

Trevize leva les yeux de l'ordinateur avec un sourire désabusé. « Vous ne croyez pas que j'aimerais bien rester moi aussi ? Nous avons fait trois repas dignes de ce nom sur cette planète — totalement différents et chaque fois excellents. J'en ferais volontiers d'autres. Et les seules femmes qu'on ait vues, on les a vues en coup de vent, et certaines m'ont paru assez tentantes pour... enfin, pour ce que j'ai en tête. »

Pelorat fronça légèrement le nez. « Oh ! mon pauvre ami ! Avec ces clarines de vache qui leur servent de chaussures, et ces accoutrements de toutes les couleurs... et puis, ce qu'elles font avec leurs cils ! Non mais, vous avez remarqué leurs cils ?

— Vous pouvez me croire si je vous dis que j'ai tout remarqué, Janov. Vos objections sont superficielles. Elles peuvent facilement se laisser convaincre de laver leur visage et, le moment venu, envolées les chaussures et les couleurs !

— Je vous crois sur parole, Golan ! Toutefois, je songeais plus précisément à approfondir la question de la Terre. Ce qu'on nous en a dit jusqu'à présent est si peu satisfaisant, si contradictoire — des radiations s'il faut croire l'un, des robots s'il faut croire l'autre...

— Et la mort dans chaque cas.

— Exact », reconnut à contrecœur Pelorat. « Mais il se peut que l'une des éventualités soit vraie et pas l'autre, ou les deux en même temps jusqu'à un certain point, ou encore ni l'une ni l'autre. Franchement, Golan, quand vous entendez des fables qui ne font qu'épaissir encore les brumes du doute, vous devez sûrement être démangé par l'envie d'explorer, de trouver...

— Bien sûr, dit Golan, par toutes les naines blanches de la Galaxie, bien sûr ! Le problème actuel, toutefois, c'est Gaïa. Une fois cette question réglée, on pourra partir vers la Terre ou revenir ici à Seychelle pour un séjour plus long. Mais d'abord, Gaïa. »

Pelorat hocha la tête. « Le problème actuel ! Si nous acceptons les dires de Quintesetz, c'est la mort qui nous attend sur Gaïa. Est-ce qu'il faut vraiment qu'on y aille ?

— Je me posais la même question. Vous avez peur ? »

Pelorat hésita, comme s'il tâtait ses propres sentiments sur la question. Puis il répondit, sur un ton des plus prosaïques : « Oh ! oui, terriblement ! »

Trevize s'appuya contre le dossier de son siège, qu'il fit pivoter pour faire face à son compagnon. Il lui répondit sur le même ton calme et prosaïque : « Janov, il n'y a aucune raison que vous preniez ce risque. Vous n'avez qu'un mot à dire et je vous laisse sur Seychelle avec vos affaires personnelles et la moitié de nos crédits. Je vous reprendrai au retour et de là, on pourra repartir pour le Secteur de Sirius, si vous voulez, et vers la Terre, si ça se trouve... Si jamais je ne revenais pas, les gens de la Fondation sur Seychelle veilleront à votre rapatriement sur Terminus. Sans rancune, si vous restez en arrière, vieux compagnon ! »

Pelorat cligna rapidement des yeux et resta les lèvres serrées quelques instants. Puis il dit enfin, d'une voix un peu rauque : « Vieux compagnon ! On se connaît depuis... quoi ? Une semaine, peut-être ? N'est-ce pas étrange que je m'apprête à refuser de quitter ce vaisseau. J'ai peur assurément, mais je veux rester avec vous. »

Trevize ouvrit les mains en signe de perplexité. « Mais pourquoi ? Honnêtement, je ne veux pas vous forcer.

— Je ne sais pas non plus très bien pourquoi mais je me force moi-même. C'est... c'est que... Golan, j'ai foi en vous. Voilà. J'ai l'impression que vous savez toujours ce que vous faites. Je voulais me rendre à Trantor où sans nul doute — je m'en rends bien compte à présent — on n'aurait débouché sur rien. C'est *vous* qui avez avec insistance évoqué Gaïa et Gaïa doit effectivement être quelque part un nerf central dans la Galaxie. Les événements semblent se produire en relation avec Gaïa. Et si ça ne suffisait pas, Golan, je vous ai regardé amener Quintesetz à vous fournir les informations qu'il avait sur Gaïa. C'était un bluff tellement habile ! J'en étais confondu d'admiration.

— Vous avez confiance en moi, donc.

— Oh ! que oui ! »

Trevize posa la main sur le bras de son compagnon et sembla, l'espace d'un instant, comme chercher ses mots. Enfin, il répondit : « Janov, me pardonnerez-vous à l'avance si mon jugement se révèle erroné et si d'aventure nous tombons sur... les mauvaises surprises qui nous guettent peut-être ?

— Oh ! mon cher compagnon, mais pourquoi le demander ? Je prends cette décision en toute liberté, pour mes raisons propres et pas pour les vôtres. Et s'il vous plaît, partons vite ! Je ne vous garantis pas que ma couardise ne me reprenne pas à la gorge à m'en couvrir de honte jusqu'à la fin de mes jours.

— Comme vous dites, Janov. Nous décollerons sitôt que l'ordinateur le permettra. Cette fois, nous allons procéder par dégravité et monter tout droit, dès que nous pourrons avoir l'assurance que l'espace au-dessus de nous est dégagé de tout vaisseau. Et à mesure que l'atmosphère va se raréfier, nous allons gagner de plus en plus de vitesse. Dans moins d'une heure, nous serons en plein espace.

— Bien », dit Pelorat et il se décapsula un bidon de café en plastique. L'orifice se mit immédiatement à fumer. Pelorat porta l'embout à ses lèvres et sirota le breuvage en aspirant juste assez d'air pour le refroidir à une température supportable.

Trevize sourit : « Vous savez superbement bien vous débrouiller avec ces objets, Janov. Vous êtes un vrai vétéran de l'espace ! »

Pelorat resta quelques instants en contemplation devant son bidon de plastique avant de répondre : « Maintenant que nous avons des vaisseaux capables de modifier à volonté le champ de gravité, sûrement qu'on pourrait utiliser des récipients classiques, non ?

— Bien sûr, mais vous n'allez pas si facilement faire renoncer les gens de l'espace à leur matériel spatial spécifique. Comment le rat de l'espace va-t-il se distancier des vermisseaux qui rampent à la surface s'il se sert d'une vulgaire tasse ouverte ? Tenez... vous voyez ces anneaux au plafond et sur les parois ? On les trouve traditionnellement dans tous les vaisseaux spatiaux depuis vingt mille ans et plus, même s'ils sont absolument inutiles à bord des vaisseaux gravitiques. Pourtant, ils sont bien là et je suis prêt à parier l'astronef entier contre une tasse de café que votre rat de l'espace prétendra qu'il est écrasé par l'asphyxie au moment du décollage et soutiendra qu'en vol, il se balance d'un anneau à l'autre comme s'il était en apesanteur alors qu'il est toujours sous un g — une gravité normale, donc — dans les deux cas.

— Vous plaisantez ?

— Bon, enfin, peut-être un peu, mais il faut toujours compter avec les pesanteurs sociales — même dans le cas du progrès technique. Les anneaux de maintien pourtant sans utilité sont toujours là et les tasses qu'on nous fournit sont toujours munies d'un embout. »

Pelorat hocha la tête, songeur, et continua de siroter son café. Enfin, il demanda : « Et quand décollons-nous ? »

Trevize rit de bon cœur. « Là je vous ai eu ! J'ai

commencé de vous parler des anneaux de maintien et vous n'avez même pas remarqué qu'on décollait juste à ce moment-là. Nous sommes déjà à deux kilomètres d'altitude.

— C'est pas vrai.

— Regardez vous-même. »

Pelorat regarda : « Mais... je n'ai rien senti.

— Vous n'êtes pas censé sentir quelque chose.

— Est-ce que nous n'enfreignons pas la réglementation ? On aurait sûrement dû suivre une balise radio et monter en spirale — tout comme nous sommes descendus en spirale à l'atterrissage non ?

— Il n'y a pas de raison, Janov. Personne ne va nous arrêter. Absolument personne.

— En descendant, vous disiez...

— C'était différent. Ils n'étaient pas pressés de nous voir arriver mais ils sont absolument ravis de nous voir partir.

— Pourquoi dites-vous ça, Golan ? La seule personne à qui nous avons parlé de Gaïa, c'est Quintesetz et il nous a suppliés de ne pas partir.

— N'allez pas le croire, Janov. C'était pour la forme. Il a tout fait pour que nous allions bien vers Gaïa... Janov, vous avez admiré mon bluff pour lui soutirer des renseignements. Je suis désolé mais je ne mérite pas cette admiration. Même si je n'avais rien fait du tout, il m'aurait offert ces informations. J'aurais voulu me boucher les oreilles qu'il me les aurait hurlées.

— Pourquoi dites-vous ça, Golan ? C'est délirant.

— De la parano ? Oui, je sais. » Trevize se tourna vers l'ordinateur et se concentra pour prolonger ses sens. « Personne pour nous arrêter : aucun vaisseau à distance d'interception ; pas le moindre message d'avertissement. » Il pivota de nouveau vers Pelorat : « Dites-moi, Janov, comment avez-vous trouvé, pour Gaïa ? Vous connaissiez déjà Gaïa alors qu'on était sur Terminus. Vous saviez qu'elle était située dans le Secteur de Seychelle. Vous saviez que son nom était plus ou moins une forme du mot Terre. D'où tenez-vous tous ces renseignements ? »

Pelorat parut se raidir. Il répondit : « Si j'étais dans mon bureau sur Terminus, je pourrais consulter mes dossiers. Je n'ai quand même pas tout emporté avec moi — et en tout cas, certainement pas les références des circonstances qui m'ont permis d'obtenir tel ou tel élément d'information.

— Eh bien, tâchez quand même d'y réfléchir », dit Trevize, sévère. « Pensez que les Seychellois eux-mêmes gardent la bouche cousue sur ce problème. Ils sont si réticents à parler de Gaïa telle qu'elle est en réalité qu'ils vont jusqu'à encourager une superstition qui fait croire au bon peuple du coin qu'aucune planète de ce genre ne se trouve dans l'espace normal ! En fait... je peux même vous apprendre autre chose. Regardez ça ! »

Trevize virevolta vers l'ordinateur, effleurant les poignées de commande avec l'aisance et la grâce d'une longue pratique. Quand ses mains entrèrent en contact avec les commandes, il accueillit avec plaisir leur tiède étreinte.

Comme toujours, il sentit aussitôt un fragment de sa volonté propre s'épancher vers l'extérieur.

Il expliqua : « Voici la carte de la Galaxie établie par l'ordinateur, telle qu'elle existait dans ses banques de mémoires avant notre atterrissage sur Seychelle. Je vais vous montrer la portion de la carte correspondant au ciel nocturne de cette planète tel que nous avons pu le contempler la nuit dernière. »

La cabine s'obscurcit et une reproduction du ciel nocturne jaillit sur l'écran.

« Aussi beau que lorsque nous l'avons vu sur Seychelle.

— Encore plus beau », dit Trevize avec impatience. « Il n'y a pas la moindre interférence atmosphérique : ni nuages ni absorption à proximité de l'horizon. Mais attendez, laissez-moi faire un réglage... »

La vue bascula légèrement, leur donnant à tous deux la désagréable impression que c'était eux qui bougeaient. Instinctivement, Pelorat agrippa le bras de son fauteuil pour se retenir.

« Là ! s'écria Trevize. Vous reconnaissez ?

— Évidemment. Ce sont les Cinq Sœurs — cette

constellation pentagonale que Quintesetz nous a fait remarquer. On ne peut pas s'y tromper.

— Certes. Mais… où est Gaïa ? »

Pelorat cligna des yeux. Il n'y avait pas de petite étoile en son centre.

« Elle n'est pas là.

— C'est exact. Elle n'y est pas. Et c'est parce que sa position ne se trouve pas dans les banques de données de l'ordinateur. Puisqu'il est invraisemblable que ces données aient été délibérément rendues incomplètes sur ce point à notre seule intention, j'en conclus que pour les galactographes de la Fondation qui ont programmé ces banques de données — et qui ont à leur disposition une prodigieuse quantité d'informations — Gaïa leur était inconnue.

— Pensez-vous que si nous étions allés à Trantor…, commença Pelorat.

— Je soupçonne qu'on n'y aurait pas trouvé plus d'informations sur Gaïa. Son existence est gardée secrète par les Seychellois — et qui plus est, je crois bien, par les Gaïens eux-mêmes. Vous-même, vous faisiez remarquer il y a quelques jours qu'il n'était pas si rare que certains mondes cherchent délibérément à se faire oublier pour échapper à l'impôt ou éviter les ingérences extérieures.

— D'habitude, remarqua Pelorat, quand les cartographes et les statisticiens tombent sur de telles planètes, elles sont généralement situées dans des secteurs faiblement peuplés de la Galaxie : c'est cet isolement qui leur donne la possibilité de se cacher. Gaïa n'est pas isolée.

— C'est vrai. C'est encore un des traits qui la rendent inhabituelle… Bon, gardons cette carte sur l'écran, que nous puissions continuer à réfléchir à cette ignorance de nos galactographes — et permettez-moi de vous reposer la question : compte tenu de cette ignorance de la part de personnes censées être les mieux informées, comment avez-vous fait votre compte pour entendre parler de Gaïa ?

— Je rassemble des données sur les mythes, les légendes et les histoires de la Terre depuis plus de trente ans, mon bon Golan. Mais en l'absence de mes archives complètes, comment voulez-vous que…

— On peut toujours essayer de commencer par le commencement, Janov : Avez-vous appris son existence, disons, au cours des quinze premières années de vos recherches, ou des quinze dernières ?

— Oh ! Bon, si c'est pour rester aussi vagues, disons que c'est plutôt dans la dernière partie…

— Vous pouvez faire mieux que ça. Supposons que je vous suggère que vous avez connaissance de Gaïa depuis un ou deux ans ? »

Trevize regarda dans la direction de Pelorat, prit conscience de son impossibilité à déchiffrer son expression dans la pénombre et remonta légèrement l'éclairage de la cabine. La gloire du spectacle nocturne affiché sur l'écran diminua en proportion. Le visage de Pelorat avait une rigidité minérale et ne trahissait rien.

« Eh bien ? fit Trevize.

— Je réfléchis, dit doucement Pelorat. Vous avez peut-être raison. Je n'en jurerais pas. Quand j'ai écrit à Jimbor à l'université de Ledbet, je n'ai pas évoqué Gaïa, bien qu'en l'occurrence, c'eût été approprié et c'était, voyons… en 95, ce qui remonte donc à trois ans. Je crois bien que vous avez raison, Golan.

— Et comment êtes-vous tombé dessus ? insista Trevize. Dans une communication ? Un livre ? Une revue scientifique ? Quelque antique ballade ? Comment ?… Allons ! »

Pelorat se rencogna sur son siège et croisa les bras. Il se plongea dans ses pensées, totalement immobile. Trevize ne dit rien et attendit.

Finalement, Pelorat répondit : « Dans une communication privée… mais inutile de me demander de qui, mon bon. Je ne me rappelle pas. »

Trevize se passa les mains sur son ceinturon — elles étaient moites — tandis qu'il poursuivait ses efforts pour soutirer à Pelorat des renseignements sans trop faire mine de lui arracher les mots de la bouche. Il demanda : « D'un historien ? D'un expert en mythologie ? D'un galactographe ?

— Inutile. Impossible de rattacher un nom à cette communication.

— Peut-être parce qu'il n'y en avait aucun...

— Oh ! non. Ça ne me paraît guère possible.

— Pourquoi ? Auriez-vous écarté une communication anonyme ?

— Non, je suppose que non.

— En avez-vous jamais reçu ?

— De temps en temps, très épisodiquement. Ces dernières années, je suis devenu bien connu dans certains cercles académiques en tant que collectionneur de types bien particuliers de mythes et de légendes et certains de mes correspondants ont été assez aimables pour me faire parvenir des éléments qu'ils avaient pu recueillir de sources non universitaires. Certaines de ces pièces ne peuvent être attribuées à quelqu'un de bien précis.

— Certes, mais avez-vous jamais reçu directement d'information anonyme, et non plus par l'entremise d'un quelconque correspondant universitaire ?

— C'est arrivé parfois — mais très rarement.

— Et vous pouvez assurer que ce n'a pas été le cas pour Gaïa ?

— Ces communications anonymes ont été tellement rares qu'il me semble que je devrais m'en souvenir si le cas s'était produit. Et malgré tout, je ne peux pas certifier que l'information n'était pas de provenance anonyme... Attention, ça ne veut pas non plus dire qu'elle m'est effectivement parvenue par des voies anonymes...

— J'entends bien. Mais il reste toujours une possibilité, c'est ça ?

— Je suppose, oui », concéda Pelorat, réticent. « Mais où voulez-vous en venir ?

— Je n'ai pas terminé », dit Trevize, péremptoire. « Comment vous est parvenue cette information ? Anonymement, ou pas ? Et de quelle planète venait-elle ? »

Pelorat haussa les épaules. « Bon, écoutez, je n'en ai pas la moindre idée.

— Ça n'aurait pas pu être de Seychelle ?
— Je vous l'ai dit. Je ne sais pas.
— Moi, je vous suggère que vous l'avez effectivement reçue de Seychelle.
— Vous pourrez suggérer tout ce que vous voudrez mais ça ne rendra pas la chose vraie pour autant.
— Non ? Et quand Quintesetz a désigné la petite étoile au milieu des Cinq Sœurs, vous avez su tout de suite qu'il s'agissait de Gaïa. Vous l'avez même dit à Quintesetz, plus tard dans la soirée, en l'identifiant avant qu'il ne le fasse. Vous vous souvenez ?
— Oui, naturellement.
— Comment était-ce possible ? Comment avez-vous tout de suite reconnu Gaïa dans cette étoile sans éclat ?
— Parce que dans les éléments en ma possession, Gaïa était rarement citée sous ce nom. Les euphémismes les plus variés étaient fréquemment employés. L'un d'eux, plusieurs fois répété, était : Le Petit Frère des Cinq Sœurs. Un autre : Le Centre du Pentagone et parfois même on l'appelait : Ô Pentagone. Quand Quintesetz nous a indiqué les Cinq Sœurs et leur étoile centrale, ces allusions me sont immédiatement revenues à l'esprit.
— Vous ne m'aviez jamais parlé de ces allusions.
— J'en ignorais alors la signification et je ne voyais pas bien l'importance d'en discuter avec vous, qui êtes un... » Il hésita.
« Un non-spécialiste ?
— Oui.
— Vous vous rendez bien compte, j'espère, que le pentagone que forment les Cinq Sœurs est une structure totalement subjective ?
— Que voulez-vous dire ? »
Trevize eut un rire affectueux. « Ah ! le vermisseau rampant ! Croyez-vous que le ciel possède en propre une forme objective ? Comme si les étoiles y étaient épinglées ? La constellation a cette forme de pentagone, vue depuis la surface des planètes du système auquel appartient Seychelle — et des planètes de ce système uniquement. Depuis une planète en orbite autour d'une autre

étoile, l'aspect des Cinq Sœurs est différent. On les voit sous un autre angle, déjà. En outre, les cinq étoiles formant le pentagone ne sont pas à la même distance de Seychelle et, sous un angle différent, il se peut qu'il n'y ait aucune relation visible entre elles. Une ou deux étoiles pourront se trouver dans une moitié de l'horizon et les autres dans la moitié opposée. Tenez... »

Trevize obscurcit de nouveau la pièce et se pencha sur l'ordinateur. « L'Union seychelloise est composée de quatre-vingt-six systèmes planétaires. Laissons Gaïa — ou du moins l'endroit qu'elle devrait occuper — à la même place » (et, comme il disait cela, un petit cercle rouge apparut au centre du pentagone des Cinq Sœurs) « et changeons pour un panorama vu de l'une de ces quatre-vingt-six planètes prise au hasard. »

Le ciel changea et Pelorat cligna des yeux. Le petit cercle rouge était demeuré au centre de l'écran mais les Cinq Sœurs avaient disparu. Il y avait bien des étoiles brillantes dans son voisinage mais plus de pentagone. La vue du ciel changea encore, et encore, et encore. Les vues continuèrent de défiler. Le cercle rouge était toujours à la même place mais à aucun moment n'apparut un petit pentagone d'étoiles de même magnitude. Parfois on pouvait distinguer un vague pentagone déformé, composé d'étoiles de brillance inégale mais rien de comparable à la magnifique constellation que leur avait indiquée Quintesetz.

« Ça vous suffit ? dit Trevize. Je vous assure, les Cinq Sœurs ne peuvent apparaître telles que nous les avons vues que depuis les planètes du système de Seychelle.

— Le point de vue seychellois a fort bien pu être exporté vers d'autres planètes. Il existait quantité de maximes à l'époque impériale — certaines mêmes se sont propagées jusqu'à nous — qui étaient centrées en fait sur Trantor.

— Avec une Seychelle aussi discrète que nous la connaissons ? Et pourquoi diantre les planètes extérieures auraient-elles dû s'y attacher ? Qu'aurait pu évoquer pour elles un Petit Frère des Cinq Sœurs s'il n'y avait dans le ciel rien qui puisse y correspondre ?

— Vous avez peut-être raison.

— Alors, vous ne voyez donc pas que votre information n'a pu que provenir à l'origine de Seychelle et d'elle seule ? Non pas de quelque part dans l'Union mais bien précisément du sytème planétaire dont fait partie sa capitale ? »

Pelorat hocha la tête. « A vous entendre, on dirait presque que ça s'est forcément passé comme ça mais je n'en ai aucun souvenir. Pas le moindre.

— Ça ne fait rien ; vous admettez quand même la solidité de mon argument ?

— Oui, bien sûr.

— Poursuivons... Quand, à votre avis, la légende a-t-elle pu naître ?

— N'importe quand. J'aurais tendance à croire qu'elle date des tout premiers temps de l'ère impériale. Elle a un parfum d'antiquité...

— Vous faites erreur, Janov. Les Cinq Sœurs sont relativement proches de Seychelle — d'où d'ailleurs leur éclat. Quatre d'entre elles ont une célébrité propre assez élevé et comme aucune ne fait partie d'un même groupe, elles se déplacent chacune dans une direction différente. Observez un peu ce qui arrive lorsque je fais lentement reculer la carte dans le temps. »

A nouveau, le cercle rouge marquant le site de Gaïa demeura fixe mais le pentagone se défit lentement : quatre des étoiles dérivaient chacune dans une direction tandis que la cinquième se déplaçait légèrement.

« Regardez ça, Janov. Est-ce que vous verriez là un pentagone régulier ?

— Franchement tordu, admit Pelorat.

— Et Gaïa, est-elle en son centre ?

— Non, elle est nettement sur le côté.

— Bon. Eh bien, voilà à quoi ressemblait la constellation il n'y a pas plus de cent cinquante ans. Un siècle et demi, c'est tout. Les éléments que vous avez reçus sur ce Centre du Pentagone et ainsi de suite n'auraient eu aucune signification avant notre siècle — et ce, *nulle part,* pas même à Seychelle. Les éléments qu'on vous a transmis n'ont pu donc que naître à Seychelle, et en ce siècle, peut-être même ces dix dernières années. Et vous êtes quand même arrivé à les obtenir alors que Seychelle est si peu loquace en ce qui concerne Gaïa. »

Trevize ralluma l'éclairage, éteignit la carte et, de son fauteuil, fixa sans ciller Pelorat.

« Je ne sais plus où j'en suis, dit ce dernier. A quoi tout cela rime-t-il ?

— A vous de me le dire. Réfléchissez ! Je ne sais pourquoi, je me suis mis dans la tête l'idée que la Seconde Fondation existait toujours. C'était durant ma campagne électorale, au cours d'un discours... J'étais parti sur le petit couplet d'émotion destiné à arracher les voix des derniers indécis, et j'avais lancé un dramatique : “ Si la Seconde Fondation existait encore... ” et puis, plus tard, le même jour, je me suis dit : “ Et si effectivement elle existait encore ? ” Je me mis alors à lire des bouquins d'histoire et en l'espace d'une semaine, j'étais convaincu. Il n'y avait pas de preuve formelle mais j'avais toujours eu le chic pour tomber sur la bonne conclusion même en partant des plus vagues spéculations. Cette fois, pourtant...

Trevize resta quelques instants songeur puis il enchaîna : « Et regardez ce qui est arrivé depuis : comme par hasard, je choisis pour confident Compor et c'est justement lui qui me trahit. Là-dessus, voilà que le maire Branno me fait arrêter et m'envoie en exil. Pourquoi en exil, quand elle aurait pu se contenter de me fourrer en prison ou essayer de me faire taire par des menaces ? Et pourquoi m'exiler dans un astronef du tout dernier modèle qui me procure le pouvoir extraordinaire de sauter d'un bout à l'autre de la Galaxie ? Et pourquoi, enfin, insiste-t-elle justement pour que je vous emmène et me suggère-t-elle de vous aider dans votre recherche de la Terre ?

« Et pourquoi étais-je donc si certain qu'il ne fallait pas qu'on se rende sur Trantor ? J'étais convaincu que vous aviez une meilleure cible pour vos investigations et aussitôt vous me sortez une planète mystérieuse : Gaïa, au sujet de laquelle il ressort maintenant que vos informations ont été obtenues en des circonstances pour le moins énigmatiques...

« Nous nous rendons à Seychelle — étape normale sur notre route — et tout de suite nous tombons sur Compor qui nous fait le récit circonstancié de l'histoire de la Terre et de sa mort. Là-dessus, il nous assure qu'elle est située dans le Secteur de Sirius et nous enjoint vivement de nous rendre sur place.

— Nous y voilà, intervint Pelorat. Vous avez l'air de sous-entendre que tous les événements nous pousseraient en direction de Gaïa mais, vous venez de le dire, Compor a cherché à nous convaincre d'aller ailleurs...

— Et en réponse, ça m'a décidé à persister dans la direction initiale de notre enquête, par simple méfiance vis-à-vis du personnage. Vous ne croyez pas que ce pourrait être précisément ce sur quoi il comptait ? Il peut nous avoir délibérément dit d'aller ailleurs rien que pour nous ôter l'envie de le faire.

— Pur roman, grommela Pelorat.

— Vous trouvez ? Continuons... On entre en rapport avec Quintesetz qui se trouvait justement là...

— Là, je vous arrête ! C'est moi qui ai reconnu son nom...

— Il vous a semblé familier. Vous n'aviez jamais rien lu de lui — du moins rien dont vous puissiez vous souvenir. Alors pourquoi vous était-il familier ? Toujours est-il que lui, il avait lu un article de vous, article qui l'avait emballé... et ça, est-ce que ça vous paraît plausible ? Vous êtes le premier à reconnaître que vos travaux ne sont pas très connus.

« Qui plus est, la jeune personne qui nous conduit à lui mentionne tout de go le nom de Gaïa et tient même à nous dire qu'elle est dans l'hyperespace, comme pour bien s'assurer qu'on ne va pas l'oublier. Quand nous posons la question à Quintesetz, il se conduit comme s'il ne voulait pas en parler mais il ne nous jette pas dehors pour autant — même si je me conduis à son égard avec une certaine grossièreté. Non, au lieu de ça, il nous invite chez lui et, en chemin, va jusqu'à prendre la peine de nous montrer du doigt les Cinq Sœurs. Il s'assure même qu'on a bien remarqué la petite étoile en leur centre. Pourquoi ? Tout cela ne forme-t-il pas un enchaînement de coïncidences extraordinaire ?

— Si vous y allez comme ça...

— Allez-y comme ça vous chante. Moi, je ne crois pas dans les enchaînements de coïncidences extraordinaires...

— Qu'est-ce que tout cela signifie, alors ? Que nous sommes poussés vers Gaïa ?

— Oui.

— Par qui ?

— Là, le doute n'est pas permis : qui est capable d'influer sur les esprits, de donner une imperceptible impulsion à tel ou tel, de s'arranger pour faire dévier le cours des événements dans telle ou telle direction ?

— Vous, vous êtes en train de me dire que c'est la Seconde Fondation.

— Eh bien, que nous a-t-on raconté au sujet de Gaïa ? Qu'elle est intouchable. Que les flottes qui font mouvement contre elles sont détruites. Que les gens qui l'atteignent n'en reviennent pas. Jusqu'au Mulet qui n'a pas osé l'affronter — et le Mulet, en fait, est probablement né là-bas. Tout porte à penser que Gaïa est bien la Seconde Fondation — et cette découverte-là, somme toute, est bien mon objectif ultime. »

Pelorat hocha la tête. « Mais, d'après certains historiens, c'est la Seconde Fondation qui a arrêté le Mulet. Comment aurait-il pu être l'un deux ?

— Un renégat, je suppose.

— Mais pourquoi diable la Seconde Fondation se fatiguerait-elle ainsi à nous attirer vers la Seconde Fondation ? »

Les yeux de Trevize se perdirent dans le vague. Il fronça les sourcils. « Raisonnons logiquement : la Seconde Fondation a toujours jugé important que la Galaxie ait le moins d'informations possible sur son compte. Dans l'idéal, elle voudrait que son existence même demeure inconnue. Cela déjà, on en est sûr. Pendant cent vingt ans, tout le monde a cru la Seconde Fondation liquidée et cela a dû leur convenir à la perfection. Pourtant, quand j'ai commencé à soupçonner la réalité de leur existence, ils n'ont pas réagi. Compor était au courant. Ils auraient pu l'utiliser pour me faire taire d'une manière ou de l'autre — voire en me tuant. Et pourtant, ils n'en ont rien fait.

— Ils vous ont fait arrêter, si vous tenez absolument à impliquer la Seconde Fondation. A vous croire, le résultat en fut d'empêcher la population de Terminus d'avoir connaissance de vos idées. Les gens de la Seconde Fondation y sont parvenus sans violence, ce qui ferait d'eux les partisans de la remarque de Salvor Hardin selon laquelle “ la violence est le dernier refuge de l'incompétent ”.

— Mais empêcher la population de Terminus de l'apprendre ne les avançait à rien : le maire Branno connaît mon opinion et — dans le pire des cas — elle doit quand même se demander si je n'aurais pas, peut-être, raison. Alors, vous voyez bien qu'il est trop tard pour eux pour nous nuire. Si encore ils s'étaient débarrassés de moi dès le début, ils auraient été tranquilles. Même s'ils ne s'étaient pas du tout occupés de moi, ils n'auraient pas été plus inquiétés puisqu'ils auraient toujours pu, par leurs manœuvres, amener la population de Terminus à me prendre pour un excentrique — voire pour un fou. La perspective de la ruine de ma carrière politique aurait pu me forcer au silence devant les conséquences de la diffusion de mes opinions.

« Et à présent, il est pour eux trop tard pour faire quoi que ce soit : le maire Branno a eu suffisamment de soupçons pour juger bon de me coller Compor aux trousses et — n'ayant pas plus confiance en lui, ce en quoi elle s'est montrée plus avisée que moi — elle a placé sur son vaisseau un hyper-relais. Par conséquent, elle sait en ce moment que nous sommes sur Seychelle. Et la nuit dernière, pendant que vous dormiez, j'ai fait directement transmettre par notre ordinateur un message à l'ordinateur de l'ambassade de la Fondation, ici sur Seychelle, pour lui expliquer que nous étions en route pour Gaïa. J'ai même pris la peine de leur fournir ses coordonnées. Si la

Seconde Fondation intervient désormais contre nous, je suis certain que Branno fera faire une enquête et attirer l'attention de la Fondation n'est certainement pas ce qu'ils désirent.

— S'en inquiéteraient-ils s'ils sont si puissants ?

— Certainement, dit avec vigueur Trevize. S'ils restent cachés, c'est que par un certain côté ils doivent avoir une faiblesse et que la Fondation a atteint un niveau d'avance technique qui peut-être dépasse même les prévisions de Seldon. La manière discrète, pour ne pas dire furtive, avec laquelle ils ont tout fait pour nous attirer chez eux semblerait démontrer leur ardent désir de ne pas attirer l'attention. Et si tel est bien le cas, ils ont déjà perdu, du moins en partie — puisqu'ils ont effectivement éveillé l'attention et je doute qu'ils puissent faire quoi que ce soit désormais pour renverser la tendance.

— Mais pourquoi prennent-ils toute cette peine ? Pourquoi — si votre analyse est correcte — se dépensent-ils ainsi pour aller nous pêcher à l'autre bout de la Galaxie ? Que veulent-ils de nous ? »

Trevize considéra Pelorat et rougit : « Janov, j'ai un pressentiment. Avec mon don pour parvenir à une conclusion correcte à partir de quasiment rien... Une espèce de *certitude* qui me dit quand j'ai raison — et là, je suis certain : il y a en moi quelque chose qu'ils veulent obtenir — et ce, au point d'en risquer jusqu'à leur existence même. J'ignore ce que ça peut être mais il faut que je le trouve parce que si je possède effectivement ce quelque chose, et s'il a ce pouvoir, alors je veux être capable d'en user moi-même comme bon me semble. » Il eut un petit haussement d'épaules. « Toujours envie de m'accompagner, vieux compagnon, maintenant que vous avez vu à quel point je suis fou ?

— Je vous ai dit que j'avais foi en vous. Je continue. »

Alors Trevize partit d'un grand rire soulagé : « Magnifique ! Parce qu'un autre de mes pressentiments est que, pour quelque raison, vous jouez également un rôle essentiel dans toute cette affaire. Dans ce cas, Janov, on fonce à toute vitesse vers Gaïa. En avant ! »

56.

Harlan Branno, Maire de Terminus, faisait nettement plus que ses soixante-deux ans. Elle n'avait pas toujours ainsi accusé son âge mais elle le portait largement aujourd'hui. Trop absorbée par ses pensées pour oublier d'éviter le miroir, elle avait pu y contempler son reflet en se rendant à la salle des cartes. Ainsi avait-elle pu se rendre compte de son aspect hagard.

Elle soupira. C'était une vie épuisante : cinq ans au poste de Maire et avant cela, douze années à assumer le pouvoir réel derrière deux figurants. Un itinéraire sans heurts, réussi — et épuisant. Qu'est-ce que ça aurait été si elle avait dû affronter les obstacles, l'échec — le désastre...

Ça n'aurait peut-être pas été si mauvais que ça pour elle, décida-t-elle soudain. L'action aurait été revigorante. C'était en fait cette horrible certitude de n'avoir pas d'autre solution que de se laisser emporter qui en définitive l'avait minée.

C'était le plan Seldon qui était une réussite, et c'était la Seconde Fondation qui garantissait qu'il en soit toujours ainsi. Elle, tenant d'une main ferme la barre de la Fondation (en fait, de la *Première* Fondation, mais personne sur Terminus n'avait jamais songé à lui ajouter ce qualificatif), elle se contentait de chevaucher la crête de la vague...

L'histoire ne retiendrait rien d'elle, ou si peu. Elle se contentait d'être assise aux commandes d'un astronef qui était en réalité manœuvré de l'extérieur.

Même Indbur III, qui avait présidé à la chute catastrophique de la Fondation face au Mulet, il avait accompli *quelque chose :* il s'était au moins effondré.

Pour le maire Branno, on ne trouverait rien !

A moins que ce Golan Trevize, ce Conseiller insouciant, ce paratonnerre, ne lui permette...

Elle considéra la carte, pensive. Ce n'était pas une structure comme celles que génèrent les ordinateurs modernes. C'était plutôt un amas tridimensionnel de points lumineux suspendus au milieu de la pièce qui décrivaient la Galaxie sous la forme d'un hologramme. Même s'il n'était pas possible de la faire se déplacer, pivoter, grossir ou se rétrécir, on pouvait toutefois tourner autour de cette structure afin de la considérer sous n'importe quel angle.

Une vaste section de la Galaxie, peut-être le tiers de l'ensemble (en excluant le noyau, zone de toute façon inhabitable) passa au rouge lorsqu'elle effleura un contact. C'était la Fédération de la Fondation, plus de sept millions de planètes dirigées par le Conseil et par elle — les sept millions de mondes qui votaient pour élire des représentants à la Chambre des mondes, qui débattaient d'affaires mineures avant de voter dessus et jamais, au grand jamais, ne traitaient de questions importantes.

Un nouveau contact et, çà et là, une tache rose pâle jaillit sur les bords de la Fédération : les sphères d'influence ! Ce n'était plus le territoire de la Fondation mais des régions qui, bien qu'officiellement indépendantes, n'auraient jamais songé à contrer la moindre initiative de la Fondation.

Il ne faisait pas le moindre doute dans son esprit qu'aucune puissance dans la Galaxie ne pouvait s'opposer à la Fondation (pas même la Seconde, si tant est qu'on puisse la situer), et que la Fondation pouvait à tout moment brandir sa flotte de vaisseaux dernier cri et instaurer quand elle voudrait le Second Empire.

Mais cinq siècles seulement s'étaient écoulés depuis le début du plan. Le plan qui réclamait dix siècles pour l'avènement du nouvel Empire... et la Seconde Fondation veillerait à son bon déroulement. Mme le Maire hocha tristement sa tête grise. Si la Fondation agissait à présent, ce serait en quelque sorte un échec. Malgré ses vaisseaux invincibles, une action immédiate ne serait qu'un fiasco.

Sauf si Trevize, le paratonnerre, attirait la foudre de la Seconde Fondation — et si l'on pouvait remonter l'éclair jusqu'à sa source.

Elle regarda autour d'elle. Où était Kodell ? Ce n'était pas le moment pour lui d'être en retard.

C'était comme si cette pensée avait suffi à l'appeler car il apparut alors, entrant à grands pas, arborant un sourire chaleureux, plus grand-père que jamais avec sa moustache blanche et son teint hâlé. Grand-père, mais pas vieux. Et c'est vrai qu'il avait huit ans de moins qu'elle.

Comment faisait-il pour ne pas porter de marques de lassitude ? Est-ce que quinze années à la direction de la Sécurité ne laissaient pas de cicatrices ?

57.

Kodell inclina lentement la tête, le salut protocolaire qui était obligatoire pour commencer toute discussion avec le Maire. C'était une tradition qui remontait à la sombre époque des Indbur. Presque tout avait changé depuis mais certainement pas l'étiquette.

« Excusez mon retard, madame le Maire, commença-t-il, mais votre arrestation du conseiller Trevize commence finalement à se frayer un chemin sous la carapace engourdie du Conseil.

— Oh ? répondit-elle, flegmatique. Aurions-nous droit à une révolution de palais ?

— Pas le moindre risque. Nous contrôlons la situation. Mais ça va faire du bruit.

— Eh bien, qu'ils fassent du bruit. Ça les soulagera et je... je resterai en dehors de tout cela. Je peux compter, je suppose, sur le soutien général de l'opinion ?

— Je pense que oui. Surtout en dehors de Terminus. Personne à l'extérieur de Terminus ne se soucie du sort d'un Conseiller en vadrouille...

— Moi, si.

— Ah ? Des nouvelles ?

— Liono, dit le Maire, je voudrais des renseignements sur Seychelle.

— Je ne suis pas un manuel d'histoire ambulant, dit Liono Kodell avec un sourire.

— Je ne veux pas d'histoire. Je veux la vérité. Pourquoi Seychelle est-elle indépendante ? — Regardez par là. » Elle pointa du doigt la tache rouge de la Fondation sur la carte holographique et là, enfoncé entre les bras intérieurs de la spirale, on pouvait distinguer une poche de blanc.

Branno poursuivit : « Nous l'avons presque encapsulée, presque absorbée, et pourtant elle reste en blanc. Notre carte ne la présente même pas comme un loyal-allié-en-rose. »

Kodell haussa les épaules : « Ce n'est pas officiellement un loyal allié mais elle ne nous a jamais embêtés : elle est neutre.

— Très bien. Alors, regardez plutôt ça. » Nouvelle manipulation des commandes. Le rouge s'étendit nettement plus loin. Il couvrait à présent la moitié de la Galaxie. « Cela, dit Branno, c'est l'étendue du domaine du Mulet au moment de sa mort. Si vous cherchez bien dans le rouge, vous trouverez l'Union seychelloise, complètement encerclée cette fois, mais toujours aussi blanche. C'est la seule enclave laissée libre par le Mulet.

— Elle était également neutre, à l'époque.

— Le Mulet n'a jamais eu grand respect pour la neutralité.

— Il semble que si, en l'occurrence.

— *Il semble,* oui. Qu'est-ce que Seychelle a de spécial ?

— Rien ! Croyez-moi, madame, elle est à nous le jour où nous le décidons.

— Croyez-vous ? En attendant, elle n'est pas à nous.

— Nous n'en avons pas besoin. »

Branno s'appuya contre le dossier de son siège et, balayant d'un bras le tableau de commande, elle fit disparaître la Galaxie. « Je pense que nous en avons besoin maintenant.

— Pardon, Madame ?

— Liono, j'ai expédié ce nigaud de Conseiller dans

l'espace pour qu'il joue les paratonnerres. Je sentais que la Seconde Fondation verrait en lui un danger plus grand qu'il n'est en réalité et que, parallèlement, elle minimiserait le danger présenté par notre Fondation. En le frappant, la foudre trahirait alors son origine.

— Certes, Madame !

— Mon intention était donc qu'il aille visiter les ruines délabrées de Trantor pour fouiller dans ce qui pourrait éventuellement subsister de sa bibliothèque, à la recherche de renseignements sur la Terre. C'est le monde, rappelez-vous, dont ces assommants mystiques nous serinent qu'il est le lieu d'origine de l'humanité — comme si cela pouvait revêtir une quelconque importance, même dans l'improbable hypothèse où ce serait vrai... La Seconde Fondation ne pourrait franchement croire que c'était là le but réel de ses recherches et s'empresserait donc de venir voir ce qu'il cherchait vraiment.

— Seulement, il n'est pas allé à Trantor.

— Eh ! non. Tout à fait inopinément, il s'est rendu à Seychelle. Pourquoi ?

— Je ne sais pas. Mais pardonnez, je vous prie, à un vieux limier dont le devoir est de tout soupçonner, mais... dites-moi comment vous pouvez savoir que ce garçon et ce Pelorat sont bien allés à Seychelle ? Je sais bien que Compor est censé les filer mais jusqu'à quel point peut-on se fier à Compor ?

— L'hyper-relais nous révèle que le vaisseau de Compor s'est effectivement posé sur la planète Seychelle.

— Sans aucun doute, mais comment savez-vous que Trevize et Pelorat s'y trouvent aussi ? Compor peut avoir eu ses raisons de se rendre sur Seychelle et peut ne pas savoir où se trouvent les deux autres. — Ou ne veut pas le savoir.

— Il se trouve que notre ambassadeur sur Seychelle nous a informés de l'arrivée du vaisseau dans lequel nous avons mis Trevize et Pelorat. Et j'aurais beaucoup de mal à croire que le vaisseau ait atterri sur Seychelle, vide. Qui plus est, Compor rapporte qu'il a eu une conversation avec eux et si on ne peut pas se fier à lui, nous savons par d'autres sources qu'ils ont été repérés à l'université de Seychelle où ils seraient entrés en rapport avec un historien assez obscur.

— Rien de tout cela ne m'est parvenu », nota doucement Kodell.

Branno renifla : « Ne vous sentez pas doublé. C'est une affaire dont je m'occupe personnellement et vous êtes maintenant informé — sans grand retard d'ailleurs. Les dernières nouvelles que je viens de recevoir proviennent de notre ambassadeur : notre paratonnerre s'est mis en mouvement. Il est resté deux jours sur Seychelle puis il est reparti. Il se dirige, dit-il, vers un autre système planétaire, situé à une dizaine de parsecs de Seychelle. Il a donné le nom et les coordonnées galactiques de sa destination à l'ambassadeur qui nous les a transmis.

— Avons-nous une confirmation quelconque par Compor ?

— Le message de Compor annonçant le départ de Trevize et Pelorat nous est même parvenu avec celui de l'ambassadeur. Compor n'a quant à lui pas encore déterminé la destination de Trevize. Mais il va sans doute le suivre.

— Le pourquoi de la situation nous échappe », nota Kodell. Il se fourra une pastille dans la bouche, qu'il suça méditativement. « Pourquoi Trevize s'est-il rendu sur Seychelle ? Pourquoi en est-il reparti ?

— La question qui m'intrigue le plus, c'est : Où ? Où Trevize se dirige-t-il ?

— Vous avez bien dit, Madame, n'est-ce pas, qu'il avait procuré à notre ambassadeur le nom et les coordonnées de sa destination ? Sous-entendriez-vous qu'il lui aurait menti ? Ou encore que c'est l'ambassadeur qui nous ment ?

— Même en supposant que tout le monde dit la vérité dans cette histoire et que personne n'a commis d'erreur, toujours est-il qu'un nom m'intéresse : Trevize a dit à l'ambassadeur qu'il se dirigeait sur Gaïa. G-A-I-A. Il a bien pris soin de l'épeler.

— Gaïa ? Jamais entendu ce nom-là.

— Non ? Ça n'a rien d'étrange. » Branno pointa le doigt dans le vide, là où s'était trouvée la carte quelques instants plus tôt. « Sur la carte qui est dans cette salle, je peux repérer, en quelques instants, paraît-il, n'importe quelle étoile autour de laquelle orbite une planète habitée et bon nombre d'étoiles importantes dotées de systèmes planétaires inhabités. Plus de trente millions d'astres peuvent ainsi apparaître — pour peu que je manie convenablement les commandes — isolément, par paires, regroupés en amas. Je peux les faire ressortir à l'aide de cinq teintes différentes, un par un ou tous ensemble. Ce que je n'arrive pas à faire, toutefois, c'est localiser Gaïa sur cette carte. Pour elle, Gaïa n'existe tout simplement pas.

— Pour chaque étoile que montre la carte, il en existe au moins dix mille qu'elle ne présente pas.

— Certes, mais les étoiles qu'elle ne mentionne pas ne possèdent pas de système planétaire habité et qu'irait donc faire Trevize sur une planète inhabitée ?

— Avez-vous essayé l'ordinateur central ? Il possède la liste des trois cents milliards d'étoiles de la Galaxie.

— C'est ce qu'on m'a toujours dit. Mais est-ce bien vrai ? Nous savons fort bien, vous et moi, que des milliers de planètes habitées ont échappé à nos divers recensements et ne figurent pas sur les cartes — pas seulement celle qui est dans cette pièce mais même celle de l'ordinateur central. Gaïa est apparemment l'une d'entre elles. »

La voix de Kodell resta calme, cajoleuse, presque : « Madame le Maire, il n'y a peut-être pas lieu de s'inquiéter. Peut-être l'enquête de Trevize va-t-elle tourner en eau de boudin, ou peut-être nous ment-il et n'existe-t-il pas d'étoile nommée Gaïa — et pas la moindre étoile aux coordonnées qu'il nous a fournies. Il se peut qu'il cherche à nous semer, maintenant qu'il a rencontré Compor et se doute peut-être qu'il est suivi.

— Croit-il nous semer par cette méthode ? Compor continuera de le suivre. Non, Liono, j'ai une autre hypothèse en tête, qui si elle se vérifie pourrait nous amener considérablement plus d'ennuis. Écoutez-moi... »

Elle se tut puis reprit : « Cette pièce est sous écran, Liono. Sachez-le. Personne ne peut vous entendre, alors vous pouvez vous sentir libre de parler. Et je parlerai librement moi aussi.

« Cette Gaïa est située, si nous acceptons l'information, à dix parsecs de la planète Seychelle et fait par conséquent partie de l'Union seychelloise. L'Union est un secteur de la Galaxie fort bien exploré. Tous ses systèmes stellaires, qu'ils soient habités ou non, sont connus en détail. Gaïa est apparemment l'unique exception. Habitée ou non, personne n'en a entendu parler ; elle n'est présente sur aucune carte. Ajoutez à cela que l'Union seychelloise tient à garder un statut d'indépendance particulier à l'égard de la Fédération et qu'elle y était déjà parvenue même vis-à-vis du Mulet en son temps. En fait, elle est restée indépendante depuis la chute de l'Empire galactique.

— Que faut-il en conclure ? demanda prudemment Kodell.

— Ces deux points doivent sûrement avoir un rapport. Seychelle possède un système planétaire qui est totalement inconnu et Seychelle est intouchable. Ces deux faits ne peuvent pas ne pas être liés. Quoi que puisse être Gaïa, elle se protège. Elle veille à ce que nul n'ait vent de son existence en dehors de ses parages immédiats et protège lesdits parages pour empêcher toute possibilité d'ingérence extérieure.

— Ce que vous êtes en train de me dire, Madame, c'est que Gaïa est le siège de la Seconde Fondation...

— Je suis en train de vous dire que Gaïa mérite un coup d'œil.

— Puis-je mentionner un détail qui pourrait difficilement cadrer avec cette théorie ?

— Faites, je vous prie.

— Si Gaïa est la Seconde Fondation et si, depuis des siècles, elle se protège physiquement contre les intrus — se servant de l'ensemble de l'Union seychelloise comme d'un vaste écran, allant même jusqu'à empêcher que dans la Galaxie on n'ait vent de son existence — alors pourquoi ce luxe de protection s'est-il soudain évanoui ? Trevize et

Pelorat quittent Terminus et, bien que vous leur ayez conseillé de se rendre à Trantor, ils se précipitent immédiatement et sans la moindre hésitation sur Seychelle et foncent à présent vers Gaïa. Qui plus est, vous êtes vous-même en mesure de songer à Gaïa et de spéculer sur la question. Pourquoi ne vous trouvez-vous pas mise, en quelque sorte, dans l'impossibilité de le faire ? »

Harlan Branno resta un long moment sans répondre. Sa tête était inclinée et la lumière jouait dans les pâles reflets de ses cheveux gris. Elle répondit enfin : « Parce que j'ai l'impression que le conseiller Trevize a dû bouleverser ce schéma. Il a fait — ou il est en train de faire — quelque chose qui, d'une certaine manière, met en péril le plan Seldon.

— Voilà qui est certainement impossible, Madame.

— Je suppose que toute chose ou tout homme a ses faiblesses. Même Hari Seldon n'était sûrement pas parfait. Quelque part, le plan présente une faille et Trevize a trébuché dessus, peut-être même inconsciemment. Il faut absolument qu'on sache ce qui se passe et il faut qu'on soit présent sur les lieux. »

Kodell prit finalement un air grave : « N'allez pas prendre de décisions inconsidérées, Madame. Nous ne voudrions pas d'action qui ne soit au préalable mûrement réfléchie.

— Ne me prenez pas pour une idiote, Liono. Je ne vais pas faire la guerre. Je ne vais pas faire débarquer un corps expéditionnaire sur Gaïa. Je veux juste être sur place, ou à proximité, si vous préférez. Liono, tâchez de me trouver — moi, j'ai horreur de discuter avec un ministère de la Guerre ridiculement timoré, comme on peut s'y attendre au bout de cent vingt années de paix, mais vous, ça ne semble pas vous gêner... — alors, tâchez de me trouver combien de vaisseaux de guerre sont stationnés dans les parages de Seychelle. Et si nous pouvons les faire manœuvrer discrètement sans que ça ait l'air d'une mobilisation...

— En ces temps de paix à tout crin, il ne doit guère y avoir de vaisseaux dans le secteur, je suis sûr. Mais je vais bien vous trouver ça.

— Rien que deux ou trois suffiront, surtout s'il y en a un de la classe Supernova.

— Que comptez-vous en faire ?

— Je veux qu'ils aillent tourner aussi près que possible de Seychelle, sans créer d'incident, en restant suffisamment proches les uns des autres pour pouvoir se couvrir mutuellement.

— Et dans quel but ?

— Question de souplesse. Je veux être en mesure de frapper, s'il le faut.

— Contre la Seconde Fondation ? Si Gaïa a été capable de maintenir son isolement et son inviolabilité même face au Mulet, elle doit certainement pouvoir contenir quelques malheureux vaisseaux. »

A quoi Branno répondit, avec dans les yeux la flamme des combats : « Mon ami, je vous ai dit que rien ni personne n'était parfait, pas même Hari Seldon. En bâtissant son plan, il ne pouvait s'empêcher d'être un homme de son époque : c'était un mathématicien de la fin de l'Empire, en un temps où la technologie était moribonde. Il s'ensuit qu'il n'a pu dans son plan accorder toute leur importance aux conséquences du progrès technique. La gravitique, par exemple, a orienté le progrès dans une voie entièrement nouvelle qu'il n'aurait jamais pu prévoir. Et ce n'est pas la seule invention dans ce cas.

— Gaïa aussi peut avoir progressé.

— Avec son isolement ? Allons donc. La Fédération de la Fondation est peuplée de dix quadrillions d'hommes parmi lesquels peuvent se détacher ceux qui vont contribuer au progrès des sciences et des techniques. Une seule planète isolée ne peut rien faire en comparaison. Nos vaisseaux vont faire mouvement et je serai avec eux.

— Pardon, Madame, ai-je bien entendu ?

— Je vais moi-même rejoindre les astronefs qui se rassembleront aux marches de Seychelle. Je souhaite me rendre compte personnellement de la situation. »

Kodell en resta quelques instants bouchée bée. Il déglutit bruyamment : « Madame, ce n'est... ce n'est pas sage. » Si jamais un homme entendit appuyer une remarque, c'était bien Kodell.

« Sage ou pas, rétorqua violemment Branno, je vais le faire. Je suis fatiguée de Terminus et de ses interminables batailles politiques, ses querelles, ses alliances et ses contre-alliances, ses trahisons et ses réconciliations. J'ai passé dix-sept ans au milieu de tout ça et j'ai envie maintenant de faire un peu autre chose — *n'importe quoi* d'autre. Là-bas » (elle agita la main dans une direction au hasard) « c'est toute l'histoire de la Galaxie qui se joue peut-être et je veux y tenir mon rôle.

— Vous ne connaissez rien à ces problèmes, Madame.

— Qui s'y connaît, Liono ? » Elle se leva, très raide. « Dès que vous m'aurez apporté les informations dont j'ai besoin sur les vaisseaux et sitôt que j'aurai pris mes dispositions pour régler toutes ces stupides affaires courantes, je partirai.

« Et, Liono, ne vous avisez pas de quelque manière d'essayer de me faire changer d'avis ou je tire un trait sur notre longue amitié et je n'hésiterai pas à vous briser. Ça, je suis encore capable de le faire. »

Kodell hocha la tête. « Je sais bien que vous en êtes capable, Madame, mais avant que vous ne vous décidiez, puis-je vous demander de réexaminer la force du plan Seldon ? Ce que vous envisagez de faire est peut-être un suicide.

— Je n'ai aucune crainte de ce côté-là, Liono. Le plan s'est trompé vis-à-vis du Mulet, qu'il n'a pas su prévoir, et un premier échec de cet ordre implique la possibilité qu'il se renouvelle à un autre moment. »

Kodell soupira. « Eh bien, dans ce cas, si vous êtes vraiment décidée, je vous soutiendrai au mieux de mes capacités, et avec la plus totale loyauté.

— Bien. Je vous préviens encore une fois que vous aurez tout intérêt à vous conformer de tout cœur à cette sage décision. Et ceci étant bien entendu, Liono, partons pour Gaïa.

« En avant ! »

CHAPITRE XV

GAÏA-S

58.

Sura Novi pénétra dans la salle de commande du petit vaisseau passablement démodé qui l'emportait en compagnie de Stor Gendibal à travers les parsecs, par petits sauts successifs.

Elle était manifestement passée par la cabine de lavage : les huiles, l'air chaud, et un minimum d'eau lui avaient permis de faire un brin de toilette. Elle s'était drapée dans un peignoir qu'elle tenait serré autour d'elle dans un paroxysme de pudeur effarouchée. Elle avait les cheveux secs mais emmêlés.

Elle demanda d'une petite voix : « Maître ? »

Gendibal leva la tête de ses cartes et de son ordinateur : « Oui, Novi ?

— Je être bien en peine... » Elle se tut, puis reprit, lentement : « Je suis fort désolée de vous déranger, Maître » (puis, glissant de nouveau :) « mais, j' savions point retrouver mes habits.

— Tes habits ? » Gendibal la considéra un instant, ahuri, puis se leva soudain, contrit : « Novi ! J'avais oublié ! Ils avaient besoin d'un nettoyage et ils sont avec le linge propre. Nettoyés, séchés, pliés, repassés. J'aurais dû les sortir et les placer bien en évidence. J'ai oublié...

— J' voulions point... » (elle baissa les yeux sur son corps) « ... vous choquer.

— Tu ne me choques pas du tout, dit chaleureusement Gendibal. Écoute, dès que tout cela sera fini, je te promets de veiller à ce que tu aies tout un tas d'habits — tout neufs, et de la dernière mode. On a dû partir en hâte et je n'ai pas du tout pensé à prendre une garde-robe mais franchement, Novi, nous sommes seuls à bord tous les deux et nous allons devoir vivre un bon bout de temps dans une certaine promiscuité... alors, il est inutile de te faire tant de... souci... pour... enfin... » il fit un geste vague, se rendit compte de son air horrifié et songea : bon, après tout, ce n'est qu'une paysanne et elle a ses pratiques ; elle ne sera pas gênée par les impropriétés de langage, tant qu'elle pourra rester habillée.

Puis il eut honte de lui et se réjouit qu'elle ne fût pas « chercheuse » au point d'être capable de percevoir, elle, ses pensées.

Il lui demanda : « Veux-tu que j'aille chercher tes vêtements ?

— Oh ! non, Maître. C'est pas à vous de faire ça... Je sais où ils sont. »

Quand il la revit, elle était convenablement habillée et bien peignée. Il se dégageait d'elle comme une aura de timidité : « J'ai honte, Maître, pour ma conduite si... inconvenante de tout à l'heure, ânonna-t-elle. J'aurais dû les trouver toute seule...

— Ce n'est pas grave, dit Gendibal. Tu sais que tu te débrouilles très bien en galactique, Novi ? Tu as su vite te mettre au langage des chercheurs. »

Novi sourit soudain. Sa denture était quelque peu irrégulière mais cela ne portait pas atteinte à la façon dont ses traits s'illuminèrent sous le compliment, rendant presque joli son visage, songea Gendibal. Et, se dit-il, ce devait être pour cette raison qu'il aimait bien lui faire des compliments.

« Les Hamiens penseront pas du bien de moi quand je rentrerai, observa-t-elle. Ils me diront que je être — que je *suis* une tailleuse de mots. C'est comme ça qu'ils appellent ceux qui parlent... drôlement. Ils les aiment point.

— Je doute que tu retournes jamais chez les Hamiens,

Novi. Je suis sûr qu'il y aura toujours une place pour toi dans le complexe — avec les chercheurs, s'entend — une fois que tout cela sera terminé.

— J'aimerais bien, Maître.

— Je suppose que tu pourrais quand même m'appeler orateur Gendibal ou simplement... non, je vois bien que non », rectifia-t-il devant son air proprement outré. « Enfin, bon...

— Ça ne serait pas convenable, Maître — mais puis-je vous demander quand tout cela sera terminé ? »

Gendibal hocha la tête. « Je ne sais pas trop. Pour l'heure, il faut simplement que je rallie un point particulier le plus vite possible. Ce vaisseau, même si c'est une très bonne machine dans son genre, est quand même lent et " le plus vite possible ", ce n'est pas très vite. Vois-tu » (du geste, il indiqua l'ordinateur et les cartes) « il faut que je calcule moi-même le moyen de franchir de vastes étendues d'espace mais l'ordinateur est limité dans ses capacités et je ne suis pas spécialement doué...

— Devez-vous arriver vite parce qu'il y a du danger, Maître ?

— Qu'est-ce qui te fait penser qu'il y a du danger, Novi ?

— Parce que des fois, je vous observe, quand je crois que vous ne me voyez pas, et votre visage a l'air... je ne sais pas le mot. Pas apeuré — je veux dire effrayé... pas non plus comme quand on est inquiet de quelque chose...

— Appréhensif, marmonna Gendibal.

— Vous avez l'air... soucieux. Est-ce que c'est bien le mot ?

— Ça dépend. Que veux-tu dire par soucieux, Novi ?

— Je veux-tu dire que vous avez l'air comme si que vous vous disiez : " Qu'est-ce que je vais pouvoir faire maintenant dans cette sacrée histoire. " »

Gendibal eut l'air étonné. « C'est bien soucieux, le mot, oui... mais est-ce que tu as vraiment vu ça sur mon visage, Novi ? Là-bas, dans la Maison des Chercheurs, je prends bien soin de ne rien laisser paraître sur mes traits mais je pensais quand même qu'ici, seul dans l'espace — enfin, rien qu'avec toi — je pouvais me permettre de me relaxer et de tomber la veste... façon de parler... Je suis désolé. Je t'ai embarrassée. Je veux dire... si tu es si perceptive, j'aurais dû faire plus attention. De temps à autre, j'ai besoin de réapprendre que même des non-mentalistes sont capables de faire des déductions justes. »

Novi était bouche bée : « Je ne comprends pas, Maître.

— Je parle tout seul, Novi. Ne te fais pas de souci... tiens, tu vois, encore ce mot.

— Mais y a-t-il un danger ?

— Disons qu'il y a un problème, Novi. Je ne sais pas encore ce que je vais trouver en arrivant à Seychelle — c'est notre destination. Il se peut que je me trouve dans une situation passablement difficile.

— Ça ne signifie pas du danger ?

— Non, parce que je serai de toute façon capable de la surmonter.

— Comment pouvez-vous dire ça ?

— Parce que je suis un... chercheur. Et que je suis le meilleur d'entre eux. Il n'est rien dans la Galaxie que je ne puisse surmonter.

— Maître », et quelque chose qui ressemblait fort à de l'angoisse déforma les traits de Novi. « Je ne veux pas être vexeuse — je veux dire, je ne veux pas vous vexer — et vous mettre en colère. Mais je vous ai vu avec ce mufle de Rufirant et vous étiez en danger à ce moment-là — pourtant ce n'était jamais qu'un paysan hamien. Maintenant, je ne sais pas ce qui vous attend — et vous non plus. »

Gendibal se sentit chagriné : « Est-ce que tu as peur, Novi ?

— Pas pour moi, Maître. J'ai peur — je veux dire : je crains — pour vous.

— Tu peux dire j'ai peur, grommela Gendibal. C'est du bon galactique. »

Un instant, il resta absorbé par ses pensées. Puis il leva les yeux, prit entre ses mains les mains un peu rêches de Novi et dit : « Novi, je ne veux pas que tu aies peur de quoi que ce soit. Laisse-moi t'expliquer. Tu as su repérer

— ou plutôt tu saurais repérer — la présence d'un danger d'après les traits de mon visage — presque comme si tu étais capable de lire dans mes pensées...

— Oui ?

— Je sais lire les pensées bien mieux que toi. C'est ce que tous les chercheurs apprennent à faire et je suis un très bon chercheur. »

Novi ouvrit de grands yeux et se libéra de l'étreinte de ses mains. Elle semblait retenir sa respiration. « Vous pouvez lire mes pensées ? »

Gendibal leva précipitamment un doigt. « Non, Novi ! Je ne lis pas du tout les pensées, sauf quand c'est absolument nécessaire. Mais non, je ne lis absolument pas dans *tes* pensées. »

(Il se rendait compte qu'en un sens, il mentait. Il était impossible d'être auprès de Sura Novi sans comprendre la teneur générale de certaines de ses pensées. Il n'était guère besoin pour ça d'être un membre de la Seconde Fondation. Gendibal se sentit à deux doigts de rougir. Mais même venant d'une Hamienne, pareil attitude était flatteuse. — Et pourtant, il fallait la rassurer, ne fût-ce que par simple humanité...)

Il lui dit : « Je peux également modifier la façon de penser des gens. Je peux les faire se sentir blessés, je peux... »

Mais Novi hochait la tête. « Comment pouvez-vous faire tout ça, Maître ? Rufirant...

— Oublie un peu Rufirant, grogna Gendibal. J'aurais très bien pu l'immobiliser en un instant. J'aurais pu le faire se rouler par terre. J'aurais pu pousser tous les Hamiens à... » Il se tut soudain, sentant, mal à l'aise, qu'il était en train de se vanter, d'essayer d'en mettre plein la vue à cette petite provinciale. Et elle, elle continuait de hocher la tête.

« Maître, vous essayer de faire que je n'aie pas peur mais je n'ai vraiment pas peur, sinon pour vous, alors c'est vraiment pas la peine. Je sais que vous êtes un grand chercheur et que vous pouvez faire voler ce vaisseau dans l'espace, même que pour moi, on pourrait rien faire qu'à s'y paumer — je veux dire, où, me semble-t-il, on devrait fatalement se perdre... Et vous utilisez des machines auxquelles je ne comprends rien — et que pas un Hamien ne serait capable de comprendre. Mais vous n'avez pas besoin de me parler de ces pouvoirs de l'esprit, qui ne doivent de toute façon sûrement pas être vrais puisque tout ce que vous m'avez raconté, vous auriez pu le faire à Rufirant et vous ne l'avez pas fait, alors que vous étiez en danger. »

Gendibal pinça les lèvres. Laisse tomber, se dit-il. Si cette fille tient absolument à ne pas avoir peur, eh bien, n'insistons pas.

Et pourtant, il ne voulait pas non plus qu'elle voie simplement en lui une mauviette et un hâbleur. Ça, sous aucun prétexte.

« Si je n'ai rien fait à Rufirant, reprit-il, c'était parce que je ne voulais pas le faire. Nous autres chercheurs, nous ne devons jamais rien faire aux Hamiens. Nous sommes vos hôtes, sur votre planète. Est-ce que tu peux comprendre ça ?

— Vous êtes nos maîtres. C'est ce qu'on dit toujours, nous. »

Cette remarque amena chez Gendibal une petite diversion : « Comment se fait-il, dans ce cas, que Rufirant m'ait attaqué ?

— Je ne sais pas », dit Novi, simplement. « Je ne crois pas qu'il l'ait su non plus. Sûr qu'il devait battre la campagne — euh, enfin, il devait être fou, quoi. »

Gendibal grommela et reprit : « En tout cas, nous ne faisons pas de mal aux Hamiens. Si jamais j'avais été forcé de le stopper en — en lui nuisant physiquement, j'aurais été fort mal considéré par les autres chercheurs et j'aurais très bien pu perdre ma place. Mais pour m'éviter de subir un mauvais sort, j'aurais pu me voir contraint de le manipuler un tantinet — mais le moins possible. »

Novi était effondrée : « Alors... je n'avais pas besoin de me précipiter comme ça comme une grande nigaude.

— Tu as fait exactement ce qu'il fallait faire, dit Gendibal. J'ai simplement dit que je me serais mal conduit en le blessant. Grâce à toi, je n'ai pas eu à le faire. C'est *toi* qui l'as stoppé et tu as très bien fait. Je t'en suis reconnaissant. »

Elle sourit de nouveau — elle était aux anges. « Je comprends, maintenant, pourquoi vous avez été si gentil pour moi.

— J'étais reconnaissant, bien sûr, fit Gendibal, légèrement à cran, mais l'important, c'est que tu comprennes bien qu'il n'y a pas de danger. Je suis capable de m'occuper de toute une armée d'hommes ordinaires. Tous les chercheurs en sont capables — et tout particulièrement ceux de haut rang — et je t'ai dit que j'étais le meilleur de tous. Il n'est personne dans la Galaxie qui puisse me résister.

— Si vous le dites, Maître, je suis sûre que c'est vrai.

— Je te le dis. Et maintenant, as-tu toujours peur pour moi ?

— Non, Maître, sauf que... Maître, est-ce que c'est seulement *nos* chercheurs qui sont capables de lire dans les pensées et... enfin, est-ce qu'il y a d'autres chercheurs, ailleurs, qui seraient capables de s'opposer à nous ? »

Gendibal accusa le coup. Cette femme avait un surprenant don de pénétration.

Il était nécessaire de mentir. Il répondit : « Non, il n'y en a pas.

— Pourtant, il y a tellement d'étoiles dans le ciel. Une fois même, j'ai essayé de les compter et j'y suis pas arrivée. S'il y a autant de mondes avec des gens qu'il y a d'étoiles dans le ciel, est-ce que certains ne peuvent pas avoir des chercheurs ? A part ceux qui sont chez nous, je veux dire.

— Non.

— Et s'il y en avait ?

— Ils ne seraient pas aussi forts que moi.

— Et s'ils vous sautaient dessus brusquement avant que vous vous en rendiez compte ?

— Ce n'est pas possible : si un chercheur étranger devait m'approcher, je m'en apercevrais tout de suite. Je le saurais bien avant qu'il puisse me nuire.

— Vous pourriez fuir en courant ?

— Je n'aurais pas besoin... Mais » (anticipant son objection), « s'il le fallait, je pourrais sauter très vite dans un nouveau vaisseau, supérieur à tous les autres vaisseaux de la Galaxie. Ils ne pourraient pas me rattraper.

— Ils ne pourraient pas changer vos pensées et vous faire rester ?

— Non.

— Mais ils pourraient être beaucoup. Et vous êtes tout seul.

— Sitôt qu'ils seraient là, et bien avant qu'ils aient pu imaginer la chose possible, j'aurais décelé leur présence et je serais déjà parti... Alors, tous les chercheurs de notre planète se tourneraient contre eux et ils ne pourraient pas leur résister. Et sachant cela, ils n'oseraient rien tenter contre moi. En fait, même, ils préféreraient encore que je reste à ignorer leur existence — mais je saurais quand même qu'ils existent.

— Parce que vous êtes tellement plus fort qu'eux ? » dit Novi dont le visage s'illuminait d'une fierté quelque peu dubitative.

Gendibal ne put résister. L'intelligence innée de la jeune femme, sa vivacité d'esprit étaient telles que sa seule compagnie était déjà un pur plaisir. L'oratrice Delora Delarmi, ce monstre à la voix sirupeuse, lui avait fait une faveur incroyable en lui imposant cette paysanne hamienne.

« Non, Novi, répondit-il, ce n'est pas parce que je suis tellement plus fort qu'eux, même si c'est le cas. C'est parce que je t'ai avec moi, toi.

— Moi ?

— Exactement, Novi. Est-ce que tu avais deviné ça ?

— Non, Maître, fit-elle songeuse. Qu'est-ce que je serais capable de faire ?

— C'est ton esprit... » Il leva immédiatement la main. « Je ne lis pas tes pensées. Je distingue le contour de ton esprit, un contour pur et lisse, inhabituellement lisse. »

Elle porta la main à son front. « Parce que je suis inculte, Maître ? Parce que je suis idiote ?

— Non, ma chérie » (il ne s'aperçut pas du terme qu'il venait d'employer) « c'est parce que tu es honnête et sans malice ; parce que tu es sincère et que tu dis ce que tu penses ; parce que tu as le cœur chaleureux et aussi... — et, enfin, plein d'autres choses. Si d'autres chercheurs essaient de toucher nos esprits — le tien comme le mien — ce contact sera immédiatement visible sur la pureté de ton esprit. Je pourrai m'en rendre compte bien avant d'avoir moi-même conscience d'une influence sur le mien... Ce qui me donnera tout le temps d'élaborer une tactique de contre-attaque ; une riposte, quoi. »

S'ensuivit alors un long silence. Gendibal se rendit compte que dans les yeux de Novi, ce n'était plus de la joie qui brillait, mais de l'exultation, de la fierté, aussi. Elle dit d'une petite voix : « Et vous m'avez pris avec vous pour cette raison ? »

Gendibal opina. « C'était une raison importante. Oui. »

Sa voix n'était plus qu'un murmure lorsqu'elle demanda : « Comment puis-je faire pour vous aider de mon mieux, Maître ?

— Reste calme. N'aie pas peur. Et puis... reste simplement comme tu es.

— Je resterai comme je suis. Et je m'interposerai entre vous et le danger, comme je l'ai fait dans le cas de Rufirant. »

Elle quitta le cabinet et Gendibal la regarda partir.

Étrange, tout ce qu'elle pouvait cacher. Comment une créature aussi simple pouvait-elle receler une telle complexité ? Sous la pure et lisse structure de cet esprit se cachaient des trésors d'intelligence, de compréhension et de courage. Que pouvait-il demander d'autre ? — de quiconque ?

Il crut entrevoir l'image de Sura Novi — Sura qui n'était pas une Oratrice, n'était même pas de la Seconde Fondation, n'était pas même éduquée — Sura, résolument à ses côtés, et jouant un rôle auxiliaire vital dans le drame qui s'annonçait.

Malgré tout, les détails demeuraient flous — et il ne pouvait discerner avec précision ce qui les attendait.

59.

« Un seul saut, marmonna Trevize, et la voilà.

— Gaïa ? » demanda Pelorat en regardant l'écran par-dessus l'épaule de son compagnon.

« Le soleil de Gaïa, précisa Trevize. Appelez-le Gaïa-S, si vous voulez, pour éviter les confusions. C'est d'ailleurs ce que font parfois les galactographes.

— Et où est Gaïa proprement dite, alors ? Ou faut-il l'appeler Gaïa-P — pour planète ?

— Gaïa tout court, c'est suffisant pour une planète. On ne peut pas encore la voir, toutefois. Les planètes ne sont pas aussi faciles à distinguer que les étoiles et puis, on est encore quand même à cent microparsecs de Gaïa-S. Notez d'ailleurs que ce n'est encore qu'une simple étoile, même si elle est très brillante. Nous n'en sommes pas assez proches pour qu'elle nous apparaisse comme un disque.

« Et ne la regardez pas directement, Janov. Elle est déjà assez lumineuse pour endommager la rétine. J'interposerai un filtre une fois que j'en aurai fini avec mes observations. Vous pourrez tranquillement la contempler ensuite.

— Combien font cent microparsecs dans une unité compréhensible pour un mythologiste, Golan ?

— Trois milliards de kilomètres — environ vingt fois la distance de Terminus à notre soleil. Est-ce que ça vous aide ?

— Énormément… Mais ne devrions-nous pas nous rapprocher ?

— Non ! » Trevize leva les yeux avec surprise. « Pas tout de suite. Après ce qu'on a entendu sur Gaïa, pourquoi faudrait-il se presser ? C'est une chose d'avoir des tripes ; c'en est une autre d'être fou. Jetons d'abord un coup d'œil.

— Sur quoi, Golan ? Vous dites que Gaïa est encore invisible !

— A l'œil nu, oui. Mais nous avons des instruments télescopiques et nous disposons d'un excellent ordinateur pour l'analyse rapide. On peut certainement commencer par étudier Gaïa-S et faire peut-être quelques autres observations... Détendez-vous, Janov. » Il étendit la main et tapota l'épaule de l'autre, paternellement.

Après une pause, Trevize expliqua : « Gaïa-S est une étoile unique ou, si elle a un compagnon, ce compagnon en est situé beaucoup plus loin que nous en ce moment et c'est, au mieux, une naine rouge, ce qui veut dire qu'on n'a pas besoin de s'en occuper. Gaïa-S est une étoile de type G_4, ce qui signifie qu'elle est parfaitement susceptible d'avoir une planète habitable, ce qui est excellent. Si c'était un type A ou M, on pourrait déjà faire demi-tour et laisser tomber tout de suite.

— Je ne suis peut-être qu'un mythologiste, mais est-ce qu'on n'aurait pas pu déterminer sa classe spectrale depuis Seychelle ?

— On pouvait, certes, et l'on ne s'en est pas privés, simplement, ça ne fait pas de mal de le vérifier de près... Gaïa-S possède un système planétaire, ce qui n'est pas en soi une surprise... Il y a deux géantes gazeuses en vue et l'une m'a l'air de bonne taille — si l'estimation de distance faite par l'ordinateur est précise. Il pourrait très bien y en avoir une autre en orbite de l'autre côté de l'étoile, ce qui la rendrait difficilement détectable puisqu'il se trouve — par hasard — que nous avons abordé ce système sous un angle proche de son plan orbital... Je ne peux encore rien distinguer de la région intérieure, ce qui n'est pas non plus une surprise...

— Est-ce mauvais signe ?

— Pas vraiment. C'est tout à fait prévisible : les planètes habitables devraient être de roche et de métal et, étant à la fois beaucoup plus petites que les géantes gazeuses et beaucoup plus proches de l'étoile — pour pouvoir être assez chaudes — dans l'un et l'autre cas, elles seraient beaucoup plus difficiles à distinguer d'ici. Ce qui signifie qu'il nous faudra nous approcher considérablement plus, pour sonder la zone située au moins de quatre microparsecs de Gaïa-S.

— Je suis fin prêt.

— Pas moi. On fera le saut demain.

— Pourquoi demain ?

— Pourquoi pas ? Donnons-leur une journée, le temps de se manifester et de venir nous cueillir — et, pour nous, éventuellement de détaler, si jamais on n'aime pas trop ce qu'on voit se pointer. »

60.

C'était un processus prudent et lent. Tout au long de la journée, Trevize calcula laborieusement les différentes trajectoires d'approche en essayant de choisir entre elles. Faute de données concrètes, il était obligé de s'en remettre à son intuition qui, malheureusement, ne lui était pas d'un grand secours : il n'éprouvait pas cette « certitude » qu'il avait ressentie parfois.

En fin de compte, il entra les coordonnées d'un saut qui les fit s'écarter nettement du plan de l'écliptique.

« Ça nous permettra d'avoir une meilleure vue d'ensemble de la région, expliqua-t-il, puisque nous allons voir les planètes sur toute l'étendue de leur orbite et à la distance apparente maximale du soleil. Tandis qu'*eux* — j'ignore qui ils sont, mais il est toujours possible qu'ils surveillent moins attentivement les régions situées en dehors du plan de l'écliptique. Enfin, je l'espère. »

Ils étaient à présent à l'aplomb de l'orbite de la plus proche — et de la plus grosse — des géantes gazeuses, dont ils évaluèrent la distance à un demi-milliard de kilomètres. Trevize la fit apparaître sur l'écran au grossissement maximal pour en faire profiter Pelorat. La vue était impressionnante même sans tenir compte des trois minces anneaux de débris qui l'entouraient.

« Elle possède le train habituel de satellites, observa Trevize, mais à pareille distance de Gaïa-S, on sait déjà qu'aucun d'entre eux n'est habitable. Pas plus que ne s'y trouvent établis d'êtres humains installés, mettons, sous un dôme de verre, ou dans de strictes conditions de survie analogues.

— Comment pouvez-vous le dire ?

— Par l'absence de signaux radio dont les caractéristiques dénoteraient une origine intelligente. Bien sûr », ajouta-t-il aussitôt pour nuancer cette affirmation, « on peut toujours imaginer le cas d'une station scientifique avancée se donnant beaucoup de peine pour masquer ses émissions radio, ou penser que le bruit de fond radio de la géante gazeuse recouvre ce que l'on cherche. Malgré tout, notre récepteur est sensible et notre ordinateur extraordinairement bon. Je dirais que les chances d'occupation humaine de ces satellites sont extrêmement faibles.

— Cela veut-il dire qu'il n'y a pas de Gaïa ?

— Non, mais ça signifie que si elle existe bien, elle n'a pas pris la peine de venir s'établir sur ces satellites. Peut-être lui manque-t-il la capacité de le faire — ou simplement, l'intérêt.

— Eh bien, existe-t-elle, ou pas ?

— Patience, Janov. Patience. »

Trevize examina le ciel avec une dose de patience apparemment inépuisable. A un moment, il s'arrêta dans son observation pour remarquer : « Franchement, le fait qu'ils ne se soient pas encore manifestés pour nous contrer a quelque chose de décourageant. Il est certain que s'ils avaient les capacités qu'on se plaît à leur attribuer, ils auraient déjà dû réagir.

— Il est concevable, je suppose, nota Pelorat, lugubre, que tout cela ne soit que pure invention.

— Appelez ça un mythe », dit Trevize, ironique et désabusé, « et vous ne serez pas dépaysé... Enfin, il y a quand même une planète dans l'écosphère, ce qui signifie qu'elle pourrait se révéler habitable. Je voudrais l'observer au moins une journée.

— Pourquoi ?

— Pour m'assurer qu'elle est habitable, déjà.

— Vous venez de dire qu'elle était dans l'écosphère, Golan.

— Oui, pour le moment. Mais elle peut avoir une orbite très excentrique qui l'amène à moins d'un microparsec de l'étoile ou, à l'opposé, l'en éloigne jusqu'à quinze microparsecs et plus. Il va nous falloir déterminer la distance de la planète à Gaïa-S et la comparer avec sa vitesse orbitale — et cela nous aidera de connaître la direction de son mouvement. »

61.

Encore une journée.

« L'orbite est presque circulaire, dit enfin Trevize, ce qui veut dire que sa probabilité d'habitabilité s'accroît substantiellement. Et malgré cela, toujours personne pour venir à notre rencontre, même à présent. Il va falloir essayer d'y voir de plus près.

— Pourquoi faut-il tout ce temps pour préparer un saut ? Vous avancez par sauts de puce.

— Faites confiance à l'homme de l'art. Les petits sauts sont plus délicats à maîtriser que les grands. Qu'est-ce qui est le plus facile ? Saisir un rocher ou un grain de sable ? Par ailleurs, Gaïa-S est proche et l'espace fortement courbé. Ce qui complique les calculs, même pour l'ordinateur. Même un mythologiste devrait être capable de voir ça. »

Pelorat grommela.

Trevize poursuivit : « Maintenant, vous pouvez distinguer la planète à l'œil nu. Tenez, là. Vous la voyez ? La période de rotation est d'environ vingt-deux heures galactiques et l'inclinaison axiale de douze degrés. C'est pratiquement le cas d'école d'une planète habitable ; et elle abrite effectivement la vie.

— Comment pouvez-vous savoir ?

— On note de substantielles quantités d'oxygène libre dans l'atmosphère. Ce qui est impossible sans une couverture végétale solidement établie.

— Et la vie intelligente ?

— C'est fonction de l'analyse des ondes radio. Bien sûr, on peut imaginer une vie intelligente qui aurait renoncé à la technologie, je suppose, mais cela me semble fort improbable.

— On connaît des exemples historiques...

— Je veux bien vous croire sur parole. C'est votre domaine. Malgré tout, je m'imagine mal ne subsister que quelques pasteurs sur une planète qui terrorisa jadis le Mulet !

— A-t-elle un satellite ?

— Oui, dit Trevize d'une voix neutre.

— Quelle taille ? » demanda Pelorat qui, lui, s'étranglait presque.

« ... Peux pas dire avec certitude. Peut-être cent kilomètres de diamètre.

— Sapristi ! » s'exclama mélancoliquement Pelorat. « J'aimerais avoir à l'esprit un stock d'interjections plus expressif, cher compagnon, mais il y avait encore cette petite chance...

— Vous voulez dire, si elle était dotée d'un satellite géant, que ce puisse être la Terre ?

— Oui, mais ce n'est manifestement pas le cas.

— Eh bien, si Compor a raison, la Terre, de toute manière, ne se trouverait pas dans ce secteur de la Galaxie. Elle serait plutôt du côté de Sirius... Sincèrement, Janov, je suis désolé.

— Oui, bof...

— Écoutez, on va attendre un peu et risquer encore un petit saut. Et si l'on ne découvre aucun signe de vie intelligente, alors on pourra toujours s'y poser sans danger — sauf qu'on n'aura plus aucune raison de s'y poser, n'est-ce pas ? »

62.

Au saut d'après, Trevize dit d'une voix étonnée : « Ça y est, Janov. C'est bien Gaïa. Et on sait au moins qu'elle possède une civilisation technologique.

— Ce sont les ondes radio qui vous le font dire ?

— Mieux que ça : il y a une station spatiale en orbite autour de la planète. Vous voyez ça ? »

Un objet était apparu sur l'écran. Pour l'œil profane de Pelorat, il n'avait rien de vraiment remarquable mais Trevize annonça : « Artificiel, métallique, et c'est une radio-source.

— Bon. Qu'est-ce qu'on fait à présent ?

— Rien, pour l'instant. A ce stade de développement technique, ils ne peuvent pas manquer de nous avoir détectés. Si d'ici un moment, ils n'ont toujours pas réagi, je leur enverrai un message radio. Et s'ils continuent de faire la sourde oreille, j'avancerai, prudemment.

— Et s'ils font effectivement quelque chose ?

— Tout dépendra du " quelque chose ". Si ça ne me plaît pas, alors je profiterai du fait qu'il est hautement improbable qu'ils puissent rivaliser avec la facilité qu'a ce vaisseau de réaliser des sauts...

— Vous voulez dire qu'on détalera.

— Comme un vrai missile hyperspatial.

— Mais on ne sera pas plus avancés qu'à notre arrivée.

— Pas du tout : Dans le pire des cas, on aura au moins appris que Gaïa existe, qu'elle dispose d'une technologie efficace, et qu'elle avait de quoi nous effrayer...

— Mais Golan, ne nous laissons pas trop facilement effrayer...

— Écoutez, Janov, je sais bien que vous ne voulez rien tant dans toute la Galaxie qu'en savoir à tout prix plus long sur la Terre mais rappelez-vous, s'il vous plaît, que je ne partage pas votre monomanie. Nous sommes à bord d'un vaisseau désarmé et ces gens, là-dessous, vivent depuis des siècles dans un isolement complet. Supposez qu'ils n'aient jamais entendu parler de la Fondation et donc ne voient pas l'intérêt de lui témoigner du respect. Ou supposez que l'on tombe bel et bien sur la Seconde Fondation : une fois entre leurs mains — pour peu qu'ils en aient assez de nous — on peut très bien ne plus jamais être les mêmes. Avez-vous envie de vous faire laver le cerveau, pour ne plus être un mythologiste et vous retrouver incapable de rien savoir sur la moindre légende »

Cette perspective parut déprimer Pelorat : « Si vous voyez les choses sous cet angle… mais qu'est-ce qu'on fait, une fois partis ?

— Simple. On rentre à Terminus avec la nouvelle — enfin, aussi près de Terminus que le permettra l'autre vieille. Ensuite, on pourra toujours revenir ici — plus vite cette fois, et sans traînasser en route — et revenir avec un vaisseau armé, voire toute une flotte. Et là, les choses pourraient bien prendre une autre tournure. »

63.

Ils attendirent. C'était devenu une habitude. Ils avaient passé plus de temps à attendre dans les parages de Gaïa qu'à voler pour se rendre de Terminus à Seychelle.

Trevize mit l'ordinateur en alarme automatique et poussa la nonchalance jusqu'à somnoler dans son siège capitonné.

Si bien qu'il s'éveilla immédiatement en sursaut dès que l'alarme retentit. Pelorat surgit dans sa cabine, tout aussi surpris. Il avait été interrompu en plein rasage. Il demanda : « Avons-nous reçu un message ?

— Non, dit avec vigueur Trevize. Nous sommes en train *d'avancer*.

— Avancer ? Où ça ?

— Vers la station spatiale.

— Pourquoi ça ?

— Je ne sais pas. Les moteurs sont en marche et l'ordinateur ne répond pas à mes ordres — mais on avance quand même. Janov, on s'est fait capturer. On a dû s'approcher un peu trop près de Gaïa. »

CHAPITRE XVI

CONVERGENCE

64.

Quand Stor Gendibal eut enfin réussi à repérer sur son écran le vaisseau de Compor, il lui sembla être parvenu au terme d'un voyage incroyablement long. Pourtant, bien entendu, ce n'en était pas le terme mais simplement le début. Le voyage de Trantor à Seychelle n'avait jamais été qu'un prologue.

Novi avait l'air très impressionnée : « Est-ce que c'est un autre vaisseau d'espace, Maître ?

— Vaisseau spatial, Novi. Oui. C'est celui qu'on essayait de rejoindre. C'est un modèle plus gros — et meilleur — que le nôtre. Il peut se déplacer dans l'espace à une telle vitesse que s'il voulait nous fuir, ce vaisseau ne pourrait même pas le rattraper — pas même le suivre.

— Plus vite qu'un vaisseau des maîtres ? » Sura Novi paraissait atterrée par une telle éventualité.

Gendibal haussa les épaules : « Je suis peut-être un maître, comme tu dis, mais je ne suis pas maître de toutes choses. Nous autres chercheurs, ne possédons pas de vaisseaux comme celui-ci, pas plus que nous ne disposons d'appareillages matériels analogues à ceux des possesseurs de ces vaisseaux.

— Mais comment les chercheurs peuvent-ils ne pas avoir de telles choses, Maître ?

— Parce que nous sommes des maîtres de ce qui est

important. Tous ces progrès matériels dont ils peuvent bénéficier ne sont que broutille. »

Novi fronça les sourcils, plongée dans un abîme de réflexion : « Il me semble que pouvoir aller si vite qu'aucun maître ne peut vous suivre n'est pas de la broutille. Qui sont donc ces gens capables de prodiguer ainsi... enfin, d'avoir de telles merveilles ? »

Gendibal était amusé. « Ils se baptisent la Fondation. As-tu déjà entendu parler de la Fondation ? »

(Il se prit à s'interroger sur l'étendue des connaissances des Hamiens concernant la Galaxie et sur les raisons pour lesquelles les Orateurs n'avaient jamais eu l'idée de se poser ce genre de question — ou bien, était-ce seulement lui qui ne s'était jamais interrogé là-dessus, lui seul qui avait cru les Hamiens tout juste capables de gratter la terre ?)

Novi hocha pensivement la tête. « Je n'en ai jamais entendu parler, Maître. Quand le maître d'école m'a transmis l'art des lettres — m'a appris à écrire, je veux dire — il m'a expliqué qu'il y avait des tas d'autres mondes et m'a même dit le nom de certains. Il disait que notre monde hamien s'appelait en réalité Trantor et qu'il avait autrefois commandé tous les autres mondes. Que Trantor était recouverte d'acier brillant et qu'elle avait un Empereur qui était un grand Maître tout-puissant. »

Elle leva vers Gendibal un regard timidement amusé : « Mais j'en ai parcouru la plupart. Il y a plein d'histoires que les tresse-paroles racontent lors des longues veillées. Quand j'étais petite fille, j'y croyais à toutes mais en grandissant, j'ai découvert que la plupart étaient même pas vraies. J' crois plus à beaucoup à présent ; peut-être même à aucune. Même les maîtres d'école racontent des incroyableries.

— Et pourtant, Novi, cette histoire que t'a racontée ton maître d'école est bien vraie. Mais c'était il y a très longtemps. Trantor était effectivement recouverte de métal et elle avait bien un Empereur qui dirigeait toute la Galaxie. Mais maintenant, ce sont les gens de la Fondation qui dirigeront, un jour, toutes les planètes. Ils deviennent chaque jour plus puissants.

— Ils vont *tout* commander, Maître ?

— Pas tout de suite, Novi. Dans cinq cents ans...

— Et ils seront les maîtres des maîtres, aussi ?

— Non, non. Ils dirigeront les planètes. Mais c'est nous qui les dirigerons, eux — pour leur bien et le bien de toutes les planètes... »

Novi fronçait de nouveau les sourcils. Elle demanda : « Maître, est-ce que les gens de la Fondation en ont beaucoup de ces vaisseaux prodigieux ?

— Je l'imagine, oui.

— Et encore plein d'autres choses aussi... étonnantes ?

— Ils ont toutes sortes d'armes puissantes...

— Alors, Maître, ne peuvent-ils pas s'emparer de tous les mondes, tout de suite ?

— Non. Ils ne peuvent pas. Le temps n'est pas encore venu.

— Mais pourquoi ? Est-ce que les maîtres les arrêteraient ?

— On n'en aurait pas besoin, Novi. Même si on ne faisait rien, ils ne pourraient quand même pas s'emparer de toutes les planètes.

— Mais qu'est-ce qui les arrêterait ?

— Vois-tu, expliqua Gendibal, il existe un plan, que conçut jadis un homme très sage... »

Il s'arrêta, esquissa un sourire, et hocha la tête : « C'est difficile à expliquer, Novi. Une autre fois, peut-être. En fait, quand tu auras vu ce qui va se passer avant qu'on ait l'occasion de revoir Trantor, il se peut que tu comprennes sans avoir besoin de mes explications.

— Que va-t-il se passer, Maître ?

— Je ne suis pas sûr, Novi. Mais tout se passera bien. »

Il se détourna pour se préparer au contact avec Compor. Et, ce faisant, il ne put empêcher une petite voix intérieure de lui seriner : du moins, je l'espère.

Il en conçut aussitôt de l'irritation car il savait très bien d'où lui venait cette idée stupide et débilitante. C'était à cause de cette image de toute la formidable puissance, de la complexité de la Fondation ramenée aux simples dimensions du vaisseau de Compor, image qui, à son grand chagrin, provoquait néanmoins ouvertement l'admiration de Novi.

Stupide ! Comment pouvait-il se laisser aller à comparer la détention de la force, du pouvoir matériel, avec la détention de la capacité à guider les événements ? C'était ce que des générations d'Orateurs avaient appelé « l'illusion du couteau sous la gorge ».

Et penser qu'il n'était pas encore immunisé contre ses séductions...

65.

Munn Li Compor ne savait pas le moins du monde quelle attitude adopter. Depuis toujours, il avait vécu sur cette vision d'Orateurs existant juste au-delà des limites du cercle de son expérience — d'Orateurs avec lesquels il n'entrait qu'épisodiquement en contact et qui tenaient dans leur étreinte mystérieuse l'ensemble de l'humanité.

Parmi eux tous, c'était vers Stor Gendibal que, ces dernières années, il s'était tourné pour trouver un guide.

Ce n'était même pas de vive voix qu'il était entré en contact avec lui mais par une simple présence dans son esprit — de l'hypercommunication, en somme, sans hyperrelais.

De ce côté-là, la Seconde Fondation était allée bien plus loin qu'eux. Sans l'aide d'aucun dispositif matériel, par la simple maîtrise de la force de l'esprit, ils étaient capables de communiquer à travers les parsecs, d'une manière impossible à espionner, impossible à brouiller. C'était un réseau invisible et indétectable qui maintenait la cohésion de toutes les planètes par l'intermédiaire d'un nombre relativement réduit d'individus dévoués.

Compor avait plus d'une fois éprouvé comme une espèce de fierté à l'idée de son rôle dans ce processus. Si réduite était la petite troupe dont il faisait partie ! Et si énorme pourtant l'influence qu'elle exerçait ! — Et tout cela dans le plus grand secret ! Même sa femme ignorait tout de sa vie cachée.

Et c'étaient les Orateurs qui tiraient les ficelles — et surtout celui-ci, ce Gendibal, qui (estimait Compor) pouvait fort bien être le prochain Premier Orateur, devenant ainsi le plus-qu'Empereur d'un plus-qu'Empire.

Et voilà que Gendibal était là, dans un vaisseau de Trantor, et Compor dut lutter contre sa déception que la rencontre n'eût pas pris place sur Trantor même.

Se pouvait-il que ce machin fût un vaisseau de Trantor ? N'importe lequel de ces marchands qui jadis sillonnaient une Galaxie hostile en transportant les produits de la Fondation aurait été mieux équipé que ça. Pas étonnant qu'il lui ait fallu si longtemps pour couvrir la distance de Trantor à Seychelle.

Il n'était même pas équipé d'un coupleur unidock permettant d'arrimer les deux vaisseaux lorsqu'on avait besoin d'effectuer un transbordement de personnel. Et pourtant, même la minable flotte seychelloise en était dotée. Au lieu de ça, l'orateur Gendibal était obligé d'abord de faire correspondre la vélocité des deux vaisseaux puis de lancer entre eux une amarre le long de laquelle il pourrait se tracter — comme au bon vieux temps de l'Empire.

Tout juste, songea Compor, lugubre, et incapable de se dissimuler sa déception. Ce vaisseau n'était rien de plus qu'un vieux rafiot impérial — et qui plus est, un petit modèle.

Deux silhouettes progressaient le long du filin — l'une d'elles avec une telle maladresse que ce devait manifestement être sa première sortie dans l'espace.

Enfin elles furent à bord et purent ôter leur scaphandre. L'orateur Stor Gendibal était de taille modeste et son allure n'avait rien d'impressionnant ; il n'était pas large et imposant, il ne respirait pas non plus l'omniscience. Seul le regard de ses yeux sombres et profondément enfoncés dans les orbites témoignait de sa sagesse. Puis l'Orateur se mit à regarder autour de lui et manifestement, c'était lui le plus intimidé.

moi un peu que tu es assez brave — comme tu t'es montrée assez intelligente — pour devenir un vrai chercheur. »

Elle ne souleva pas d'autre objection et Gendibal, réticent à déranger le calme ordonnancement de son esprit, parvint quand même à lui insuffler en surface une légère touche d'apaisement.

« Tu peux encore me parler », lui dit-il après qu'ils eurent revêtu chacun son scaphandre. « Je peux t'entendre à condition que tu penses bien fort. Pense bien chaque mot, un par un. Tu arrives à m'entendre, n'est-ce pas ?

— Oui, Maître. »

Voyant bouger ses lèvres derrière la visière, il lui dit : « Prononce-les dans ta tête sans bouger les lèvres, Novi. Il n'y a pas de radio dans le genre de scaphandre qu'emploient les chercheurs. Tout passe par l'esprit. »

Les lèvres de Novi restèrent immobiles et son regard devint anxieux : Et là, vous m'entendez, Maître ?

Parfaitement bien, pensa Gendibal, les lèvres tout aussi immobiles. Est-ce que tu m'entends ?

Oui, Maître.

Alors, viens et fais pareil que moi.

Ils avancèrent. Gendibal connaissait la théorie du mouvement même s'il n'en maîtrisait que médiocrement la pratique. Le truc consistait à maintenir les jambes serrées et bien tendues et à les projeter par un mouvement des hanches. Cela permettait de garder l'alignement du centre de gravité, en contrebalançant alternativement avec les bras. Il avait expliqué la chose à Sura Novi et sans se retourner pour la regarder, il étudia sa posture à partir de l'examen des aires motrices de son cerveau.

Pour une débutante, elle se débrouillait fort bien, presque aussi bien que Gendibal essayait de le faire. Réprimant ses propres tensions, elle suivait à la lettre ses instructions. Gendibal se sentit, une nouvelle fois, très content d'elle.

Elle fut néanmoins manifestement soulagée de se retrouver à bord d'un vaisseau — tout comme Gendibal, d'ailleurs.

Il regarda autour de lui en ôtant son scaphandre et fut

passablement interloqué par le luxe et le style de l'équipement qu'il découvrait. Il ne reconnaissait quasiment rien et se sentit défaillir à l'idée qu'il aurait peut-être bien peu de temps pour apprendre à manipuler tout cela. Il aurait certes pu directement puiser l'expérience nécessaire dans le cerveau de l'homme qui était déjà à bord mais c'était loin d'être aussi satisfaisant que l'apprentissage direct.

Puis il se concentra sur la personne de Compor. Compor était grand et mince, de quelques années plus vieux que lui. Il était plutôt mignon, dans le genre pâlichon, avec des cheveux tout bouclés et d'une étonnante blondeur.

Et il apparut clairement à Gendibal que ce garçon était déçu — une déception qui frisait le mépris — par cet Orateur qu'il voyait pour la première fois. Qui plus est, il était totalement incapable de masquer ses sentiments.

Gendibal ne s'en formalisait pas trop, néanmoins. Compor n'était pas un Trantorien — pas plus qu'il n'était tout à fait membre de la Seconde Fondation — et il entretenait à l'évidence un certain nombre d'illusions. Même le plus superficiel examen de son esprit aurait pu le révéler. Et parmi ces illusions, il y avait celle que la force réelle était nécessairement associée à l'apparence de la force. Il pouvait fort bien les garder, ces illusions, aussi longtemps qu'elles n'entraveraient pas les projets de Gendibal mais, pour l'heure, cette illusion bien précise entravait effectivement ses projets.

Ce que Gendibal lui fit était l'équivalent en mentalique d'un claquement de doigts : Compor vacilla, sous le coup d'une douleur aussi vive que fugace. Comme une impression de concentration qui lui titilla la peau de l'esprit, lui laissant le sentiment d'une force aussi désinvolte qu'impressionnante, et que l'Orateur était capable d'exercer à sa guise.

Compor en conçut un immense respect pour Gendibal.

Ce dernier remarqua sur un ton plaisant : « Je ne fais simplement qu'attirer votre attention, Compor, mon ami. Et maintenant, faites-nous connaître la situation actuelle de votre ami, Golan Trevize, et de son compagnon, Janov Pelorat. »

Compor dit, hésitant : « Puis-je parler en présence de la femme, Orateur ?

— Cette femme, Compor, est un prolongement de moi-même. Il n'y a pas de raison, par conséquent, pour que vous ne puissiez parler ouvertement.

— Comme il vous plaira, Orateur. Trevize et Pelorat approchent en ce moment d'une planète connue sous le nom de Gaïa.

— C'est ce que vous disiez dans votre dernier message de l'autre jour. Sans aucun doute ont-ils déjà atterri sur Gaïa et peut-être même sont-ils repartis. Ils ne sont pas restés longtemps sur Seychelle.

— Ils n'avaient pas encore atterri au moment où je les suivais encore, Orateur. Ils approchaient de la planète avec une extrême prudence, faisant des pauses prolongées entre deux microsauts. Selon moi, il est clair qu'ils n'ont pas d'information sur la planète qu'ils approchent et par conséquent hésitent.

— Et vous, Compor, avez-vous des informations ?

— Aucune, Orateur. Du moins, mon ordinateur de bord n'en a pas.

— Cet ordinateur ? » L'œil de Gendibal tomba sur le panneau de contrôle et il demanda, pris d'un soudain espoir : « Est-ce qu'il peut aider au pilotage de ce vaisseau ?

— Il est capable de le gouverner intégralement, Orateur. Il suffit simplement de le commander par la pensée. »

Gendibal se sentit soudain mal à l'aise : « La Fondation en est-elle déjà à ce stade ?

— Oui, mais c'est loin d'être parfait. L'ordinateur ne fonctionne pas très bien. Il faut que je répète plusieurs fois mes pensées et même comme ça, je n'obtiens qu'un minimum d'information.

— Je dois être capable de faire mieux que ça, observa Gendibal.

— J'en suis certain, Orateur, dit Compor avec respect.

— Mais laissons tomber pour l'instant. Pourquoi n'a-t-il aucune information sur Gaïa ?

— Je l'ignore, Orateur. Il prétend — pour autant qu'on puisse dire d'un ordinateur qu'il ait des prétentions —, il prétend posséder des données sur toutes les planètes habitées de la Galaxie.

— Il ne peut pas détenir plus d'informations qu'on ne lui en a fait ingurgiter et ceux qui l'ont chargé croyaient, à tort, avoir des données sur toutes les planètes, si bien que l'ordinateur ne fera que répercuter cette même erreur d'interprétation. Correct ?

— Certainement, Orateur.

— Avez-vous enquêté à Seychelle ?

— Orateur, dit Compor, gêné, il y a des gens qui parlent de Gaïa sur Seychelle mais ce qu'ils racontent est sans aucune valeur. Manifestement, de la pure superstition. A en croire leurs fables, Gaïa serait un monde puissant qui aurait même tenu jadis en respect le Mulet.

— Est-ce bien là ce qu'ils disent ? » demanda Gendibal en réprimant son excitation. « Étiez-vous si certain que c'était de la superstition que vous n'avez même pas pris la peine de demander plus de détails ?

— Absolument pas, Orateur. J'ai posé des tas de questions mais je n'ai rien obtenu de plus que ce que je vous ai déjà dit.

— Apparemment, c'est ce que Trevize a entendu, lui aussi, et il se rend à Gaïa pour quelque raison en rapport avec ça — pour tirer profit de cette fameuse puissance, peut-être. Et s'il le fait avec tant de précaution, c'est qu'il doit la craindre, également.

— C'est fort possible, Orateur.

— Et pourtant, vous ne l'avez pas suivi ?

— Je l'ai suivi, si, assez longtemps pour m'assurer qu'il se dirigeait bien vers Gaïa. Je suis revenu ensuite ici, à la lisière du système gaïen.

— Pourquoi ?

— Pour trois raisons, Orateur. Primo, vous étiez sur le point d'arriver et je voulais vous rencontrer au moins à mi-chemin pour vous prendre à bord le plus tôt possible, selon vos instructions. Comme mon vaisseau est doté d'un hyper-relais, je ne pouvais pas trop m'éloigner de Trevize et Pelorat sans éveiller les soupçons de Terminus mais j'ai estimé que je pouvais prendre le risque de m'écarter jusqu'ici. Secundo, quand il fut clair que Trevize approchait de Gaïa très lentement, j'ai jugé que j'avais le temps de venir au-devant de vous pour hâter notre rencontre sans être dépassé par les événements, d'autant que vous seriez plus compétent que moi pour suivre Trevize jusque sur la planète et éventuellement prendre en main la situation en cas de pépin.

— Tout à fait exact. Et la troisième raison ?

— Depuis notre dernier contact, Orateur, il s'est produit une chose aussi inattendue qu'inexplicable. J'ai senti que — pour cette raison, aussi — j'avais intérêt à précipiter autant que possible notre rencontre.

— Et cet événement aussi inattendu qu'inexplicable ?

— Une partie de la flotte de la Fondation approche des frontières de Seychelle. Mon ordinateur a repris la nouvelle d'un bulletin d'information seychellois. Au moins cinq vaisseaux de reconnaissance composent cette flottille et ils sont déjà assez puissants pour écraser Seychelle. »

Gendibal ne répondit pas tout de suite car il eût été inutile de montrer qu'il n'avait pas prévu un tel mouvement — et qu'il ne comprenait pas. Aussi, après un moment, il dit négligemment : « Vous supposez que tout ceci est en rapport avec le mouvement de Trevize vers Gaïa ?

— Cela s'est produit immédiatement après... et si B suit A, il y a pour le moins une possibilité que A soit la cause de B, dit Compor.

— Eh bien, dans ce cas, il semblerait que nous convergions tous vers Gaïa — Trevize, moi, la Première Fondation. Allons, vous avez parfaitement agi, Compor, et voici ce que vous allez faire à présent. Primo, vous allez me montrer comment fonctionne cet ordinateur et grâce à lui, comment piloter ce vaisseau. Je suis sûr que ça ne prendra pas longtemps.

« Après cela, vous passerez à bord de mon vaisseau, vu qu'entre-temps je vous aurai par suggestion appris son maniement. Vous n'aurez aucun mal à le manœuvrer bien que je doive vous prévenir (comme vous l'aurez sans doute déduit de son aspect extérieur) que vous le trouverez assez primitif. Une fois que vous l'aurez en main, vous le maintiendrez ainsi en m'attendant.

— Combien de temps, Orateur ?

— Jusqu'à ce que je revienne. Je ne pense pas être parti assez longtemps pour que vous risquiez d'être à cours de vivres mais si jamais je subissais un retard imprévu, vous pourrez toujours gagner quelque planète inhabitée de l'Union seychelloise et m'y attendre. Où que vous soyez, je saurai vous retrouver.

— A vos ordres, Orateur.

— Et ne vous inquiétez pas. Je suis capable de tenir tête à cette mystérieuse Gaïa et, si besoin était, à ces cinq vaisseaux de la Fondation. »

67.

Littoral Thoobing était l'ambassadeur de la Fondation sur Seychelle depuis sept ans déjà. Un poste qui ne lui déplaisait pas.

Grand et plutôt massif, il portait une épaisse moustache brune quand la mode — dans la Fondation comme à Seychelle — était plutôt aux visages imberbes. Les traits accusés, bien qu'âgé de cinquante-quatre ans seulement, il aimait à cultiver une apparente indifférence. Son attitude envers son travail n'était pas facile à cerner.

En tous les cas, il aimait assez sa fonction. Elle lui permettait de se tenir à l'écart des intrigues politiques de Terminus — ce qu'il appréciait — et lui donnait la possibilité de vivre une vie de sybarite seychellois et d'entretenir son épouse et sa fille avec un luxe auquel ils s'étaient très bien faits. Il n'avait pas du tout envie de voir son existence bouleversée.

En outre, il n'aimait pas spécialement Liono Kodell, peut-être parce que Kodell portait lui aussi la moustache, même si la sienne était plus petite, plus courte et grisonnante. Dans le temps, ils avaient été les deux seuls personnages importants de la vie politique à arborer cet ornement pileux, ce qui avait donné matière entre eux à une espèce de rivalité. Aujourd'hui (estimait Thoobing), il n'y en avait plus ; la moustache de Kodell était minable.

Kodell était devenu Directeur de la Sécurité quand Thoobing était encore sur Terminus, rêvant de s'opposer à Branno dans la course pour la Mairie jusqu'au moment où sa nomination au poste d'ambassadeur l'avait mis forfait. Branno l'avait fait bien entendu par intérêt personnel mais il avait fini par lui en être reconnaissant.

Il n'avait en revanche aucune bienveillance à l'égard de Kodell. Peut-être à cause de cette amabilité outrée du personnage — cette façon qu'il avait d'être toujours si *amical* — même s'il venait juste de décider de quelle manière il convenait de vous trancher la gorge.

Et voilà qu'il était assis devant lui, par transmission hyperspatiale, plus chaleureux que jamais, rayonnant de bonhomie. Sa personne réelle était bien évidemment restée sur Terminus, ce qui épargna à Thoobing la nécessité de lui témoigner le moindre signe physique d'hospitalité.

« Kodell, lança-t-il, je veux qu'on fasse se retirer ces vaisseaux. »

Sourire radieux de Kodell : « Eh bien, je le voudrais autant que vous, mais la vieille a arrêté sa décision.

— On connaît vos dons de persuasion à son égard.

— Occasionnellement, peut-être. Quand elle veut bien se laisser persuader. Cette fois, pas question… Thoobing, faites votre boulot. Apaisez Seychelle.

— Je ne songe pas à Seychelle, Kodell. Je songe à la Fondation.

— Comme nous tous.

— Kodell, n'esquivez pas. Je veux que vous m'écoutiez.

— Volontiers. Mais nous sommes très débordés sur Terminus en ce moment et je ne vais pas vous écouter éternellement.

— Je serai aussi bref qu'il est possible — quand il s'agit de discuter de l'éventualité de la destruction de la Fondation. Si cette liaison hyperspatiale n'est pas sur écoute, je vous parlerai franchement.

— Elle n'est pas sur écoute.

— Alors laissez-moi poursuivre : j'ai reçu il y a quelques jours un message d'un certain Golan Trevize. J'ai souvenance d'un Trevize, dans ma jeunesse, un secrétaire d'État aux Transports.

— L'oncle du jeune homme, précisa Kodell.

— Ah ! vous connaissez donc le Trevize qui m'a envoyé ce message. D'après les renseignements que depuis j'ai pu recueillir, il s'agit d'un Conseiller qui, après la résolution d'une crise Seldon, a été arrêté et envoyé en exil.

— Exactement.

— Je n'en crois rien.

— Qu'est-ce que vous ne croyez pas ?

— Qu'il ait été envoyé en exil.

— Pourquoi pas ?

— Quand, dans toute l'histoire de la Fondation, un de ses citoyens a-t-il été exilé ? demanda Thoobing. Il est arrêté ou il ne l'est pas. S'il est arrêté, il est jugé ou il ne l'est pas. S'il est jugé, il est condamné, ou il ne l'est pas. S'il l'est, il est condamné à une amende ou bien rétrogradé, disgracié, emprisonné ou exécuté. Mais on n'exile jamais personne.

— Il y a toujours une première fois.

— Non-sens. Exilé dans un vaisseau de reconnaissance militaire ? Le premier idiot venu verrait sans mal qu'il est en mission spéciale pour le compte de la vieille. Qui croit-elle pouvoir berner ?

— Et quel serait l'objet de la mission ?

— Mettons de trouver la planète Gaïa... »

Le visage de Kodell perdit quelque peu de sa bonne humeur. Une dureté inhabituelle envahit son regard. « Je sais que vous n'êtes pas outre mesure porté à croire mes déclarations, monsieur l'Ambassadeur, mais je vous enjoins de me croire dans ce cas bien précis. Ni Mme le Maire ni moi-même n'avions jamais entendu parler de Gaïa au moment où Trevize a été condamné à l'exil. Nous avons entendu ce nom pour la première fois l'autre jour seulement. Si vous voulez bien me croire, cette conversation pourra se poursuivre.

— Je vais tâcher d'oublier assez longtemps ma tendance au scepticisme pour accepter cela, Directeur, bien que ce me soit difficile.

— C'est absolument vrai, monsieur l'Ambassadeur, et si j'ai cru bon soudain d'adopter un ton officiel, c'est parce qu'une fois ces faits exposés, vous allez vous trouver face à un certain nombre de questions peut-être pas spécialement plaisantes pour vous. Vous parlez de Gaïa comme si ce monde vous était familier. Comment se fait-il que vous sachiez quelque chose que nous ignorions ? N'est-il pas de votre devoir de nous transmettre tout ce que vous pouvez apprendre dans la zone politique à laquelle vous avez été assigné ?

— Gaïa ne fait pas partie de l'Union seychelloise, répondit doucement Thoobing. En fait, elle n'existe probablement pas. Dois-je transmettre à Terminus tous les contes de fées que peuvent colporter les classes inférieures de Seychelle au sujet de Gaïa ? D'aucuns racontent que Gaïa est située dans l'hyperespace. A en croire d'autres, c'est un monde qui protège surnaturellement Seychelle. Pour d'autres encore, c'est Gaïa qui aurait envoyé le Mulet conquérir la Galaxie. Si vous avez l'intention de raconter au gouvernement de Seychelle qu'on a envoyé Trevize chercher Gaïa et que cinq vaisseaux de reconnaissance de la Marine de la Fondation lui ont été dépêchés en renfort, jamais ils ne vous croiront. Le peuple peut bien croire à des contes de fées sur Gaïa mais pas le gouvernement — et ils ne seront pas convaincus que la Fondation y croit non plus. Ils auront plutôt l'impression que vous cherchez à intégrer de force Seychelle dans la Fédération de la Fondation.

— Et si c'était effectivement notre plan ?

— Ce serait une erreur fatale. Enfin, Kodell, en cinq siècles d'histoire, quand la Fondation a-t-elle mené une guerre de conquête ? Nous avons combattu pour éviter nous-mêmes d'être conquis — et nous avons perdu une fois — mais jamais aucune guerre ne s'est soldée par une extension de notre territoire. Les intégrations dans la Fédération ont toujours été l'aboutissement de négociations pacifiques. Nous ont ralliés ceux qui y trouvaient leur intérêt.

— N'est-il pas possible que Seychelle pût trouver intérêt à se rallier ?

— Jamais ils n'y consentiront tant que nos vaisseaux restent à leurs frontières. Retirez-les.

— C'est impossible.

— Kodell, Seychelle est une merveilleuse publicité pour la bienveillance de notre Fédération. Elle est quasiment enkystée dans notre territoire, sa position est totalement vulnérable et jusqu'à maintenant elle est restée libre, a pu suivre sa voie propre, allant même jusqu'à poursuivre sans encombre une politique étrangère ouvertement hostile à la Fondation. Comment pourrions-nous mieux montrer à la Galaxie que nous ne contraignons personne, que nous n'avons pour tous que des intentions amicales... Si nous nous emparons de Seychelle, on ne fera jamais que s'approprier ce qui nous appartient déjà. Après tout, nous les dominons économiquement — même si c'est une domination pacifique. Mais si nous les conquérons par les armes, cela veut dire que nous proclamons devant toute la Galaxie que nous sommes devenus expansionnistes.

— Et si je vous dis que seule Gaïa nous intéresse ?

— Alors, je ne le croirai pas plus que ne nous croira l'Union seychelloise. Cet homme, Trevize, m'envoie un message pour m'annoncer qu'il est en route pour Gaïa et me demande de le transmettre à Terminus. À mon grand regret, j'obtempère, parce que j'y suis obligé et je n'ai pas coupé la liaison hyperspatiale que la Flotte de la Fédération est déjà en mouvement... Comment comptez-vous rejoindre Gaïa sans pénétrer dans l'espace de Seychelle ?

— Mon *cher* Thoobing, vous ne devez sûrement pas vous écouter : ne venez-vous pas de me dire il y a seulement quelques minutes que Gaïa, si jamais elle existait, ne faisait pas partie de l'Union seychelloise ? Et je présume que vous savez que l'hyperespace est entièrement libre et ne fait partie d'aucun territoire planétaire ?

Comment dans ce cas Seychelle pourrait-elle protester si nous passons du territoire de la Fondation (où nos vaisseaux se trouvent en ce moment précis) au territoire gaïen, *via* l'hyperespace, sans jamais, dans le processus, occuper un seul centimètre cube du territoire seychellois ?

— Seychelle n'interprétera jamais ainsi les choses, Kodell. Gaïa, si elle existe bien, est totalement englobée par l'Union seychelloise même si elle n'en fait pas politiquement partie, et il y a des précédents pour estimer que de telles enclaves sont virtuellement incluses dans le territoire qui les englobe, dès lors que des vaisseaux ennemis sont impliqués.

— Nos vaisseaux ne sont pas ennemis. Nous sommes en paix avec Seychelle.

— Je vous préviens simplement que Seychelle pourrait nous déclarer la guerre. Ils ne s'attendront pas à la gagner par leur supériorité militaire, certes, mais le fait demeure que ce conflit déclenchera une vague d'activisme anti-Fondation dans toute la Galaxie. La nouvelle politique impérialiste de la Fédération encouragera le développement d'alliances contre nous. Certains membres de la Fédération commenceront à remettre en question leurs liens avec nous. Il est fort possible que l'on perde la guerre à la suite de désordres internes et il est en tout cas certain que nous renverserons le processus de croissance qui a si bien servi la Fondation depuis cinq cents ans.

— Allons, allons, Thoobing », dit Kodell, indifférent. « Vous parlez comme si cinq cents ans ne comptaient pour rien, comme si nous étions encore la Fondation du temps de Salvor Hardin en lutte contre le royaume de poche d'Anacréon. Nous sommes aujourd'hui bien plus puissants que ne le fut jamais l'Empire galactique, même à son apogée. Une seule escadre de nos nefs serait capable de défaire toute la Marine galactique, d'occuper n'importe quel secteur de la Galaxie, sans même se rendre compte qu'elle a sorti ses armes.

— Il ne s'agit pas de se battre contre l'Empire galactique mais contre des planètes et des secteurs de notre époque.

— … Qui n'ont pas fait les mêmes progrès que nous. Nous pourrions réunir toute la Galaxie, aujourd'hui.

— D'après le plan Seldon, nous ne pouvons pas le faire avant cinq cents ans encore.

— Le plan Seldon sous-estime la vitesse du progrès technique. On peut le faire maintenant ! — comprenez-moi, je ne dis pas que nous *allons* le faire tout de suite, ni que nous *devrions* le faire. Je dis simplement que nous *pouvons* le faire.

— Kodell, vous avez passé toute votre vie sur Terminus. Vous ne connaissez pas la Galaxie. Notre flotte et notre technologie sont tout à fait capables d'écraser les forces armées de n'importe quelle autre planète, mais nous ne pourrions pas gouverner une Galaxie en rébellion, complètement montée contre nous — or, c'est bien ce qui va se produire si nous nous lançons dans une conquête par la force. Retirez les vaisseaux !

— Impossible, Thoobing. Imaginez… si Gaïa n'est pas un mythe ? »

Thoobing marqua une pause, scrutant le visage de l'autre, comme avide de lire dans son esprit. « Un monde dans l'hyper-espace qui ne soit pas un mythe ?

— Un monde dans l'hyperespace relève de la superstition mais même les superstitions peuvent avoir un fond de vérité. Ce type qu'on a exilé, Trevize, en parle comme si c'était une planète bien réelle dans l'espace réel. Et s'il a raison ?

— Non-sens. Je n'y crois pas.

— Non ? Essayez de me croire, rien que quelques instants. Une planète bien réelle qui accorde à Seychelle sa protection contre le Mulet et contre la Fondation !

— Mais vous êtes en pleine contradiction : comment Gaïa protège-t-elle Seychelle contre la Fondation ? Est-ce que nous ne sommes pas en train d'envoyer une flotte contre Seychelle ?

— Non. Pas contre Seychelle : contre Gaïa qui reste si mystérieuse et inconnue, qui prend un tel soin à ne pas se faire remarquer que, bien que située dans l'espace réel, elle parvient toutefois à convaincre ses voisines qu'elle se trouve dans l'hyperespace — et parvient même à éviter d'être recensée dans les mémoires du meilleur et du plus complet des atlas galactiques !

— Ce doit être un monde peu commun, donc, car il faut qu'il soit capable de manipuler les esprits.

— Et n'avez-vous pas dit il y a un moment qu'à Seychelle on racontait que Gaïa avait envoyé le Mulet conquérir la Galaxie ? Et le Mulet n'était-il pas capable de manipuler les esprits ?

— Gaïa serait-elle un monde de Mulets, par hasard ?

— Êtes-vous bien sûr que ça ne pourrait pas être le cas ?

— Pourquoi pas le siège de la renaissance d'une Seconde Fondation, tant qu'on y est ?

— Oui, pourquoi pas ? Ne devrait-on pas aller y enquêter ? »

Thoobing se dégrisa. Il avait gardé un sourire méprisant tout au long des dernières répliques, mais cette fois il baissa la tête et lui lança un regard par en dessous. « Mettons que vous parliez sérieusement... une telle enquête n'est-elle pas dangereuse ?

— A votre avis ?

— Vous répondez à mes questions par d'autres questions parce que vous êtes incapable de me donner des réponses valables. A quoi serviraient des astronefs face à des Mulets ou des membres de la Seconde Fondation ? N'est-il pas plutôt probable, s'ils existent, qu'ils vous attirent dans un piège dans le but de vous détruire ? Écoutez, vous me dites que la Fondation est capable d'instaurer dès maintenant son Empire, alors que le plan Seldon n'en est qu'à mi-parcours, et que je vous ai mis en garde contre votre précipitation en vous rappelant que les complications du plan vous retarderaient de force au bout du compte. Peut-être que si Gaïa existe et qu'elle est bien telle que vous la décrivez, tout ceci n'est en fait qu'un moyen de provoquer ce coup de frein. Alors, faites de plein gré ce que vous serez peut-être bientôt contraint de faire. Accomplissez pacifiquement et sans effusion de sang ce que vous serez peut-être contraint d'accomplir au prix d'un lamentable désastre. Retirez vos vaisseaux.

— C'est impossible. En fait, Thoobing, Mme le Maire compte en personne rejoindre la flotte, et des vaisseaux éclaireurs se sont déjà lancés dans l'hyperespace vers ce qui est censément le territoire gaïen. »

Thoobing le regarda les yeux ronds : « Alors, ça va être la guerre, moi je vous le dis.

— Vous êtes ambassadeur : à vous de l'éviter. Donnez aux Seychellois toutes les garanties qu'ils veulent. Niez toute intention belliqueuse de notre part. Dites-leur même, s'il le faut, qu'ils gagneront de toute manière à se tenir tranquilles, en attendant que Gaïa nous liquide. Vous pouvez leur raconter tout ce que vous voulez mais faites-les tenir tranquilles. »

Il se tut, scrutant le visage ébahi de Thoobing, puis dit : « Franchement, c'est tout ce que je peux vous dire. Pour autant que je sache, pas un vaisseau de la Fondation ne se posera sur une quelconque planète de l'Union seychelloise ni ne pénétrera en un point quelconque dans l'espace réel appartenant à l'Union. Toutefois, tout vaisseau de Seychelle qui s'avisera de nous défier en dehors de ses frontières — et donc à l'intérieur du territoire de la Fondation — se verra promptement réduit en poussière. Faites-leur également bien comprendre ça et tâchez qu'ils se tiennent tranquilles. En cas d'échec, vous serez personnellement tenu pour responsable. Vous avez eu jusqu'à présent une sinécure, Thoobing, mais la rigolade est terminée et les prochaines semaines se montreront décisives. Décevez-nous, et vous ne trouverez plus un seul refuge dans toute la Galaxie. »

Il n'y avait plus ni sourire ni amitié sur les traits de Kodell lorsque fut rompu le contact et que disparut son image.

Thoobing resta à regarder bouche bée l'endroit où il s'était tenu.

68.

Golan Trevize se prit les cheveux à pleines mains, comme s'il voulait estimer au toucher l'état de ses capacités intellectuelles. Abruptement, il demanda à Pelorat : « Quel est votre état d'esprit ?

— Mon état d'esprit ? répéta Pelorat, interdit.

— Oui. Nous voilà piégés, avec notre vaisseau passé sous le contrôle de l'extérieur, et inexorablement attiré vers une planète dont on ne sait trop rien. Ressentez-vous une quelconque panique ? »

Le visage allongé de Pelorat traduisait une certaine mélancolie. « Non, dit-il, d'accord, je ne suis pas radieux. Je ressens même une certaine appréhension, c'est vrai. Mais aucune panique.

— Moi non plus. Vous ne trouvez pas ça bizarre ? Pourquoi ne sommes-nous pas plus troublés que ça ?

— On s'y attendait plus ou moins, Golan. A *quelque chose* comme ça. »

Trevize se tourna vers l'écran. L'image demeurait en permanence fixée sur la station spatiale. Elle apparaissait plus grosse à présent. Preuve qu'ils s'en étaient rapprochés.

Par son aspect, elle ne lui parut pas spécialement impressionnante. Rien extérieurement ne révélait une superscience. A vrai dire, elle paraissait même quelque peu primitive. — Et pourtant, elle s'était bel et bien emparée de leur vaisseau.

Trevize reprit : « Je suis très analytique, Janov. Très froid. Je me plais à penser que je ne suis pas un couard et que je sais me tenir sous la contrainte mais j'avoue avoir tendance à me flatter. Comme tout un chacun. En ce moment, je devrais grimper aux murs et transpirer quelque peu... On s'attendait peut-être à *quelque chose,* mais ça ne change rien au fait que nous sommes impuissants et qu'on va peut-être se faire tuer...

— Je ne le pense pas, Golan. Si les Gaïens peuvent s'emparer à distance de notre vaisseau, ne pourraient-ils pas également nous liquider à distance ? Si nous sommes encore en vie...

— En vie, mais pas tout à fait intouchés : nous sommes trop calmes, je vous dis. Je pense qu'ils nous ont anesthésiés.

— Pourquoi ?

— Pour nous maintenir en bonne forme mentale, je pense. Il est possible qu'ils désirent nous interroger. Après, ils pourront toujours nous liquider...

— S'ils ont assez de jugeote pour vouloir nous interroger, ils en ont peut-être également assez pour ne pas nous tuer sans de bonnes raisons. »

Trevize se carra dans son fauteuil (qui se moula sous son poids — au moins n'avaient-ils pas empêché les sièges anatomiques de fonctionner) et posa les pieds sur le plateau du bureau où en temps normal il posait les mains pour établir le contact avec l'ordinateur. « Ils sont peut-être assez astucieux pour s'inventer ce qu'ils considéreront comme une bonne raison. — Toujours est-il que s'ils ont touché à notre esprit, ce n'est que fort discrètement. Si ç'avait été le Mulet, par exemple, il nous aurait rendus *avides* de nous précipiter — exaltés, exultants, brûlant de toutes nos fibres de nous ruer là-bas » (il indiqua la station spatiale). « Ça vous fait cet effet, Janov ?

— Certainement pas.

— Vous voyez que je suis encore en état de me livrer à un froid raisonnement analytique. Très bizarre ! Ou puis-je vraiment dire ça ? Ne suis-je pas plutôt complètement paniqué, incohérent, fou — au point d'être sous l'emprise de l'illusion que je me livre à un froid raisonnement analytique ? »

Pelorat haussa les épaules. « Vous me paraissez tout à fait sain d'esprit. Peut-être suis-je aussi fou que vous et victime de la même illusion mais ce genre d'argument ne nous mènera nulle part. Toute l'humanité pourrait très bien partager une folie commune, se trouver immergée dans une illusion commune et vivre dans un chaos commun. Il est impossible de prouver le contraire mais on n'a pas d'autre choix que de se fier à ses sens. » Et puis brusquement, il ajouta : « En fait, je me suis livré moi aussi à quelques réflexions de mon côté...

— Oui ?

— Eh bien, nous parlons de Gaïa comme si c'était peut-être un monde de Mulets — ou la renaissance de la Seconde Fondation. Ne vous est-il pas venu à l'esprit qu'une troisième solution existe, et celle-ci bien plus raisonnable que les deux premières ?

— Quelle troisième solution ? »

Pelorat sembla s'abîmer dans une réflexion intérieure. Il ne regardait pas Trevize et sa voix était basse et songeuse lorsqu'il expliqua : « Nous avons un monde — Gaïa — qui a fait de son mieux, sur une période de temps indéfinie, pour préserver un strict isolationnisme ; il n'a absolument rien fait pour établir le moindre contact avec un autre monde — pas même avec ses voisins de l'Union seychelloise. Ils possèdent une science avancée, en un sens, s'il faut ajouter foi à ces récits de destructions de flottes entières... et il est certain que leur capacité à nous contrôler en ce moment même en témoigne — et malgré tout, ils n'ont jamais fait la moindre tentative pour accroître leur puissance. Tout ce qu'ils demandent, c'est qu'on leur fiche la paix. »

Trevize cligna des yeux. « Et alors ?

— Alors, tout cela est fort peu humain. Les vingt mille ans et plus de l'histoire de l'homme dans l'espace n'ont été qu'une suite ininterrompue de conquêtes et de tentatives de conquête. A peu près tous les mondes connus susceptibles d'être habités le sont effectivement. Presque tous ont dans le processus fait l'objet de dispute et tous, quasiment, ont eu, à un moment ou à un autre, l'occasion de se frotter à chacun de leurs voisins. Si Gaïa est assez inhumaine pour se montrer différente sous cet aspect, c'est peut-être qu'elle est réellement... inhumaine. »

Trevize hocha la tête : « Impossible.

— Pourquoi impossible ? » rétorqua Pelorat avec chaleur. « Je vous ai déjà dit quelle énigme posait le fait que la race humaine soit la seule intelligence évoluée de la Galaxie. Et si ce n'était pas le cas ? Ne pourrait-il pas en existier une autre — sur une seule planète — qui fût dépourvue des pulsions expansionnistes propres à l'homme ? En fait » (et Pelorat s'excitait de plus en plus) « s'il y avait un million d'intelligences dans la Galaxie, mais une seule à être expansionniste — la nôtre ? Alors que toutes les autres resteraient discrètement chez elles, bien cachées...

— Ridicule ! dit Trevize. Nous aurions fini par tomber dessus. Nous aurions débarqué sur leurs mondes. Toutes ces races représenteraient tous les types et tous les stades d'avancement technique, et la plupart auraient été incapables de nous résister. Or, nous n'en avons jamais rencontré. Par l'espace ! Nous n'avons jamais trouvé de ruines ou de débris d'une civilisation non humaine, n'est-ce pas ? Vous êtes historien, alors dites-moi ? En avons-nous trouvé ? »

Pelorat hocha la tête : « Non... Mais Golan, il pourrait en exister une ! Celle-ci !

— Je ne le crois pas. Vous dites que le nom de cette planète est Gaïa, ce qui est plus ou moins une ancienne forme dialectale du mot Terre. Comment pourrait-elle être non humaine ?

— Ce nom, Gaïa, est donné à la planète par des êtres humains — et qui sait pourquoi ? La ressemblance avec un terme ancien pourrait n'être que fortuite... Et si l'on y réfléchit, le fait même que nous ayons été attirés par Gaïa — comme vous l'avez expliqué avec force détail tout à l'heure — et que nous soyons en ce moment attirés vers elle contre notre gré est un argument en faveur de la non-humanité des Gaïens.

— Pourquoi ? Quel rapport avec la non-humanité ?

— Leur *curiosité,* à notre égard ? — à l'égard des humains !

— Janov, vous êtes fou. Ils vivent dans une Galaxie envahie par les hommes depuis des milliers d'années. Pourquoi deviendraient-ils curieux aujourd'hui ? Pourquoi pas bien plus tôt ? Et si c'est aujourd'hui, pourquoi cet intérêt pour nous ? S'ils veulent étudier les hommes et leur culture, pourquoi ne pas étudier les mondes de Seychelle ?

Pourquoi seraient-ils venus nous pêcher jusqu'à Terminus ?

— C'est peut-être la Fondation qui les intéresse.

— Absurde, dit avec violence Trevize. Janov, vous avez *envie* de rencontrer une intelligence non humaine et vous finirez bien par en trouver une. Mais en ce moment, j'ai bien l'impression que si on vous disait que vous alliez rencontrer des êtres non humains, peu vous importerait d'avoir été capturé, d'être réduit à l'impuissance et, qui sait, d'être promis à la mort, pourvu que ces non-humains vous laissent un petit répit, le temps de rassasier votre curiosité... »

Pelorat commença de bégayer une dénégation outrée, puis s'arrêta, prit une profonde inspiration, et dit : « Eh bien, vous avez peut-être raison, Golan, mais je persisterai tout de même encore quelque temps dans mes convictions. D'ailleurs, je ne crois pas que nous aurons longtemps à attendre pour savoir qui de nous a raison... Regardez ! »

Il indiqua l'écran. Trevize, qui, dans son emportement, avait cessé de le surveiller, tourna les yeux : « Qu'est-ce que c'est que ça ?

— Ne serait-ce pas un vaisseau qui décolle de la station ?

— En tout cas, c'est *quelque chose,* admit à contrecœur Trevize. Je n'arrive pas encore à distinguer de détails, et je ne peux pas agrandir la vue : on est au grossissement maximal. » Après un instant de pause, il reprit : « Ça m'a tout l'air d'approcher et je suppose que c'est effectivement un vaisseau. Allons-nous parier ?

— Quel genre de pari ?

— Si jamais on devait revoir Terminus, dit Trevize, sardonique, on se fait un grand dîner en invitant chacun qui l'on veut — jusqu'à concurrence, disons, de quatre convives — et l'addition sera pour moi si le vaisseau qui approche est occupé par des non-humains, et pour vous si ce sont des hommes.

— Je veux bien.

— Topez là ! » et Trevize scruta l'écran, cherchant à distinguer sur le vaisseau quelque détail significatif tout en se demandant si on pouvait raisonnablement attendre que tel détail ou tel autre pût trahir, sans discussion aucune, l'origine humaine (ou non humaine) des êtres qui étaient à son bord.

69.

La chevelure gris acier de Mme Branno était impeccablement coiffée et, à voir sa sérénité, on aurait pu la croire encore dans le palais de la Mairie. Rien en elle ne révélait qu'elle se trouvait dans l'espace lointain pour la seconde fois seulement de son existence (et la première, pour accompagner ses parents lors d'une croisière vers Kalgan, ne comptait guère : elle n'avait eu que trois ans à l'époque).

Elle se tourna vers Kodell : « C'est le boulot de Thoobing, après tout », dit-elle avec une insistance un peu lasse, « d'exprimer son opinion et de m'avertir. Il m'a avertie, très bien. Je ne lui reproche rien. »

Kodell (qui était monté à bord du vaisseau de Branno pour pouvoir lui parler sans les difficultés psychologiques de la représentation imagée) observa : « Il est en poste depuis trop longtemps. Il commence à penser comme un Seychellois.

— C'est le risque professionnel de la fonction d'ambassadeur, Liono. Attendons que tout ceci soit réglé et nous lui offrirons de longues vacances avant de lui redonner un poste ailleurs. C'est un homme capable — après tout, il a eu la présence d'esprit de transmettre sans retard le message de Trevize. »

Kodell esquissa un sourire : « Oui, il m'a dit l'avoir fait à contrecœur : " Je l'ai fait parce qu'il le fallait ", m'a-t-il avoué. Voyez-vous, Madame, il était bien obligé de le faire, même contre son gré, vu que, à peine Trevize était-il entré dans l'espace seychellois, j'informais M. l'Ambassadeur Thoobing de la nécessité de transmettre sans délai toute information le concernant.

— Oh ? » Branno se retourna sur son siège pour le

dévisager plus nettement. « Et qu'est-ce qui vous a poussé à faire ça ?

— Des considérations élémentaires, pour tout dire : Trevize utilisait un astronef de la Fondation du tout dernier modèle et les Seychellois allaient fatalement le remarquer. D'autre part, c'est un jeune crétin sans aucun sens de la diplomatie et, cela aussi, ils ne manqueraient pas de le remarquer. Par conséquent, il risquait fort de s'attirer des ennuis... et s'il est une chose dont un Fondateur peut être sûr, c'est que s'il a des pépins quelconques où que ce soit dans la Galaxie, il peut toujours aller pleurer auprès du représentant local de la Fondation. Personnellement, je n'aurais vu aucun inconvénient à ce que Trevize soit dans la panade — ça lui aurait toujours mis du plomb dans la tête, pour son plus grand bien — mais vous en avez fait votre paratonnerre et, comme je voulais que vous restiez en mesure d'analyser tout éclair susceptible de le frapper, je me suis simplement assuré que le plus proche représentant de la Fondation l'aurait bien à l'œil, voilà tout.

— Je vois ! Eh bien, je comprends maintenant pourquoi Thoobing a réagi si énergiquement. Je lui avais envoyé de mon côté un avertissement similaire. Après ce concours d'interventions non concertées de notre part, on peut difficilement lui reprocher d'avoir estimé que l'approche de quelques malheureux vaisseaux de la Fondation devait signifier beaucoup plus qu'elle ne signifie en réalité... Mais comment se fait-il, Liono, que vous ne m'ayez pas consulté avant d'envoyer votre mise en garde ?

— Si je devais vous faire part de toutes mes initiatives, dit tranquillement Kodell, vous n'auriez plus le temps d'être Maire. Comment se fait-il que vous ne m'ayez pas, vous, informé de votre intention ?

— Si je vous informais de toutes mes intentions, Liono, répondit aigrement Branno, vous en sauriez beaucoup trop... Mais tout cela n'a guère d'importance, pas plus que les inquiétudes de Thoobing ou, en l'espèce, les éventuelles réactions de Seychelle. C'est surtout Trevize qui m'intéresse.

— Nos éclaireurs ont repéré Compor. Il suit Trevize et l'un comme l'autre font prudemment mouvement vers Gaïa.

— J'ai déjà les rapports complets de ces éclaireurs, Liono. Apparemment, Trevize comme Compor semblent prendre Gaïa au sérieux.

— Tout le monde ricane des superstitions concernant Gaïa, Madame, mais chacun pense quand même : “ Oui mais, si... ? ” Jusqu'à l'ambassadeur Thoobing que ça rend légèrement mal à l'aise. Ce pourrait être une astuce politique de la part de Seychelle. Une espèce de camouflage protecteur : si l'on propage ces histoires d'un monde invisible et mystérieux, les gens non seulement vont s'écarter de ce monde mais même de toutes les planètes avoisinantes — telles que celles de l'Union seychelloise.

— Vous pensez que c'est la raison pour laquelle le Mulet s'est détourné de Seychelle ?

— C'est possible.

— Vous ne croyez quand même pas que la Fondation s'est gardée de mettre la main sur Seychelle à cause de Gaïa, quand rien n'indique qu'on ait jusqu'à présent entendu parler de Gaïa ?

— J'admets qu'on ne trouve pas mention de Gaïa dans nos archives, mais il n'y a pas non plus d'autre explication à la modération dont on a pu faire preuve à l'égard de l'Union seychelloise.

— Alors, espérons que le gouvernement de Seychelle, malgré l'opinion contraire de Thoobing, s'est convaincu — au moins un minimum — de la puissance de Gaïa et de sa nature mortelle.

— Pourquoi ça ?

— Parce que dans ce cas, l'Union ne fera aucune objection à notre mouvement vers Gaïa. Moins ils apprécieront notre manœuvre et plus ils se persuaderont qu'il faut nous laisser opérer, histoire de nous voir finir dans la gueule de Gaïa. La leçon, imaginent-ils, se montrera salutaire et ne sera pas perdue pour d'éventuels envahisseurs futurs.

— S'ils avaient malgré tout raison de le croire,

Madame ? Si Gaïa était effectivement une menace mortelle ? »

Branno sourit. « Vous soulevez à votre tour le “ Et si ? ”, Liono, pas vrai ?

— Je dois envisager toutes les possibilités, Madame, c'est mon boulot.

— Et si Gaïa est un piège mortel, Trevize s'y fera prendre. C'est son boulot, en tant que paratonnerre. Et Compor avec lui, peut-être. J'espère.

— Vous l'espérez ? Pourquoi ?

— Parce que ça les rendra trop confiants, ce qui devrait nous être utile : ils sous-estimeront notre puissance, ce qui les rendra d'autant plus faciles à manier.

— Mais si c'est nous qui sommes trop confiants ?

— Ce n'est pas le cas, dit Branno, catégorique.

— Ces Gaïens, quels qu'ils soient, représentent peut-être une chose dont on n'a aucune idée, si bien que nous sommes incapables d'estimer le danger qu'ils représentent. Je me permets simplement cette suggestion, Madame, parce que même cette possibilité devrait être prise en compte.

— Vraiment ? Pourquoi une telle idée vous est-elle entrée dans la tête, Liono ?

— Parce que je crois que vous pensez que, dans le pire des cas, Gaïa est la Seconde Fondation. Je vous soupçonne de croire effectivement qu'ils sont la Seconde Fondation. Pourtant, Seychelle a une histoire intéressante, même sous l'Empire : Seychelle était la seule, déjà à l'époque, à bénéficier de mesures d'exception. Seychelle a été la seule à passer au travers des plus lourdes taxes décrétées sous le règne des prétendus Mauvais Empereurs. En bref, Seychelle semble avoir eu la protection de Gaïa, même à l'époque impériale.

— Bon, et alors ?

— Mais la Seconde Fondation a été créée par Hari Seldon au même moment que notre Fondation voyait le jour. La Seconde Fondation n'existait pas sous l'empire — Gaïa, si. Par conséquent, Gaïa ne peut pas être la Seconde

Fondation. C'est quelque chose d'autre — et il est bien possible que ce soit quelque chose de pire.

— Je ne compte pas me laisser terrifier par l'inconnu, Liono. Il n'y a que deux sources possibles de danger : les armes physiques, et les armes mentales. Et nous savons parfaitement nous prémunir contre les unes et les autres... Vous allez regagner votre vaisseau et maintenir vos unités stationnées aux frontières de Seychelle. Ce vaisseau fera seul mouvement vers Gaïa mais restera en contact permanent avec vous ; et je compte vous voir nous rejoindre en un seul saut, si nécessaire.

« Allez, Liono, et ne faites pas cette tête-là.

— Une dernière question... Êtes-vous bien sûre de savoir ce que vous faites ?

— Oui. » Sa voix était résolue. « Moi aussi, j'ai étudié l'histoire de Seychelle et j'ai pu voir tout comme vous que Gaïa ne pouvait pas être la Seconde Fondation mais, comme je vous l'ai dit, je dispose des rapports intégraux de nos éclaireurs et, à leur lumière...

— Oui ?

— Eh bien, j'ai pu localiser la Seconde Fondation et nous allons nous occuper des deux, Liono. D'abord de Gaïa. Ensuite, de Trantor.

CHAPITRE XVII

GAÏA

70.

Il fallut des heures au vaisseau lancé de la station spatiale pour atteindre les parages du *Far Star* — de bien longues heures à endurer pour Trevize.

La situation eût-elle été normale, il aurait cherché à établir le contact et aurait attendu une réponse du vaisseau. En l'absence de celle-ci, il aurait vite fait de prendre la tangente.

Il n'y avait pas eu de réponse, mais comme ils étaient désarmés, il n'y avait rien d'autre à faire qu'attendre. L'ordinateur refusait de réagir à toute commande en dehors de celles en rapport avec le fonctionnement interne du vaisseau.

Car de ce côté-là, au moins, tout marchait normalement : les systèmes de survie fonctionnaient sans aucun problème, leur assurant tout le confort physique nécessaire. Maigre consolation, pour tout dire. La vie se faisait languissante et l'incertitude sur le sort qui les attendait minait Trevize. Il nota — non sans irritation — que Pelorat semblait prendre la chose avec calme. Pour comble, alors que lui-même avait l'appétit coupé, il vit Pelorat s'ouvrir une petite boîte de poulet en morceaux (qui dès l'ouverture s'était automatiquement mise à chauffer) et entreprendre de la vider méthodiquement.

« Par l'espace ! » fit Trevize avec irritation. « Ça pue ! »

Pelorat parut surpris et renifla la boîte : « Ça m'a tout l'air de sentir normalement, Golan. »

Trevize hocha la tête. « Faut pas faire attention. Je suis simplement sur les nerfs. Mais prenez quand même une fourchette. Vous allez avoir les doigts qui sentent le poulet toute la journée. »

Pelorat regarda ses doigts avec étonnement : « Pardon ! Je n'avais pas remarqué... Je pensais à autre chose. »

Trevize nota, sarcastique : « Seriez-vous turlupiné, par hasard, de savoir quel genre de créature non humaine peut bien nous arriver dans ce vaisseau ? » Il avait honte d'être moins calme que Pelorat. Lui, un vétéran de la Marine (même s'il n'avait bien entendu jamais vu l'ombre d'une bataille), alors que Pelorat était historien. Pourtant son compagnon restait tranquillement assis dans son coin. Il lui répondit :

« Il serait bien impossible d'imaginer quelle direction pourrait avoir pris l'évolution dans des conditions différentes de celles de la Terre. Les possibilités ne sont peut-être pas infinies mais sont toutefois si vastes que c'est tout comme. Néanmoins, je peux déjà vous prédire que ce ne sont pas des brutes stupides et qu'ils vont vous traiter de manière civilisée. Si tel n'était pas le cas, nous serions déjà morts à l'heure qu'il est.

— Au moins, vous, vous avez gardé votre capacité de raisonnement, Janov, mon ami... vous êtes encore capable de rester calme. Moi, j'ai l'impression d'avoir les nerfs prêts à faire craquer l'espèce de gangue tranquillisante qu'ils nous ont coulée dessus. Je me sens une incroyable envie de me lever et de faire les cent pas... Mais qu'est-ce qu'il peut bien foutre, ce fichu vaisseau ?

— Je suis un homme d'un naturel passif, Golan : j'ai passé ma vie penché sur des documents, attendant l'arrivée de nouveaux documents. Je n'ai jamais rien fait d'autre qu'attendre. Vous, vous êtes un homme d'action et vous souffrez intensément parce que l'action est impossible. »

Trevize sentit une partie de sa tension se relâcher. Il

marmonna : « Je sous-estime toujours votre bon sens, Janov.

— Non, pas du tout, fit Pelorat, placide, mais même un professeur naïf est parfois capable d'expliquer les choses de la vie.

— Et même le plus habile politicien s'en montrer incapable.

— Je n'ai pas dit ça, Golan.

— Vous, non, mais moi, si. Alors, laissez-moi devenir actif. Je peux encore observer. Le vaisseau qui approche est assez près maintenant pour être distingué : il semble distinctement primitif.

— Semble ?

— S'il est le produit de cerveaux non humains et de mains non humaines, ce qui peut nous sembler primitif peut en réalité n'être que simplement non humain.

— Vous pensez qu'il pourrait être de fabrication non humaine ? » et le visage de Pelorat rougit légèrement.

« Je ne peux pas dire. Je suppose que les objets fabriqués — si grandes que puissent être leurs variations d'une culture à l'autre — n'ont pas tout à fait la plasticité qu'autorise l'éventail des caractères génétiques.

— Ce n'est jamais qu'une supposition gratuite de votre part : tout ce que nous connaissons, ce sont simplement des différences de cultures. Nous ne connaissons pas d'espèces intelligentes différentes de nous et, par conséquent, nous n'avons aucun moyen de juger à quel point peuvent différer les objets fabriqués par des intelligences différentes.

« Les poissons, les dauphins, les manchots, les calmars — et jusqu'aux ambiflexes — qui ne sont pas d'origine terrestre — si tant est que les autres le soient — tous résolvent le problème du mouvement dans un milieu visqueux par le profilage, si bien que leur aspect n'est pas si différent que leur structure génétique aurait pu le laisser supposer. Il pourrait en être de même des objets fabriqués.

— En tout cas, fit Trevize, je me sens déjà mieux. Parler de tout et de rien avec vous, Janov, me calme les nerfs. Et puis je crois qu'on ne va pas tarder à être fixés : ce vaisseau ne va pas pouvoir s'arrimer au nôtre et quels qu'ils soient, ses occupants seront bien obligés d'utiliser un bon vieux filin pour se transborder (à moins que ce ne soit nous qu'on invite, d'une manière ou de l'autre, à effectuer la manœuvre), vu que l'unilock est inutilisable... A moins qu'un non-humain n'emploie un autre système, totalement différent.

— De quelle taille est ce vaisseau ?

— Faute de pouvoir utiliser l'ordinateur de bord pour calculer sa distance par radar, je ne vois pas comment évaluer sa taille. »

Une amarre serpenta en direction du *Far Star*.

« Soit il y a un homme à bord, remarqua Trevize, soit les non-humains emploient le même système. C'est peut-être bien le seul utilisable.

— Ils pourraient se servir d'un tube, ou d'une échelle horizontale.

— Ce sont des objets non flexibles : il serait bien trop compliqué d'essayer d'établir le contact avec de tels systèmes. On a besoin d'un dispositif qui allie robustesse et flexibilité. »

Le filin vint s'arrimer contre le *Far Star* en provoquant un bruit sourd — dû à la mise en vibration de la coque (et de la masse d'air qu'elle contenait). Puis ce fut le glissement habituel, pendant que l'autre vaisseau ajustait avec précision sa vitesse afin que les deux appareils se retrouvent avec la même vélocité. Le filin était à présent immobile relativement aux deux astronefs.

Un point noir apparut sur la coque de l'autre vaisseau et s'agrandit comme la pupille d'un œil.

Trevize grommela : « Un diaphragme, au lieu d'un panneau coulissant.

— Non humain ?

— Pas obligatoirement, je suppose. Mais intéressant. »

Une silhouette émergea.

Pelorat pinça les lèvres puis finalement remarqua, d'une voix déçue : « Tant pis... Humain.

— Pas nécessairement, fit calmement Trevize. Tout ce

qu'on peut en déduire, pour l'instant, c'est qu'il semble posséder cinq appendices. Ce peut être une tête, deux bras et deux jambes — mais ça pourrait être aussi tout autre chose... Attendez !

— Quoi ?

— Il progresse beaucoup plus rapidement et beaucoup plus en souplesse que je ne m'y attendais... Ah !

— Quoi ?

— Il doit avoir une espèce de propulseur... Pas une fusée, autant que je puisse dire... mais en tout cas, il ne se hisse pas à la force des poignets... Là non plus, ce n'est pas nécessairement humain... »

L'attente leur parut interminable malgré la progression rapide de la silhouette le long du filin. Enfin, toutefois, perçurent-ils le bruit du contact.

« En tout cas, il est là, dit Trevize. Tiens, si je m'écoutais, je le coincerais dès qu'il apparaît. » Il referma le poing.

« Je crois qu'on ferait mieux de se décrisper, dit Pelorat. Il est peut-être plus fort que nous. Il est peut-être capable de contrôler notre esprit. Il y en a sûrement d'autres dans le vaisseau. Attendons d'abord de savoir un peu qui est en face de nous.

— Vous devenez de plus en plus sensé de minute en minute, Janov, et moi de moins en moins. »

Ils purent entendre le bruit du sas qui s'ouvrait et enfin la silhouette apparut à l'intérieur de la cabine.

« Taille à peu près normale, marmonna Pelorat. Le scaphandre pourrait convenir à un être humain.

— Jamais vu ni entendu parler d'un tel modèle mais il reste toutefois dans les limites de l'ingénierie humaine, me semble-t-il... Enfin, ça ne veut rien dire... »

La silhouette en scaphandre s'immobilisa devant eux, un membre supérieur se leva vers le casque qui, s'il était fait de verre, était en verre sans tain : on ne pouvait rien distinguer à l'intérieur.

Le membre effleura quelque chose avec un mouvement trop vif pour que Trevize distingue clairement, et le casque se détacha aussitôt du reste de la combinaison. Il bascula.

Pour révéler le visage d'une femme jeune et incontestablement jolie.

71.

Le visage inexpressif de Pelorat fit ce qu'il put pour prendre un air stupéfait. Il dit, hésitant : « Êtes-vous humaine ? »

Les sourcils de la femme s'arquèrent, ses lèvres se gonflèrent, firent la moue. Impossible de dire si ces mimiques indiquaient qu'elle était confrontée à un langage pour elle incompréhensible ou bien si elle avait compris et s'étonnait d'une telle question.

D'un geste vif, elle porta la main au côté de sa combinaison qui s'ouvrit en une pièce comme si elle avait été montée sur charnières.

Elle fit un pas et la combinaison resta quelques instants debout comme une coque vide. Puis, avec un doux soupir qui semblait presque humain, elle s'affaissa.

La jeune femme paraissait plus jeune encore maintenant qu'elle était débarrassée de son scaphandre. Ses vêtements étaient amples et translucides, révélant en ombre des sous-vêtements très collants. Sa tunique lui descendait aux genoux.

Elle avait de petits seins et la taille fine, avec des hanches rondes et pleines. Ses cuisses qu'on devinait sous la robe étaient généreuses mais la jambe était fine et la cheville gracieuse. Sa chevelure était brune, cascadant sur les épaules ; elle avait de grands yeux marron, des lèvres pleines et légèrement asymétriques.

Elle baissa les yeux pour s'examiner et résolut le mystère de sa compréhension du langage en disant : « N'ai-je pas l'air humaine ? »

Elle parlait le galactique avec tout juste l'ombre d'une hésitation comme si elle faisait un léger effort pour avoir une prononciation tout à fait correcte.

Pelorat opina et dit avec un petit sourire : « Ce n'est pas

moi qui dirai le contraire. Tout à fait humaine. Délicieusement humaine. »

La jeune femme ouvrit les bras comme pour inviter à un examen plus approfondi. « J'ose l'espérer, messieurs. Des hommes sont morts pour ce corps.

— Personnellement, je préférerais vivre pour lui », remarqua Pelorat, légèrement surpris de cet assaut de galanterie.

« Un bon choix », répondit solennellement la femme. « Pour ceux qui peuvent le connaître, les seuls soupirs sont des soupirs d'extase. »

Elle rit, et Pelorat rit avec elle.

Trevize, dont le front s'était plissé à l'écoute de ce dialogue, demanda rudement : « Quel âge avez-vous ? »

La femme parut se replier sur elle-même. « Vingt-trois ans..., cher monsieur.

— Pourquoi êtes-vous venue ? Qu'est-ce que vous faites ici ?

— Je suis venue pour vous escorter vers Gaïa. » Sa maîtrise du galactique était légèrement moins bonne à présent et ses voyelles avaient tendance à s'arrondir en diphtongues : elle avait prononcé « venioue » et « Gaïha ».

« Une *fille* pour nous escorter ! »

La jeune femme se raidit, se redressant soudain pour prendre le port d'une personne responsable : « Je suis Gaïa, aussi bien que n'importe qui d'autre. D'abord, c'était mon tour à la station.

— Votre tour ? Vous étiez seule à bord ? »

Très fière : « Il n'y a besoin de personne d'autre.

— Et elle est vide à présent ?

— Je n'y suis plus, monsieur, mais elle n'est pas vide. *Elle* est toujours là.

— Elle ? De qui voulez-vous parler ?

— De la station. C'est Gaïa. Elle n'a pas besoin de moi. Elle retient votre vaisseau.

— Alors, que faites-vous dans la station ?

— C'est mon tour. »

Pelorat avait pris Trevize par la manche et s'était fait

rabrouer. Il fit une nouvelle tentative. « Golan », dit-il avec un murmure pressant. « Ne lui criez pas dessus. Ce n'est qu'une jeune fille. Laissez-moi m'en occuper. »

Trevize hocha la tête avec colère mais Pelorat dit : « Jeune femme, comment vous appelez-vous ? »

La jeune femme sourit, soudainement radieuse, comme en réaction à cette intonation bien plus douce : « Joie.

— Joie ? répéta Pelorat. Un bien joli nom. Ce n'est sûrement pas tout.

— Bien sûr que non. On serait bien avancée avec une seule syllabe. Il faudrait la dupliquer pour chaque section et on ne pourrait plus nous reconnaître si bien que les hommes mourraient pour un corps qui n'est pas le bon. Joidilachicarella, voilà mon nom complet.

— Effectivement, là, on en a plein la bouche...

— Hein ? Avec sept syllabes ? C'est rien du tout ! J'ai des amies qui en ont jusqu'à quinze, même qu'elles ne se lassent pas d'essayer de nouvelles combinaisons pour leur petit nom. Moi, je me suis fixée sur " Joie " depuis mes quinze ans. Ma mère m'appelait " Lachic ", je sais pas si vous voyez.

— En galactique classique, " Joie " signifie " bonheur ", " plaisir ", nota Pelorat...

— En gaïen également. Ça ne diffère pas énormément du galactique classique et le " plaisir " est effectivement l'impression que je cherche à susciter.

— Moi, c'est Janov Pelorat, fit Pelorat.

— Je sais. Et cet autre monsieur — celui qui crie tout le temps — c'est Golan Trevize. On a été avertis par Seychelle. »

Trevize réagit aussitôt, l'œil étréci : « Comment avez-vous été avertie ? »

Joie se tourna vers lui et dit d'une voix calme : « Pas moi. Gaïa.

— Mademoiselle Joie, intervint Pelorat, pouvez-vous nous laisser, mon partenaire et moi-même, parler un instant en privé ?

— Oui, certainement, mais il va falloir qu'on y aille, vous savez.

— Ce ne sera pas long. » Il tira avec insistance par le coude son compagnon qui le suivit avec réticence dans la cabine à côté.

« A quoi tout cela rime-t-il, murmura Trevize. Je suis certain qu'elle peut nous entendre ici. Elle est même sans doute capable de lire dans nos esprits, la vache !

— Qu'elle en soit ou non capable, on a besoin de quelques instants d'isolement psychologique. Je vous en prie, brave compagnon, fichons-lui la paix. On ne peut rien y faire et ça ne sert à rien de se défouler sur elle. Elle non plus, elle n'y peut pas grand-chose. Elle n'a sans doute qu'un rôle de messager. En fait, aussi longtemps qu'elle sera à bord, nous serons probablement en sûreté ; ils ne l'auraient pas fait monter à bord s'ils avaient l'intention de détruire notre vaisseau. Continuez à la rudoyer et ils finiront peut-être bien par le détruire — et nous avec — après l'avoir récupérée.

— Je n'aime pas me sentir comme ça, impuissant, dit Trevize, ronchon.

— Qui aime ça ? Mais vous comporter comme une brute ne vous rendra pas moins impuissant. Ça ne fait jamais de vous qu'une brute impuissante. O mon cher compagnon, je ne voudrais pas vous rudoyer à mon tour — et ne m'en veuillez pas d'être excessivement critique à votre égard — mais il ne faut pas en vouloir à cette demoiselle.

— Janov, elle serait assez jeune pour être votre fille cadette. »

Pelorat se raidit : « Raison de plus pour la traiter avec douceur. Et puis, je ne vois vraiment pas ce que vous sous-entendez avec cette remarque. »

Trevize réfléchit un instant puis son visage s'éclaira : « Très bien. Vous avez raison. Mais c'est quand même crispant qu'ils nous aient envoyé une fille. Ils auraient pu nous dépêcher un officier de l'armée, par exemple, et nous attribuer une certaine *valeur,* si l'on peut dire. Mais rien qu'une fille ? Et qui n'arrête pas de se décharger de la responsabilité sur Gaïa ?

— Elle fait sans doute allusion à un dirigeant qui hérite

Son second visiteur était une femme, aussi grande que lui, d'allure assez quelconque. Et elle aussi regardait autour d'elle, bouche bée.

66.

Le transbordement par le filin n'avait pas été pour Gendibal une opération totalement désagréable. Sans être un homme de l'espace — aucun Second Fondateur ne l'était — il n'était pas non plus complètement un vermisseau rampant — car on ne l'aurait permis à aucun Fondateur : La nécessité de prendre l'espace était une menace toujours présente à leur esprit, même si chacun d'eux espérait secrètement n'avoir à le faire que le moins souvent possible. (Preem Palver — dont l'ampleur des déplacements spatiaux était devenue légendaire — avait dit un jour, non sans regret, que le succès d'un Orateur se mesurait à la rareté des occasions où il était contraint de prendre l'espace aux fins d'assurer la réussite du plan.)

Gendibal avait déjà dû utiliser un filin trois fois auparavant. C'était donc la quatrième et même s'il avait éprouvé quelque appréhension, elle se serait dissipée derrière ses inquiétudes pour Sura Novi. Il n'était pas besoin de mentalique pour voir que la perspective de marcher ainsi dans le vide l'avait totalement bouleversée.

« Je être toute peurée, Maître », avait-elle dit quand il lui avait expliqué ce qu'ils allaient devoir faire. « C'est-y donc dans le rien que j'allions devoir poser pied. » A elle seule, cette brusque régression dans le plus épais dialecte hamien dénotait à l'envi l'étendue de son trouble.

Gendibal lui expliqua doucement : « Je ne peux pas te laisser à bord, Novi, car je vais devoir monter dans l'autre vaisseau et je tiens à t'avoir auprès de moi. Il n'y a aucun danger puisque tu seras complètement protégée par ta combinaison et tu ne risques absolument pas de tomber. Même si tu lâchais le filin, tu resterais simplement où tu es, de toute manière, je serai à portée de main et je pourrai donc toujours te rattraper. Allons, Novi, montre-

du nom de la planète à titre honorifique — à moins qu'elle ne se réfère au conseil planétaire. On finira bien par trouver mais sans doute pas en la questionnant directement.

— Des hommes sont morts pour leur corps ! fulmina Trevize. Tiens !... et d'abord elle est basse du cul !

— Personne ne vous demande de mourir pour elle, Golan, dit doucement Pelorat. Allons ! Faites-lui la grâce d'un minimum d'ironie. Je trouve personnellement cela amusant et de bon aloi. »

Ils retrouvèrent Joie penchée sur l'ordinateur, contemplant ses différents éléments les mains dans le dos, comme si elle avait peur d'y toucher.

Elle leva les yeux lorsqu'ils entrèrent en baissant la tête pour passer sous le linteau de la porte. « Quel vaisseau bizarre, leur dit-elle. Je ne comprends pas la moitié de ce que je vois mais si vous vouliez m'offrir un cadeau de bienvenue, c'est gagné. Il est superbe. Le mien, en comparaison, est affreux. »

Son visage trahissait une ardente curiosité : « Êtes-vous vraiment de la Fondation ?

— Comment connaissez-vous la Fondation ? demanda Pelorat.

— On nous en parle à l'école. Surtout à cause du Mulet.

— Pourquoi à cause du Mulet, Joie ?

— C'est l'un des nôtres, mons... — quelle syllabe de votre nom puis-je employer, monsieur ?

— Jan ou Pel... Laquelle préférez-vous ?

— Il est des nôtres, Pel », expliqua Joie avec un sourire amical. « Il est né sur Gaïa mais, semble-t-il, personne ne saurait dire où au juste.

— J'imagine, intervint Trevize, que c'est un héros gaïen. » Il était devenu ouvertement — presque agressivement — amical et il jeta en direction de Pelorat un regard apaisant. « Appelez-moi Trev », ajouta-t-il.

« Oh ! non, répondit Joie aussitôt. C'est un criminel ! Il a quitté Gaïa sans permission et personne ne devrait faire une chose pareille. D'ailleurs personne ne sait comment il a bien pu y parvenir. N'empêche qu'il est parti et je suppose que c'est pour ça qu'il a mal terminé. La Fondation a fini par l'avoir.

— La *Seconde* Fondation ? demanda Trevize.

— Il y en a plus d'une ? Je suppose qu'en y réfléchissant un peu je saurais, mais l'histoire ne m'intéresse pas vraiment. Je crois que je m'intéresse en fait à ce que Gaïa juge bon pour moi. Si l'histoire me passe largement à côté, c'est parce qu'il y a suffisamment d'historiens ou que je n'y suis pas adaptée. J'ai sans doute plutôt une formation de technicien spatial. Je me vois toujours assigner des tâches de ce genre et j'ai l'air d'aimer ça, et il semblerait logique que je n'aimerais pas ça si... »

Elle parlait à toute vitesse — presque sans reprendre souffle — et Trevize dut se donner du mal pour en placer une : « Qui est Gaïa ? »

La question parut l'intriguer : « Simplement Gaïa... Je vous en prie, Pel et Trev, dépêchons-nous. Il faut qu'on regagne la surface.

— On descend là-bas, c'est ça ?

— Oui. Mais lentement. Gaïa sait que vous pourriez avancer beaucoup plus vite en utilisant à plein le potentiel de votre vaisseau... C'est vrai ?

— Ça se pourrait, dit sombrement Trevize. Mais si je reprends les commandes, n'y a-t-il pas des chances que je file plutôt dans la direction opposée ? »

Joie se mit à rire : « Vous êtes rigolo ! Comme si vous pouviez partir dans une direction que Gaïa ne veut pas. Mais vous pouvez toujours avancer plus vite dans la direction que Gaïa veut vous voir emprunter. Vous voyez ?

— On voit, fit Trevize. Et j'essaierai de maîtriser mon sens de l'humour... où suis-je censé me poser ?

— Ne vous inquiétez pas pour ça. Piquez simplement vers le bas et vous vous poserez où il faut. Gaïa y veillera.

— Est-ce que vous voulez bien nous accompagner, Joie, intervint Pelorat, et veiller à ce qu'on soit bien traités ?

— Je suppose que je peux faire ça. Bon, voyons, la rétribution habituelle pour mes services — je veux dire pour *ce genre* de service — peut être créditée sur mon compte...

— Et l'autre genre de service... ? »

Joie gloussa : « Vous êtes un charmant vieux monsieur. »

Pelorat fit la grimace.

72.

Joie réagit à la descente sur Gaïa avec une excitation naïve. Elle remarqua : « On ne sent pas d'accélération.

— C'est un propulseur gravitique, expliqua Pelorat. Tout accélère simultanément, nous compris, si bien qu'on ne sent rien du tout.

— Mais comment ça marche, Pel ? »

Pelorat haussa les épaules. « Je pense que Trev le sait mais je ne crois pas qu'il soit vraiment d'humeur à en discuter. »

Trevize s'était rué presque avec avidité dans le puits gravitationnel de Gaïa. Mais, comme l'en avait averti Joie, le vaisseau répondait à ses ordres de manière sélective : une tentative de traverser en biais les lignes de champ gravitationnel était acceptée — mais seulement avec une certaine hésitation ; une tentative de remontée était en revanche superbement ignorée.

Il n'était toujours pas maître du vaisseau.

Pelorat demanda doucement : « Est-ce que vous ne descendez pas un peu vite, Golan ? »

Trevize répondit avec une espèce de voix atone — essayant de maîtriser sa colère (par égard pour Pelorat plus que pour toute autre raison) : « La jeune dame a bien dit que Gaïa veillerait sur nous.

— Bien sûr, Pel, dit Joie. Gaïa ne laisserait pas ce vaisseau accomplir une manœuvre risquée... Y a-t-il quelque chose à manger, à bord ?

— Mais bien sûr, s'empressa Pelorat. Qu'est-ce qui vous ferait plaisir ?

— Pas de viande, Pel », répondit Joie sur un ton très

professionnel. « Mais je prendrais volontiers du poisson ou des œufs, accompagnés des légumes que vous pourriez avoir à bord.

— Une partie de notre nourriture est seychelloise, Joie. Je ne suis pas sûr de savoir ce qu'il y a dedans, mais vous aimerez peut-être ça…

— Eh bien, je vais y goûter, dit Joie, dubitative.

— Les gens sur Gaïa sont-ils végétariens ? » demanda Pelorat.

Joie hocha la tête avec vigueur : « Un bon nombre, oui. Ça varie avec les éléments nutritifs exigés par le corps selon les circonstances. Je n'ai pas envie de viande en ce moment, je suppose donc que je n'en ai pas besoin. Et je ne cours pas non plus après les choses sucrées… Du fromage, ça me paraît bien. Des crevettes… Je pense que je pourrais perdre un peu de poids. » Elle se claqua bruyamment la fesse droite. « Il faudrait que je perde deux-trois kilos par ici.

— Je ne vois pas pourquoi, dit Pelorat. Cela vous donne quelque chose de confortable pour vous asseoir. »

Joie se tortilla du mieux qu'elle put pour considérer son arrière-train : « Bof, ça n'a pas d'importance. Le poids, ça monte, ça descend, selon les besoins. Je ne devrais pas me soucier de ça. »

Trevize gardait le silence, occupé qu'il était à se débattre avec le *Far Star.* Il avait hésité un poil trop longtemps en orbite et les couches inférieures de l'exosphère hurlaient à présent contre les flancs du vaisseau qui petit à petit échappait totalement à son contrôle. C'était comme si quelque chose d'autre avait appris à maîtriser les moteurs gravitiques. Agissant apparemment de lui-même, le *Far Star* se cabra dans l'air raréfié et ralentit rapidement. Puis il suivit son propre itinéraire qui l'amenait sur une douce courbe descendante.

Joie avait ignoré le frottement crissant de l'air car elle humait avec délicatesse les fumets échappés du conteneur ouvert par Pelorat : « Ça devrait aller, Pel, parce que sinon, ça ne sentirait pas aussi bon et je ne voudrais pas en manger. » Elle enfonça dans le récipient un doigt fuselé et le lécha : « Vous aviez deviné juste, Pel. C'est de la crevette ou quelque chose comme ça. Parfait ! »

Avec un dernier geste mécontent, Trevize abandonna l'ordinateur.

« Jeune femme », commença-t-il, comme s'il venait tout juste de découvrir sa présence.

« Je m'appelle Joie, dit Joie avec fermeté.

— Eh bien, Joie, soit ! Vous connaissiez nos noms.

— Oui, Trev.

— Comment les avez-vous appris ?

— Il était important que je les sache pour que je puisse accomplir mon travail. Alors je les ai sus.

— Et savez-vous qui est Munn Li Compor ?

— Je le saurais — s'il était important pour moi de le savoir. Puisque je ne sais pas qui est ce M. Compor, j'en déduis qu'il ne vient pas ici. A ce propos... » (elle marqua une pause), « personne d'autre ne doit venir ici, à part vous deux...

— On verra. »

Il regarda vers le bas. L'atmosphère de la planète était nuageuse. La couverture n'était pas homogène, c'était plutôt un tapis discontinu, réparti toutefois avec une régularité remarquable qui ne permettait quasiment pas de distinguer la surface.

Il passa sur micro-ondes et l'écran du radar s'illumina. La surface était presque une image du ciel : Il s'agissait, semblait-il, d'une planète insulaire — un peu comme Terminus, mais de manière encore plus accusée. Aucune des îles n'était très étendue et aucune n'était très isolée. C'était un peu comme d'approcher un archipel à l'échelle planétaire. L'orbite du vaisseau était très inclinée sur le plan de l'équateur mais Trevize ne vit pas trace de calotte polaire.

Pas plus que de ces signes révélateurs d'une distribution irrégulière de la population, comme on aurait pu s'attendre à en découvrir avec l'illumination de la face nocturne.

« Vais-je descendre près de la capitale, Joie ? » demanda-t-il.

Joie lui répondit d'une voix indifférente : « Gaïa vous posera à l'endroit qui convient.

— Je préférerais une grande ville.

— Voulez-vous dire un vaste groupe de gens ?

— Oui.

— C'est à Gaïa d'en décider. »

Le vaisseau poursuivit sa descente et Trevize essaya de s'amuser à deviner sur quelle île il allait atterrir.

Quelle que soit l'île, en tout cas, il s'y poserait dans moins d'une heure.

73.

Le vaisseau se posa avec la légèreté d'une plume, sans le moindre soubresaut, sans un seul effet gravitationnel parasite. Ils débarquèrent un par un : Joie d'abord, puis Pelorat, et enfin Trevize.

Le temps était comparable à un début d'été sur Terminus. Il y avait une légère brise et comme un soleil de fin de matinée qui filtrait à travers un ciel pommelé. Le sol sous leurs pieds était verdoyant et, dans une direction, on pouvait découvrir une rangée d'arbres trahissant la présence d'un verger tandis que dans la direction opposée on distinguait au loin le rivage.

Il y avait en bruit de fond un bruissement d'insectes, sans doute, au-dessus et sur le côté, l'éclair d'un oiseau — du moins, de quelque petite créature ailée — et le *clac-clac* d'un instrument agricole, probablement.

Pelorat fut le premier à parler mais il ne fit aucune mention de ces détails. A la place, il inspira profondément, le souffle rauque, et dit : « Ah ! comme ça sent bon ! On dirait de la compote de pommes toute fraîche...

— C'est sans doute une pommeraie que nous sommes en train de contempler et, pour ce qu'on en sait, ils peuvent bien se préparer de la compote... »

Joie coupa Trevize : « Dans votre vaisseau, en revanche, ça sentait le... la... enfin, ça sentait vachement !

— Vous ne vous en êtes pas plainte quand vous étiez à bord, grommela Trevize.

— Je devais être polie. J'étais votre invitée.

— Et ça vous gênerait de rester polie ?

— Je suis sur ma propre planète, à présent. C'est vous l'invité. C'est à vous d'être poli.

— Elle a sans doute raison pour l'odeur, Golan, remarqua Pelorat. N'y a-t-il pas moyen d'aérer le vaisseau ?

— Bien sûr que si, dit sèchement Trevize. Ça peut se faire... si la petite dame peut nous garantir qu'on n'y touchera pas. Elle nous a déjà montré l'étendue de ses capacités à le manipuler. »

Joie se redressa de toute sa hauteur : « Je ne suis pas précisément petite et s'il suffit de ficher la paix à votre vaisseau pour que le ménage soit fait, je vous garantis qu'on se fera un plaisir de le laisser tranquille.

— Et maintenant, peut-on enfin nous conduire auprès de celui ou de celle que vous appelez Gaïa ? »

Joie parut amusée par la question de Trevize : « Je ne sais pas si vous allez vouloir me croire, Trev. Mais Gaïa, c'est moi. »

Trevize la contempla, ébahi. Il avait souvent entendu l'expression « rassembler ses esprits » employée dans un sens métaphorique. Pour la première fois de son existence, il avait l'impression d'être engagé de manière littérale dans le processus. Il dit enfin : « *Vous ?*

— Oui, moi. Et le sol. Et les arbres. Et ce lapin là-bas, dans l'herbe. Et l'homme que vous apercevez à travers les arbres. Toute la planète et tout ce qu'elle abrite est Gaïa. Nous sommes tous des individus — des organismes séparés — mais nous partageons tous une même conscience globale. La planète inanimée y contribue pour la plus faible part, les différentes formes de vie à des degrés divers, et les êtres humains pour la plus grande proportion — mais nous la partageons tous.

— Je crois », nota Pelorat à l'adresse de Trevize, « qu'elle veut dire que Gaïa est une sorte de conscience de groupe. »

Trevize opina. « Je me doutais de quelque chose comme ça... Dans ce cas, Joie, qui dirige ce monde ?

— Il se dirige tout seul. Ces arbres poussent en rangs bien alignés de leur propre initiative. Ils se multiplient juste assez pour assurer le renouvellement de ceux qui pour quelque raison meurent. Les êtres humains récoltent les pommes dont ils ont besoin ; les autres animaux, y compris les insectes, mangent leur part — et seulement leur part.

— Les insectes savent quelle est leur juste part, c'est ça ? dit Trevize.

— Oui... en un sens. Il pleut quand c'est nécessaire et il arrive même qu'il pleuve à verse quand c'est une averse qui est nécessaire — tout comme il peut y avoir aussi une période de sécheresse, si c'est de la sécheresse qu'il faut...

— Et la pluie sait ce qu'elle a à faire, pas vrai ?

— Oui, absolument », fit Joie, imperturbable. « Dans notre corps, est-ce que toutes les cellules ne savent pas ce qu'elles doivent faire ? Quand croître et à quel moment arrêter leur croissance ? Quand fabriquer certaines substances et quand s'arrêter ?... et lorsqu'elles en fabriquent, dans quelle quantité, ni plus ni moins ? Chaque cellule est, dans une certaine mesure, une usine chimique autonome mais toutes puisent quand même dans un stock commun de matières premières amenées par un réseau de transport commun, toutes éliminent leurs déchets par un système d'évacuation commun et toutes contribuent à une conscience de groupe globale.

— Mais c'est remarquable », fit Pelorat, non sans un certain enthousiasme. « Vous êtes en train de nous dire que la planète est un super-organisme et que vous êtes une cellule de ce super-organisme.

— J'établis une analogie, pas une identité. Nous sommes l'analogue des cellules mais nous ne leur sommes pas identiques... vous comprenez ?

— Dans quel sens n'êtes-vous pas des cellules ? demanda Trevize.

— Nous sommes nous-mêmes composés de cellules et nous possédons une conscience de groupe, du point de vue de ces cellules. Cette conscience globale, cette conscience d'un organisme individuel — un être humain dans mon cas...

— Doté d'un corps pour lequel meurent les hommes...

— Exactement. Ma conscience est considérablement plus avancée que celle d'aucune cellule individuelle — incroyablement plus avancée. Le fait qu'à notre tour nous fassions partie intégrante d'une encore plus vaste conscience de groupe à l'échelon supérieur ne nous réduit pas pour autant au simple niveau de cellules. Je demeure un être humain — mais au-dessus de nous se trouve une conscience de groupe qui reste hors de ma portée, au même titre que l'est ma propre conscience pour les cellules musculaires de mon biceps.

— Quelqu'un a bien dû ordonner la capture de notre vaisseau ? dit Trevize.

— Non, pas quelqu'un ! Gaïa l'a ordonnée. Nous tous l'avons ordonnée.

— Les arbres et le sol, Joie ?

— Ils y ont contribué, pour une très faible part, mais ils y ont contribué. Écoutez, quand un musicien écrit une symphonie, est-ce que vous demandez quelle cellule précise de son organisme a ordonné l'écriture de cette symphonie ou en a ordonnancé la composition ?

— Et, je suppose, dit Pelorat, que l'esprit global, pour ainsi dire, de cette conscience de groupe, est considérablement plus puissant que l'esprit d'un individu, tout comme un muscle est considérablement plus fort qu'une simple cellule musculaire. Par conséquent, Gaïa est capable de capturer notre vaisseau à distance en prenant le contrôle de notre ordinateur, alors qu'aucun esprit individuel sur la planète n'en aurait été capable.

— Vous avez parfaitement compris, Pel.

— Moi aussi, j'ai compris, nota Trevize. Ce n'est pas si sorcier à comprendre. Mais qu'est-ce que vous voulez de nous ? Nous ne sommes pas venus pour vous attaquer. Nous sommes simplement venus en quête d'informations. Pourquoi vous être emparés de nous ?

— Pour pouvoir vous parler.

— Vous auriez pu nous parler à bord. »

Joie hocha gravement la tête. « Ce n'est pas à moi de le faire.

— N'êtes-vous pas une partie de cet esprit collectif ?

— Oui, mais ce n'est pas pour ça que je vole comme un oiseau, que je bourdonne comme un insecte ou que je pousse aussi haut qu'un arbre… Je fais ce que je dois faire et je ne suis pas censée vous fournir l'information — alors qu'on aurait pu facilement m'assigner cette tâche.

— Qui a décidé de ne pas vous l'assigner ?

— Nous tous.

— Qui va nous fournir cette information ?

— Dom.

— Et qui est Dom ?

— Eh bien, fit Joie, son nom complet est Endomandiovizamarondeyaso… et ainsi de suite. Chacun l'appellera différemment selon les circonstances mais je le connais sous le nom de Dom et je pense que vous ferez comme moi. Il participe de Gaïa probablement plus que tout autre sur la planète et vit sur cette île. Il m'a demandé de venir vous voir et on l'a autorisé.

— Qui l'a autorisé ? » demanda Trevize — pour aussitôt trouver lui-même la réponse : « Oui, je sais. Vous tous. »

Joie opina.

« Quand allons-nous voir Dom, Joie ? demanda Pelorat.

— Tout de suite. Si vous voulez bien me suivre, je vais vous conduire auprès de lui, Pel. Et vous aussi bien sûr, Trev.

— Et vous nous quitterez ensuite ? s'inquiéta Pelorat.

— Vous ne voulez pas que je m'en aille ?

— A vrai dire, non.

— Et voilà », dit Joie, comme ils la suivaient le long d'une allée régulièrement pavée qui contournait le verger. « J'intoxique les hommes en un rien de temps. Même les dignes vieillards se retrouvent débordants d'une ardeur juvénile.

— A votre place, Joie, je ne compterais pas trop sur l'ardeur juvénile », observa Pelorat, en riant. « Mais même si c'était le cas, je serais bien capable de ne pas savoir vous en faire profiter.

— Oh ! ne mésestimez pas votre ardeur juvénile. Je fais des miracles. »

Trevize le coupa sur un ton impatient : « Une fois arrivés là où on va, combien de temps va-t-il falloir attendre ce Dom ?

— C'est lui qui vous attend. Après tout, cela fait des années que Dom-via-Gaïa travaille pour vous amener ici. »

Trevize s'arrêta à mi-pas, jeta un bref coup d'œil à Pelorat qui articula silencieusement : vous aviez raison.

Joie, qui regardait droit devant elle, poursuivit tranquillement : « Je sais bien, Trev, que vous vous doutiez un peu que je/nous/Gaïa s'intéressait à vous.

— Je/nous/Gaïa ? » répéta doucement Pelorat.

Joie se retourna pour lui sourire : « Nous avons tout un assortiment de pronoms pour exprimer les multiples degrés d'individualité qui peuvent exister sur Gaïa. Je pourrais vous les expliquer mais en attendant, je/nous/Gaïa exprime assez bien le concept que je veux exprimer... Avancez, je vous prie, Trev. Dom attend et je ne voudrais pas forcer vos jambes à se mouvoir contre votre volonté. L'impression est désagréable lorsqu'on n'y est pas habitué. »

Trevize avança. Le regard qu'il lança à Joie était empreint de la plus profonde suspicion.

74.

Dom était un homme âgé. Il récita les deux cent cinquante-trois syllabes de son nom sur un ton chantant.

« En un sens, expliqua-t-il, c'est un résumé de ma biographie : il raconte à l'auditeur — ou au lecteur, ou au senseur — qui je suis, quel rôle j'ai pu jouer dans le tout, ce que j'ai pu réaliser. Depuis plus de cinquante ans, toutefois, je me fais simplement appeler Dom. Et lorsque la confusion avec d'autres Doms est possible, on peut m'appeler Domandio — et dans mes diverses relations professionnelles, d'autres variantes encore sont utilisées. Une fois par an — pour mon anniversaire — mon nom entier est récité-en-esprit, comme je viens de vous le réciter à l'instant de vive voix. C'est très efficace mais c'est personnellement assez gênant. »

Il était grand et mince — à la limite de l'émaciation. Ses yeux profondément enfoncés étincelaient d'une étonnante jeunesse, démentant ses gestes lents. Son nez proéminent, étroit et long, s'évasait aux narines. Les mains, malgré les veines saillantes, ne portaient nulle trace des atteintes de l'arthrite. Il était vêtu d'une longue robe grise — aussi grise que ses cheveux — qui lui descendait aux chevilles et de sandales qui lui découvraient les orteils.

« Quel âge avez-vous, monsieur ? demanda Trevize.

— Je vous en prie, Trev, appelez-moi Dom. L'usage de tout autre nom ou titre introduit un formalisme qui inhibe le libre échange des idées entre vous et moi. Si l'on compte en années légales galactiques, je viens tout juste de dépasser les quatre-vingt-treize ans mais la véritable célébration n'interviendra pas avant de fort longs mois, lorsque j'aurai atteint le quatre-vingt-dixième anniversaire de ma naissance en années gaïennes.

— Je ne vous aurais pas donné plus de soixante-quinze ans, mons... Dom, dit Trevize.

— Selon les critères de Gaïa, je ne suis remarquable ni par mon âge réel ni par mon aspect physique, Trev... mais, allons, avez-vous terminé de manger ? »

Pelorat baissa les yeux sur son assiette dans laquelle s'empilaient visiblement les reliefs d'un repas particulièrement banal et sans attrait et dit, embarrassé : « Dom, puis-je vous poser une question un peu gênante ? Si bien sûr elle vous paraît injurieuse, dites-le-moi, je vous en prie, et je la retirerai aussitôt.

— Allez-y. » Dom sourit. « J'ai hâte de vous expliquer tout ce qui en Gaïa peut éveiller votre curiosité.

— Pourquoi ? dit aussitôt Trevize.

— Parce que vous êtes des invités de marque... Puis-je savoir la question de Pel ? »

L'intéressé la posa : « Puisque toute chose sur Gaïa participe de la même conscience de groupe, comment se fait-il que vous, un élément de ce groupe, puissiez manger ceci, qui en est manifestement un autre élément ?

— C'est vrai ! Mais toute chose se recycle. Il faut bien se nourrir et tout ce qu'on peut manger, plante ou animal, et même les sels minéraux, fait partie de Gaïa. Mais là, voyez-vous, on ne tue jamais par plaisir ou par sport, et on ne tue jamais en infligeant des souffrances inutiles. Et j'ai bien peur que nous ne fassions guère d'efforts pour mettre en valeur nos préparations culinaires car aucun Gaïen ne mangera autrement que par obligation. Vous n'avez pas apprécié ce repas, Pel ? Trev ? Eh bien, les repas ne sont pas faits pour être appréciés.

« Et puis, d'ailleurs, ce qui est mangé continue malgré tout à faire partie de la conscience planétaire : A partir du moment où ces éléments sont incorporés dans notre organisme, ils participent dans une plus large mesure à la conscience totale. Quand je mourrai, moi aussi je serai dévoré — ne serait-ce que par les bactéries — et je participerai pour une part bien plus réduite, à ce tout. Mais un jour viendra où des fragments de moi deviendront des fragments d'autres êtres humains. De quantité d'autres humains.

— Une sorte de transmigration des âmes, observa Pelorat.

— De quoi, Pel ?

— Je parle d'un vieux mythe, très répandu sur certains mondes.

— Ah ! je ne connaissais pas. Il faudra m'en parler à l'occasion.

— Mais, dit Trevize, votre conscience individuelle — ce-je-ne-sais-quoi qui fait que vous êtes Dom — cette conscience ne sera plus jamais réassemblée ?

— Non, bien sûr que non. Mais quelle importance ? Je serai toujours partie intégrante de Gaïa et c'est cela seul qui importe. Il y a parmi nous des mystiques qui se demandent si l'on ne devrait pas prendre des mesures pour développer la mémoire collective des existences passées mais le sentiment-de-Gaïa est que c'est irréalisable dans la pratique et que ce ne serait d'ailleurs d'aucune utilité. Au contraire, cela ne ferait que brouiller notre conscience du présent.

« Bien sûr, que les conditions changent, et le sentiment-de-Gaïa pourrait changer également mais je ne vois aucune chance que cette évolution se produise dans un avenir prévisible.

— Pourquoi devez-vous mourir, Dom ? demanda Trevize. Regardez-vous, avec vos quatre-vingt-dix ans ! La conscience de groupe ne pourrait-elle pas... »

Pour la première fois, Dom fronça les sourcils. « Jamais, dit-il. Ma contribution doit avoir une limite. Chaque nouvel individu est un nouveau brassage de molécules et de gènes : autant de talents neufs, de capacités neuves, de contributions neuves pour Gaïa. Ces individus nous sont nécessaires et le seul moyen de les avoir, c'est de laisser la place. J'ai fait plus que la plupart mais même moi, j'ai ma limite et cette limite approche. Il n'y a pas plus de désir de vivre au-delà de son temps que de mourir avant. »

Et puis, comme s'il s'était rendu compte de la tonalité sombre qu'il venait de donner à la soirée, il se leva et étendit les bras vers ses invités : « Allons, Trev, Pel..., passons dans mon studio où je pourrai vous montrer quelques-unes de mes créations artistiques... J'espère que vous ne tiendrez pas rigueur à un vieillard de ces petites vanités. »

Il les conduisit dans une autre pièce où se trouvaient disposées sur une petite table ronde plusieurs paires de lentilles fumées.

« Ce que vous voyez là, expliqua Dom, ce sont des Participations de ma conception. Sans être un des maîtres de cet art, je me suis spécialisé dans les inanimés, un domaine qui intéresse peu les maîtres.

— Puis-je en prendre une ? demande Pelorat. Sont-elles fragiles ?

— Non, non. Vous pouvez les jeter par terre, si vous

voulez... ou plutôt, il vaudrait mieux pas. Le choc pourrait altérer la précision de la vision.

— Comment cela marche, Dom ?

— Vous n'avez qu'à les poser sur les yeux. Elles adhèrent toutes seules. Elles ne transmettent pas la lumière. Tout au contraire : elles obscurcissent toute lumière qui pourrait vous distraire — bien que les sensations continuent d'atteindre votre cerveau *via* le nerf optique. La Participation agit principalement au niveau de la conscience, en l'aiguisant, ce qui vous permet de participer à de nouvelles facettes de Gaïa... En d'autres termes, si vous regardez ce mur, vous allez pouvoir le vivre tel qu'il se ressent.

— Fascinant, murmura Pelorat. Puis-je essayer ?

— Certainement, Pel. Vous n'avez qu'à en prendre une au hasard. Chacune est une construction différente qui vous présentera le mur (ou tout autre objet inanimé que vous pourrez contempler) sous un aspect différent de sa propre conscience. »

Pelorat plaça sur ses yeux une des paires de lentilles. Elles adhérèrent immédiatement. Il sursauta à ce contact, puis demeura immobile un long moment.

« Quand vous en aurez assez, indiqua Dom, placez simplement les mains de chaque côté de la Participation et pressez vers l'intérieur. Elle se détachera tout de suite. »

C'est ce que fit Pelorat ; il cligna rapidement des yeux puis se frotta les paupières.

« Qu'avez-vous ressenti ? demanda Dom.

— C'est dur à expliquer. Le mur semblait clignoter et scintiller et, par instants, il avait l'air de se liquéfier. On y distinguait comme des espèces de nervures et de symétries changeantes. Je... je suis désolé, Dom, mais je n'ai pas trouvé ça très attrayant. »

Dom soupira. « Vous ne participez pas à Gaïa si bien que vous ne pouvez pas voir ce que je vois. Je le craignais un peu. Tant pis. Mais je peux vous assurer que si ces Participations sont principalement appréciées pour leur valeur esthétique, elles ont également leur intérêt pratique. Un mur heureux est un mur qui dure, un mur pratique, un mur utile.

— Un mur *heureux ?* » Trevize esquissa un sourire.

« Il existe au niveau du mur une vague sensation que l'on peut assimiler à ce que le mot heureux peut évoquer pour nous. Un mur est heureux lorsqu'il est bien conçu, lorsqu'il repose fermement sur ses fondations, lorsque ses symétries équilibrent ses divers éléments sans induire de contraintes désagréables. On peut certes élaborer une conception valable à partir des principes mathématiques de la mécanique mais l'emploi judicieux d'une Participation peut permettre de l'affiner virtuellement à l'échelle atomique. Aucun sculpteur ne peut réaliser une œuvre de première qualité, ici sur Gaïa, sans l'aide d'une bonne Participation et celles que je produis à cet usage précis sont jugées excellentes — bien que je sois mal placé pour le dire.

« Les Participations animées, qui ne sont pas mon domaine », et Dom était parti avec ce genre d'exaltation auquel on peut s'attendre de qui chevauche son dada, « ces Participations procurent, par analogie, une expérience directe de l'équilibre écologique. L'équilibre écologique de Gaïa est assez simple, comme sur toutes les planètes, mais ici, au moins avons-nous l'espoir de le rendre plus complexe et par là, d'enrichir considérablement la conscience globale. »

Trevize éleva la main pour arrêter Pelorat et le fit taire d'un geste. « Comment savez-vous qu'une planète est capable de supporter un équilibre écologique plus complexe alors que toutes les autres ont une écologie simple ?

— Ah ! » fit Dom, clignant malicieusement des yeux. « On veut mettre à l'épreuve le vieux bonhomme... Vous savez aussi bien que moi que le berceau de l'humanité, la Terre, possédait une écologie formidablement complexe. C'est seulement les planètes secondaires — dérivées — qui sont simples. »

Pelorat ne pouvait pas rester muet plus longtemps : « Mais c'est là le problème auquel j'ai consacré toute ma vie. Pourquoi la Terre fut-elle la seule à abriter une écologie complexe ? Qu'est-ce qui la distinguait des autres mondes ? Pourquoi des millions et des millions d'autres planètes dans la Galaxie — des planètes susceptibles d'accueillir la vie — n'abritent-elles qu'unc végétation indifférenciée, ainsi que quelques petits animaux dépourvus d'intelligence ?

— Nous avons un conte à ce sujet, dit Dom. Une fable, peut-être. Je ne garantirais pas son authenticité. En fait, pour tout dire, ça ressemble à du roman. »

Ce fut le moment que choisit Joie (qui n'avait pas participé au dîner) pour faire son entrée, souriant à Pelorat. Elle portait une tunique argentée, très courte.

Pelorat se leva aussitôt. « Je pensais que vous nous aviez quittés.

— Pas du tout. J'avais des rapports à faire, du travail à terminer. Puis-je me joindre à vous, maintenant, Dom ? »

Dom s'était levé lui aussi (même si Trevize était demeuré assis) : « Vous êtes absolument bienvenue et je dois dire que vous comblez de plaisir ces yeux âgés.

— C'est pour vous combler de plaisir que j'ai passé cette tunique. Pel est au-dessus de ces choses et Trev déteste ça.

— Si vous me croyez au-dessus de telles choses, Joie, intervint Pelorat, vous risquez d'avoir un jour une surprise.

— Quelle délicieuse surprise ce serait », dit Joie en s'asseyant. Les deux hommes se rassirent. « Mais je ne veux pas vous interrompre.

— J'allais raconter à nos invités l'histoire de l'Éternité, expliqua Dom. Pour bien la comprendre, il vous faut d'abord bien savoir qu'il peut exister quantité d'univers différents — virtuellement une infinité. Chaque événement possible peut se produire ou non, ou se produire de telle manière ou de telle autre, et à chaque fois, de ce nombre incalculable de possibilités découleront des enchaînements futurs d'événements distincts, du moins dans une certaine mesure.

« Joie aurait pu ne pas arriver à l'instant ; ou elle aurait pu nous avoir rejoints un peu plus tôt ; ou beaucoup plus tôt ; ou, tout en étant bien venue maintenant, elle aurait pu porter une autre tunique ; ou, portant cette même tunique, elle aurait pu ne pas adresser aux vieillards que nous sommes ce sourire coquin qui fait tout son charme. Avec chacun de ces événements — ou avec chacune des très nombreuses alternatives possibles pour ce seul événement — l'Univers aurait pris par la suite une voie différente, et ainsi de suite, obliquant à chaque nouvelle variante de chaque événement nouveau, si minime soit-il. »

Trevize s'agita impatiemment : « Je crois que c'est une spéculation courante dans le cadre de la mécanique quantique — et qui remonte à l'antiquité, qui plus est.

— Ah ! vous en avez entendu parler... Mais poursuivons. Imaginez que les hommes soient capables de figer toutes ces infinités d'univers potentiels, pour sauter de l'un à l'autre à leur guise et choisir ainsi lequel devrait devenir " réel " — quoi que puisse signifier pareil terme dans ce contexte.

— Je vous écoute, dit Trevize, et je parviens même à imaginer le concept que vous me décrivez mais je n'arrive toujours pas à me convaincre que rien de tout cela puisse arriver...

— Pas plus que moi, dans l'ensemble, ce qui est la raison pour laquelle j'ai bien dit que tout cela ressemblait fort à une fable. Quoi qu'il en soit, cette fable établit l'existence d'êtres capables de sortir du temps afin d'examiner l'infinité des courants de réalité potentielle. Ces gens étaient appelés les Éternels et lorsqu'ils étaient hors du temps, ils se trouvaient, disait-on, dans l'Éternité.

« Leur mission était de choisir une Réalité qui convînt au mieux à l'humanité. Ils la modifiaient sans cesse — et là, le récit entre dans une quantité de détails car je dois vous dire qu'il a été écrit sous la forme d'une épopée d'une longueur inaccoutumée. Bref, au bout du compte, ils découvrirent enfin — s'il faut en croire le texte — un Univers dans lequel la Terre était la seule planète de toute la Galaxie où l'on pouvait trouver un système écologique complexe en même temps qu'assister au développement d'une espèce intelligente capable d'élaborer une technologie de haut niveau.

« Cela, décidèrent-ils, était la situation dans laquelle l'humanité se trouverait le plus en sécurité. Ils figèrent donc ce flot d'événements définissant ainsi la Réalité, puis mirent un terme à leurs opérations. Depuis, nous vivons dans une Galaxie uniquement occupée par des êtres humains et, dans une large mesure, par les plantes, les animaux, et la vie microscopique qu'ils emportent avec eux — volontairement ou non — de planète en planète et qui généralement finissent par submerger toute vie indigène.

« Quelque part dans les brumes de la probabilité, il y a d'autres Réalités dans lesquelles la Galaxie est peuplée de quantités d'intelligences différentes mais elles nous demeurent inaccessibles. Pour nous, dans notre Réalité, nous sommes seuls. A partir de chaque action, de chaque événement de notre Réalité, il y a de nombreuses branches qui naissent avec, pour chaque cas précis, une seule pour être une continuation si bien qu'il existe des quantités phénoménales d'Univers potentiels — une infinité peut-être, dérivés du nôtre, mais qu'on peut présumer tous semblables en ce qu'ils contiennent la Galaxie à intelligence unique dans laquelle nous vivons — ou peut-être devrais-je plutôt dire que tous, sauf un pourcentage dérisoire, sont semblables en ce sens, car il est toujours dangereux d'établir des règles lorsque les possibilités avoisinent l'infini. »

Il s'arrêta, esquissa un haussement d'épaules, et ajouta : « Du moins, telle est l'histoire. Elle date d'avant la fondation de Gaïa. Je ne jurerais pas de son authenticité. »

Les trois autres l'avaient écouté avec attention. Joie hocha la tête, comme si c'était pour elle un récit déjà connu et dont elle aurait vérifié la précision du compte rendu fait par Dom.

Pelorat réagit en gardant près d'une minute un silence

solennel avant de refermer le poing et d'écraser le bras de son fauteuil.

« Non, dit-il d'une voix étranglée, cela ne change rien. Il n'y a aucun moyen de démontrer la véracité de cette histoire par l'observation ou par le raisonnement et donc ce ne sera jamais qu'un exercice spéculatif, mais cela mis à part... imaginez qu'elle soit vraie ! L'Univers dans lequel nous vivons est effectivement un univers dans lequel seule la Terre a vu se développer une vie pleine de richesse et une espèce intelligente, si bien que dans cet Univers précis — qu'il soit seul et unique ou simplement un parmi une infinité de possibles — il doit fatalement y avoir quelque chose d'unique dans la nature de la planète Terre. Et donc, il nous restera toujours à chercher le pourquoi de cette originalité. »

Dans le silence qui s'ensuivit, Trevize fut le premier à se ressaisir. Il hocha la tête, puis répondit « Non, Janov, ce n'est pas ainsi qu'il faut voir les choses. Disons que les chances sont d'un milliard de trillions — une sur 10^{21} — pour que sur le milliard de planètes habitables que compte la Galaxie, seule la Terre, par l'œuvre du plus pur des hasards, ait vu se développer une écologie complexe et, au bout du compte, l'intelligence. Si tel est le cas, alors, une sur 10^{21} des diverses branches de Réalité potentielle représenterait une Galaxie répondant aux vœux des Éternels. Nous vivons par conséquent dans un Univers où la Terre est la seule planète où se soient développées une écologie complexe, une espèce intelligente, une haute technologie, non pas parce qu'elle a quelque chose de spécial mais tout simplement parce que le hasard a voulu que ce développement ait lieu sur Terre et nulle part ailleurs.

« Je suppose, en fait, poursuivit-il pensivement, qu'il doit exister des branches de la Réalité dans lesquelles Gaïa est la seule planète où s'est développée une espèce intelligente — Gaïa, ou Seychelle, ou Terminus, voire n'importe quelle planète qui, dans cette Réalité-ci, se trouve être totalement dépourvue de vie. Et tous ces cas si particuliers ne représentent jamais qu'un pourcentage dérisoire du nombre total de Réalités dans lesquelles il y a plus d'une espèce intelligente dans la Galaxie... Je suppose qu'en cherchant un peu plus, les Éternels auraient bien fini par trouver une trame de réalité potentielle dans laquelle toutes les planètes habitables sans exception auraient vu se développer une espèce intelligente...

— Mais, observa Pelorat, ne pourriez-vous pas envisager tout autant la découverte d'un plan de Réalité dans lequel la Terre, pour une raison donnée, ne serait pas identique à ce qu'elle est dans les autres réalités potentielles mais se montrerait au contraire particulièrement adaptée au développement de l'intelligence ? A vrai dire, on peut même aller plus loin encore et dire qu'on a trouvé une Réalité dans laquelle c'est la Galaxie tout entière qui diffère mais qu'elle se trouve dans un stade de développement tel que finalement seule la Terre y est en mesure de favoriser le développement de l'intelligence...

— On peut toujours l'envisager mais je suppose que c'est encore ma version qui est la plus logique...

— Décision purement subjective, bien entendu... » commença Pelorat avec une certaine chaleur mais Dom les interrompit tous les deux : « Je crois que vous êtes en train de couper les cheveux en quatre... Allons, ne gâchons pas ce qui s'est révélé, pour du moins, comme une soirée aussi agréable que délassante. »

Prenant sur lui, Pelorat se détendit, laissa retomber sa fougue, parvint enfin à sourire et dit : « Oui, vous avez raison, Dom. »

Trevize (qui n'avait cessé de reluquer Joie, restée bien sagement assise, mains croisées, avec un air de sainte-nitouche) relança : « Et quelles sont donc les origines de cette planète-ci, Dom ? Gaïa, avec sa conscience de groupe ? »

Dom renversa sa belle tête de vieillard et rit, de sa voix de tête. Son visage était tout plissé lorsqu'il s'exclama : « Encore des fables ! J'y pense quelquefois, quand j'ai l'occasion de lire les quelques archives que nous pouvons avoir sur l'histoire de l'humanité. Quel que soit le soin avec lequel ces archives sont tenues — conservées, classées, informatisées — elles finissent par devenir floues avec le temps. Des histoires se bâtissent par accrétion. Des contes naissent par accumulation — comme des amoncellements de poussière — pour finir par dégénérer en fables.

— Nous autres historiens connaissons bien ce processus, Dom, dit Pelorat. Il existe un certain penchant pour la fable. "Le faux théâtral chasse le vrai ennuyeux" disait déjà Liebel Gennerat il y a près de quinze siècles. On appelle aujourd'hui ça la loi de Gennerat.

— Pas possible ? fit Dom. Et moi qui croyais cette idée une invention cynique de ma part. Enfin, la loi de Gennerat redonne à notre histoire passée éclat et incertitude… Savez-vous ce qu'est un robot ?

— On l'a découvert sur Seychelle, répondit sèchement Trevize.

— Vous en avez vu un ?

— Non. On nous avait posé la question et, devant notre réponse négative, on nous l'a expliqué.

— Je comprends... L'humanité vivait jadis avec les robots, voyez-vous, mais ça n'a pas très bien marché…

— C'est ce qu'on nous a dit.

— Les robots étaient très fortement conditionnés par ce qu'on appelle les Trois Lois de la Robotique, lois qui remontent à la préhistoire. Il existe plusieurs versions de ce qu'auraient pu être ces Trois Lois. Dans la version orthodoxe, elles sont formulées ainsi : 1) Un robot ne peut blesser un être humain ou, par son inaction, permettre qu'un être humain soit blessé ; 2) Un robot doit obéir aux ordres qui lui sont donnés par des êtres humains sauf quand de tels ordres s'opposent à la Première Loi ; 3) Un robot doit protéger sa propre existence aussi longtemps qu'une telle protection ne s'oppose pas à la Première ou à la Deuxième Loi.

« A mesure qu'ils devenaient plus intelligents et plus universels, les robots s'étaient mis à interpréter ces lois — en particulier la toute-puissante Première Loi — dans un contexte de plus en plus large, assumant ainsi à un degré croissant le rôle de protecteurs de l'humanité. Une protection envahissante et bientôt devenue insupportable.

« Les robots étaient d'une prévenance totale : tous leurs actes étaient empreints d'humanité, toutes leurs actions visaient exclusivement au bien de tous — ce qui, d'un certain côté, les rendait d'autant plus insupportables.

« Et chaque nouveau progrès de la robotique ne faisait qu'empirer la situation : on mit au point des robots à facultés télépathiques mais cela signifiait qu'on pouvait désormais surveiller l'homme jusque dans ses pensées, tant et si bien que le comportement humain devint encore plus dépendant de la surveillance des robots.

« Là encore, les robots étaient devenus de plus en plus semblables à l'homme par leur physique, mais ils restaient indubitablement robots par leur comportement et cet aspect humanoïde les rendait d'autant plus répugnants... Tout cela, bien sûr, ne pouvait se prolonger éternellement...

— Pourquoi " bien sûr " ? » demanda Pelorat qui avait suivi son exposé avec la plus grande attention.

« Simple question de logique menée jusqu'à son triste terme : au bout du compte, les robots devinrent si perfectionnés qu'ils finirent par être assez proches de l'homme pour être enfin capables de saisir pourquoi ces derniers détestaient d'être privés de tout ce qui était humain au nom de leur propre bien. A long terme, les robots durent bien se rendre à l'évidence : l'humanité gagnerait peut-être à se débrouiller toute seule, si inefficace et maladroite fût-elle.

« Par conséquent, nous dit-on, ce sont les robots qui instaurèrent l'Éternité et qui devinrent eux-mêmes les Éternels. Ils localisèrent une Réalité dans laquelle, estimèrent-ils, les hommes seraient le plus en sécurité — seuls dans la Galaxie. Puis, ayant fait ainsi leur possible pour nous protéger et pour finir de se conformer à la Première Loi dans le sens le plus littéral du terme, les robots décidèrent d'eux-mêmes de cesser de fonctionner et depuis, nous autres hommes avons continué comme nous avons pu sur la voie du progrès. Mais seuls. »

Dom marqua une pause. Son regard passa de Trevize à

Pelorat : « Eh bien, dit-il, est-ce que vous croyez à tout ça ? »

Trevize hocha lentement la tête. « Non, je n'ai pas souvenance de rien de semblable dans les chroniques historiques. Et vous, Janov ?

— Il y a bien des mythes assez similaires par certains côtés...

— Allons, Janov, il y a des mythes qui pourraient coller avec n'importe quelle invention de notre part, pourvu qu'on les interprète avec suffisamment d'ingéniosité. Moi je parle de l'histoire... de documents fiables.

— Ah ! bon. Alors là, je ne vois rien, autant que je sache.

— Je n'en suis pas surpris, intervint Dom. Dès avant le retrait des robots, quantité de groupes humains étaient partis coloniser des planètes dépourvues de robots jusque dans les tréfonds de l'espace, prenant ainsi eux-mêmes en main leur propre liberté. Ces hommes provenaient essentiellement de la Terre, alors surpeuplée et héritière d'une longue tradition de résistance aux robots. Ces nouveaux mondes repartirent à zéro et leurs habitants ne voulurent pas même garder le souvenir amer d'une enfance humiliante sous la houlette de nounous robots. Ils n'en gardèrent aucune trace et finirent par les oublier.

— C'est bien invraisemblable », objecta Trevize.

Pelorat se tourna vers lui : « Cela n'a rien d'invraisemblable. Toutes les sociétés créent leur propre histoire et tendent à effacer leurs peu glorieux débuts soit en les oubliant, soit en les occultant derrière le recours à des épisodes héroïques totalement fictifs. C'est ainsi que le gouvernement impérial fit plusieurs tentatives pour supprimer toute connaissance des périodes pré-impériales aux seules fins de renforcer son aura mystique de pouvoir éternel. Dans ce cas non plus, on ne possède presque aucun document sur les époques antérieures au voyage hyperspatial... et vous savez aussi bien que moi que la plupart des gens aujourd'hui ignorent jusqu'à l'existence même de la Terre.

— Vous ne pouvez pas avoir les deux, Janov : si la

Galaxie a oublié l'existence des robots, comment se fait-il que Gaïa s'en souvienne ? »

Joie les interrompit soudain par son rire cascadant de soprano : « Nous sommes différents.

— Ah oui ? fit Trevize. En quoi ?

— Ça va, Joie, intervint Dom. Laisse-moi leur expliquer. Nous sommes effectivement différents, hommes de Terminus. De tous les groupes de réfugiés qui avaient fui la domination robotique, celui qui avait débarqué sur Gaïa (suivant la trace de ceux qui avaient gagné Seychelle), le nôtre, donc, était le seul groupe à avoir appris des robots l'art de la télépathie.

« Car on peut effectivement apprendre la télépathie, voyez-vous. Elle est inhérente à l'esprit humain mais la développer se révèle un art aussi difficile que subtil. Il faut de nombreuses générations pour qu'elle atteigne son plein potentiel mais une fois le processus convenablement enclenché, il s'entretient de lui-même. Nous nous y consacrons depuis plus de vingt mille ans et le sentiment-de-Gaïa est que, même aujourd'hui, nous n'avons pas encore atteint notre plein potentiel. Il y a déjà bien longtemps que le développement de la télépathie nous a permi de détecter l'existence d'une conscience de groupe — d'abord au niveau seulement des êtres humains ; puis des animaux ; puis des plantes ; et finalement, il n'y a que quelques siècles, en incluant jusqu'à la structure inerte de la planète même.

« Et parce que nous faisons découler tout ceci des robots, nous ne les avons pas oubliés. Nous ne les avons jamais considérés comme des nounous mais comme nos professeurs. Nous sentions qu'ils nous avaient ouvert l'esprit à quelque chose et cela d'une manière qui allait être irréversible. Nous gardons d'eux un souvenir empli de gratitude.

— Mais, observa Trevize, tout comme jadis vous étiez des enfants pour les robots, vous n'êtes aujourd'hui que des enfants devant cette conscience de groupe. N'avez-vous pas perdu votre humanité tout comme vous l'aviez perdue jadis ?

— C'est différent, Trev. Ce que nous faisons aujourd'hui résulte de notre propre choix... notre propre choix. C'est cela qui compte. Cela ne nous a pas été imposé du dehors mais c'est venu de nous. C'est une chose qu'on ne peut pas oublier. Et puis, nous sommes également différents par un autre côté. Nous sommes uniques dans la Galaxie. Il n'y a pas d'autre monde comme Gaïa.

— Comment pouvez-vous en être sûr ?

— On le saurait, sinon, Trev. On pourrait détecter une conscience planétaire analogue à la nôtre même si elle était à l'autre bout de la Galaxie. Nous pouvons déjà déceler les prémices d'une telle conscience dans votre Seconde Fondation, par exemple, quoique depuis moins de deux siècles.

— L'époque du Mulet, donc ?

— Oui, l'un des nôtres... » Dom prit un air attristé. « C'était un déviant et il nous a quittés. Nous étions assez naïfs pour croire la chose impossible, si bien que nous n'avons pas su réagir à temps pour l'en empêcher. Par la suite, quand notre attention fut portée vers les Planètes extérieures, nous avons pris conscience de l'existence de ce que vous appelez la Seconde Fondation et nous l'avons laissée se débrouiller avec le problème. »

Trevize en resta un moment bouche bée puis il marmotta : « Autant pour nos livres d'histoire ! » Hochant la tête, il reprit d'une voix plus forte : « Une attitude plutôt lâche de la part de Gaïa, non ? Après tout, vous étiez responsables de lui.

— Vous avez raison. Mais une fois que nous eûmes tourné nos regards vers la Galaxie, nous y avons découvert ce que jusqu'alors nous avions été incapables de voir, si bien que la tragédie du Mulet devait en fin de compte nous sauver la vie. C'est à cette époque que nous avons compris qu'une crise grave nous menaçait à plus ou moins brève échéance. Et c'est effectivement ce qui s'est produit — mais pas avant que nous ayons pu prendre des mesures... tout cela grâce à l'incident du Mulet.

— Quel genre de crise ?

— Une crise qui nous menaçait de destruction.

— Je ne peux pas le croire. Vous qui avez su contenir l'Empire, le Mulet, Seychelle... Vous possédez une conscience de groupe capable d'aller pêcher un vaisseau en plein espace à des millions de kilomètres de distance. Que pourriez-vous craindre ?... Tenez, regardez Joie : elle ne m'a pas le moins du monde l'air perturbé. Elle, elle ne pense pas qu'il y a une crise. »

Joie avait passé une jambe bien galbée par-dessus le bras du fauteuil et elle agitait les orteils dans sa direction. « Bien sûr que je n'ai pas peur, Trev. Vous saurez bien régler ça. »

Trevize bondit : « *Moi ?* »

Dom crut bon d'expliquer : « Gaïa vous a amené ici par le biais de mille manipulations habiles. C'est vous qui devrez affronter notre crise. »

Trevize le regarda avec ahurissement, et lentement sur ses traits la stupeur fit place à une rage grandissante : « *Moi ?* Mais par tout l'espace, pourquoi *moi ?* Je n'ai rien à voir dans tout ça.

— Néanmoins, Trev », répété Dom avec un calme quasiment hypnotique. « C'est bien vous. Et vous seul. Dans tout l'espace, oui, vous seul. »

CHAPITRE XVIII

COLLISION

75.

Stor Gendibal progressait vers Gaïa avec à peu près la même prudence que Trevize avant lui. Et maintenant que son étoile apparaissait comme un disque perceptible qu'on ne pouvait plus contempler qu'à travers des filtres puissants, il décida de marquer une halte pour réfléchir.

Sura Novi était assise à côté de lui, lui jetant de temps à autre un regard timoré.

Avec une toute petite voix, elle demanda : « Maître ?

— Qu'y a-t-il, Novi ? fit-il, distrait.

— Vous êtes malheureux ? »

Il leva brusquement les yeux : « Non. Soucieux. Tu te rappelles ce mot ? J'essaie encore de décider s'il vaut mieux avancer rapidement ou bien attendre encore. Vais-je me montrer très courageux, Novi ?

— Je crois que vous êtes très courageux tout le temps, Maître.

— Être très courageux, c'est parfois se montrer très idiot. »

Novi sourit. « Comment un Maître chercheur peut-il bien être idiot ?... C'est bien un soleil, n'est-ce pas, Maître ? » Elle désignait l'écran.

Gendibal opina.

Novi reprit, après une pause hésitante : « C'est le soleil qui brille au-dessus de Trantor ? C'est le soleil hamien ?

— Non, Novi. C'est un soleil complètement différent. Il y a plein de soleils, tu sais. Des milliards.

— Ah ! je le savais bien dans ma tête ! Mais je n'arrivais pourtant pas à le croire. Comment ça se fait, Maître, qu'on puisse savoir des choses avec sa tête... sans y croire malgré tout ? »

Gendibal eut un faible sourire. « Dans ta tête, Novi... » commença-t-il et, automatiquement, comme il prononçait ces mots, il se retrouva dans sa tête. Il la caressa doucement, comme il le faisait toujours chaque fois qu'il se trouvait dans son cerveau — rien qu'un effleurement apaisant destiné à la calmer, à dissiper ses inquiétudes — et il se serait retiré, comme d'habitude, si quelque chose n'avait pas retenu son attention.

Ce qu'il ressentit était indescriptible en termes autres que mentaliques mais, métaphoriquement, le cerveau de Novi s'était mis à luire — une lueur à peine décelable.

Cette lueur n'aurait pu exister sans la présence d'un champ mentalique imposé de l'extérieur — un champ d'une intensité si faible que malgré la finesse de détection d'un esprit parfaitement entraîné, Gendibal parvenait tout juste à le déceler, même sur la structure mentale parfaitement lisse de Novi.

Il demanda brusquement : « Novi, comment te sens-tu ? »

Elle ouvrit de grands yeux : « Très bien, Maître...

— Tu ne ressens pas de vertige ? De confusion ? Ferme les yeux et reste bien assise sans bouger jusqu'à ce que je te dise “ Là ”. »

Obéissante, elle ferma les yeux. Avec précaution, Gendibal balaya de l'esprit de la jeune femme toute perception extérieure, puis il calma ses pensées, apaisa ses émotions, caressa... caressa... il ne laissa subsister que la lueur, une lueur si faible qu'il aurait presque pu se convaincre qu'elle n'existait même pas.

« Là », dit-il et Novi ouvrit les yeux.

« Comment te sens-tu, Novi ?

— Très calme, Maître. Reposée. »

C'était manifestement trop faible pour avoir sur elle le moindre effet.

Il se rabattit vers son ordinateur et commença de se battre avec la machine. Il lui fallait bien admettre qu'entre l'ordinateur et lui, ça ne collait pas à merveille. Peut-être parce qu'il était trop habitué à utiliser directement son esprit pour être capable de travailler avec un intermédiaire. Mais ce qu'il recherchait, c'était un vaisseau, pas un esprit et le premier débroussaillage pouvait être plus efficacement accompli avec l'aide de l'ordinateur.

Et il découvrit que le genre de vaisseau qu'il cherchait pouvait bien être présent à l'appel : distant d'un demi-million de kilomètres, il était d'aspect fort semblable au sien, quoique plus gros et plus perfectionné.

Une fois le vaisseau localisé avec l'aide de la machine, Gendibal put laisser son esprit prendre directement le relais : il le focalisa en un faisceau étroit et alla tâter (du moins l'équivalent mentalique de « tâter ») l'appareil, à l'intérieur, comme à l'extérieur.

Puis il projeta son esprit vers la planète Gaïa, s'en approchant encore de plusieurs millions de kilomètres — et se retira.

Aucune de ces deux explorations n'était suffisante en soi pour lui indiquer, sans erreur, d'où émanait (si même l'un ou l'autre en était la source) ce champ mentalique.

« Novi, dit-il, j'aimerais que tu restes assise à côté de moi, durant les instants qui vont suivre.

— Maître, y a-t-il du danger ?

— Tu n'as pas le moindre souci à te faire, Novi. Je veillerai constamment à ta sécurité.

— Maître, je ne me fais pas de souci pour ma sécurité. S'il y a du danger, je veux être capable de vous aider. »

Gendibal se radoucit. « Novi, tu m'as déjà bien aidé. Grâce à toi, j'ai pu découvrir une toute petite chose qu'il était capital pour moi de découvrir. Sans toi, j'aurais pu m'enliser complètement dans un piège dont j'aurais peut-être eu le plus grand mal à me dégager.

— Est-ce que j'ai fait tout ça avec mon esprit, Maître,

comme vous me l'avez expliqué une fois ? » demanda Novi, étonnée.

« Tout à fait, Novi. Aucun instrument n'aurait pu être plus sensible. Mon propre cerveau ne l'est pas assez : il est trop empli de complexité. »

Le visage de Novi s'emplit de ravissement : « Je suis si contente de pouvoir être utile. »

Gendibal sourit et opina — et puis il fut repris par la sombre perspective de l'autre genre d'aide dont il allait bientôt avoir besoin. Quelque chose d'enfantin en lui se révoltait : cette tâche était pour lui — pour lui seul.

Et pourtant, elle ne pouvait lui incomber à lui seul... Déjà les jeux se faisaient...

76.

Sur Trantor, Quindor Shandess sentait la responsabilité de son poste de Premier Orateur peser sur lui de manière suffocante. Depuis que le vaisseau de Genbidal avait disparu dans les ténèbres au-delà de l'atmosphère, il n'avait plus convoqué de réunion de la Table. Il était resté perdu dans ses pensées.

Avait-il été sage de laisser Gendibal partir tout seul ? Gendibal était brillant, certes, mais pas au point d'engendrer outre mesure la confiance. Le grand défaut de ce garçon était son excès d'assurance, tout comme le grand défaut de Shandess (songea-t-il, amer) était la lassitude due à l'âge.

Il persistait à penser que le précédent d'un Preem Palver, voletant d'un point à l'autre de la Galaxie pour remettre les choses en place, était un exemple dangereux. Pouvait-il y avoir un second Preem Palver ? Même Gendibal ? Et Palver avait été accompagné de sa femme.

Certes, Gendibal avait avec lui cette paysanne hamienne mais elle ne comptait pas. L'épouse de Palver était Oratrice de plein droit.

Shandess se sentait vieillir de jour en jour dans l'attente

de nouvelles de Gendibal — et chaque jour qui passait sans nouvelles suscitait en lui une tension croissante.

Il aurait fallu une flotte d'astronefs, une flottille...

Non. Jamais la Table ne l'aurait permis.

Et pourtant...

Quand l'appel lui parvint enfin, il était endormi... d'un sommeil épuisé qui ne lui apportait pas le moindre repos. La nuit avait été venteuse et il avait déjà eu du mal à trouver le sommeil. Comme un enfant, il s'était imaginé entendre des voix dans le vent.

Ses dernières pensées avant de sombrer dans une torpeur épuisée avaient consisté en variations mélancoliques sur le thème de sa démission, où il était partagé entre l'envie et l'impossibilité de le faire car il savait qu'à l'instant même Delarmi lui succéderait.

Et voilà que l'appel lui parvenait. Il s'assit sur son lit, instantanément éveillé.

« Tout va bien ? demanda-t-il.

— Parfaitement bien, Premier Orateur, dit Gendibal. Passerons-nous en connexion visuelle pour condenser la conversation ?

— Plus tard, peut-être. D'abord, quelle est au juste la situation ? »

Gendibal s'exprima avec circonspection, conscient que son interlocuteur venait de se réveiller et percevant chez lui une profonde lassitude. Il expliqua : « Je suis dans les parages d'une planète habitée appelée Gaïa, planète dont l'existence n'est attestée nulle part dans les archives galactiques, pour autant que je sache.

— Le monde de ceux qui œuvreraient à perfectionner le plan ? Les anti-Mulets ?

— Peut-être, Premier Orateur. Il y a des raisons de le penser. Primo, le vaisseau emportant Trevize et Pelorat s'est considérablement rapproché de Gaïa et s'y est sans doute posé. Secundo, j'ai repéré dans l'espace à un demi-million de kilomètres de moi la présence d'un vaisseau de guerre de la première Fondation.

— Un tel intérêt ne peut pas être sans raison.

— Premier Orateur, ces faits sont peut-être liés : si je

suis ici, c'est uniquement parce que je suis Trevize — et la présence du vaisseau de guerre s'explique peut-être par les mêmes raisons. Reste la question de savoir ce que fait ici Trevize.

— Comptez-vous la suivre sur la planète, Orateur ?

— J'avais envisagé cette possibilité mais il s'est produit quelque chose : je suis à présent à cent millions de kilomètres de Gaïa et je perçois dans l'espace environnant un champ mentalique — un champ homogène quoique extrêmement faible. Je ne l'aurais même pas remarqué sans l'effet de focalisation de l'esprit de la Hamienne. C'est un esprit fort inhabituel ; c'est même la raison pour laquelle j'avais accepté de la prendre avec moi.

— Vous avez donc fort bien fait de supposer qu'il en serait ainsi... L'oratrice Delarmi était-elle au courant, à votre avis ?

— Lorsqu'elle m'a poussé à emmener la femme ? J'en doute fort... mais je me suis empressé d'en profiter, Premier Orateur.

— J'en suis ravi. Selon vous, orateur Gendibal, la planète est-elle la source de ce champ ?

— Pour m'en assurer, il faudrait que je fasse des relevés en des points largement espacés pour voir si le champ possède en gros une symétrie sphérique. Avec mon seul sondage mental unidirectionnel, cela me paraît simplement probable mais non certain. Pousser plus avant mon enquête en présence du vaisseau militaire de la Première Fondation ne me paraît toutefois pas prudent.

— Il n'a quand même rien d'une menace.

— Qui sait... Je ne suis pas encore sûr qu'il n'est pas lui-même à l'origine du champ, Premier Orateur.

— Mais ils ne...

— Sauf votre respect, Premier Orateur, permettez-moi de vous interrompre : nous ignorons quels progrès techniques a pu accomplir la Première Fondation. Leur comportement trahit une étrange assurance et il se pourrait qu'ils nous réservent de mauvaises surprises. Il faudrait savoir s'ils n'ont pas appris à maîtriser la mentalique avec l'aide d'un de leurs appareils. En bref, Premier Orateur, je me trouve confronté soit à un vaisseau de mentalistes soit à toute une planète...

« Si c'est le vaisseau, alors même s'ils sont trop faibles pour m'immobiliser, ils peuvent toujours me ralentir — et leurs simples armes physiques pourraient suffire à me détruire. D'un autre côté, si c'est la planète qui est au centre du champ, alors le fait qu'il soit détectable à une telle distance pourrait traduire une énorme intensité en surface... une intensité insurmontable, même pour moi.

« Dans un cas comme dans l'autre, il va être nécessaire d'établir un réseau — un réseau total — dans lequel toutes les ressources de Trantor pourront être mises à ma disposition. »

Le Premier Orateur hésita : « Un réseau *total.* Cela n'a jamais été employé — encore moins suggéré — sinon à l'époque du Mulet.

— Cette crise pourrait bien être plus grave que celle du Mulet, Premier Orateur.

— Je ne sache pas que la Table accepterait...

— Je ne crois pas que vous devriez demander son accord, Premier Orateur. Vous devriez invoquer l'état d'urgence.

— Quelle excuse puis-je fournir ?

— Racontez-leur ce que je viens de vous révéler, Premier Orateur.

— L'oratrice Delarmi dira que vous n'êtes qu'un pleutre incompétent et que ses propres terreurs poussent au délire. »

Gendibal ne répondit pas tout de suite. « J'imagine, dit-il enfin, qu'elle racontera quelque chose dans ce style, Premier Orateur, mais laissons-la raconter ce qu'elle veut, je n'en mourrai pas. Ce qui est en jeu, en ce moment, ce n'est pas mon orgueil ou mon amour-propre mais l'existence même de la Seconde Fondation. »

77.

Harlan Branno eut un sourire sinistre, qui rida plus profondément encore ses traits burinés. « Je crois qu'on peut y aller, dit-elle. Je suis prête à les affronter.

— Êtes-vous toujours aussi sûre de ce que vous faites ? demanda Kodell.

— Si j'étais aussi folle que vous avez l'air de le croire, Liono, auriez-vous tant insisté pour rester à bord de ce vaisseau avec moi ? »

Kodell haussa les épaules et répondit : « Probablement. Je serais quand même resté auprès de vous, Madame, ne serait-ce que dans l'espoir éventuellement de vous arrêter, vous détourner, tout du moins vous ralentir, avant que vous n'alliez trop loin. Et bien sûr, si vous n'êtes pas folle...

— Oui ?

— Eh bien, dans ce cas, je ne voudrais pas que les historiens de demain vous décernent tous les lauriers. Laissons-leur la possibilité de relever que j'étais avec vous et peut-être de se demander à qui doit réellement revenir tout le crédit de l'opération, hein, madame le Maire ?

— Habile, Liono, habile — mais totalement futile. J'ai été la force agissante derrière le trône depuis de trop nombreux mandats pour que quiconque imagine que j'aie pu permettre un tel phénomène sous ma propre juridiction.

— On verra.

— Non, on ne verra rien, car de tels jugements historiques ne seront portés qu'après notre mort. Mais je ne me fais pas de souci. Ni pour ma place future dans l'histoire ; ni pour *ça* », et elle désigna l'écran.

« Le vaisseau de Compor, dit Kodell.

— Le vaisseau de Compor, exact. Mais sans Compor à son bord. L'un de nos éclaireurs a pu observer le transfert. Le vaisseau de Compor s'est fait intercepter par un autre. Deux personnes en sont sorties pour gagner son vaisseau et peu après Compor en est ressorti pour embarquer sur le second vaisseau. »

Branno se frotta les mains. « Trevize a rempli son rôle à

merveille. Je l'ai expédié dans l'espace pour qu'il serve de paratonnerre et c'est exactement ce qu'il fait. Il a attiré la foudre. Le vaisseau qui a arrêté Compor était un vaisseau de la Seconde Fondation.

— Je me demande comment vous pouvez en être sûre », dit Kodell, ôtant sa pipe et entreprenant de la bourrer avec lenteur.

« Parce que je me suis toujours demandé si Compor ne pouvait pas être sous le contrôle de la Seconde Fondation. Sa vie est trop limpide. Les choses sont toujours tombées à pic pour lui — et comme par hasard, c'était un excellent expert en traque spatiale. Sa trahison de Trevize aurait pu aisément passer pour la simple manœuvre politicienne d'un homme ambitieux — mais il l'a faite avec une si absurde minutie... comme s'il y avait derrière autre chose que la simple ambition.

— Pures spéculations, Madame !

— Les spéculations ont cessé lorsqu'il a suivi Trevize à travers une succession de sauts avec la même facilité que s'il n'y en avait eu qu'un seul.

— Il avait l'ordinateur pour l'aider, Madame. »

Mais Branno renversa la tête en éclatant de rire. « Mon cher Liono, vous êtes tellement occupé à concevoir des intrigues complexes que vous avez oublié l'efficacité des procédures simples. Si j'ai envoyé Compor aux trousses de Trevize, ce n'est pas parce que j'avais besoin de faire suivre ce dernier. Pour quoi faire ? Malgré tous ses efforts pour garder ses mouvements secrets, Trevize ne pouvait faire autrement qu'attirer sur lui l'attention sur n'importe quelle planète qu'il visiterait hors de la Fondation. Avec son vaisseau dernier cri, son fort accent de Terminus, ses poches pleines de crédits de la Fondation, il ne pouvait qu'être automatiquement entouré d'une aura de notoriété. Et en cas d'urgence, il devait se rabattre automatiquement sur les fonctionnaires de la Fondation pour avoir de l'aide. C'est d'ailleurs ce qu'il a fait sur Seychelle où nous connaissions tous ses faits et gestes à l'instant même où il les accomplissait... et cela, tout à fait indépendamment de lui.

« Non, poursuivit-elle, songeuse, si on a envoyé

Compor, c'est pour tester *Compor* lui-même. Et l'épreuve a été concluante puisque nous lui avions délibérément fourni un ordinateur défectueux ; pas au point de rendre son vaisseau ingouvernable mais, sans aucun doute, pas assez puissant pour l'assister dans le pistage d'une suite de sauts multiples. Or, Compor s'en est sorti sans aucun problème.

— Je vois qu'on me cache quantité de choses, Madame, jusqu'à ce qu'on juge bon de me les dire.

— S'il est des choses que je m'abstiens de vous dire, Liono, c'est que ça ne vous fait de mal de les ignorer... Je vous admire et je vous utilise mais ma confiance a de strictes limites — tout comme la vôtre — et je vous en prie, ne prenez surtout pas la peine de le nier.

— Je n'en ferai rien », dit Kodell, très sec, « et un jour, Madame, je me ferai un plaisir de vous le rappeler... D'ici là, y a-t-il autre chose qu'il serait bon que je sache, maintenant ? Quelle est la nature du vaisseau qui les a arrêtés ? Si Compor est de la Seconde Fondation, ce vaisseau doit y appartenir également.

— C'est toujours un plaisir de parler avec vous, Liono. Vous avez l'esprit vif. La Seconde Fondation, voyez-vous, ne se fatigue même pas à dissimuler ses traces. Elle se fie à ses propres défenses pour rendre ses traces invisibles même si ce n'est pas le cas. Jamais il ne viendrait à l'esprit d'un membre de la Seconde Fondation d'utiliser un vaisseau de fabrication étrangère, même s'ils savaient avec quelle précision nous pouvons identifier l'origine d'un astronef à son spectre d'émission énergétique. De toute manière, ils pourraient toujours faire disparaître une telle information de l'esprit qui l'aurait recueillie, alors pourquoi prendre la peine de se cacher ? Eh bien, notre vaisseau éclaireur a été capable de déterminer l'origine du vaisseau qui a approché Compor en l'espace de quelques minutes.

— Et maintenant, la Seconde Fondation va effacer à son tour cette information de notre esprit, je suppose.

— S'ils le peuvent, observa Branno. Mais ils vont peut-être s'apercevoir que les choses ont changé.

— Vous disiez tout à l'heure que vous saviez où se

trouvait la Seconde Fondation. Vous alliez vous occuper d'abord de Gaïa et ensuite de Trantor. J'en déduis que l'autre vaisseau est d'origine trantorienne.

— Vous déduisez juste. Êtes-vous surpris ? »

Kodell hocha lentement la tête. « Rétrospectivement, non. Ebling Mis, Toran Darell et Bayta Darell se trouvaient tous sur Trantor à l'époque où la progression du Mulet fut stoppée. Arkady Darell, la petite-fille de Bayta, elle-même native de Trantor, s'y trouvait elle aussi au moment où la Seconde Fondation — du moins le crut-on — fut immobilisée. Dans le récit qu'elle a fait des événements, il faut citer Preem Palver qui a joué un rôle clé, apparaissant toujours au moment opportun, or c'était également un marchand trantorien. J'inclinerais à penser qu'à l'évidence, la Seconde Fondation était établie sur Trantor — où incidemment, Hari Seldon vivait à l'époque où il fonda l'une et l'autre Fondation.

— Absolument évident, sauf que personne n'a jamais suggéré pareille possibilité. La Seconde Fondation a veillé à ça. C'est ce que je voulais indiquer en disant qu'ils n'avaient pas besoin de dissimuler leurs traces quand ils pouvaient s'arranger pour que personne ne regarde dans la direction de celles-ci — voire pour en effacer le souvenir chez ceux qui les auraient aperçues.

— En ce cas, dit Kodell, ne regardons pas trop vite dans la direction où ils voudraient peut-être nous voir simplement regarder. Comment se fait-il, selon vous, que Trevize ait été capable de conclure à l'existence de la Seconde Fondation ? Pourquoi celle-ci ne l'en a-t-elle pas empêché ? »

Branno leva ses doigts noueux et compta dessus : « Primo, Trevize est un individu très remarquable qui, nonobstant sa tapageuse incapacité à faire montre de la moindre prudence, possède un *quelque chose* que jusqu'à maintenant je n'ai pas été capable d'analyser. Son cas est peut-être spécial. Secundo, la Seconde Fondation n'était pas totalement dans l'ignorance : Compor suivait Trevize comme son ombre et me rapportait ses moindres activités. On comptait donc sur moi pour stopper Trevize sans que la Seconde Fondation ait à prendre le risque de s'impliquer ouvertement. Tertio, quand je n'ai pas réagi tout à fait comme prévu — ni exécution, ni emprisonnement, ni effacement de la mémoire, ni passage à la sonde psychique — et que je me suis contentée de l'expédier dans l'espace, la Seconde Fondation est allée plus loin : ils ont alors agi directement en envoyant un de leurs vaisseaux à sa rencontre. »

Et elle ajouta, avec un plaisir féroce : « Ah ! l'excellent paratonnerre... »

Kodell l'interrompit : « Et notre prochain mouvement, de notre côté ?

— Nous allons défier ce représentant de la Seconde Fondation qui nous fait désormais face. En fait, c'est même vers lui que nous nous dirigeons tranquillement en ce moment. »

78.

Gendibal et Novi étaient assis tous les deux, côte à côte, face à l'écran.

Novi était terrorisée. Pour Gendibal, c'était tout à fait visible, tout comme le fait qu'elle essayait désespérément de combattre cette terreur. Et Gendibal ne pouvait pas non plus l'aider car il ne pensait pas qu'il était judicieux de toucher à son esprit en ce moment, au risque d'obscurcir les réactions qu'elle montrait au faible champ mentalique dont ils étaient entourés.

Le vaisseau de guerre de la Fondation approchait lentement mais délibérément. C'était une grosse unité, avec un équipage de peut-être cinq ou six hommes, s'il se fiait à son expérience passée des vaisseaux de la Fondation. Son armement, Gendibal en était certain, suffirait à lui seul à les neutraliser et, si nécessaire, balayer une flotte composée de tous les vaisseaux dont disposait la Seconde Fondation — s'ils avaient dû s'appuyer sur la seule force physique.

En tout cas, cette progression du vaisseau de guerre,

même face à un unique vaisseau piloté par un membre de la Seconde Fondation, permettait de tirer certaines conclusions. Même s'ils possédaient des facultés mentaliques, il était peu plausible qu'ils se jettent ainsi dans la gueule de la Seconde Fondation. Plus vraisemblablement, avançaient-ils dans l'ignorance — et celle-ci pouvait revêtir plusieurs formes et divers degrés.

Cela pouvait signifier que le capitaine du vaisseau de guerre ne savait pas que Compor avait été remplacé ou — s'il le savait — ignorait que son remplaçant était un Second Fondateur, voire ignorait ce que pouvait être un Second Fondateur.

Ou (car Gendibal tenait à envisager toutes les hypothèses), si le vaisseau était effectivement doté d'un champ mentalique et progressait néanmoins avec cette assurance ? Cela pouvait uniquement signifier, soit qu'il était sous le contrôle d'un mégalomane soit qu'il possédait des pouvoirs au-delà de tout ce que Gendibal pouvait considérer comme possible.

Mais ce qu'il considérait comme possible n'avait pas valeur de jugement définitif…

Prudemment, il sonda l'esprit de Novi. Novi était incapable de percevoir consciemment les champs mentaliques, au contraire, bien sûr, de Gendibal — pourtant, l'esprit de Gendibal était, lui, loin d'avoir la sensibilité de celui de Novi et restait incapable de détecter des champs mentaliques aussi faibles. C'était là un paradoxe qu'il conviendrait d'étudier à l'avenir et qui pourrait éventuellement livrer des fruits qui, à long terme, se révéleraient d'un poids bien plus considérable que le problème immédiat de l'approche d'un vaisseau.

Gendibal avait aussitôt saisi cette possibilité, intuitivement, dès qu'il avait pris conscience de l'aspect étonnamment lisse et symétrique de l'esprit de Novi — et il se félicita avec un sombre orgueil de ses capacités d'intuition. Les Orateurs avaient toujours été très fiers de leurs pouvoirs d'intuition mais dans quelle mesure était-ce inhérent à leur incapacité à mesurer les champs par des méthodes physiques directes et, par conséquent, leur incapacité à comprendre réellement ce qu'ils faisaient ? Il était facile de masquer leur ignorance derrière le terme mystique d' « intuition ».

Et dans quelle mesure cette ignorance relevait-elle de leur sous-estimation délibérée de la physique par rapport à la mentalique ? Et dans quelle mesure tout cela même relevait-il d'un orgueil aveugle ? Lorsqu'il serait devenu Premier Orateur, songea-t-il, tout ça changerait. Il leur faudrait réduire quelque peu l'écart entre les Fondations dans le domaine des sciences physiques. La Seconde Fondation ne pourrait pas éternellement courir le risque de sa perte chaque fois que son monopole en mentalique lui échapperait, ne serait-ce qu'un tantinet.

Voire… ce monopole était peut-être bien en train de lui échapper. Peut-être que la Première Fondation avait fait des progrès ou s'était alliée avec les anti-Mulets (cette idée lui venait pour la première fois et il ne put s'empêcher d'en frémir).

Toutes ces pensées sur le sujet lui traversaient l'esprit avec une rapidité commune chez un Orateur et — tout en réfléchissant, son cerveau surveillait toujours la lueur émanant de l'esprit de Novi en réponse à ce champ mentalique qui les baignait subrepticement. Or cet éclat ne s'accroissait absolument pas alors qu'approchait le vaisseau de la Fondation.

Ce n'était pas, en soi, une indication absolue que le vaisseau fût dépourvu de capacités mentaliques. Il était bien connu que le champ mentalique n'obéissait pas à la loi de l'inverse carré : il ne variait pas exactement en raison inverse du carré de la distance séparant émetteur et récepteur. En ce sens, il différait des champs électromagnétique et gravitationnel. Toutefois, s'il variait moins avec la distance que ses homologues en physique, le champ mentalique n'y était pas non plus totalement insensible. Et la réponse de l'esprit de Novi aurait dû révéler un accroissement tangible à mesure qu'approchait le vaisseau de guerre — enfin, un accroissement quelconque.

(Comment se faisait-il que depuis cinq siècles — depuis

Hari Seldon, en somme — aucun membre de la Seconde Fondation n'avait eu l'idée de déterminer une relation mathématique entre l'intensité du champ mentalique et la distance ? Ce dédain pour la physique devait cesser et il cesserait, se promit silencieusement Gendibal.)

Si le vaisseau émettait un champ mentalique et s'il avait la certitude d'approcher un Second Fondateur, n'aurait-il pas accru son intensité au maximum avant d'avancer ? Et dans ce cas, l'esprit de Novi n'aurait-il pas forcément enregistré un quelconque accroissement de sa réaction ?

... Et pourtant, non !

Sans hésiter, Gendibal élimina la possibilité que le vaisseau fût équipé d'un champ mentalique. En ce domaine, il avançait à l'aveuglette et la menace qu'il représentait diminuait d'autant.

Le champ mentalique, bien sûr, existait toujours, mais il fallait qu'il provienne de Gaïa. C'était passablement troublant mais le problème immédiat, c'était le vaisseau. Une fois celui-ci éliminé, il pourrait reporter toute son attention sur le monde des anti-Mulets.

Il attendit. Le vaisseau allait bien faire un mouvement ou bien approcher suffisamment pour lui donner l'impression qu'il pouvait de confiance passer à l'attaque.

Le vaisseau de guerre approchait toujours — à bonne allure maintenant — et pourtant, toujours rien. Finalement Gendibal calcula que la force de sa poussée serait suffisante. Il n'y aurait aucune douleur, tout juste un léger malaise — les membres de l'équipage auraient simplement l'impression que les muscles de leur dos et de leurs membres réagissaient avec un certain engourdissement.

Gendibal focalisa le champ mentalique que maîtrisait son esprit. Le champ s'intensifia et franchit la distance le séparant du vaisseau à la vitesse de la lumière (les deux appareils étaient assez proches pour rendre un contact hyperspatial — avec son inévitable imprécision — totalement inutile).

Et Gendibal se retira soudain, totalement abasourdi.

Le vaisseau de la Fondation était entouré d'un champ mentalique particulièrement efficace dont la densité était proportionnelle à l'intensité de son propre champ. Le vaisseau n'avançait pas du tout à l'aveuglette, en fin de compte — et il était doté d'un moyen de défense passive inattendu.

79.

« Ah ! dit Branno. Il vient de tenter une attaque, Liono. Regardez ! »

L'aiguille du psychomètre se déplaça et grimpa avec des soubresauts.

L'exploitation du champ mentalique occupait les hommes de science de la Fondation depuis cent vingt ans dans le cadre du plus secret des projets scientifiques jamais lancés — hormis peut-être la mise au point par Hari Seldon de l'analyse psychohistorique... Cinq générations d'hommes avaient travaillé à améliorer progressivement un dispositif qui n'était fondé sur aucune théorie satisfaisante.

Mais aucun progrès n'aurait été possible sans l'invention du psychomètre qui pouvait servir de guide en indiquant à ce stade de leur recherche la direction et l'intensité des progrès accomplis. Personne ne pouvait expliquer comment il fonctionnait, pourtant tout indiquait qu'il mesurait l'incommensurable et donnait des valeurs à l'indescriptible. Branno avait le sentiment (partagé par certains scientifiques eux-mêmes) que si jamais la Fondation parvenait à expliquer le fonctionnement du psychomètre, elle égalerait alors la Seconde Fondation en matière de contrôle mental.

Mais c'était pour l'avenir. Pour l'heure, le champ devrait suffire, soutenu qu'il était par leur totale suprématie en matière d'armement conventionnel.

Branno envoya le message, délivré d'une voix mâle dont tout accent d'émotion avait été effacé pour la rendre aussi froide que menaçante.

« Appel au vaisseau *Bright Star* et à ses occupants. Vous vous êtes emparé par la force d'un vaisseau appartenant à la Marine de la Fédération de la Fondation, ce qui constitue un acte de piraterie. Vous avez ordre de vous rendre immédiatement, vous et votre vaisseau, faute de quoi nous attaquerons. »

La réponse lui revint avec une voix toute naturelle : « Maire Branno de Terminus, je sais que vous êtes à bord. Le *Bright Star* n'a pas été capturé à la suite d'un acte de piraterie. J'ai été librement invité à son bord par son capitaine légal, Munn Li Compor, de Terminus. Je demande une période de trêve, que nous puissions discuter d'affaires d'importance pour les uns et les autres. »

Kodell murmura à Branno : « Laissez-moi lui parler, Madame. »

Elle leva un bras, l'air méprisant : « C'est ma responsabilité, Liono. »

Réglant l'émetteur, elle prit la parole, sur un ton à peine moins énergique et désincarné que la voix artificielle qui l'avait précédée :

« Homme de la Seconde Fondation : comprenez bien quelle est votre position : Si vous ne vous rendez pas immédiatement, nous pouvons vous faire sauter, dans l'espace de temps que met la lumière à aller de notre vaisseau au vôtre... et nous n'hésiterons pas : nous n'y perdrions rien car vous ne détenez aucune information dont l'importance justifierait de vous laisser la vie sauve. Nous savons que vous êtes de Trantor et une fois votre cas réglé, nous saurons nous occuper de Trantor. On veut bien vous accorder un délai de grâce pour que vous disiez quelques mots, mais puisque vous ne pouvez pas avoir grand-chose à nous raconter, nous ne sommes pas disposés à vous écouter trop longtemps.

— En ce cas, dit Gendibal, parlons peu, parlons bien : votre écran est loin d'être parfait. Il ne peut pas l'être. Vous l'avez surestimé comme vous m'avez sous-estimé. Je peux m'emparer de votre esprit et le contrôler. Peut-être pas aussi facilement qu'en l'absence d'écran, mais assez bien quand même. A l'instant où vous décidez d'employer une arme, quelle qu'elle soit, je vous frappe — et vous feriez bien de comprendre ceci : sans écran, je peux manipuler votre esprit en douceur et sans provoquer de dégâts. Avec l'écran en revanche, je serai obligé de le traverser en force, ce qui est dans mes possibilités, mais je serai alors incapable de vous manier avec douceur ou précaution. Votre cerveau se retrouvera pulvérisé comme l'écran et l'effet sera irréversible. En d'autres termes, vous ne pourrez pas m'arrêter et moi, de mon côté, je peux très bien vous immobiliser en étant forcé de faire pire que vous tuer. Vous serez réduits à l'état de brutes sans cervelle. Est-ce que vous voulez courir ce risque ?

— Vous savez bien que vous êtes incapable de faire ce que vous dites, intervint Branno.

— Alors vous voulez courir le risque des conséquences que je vous ai décrites ? » demanda Gendibal avec une froide indifférence.

Kodell se pencha pour murmurer : « Pour l'amour de Seldon, Madame... »

Gendibal l'interrompit (pas tout à fait immédiatement car il fallait à la lumière — et à tout ce qui progressait à la même vitesse — un peu plus d'une seconde pour franchir la distance séparant les deux vaisseaux) : « Je peux suivre vos pensées, Kodell. Inutile de chuchoter. Je suis également les pensées du Maire. Elle est indécise, alors inutile de paniquer tout de suite. Et le simple fait que je sache tout cela devrait vous prouver amplement les déficiences de votre écran.

— On peut le renforcer », lança Branno, d'un air de défi.

« Ma force mentale aussi, rétorqua Gendibal.

— Mais moi, je suis confortablement assise, ne dépensant que de l'énergie matérielle pour entretenir le champ — et j'ai suffisamment de réserves pour tenir une très longue période. Vous, en revanche, vous êtes obligé d'utiliser votre force mentale pour pénétrer notre écran et vous allez bien finir par fatiguer.

— Je ne fatigue pas, dit Gendibal. A l'instant où je vous parle, aucun de vous n'est capable de donner un ordre quelconque à aucun membre de votre équipage ou de l'équipage de tout autre vaisseau. Je peux y arriver sans vous faire le moindre mal, mais abstenez-vous de tout effort pour essayer d'échapper à mon contrôle car je serais alors obligé d'accroître ma propre force en proportion, avec pour conséquence les dommages irréparables que j'ai déjà évoqués...

— J'attendrai », dit Branno et elle croisa les mains sur son giron, avec tous les signes d'une patience inébranlable. « Vous vous fatiguerez, et quand ce sera le cas, les ordres qui partiront seront non pas pour vous détruire — puisque vous serez alors devenu inoffensif — mais pour envoyer le gros de notre flotte contre Trantor. Si vous voulez sauver votre planète... rendez-vous. Une seconde orgie de destruction risque de ne pas laisser votre organisation intacte comme ce fut le cas la première fois lors du Grand Pillage.

— Ne voyez-vous pas, madame le Maire, que si je me sentais fatigué (ce qui, je vous rassure, ne sera pas le cas), je pourrais sauver ma planète simplement en vous détruisant avant que les forces pour le faire ne m'abandonnent ?

— Vous n'en ferez rien. Votre tâche primordiale est de préserver le plan Seldon. Détruire le Maire de Terminus et, par là, entamer le prestige et la confiance de la Première Fondation, engendrant un net recul de sa puissance et encourageant ses ennemis de toute part, produirait une telle rupture dans le plan que ce serait pour vous presque aussi nuisible que la destruction de Trantor. Non, vous feriez aussi bien de vous rendre.

— Avez-vous envie de parier sur ma répugnance à vous détruire ? »

La poitrine de Branno se souleva lorsqu'elle prit une profonde inspiration. Elle souffla lentement puis dit enfin d'une voix ferme : « Oui ! »

80.

Gendibal contempla la silhouette de Branno, en surimpression devant le mur de la cabine. L'image était légèrement fluctuante et un peu floue, à cause des interférences provoquées par le champ. L'homme qui était à ses côtés était pratiquement indistinct mais Gendibal n'avait pas d'énergie à perdre avec lui. Il devait se concentrer sur le maire Branno.

Certes, elle n'avait pas d'image de lui, de son côté. Elle n'avait donc aucun moyen de savoir qu'il était accompagné, par exemple. Elle ne pouvait pas non plus se former un jugement à partir de ses expressions, de ses attitudes corporelles. En ce sens, elle était désavantagée.

Tout ce qu'il avait dit était vrai. Il pouvait effectivement l'écraser, au prix d'une énorme dépense d'énergie mentale et, ce faisant, il pourrait difficilement éviter de détruire irrémédiablement son esprit.

Pourtant, tout ce qu'elle avait dit était également vrai. La détruire détériorerait le plan au même titre que le Mulet lui-même l'avait détérioré. Et même, les dommages pourraient être encore plus sérieux car on avait avancé dans le jeu depuis l'époque du Mulet, ce qui laissait moins de temps pour rattraper un faux pas.

Pis encore, il y avait Gaïa qui demeurait encore une inconnue — avec son champ mentalique qui était toujours présent, à l'extrême et crispante lisière de la détection.

Un instant, il effleura l'esprit de Novi pour s'assurer que le champ était toujours bien là. Il l'était. Inchangé.

Elle ne pouvait en aucun cas avoir senti son contact, pourtant elle se tourna vers lui et, avec un soupir un peu effrayé, murmura : « Maître, il y a comme une espèce de brume, là... C'est à ça que vous parlez ? »

Elle avait dû la percevoir par le biais de la mince connexion mentale reliant leurs deux esprits. Gendibal mit un doigt sur ses lèvres. « N'aie aucune crainte, Novi. Ferme les yeux et repose-toi. »

Puis il éleva la voix : « Maire Branno, votre pari est bon, de ce côté-là du moins : je n'ai aucunement l'intention de vous détruire dans l'immédiat car je pense qu'à condition de vous fournir certaines explications, vous saurez entendre raison, ce qui rendra d'un côté comme de l'autre toute destruction inutile.

« Supposez, Madame, que vous gagniez et que je me rende. Et ensuite ? Victimes d'un excès d'assurance et d'une confiance injustifiée dans les capacités de votre écran mental, vous et vos successeurs allez chercher à étendre votre pouvoir sur toute la Galaxie avec trop de précipitation. Et ce faisant, vous retarderez en fin de compte l'instauration du Second Empire, parce que vous détruirez en même temps le plan Seldon.

— Je ne suis pas surprise, dit Branno, que vous n'ayez pas l'intention de me détruire dans l'immédiat et je pense même qu'à force d'attendre, vous finirez bien par vous rendre compte que vous n'oserez jamais me détruire.

— Ne vous laissez pas obnubiler par un délire d'autosatisfaction. Écoutez-moi, plutôt : La majorité de la Galaxie est encore en dehors de la Fondation et même, pour une large part, anti-Fondation. Sans parler de secteurs au sein de la Fédération elle-même qui n'ont pas oublié les beaux jours de leur indépendance. Si la Fondation manœuvre trop vite dans la foulée de ma reddition, elle ôtera au reste de la Galaxie sa plus grande faiblesse : sa désunion et son indécision. Vous les forcerez à l'union par la peur et vous alimenterez en plus la tendance à la rébellion intérieure.

— Vous me menacez avec des fétus de paille, railla Branno. Nous sommes assez puissants pour facilement vaincre n'importe quel ennemi, même si toutes les planètes de la Galaxie n'appartenant pas à la Fondation se liguaient contre nous et même si elles étaient soutenues par une rébellion de la moitié des mondes de la Fédération elle-même. Sans problème.

— Sans problème *immédiat,* madame le Maire. Ne commettez pas l'erreur de ne voir que les résultats qui apparaissent immédiatement. Vous pourrez toujours instaurer un Second Empire simplement en le proclamant mais vous ne serez pas capable de la maintenir. Vous serez obligé de le reconquérir tous les dix ans.

— Eh bien, c'est ce qu'on fera, jusqu'à ce que les planètes se lassent, comme vous êtes en train de vous lasser…

— Elles ne se lasseront pas ; pas plus que moi. Pas plus que ne pourra s'éterniser ce processus car il existe un second — et bien plus grand — danger, derrière ce pseudo-Empire : puisqu'il ne pourra être, temporairement, maintenu que par l'exercice permanent d'une force militaire toujours plus puissante, les généraux de la Fondation deviendront, pour la première fois dans son histoire, plus importants, plus puissants que les autorités civiles. Le pseudo-Empire éclatera en régions militaires à l'intérieur desquelles les chefs individuels deviendront tout-puissants. Ce sera l'anarchie — et une régression dans la barbarie qui pourrait bien durer plus longtemps que les trente mille années prévues par Seldon avant la mise en œuvre de son plan.

— Menaces puériles. Même si les équations du plan Seldon prédisent tout cela, elles ne prédisent jamais que des probabilités... pas des certitudes inévitables.

— Maire Branno, dit Gendibal, pressant. Oubliez le plan Seldon. Vous n'entendez rien à ses équations et vous êtes incapable d'en visualiser les structures. Mais vous n'en avez peut-être pas besoin. Vous êtes une politicienne distinguée ; et qui a réussi, à en juger par le poste que vous occupez ; et mieux encore, une politicienne courageuse, à en juger par le pari que vous êtes en train de jouer. Alors, faites donc usage de votre finesse politique. Envisagez l'histoire politique et militaire de l'humanité et regardez-la à la lumière de ce que vous savez de la nature humaine — de la manière avec laquelle les gens, les politiciens et les militaires agissent, réagissent et interagissent — et voyez si je n'ai pas raison.

— Même si vous avez raison, Second Fondateur, c'est un risque que nous devons prendre, dit Branno. Avec une direction avisée, et en profitant des progrès croissants de la technique — en mentalique comme en physique — nous pouvons vaincre... Hari Seldon n'a jamais su convenablement calculer l'influence de tels progrès. Il ne le pouvait pas. Où dans le plan envisage-t-il la mise au point d'un écran mental par la Première Fondation ? Et d'ailleurs, pourquoi faudrait-il qu'on ait besoin du plan ? Nous prendrons le risque de nous en passer pour fonder un nouvel Empire. Mieux vaut peut-être échouer sans le plan que réussir avec, après tout. Nous n'avons que faire d'un

Empire où nous ne serions que des marionnettes manipulées en cachette par les membres de la Seconde Fondation.

— Vous dites cela uniquement parce que vous ne saisissez pas ce qu'un échec représenterait pour les populations de la Galaxie.

— Peut-être ! » dit Branno, inflexible. « Alors, on commence à fatiguer, Second Fondateur ?

— Pas du tout... Laissez-moi vous proposer un autre terme à l'alternative que vous n'avez pas encore envisagé... Un terme dans lequel il n'est nul besoin que je me rende à vous — ni vous à moi... Nous sommes dans les parages d'une planète nommée Gaïa...

— Je m'en étais rendu compte...

— Et vous étiez-vous rendu compte que c'était probablement la planète natale du Mulet ?

— J'aimerais pour cela d'autres preuves qu'une simple affirmation de votre part.

— La planète est entourée par un champ mental. Elle abrite quantité de Mulets. Si vous accomplissez votre rêve de destruction de la Seconde Fondation, vous vous ferez vous-mêmes les esclaves de cette planète de Mulets. Quel mal les membres de la Seconde Fondation vous ont-ils fait ? — quel mal précis, et non pas imaginaire ou hypothétique ? A présent, demandez-vous quel mal un seul et unique Mulet a pu vous faire par le passé...

— Je n'ai toujours rien d'autre que vos affirmations.

— Aussi longtemps que nous resterons ici, je ne pourrai vous donner plus... Je vous propose donc une trêve. Maintenez votre champ levé, si vous n'avez pas confiance, mais soyez prête à coopérer avec moi. Approchons ensemble de cette planète... et quand vous serez convaincue du danger qu'elle représente, alors j'annihilerai le champ mental et vous pourrez ordonner à vos vaisseaux de s'en emparer.

— Et après ?

— Après, au moins, ce sera la Première Fondation contre la Seconde, sans avoir à tenir compte de forces extérieures. La lutte sera enfin claire et nette tandis qu'à présent, voyez-vous, nous n'osons pas nous affronter car les deux Fondations sont l'une et l'autre aux abois.

— Pourquoi n'avoir pas dit ça plus tôt ?

— Je pensais pouvoir vous convaincre que nous n'étions pas ennemis afin que nous puissions coopérer. Puisque j'ai apparemment échoué, je vous suggère une coopération de toute manière. »

Branno ne répondit pas, inclinant la tête, pensive. Puis elle dit enfin : « Vous essayez de m'endormir avec un conte à dormir debout. Comment allez-vous, à vous tout seul, annuler le champ mental de toute une planète de Mulets ? L'idée même est tellement ridicule que je ne peux pas croire à la sincérité de votre proposition.

— Je ne suis pas seul, dit Gendibal. Derrière moi se trouve toute la force de la Seconde Fondation — et cette force canalisée à travers moi saura tenir tête à Gaïa. Qui plus est, elle peut, à tout moment, souffler votre champ mental comme un vulgaire rideau de fumée.

— Si c'est le cas, pourquoi avez-vous besoin de mon aide ?

— D'abord, parce qu'annuler le champ ne suffit pas. La Seconde Fondation ne peut pas se consacrer éternellement à la tâche perpétuelle d'annuler un champ mental, pas plus que je ne vais passer le reste de ma vie à danser ce menuet dialectique avec vous. Nous avons besoin de l'aide matérielle que peuvent nous fournir vos vaisseaux… Et d'autre part, si je ne peux vous convaincre par la raison que les deux Fondations devraient se considérer mutuellement comme alliées, peut-être qu'une telle collaboration dans une entreprise d'une aussi cruciale importance saura se montrer plus convaincante. Les actes réussiront peut-être là où les mots ont échoué… »

Une seconde de silence, puis vint la réponse de Branno : « Je veux bien me rapprocher de Gaïa si l'on peut effectuer cette approche en collaboration… Je ne fais pas de promesse au-delà.

— Ce sera suffisant », dit Gendibal en se penchant vers l'ordinateur.

Mais Novi l'arrêta : « Non, Maître. Jusqu'à présent, ça n'avait pas d'importance mais s'il vous plaît, ne bougez plus maintenant. Nous devons d'abord attendre le conseiller Trevize, de Terminus. »

CHAPITRE XIX

DÉCISION

81.

« Franchement, Golan, dit Janov Pelorat d'une voix légèrement irritée, personne n'a l'air de se soucier que c'est pour moi la première fois au cours d'une vie modérément longue — et absolument pas *trop* longue, je vous l'assure, ma chère Joie — que j'ai l'occasion de voyager à travers la Galaxie. Pourtant, chaque fois que je débarque sur une quelconque planète, j'en repars et me retrouve dans l'espace avant d'avoir eu la moindre chance de vraiment l'étudier. Cela fait déjà deux fois que ça se produit.

— Oui, dit Joie, mais si vous n'aviez pas quitté la précédente aussi vite, vous n'auriez pas fait ma connaissance avant qui sait quand. Cela justifie bien cette première fois...

— Certes. Honnêtement, ma... ma chère Joie, certes, oui.

— Et cette fois-ci, Pel, vous pouvez bien l'avoir quittée, vous m'avez, moi — et moi, je suis Gaïa, tout comme chacune de ses particules, tout comme l'ensemble de la planète...

— Vous l'êtes oui, et je n'en voudrais sûrement aucune autre particule. »

Trevize, qui avait écouté cet échange en fronçant les sourcils, crut bon d'intervenir : « C'est dégoûtant. Dites donc, et Dom... par l'espace, je ne me ferai jamais à ces monosyllabes ! Deux cent cinquante syllabes pour un nom et on ne se sert que d'une seule — et *lui,* alors, pourquoi n'est-il donc pas venu avec nous, lui et ses deux cent cinquante syllabes ? Si tout cela est si important — si l'existence même de Gaïa en dépend — pourquoi n'est-il pas venu avec nous pour nous guider ?

— Je suis là, Trev, dit Joie, et je suis Gaïa tout autant que lui. » Et puis, avec un petit regard en coin de ses grands yeux noirs : « Ça vous embête donc tant que je vous appelle Trev ?

— Oui, ça m'embête. J'ai tout autant droit à mes usages que vous aux vôtres. Je m'appelle Trevize. Avec deux syllabes. Tre-vize.

— D'accord. Je ne veux pas vous fâcher, Trevize.

— Je ne suis pas fâché. Je suis embêté. » Il se leva soudain, se mit à faire les cent pas, enjambant les tibias de Pelorat (qui replia les jambes, vite fait) puis revenant dans l'autre sens. Il s'arrêta, se retourna, et regarda Joie.

Il pointa un doigt sur elle : « Écoutez ! Je ne suis plus mon propre maître ! Je n'ai pas cessé d'être manœuvré, de Terminus à Gaïa — et même après avoir commencé à m'en douter, apparemment pas moyen d'y échapper... Et puis, une fois que je suis à Gaïa, on m'annonce que la seule raison de ma venue est de sauver la planète. Pourquoi ? Comment ? Qu'est pour moi Gaïa ? — ou que suis-je pour elle ? — que je doive la sauver ? N'y a-t-il pas un autre homme sur le quintillion que compte la Galaxie qui puisse se charger du boulot ?

— S'il vous plaît, Trevize », dit Joie — et elle prit soudain un air abattu ; toute trace de gaminerie affectée avait disparu. « Ne soyez pas fâché. Vous voyez : j'emploie votre nom correctement et je vais être très sérieuse. Dom vous a demandé d'être patient.

— Par toutes les planètes de la Galaxie, habitables ou pas, je n'ai pas envie d'être patient. Si je suis tellement important, est-ce que je n'ai pas mérité un minimum d'explication ? Pour commencer, je vous redemande pourquoi Dom ne nous a pas accompagnés ? Ce n'était pas suffisamment important pour lui d'être à bord du *Far Star* en notre compagnie ?

— Mais il y est, Trevize, dit Joie. Aussi longtemps que j'y suis, il est ici, et chaque habitant de Gaïa est ici, tout comme chacun de ses êtres vivants, tout comme chaque parcelle de la planète.

— Vous vous satisfaites peut-être d'une telle explication mais moi je ne vois pas les choses ainsi. Je ne suis pas un Gaïen. Nous, nous ne sommes pas capables de fourrer toute une planète à l'intérieur d'un vaisseau comme le mien ; on ne peut jamais y fourrer qu'un simple individu. On vous a, d'accord, et Dom est une partie de vous. Fort bien. Mais pourquoi pas l'inverse ? Avoir pris Dom, et que ce soit vous qui fassiez partie de lui ?

— En premier lieu, Pel — je veux dire Pel-o-rat — a demandé que je vienne à bord avec vous. Moi, pas Dom.

— Il faisait simplement preuve de galanterie. Qui prendrait ça au sérieux ?

— Ah ! enfin, cher camarade », intervint Pelorat qui se levait, rougissant, « j'étais tout à fait sérieux. Je ne veux pas qu'on m'écarte comme ça. Bon, j'accepte le fait que peu importe quel est l'élément de Gaïa à bord et je reconnais qu'il m'est plus agréable de voir ici Joie plutôt que Dom ; et je trouve que ce devrait être pareil pour vous... Allons, Golan, vous vous conduisez en gamin !

— Ah ! vous trouvez ? Vous trouvez ? » dit Trevize en se renfrognant. « Eh bien, soit, je suis un gamin. En tous les cas » (et de nouveau, il pointa le doigt vers la jeune fille) « quoi que vous puissiez attendre de moi, je vous garantis que je ne bougerai pas si je ne suis pas traité en être humain. Deux questions pour commencer : Que suis-je censé faire ? Et pourquoi moi ? »

Joie ouvrit de grands yeux et battit en retraite. « Je vous en prie. Je ne peux pas vous le dire maintenant. Gaïa ne peut pas vous le dire. Vous devez d'abord arriver à l'endroit prévu sans rien savoir au préalable. Vous devez absolument tout apprendre sur place. Vous ferez alors ce que vous devez faire — mais vous devrez le faire dans le calme et sans émotion. Si vous restez tel que vous êtes en ce moment, ça n'aura servi à rien et de toute façon, Gaïa sera perdue. Il faut que vous changiez ce sentiment qui vous habite... et je ne sais pas comment faire pour le changer !

— Est-ce que Dom le saurait, s'il était là, lui ? demanda Trevize, implacable.

— Mais Dom est ici. Il/je/nous ne savons pas comment vous changer ou vous calmer. Nous ne pouvons pas comprendre un être humain qui est incapable de trouver sa place dans l'ordonnancement des choses, qui ne se sent pas un élément d'un grand tout.

— Ce n'est pas ça. Vous avez bien pu vous emparer de mon vaisseau à une distance d'un million de kilomètres et plus — et nous faire tenir calmes tandis que nous étions réduits à l'impuissance. Eh bien, vous n'avez qu'à me calmer, maintenant. Et ne faites pas semblant d'en être incapable...

— Mais nous ne pouvons pas le faire. Il ne faut pas. Pas maintenant. Qu'on vous change, ou qu'on influe sur vous maintenant, et vous n'aurez pour nous pas plus de valeur que n'importe qui d'autre dans la Galaxie et nous ne pourrons plus vous utiliser. Si nous pouvons nous servir de vous, c'est parce que vous êtes *vous* — et il faut que vous le restiez. Si nous intervenons sur vous d'une façon quelconque en ce moment, nous sommes perdus. Je vous en prie. Vous devez regagner votre calme de vous-même.

— Pas une chance, mademoiselle, tant que vous ne m'aurez pas au moins dit une partie de ce que je veux savoir.

— Joie, intervint Pelorat, laissez-moi essayer. Passez dans l'autre cabine, je vous prie. »

Joie sortit, lentement, à reculons. Pelorat referma la porte sur elle.

« Elle peut quand même entendre et voir, dit Trevize. Elle peut tout percevoir. Quelle différence cela fait-il ?

— Pour moi, ça en fait une. Je veux être seul avec vous, même si cet isolement n'est qu'illusoire... Golan, vous avez peur.

— Ne soyez pas stupide.

— Mais bien sûr, que vous avez peur. Vous ne savez pas où vous allez, ni ce que vous allez affronter ni ce qu'on attend de vous. Vous êtes en droit d'avoir peur.

— Mais je n'ai pas peur.

— Oh ! que si ! Vous n'avez peut-être pas peur du danger physique au sens où moi je peux en avoir peur : j'avais peur de m'aventurer dans l'espace, j'ai peur de chaque nouveau monde que je découvre, j'ai peur de chaque nouveauté que je rencontre. Après tout, j'ai vécu pendant un demi-siècle une vie étriquée, retirée, limitée, alors que vous, vous étiez dans la Marine et dans la politique, au beau milieu de l'action et de l'agitation, à terre ou dans l'espace... Pourtant, j'ai essayé de ne pas avoir peur et vous m'y avez aidé. Tout le temps que nous avons été ensemble, vous vous êtes montré patient avec moi, aimable et compréhensif, et grâce à vous, je suis parvenu à dominer ma peur et j'ai su me tenir. Alors, laissez-moi vous retourner la faveur et vous aider.

— Je n'ai pas peur, je vous dis.

— Bien sûr que vous avez peur. Si ce n'est pas d'autre chose, vous avez au moins peur de la responsabilité que vous allez devoir affronter. Apparemment, une planète entière compte sur vous — et vous aurez donc à vivre avec la responsabilité de la destruction de toute une planète si jamais vous échouez. Pourquoi faudrait-il que vous endossiez cette responsabilité vis-à-vis d'un monde qui ne représente rien pour vous ? Quel droit ont-ils donc de placer sur vos épaules une telle charge ? Vous n'avez pas seulement peur de l'échec, comme en aurait peur n'importe qui d'autre à votre place, vous êtes furieux qu'ils aient à vous placer dans une situation où vous êtes bien obligé d'avoir peur.

— Vous vous trompez complètement.

— Je ne le pense pas. En conséquence, laissez-moi prendre votre place. Quoi qu'ils attendent de vous, c'est moi qui vais le faire. Je suis volontaire pour vous remplacer. Je suppose que ce n'est pas une mission qui exige de grandes capacités physiques ou des performances exceptionnelles, puisqu'en ce cas, une simple machine pourrait aisément vous surclasser. Je suppose que ce n'est pas non plus quelque chose qui exige des capacités en mentalique, car ils ont tout ce qu'il leur faut de côté-là. Ce doit être quelque chose qui… — enfin, je ne sais pas, mais si cela ne réclame ni muscle ni cerveau, je suis aussi bien pourvu que vous pour tout le reste… et je suis prêt à en assumer la responsabilité.

— Pourquoi êtes-vous donc si dérieux d'endosser cette chargc ? » dit rudement Trevize.

Pelorat baissa les yeux vers le sol, comme s'il avait peur de croiser le regard de l'autre. « J'ai été marié, Golan. J'ai connu des femmes. Pourtant, elles n'ont jamais été très importantes pour moi. Intéressantes. Plaisantes. Jamais très importantes. Seulement, celle-ci…

— Qui ça ? Joie ?

— Elle est… je ne sais pas, différente… pour moi.

— Par Terminus, Janov ! Elle connaît le moindre mot que vous pouvez dire…

— Ça ne fait aucune différence. Elle le sait de toute manière… J'ai envie de lui faire plaisir, Golan. Je veux assumer cette mission, quelle qu'elle soit ; courir n'importe quel risque, prendre n'importe quelle responsabilité, si j'ai la moindre chance que ça l'aide à… penser un peu de bien de moi…

— Janov, c'est une enfant.

— Ce n'est pas une enfant… et ce que vous pouvez penser d'elle ne change rien pour moi.

— Vous ne voyez donc pas ce que vous devez représenter pour elle ?

— Un vieux bonhomme ? Et après ? Elle fait partie d'un grand tout, et pas moi — et cela seul édifie un mur insurmontable entre nous. Vous croyez que je ne le sais pas ? Mais je ne lui demande rien, sinon…

— Qu'elle pense un peu de bien de vous ?

— Oui. Ou quel que soit le sentiment qu'elle puisse éprouver à mon égard.

— Et c'est pour ça que vous allez faire mon boulot ! Mais Janov, vous ne les avez donc pas écoutés ! Ils ne veulent pas de vous ; c'est *moi* qu'ils veulent, pour quelque nébuleuse raison que je suis bien en peine de comprendre.

— S'ils ne peuvent pas vous avoir et s'il leur faut absolument quelqu'un, je serai toujours mieux que rien, sûrement. »

Trevize hocha la tête. « Je ne peux pas y croire. La vieillesse vous envahit, et vous voilà en train de découvrir la jeunesse. Janov, vous essayez d'être un héros, afin de pouvoir mourir pour ce corps...

— Ne dites pas ça, Golan ; ce n'est pas un sujet qui prête à rire. »

Trevize essaya de rire mais ses yeux rencontrèrent le visage grave de Pelorat et il se racla la gorge, à la place : « Vous avez raison. Excusez-moi. Rappelez-la, Janov. Rappelez-la. »

Joie entra, légèrement contractée. Elle dit d'une toute petite voix : « Je suis désolée, Pel. Mais vous ne pouvez pas le remplacer. Il faut que ce soit Trevize. Ou personne.

— Très bien, dit Trevize. Je serai calme. Quoi que vous me demandiez, j'essaierai de le faire... Tout, plutôt que de voir Janov essayer de jouer les héros romantiques, à son âge.

— Je sais quel est mon âge », grommela Janov.

Joie s'approcha lentement de lui et posa la main sur son épaule : « Pel... je... pense beaucoup de bien de vous. »

82.

Obscurément, puis plus nettement, Sura Novi sut qu'elle était Suranoviremblastiran et que lorsqu'elle était encore une enfant, elle répondait au nom de Su pour ses parents et de Vi pour ses camarades.

Elle ne l'avait jamais vraiment oublié, bien sûr, mais les faits étaient la plupart du temps restés profondément enfouis en elle. Jamais toutefois ne l'avaient-ils été si profondément et si longuement qu'au cours de ce dernier mois ; mais jamais elle n'avait été aussi proche — aussi longtemps — d'un esprit aussi puissant. Mais le temps était venu, à présent. Elle ne l'avait pas décidé d'elle-même. Elle n'en avait pas eu besoin. Tout le vaste reste de sa personne poussait cette petite portion d'elle-même vers la surface, pour le bien de cette exigence globale.

Accompagnant cette sensation, il y avait un vague malaise, une sorte de démangeaison rapidement submergée par le bien-être d'un moi enfin démasqué. Jamais dans toutes ces années n'avait-elle été aussi proche de Gaïa.

Elle se rappela une des formes de vie qu'elle avait aimées sur Gaïa, étant enfant. Elle avait alors déjà su percevoir que les sensations de cet être étaient une faible part d'elle-même, si bien qu'à présent elle pouvait reconnaître les siennes propres, dans toute leur acuité. Elle était un papillon émergeant d'une chrysalide.

83.

Stor Gendibal considéra Novi, le regard perçant, pénétrant, et avec une telle surprise qu'il fut à deux doigts de perdre son emprise sur le maire Branno. Qu'il ne l'ait pas perdue était, peut-être, le résultat d'un soutien extérieur, aussi soudain que bienvenu mais que pour l'heure il choisit d'ignorer. Il demanda : « Que savez-vous du conseiller Trevize ? » Et puis soudain, troublé et glacé par le brusque accroissement de complexité qu'il sentait se développer dans cet esprit, il s'écria : « Mais qu'êtes-vous ? »

Il essaya de reprendre son ascendant sur cet esprit mais il le trouva cette fois impénétrable. Et au même moment, il reconnut que son emprise sur Branno était en fait soutenue par une influence bien plus puissante que la sienne. Il répéta : « Qu'êtes-vous ? »

Un voile tragique passa sur le visage de Novi : « Maître, dit-elle... Orateur Gandibal. Mon véritable nom est Suranoviremblastiran et je suis Gaïa. »

Elle ne lui dit rien de plus mais Gendibal, pris d'une fureur soudaine, avait lui-même intensifié son aura mentale et, tirant fort adroitement profit de sa tension nerveuse, il s'était faufilé derrière le barrage qui se renforçait pour assurer sur Branno son emprise avec encore plus de fermeté qu'auparavant, tout en se colletant à l'esprit de Novi dans une lutte serrée et silencieuse.

Elle le repoussait avec une égale adresse mais ne pouvait garder son esprit totalement fermé — ou peut-être ne le voulait-elle pas...

Il s'adressa à elle comme à un autre Orateur. « Vous avez joué un rôle, vous m'avez trompé, attiré ici..., vous êtes de l'espèce dont est descendu le Mulet.

— Le Mulet était une aberration, Orateur. Je/nous ne sommes pas des Mulets. Je/nous sommes Gaïa. »

Toute l'essence de Gaïa lui fut décrite, grâce à son mode de communication complexe bien mieux que n'aurait pu le faire n'importe quelle quantité de mots.

« Toute une planète vivante, dit Gendibal.

— Et dotée d'un champ mentalique plus grand dans sa globalité que ne peut être le vôtre, en tant qu'individu. Je vous en prie, ne cherchez pas à résister à pareille force. Je redoute le danger de vous blesser, ce que je ne voudrais pas faire.

Même avec une planète vivante, vous n'êtes pas plus forte que la somme de mes collègues sur Trantor. Nous aussi, en un sens, nous formons une planète vivante.

— Avec simplement quelques milliers d'individus en coopération mentalique, Orateur, et vous ne pouvez même pas puiser dans leur soutien puisque je l'ai bloqué... Essayez, et vous verrez.

— Quel est votre plan, Gaïa ? »

Il y eut le frémissement équivalent mental d'un soupir et Novi répondit : « Nous allons rester dans cette triple impasse : vous allez continuer de tenir le maire Branno derrière son écran — et je vous y aiderai — et nous ne fatiguerons pas. De votre côté, je suppose, vous allez maintenir votre emprise sur moi, tout comme moi je vais maintenir la mienne sur vous et là non plus, aucun de nous ne fatiguera. Et on va rester ainsi.

— Jusqu'à quand ?

— Je vous l'ai dit : nous attendons le conseiller Trevize,

de Terminus. C'est lui qui débloquera l'impasse — en fonction de son choix. »

84.

L'ordinateur de bord du *Far Star* localisa les deux vaisseaux et Golan Trevize divisa l'écran de visualisation pour les afficher ensemble.

C'étaient tous les deux des vaisseaux de la Fondation. L'un était tout à fait semblable au *Far Star* et c'était sans aucun doute le vaisseau de Compor. L'autre était plus gros et considérablement plus puissant.

Golan se tourna vers Joie et lui dit : « Eh bien, est-ce que vous savez ce qui se passe ? Allez-vous enfin daigner me révéler quelque chose ?

— Oui ! Ne vous inquiétez pas ! Ils ne vous feront aucun mal.

— Mais pourquoi tout le monde est-il donc persuadé que je passe mon temps à trembler comme une feuille, enfin ! » demanda-t-il avec humeur.

Pelorat s'empressa d'intervenir : « Ah ! je vous en prie, laissez-la parler ! Ne la brusquez pas ! »

Trevize leva les bras au ciel, avec un geste d'impatience vaincue. « Je ne vais pas la brusquer... Parlez, madame. »

Joie parla : « A bord du grand vaisseau se trouve le chef de votre Fondation. L'accompagne... »

Trevize l'interrompit, étonné : « Le chef ? Vous voulez parler de cette vieille sorcière de Branno ?

— Ce n'est certainement pas son titre exact », nota Joie avec une petite mimique amusée. « Mais c'est une femme, oui. » Elle marqua une pause, comme si elle écoutait avec attention le reste du vaste organisme dont elle était un élément. « Son nom est Harlabranno. Ça peut paraître drôle de n'avoir que quatre syllabes quand on a l'importance qu'elle a sur sa planète mais je suppose que les non-Gaïens ont leurs coutumes à eux...

— Je suppose, dit Trevize, sèchement. Vous l'appelleriez Brann, j'imagine. Mais qu'est-ce qu'elle fait là ? Pourquoi n'est-elle pas restée sur... Je vois, c'est Gaïa qui l'a manœuvrée pour l'attirer ici, elle aussi. Pourquoi ? »

Joie ne répondit pas à cette question. Elle poursuivit : « L'accompagne Lionokodell, cinq syllabes, bien que son subordonné. Cela pourrait sembler un manque de respect. C'est une importante personnalité sur votre monde. Se trouvent également à bord quatre autres individus, pour servir les armes embarquées. Est-ce que vous voulez leurs noms ?

— Non. Je suppose qu'à bord de l'autre vaisseau se trouve un seul homme, Munn Li Compor, et qu'il représente la Seconde Fondation. Vous avez manifestement manœuvré pour amener les deux Fondations à se rencontrer. Pourquoi ?

— Pas exactement, Trev... Trevize, je veux dire...

— Allez, ne vous en faites pas et continuez donc de m'appeler Trev. Je m'en fiche comme d'une queue de comète...

— Pas exactement, Trev. Compor a quitté le vaisseau pour être remplacé par deux personnes. La première est Storgendibal, une personnalité de haut rang dans la Seconde Fondation. On l'appelle un Orateur.

— Une personnalité de haut rang ? Il dispose de pouvoirs mentaux, je suppose...

— Oui. Très puissants...

— Serez-vous en mesure d'y faire front ?

— Certainement. La seconde personne à bord avec lui est Gaïa.

— Vous voulez dire, l'un des vôtres ?

— Oui. Son nom est Suranoviremblastiran. Il devrait être bien plus long mais elle est demeurée loin de moi/nous/le reste si longtemps...

— Est-elle capable de tenir tête à un haut dignitaire de la Seconde Fondation ?

— Ce n'est pas elle, c'est Gaïa qui lui tient tête. Elle/je/nous/tous sommes capables de l'écraser.

— Est-ce là ce qu'elle va faire ? L'écraser puis écraser Branno ? Qu'est-ce donc ? Gaïa compterait-elle détruire les deux Fondations pour établir son propre Empire galactique ? C'est le retour du Mulet ? Un Mulet encore plus fort...

— Non, non, Trev. Ne commencez pas à vous agiter. C'est inutile. Tous les trois sont bloqués dans une impasse. Ils attendent.

— Quoi ?

— Votre décision.

— Nous y revoilà. Mais quelle décision ? Pourquoi moi ?

— Je vous en prie, Trev. Vous aurez bientôt une explication. Je/nous/elle vous a dit tout ce que je/nous/elle pouvait vous dire. »

85.

Branno dit d'une voix lasse : « Il est clair que j'ai commis une erreur, Liono, et peut-être une erreur fatale.

— Est-ce une chose qu'il est judicieux d'admettre ? » marmonna Kodell, gardant les lèvres immobiles.

« De toute façon, ils connaissent mes pensées. Alors, il n'y a pas grand mal à le dire. De même qu'ils n'en sauront pas moins sur vous parce que vous n'aurez pas desserré les lèvres... Non, j'aurais dû attendre que notre écran soit encore renforcé...

— Comment auriez-vous pu le deviner, Madame ? S'il fallait attendre que notre sécurité soit doublée, triplée, quadruplée, renforcée à l'infini.... on aurait attendu éternellement... Pour tout vous dire, j'aurais préféré personnellement qu'on n'y aille pas nous-mêmes. Il aurait mieux valu tenter l'expérience avec quelqu'un d'autre... votre paratonnerre, Trevize, peut-être. »

Branno soupira. « Je voulais qu'ils ne se doutent de rien, Liono. Mais vous avez quand même mis le doigt sur mon erreur de fond : j'aurais dû attendre que l'écran soit raisonnablement impénétrable. Pas totalement, bien sûr, mais raisonnablement tout de même. Je savais qu'il présentait encore une certaine perméabilité mais j'ai été incapable d'attendre plus longtemps. Patienter jusqu'à ce qu'il soit devenu totalement imperméable aurait signifié attendre au-delà de l'expiration de mon mandat, et je voulais que ce soit fait de mon temps, et je voulais être sur place... Mais, comme une idiote, je me suis forcée à croire que l'écran résisterait suffisamment. Et je n'ai voulu entendre aucun avertissement, aucun doute — les vôtres, par exemple.

— Nous pouvons encore gagner, avec de la patience.

— Pouvez-vous donner l'ordre de tirer sur l'autre vaisseau ?

— Non, je ne peux pas, Madame. L'idée même m'est en quelque sorte devenue insupportable.

— Je ne peux pas non plus. Et si vous ou moi parvenions à donner cet ordre, je suis certaine que nos hommes ne le suivraient pas, qu'ils en seraient incapables.

— Dans les circonstances présentes, Madame... mais les circonstances pourraient changer. Je vous signale incidemment qu'un nouvel acteur a fait son apparition sur la scène. »

Il indiqua le moniteur. L'ordinateur de bord avait automatiquement subdivisé l'écran à l'instant où un nouvel engin était entré dans son champ. Le second appareil s'inscrivait sur le côté droit.

« Pouvez-vous agrandir l'image, Liono ?

— Sans problème. Le Second Fondateur est un homme habile. Nous sommes libres d'effectuer tout ce qui ne le gêne pas.

— Bon, dit Branno en étudiant l'écran. C'est le *Far Star,* j'en suis sûre. Et j'imagine que Trevize et Pelorat sont à bord. » Puis, amèrement : « A moins qu'eux aussi n'aient été remplacés par des membres de la Seconde Fondation. Mon paratonnerre s'est montré finalement très efficace... Si seulement mon écran avait été plus résistant.

— Patience ! » dit Kodell.

Une voix résonna dans la salle de contrôle du vaisseau, et Branno aurait pu jurer qu'elle n'était pas formée d'ondes sonores. Elle l'entendait directement dans son esprit et un bref regard à Kodell suffit à lui prouver qu'il l'entendait lui aussi.

La voix disait : « Est-ce que vous m'entendez, maire

Branno ? Si oui, inutile de répondre. Il vous suffira de le penser.

— Qui êtes-vous ? demanda calmement Branno.

— Je suis Gaïa ! »

86.

Chacun des trois vaisseaux était, *grosso modo,* immobile par rapport aux deux autres. Tous trois tournaient très lentement autour de la planète Gaïa, tel un lointain satellite tripartite. Tous trois accompagnaient Gaïa dans son éternel périple autour de son soleil.

Trevize était assis devant l'écran, las de chercher à deviner quel pouvait être son rôle — et dans quel but on l'avait traîné sur mille parsecs pour l'amener ici.

La voix qu'il perçut dans sa tête ne le surprit pas. C'était comme s'il l'avait attendue.

La voix disait : « Est-ce que vous m'entendez, Golan Trevize ? Si oui, inutile de me répondre. Il vous suffira de le penser. »

Trevize regarda autour de lui. Manifestement surpris, Pelorat tournait la tête dans toutes les directions, comme pour chercher à localiser la source de cette voix. Joie restait tranquillement assise, les mains mollement posées sur son giron. A ce moment, Trevize ne doutait pas qu'elle percevait elle aussi la voix.

Ignorant l'ordre de n'utiliser que la pensée, il parla, en articulant délibérément : « Si je ne découvre pas de quoi il retourne, je ne ferai rien de ce qu'on m'a demandé. »

Alors la voix répondit : « Vous êtes sur le point de le découvrir. »

87.

« Vous allez tous m'entendre dans votre esprit, dit Novi. Vous êtes libres de me répondre par la pensée. Je vais faire en sorte que vous puissiez tous mutuellement vous entendre. Et comme vous aurez pu vous en rendre compte, nous sommes tous assez proches pour qu'à la célérité de la lumière qui est normalement celle du champ mentalique dans l'espace, nous ne souffrions d'aucun délai de transmission gênant. Pour commencer, si nous sommes tous réunis ici, c'est uniquement par convenance personnelle...

— Comment cela ? » C'était la voix de Branno.

« Et non par suggestion mentale, poursuivit Novi. Gaïa n'a influencé l'esprit de personne. Ce n'est pas dans nos méthodes. Nous avons simplement su tirer parti des ambitions de chacun : le maire Branno voulait instaurer un Second Empire tout de suite ; l'orateur Gendibal voulait être Premier Orateur. C'était assez pour que nous encouragions ces désirs en profitant du vent, avec discernement et jugement.

— Moi je sais comment j'ai été amené ici », dit Gendibal, crispé. Ah ! ça, il le savait ; il savait pourquoi il avait eu une telle hâte à se lancer dans l'espace, à poursuivre Trevize, pourquoi il s'était cru si sûr de tout pouvoir régler. Tout cela c'était à cause de Novi... Ah ! Novi !

« Vous étiez un cas particulier, orateur Gendibal. Votre ambition était puissante mais il y avait en vous des faiblesses qui pouvaient nous offrir un raccourci. Vous étiez un individu susceptible de vous montrer aimable envers toute personne que vous auriez appris à considérer comme votre inférieure en toute circonstance. Je n'ai eu qu'à tirer profit de ce trait de votre personnalité et le retourner contre vous. Je/nous suis/sommes profondément honteuse/s. Ma seule excuse est que l'avenir de la Galaxie était en jeu. »

Novi marqua une pause et sa voix (bien qu'elle n'usât pas de ses cordes vocales) devint plus sombre et ses traits plus tirés.

« Le moment était venu. Gaïa ne pouvait plus attendre. Depuis plus d'un siècle, Terminus travaillait à la mise au point d'un écran mentalique. Qu'on la laisse livrée à elle-même encore une génération et son écran serait devenu impénétrable même pour Gaïa et elle aurait été libre d'user à volonté de ses armes physiques. La Galaxie n'aurait pas été en mesure de lui résister et un Second Empire — version Terminus — n'aurait pas tardé à voir le jour, malgré le plan Seldon, malgré les gens de Trantor, et malgré Gaïa. Il fallait donc, d'une façon ou de l'autre, manipuler le maire Branno pour l'amener à bouger quand cet écran n'était pas encore entièrement au point.

« Et puis il y avait Trantor : le plan Seldon fonctionnait à la perfection car Gaïa elle-même travaillait à le maintenir sur ses rails avec précision. Et durant plus d'un siècle, les Trantoriens s'étaient choisi des Premiers Orateurs particulièrement placides, tant et si bien que la planète avait plutôt végété. Aujourd'hui toutefois, Stor Gendibal prenait rapidement de l'importance. Il ne tarderait certainement pas à devenir Premier Orateur et, sous sa direction, Trantor jouerait enfin un rôle actif. Elle se polariserait sans aucun doute sur l'exercice de la force physique, saurait reconnaître le danger représenté par Terminus et prendre des dispositions en ce sens. Si Trantor pouvait agir contre Terminus avant que son écran ne soit devenu infranchissable, alors le plan Seldon connaîtrait sa conclusion avec l'avènement d'un Second Empire galactique — version Trantor — malgré Terminus, et malgré Gaïa. Par conséquent, il convenait également de pousser, d'une manière ou de l'autre, Gendibal à agir avant qu'il ne soit devenu Premier Orateur.

« Par chance, Gaïa y travaillant scrupuleusement depuis des décennies, nous avons pu amener les deux Fondations à se rencontrer à l'endroit convenable et au moment convenable. Je vous rappelle tout cela en préalable, afin que le conseiller Golan Trevize de Terminus puisse bien comprendre. »

Trevize l'interrompit aussitôt et de nouveau négligea tout effort pour s'exprimer par la pensée. Il dit avec fermeté : « Je ne comprends vraiment pas. Qu'avez-vous à reprocher à l'une ou l'autre de ces versions du Second Empire galactique ?

— Le Second Empire galactique — tel que vu par Terminus, expliqua Novi — sera un Empire militaire, instauré par les armes, maintenu par les armes, et finalement promis à la destruction par les armes. Ce ne sera rien autre que le Premier Empire galactique ressuscité. Telle est l'opinion de Gaïa.

« Le Second Empire galactique — tel que vu par Trantor — sera un Empire paternaliste, instauré par le calcul, maintenu par le calcul, et que le calcul entretiendra dans un perpétuel état de mort-vivant. Cet empire débouchera sur une impasse. Telle est l'opinion de Gaïa.

— Et quelle solution Gaïa préconise-t-elle pour sortir de l'alternative ? demanda Trevize.

— Grande Gaïa ! Par la Galaxie ! Chaque planète habitée vivante comme Gaïa. Chaque planète habitée fondue dans une vie hyperspatiale plus grande encore. Chaque planète habitée participant de ce tout. Chaque étoile. Chaque bouffée de gaz interstellaire. Peut-être même le grand trou noir central. Une Galaxie vivante et qui puisse être rendue accueillante à toute forme de vie d'une manière que nous sommes encore incapables d'envisager. Un mode de vie fondamentalement différent de tout ce qu'on a pu connaître jusqu'à présent, en évitant de répéter aucune des erreurs du passé.

— Pour en inventer de nouvelles, grommela Gendibal, sarcastique.

— Nous avons eu des millions d'années de Gaïa pour régler ces problèmes.

— Mais pas à l'échelle d'une Galaxie. »

Ignorant ce bref échange et poursuivant son idée, Trevize demanda : « Et moi, quel est mon rôle, là-dedans ? »

Canalisée par l'esprit de Novi, la voix de Gaïa tonna : « *Choisissez !* Quelle est la solution à suivre ? »

Il y eut un vaste silence et puis la voix de Trevize — sa voix mentale, du moins, car il était trop abasourdi pour parler — se fit entendre, toute petite voix encore méfiante : « Mais pourquoi moi ? »

Novi expliqua : « Bien que nous ayons discerné que le moment était venu où soit Terminus, soit Trantor allait devenir trop puissante pour être arrêtée — ou pis encore, le moment où les deux ensemble allaient devenir assez puissantes pour déboucher sur une situation de blocage redoutable, susceptible de dévaster toute la Galaxie — nous n'étions pas encore en mesure d'agir : pour ce que nous voulions faire, nous avions besoin de quelqu'un — quelqu'un de bien particulier —, quelqu'un disposant du talent de choisir juste. Et nous vous avons trouvé, Conseiller. Non, nous n'y sommes pour rien : ce sont les gens de Trantor qui vous ont découvert grâce à cet homme nommé Compor, même s'ils n'ont pas su sur quoi ils avaient mis la main. Le simple fait de vous découvrir attira sur vous notre attention. Golan Trevize, vous avez le don de savoir discerner ce qu'il est juste de faire.

— Je le nie formellement, dit Trevize.

— Vous savez, de temps à autre, avoir une *certitude.* Et nous voulons cette fois avoir votre certitude pour le compte de la Galaxie. Vous ne voulez pas de cette responsabilité, peut-être. Vous pouvez faire de votre mieux pour ne pas avoir à choisir. Et pourtant, vous allez finir par vous rendre compte qu'il est bon qu'il en soit ainsi. Et vous aurez une *certitude !* Et vous choisirez alors. Une fois que nous vous avons trouvé, nous avons su que notre quête était achevée et dès lors, pendant des années, nous avons œuvré pour orienter le cours des événements de telle sorte que, sans interférence mentale, vous vous retrouviez tous les trois — le maire Branno, l'orateur Gendibal et le conseiller Trevize — en même temps dans les parages de Gaïa. Et c'est ce que nous avons fait.

— En ce point de l'espace, et dans les présentes circonstances, dit Trevize, n'est-il pas vrai, Gaïa — si c'est ainsi que vous voulez que je vous appelle —, n'est-il pas vrai que vous êtes capables de défaire aussi bien le Maire que l'Orateur ? N'est-il pas vrai que vous pouvez instaurer cette Galaxie vivante dont vous avez parlé sans que j'aie à intervenir ? Alors, dans ce cas, pourquoi ne pas le faire ?

— Je ne sais pas si je puis vous en donner une explication susceptible de vous satisfaire, dit Novi. Gaïa a été formée il y a des milliers d'années avec l'aide de robots qui, jadis, durant une brève période, avaient servi l'espèce humaine et qu'ils ne servent plus aujourd'hui. Ils nous firent bien comprendre que nous ne pourrions jamais survivre que par une stricte application des Trois Lois de la Robotique en généralisant leur emploi à la vie. La Première Loi, en ces termes, devient : “ Gaïa ne peut blesser un être humain ou, par son inaction, permettre qu’un être humain soit blessé. ” Nous nous sommes tenus à cette règle tout au long de notre histoire et nous ne pouvons en suivre d’autre.

« Le résultat est que nous sommes à présent impuissants. Nous ne pouvons imposer notre vision d’une Galaxie vivante à un quintillion d’êtres humains et à d’innombrables autres formes de vie et peut-être en blesser de vastes quantités... Pas plus que nous ne pouvons rester sans rien faire et voir la Galaxie se détruire à moitié dans une lutte que nous aurions pu prévenir. Nous ne savons pas lequel de ces deux choix — de l’action ou de l’inaction — coûtera le moins à la Galaxie ; pas plus que nous ne savons, au cas où nous choisirions l’action, si c’est le soutien à Terminus ou le soutien à Trantor qui coûtera le moins à la Galaxie. Alors, laissons le conseiller Trevize en décider et, quelle que soit sa décision, Gaïa s’y conformera.

— Comment voulez-vous que je prenne une décision ? dit Trevize. Qu’est-ce que je dois faire ?

— Vous avez votre ordinateur. En le fabriquant, les gens de Terminus ignoraient à quel point il pouvait être supérieur à ce qu’ils imaginaient. L’ordinateur installé à bord de votre vaisseau incorpore une parcelle de Gaïa. Posez les mains sur le terminal et pensez. Vous pouvez imaginer que l’écran du maire Branno est impénétrable, par exemple. Si vous le faites, il est possible qu’elle fasse aussitôt usage de ses armes pour endommager ou détruire les deux autres astronefs et asseoir ainsi sa domination physique sur Gaïa et par la suite sur Trantor.

— Et vous ne ferez rien pour arrêter ça ? dit Trevize, étonné.

— Rien du tout. Si vous avez la certitude que la domination de Terminus nuira moins à la Galaxie que l’autre terme de l’alternative, nous serons tout prêts à asseoir cette domination — même au prix de notre propre destruction.

« D'un autre côté, vous pouvez vous retourner vers le champ mentalique de l'orateur Gendibal et lui donner un coup de pouce, avec le pouvoir amplificateur de votre ordinateur. Il pourra dans ce cas certainement se libérer de mon influence et me repousser. Il aura alors la possibilité de modifier l'esprit du Maire et, en s'aidant de l'ensemble de sa flotte, asseoir sa domination matérielle sur Gaïa et assurer ainsi la perpétuation de la suprématie du plan Seldon. Gaïa ne fera pas un mouvement pour aller à l'encontre de cela.

« Ou vous pouvez encore repérer mon champ mentalique et décider de vous y joindre, auquel cas la Galaxie vivante sera mise en branle pour atteindre son apogée, pas au cours de cette génération, ni de la suivante, certes, mais après des siècles de labeur durant lesquels le plan Seldon continuera de se poursuivre. A vous de choisir.

— Attendez ! lança Branno. Ne prenez pas encore de décision. Est-ce que je peux parler ?

— Vous pouvez parler librement, dit Novi. De même que l'orateur Gendibal.

— Conseiller Trevize, reprit Branno. La dernière fois que nous nous sommes vus sur Terminus, vous m'avez dit : " Le temps viendra peut-être, madame le Maire, où vous exigerez de moi un effort, et j'agirai alors selon mon choix en me souvenant de ces deux derniers jours. " J'ignore si vous aviez prévu ce qui arrive, ou si vous en aviez simplement l'intuition, ou encore si vous possédez ce que cette femme qui nous parle de galaxie vivante appelle un don pour choisir juste. En tous les cas, vous aviez raison. Je vous demande un effort au nom de la Fédération.

« Il se peut, je suppose, que vous ressentiez l'envie de me rendre la monnaie de la pièce, pour vous avoir arrêté et exilé. Je vous demande de vous souvenir que si je l'ai fait, c'est pour ce que je considérais comme le bien de la Fédération de la Fondation. Même si j'ai eu tort ou si j'ai agi par pur égoïsme, souvenez-vous également que c'est moi qui l'ai fait — et non la Fédération. N'allez pas la détruire entièrement par simple désir de compenser ce qu'à moi seule j'ai pu vous faire subir. Rappelez-vous d'abord que vous êtes un membre de la Fondation, et de la race humaine, que vous n'avez nulle envie d'être un simple chiffre dans les plans des mathématiciens exsangues de Trantor, ou encore moins qu'un chiffre dans une espèce de micmac galactique où se mêlent le vivant et le non-vivant. Vous avez envie que vous-même, vos descendants, vos semblables soient des organismes indépendants, dotés de libre arbitre. Rien n'a d'importance.

« Les autres peuvent bien vous raconter que notre Empire mènera à la ruine et aux effusions de sang — mais ce n'est pas une fatalité : c'est par un libre choix que nous déciderons s'il doit ou non en être ainsi. Nous pouvons opérer un autre choix. Et en tous les cas, mieux vaut encore aller à l'échec en usant de son libre arbitre que vivre dans une sécurité dénuée de tout sens comme de vulgaires rouages dans une machine. Observez d'ailleurs qu'en ce moment même on vous demande de prendre une décision en tant qu'être humain doté de son libre arbitre. Ces choses qui forment Gaïa sont bien incapables de prendre la moindre décision parce que leur machinerie ne le leur permet pas, si bien qu'elles sont obligées de compter sur vous. Et elles ne manqueront pas de vous détruire si vous leur en laissez l'occasion. Est-ce donc là ce que vous voulez pour toute la Galaxie ?

— J'ignore si je dispose de mon libre arbitre, madame le Maire, observa Trevize. Mon esprit peut avoir été subtilement altéré de telle manière que je fournisse la réponse que l'on désire.

— Votre esprit n'a absolument pas été touché, dit Novi. Si nous pouvions nous résoudre à modifier votre esprit pour qu'il aille dans le sens de nos vues, toute cette rencontre serait inutile. Serions-nous à ce point dénués de principes que nous aurions agi dans le sens qui nous aurait le mieux convenu, sans nous soucier d'exigences plus élevées ou du bien commun de l'humanité en général.

— Je crois que c'est mon tour de m'exprimer, dit

Gendibal. Conseiller Trevize, ne vous laissez pas guider par un patriotisme étroit. Le fait que vous soyez natif de Terminus ne devrait pas vous amener à croire que Terminus doit passer avant la Galaxie. Depuis maintenant cinq siècles, la Galaxie a agi en accord avec le plan Seldon. A l'intérieur comme à l'extérieur de la Fédération de la Fondation, ce processus n'a cessé de se poursuivre.

« Vous faites, et vous avez fait, partie du plan Seldon, d'abord et avant tout, bien avant votre rôle secondaire de membre de la Fondation. Alors, ne faites rien qui soit susceptible de bouleverser le plan, soit à cause d'une notion étroite du patriotisme, soit par un penchant romantique pour le neuf et l'inconnu. Les membres de la Seconde Fondation n'entraveront en rien le libre arbitre de l'humanité. Nous sommes des guides, pas des despotes.

« Et nous vous offrons un Second Empire galactique fondamentalement différent du Premier. Tout au long de l'histoire humaine, depuis les dizaines de milliers d'années que l'on pratique le voyage hyperspatial, pas une seule décennie ne s'est écoulée, dans toute la Galaxie, sans effusion de sang ou mort violente, même durant ces périodes où la Fondation elle-même était en paix. Choisissez le maire Branno et cela continuera indéfiniment à l'avenir. La même routine de terreur et de mort. Le plan Seldon offre au moins une échappatoire — et pas au prix, lui, d'une réduction au stade de nouvel atome dans une Galaxie d'atomes, ravalé au même niveau que l'herbe, les bactéries et la poussière...

— J'approuve entièrement ce que dit l'orateur Gendibal sur le Second Empire de la Première Fondation, dit Novi. Mais pas ce qu'il dit du sien. Les Orateurs de Trantor sont après tout des êtres humains dotés eux aussi d'un total libre arbitre et sont tels qu'ils ont toujours été. Sont-ils libérés des rivalités destructives, des intrigues de la politique, des empoignades pour le pouvoir à tout prix ? N'y a-t-il donc ni querelles ni même haines autour de la Table des Orateurs ? — et seront-ils toujours des guides que vous oserez suivre ? Faites s'engager sur l'honneur l'orateur Gendibal à vous répondre sur ce point.

— Je n'ai pas besoin d'engager mon honneur pour ça. Je reconnais bien volontiers que nous avons nos haines, nos rivalités et nos trahisons autour de la Table. Mais une fois qu'une décision est prise, elle est respectée de tous. Il n'y a jamais eu une seule exception.

— Et si je ne veux pas faire de choix? demanda Trevize.

— Il le faut, dit Novi. Vous sentirez qu'il est juste de le faire et par conséquent vous ferez un choix.

— Et si j'essaie de faire un choix et n'y parviens pas?

— Il le faut.

— Combien de temps ai-je pour cela?

— Jusqu'à ce que vous vous sentiez *sûr,* aussi longtemps qu'il faudra... »

Trevize garda le silence.

Bien que les autres fussent également silencieux, il lui sembla qu'il pouvait percevoir le battement de leur pouls.

Il entendit la voix ferme du maire Branno · « Libre arbitre ! »

Péremptoire, celle de l'orateur Gendibal : « Conseil et Paix ! »

Et nostalgique, Novi : « La vie. »

Trevize se retourna et vit Pelorat qui le regardait fixement. « Janov, lui dit-il. Vous avez entendu tout cela?

— Oui, j'ai entendu, Golan.

— Qu'en pensez-vous?

— Ce n'est pas à moi de décider.

— Je le sais bien. Mais vous, qu'est-ce que vous en pensez?

— Je ne sais pas. Les trois solutions m'effraient tout autant. Et malgré tout, une idée saugrenue me revient...

— Oui?

— A notre premier envol dans l'espace, vous m'avez montré la Galaxie. Vous vous souvenez?

— Bien sûr.

— Vous avez accéléré le temps et la rotation de la Galaxie est alors devenue visible. Et j'ai dit, comme par anticipation de cet instant même : “ la Galaxie ressemble à une chose vivante, rampant dans l'espace "... Pensez-vous qu'en un sens elle soit déjà vivante ? »

Et Trevize, au souvenir de ce moment, fut soudain *sûr*. Lui revint également soudain son pressentiment que Pelorat allait avoir un rôle vital à jouer. Il se tourna en hâte, craignant d'avoir le temps de réfléchir, de douter, de devenir incertain...

Il plaqua les mains sur le terminal et pensa, pensa comme il ne l'avait jamais fait auparavant.

Il avait pris sa décision — la décision à laquelle était suspendu le destin de la Galaxie.

CHAPITRE XX

CONCLUSION

88.

Mme le maire Harlan Branno avait tout lieu d'être satisfaite. La visite officielle n'avait pas duré longtemps mais avait été extrêmement fructueuse.

Comme dans une tentative délibérée d'éviter l'*hubris,* elle dit : « Nous ne pouvons, bien entendu, leur faire entièrement confiance. »

Elle regardait l'écran. Les vaisseaux de la flotte, un par un, entraient dans l'hyperespace pour regagner leur base de départ.

Il était indiscutable que Seychelle s'était montrée impressionnée par leur présence mais elle n'avait pu manquer de remarquer deux choses : un, que les vaisseaux étaient demeurés en permanence dans l'espace territorial de la Fondation ; deux, que leur départ ayant été annoncé par Branno, ils repartaient effectivement sans tarder.

D'un autre côté, Seychelle n'oublierait pas non plus que ces vaisseaux pouvaient être à tout moment rappelés à ses frontières en l'espace d'une journée — à peine. C'était une manœuvre qui avait à la fois combiné la démonstration de force et la manifestation de bonne volonté.

Kodell répondit : « Tout à fait exact, nous ne pouvons leur faire entièrement confiance mais il n'y a personne dans la Galaxie à qui l'on puisse faire entièrement confiance… et puis, c'est leur intérêt même d'observer les termes de l'accord. Nous avons été généreux.

— Cela dépendra en grande partie du règlement des détails, nota Branno, et je peux vous prédire que cela va prendre des mois. On peut accepter un accord à grands traits en quelques instants mais viennent ensuite les nuances : comment régler les délais douaniers d'importation et d'exportation, comment estimer la valeur de leur blé ou de leur bétail par rapport au nôtre, et ainsi de suite…

— Je sais, mais on en viendra bien à bout et finalement tout le crédit vous en reviendra, Madame. C'était un coup hardi et dont, je l'admets, j'avais mis en doute la sagesse…

— Allons, Liono. C'était simplement affaire, pour la Fondation, de savoir reconnaître l'amour-propre de Seychelle. Ils ont su garder une certaine indépendance depuis les débuts de la période impériale. Ce qui mérite effectivement l'admiration.

— Oui, d'autant plus que ça ne vous gênera plus.

— Tout juste, si bien qu'il suffisait simplement de ravaler assez notre orgueil pour accepter de faire un geste vers eux. Je reconnais qu'il m'a fallu un effort pour me décider, moi, le Maire d'une Fédération englobant toute une Galaxie, à condescendre à aller visiter un amas stellaire provincial mais, une fois la décision prise, le plus dur était fait. Et ils ont été satisfaits. Nous avons dû faire le pari qu'ils accepteraient une visite, une fois nos vaisseaux à leur frontière, mais pour ça, il fallait nous montrer humbles et tout souriants. »

Kodell opina : « Nous avons abandonné l'apparence du pouvoir pour en conserver l'essence.

— Exactement… De qui est-ce, déjà ?

— Je crois que c'était dans une des pièces d'Ériden, mais je n'en suis pas certain… On pourra toujours le demander à l'un de nos cracks en littérature, une fois rentrés.

— Si j'y pense. Il faut hâter les préparatifs de la visite en retour des Seychellois à Terminus ; et veiller à ce qu'on les traite avec tous les égards réservés à des égaux. Et j'ai bien peur, Liono, que vous ne deviez renforcer pour eux les mesures de sécurité. Il faudra sans aucun doute compter avec une certaine indignation de la part de nos fortes têtes et il ne serait guère judicieux que nos invités soient sujets même à la plus légère humiliation, tout cela à cause de manifestations de protestation.

— Absolument, dit Kodell. Au fait, ce fut un coup fort habile, d'envoyer Trevize.

— Mon paratonnerre ? Il a été plus efficace que je ne l'aurais cru, pour être honnête. Sa façon de mettre les pieds dans le plat, à Seychelle, a attiré leurs foudres sous la forme d'une protestation avec une vitesse que je n'aurais pas crue possible. Par l'espace ! Quelle excellente excuse pour ma visite : inquiétudes à l'égard d'un ressortissant de la Fondation puis gratitude pour leur tolérance envers lui...

— Très subtil !... Vous ne pensez pas toutefois qu'il aurait mieux valu le ramener avec nous ?

— Non. Dans l'ensemble, je préfère le savoir n'importe où plutôt que chez nous. Ce serait un facteur de troubles sur Terminus. Ses balivernes au sujet de la Seconde Fondation ont constitué un prétexte idéal pour le chasser et bien sûr, nous comptions beaucoup sur Pelorat pour le conduire à Seychelle mais je n'ai aucune envie à présent de le voir revenir et continuer à propager ses absurdités. Qui pourrait dire à quoi cela pourrait mener... »

Kodell ricana : « Je doute qu'on puisse jamais trouver quelqu'un de plus crédule qu'un intellectuel. Je me demande ce que Pelorat aurait encore pu avaler pour peu qu'on l'y ait encouragé.

— Croire en la réalité de l'existence de la mythique Gaïa des Seychellois était amplement suffisant... mais peu importe. Il va maintenant nous falloir affronter le Conseil dès notre retour et on aura besoin de leurs voix pour le traité avec Seychelle. Heureusement encore que nous avons la déclaration de Trevize — avec empreintes vocales et tout — pour attester qu'il a bien quitté Terminus de son plein gré. Je présenterai des regrets officiels pour sa brève interpellation et cela satisfera le Conseil.

— Je vous fais confiance pour savoir leur passer de la pommade, Madame, dit sèchement Kodell. Avez-vous toutefois envisagé que Trevize puisse continuer sa quête de la Seconde Fondation ?

— Laissons-le faire », dit Branno en haussant les épaules. « Tant qu'il ne le fait pas sur Terminus. Ça l'occupera toujours, sans le mener nulle part. L'idée que la Seconde Fondation existerait encore est devenue le mythe de notre siècle, tout comme Gaïa est le mythe de Seychelle. »

Elle se carra dans son fauteuil et prit un air résolument cordial : « Et maintenant que nous avons mis la main sur Seychelle — et le temps qu'ils s'en aperçoivent, il sera pour eux trop tard pour se libérer de notre emprise. Si bien que la croissance de la Fondation se poursuit et se poursuivra, doucement et régulièrement.

— Et tout le crédit vous reviendra, Madame.

— Cela ne m'a pas échappé », répondit Branno, et leur vaisseau se glissa dans l'hyperespace pour réapparaître dans le voisinage de Terminus.

89.

L'orateur Stor Gendibal qui avait enfin regagné son vaisseau avait tout lieu d'être satisfait. La rencontre avec la Première Fondation n'avait pas duré longtemps mais elle avait été extrêmement fructueuse.

Il avait renvoyé un message de triomphe soigneusement atténué. Pour l'heure, il suffisait que le Premier Orateur sache simplement que tout s'était bien passé (comme il pouvait effectivement le déduire du fait qu'on n'avait pas eu à faire usage de l'ensemble des forces de la Seconde Fondation, après tout). Les détails pourraient suivre plus tard.

Il pourrait décrire alors comment un délicat — et fort minime — ajustement de l'esprit du maire Branno avait permis de la détourner de ses rêves de grandeur impérialistes au profit des détails pratiques d'un traité commercial; comment un ajustement délicat — et opéré de très loin — sur les dirigeants de l'union seychelloise avait conduit à l'invitation du maire à des pourparlers et comment, par la suite, un rapprochement avait été obtenu sans autres interventions, tandis que Compor retournait à Terminus à bord de son propre vaisseau pour veiller à ce que l'accord fût respecté... L'ensemble, songea Gendibal avec suffisance, était presque un cas d'école des vastes résultats obtenus par le simple biais d'interventions mentaliques soigneusement dosées.

Voilà, il n'en doutait pas, qui clouerait définitivement le bec à l'oratrice Delarmi et conduirait rapidement à sa propre promotion au rang de Premier Orateur, dès qu'il aurait présenté les détails de son action lors d'une réunion officielle de la Table.

Et s'il ne se cachait pas l'importance du rôle joué par Sura Novi, il ne jugeait pas utile de trop souligner ce point devant les Orateurs. Non seulement elle avait joué un rôle essentiel dans sa victoire mais elle lui offrait à présent l'excuse qu'il cherchait pour assouvir son penchant puéril (et tellement humain, car même les Orateurs sont humains) à se pavaner devant un public à l'admiration garantie.

Elle n'avait rien compris à ce qui s'était passé, il le savait bien, mais elle avait quand même conscience qu'il avait su se débrouiller pour arranger les choses selon ses vues, et elle en rayonnait de fierté. Il caressa la douceur de cet esprit si lisse et perçut la chaleur de cette fierté.

Il lui dit : « Je n'aurais pas pu y arriver sans toi, Novi. C'est grâce à toi que j'ai pu me rendre compte que la Première Fondation — les gens du plus gros vaisseau...

— Oui Maître, je vois de qui vous parlez...

— J'ai pu me rendre compte, grâce à toi, qu'ils disposaient d'un écran en même temps que de faibles pouvoirs mentaux. Et de leur effet sur ton esprit, j'ai pu en déduire avec précision les caractéristiques exactes. J'ai pu savoir comment pénétrer le plus efficacement l'un et détourner les autres.

— Je ne comprends pas exactement tout ce que vous dites, Maître, hasarda Novi, mais j'aurais fait plus encore pour vous aider, si j'avais pu.

— Je le sais, Novi. Mais ce que tu as fait était déjà suffisant. C'est incroyable, tu sais, le danger qu'ils auraient pu représenter. Mais pris à ce stade, avant que leur écran ou leur champ n'aient acquis plus de puissance, il a été possible de les arêter. Le Maire rentre à présent chez elle, l'écran et le champ mental oubliés, pleinement satisfaite d'avoir signé un traité commercial avec Seychelle, ce qui va lui permettre désormais de participer activement à la Fédération. Je ne nie pas qu'il y ait encore beaucoup à faire pour démanteler tout le travail qu'ils ont pu accomplir sur l'écran et le champ — et nous avons été fort négligents de ce côté-là — mais ce sera fait. »

Il rumina quelque peu la question puis poursuivit d'une voix plus basse : « Nous avons bien trop sous-estimé la Première Fondation. Il faut la soumettre à une surveillance bien plus étroite. Resserrer en quelque sorte les liens de la Galaxie. Utiliser les ressources de la mentalique pour édifier une coopération des consciences plus étroite. Cela irait dans le sens du plan. J'en suis persuadé et je compte bien m'y attacher.

— Maître ? » demanda Novi, anxieuse.

Gendibal sourit soudain : « Excuse-moi. Je parle tout seul… Novi, te souviens-tu de Rufirant ?

— Cette tête de pioche qui vous a attaqué ? Un peu, oui.

— Eh bien, je suis convaincu que ce sont des agents de la Première Fondation armés d'écrans individuels qui ont arrangé ce traquenard — tout comme les autres anomalies qui ont pu nous empoisonner. Et penser qu'on n'a même pas su le voir ! Mais il faut bien dire que j'étais tellement obnubilé par ce mythe d'un monde mystérieux, cette superstition seychelloise au sujet de Gaïa, que j'en ai oublié la Première Fondation. Là aussi, ton esprit est tombé à pic. Il m'a aidé à déterminer que le champ mentalique émanait effectivement de leur vaisseau et de nulle part ailleurs. »

Il se frotta les mains.

Novi demanda timidement : « Maître ?

— Oui, Novi ?

— Allez-vous être récompensé pour ce que vous avez fait ?

— Bien sûr que oui. Shandess démissionnera et je serai Premier Orateur. Alors viendra ma chance de faire de nous un élément actif pour révolutionner la Galaxie.

— Premier Orateur ?

— Oui, Novi. Je serai le plus important et le plus puissant de tous les chercheurs.

— Le plus important ? » Elle prit un air désolé.

« Pourquoi fais-tu cette tête, Novi ? Tu n'as pas envie que je sois récompensé ?

— Si, Maître, si... Mais si vous êtes le plus important de tous les chercheurs, vous ne voudrez plus d'une paysanne hamienne auprès de vous. Ça ne serait pas convenable.

— Ah ! tu crois ça ? Et qui m'en empêchera ? » Il ressentit pour elle une bouffée d'affection. « Novi, tu resteras avec moi où que j'aille, et quoi que je puisse devenir. Crois-tu que je me risquerais à affronter certains de ces loups que l'on rencontre parfois autour de la Table sans avoir ton esprit toujours présent auprès de moi pour me dire — avant qu'ils le sachent eux-mêmes — quelles peuvent être leurs émotions ?... Ton esprit si innocent, si absolument lisse... En plus de ça... » Il parut ébloui par une révélation soudaine. « En plus de ça... je... j'aime bien t'avoir avec moi et j'ai bien l'intention de te garder avec moi... Enfin, c'est-à-dire, si tu veux bien.

— O Maître ! » murmura Novi et, tandis qu'il l'enlaçait, elle enfouit la tête dans le creux de son épaule.

Loin, très loin, là où l'esprit pouvait à peine en avoir conscience, l'essence de Gaïa était toujours présente et guidait les événements mais c'était ce masque impénétrable qui avait rendu possible la poursuite de la grande tâche.

Et ce masque — celui qui appartenait à la paysanne hamienne — était totalement heureux. Si heureux que Novi se sentit presque consolée d'être si loin d'elle-même/eux/tout et fut contente de n'être, pour un avenir indéterminé, que ce qu'elle semblait être.

90.

Pelorat se frotta les mains et dit, avec un enthousiasme soigneusement maîtrisé : « Que je suis heureux d'être enfin de retour sur Gaïa.

— Hummm, fit Trevize, distrait.

— Vous savez ce que Joie m'a dit ? Le Maire rentre à Terminus avec un traité commercial avec Seychelle. L'Orateur de la Seconde Fondation retourne à Trantor convaincu d'avoir arrangé la chose... et cette femme, Novi, l'accompagne pour veiller à ce que les changements destinés à conduire à l'avènement de Galaxia soient bien mis en branle. Et aucune des deux Fondations n'a le moins du monde conscience de l'existence de Gaïa. C'est absolument renversant.

— Je sais, fit Trevize. On me l'a dit aussi. Mais nous, nous savons que Gaïa existe et nous pouvons parler.

— Joie ne le pense pas. Elle dit que personne ne nous croirait et que nous en sommes parfaitement conscients. En outre, je n'ai, pour ma part, aucune intention de quitter Gaïa. »

Trevize en fut tiré de ses réflexions personnelles. Il leva les yeux et dit : « Quoi ?

— Je vais rester ici... vous savez, je n'arrive pas à y croire. Il y a seulement quelques semaines, je vivais une existence solitaire et recluse sur Terminus, la même existence depuis des dizaines d'années, noyé dans mes archives et immergé dans mes pensées, et je n'aurais jamais rêvé d'autre chose que continuer ainsi jusqu'à ma mort, quelle qu'en soit la date, immergé dans mes pensées et noyé dans mes archives, à vivre toujours la même existence recluse et solitaire... à végéter sans me plaindre. Et puis, soudain, à l'improviste, voilà que je suis devenu un voyageur galactique ; j'ai été impliqué dans une crise galactique ; et — ne riez pas, Golan — j'ai trouvé Joie.

— Je ne ris pas, Janov, dit Trevize, mais êtes-vous sûr de ce que vous faites ?

— Oh ! oui. Cette histoire de la Terre n'a pour moi plus d'importance. Le fait que ce fût la seule planète à avoir été dotée d'une écologie diversifiée et avoir porté la vie intelligente a été convenablement expliqué. Les Éternels, vous savez...

— Oui, je sais. Et vous comptez rester sur Gaïa ?

— Absolument. La Terre, c'est le passé et je suis fatigué du passé. Gaïa, c'est l'avenir.

— Vous n'êtes pas partie intégrante de Gaïa, Janov. Ou pensez-vous que vous allez pouvoir en faire partie ?

— Joie dit que je pourrai d'une certaine manière m'y intégrer — intellectuellement sinon biologiquement. Elle m'aidera, bien sûr.

— Mais elle, elle en fait partie intégrante, alors comment pouvez-vous vous trouver une vie commune, un point de vue commun, un intérêt commun... »

Ils étaient dehors et Trevize considéra, l'air grave, l'île calme et féconde et au-delà, la mer, et à l'horizon, empourpré par la distance, une autre île — tout cela, pacifique, civilisé, vivant, unifié...

« Janov, elle est tout un monde ; vous n'êtes qu'un minuscule individu. Et si elle se lasse de vous ? Elle est jeune...

— Golan, j'y ai déjà pensé. Je ne pense qu'à ça depuis des jours. Je sais fort bien qu'elle se lassera de moi ; je ne suis pas un idiot romantique. Mais tout ce qu'elle aura pu m'offrir d'ici là sera déjà bien suffisant. Elle m'a déjà tant offert : j'ai reçu d'elle plus que je n'aurais jamais osé rêver. Même si je ne la voyais plus de cet instant, je m'estimerais quand même gagnant en fin de compte.

— Je ne veux pas le croire, dit doucement Trevize. Je crois vraiment que vous êtes un idiot romantique et, ne vous en déplaise, je ne voudrais pas autrement. Janov, nous ne nous connaissons pas depuis longtemps mais nous ne nous sommes pas quittés un seul instant depuis des semaines et — je suis désolé si ça a l'air idiot — je vous aime beaucoup...

— Et moi aussi, Golan.

— Et je ne veux pas vous voir blessé. Il faut que je parle à Joie.

— Non, non. N'en faites rien, je vous en prie. Vous allez lui faire la leçon.

— Je ne lui ferai pas la leçon. Ce n'est pas uniquement en rapport avec vous — et je veux lui parler en privé. S'il vous plaît, Janov, je ne veux pas faire ça derrière votre dos, alors, de grâce, laissez-moi lui parler et tirer au clair certaines choses. Si je suis satisfait, je vous offrirai mes plus chaleureuses félicitations et mes meilleurs vœux — et je vous ficherai définitivement la paix, quoi qu'il arrive. »

Pelorat hocha la tête : « Vous allez tout gâcher.

— Je vous promets que non. Je vous en conjure...

— Bon... Mais je vous en prie, faites attention, mon bon ami ; d'accord ?

— Vous avez ma parole solennelle. »

91.

« Pel dit que vous voulez me voir, dit Joie.

— Oui », fit Trevize.

Ils étaient à l'intérieur, dans le petit appartement qu'on lui avait alloué.

Elle s'assit avec grâce, croisa les jambes et lui lança le regard perspicace de ses grands yeux sombres et lumineux, sous sa longue chevelure sombre, éclatante.

« Vous me désapprouvez, n'est-ce pas ? Vous m'avez désapprouvée depuis le début ? »

Trevize resta debout : « Vous savez percevoir les esprits, en percevoir le contenu. Vous savez ce que je pense de vous et pourquoi. »

Joie hocha lentement la tête : « Votre esprit est hors de portée de Gaïa. Vous le savez. Votre décision nous était nécessaire et il fallait que ce soit la décision d'un esprit clair et laissé intact. Quand votre vaisseau s'est fait capturer, dès le début, je vous ai placés, vous et Pel, sous un champ apaisant, mais c'était essentiel. La panique et la rage vous auraient endommagé — et peut-être rendu inutilisable pour un moment crucial... Et ce fut tout. Je ne pouvais pas aller au-delà et je n'en ai rien fait. Si bien que j'ignore ce que vous pensez.

— La décision que je devais prendre a été prise, dit Trevize. J'ai choisi en faveur de Gaïa et de Galaxia. Alors, pourquoi tout ce baratin sur un esprit clair et laissé intact ? Vous avez ce que vous vouliez et vous pouvez maintenant faire de moi ce que vous voulez.

— Pas du tout, Trev. D'autres décisions peuvent encore se révéler nécessaires à l'avenir. Vous restez ce que vous êtes et, aussi longtemps que vous vivrez, vous êtes une ressource naturelle rare dans cette Galaxie. Indiscutablement, il y en a d'autres comme vous dans la Galaxie — et d'autres, pareils à vous, apparaîtront à l'avenir mais pour l'heure, nous vous avons, et nous n'avons que vous. Nous ne pouvons toujours pas vous toucher. »

Trevize resta songeur. « Vous êtes Gaïa et je ne veux pas parler à Gaïa. Je veux vous parler en tant qu'individu, si cela peut avoir une quelconque signification.

— Ça en a une. Nous sommes loin d'être fondus dans une existence globale. Je peux bloquer Gaïa durant un certain temps.

— Oui, dit Trevize. Je crois que vous le pouvez. C'est ce que vous faites en ce moment ?

— C'est ce que je fais en ce moment.

— Eh bien, d'abord, permettez-moi de vous dire que vous finassez : vous n'avez peut-être pas pénétré dans mon esprit pour orienter ma décision, mais vous êtes certainement entré dans celui de Janov pour le faire, pas vrai ?

— Le croyez-vous ?

— Je le crois, oui. A l'instant crucial, Pelorat m'a rappelé sa propre vision d'une Galaxie vivante et cette idée m'a conduit à ce moment-là à faire mon choix. L'idée était peut-être la sienne mais c'est quand même vous qui l'avez déclenchée, n'est-ce pas ?

— La pensée était dans son esprit mais il y en avait quantité d'autres. Je n'ai jamais fait que dégager la voie devant cette réminiscence d'une Galaxie vivante — devant cette pensée-là et pas une autre. C'est donc cette pensée précise qui s'est glissée hors de sa conscience pour être formulée avec des mots. Mais attention : je ne l'ai pas créée. Elle était déjà là.

— Quoi qu'il en soit, cela a indirectement influé sur la parfaite indépendance de ma décision, non ?

— Gaïa l'a jugé nécessaire.

— Ah oui ? Eh bien, si ça peut vous aider à vous sentir mieux — ou plus noble —, sachez que, même si la remarque de Janov m'a persuadé de prendre ma décision à ce moment-là, c'est une décision que j'aurais, je crois, prise de toute manière, même s'il n'avait rien dit ou s'il avait essayé de m'entraîner dans une autre voie. Je voulais que vous le sachiez.

— J'en suis soulagée, dit Joie, calmement. Est-ce là ce que vous aviez l'intention de me dire, en demandant à me voir ?

— Non.

— Quoi d'autre ? »

Cette fois, Trevize s'assit sur une chaise qu'il avait amenée en face d'elle, si bien que leurs genoux se touchaient presque. Il se pencha vers elle.

« Quand nous approchions de Gaïa, c'est vous qui vous trouviez sur la station spatiale. C'est vous qui nous avez pris au piège ; vous qui êtes venue nous chercher ; vous qui êtes tout le temps restée avec nous depuis — excepté pour le dîner avec Dom que vous n'avez pas partagé avec nous. En particulier, c'est vous qui étiez sur le *Far Star* lorsque la décision fut prise. Toujours vous.

— Je suis Gaïa.

— Ça n'explique rien. Un lapin est Gaïa. Un caillou est Gaïa. Tout ce qui est sur cette planète est Gaïa mais tous ses éléments ne sont pas également Gaïa. Certains sont plus égaux que d'autres. Pourquoi vous ?

— Pourquoi pensez-vous à ça ? »

Trevize fit le plongeon : « Parce que je ne pense pas que vous êtes Gaïa. Je crois que vous êtes plus que Gaïa. »

Joie laissa échapper un petit rire railleur.

Trevize persista : « Alors que j'étais sur le point de me décider, la femme qui accompagnait l'Orateur...

— Il l'appelait Novi.

— Cette Novi, donc, a dit que Gaïa avait été instaurée par les robots qui n'existent plus aujourd'hui, et que Gaïa avait reçu l'instruction de suivre une version des Trois Lois de la Robotique.

— C'est parfaitement exact.

— Et les robots n'existent plus ?

— C'est ce qu'a dit Novi.

— C'est ce que n'*a pas dit* Novi. Je me rappelle ses paroles exactes. Elle a dit : " Gaïa a été formée il y a des milliers d'années avec l'aide des robots qui jadis, durant une brève période, avaient servi l'espèce humaine, et qu'ils ne servent plus aujourd'hui. "

— Eh bien Trev, cela ne signifie-t-il pas qu'ils n'existent plus ?

— Non, ça signifie qu'ils ne servent plus. Ne se pourrait-il pas qu'ils commandent, à la place ?

— Ridicule !

— Ou qu'ils supervisent ? Pourquoi étiez-vous présente, à l'instant de la décision ? Vous n'aviez apparemment pas un rôle essentiel. C'est Novi qui dirigeait la situation et elle était Gaïa. Quel besoin avait-on de vous ? Sauf...

— Eh bien ? Sauf... ?

— Sauf si vous êtes ce superviseur dont le rôle est de s'assurer que Gaïa n'oublie pas les Trois Lois. Sauf si vous êtes un robot, si habilement réalisé qu'il est impossible de vous distinguer d'un être humain.

— S'il est impossible de me distinguer d'un être humain, comment se fait-il que vous en soyez capable, vous ? » demanda Joie, avec une trace de sarcasme.

Trevize s'adossa tranquillement. « N'êtes-vous pas tous à me seriner que j'ai le don d'être *sûr;* de savoir prendre des décisions, entrevoir des solutions, tirer des conclusions correctes. Ce n'est pas moi qui m'en vante : c'est vous qui le dites. Eh bien, dès le premier instant où je vous ai vue, j'ai été mal à l'aise. Il y avait en vous quelque chose qui ne collait pas. Je suis certainement tout aussi sensible au charme féminin que peut l'être Pelorat — plus, même, dirai-je — et vous êtes une femme physiquement attirante.

Or, pas un seul instant je n'ai ressenti pour vous la moindre attirance.

— Je suis anéantie. »

Trevize ne releva pas cette remarque. « Quand vous êtes apparue pour la première fois à bord de notre vaisseau, poursuivit-il, Janov et moi étions en train de discuter de la possibilité d'une civilisation non humaine sur Gaïa et lorsqu'il vous aperçut, Janov vous demanda aussitôt, en toute candeur : “ Êtes-vous humaine ? ” Peut-être qu'un robot doit répondre par la vérité mais je suppose qu'il peut également se montrer évasif. Et vous lui avez simplement répondu : “ N'ai-je pas *l'air* humaine ? ” Certes, vous avez l'air parfaitement humaine, Joie, mais permettez-moi de vous reposer la question. Êtes-vous humaine ? »

Joie ne dit rien et Trevize continua : « Je crois que même à ce premier instant j'avais senti que vous n'étiez pas une femme. Vous êtes un robot et je m'en suis plus ou moins douté à ce moment-là. Et à cause de cette impression, tous les événements qui ont suivi prenaient un sens pour moi — en particulier votre absence lors du dîner.

— Croyez-vous que je ne sache pas manger, Trev? Avez-vous oublié que j'ai grignoté un plat de crevettes à bord de votre vaisseau ? Je vous assure que je suis tout à fait capable de manger ou d'accomplir toutes les autres fonctions biologiques — y compris, avant que vous ne le demandiez, le sexe. Et malgré tout, autant vous le dire tout de suite, cela en soi ne prouve pas que je ne suis pas un robot. Les robots avaient déjà atteint le summum de la perfection, il y a des millénaires, quand seul leur cerveau permettait de les distinguer des êtres humains — et encore fallait-il pour cela savoir manier un champ mentalique. L'orateur Gendibal aurait peut-être su dire si j'étais humaine ou robot s'il avait un seul instant pris la peine de me remarquer. Bien sûr, il ne l'a pas fait.

— Pourtant, j'ai beau ne pas être un mentaliste, je suis malgré tout convaincu que vous êtes un robot.

— Et si j'en suis un ? Je n'admets rien du tout, mais je suis curieuse. Et si j'en suis un ?

— Vous n'avez pas besoin de rien admettre. Je sais que vous êtes un robot. S'il me fallait un dernier élément de preuve, ce serait votre calme assurance d'être en mesure de bloquer Gaïa et de me parler en tant qu'individu autonome. Je ne crois pas que vous en auriez été capable si vous faisiez réellement partie intégrante de Gaïa — mais vous n'en faites pas partie. Vous êtes un superviseur robot et, par conséquent, extérieure à Gaïa. Je me demande, en passant, combien de robots superviseurs peut bien requérir, et posséder, Gaïa.

— Je le répète : je n'admets rien du tout mais je suis curieuse. Et si je suis un robot ?

— Dans ce cas, ce que je veux savoir c'est ceci : qu'est-ce que vous voulez à Janov Pelorat ? C'est mon ami et, par certains côtés, c'est un enfant. Il croit qu'il vous aime ; il croit ne désirer que ce que vous êtes prête à lui offrir et pense que vous lui avez déjà offert largement assez. Il ne sait pas — et ne peut pas concevoir — ce qu'est la douleur de l'amour perdu, en l'occurrence, la douleur bien particulière de vous savoir non humaine...

— Et vous, que savez-vous de la douleur de l'amour perdu ?

— J'ai déjà bien vécu. Je n'ai pas mené l'existence recluse de Janov. Je n'ai pas vu ma vie consumée et anesthésiée dans une quête intellectuelle engloutissant tout le reste, y compris femme et enfants. Lui, si. Et là, brusquement, voilà qu'il laisse tout tomber pour vous. Je ne veux pas le voir blessé. Je ne le laisserai pas se faire blesser. Si j'ai servi Gaïa, je mérite une récompense... eh bien, ma récompense, c'est votre promesse que le bien-être de Pelorat sera préservé.

— Vais-je prétendre que je suis un robot, afin de vous répondre ?

— Oui. Et répondez tout de suite.

— Fort bien... Supposons donc que je sois un robot, Trev, et supposons que j'exerce effectivement une fonction de supervision. Supposons qu'il y en ait d'autres, fort peu, qui aient un rôle similaire au mien et supposons que nous nous rencontrions rarement. Supposons que notre motivation soit le besoin de veiller sur des êtres humains et supposons qu'il n'y ait pas de véritables êtres humains sur Gaïa, parce que tous sont englobés dans une supra-créature planétaire.

« Supposons que nous trouvions notre accomplissement à veiller sur Gaïa — mais pas totalement. Supposons qu'il y ait quelque chose de primitif en nous qui nous fasse regretter l'être humain au sens où on l'entendait à l'époque de la création et de la construction des premiers robots. Ne vous méprenez pas : je ne prétends pas remonter à l'antiquité (à supposer que je sois un robot). J'ai l'âge que je vous ai dit avoir ou, du moins (à supposer toujours que je sois un robot), l'âge qui correspond au terme de mon existence. Et malgré tout (à supposer, encore, que je sois un robot), mon dessein fondamental resterait toujours identique et il me tarderait tout autant de veiller sur un être humain authentique.

« Pel est un être humain. Il n'est pas un élément de Gaïa. Il est même trop vieux pour espérer jamais en faire véritablement partie. Il désire rester sur Gaïa avec moi. Car il ne professe pas à mon égard les mêmes sentiments que vous. Il ne croit pas que je sois un robot. Eh bien, j'ai envie de lui, moi aussi. Si vous supposez que je suis un robot, cela vous paraîtra logique : capable d'éprouver toutes les réactions humaines, je serais capable de l'aimer. Si vous tenez absolument à ce que je sois un robot, vous pourriez me considérer incapable d'éprouver cet amour humain au sens vaguement mystique du terme, mais vous seriez quand même dans l'incapacité de distinguer mes réactions de celles que vous appelleriez “ amour ” — alors, quelle différence cela fait-il ? »

Elle s'arrêta et le regarda, inflexible et fière.

« Êtes-vous en train de me dire que vous ne l'abandonnerez pas ? demanda Trevize.

— Si vous supposez que je suis un robot, alors vous pourrez voir vous-même qu'aux termes de la Première Loi je ne pourrais jamais l'abandonner sauf s'il m'en donnait l'ordre et encore faudrait-il que sa décision ne fasse aucun doute pour moi, et que je sois convaincue de lui faire plus de tort à rester qu'à partir.

— Un homme plus jeune ne pourrait-il pas...

— Quel homme plus jeune ? Vous êtes un homme plus jeune, mais je ne vous imagine pas ayant besoin de moi au même sens que Pelorat — et, en fait, vous ne voulez pas de moi, si bien que la Première Loi m'empêcherait de toute manière de m'attacher à vous...

— Je ne parle pas de moi. Un autre jeune homme...

— Il n'y a pas d'autre jeune homme. Qui d'autre sur Gaïa, en dehors de Pel et de vous, pourrait prétendre au titre d'être humain dans le sens gaïen du terme ? »

Trevize dit, plus doucement : « Et si vous n'êtes *pas* un robot ?

— A vous de décider.

— J'ai dit : *Si* vous n'êtes pas un robot ?

— Alors je vous dis que dans ce cas, vous n'avez le droit de rien dire. C'est à moi et à Pel de décider.

— Alors, j'en reviens à mon premier point : je veux ma récompense et cette récompense est que vous le traitiez bien. Je n'insisterai pas sur la question de votre identité. Promettez-moi simplement — en tant qu'intelligence s'adressant à une autre intelligence — que vous le traiterez bien. »

Et Joie répondit doucement : « Je le traiterai bien... pas pour votre gratification d'ailleurs, mais simplement parce que je le souhaite. C'est mon plus cher désir. Je le traiterai bien. » Elle appela : « Pel ! » Et encore : « Pel ! »

Pel revint du dehors. « Oui, Joie. »

Joie lui tendit la main. « Je crois que Trev veut dire quelque chose. »

Pelorat prit sa main et Trevize enserra ces deux mains entre les siennes : « Janov, je suis heureux pour vous deux.

— O mon cher, cher compagnon !

— Je vais probablement quitter Gaïa, dit Trevize. Je vais aller parler a Dom. J'ignore quand nous nous reverrons, si nous devons jamais nous revoir, Janov, mais je sais en tout cas qu'on aura fait une bonne équipe.

— Une bonne équipe, oui, dit Pelorat, souriant.

— Adieu, Joie, et d'avance, merci.

— Adieu, Trev. »

Et Trev, avec un dernier geste de la main, quitta la maison.

92.

« Vous avez fait ce qu'il fallait faire, dit Dom. Enfin, vous avez fait ce que je pensais que vous feriez. »

Ils se retrouvaient encore une fois autour d'une table — après un repas aussi peu satisfaisant que le premier — mais peu importait pour Trevize : il y avait de fortes chances que ce soit son dernier repas sur Gaïa.

« J'ai fait ce que vous pensiez que je ferais mais peut-être pas pour les raisons que vous pensiez...

— Vous étiez quand même sûr du bien-fondé de votre décision.

— Certainement, oui, mais pas à cause d'un quelconque don mystique pour discerner les certitudes. Non, si j'ai choisi Gaïa, c'est à la suite d'un raisonnement parfaitement banal — le genre de raisonnement qu'aurait pu tenir n'importe qui pour aboutir à une décision. Voulez-vous que je vous l'expose ?

— Mais bien certainement, Trev. »

Trevize expliqua : « J'avais trois possibilités : rallier la Première Fondation ; rallier la Seconde Fondation ou rallier Gaïa.

« Si je me ralliais à la Première Fondation, le maire Branno mettait immédiatement tout en œuvre pour asseoir sa domination sur la Seconde et sur Gaïa ; si je me ralliais à la Seconde Fondation, l'orateur Gendibal mettait immédiatement tout en œuvre pour asseoir sa domination sur la Première et sur Gaïa.

« Dans l'une et l'autre éventualité, ce qui allait se produire était irréversible et si l'une ou l'autre se révélait la mauvaise solution, cette irréversibilité devenait catastrophique.

« En revanche, si je me ralliais à Gaïa, la Première et la Seconde Fondation restaient chacune avec la conviction d'avoir remporté une victoire relativement minime. Tout continuerait donc comme avant, puisque l'édification de Galaxia, comme on me l'avait déjà expliqué, prendrait des générations, voire des siècles.

« Me rallier à Gaïa était donc une façon pour moi de temporiser, et de m'assurer un répit pour modifier les choses — éventuellement les renverser — au cas où ma décision serait erronée. »

Dom haussa les sourcils. Le reste de son visage usé, presque cadavérique, demeura sinon impassible. Il demanda de sa voix flûtée : « Et pensez-vous que votre décision puisse se révéler erronée ? »

Trevize haussa les épaules. « Je ne le crois pas mais il me reste encore une chose à faire pour m'en assurer... J'ai bien l'intention de visiter la Terre, si j'arrive à découvrir cette planète.

— Nous n'allons certainement pas vous retenir si vous voulez nous quitter, Trev...

— Je ne me sens pas intégré dans votre monde.

— Pas plus que Pel, vous savez, mais malgré tout, vous serez comme lui le bienvenu si vous décidez de rester. Enfin, nous ne vous retenons pas... Mais dites-moi, pourquoi souhaitez-vous visiter la Terre ?

— Je crois bien que le vous le savez.

— Non.

— Il y a un élément d'information que vous m'avez caché, Dom. Peut-être avez-vous raison mais j'espère que non.

— Je ne vous suis pas.

— Écoutez, Dom ; pour m'aider à prendre ma décision, j'ai utilisé votre ordinateur et, durant un bref instant, je me suis trouvé en contact avec les esprits de tous ceux qui m'entouraient : le maire Branno, l'orateur Gendibal, Novi... J'ai pu entrevoir, par bribes, quantité de choses qui, prises isolément, ne signifiaient pas grand-chose pour moi, par exemple, les divers effets que Gaïa — par l'entremise de Novi — avait produits sur Trantor — effets destinés à entraîner l'Orateur à se rendre vers Gaïa.

— Oui ?...

— Et l'un de ces points était la suppression dans les archives de Trantor de toute référence à la Terre.

— La suppression de toute référence à la Terre ?

— Exactement. Donc la Terre doit avoir de l'importance et il apparaît que non seulement la Seconde Fondation ne doive rien en savoir mais que même moi, je doive rester dans l'ignorance à ce sujet. Et s'il faut que j'assume la responsabilité d'orienter l'avenir de la Galaxie, je ne suis pas près d'accepter qu'on me laisse dans l'ignorance. Alors, me ferez-vous la grâce de me dire pourquoi il était si important de tenir cachée l'existence de la Terre ?

— Trev, dit Dom, solennel, Gaïa ne sait rien de cet effacement d'informations. Rien !

— Êtes-vous en train de me dire que Gaïa n'est pas responsable ?

— Elle n'est pas responsable. »

Trevize réfléchit un instant en se passant lentement le bout de la langue sur les lèvres, méditatif. « Qui est responsable, alors ?

— Je ne sais pas. Je n'y vois aucune raison. »

Les deux hommes s'entre-regardèrent puis Dom reprit : « Vous avez raison. Il nous semblait être parvenus à une conclusion pleinement satisfaisante mais, effectivement, tant que ce point ne sera pas résolu, nous n'oserons pas prendre de repos... Restez donc encore un peu avec nous et tâchons ensemble de réfléchir à la question. Ensuite, vous pourrez repartir, en bénéficiant de tout notre soutien.

— Merci », dit Trevize.

TABLE

Achevé d'imprimer en juillet 1985
sur presse CAMERON
dans les ateliers de la S.E.P.C.
à Saint-Amand-Montrond (Cher)
pour le compte de France Loisirs
123, boulevard de Grenelle, Paris

Numéro d'éditeur : 10471. — Numéro d'impression : 1423/944
Dépôt légal : juillet 1985